Seda Nursery
Feb. 2002

Auf tragikomische Weise erzählt Günter Kunert sein »deutsches« Leben. Als Kind einer sogenannten Mischehe in Berlin geboren, muß er erleben, wie die Familie der jüdischen Mutter in deutschen Konzentrationslagern umgebracht wird. Er beschreibt sein Berlin, in dem er zuerst den totalen Krieg und danach die totale DDR erlebt und überlebt. Dabei verliert er den Zusammenhang zwischen großer Geschichte und privatem Universum nicht aus den Augen. Und bei all den tragischen, liebenswürdigen und zum Teil heiteren Geschichten aus Kunerts Leben vergißt man nie, von welchen Unfaßbarkeiten er hier eigentlich erzählt. »Das Buch ist so spannend, daß man es nur ungern aus der Hand legt«, schreibt ein Leser, »und das liegt vor allem daran, daß Kunert über seine Kindheit nicht jammernd oder haderns berichtet, sondern liebevoll an die Menschen erinnert, die ihn begleitet haben.«

Günter Kunert, geboren am 6. März 1929 in Berlin, studierte 1946/47 Graphik an der Hochschule für angewandte Kunst. Seit 1950 schreibt er Gedichte und Prosa, Reiseberichte, Hörspiele und Drehbücher. Seit 1979 lebt er als freier Schriftsteller bei Itzehoe.

Günter Kunert

Erwachsenenspiele

Erinnerungen

Deutscher Taschenbuch Verlag

Von Günter Kunert
sind im Deutschen Taschenbuch Verlag erschienen:
Verspätete Monologe (10224)
Stilleben (19010)

Ungekürzte Ausgabe
September 1999
2. Auflage November 2001
Deutscher Taschenbuch Verlag GmbH & Co. KG,
München
www.dtv.de
© 1997 Carl Hanser Verlag, München · Wien
Umschlagkonzept: Balk & Brumshagen
Umschlagfoto: © gettyone/Hulton Archive
Satz: Satz für Satz. Barbara Reischmann, Leutkirch
Druck und Bindung: Druckerei C. H. Beck, Nördlingen
Gedruckt auf säurefreiem, chlorfrei gebleichtem Papier
Printed in Germany · ISBN 3-423-20472-9

Für Marianne, ohne deren Beistand
meine Expedition in die Vergangenheit
schon bei Beginn gescheitert wäre.

»Wir sind nie recht zu Haus; wir schweben immer irgendwie über der Wirklichkeit. Befürchtungen, Hoffnungen, Wünsche tragen uns immer in die Zukunft; sie bringen uns um die Möglichkeit, das, was jetzt ist, zu fühlen und zu beachten; statt dessen gaukeln sie uns Dinge vor, die einmal kommen sollen, vielleicht erst dann, wenn wir gar nicht mehr existieren. ›Unglücklich ist, wer sich um die Zukunft sorgt.‹«

Montaigne

1

Der Bücherschrank steht im Wohnzimmer. Oben auf dem Schrank hockt ein Indianer, das Gewehr im Anschlag. Gespannter Blick über Kimme und Korn in Erwartung der Feinde. Entweder brechen sie unversehens aus der Tapete hervor, oder sie schleichen sich vom Flur aus an. Das Visier ist auf hundert Meter Entfernung eingestellt. Der Indianer lauert reglos. Der Indianer bin ich.

Es braucht eine ganze Weile, ehe man zum Indianer wird. Ich muß dafür lange üben. Grundvoraussetzung ist meine Geburt, was unter fast christologischen Voraussetzungen geschieht. Denn meine Mutter ahnt bis zum fünften Monat nichts von ihrer Schwangerschaft. Und mein Vater glaubt ohnehin nicht, daß er der Erzeuger sei. Bis der angezweifelte Nachkomme ihm immer ähnlicher wird. Da ist abstreiten zwecklos. Wenn es schon so früh unter so merkwürdigen Auspizien anfängt, kann alles Folgende kaum normal verlaufen.

Bevor ich mich dem Indianertum zuwende, wird mir an der Wiege gesungen, daß ich zu Höherem bestimmt sei. Natürlich zum Künstler, keine Frage. Meine Mutter ist unbeugbar von der Genialität des Nachkömmlings überzeugt und unterwirft den Rest der Familie diesem festen Glauben.

Die Geburt findet in Berlin statt, da wo es am berlinischsten ist: in der Chausseestraße, in einem Haus neben dem Dorotheenstädtischen Friedhof. Zwischen den Stelen, den Sarkophagen und antikisierenden Säulen, zwischen Hegel und Fichte werde ich im Kinderwagen umhergeschoben. Den Kinderwagen bewegt, im Auftrage meines Großvaters, Frau Michaelis. Das heißt, zur Zeit unserer gemeinsamen Ausfahrten ins Reich des Thanatos ist sie erst sechzehn Jahre und wird – obschon mein Großvater alles andere als vermögend ist – fürstlich entlohnt: mit fünfzig Pfennigen pro Tour.

Mit der geringfügigen Verspätung von einem halben Jahrhundert berichtet mir bei einer Zufallsbegegnung im Flugzeug zwischen Berlin und Hamburg das alt und weißhaarig gewordene Mädchen von unseren Ausflügen. Und sie schickt mir gleich darauf ein Präsent. Eine etwas entfärbte, vergilbte Glückwunschkarte, auf der steht:»Mit besten Wünschen zur Jugendweihe – David Warschauer.« »Wir waren allesamt aktive Sozialdemokraten«, spricht die unerwartet gestaltgewordene Vergangenheit mir ins Ohr und schaut mich an, als läge ich noch immer im Kinderwagen.

Weiterhin erfahre ich, daß meine Mutter mich sogleich nach der Entbindung mit Musik traktiert, um des Kindes künstlerische Ader in Wallung zu bringen.»Wenn der weiße Flieder wieder blüht …«, gesungen vom Tenor Richard Tauber, dringt tief in mein Unterbewußtsein ein und bewirkt Spätfolgen. Ich bin gänzlich unmusikalisch.

Später lerne ich die Quelle meines musikalischen Unvermögens kennen. Ein schwarz gebeizter Kasten auf vier Beinen. Hinter zwei Klappen verbergen sich zwei ungleich große Schalltrichter, aus denen mir die Stimme Kurt Gerrons quäkend entgegenschallt:»Und der Haifisch, der hat Zähne …« Mein Lieblingslied. Noch weiß man nicht, daß es überhaupt einen Ort namens Theresienstadt gibt. Dort dreht Kurt Gerron einen Film, betitelt»Der Führer schenkt den Juden eine Stadt«, und wird nach Ende der Dreharbeiten zu einem anderen Platz transportiert, der Auschwitz heißt. Von dem weiß man auch noch nichts.

Bevor ich in den Indianerstand aufrücke, muß ich erst lesen lernen. Statt mich dem Alphabet zu verweigern, sauge ich die Buchstaben gierig ein, als seien sie das reine Manna. Dabei sind sie Gift, das in meine unschuldige Seele träufelt, wo es Angstzustände hervorruft. Ohnehin furchtsam, schon als Analphabet aus Alpträumen im elterlichen Schlafzimmer aufschreckend, weil sich mir eine gewaltige Hand mit einem überdimensionalen Daumen drohend nähert, verhilft mir meine Lektüre zu weitaus schlimmeren Erlebnissen. Ach, wäre ich wenigstens bei den Büchern meines Vorschulalters geblieben, bei Teddy Brumm und seinen Freunden! Welch bösartiger Zufall spielt mir Oscar Wildes »Gespenst von Canterville« in die Hand?! Daß es sich um eine Satire handelt, errate ich nicht. Statt dessen steigt aus den Seiten das Gespenst, befähigt, wo immer es will, aus den Wänden herauszutreten. Was in Canterville möglich ist, soll in Berlin ausgeschlossen sein?!

Die Natur hat den Menschen unvollkommen eingerichtet, vor allem mich. Meine Eltern im Doppelbett verlassen niemals nachts den Raum. Kein Bedürfnis weckt sie. Wieso und warum ausgerechnet mich?

Durch geheime Machenschaften verlängert sich nachts der Korridor ums Doppelte. Die Toilette rückt in weite Ferne. Wenn ich nicht ins Bett oder, auf der Seite liegend, an die Tapete pinkeln will (was ich bloß im äußersten Notfall tue), muß ich ein bedenkliches Wagnis bestehen.

Während ich unter dem Deckbett hervorkrieche, räuspere ich mich heftig, doch erfolglos. Ungeleitet, quasi schutzlos, jedenfalls beinahe schutzlos, trete ich den schweren Gang an. Immerhin verleiht mir mein Revolver (Schreckschußwaffe, geladen und entsichert) ein Mindestmaß an Mut. Die Waffe in Bauchhöhe ins Dunkel gerichtet, bin ich bereit, beim Auftreten des bänglich Befürchteten abzudrücken. Barfuß und auf Zehenspitzen vorwärts.

Auf dem langen Marsch zum Bad muß ich die offenstehende Wohnzimmertür passieren. Dahinter wimmelt es von grauenhaften Phantomen. Ich beschleunige das Tempo, erreiche das Bad, knipse das Licht an, hinein, und rasch die Tür verriegelt. Gerettet! Doch die Erleichterung nach der Erleichterung hält nicht vor. Der Rückweg dräut. Und es ist mir völlig klar, daß das gesichtlos Schreckliche mich bisher nur in Sicherheit gewiegt hat, um mir kurz vor dem Schlafzimmer den Garaus zu machen.

Wie durch ein Wunder gelange ich unbehelligt unter die Bettdecke, wo ich mir atemlos schwöre, keines dieser horrorhaften Bücher mehr anzufassen. Mit dem Sonnenaufgang breche ich den Schwur, um den »Frosch mit der Maske« von Edgar Wallace zu verschlingen. Doch mit dem sinkenden Abend, da Dunkelheit sich in den Zimmerecken einzunisten beginnt, vertraue ich kaum noch auf Chiefinspector Elk von Scotland Yard. Sitzt nicht bereits hinter dem Vorhang, der den Flur abschließt, der »Frosch«, die gläserne Maske mit halbkugelförmigen Augendeckeln vorm Gesicht, und wartet auf mich?

Aber Indianer sind durch nichts zu erschüttern.

Es ist keineswegs leicht und einfach, Indianer zu werden.

Üben, üben. Zu den Übungen gehört unabdingbar das Rauchen. Ohne Friedenspfeife kein richtiger Indianer. Das Kalumet, lese ich, wandert von Mund zu Mund, was mir, der sich leicht ekelt und einen von fremder Gabel angebotenen Bissen ablehnt, Unbehagen bereitet. Aus einem Tabakwarenladen bringt mir mein Vater ein Raucherwerkzeug mit. Der Pfeifenkopf ein schwarzer Totenschädel (vermutlich aus Gips), die Augenhöhlen mit roten Kristallen besetzt, damit beim Rauchen die Glut dahinter aufleuchtet. Den Tabak beziehe ich aus dem Zigarettenvorrat meiner Mutter. Nachdem die Pfeife gestopft und angezündet ist, stelle ich mich vor den Spiegel, in Erwartung, die Kristalle strahlen zu sehen. Heftige Züge, der beißende Rauch gerät in die Luftröhre, der Indianer hustet erbärmlich. Trotz einsetzender Übelkeit halte ich durch. Selbstbeherrschung ist das Kennzeichen der Rothaut. Kein Totenschädelauge blinkt. Mit zitternden Knien ins Bad, um mich zu übergeben. Was habe ich falsch gemacht? Schließlich rauchen die Erwachsenen doch auch, ohne meine Symptome aufzuweisen. Beim nächsten Experiment bediene ich mich einer weißen Tonpfeife, aus der ich sonst auf dem Balkon Seifenblasen hervorzaubere. Die Folgen wiederholen sich. Möglicherweise bekommen mir die Seifenreste in dem porösen Material nicht. Also entschließe ich mich, indianischer Lebensart zuwider, es mit Zigaretten zu versuchen. Ein Schulfreund – ich habe einen einzigen wirklichen Freund – wird um Assistenz gebeten. Allein in der Wohnung, stecken wir uns jeder eine Zigarette an. Inhalieren, Waldemar! Man muß den Rauch inhalieren!

Hinter der Stirn setzt sich ein Rotor in kreisende Bewegung, Schweiß bedeckt abrupt die Stirn, und wir frequentieren nacheinander das Bad. Nachdem mich mein maroder Freund verlassen hat, lagere ich mich sterbensmatt auf die Couch. Nie wieder! Zumindest nicht mehr heute. Aber weitergeübt muß werden, das verlangt indianische Ehre!

Auch das Schießen will geübt sein. Anfänglich hantiere ich mit einem Geburtstagsgeschenk, einem Luftdruckgewehr, geladen mit Bolzen oder Diabolo-Kugeln. Die Scheibe ist aus Pappe und steckt in einem Kugelfang. Kinderkram! Ein Indianer benötigt Besseres.

Kurz vor meinem nächsten Geburtstag führt mich mein Vater in ein privates Arsenal. Nachdem wir unser Haus in der Köpenicker Straße verlassen und die Schillingsbrücke überquert haben, unter uns die verdreckte Spree, in die dennoch ältere Jungen, über das Geländer kletternd, hinunterspringen, gelangen wir ans andere Spreeufer. Es den anderen Jungen gleichzutun, wäre mir nie in den Sinn gekommen. Deren Treiben ist »Gojim naches«, wie meine Mutter dergleichen Unfug nennt, oder noch kürzer und verächtlicher: »GN.« Was alles in den Rang von »GN« eingereiht wird, ergäbe eine stattliche Liste. Vermutlich rangieren auch viele meiner Wünsche unter »GN«, ohne daß mich dieses vernichtende Diktum direkt und wörtlich erreicht.

Mein Vater klinkt eine Haustür auf, ein düsteres Entree, einige Stufen zum Hochparterre, Geklingel, und gleich darauf stehe ich zwischen Flinten, Büchsen, Gewehren, in Ständern an den Wänden aufgereiht. Darüber hängen Pistolen und Revolver, Säbel und Degen, Schwerter und Lanzen, ausreichend für diverse Armeen. Von Zimmer zu Zimmer setzt sich die Sammlung fort. Ich entdecke sogar einige kleine Kanonen in den Ecken, daneben die entsprechenden Kugel-Pyramiden. Weder sehe noch höre ich, was mein Vater mit dem Herrn des todbringenden Instrumentariums verhandelt, und finde erst auf dem Heimweg in die Realität zurück. Mein Vater trägt ein längliches Päckchen unter dem Arm, das sich auf dem Gabentisch als ein Karabiner der französischen Gebirgsjäger entpuppt. Diese Leute müssen enorm kleinwüchsig gewesen sein, gemessen an der Schußwaffe, mit der ich mich auf den Bücherschrank zurückziehe, gewärtig der Flußpiraten vom Mississippi oder anderer Halunken, denen ich schon zeigen werde, daß sie von mir keinerlei Gnade zu erwarten haben. Zu meinem Glück und dem meiner Eltern besitze ich nur deutsche Gewehrpatronen (K 98), wie man sie in der Schule ertauscht. Zwar versuche ich, eine dieser Patronen mit Gewalt in meinen Karabiner zu zwängen, doch das Schloß läßt sich nicht schließen. Ich bin auf die Imitation des Schießens verwiesen und lasse unentwegt den Schlagbolzen klicken, sobald mir einer meiner vielen Feinde ins Visier gerät.

Ein Spielzeug, wie es Erwachsene verwenden. Aber woher sind mir zusätzliche Spielzeuge ähnlicher Art zugekommen? Das doppelläufige Jagdgewehr, ein Vorderlader mit zwei Abzugshähnen – wer bloß hat mir den geschenkt? Von wem der echte Trommelrevolver, Kaliber elf Millimeter, und angeblich aus Lettow-Vorbecks Afrikatruppe stammend? Und die Reiterpistole mit außenliegender Zündpfanne? Und der schwere Dragonersäbel, den aus der Scheide zu zerren meine Arme zu kurz sind, so daß ich Minuten brauche, um »blankzuziehen«? Teschings, Gaspistolen, eine bronzene Signalraketenpistole – von wem? Und von wem das Flobert-Gewehr, mit dem ich einen dunkelbraunen Elefanten treffe und durchbohre?

Zugegeben: Der Elefant ist, zoologisch betrachtet, kein ganz originaler, obwohl man mit etwas Fantasie eine gewisse Hautähnlichkeit mit dem Objekt meiner Treffsicherheit annehmen könnte. Tatsächlich handelt es sich um einen wuchtigen, lederbezogenen Clubsessel, auf den ich meine Schießscheibe plaziere. Vorher lade ich das Flobert-Gewehr mit einer Schreckschußpatrone, lasse eine Bleikugel in den Lauf rollen, stopfe Papier hinterher, damit die Kugel nicht vor dem Abfeuern entweicht. Klopfenden Herzens begebe ich mich in die gegenüberliegende Zimmerecke, ziele und drücke ab. Es kracht enorm. Und zum ersten Male erfahre ich Genaueres über Ballistik, Durchschlagskraft und Geschoßverformung. Der Sessel ist tödlich getroffen, da die Kugel nicht bloß die Scheibe, sondern sogar den Fang dahinter und das Möbelstück selber durchschlagen hat, und nun als graues Bleiplättchen in der Wand steckt.

Viel zu erschrocken über den Knall und das Ergebnis, kommt mir kein Gedanke daran, jemand im Hause könnte den Lärm gehört haben. Aber die Spur meiner Untat ist nicht ungeschehen zu machen. Das Loch im Leder schließt keine noch so intensive Beschwörung. Doch es ist nie entdeckt worden. Entweder weil Gott mich erhört hat, oder weil es knapp über der Sitzfläche im Schatten des rückseitigen Wulstes lag und sich dadurch nur dem Verursacher zeigte – und zwar wieder und wieder.

Was meine Eltern und was die Anverwandten über meine Rüstkammer denken, meinen und sagen, entzieht sich meiner Kenntnis. Keine Anspielung, der Knabe sei doch offenkundig meschugge. Und seine Eltern müßten doppelt meschugge sein, der obskuren Passion ihres Kindes auch noch widerstandslos nachzugeben. Wuchs nicht von Tag zu Tag die Bedrohung der wegen ihrer Abstammung Ausgegrenzten, und wuchs damit nicht parallel die Gefahr, im Besitz eines »geheimen Waffenlagers« ertappt zu werden? Mal ganz abgesehen von den Möglichkeiten der Selbstverletzung durch das Spielzeug der Gojim?

Denkbar, daß hinter meinem Rücken meine Mutter alle Vorwürfe zurückweist. Mit dem Argument, dabei handele es sich um eine vorübergehende Marotte. Der Junge würde sowieso die Künstlerlaufbahn einschlagen, dann verliere er das Interesse an Waffen. Habe der Junge nicht sofort nach der Einschulung ein plastisches Werk aus Knetmasse heimgebracht, eine ovale Insel mit Palme, Haus und Insulaner davor? Hat er nicht einen Stickrahmen gefordert und erhalten, um mit bunten Seidenfäden ein Stück textiler Kunst zu fabrizieren? Und griff der Junge jetzt nicht öfter zum Zeichenstift statt zum Revolver?

Die Großzügigkeit meiner Eltern in Sachen Pädagogik fördert meine Hemmungslosigkeit, was den Gebrauch, eher *Mißbrauch* der Wohnung als Atelier und Galerie angeht.

Nachdem ich eine Wohnzimmerecke ausgeräumt habe, schlage ich Nägel in den Bücherschrank, meinen Hochsitz, und in den Türrahmen, spanne eine Schnur, über welche ich Laken hänge. Dahinter installiere ich eine Ausstellung meiner Bilder, mit Stecknadeln an die Tapete gepinnt. Wer einzutreten beabsichtigt, hat vorher einen Obolus zu entrichten. Nun bin ich auch noch Manager und Kassierer in einer für ihr Alter zu klein geratenen Person.

Der Erfolg meiner Ausstellung macht mich kühn. Ich tendiere ab sofort zum Monumentalen. Darum mache ich mich mit Zeichenkohle über die Wohnzimmerwände her, sie als Folie meines rastlosen Schaffens nutzend. Auf dem Schreibtisch meines Vaters stehend, bedecke ich die geblümte Tapete mit Porträts. Aus einem Buch über europäische Politiker (mit Fotos) kopiere ich in vergrößertem Maßstab die Gesichter von Edouard Daladier und Edouard Herriot, die letzten Demokraten der Dritten Republik française. Ich habe im Familienrat gehört, daß die Feinde unseres Feindes, des braunen Oberhäuptlings vom Stamme der Arier, unsere Freunde seien. Somithin sind sie des Gezeichnetwerdens würdig.

Weil Künstler von jeher der weiblichen Anatomie huldigten, versehe ich die Wand gegenüber mit einer Aktzeichnung, einem Band klassischer Skulpturen entnommen, ein Torso, bei dem jedoch die wichtigsten und meinem innigen Interesse entsprechenden Körperteile ausgeprägt vorhanden sind. Kopf und Arme scheinen mir weniger wesentlich. Mit bebender Hingabe zeichne ich die Linien und Schwünge nach, die Rundungen und Ausbuchtungen, als berührte ich direkt, was ich sonst nur von den aufklappbaren Leibern aus dem »Ratgeber für gesunde und kranke Tage« kenne. Den letzten Schliff gebe ich der kopflosen Nackten, indem ich alle schattenlosen Partien mit Leuchtfarbe bestreiche, so daß die Dame, Gefährtin meiner einsamen Nächte, mir im Dunkeln milde und grünlich heimleuchtet. Ich bin ihr fleißiger Liebhaber, obwohl ein ungetreuer, da stets neue Weiblichkeiten, obwohl bloß papierne, in mein Blickfeld rücken. Glücklicherweise schlafe ich nun im Wohnzimmer auf der Couch, so daß ich mich unbesorgter in meinen Vorstellungen und mit mir selber beschäftigen kann. Keine Ermahnung mehr, vor dem Einschlafen die Hände über dem Deckbett zu deponieren. Das begreife ich sowieso nicht. Wie soll ich mir denn ein Vergnügen bereiten, wenn zwischen den Fingern und allem übrigen eine Isolierschicht liegt?

Nahrung für meine haltlose Fantasie stöbere ich überall auf. Was Pubertät sei, ist mir bekannt. Denn ich studiere mit zunehmender Ungeduld »Frühlings Erwachen« von Wedekind und vermisse enttäuscht die erhofften Stellen. Balzacs »Tolldreiste Geschichten« sind eine Fundgrube, die ich weidlich für intime Zwecke nutze. Heines »Atta Troll« oder das »Buch der Lieder« erweisen sich als unbrauchbar. Andere Bücher, wie Lilly Brauns »Memoiren einer Sozialistin« rühre ich, instinktgelenkt, gar nicht erst an. Und meines Vaters Bücher, etwa »Der rote Handel droht«, »Der rote Handel lockt«, von einem Autor, der wie meine Hosen heißt, nämlich Knickerbocker, verlocken nicht zum Aufblättern.

Da schenkt mir jemand einen Fünfmarkschein, mit dem ich von einem Mitschüler eine spezielle Zeitschrift erwerbe, ein Pariser Nudistenblatt mit zahllosen hübschen, nackten Mädchen auf Schiern im Schnee. Ich kann es kaum erwarten, mich jeder einzelnen zu widmen. Von den nebenstehenden Texten erwarte ich eine zusätzliche Steigerungsmöglichkeit, aber ich verstehe kein einziges Wort. Mit Hilfe eines französischen Wörterbuches klaube ich mir einiges fragmentarisch zusammen, ohne davon berührt zu sein. Ich halte mich fernerhin an die Fotos. Das scheint mir solider.

Die Zeitschrift, zweimal gefaltet, weist in den Knickstellen schon Brüchigkeit auf. Ich habe beim Auseinanderfalten darauf zu achten, daß das illustre Magazin nicht unter meinen unsicheren Fingern zerfällt. Ich führe das Blatt ständig bei mir, als Arkanum und aus Furcht vor Entdeckung. Bei jedem Hosenwechsel überführe ich taschenspielerisch meinen Schatz, meine Schätzchen, in die jeweils nächste Gesäßtasche. Eines Tages mißlingt mir der fliegende Wechsel, und die Trouvaille kommt ans Licht.

Meine Mutter blättert, blättert, peinlich, peinsam, und stellt mir eine einzige Frage, doch derart inquisitorisch, daß sie wie die Flammenschrift aus Heines »Belsazar« an der Badezimmerwand aufflammt und für alle Zeit unlöschbar bleibt.

»Findest du das schön?«

Natürlich finde ich die zahlreichen Geschöpfe schön, schließlich bieten sie sich mir unbekleidet an und dar und folgen widerspruchslos meinen Wünschen.

Mit steigendem Entsetzen erlebe ich, wie meine Mutter das Heft zerreißt, natürlich an den wie dafür vorgesehenen Knickstellen. Meine Mädchen und Frauen, Weiber und Gespielinnen landen im Klobecken, und mit einem energischen Druck auf den Spülknopf versinkt mein Harem in der Kanalisation.

Kann man eine solche Mutter lieben oder auch nur mögen?

Ich habe keine andere Wahl, als zur Literatur zurückzukehren. Aber das »Abendgebet einer erkälteten Negerin« von Ringelnatz bildet keine ausreichende Kompensation.

Vielleicht lese ich derart viel, weil ich auf der Suche nach der verlorenen Anregung bin. Meist liege ich im Bett, ein kindlicher Oblomow, der unaufhörlich schmökert und alles Gedruckte in sich hineinfrißt. Ich bin krank. Des öfteren. Sogar häufig. Falls nicht sogar meist. Sind meine Erkrankungen eingebildet, vorgetäuscht, vorgeschützt, hypochondrisch bedingt? Eine heutige Diagnose würde meinen Zustand psychosomatisch nennen.

Ich liege im Bett, weil ich die Schule hasse. Ich will nicht in das Klassenzimmer, wo mich das Purgatorium preußischer Provenienz erwartet.

Da wird geprügelt und geohrfeigt, gebrüllt und geschlagen, gehöhnt und erniedrigt – danke, ohne mich! Es werden Entschuldigungszettel ausgefertigt, mal vom »Haushaltungsvorstand«, mal vom Arzt beglaubigt, und dennoch – es kommt der Augenblick, da ich eines meiner seltenen Gastspiele in der Schule geben muß. Regelmäßig heißt es in meinen Zeugnissen: Die Leistungen des Schülers Kunert seien nicht zu beurteilen, da er von dreihundertzwanzig Schultagen zweihundertachtzig gefehlt habe.

Selbstverständlich verspäte ich mich auch noch, öffne die Klassentür, ein kleiner, schmaler Blondschopf in kurzen Hosen, die Mappe auf dem gebeugten Rücken, und sofort schlägt mir eine Welle von Geschrei, Gejohle und Gelächter entgegen. Man kennt mich also noch.

Ich bin der Clown in diesem tristen Zirkus. Der Lehrer, ein aus dem Ruhestand zurückbeorderter Graukopf (die jüngeren Lehrer sind eingezogen), begrüßt mich ironisch und heimst dafür weiteren Beifall ein. Ich hasse ihn. Der Mann ist jähzornig. Seine Spezialität besteht darin, ungehorsamen oder unaufmerksamen Schülern deren eigene Mappe über den Schädel zu schlagen. Mich als einzigen schlägt er nie. Vielleicht weil ich meist durch Abwesenheit glänze, so daß er mich als Zielobjekt seiner Gewalttätigkeit auszuwählen keine rechte Muße hatte, oder weil er, ebenfalls denkbar, den bedauernswerten »Halbjuden« nicht zusätzlich malträtieren mochte.

Mein Gesicht glüht, mein Gedärm krampft sich zusammen. Mir wird ein ferner Bankplatz zugewiesen, wo ich, hasenartig, mit offenen Augen weiterschlafen kann. Denn ich bin müde, weil ich bis in die Nacht hinein gelesen habe.

Aufschreckend vernehme ich das Gebrüll des Wüterichs:

»Drei mal achtzehn! Vierzehn mal sieben! Hundert weniger zwölf mal acht! Du und du und du!« Der knochige Finger deutet dolchartig auf die auserkorenen Opfer. Ich bin nicht darunter. Kein »Du« wird mir zuteil.

Die zur Aufgabenlösung Aufgeforderten ducken sich stumm, gleich hagelt es Ohrfeigen, schon kracht die Mappe auf einen Kopf, wird ein anderer an den Schläfenhaaren emporgezerrt. Dann tritt das Lineal in Aktion, klatscht auf die Innenflächen von Händen, doch wehe, falls diese zurückzucken! Anschließend arbeitet sich der Sadist mit dem Rohrstock blindwütig an Gesäßen ab, bis er erschöpft auf dem Podium Platz nimmt. Unterdrücktes Schluchzen. Tränenbäche. Meine Augen werden feucht, ich leide mit und hole unauffällig mein Taschentuch hervor und gebe vor, mir die Nase zu schneuzen. Selbst jene Burschen, von denen ich angerempelt und gepieesackt werde, rühren mich, sobald das Strafgericht über sie hereinbricht.

Trotz meiner Bemühungen, mich dem allgemeinen Verkehrston anzupassen – ich gehöre nicht dazu. Der Instinkt meiner Mitschüler verrät ihnen, daß ich mich bloß in Mimikry übe. Sie nehmen mich nicht an, und ich lege keinen Wert auf ihre Akzeptanz, und das wiederum spüren sie deutlich. Also residiere ich als verschlafene Randfigur und Hinterbänkler in der Klasse und starre auf die nachlässig geputzte Tafel, wo sich aus dem Gewirr grauweißer Streifen eine Burg bildet, eine Landschaft mit Figuren, mit zoologisch undefinierbaren Tieren.

Abrupt stürze ich von einem fremden Planeten auf den Boden trostloser Tatsachen, offenen Mundes, noch das Kommando im Ohr:

»Kunert! Nis Randers! Aber mit Betonung!«

»Als Kaiser Rotbart lobesam / ins heil'ge Land gezogen kam, / da mußt er mit dem frommen Heer / durch ein Gebirge wüst und leer. / Nis Randers lugt, doch ohne Hast / spricht er: Da hängt noch ein Mann am Mast …«

»Aus! Setzen! Fünf!«

Eine Seite im Lesebuch enthält das Gedicht eines »unbekannten Dichters« mit dem Titel »Die Loreley«. Unter Garantie bin ich, außer dem alten Lehrer, der einzige hier, der den Unbekannten aus dem elterlichen Bücherschrank kennt. Der Unbekannte ist einer von uns. Ein »I«, wie meine Mutter abkürzend zu sagen pflegt, wenn sie jemand als jüdisch identifiziert hat. Der ist auch ein »I«. Aber ich verrate niemandem mein Wissen – zu gefährlich. Geduldig warte ich auf das Läuten vor der letzten Stunde, die für den Religionsunterricht vorgesehen ist. Dann darf ich mich erheben, neidvoll beäugt, meine Mappe schultern und heimgehen. Die anderen müssen sich inzwischen mit »Unserm Herrn Jesus« herumschlagen, mit der Heiligen Dreieinigkeit, mit Vater, Sohn und Heiligem Geist, der »nachts im Bette sitzt und scheißt«, wie mir mein Banknachbar versichert. Mehr erfahre ich nicht aus der mir verschlossenen Welt des Christentums. Ich bin ja durch eine Bezeichnung stigmatisiert, welche mir vierzig Jahre später, obschon aus anderen Gründen, noch einmal als Markenzeichen verliehen werden wird: »Dissident«. So jedenfalls vermerkt es die Zeugnisrubrik unter der Überschrift »Glaubensbekenntnis«.

Eines Tages tritt anstelle des erkrankten Paukers ein Stellvertreter auf, der sich coram publico nach ebendiesem Status erkundigt. Sogleich erhebe ich mich und verkünde, ich sei »Mischling ersten Grades«. Damit gelingt mir eine ungeahnte Wirkung: Jubel bricht los, Gelächter und Getöse, als hätte ich, um den Lehrer zu narren, einen vorzüglichen Scherz gemacht. Angestrengt grinse ich in die Runde und wünsche mir meinen Revolver herbei. Der Lehrer winkt ab, ich darf mich setzen, der Unterricht geht weiter. Keiner, abgesehen von dem Lehrer, kapiert, was es mit mir auf sich hat. Von den »Nürnberger Gesetzen« hat kein Gleichaltriger was gehört.

Wahrscheinlich verbinden meine gleichgültigen Klassenkameraden den »Mischling« mit einem stammbaumlosen Hund. Und ich verspüre keinerlei Bedürfnis, meine Umgebung über mich aufzuklären. Schließlich bin ich außer »Indianer« und »Künstler« primär ein »Geheimnisträger«, der den Mund zu halten vermag.

Früh erfolgt die Einweihung ins Geheimnis, noch vor meiner Einschulung. Als ich die Wohnung verlassen will, um mit anderen Kindern da unten auf dem Bürgersteig zu spielen, hält meine Mutter mich auf. Mit ungewöhnlich ernster Miene sagt sie eindringlich und fast feierlich:

»Sprich nie das Wort ›Moskau‹ aus. Sonst werden wir abgeholt!«

Die gute Frau ahnt nicht, was sie damit anrichtet. Mit dem Tabu, das sich aufs verbotene Radiohören bezieht, implantiert sie mir ein Ideal. Das Wort gilt mir fortan als hoher, allein mir (und meinen Eltern) gehörender Wert. Das Wort bezeichnet den Heiligen Gral, von dem aus die Erlösung von Hitler sich vollziehen würde. Dessen ist man ganz sicher. Mit dem volltönenden Zweisilber ist dem Kind eine Gefühlsrichtung vorgegeben, die später in ideologischer Verblendung kulminieren soll.

Doch erst einmal steige ich die Treppe hinunter, um mich den Amüsements Gleichaltriger hinzugeben, Rollerrennen zu fahren, den Kreisel mit der Peitsche über den Asphalt zu treiben, aus den offenliegenden Kühlerwaben von Autos die Insektenleichen herauszupulen.

Zu den Schweigegeboten aus politischen Gründen gesellen sich Ermahnungen, wie sie typisch für die jüdische Mamme sind: »Setz dich nicht auf den kalten Bordstein!« »Nimm einen Schal um!« »Zieh dich warm an!« »Hüte dich vor Zugluft!« Und so weiter und so fort. Die Gesundheitsvorsorge eskaliert in einer höchst ungesunden Epoche.

Etwas Eigenartiges ist anzumerken. Obschon nicht ausdrücklich untersagt, verwende ich niemals jiddische Ausdrücke gegenüber Spielgefährten. Habe ich mich schmutzig gemacht oder ungenügend gewaschen, werde ich zum »Chasser« ernannt, zum Ferkel. Überhöre ich lästige Aufforderungen oder Gebote, erfolgt die Erkundigung, ob ich »cheirisch« sei, also schwerhörig. Die Gespräche innerhalb der Familie sind durchflochten von Restbeständen des Jiddischen, sobald der Emotionspegel steigt und eine

Sache, ein Umstand besonders nachdrücklich betont werden soll.

Die Familie sitzt um den Wohnzimmertisch. Noch sind alle vollzählig anwesend. Noch brät Frau Mandel, genannt »Mandoline«, eine Zugehfrau, in der Küche grüne Heringe, was man tagelang riechen wird. Außer einem geringen Salär werden ihr Mehlwürmer zuteil, die in unserer Speisekammer in einem mehlgefüllten Glasbehälter auf rätselhafte Weise entstehen. Daheim bei Frau Mandel wartet eine zahme Krähe auf die weißlichen, sich widerlich windenden Würmer, die, nachdem der erste Hunger gestillt ist, zu meiner Verblüffung von dem Vogel unter einer Teppichecke gehortet werden. Frau Mandels Sohn Gerhard nimmt mehrmals in der Woche im durchschossenen Sessel Platz und liest die Zeitung meines Vaters, was den wenig erfreut. Welche Zeitung mag das wohl gewesen sein?

Dann bleibt Gerhard weg. Ihm ist unverhofft die Ausreise nach Argentinien gelungen. Nach dem Krieg wird er uns einen Brief schreiben und sich nach seiner Mutter erkundigen, die, wie alle polnischen Juden, nach Polen abgeschoben und dort mittels der bekannten Methode verschollen worden ist. Er schreibt, es gehe ihm gut, nur verliere er zuviel Geld beim Kartenspiel. Ich beantworte den Brief und bitte um ein Paar Schuhe. Damit ist unsere Korrespondenz jäh beendet.

Während mein Vater, ein zurückhaltender Mann, wenig zur Unterhaltung beisteuert, beherrscht Onkel Kurt, der Bruder meiner Mutter, die Szene. Ein leidenschaftlicher Kinogänger, in dessen Fußstapfen ich treten werde, gibt uns einen der letzten amerikanischen Filme zum besten. Wie sich Clark Gable, Loretta Young und Jack Oakie auf Goldsuche am Yukon begeben, von Schneestürmen und heimtückischen Schurken verfolgt. Endlich, endlich haben sie größere Mengen von Goldstaub ausgewaschen, der Heimweg steht bevor und das Kanu bereit, das – mir bleibt fast das Herz stehen – kentert. Mein Onkel macht verzweifelte Schwimmbewegungen, denn die Goldbeutel am Gürtel ziehen die drei tief hinab. Clark Gable befreit sich und seine Begleiterin mit dem

Messer von den Gewichten, doch Jack Oakie weigert sich, den Reichtum fahrenzulassen und versinkt daher im strudelnden Strom. Recht geschieht ihm! Wir richten uns erlöst auf, der Film endet mit einigen Ruderschlägen und dem nicht nachahmenswerten Happy-End. Merke: Reichtum bringt Unglück!

Nachdem es Juden verboten ist, Kulturinstitutionen des Dritten Reiches zu betreten (»Juden unerwünscht!«), ist mein Onkel fortan auf die Erlebnisse seiner, unserer Realität angewiesen, die kaum weniger eindringlich und komisch dargestellt werden.

Kurt Israel Warschauer betritt eine Fleischerei – natürlich ohne den gelben Davidstern, den »Mogn Dovid«, und macht sich erst einmal dadurch eines schweren Verbrechens schuldig. Ob ihn die Schlächtermeisterin durch die Scheibe angelächelt hat, ob sein Instinkt ihn leitet, ist irrelevant. Nach dem Eintreten begrüßt ihn die Königin der Würste und Koteletts in bayerischer Mundart. Das kann mein Onkel auch. Kein Dialekt, den er nicht perfekt nachahmt. So erwidert er »Grüß Gott!« und öffnet damit das Herz der im preußischen Exil schmachtenden Bajuwarin. Ein Landsmann! Und was für einer!

Aus dem Wortschwall der Frau schließt mein Onkel detektivisch auf ihren Heimatort und die dortigen Lebensumstände. Selbstverständlich kennt er den Ort. Ja, er war sogar schon dort. Und die Familie Hinterhuber? Ist ihm bekannt. Und der alte Winziger Franzl? Ja, der ist leider nicht mehr so rege wie früher, ja, ja, das Alter …

Dank der aufkeimenden Intimität und der fleischermeisterlichen Rührung wird dem schwarzhaarigen, untersetzten Landsmann ein kostenloses Paket mit schwerwiegenden Metzgereierzeugnissen überreicht. Vergelt's Gott! Mein Onkel verspricht, so bald wie möglich wiederzukommen, hütet sich aber vor der nächsten Begegnung. Der Überraschungserfolg ist nicht wiederholbar.

Wir, die Zuhörer, wischen uns die Lachtränen aus den Augen.

Obwohl die *Mischpoche* am unteren Rande der Mittelklasse angesiedelt ist und jetzt arm, aber lustig dahinexistiert, schwört mein Vater auf den Kapitalismus und tritt als dessen Anwalt auf.

Er hält sich für einen Unternehmer. Dabei ist er Ausbeuter und Ausgebeuteter in einer Person, Lohnsklave, Buchhalter, Lieferant und Vertreter. Die Produkte: Durchschreibebücher, Blocks, linierte Hefte. Die Fabrik: ein Hinterhofkeller in der Alexandrinenstraße, nahe dem Moritzplatz. Eine Schneidemaschine, eine Heftmaschine, eine Perforiermaschine, allesamt handbetrieben, bilden laut Karl Marx die Produktionsinstrumente. Mit Ausnahme der Schneidemaschine, vor der ich Angst habe, betätige ich mich an den anderen Geräten. Die Schneidemaschine ähnelt einer Guillotine. Anstatt eines Adligen wird ein Ries Papier unter den Stahlbalken geschoben und festgeklemmt. Sodann muß ein überdimensionales Schwungrad angekurbelt werden, bis die Fliehkraft ausreicht, das mit einem Hebel auszulösende Messer mit zischendem Geräusch durch den Papierblock sausen zu lassen. Ein fesselnder Anblick für jeden imaginativ begabten Citoyen.

Gegen alle auf Sozialismus abzielenden Argumente pflegt mein Vater einen Standardsatz, wahrscheinlich Mister Knickerbocker entliehen, ins Feld zu führen: »Wirtschaft in Fesseln ist Tod der Wirtschaft!« Ein Glaubensbekenntnis; sein einziges.

Mein Vater hört geduldig zu, sobald Großvater, Onkel und Mutter mit wechselndem Partner aus dem Familienkreis die sinnlose Diskussion erneut aufnehmen, wie man Hitler hätte verhindern sollen, können, müssen. Ich hocke in einer Ecke und lausche der Gebetsmühle. Nach dem Rückblick auf die unkorrigierbare Vergangenheit wendet man sich den Perspektiven zu. Was wird werden? Soll man auswandern? Aber wohin? Eine Frage, die sich nach Kriegsbeginn erübrigt.

In die hübsche, blonde, »arische« Freundin meines Onkels, in Rena, verliebe ich mich exzessiv. Und suche ihre Nähe, von ihrem Duft angezogen. Ich bin vom Parfüm- und Pudergeruch der Frauen in meinem Umkreis äußerst angeregt.

Mit Rena wird es nichts. Nichts mit meinem Onkel. Er weint, als sie sich für immer verabschiedet, vertrieben von dem Gesetz gegen »Rassenschande«. An ihre Stelle tritt Cilly mit der auffälligen Nase, mit der meinem Onkel gleichgearteten Herkunft. Er heiratet sie auf der Stelle, vermutlich um die Leerstelle nach der Rena-Episode aufzufüllen.

Noch handelt es sich um kleinere familiäre Katastrophen, die gewichtigeren stehen noch aus.

Noch leben wir in einer Scheinnormalität.

Der väterliche Unternehmer nimmt meine Mutter und mich in die Pflicht. Wir tragen in der Wohnung die verschiedenfarbigen Blätter der Durchschreibebücher zusammen. Ein weißes, ein gelbliches, ein rötliches Blatt, in einer unwandelbaren Reihenfolge. Ausgeleerte Schubfächer dienen als Anlage und Ablage. Gemächlichen Schrittes umrunden wir den Tisch, die Seiten übereinanderhäufend. Ist eine Blattsammlung vollendet, numeriert mein Vater mit einem Zahlenstempel jede Seite. Anschließend wird das halbfertige Produkt verpackt, um morgen früh im Keller zusammengeheftet zu werden. Da auf diesem mühseligen Wege kaum Reichtümer anzuhäufen sind, reicht selten das Haushaltsgeld meiner Mutter. Sie fordert eine Nachzahlung. Mein Vater zieht seufzend sein Portemonnaie, und mit einem zweiten Seufzer drückt er ihr ein Fünfmarkstück in die Hand.

Innerhalb der Familien ergeben sich Spannungen, deren Gründe mir vorenthalten werden. Allein aus Halbsätzen, aufgeschnappten Worten kann ich mir vorstellen, was vorgeht. Mit den zunehmenden Restriktionen gegen Juden wird deren Lebensgrundlage dürftiger. Mir ist, als unterstütze meine Mutter ihren Bruder aus den Speisekammerbeständen. Nähere ich mich einer Streiterei, verstummen die Streitenden.

Übrigens versehe ich meine Rolle als »Arbeiter« keineswegs bloß daheim. Ich bin ein fleißiger, wenn auch überflüssiger Helfer bei der Knopfherstellung.

Gegenüber der Wohnung meiner Großeltern in der Wei-
ßenburger Straße wohnt die uns verwandte Familie Caro.
Meine Großmutter, eine geborene Caro mit dem blumigen
Vornamen Flora, ist, wie die anderen Caros, eine Frucht des
Stammvaters Hermann Caro. Von dem habe ich nicht nur
meinen zweiten Vornamen, sondern ein Dokument, eine Art
Identitätszertifikat, ausgestellt um 1860 in den Vereinigten
Staaten, in denen er sich mit seiner Frau und seinen neun Kindern, darunter meine Großmutter, erfolglos herumtrieb. Die
Daguerreotypie seiner Person und seiner Frau auf bräun-
lichem Blech steckt zwischen Samtpolstern in einer geschnitzten, flachen Schachtel und ruht als schmerzliches Menetekel
bis heute unvergessen auf einem Schutthaufen.

Die anderen Caros, Hermanns Enkel, wie viele Juden in
der Konfektion tätig, sind längst gekündigt. Nun schlagen sie
sich mit Heimarbeit durch. Heini und Henry Caro heiraten
die Schwestern Chaskel, und ich, in weißen Hosen, weißem
Hemd, ausstaffiert mit Lackschuhen und ebensolchem Gürtel, trage mit einem ebenfalls in Weiß gekleideten Mädchen
die Schleppen der Bräute durch die Synagoge in der Ryke-
straße. Vordem bin ich nie in einer Synagoge gewesen. Denn
das Glaubensbekenntnis meiner Mutter bestand in einem
einzigen Satz: »Ich glaube, daß ein Pfund Rindfleisch eine
gute Suppe ergibt!«

Von heute auf morgen wird das Carosche Eßzimmer zur
Werkstatt umfunktioniert. Auf einer langen Tafel festge-
schraubt die Pressen. Es riecht betäubend nach Lösungsmit-
teln, nach Klebstoff. Die Urknöpfe erweisen sich als win-
zige Blechschalen mit einer separierten Unterseite mit den
Löchern zum Annähen. In einen kolbenähnlichen Stahl-
zylinder stopfe ich mit einem Holzschlegel den jeweiligen
Stoff, dazu die Schale, danach die meist schwarze blecherne
Unterseite. Den gefüllten Zylinder schiebt man unter die
Presse, packt den seitlichen Hebel, zieht ihn mit einem Ruck
an sich, und der Zylinderinhalt entpuppt sich als fertiger
Knopf.

So hätte es friedlich und unterhaltsam weitergehen können, hätte nicht Tante Trudchen, die Mutter von Heini und Henry, einen Schlaganfall erlitten. Sie nämlich ist die Rückversicherung ihrer Söhne und Schwiegertöchter gewesen – als »Arierin«. Nun werden die beiden Ehepaare nach Theresienstadt deportiert.

Aber vordem feiern wir und sie die Feste, wie sie fallen. Weihnachten und Chanukka, Silvester und jüdisches Neujahr, Purim und Fastnacht. Es wird getrunken und »geachelt«, sprich: gespeist. Mazzeklöße oder Rinderrouladen, Krepplach, Teigtaschen mit Fleischfarce gefüllt, von der stets ein Rest übrigbleibt – den stopfe ich mir von der Hand in den Mund, in der Küche auf dem Kohlenkasten hockend.

Keine Feier ohne Ananasbowle. Ein Glas steht mir zu. Die Stimmung steigt. Es wird gesungen:

»Oi, oi, oi – schicker ist der Goi …« Und mein Vater, der Goi, singt begeistert mit, fidel, wie jedermann in diesem Kreis. Aber er hat Schwierigkeiten mit der Aussprache jiddischer Floskeln. Die Rachenlaute, den holländischen ähnlich, bringt er nicht zustande. Das »Ch« will nicht aus seiner Kehle heraus. Bei ihm ist ein »Chammer«, ein Dummkopf, daher zwangsläufig ein »Hammer«. Und wenn wer »Chain« hat, unübersetzbarer Begriff für Schick, Charme, Mutterwitz, Talent, Begabung, mutet mein Vater demjenigen zu, »Hein« zu haben. Nur die »Chuzpe«, die Unverschämtheit, wird bei ihm merkwürdigerweise zur »Schuzpe«, ohne daß sich der phonetische Wandel aufklären läßt. Ebenso rätselhaft spricht er von dem zu erwartenden »Schaos«, wobei doch hier das reine »K« angebracht wäre. Ich, früh übt sich, habe keine Ausspracheprobleme und weiß sogar, was eine »Chonte« ist, nämlich eine Prostituierte, und ich werde eines Tages über einen Zweizeiler lachen, den zu verstehen keiner mehr da ist: »Aus der Kammer einer Chonte / kam ein Chammer, der nicht konnte …« Jede Sprache stirbt mit ihren Benutzern, und die besten Witze erscheinen daher den »arischen« Zuhörern wie böhmische Dörfer.

Auf die Sprache, auf das Sprechen, auf die Sprechenden sind meine Ohren fledermausartig ausgerichtet. Da wird vom »Affidavit« geredet, was für mich komisch und zoologisch klingt, und doch für jene, die noch zu fliehen imstande sind, die Rettung bedeutet. »Lift« hielt ich für den »Fahrstuhl«, doch in der Wirklichkeit des Dritten Reiches bezeichnete man damit das in die Emigration mitnehmbare Frachtgut.

Selten arten die Auseinandersetzungen zum Streit, zu gegenseitigen Vorwürfen aus. Dann erhebt sich mein Großvater und zieht sich in die Küche zurück, den Zank durch seinen Abgang beendend. Man muß den weinenden Mann aus der Küche zurückholen, ein schamvoller Vorgang, den Frieden wiederherstellend.

War ich mit ihm allein, nach dem Tode seiner Frau von meinen Eltern bei ihm »geparkt«, führt er zu meiner nimmermüden Begeisterung vor, wie er potentiellen Kunden als Krawattenvertreter Schlipse vorführt. Mit einem raschen Griff schlingt er den Knoten um seinen Daumen und streicht den Rest des Binders über dem Unterarm glatt. Ich bewundere die routinierte Perfektion der Darbietung. Dann will ich die goldene Taschenuhr betrachten. Er angelt sie aus der Westentasche. Nach fünfzigjähriger Tätigkeit als Jude entlassen, hat sie ihm sein Chef geschenkt. Und den Namen David Warschauer, ohne »Israel« dazwischen, eingravieren lassen. Die Uhr schlägt auf Knopfdruck die jeweilige Stunde. Vermutlich wird sie eingeschmolzen und in den Bunker der Reichsbank verbracht werden. Falls nicht gar in die Schweiz, damit die geflohenen Schreibtischtäter in Südamerika ihr Fortleben genießen können. Manchmal kämme ich meinem Großvater den vollen, weißen Haarschopf, bin, nach beängstigenden Friseurbesuchen, nun selber der Figaro. Er bedankt sich anschließend und kramt aus seiner Geldbörse eine Münze hervor, mich zu entlohnen. Er reicht mir ein Fünfpfennigstück, das ich, neugierig und vor allem gierig wartend, in einem Wutanfall zu Boden schleudere. Das war ja nichts! Mein Onkel, hinzukommend, will mich beruhigen. Doch das

29

von seinen Kriminalromanen umnebelte Kind schreit: »Warte nur, bis dir der Dolch im Rücken steckt!«

Die Familie, ein antiker Chor im Hintergrund, ist entsetzt. Wie kann der Junge unter diesen Umständen nur so etwas sagen! Und noch heute schäme ich mich für meinen hysterischen Ausbruch, der den Großvater in die Küche trieb, wo er, verzweifelt und gebeugt, den Einbruch der Barbarei in die eigene Familie beklagte.

Doch die wirklichen Barbaren existieren rund um uns. Die Männer unserer Familie sind stets sorgfältig und korrekt gekleidet. Man trägt unverwandt Schlips und Kragen, den anknöpfbaren, frisch gestärkt und gebügelt. Mein Großvater ersetzt die Krawatte durch eine »Fliege«. Vordem hat er ein Plastron getragen, den klassischen Binder, mit einer Perle im Zentrum des Seidendreiecks. Auch würde er nie ohne Gamaschen über den Schuhen, sogenannte Dackeldecken, auf die Straße gehen. Sein Mantel heißt Paletot. Außer meinem Vater an heißen Sommertagen erblicke ich keinen der Männer in derangierter Bekleidung.*

Auf mich färbt das Reglement nicht ab. Schludrige Sachen bereiten mir Wohlbehagen. Ich kleide mich zeitweilig meiner aktuellen Lektüre entsprechend um. Bei »Robinson Crusoe« versetze ich mich in des Seefahrers Lage. Trotz sommerlicher Hitze steige ich in die Schnürstiefel, schlüpfe in einen kratzenden Wollpullover, streife die blaue Seemannsjacke mit der doppelten Knopfreihe über und gehe auf große Fahrt. Die Gegenwart verschwindet hinter den Fenstern, und ich strande an einer einsamen Insel, wo mich sofort ein gräßlicher Hunger plagt. Von keinem »Freitag« begleitet, begebe ich mich in die Küche. Mit einigen Tropfen Maggiwürze kräftige ich den erschöpften Leib. Sodann entzünde ich das Lagerfeuer respektive den Gasherd, stelle Wasser in einem Topf auf die Flamme und gewinne nach unentwegtem Rühren eine köstlich schmeckende Maggi-Suppe mit Sternchen. Oder ich nage mäusesacht an einem Würfel mit dem verdächtigen Titel »Ochsenschwanzsuppe« oder an der »Erbswurst«, einer bleichen, steinharten Stange, bröckelig, herrlich. Im Sommer verfertige ich erfrischende Getränke. Eine Mischung aus Essig und Zucker, versetzt mit aufschäumendem Bullrichsalz, beim voreiligen Trinken durch die Nase abgehend. Ich bin ein Experimentator mit einem unleugbaren Hang zur Pyromanie.

Wie hypnotisiert knie ich vor dem Ofenloch im großelterlichen Wohnzimmer und glotze gebannt in die Flammen, bläulich zwischen Holz und Preßkohlen sich herausschlängelnd. Heißes Leben spielt sich da ab, ich kann mich von dem Anblick nicht lösen. Daheim wirke ich als Hephaistos am Herd, schmelze Blei in einer Suppenkelle, meine Mutter wird sie demnächst vermissen, gieße das schimmernde Metall in meine Rennautos, ihre Straßenlage zu verbessern, gieße es in Formen, aus denen nach dem Erkalten altertümliche Kavalleristen hervorreiten.

Ein Junge aus der Nachbarschaft beteiligt sich als zeitweiliger Eleve an meinen Unternehmungen, verschlingt protestlos meine Suppen, nimmt ergeben meine kulinarischen Improvisationen entgegen – um nur ja nichts von meinen Erzählungen, die zugleich serviert werden, zu versäumen. Als belesenes Kind weiß ich von unerhörten Dingen zu singen und zu sagen. Meine Glanznummer liefert mir Maupassant mit seiner Novelle von der abgehauenen Hand. Dramaturgisch geschickt warte ich die Dämmerstunde ab. Vor mir meine Opfer, der Nachbarsjunge samt jüngerer Schwester. Vortäuschend, authentische Kunde vom Geschehen zu haben, berichte ich von einem französischen Kolonialoffizier, der in Marokko einem gefangenen Rebellenführer die rechte Hand abhacken und diese mumifizieren läßt. Die Hand, knochig und wie gedörrt, hängt, mit eisernem Ring und Kette an der Wand befestigt, im Salon des Offiziers. Während ich mit gesenkter Stimme erzähle, strecke ich unvermittelt meine Hand in krüppelhafter Verkrampfung meinem entsetzten Publikum entgegen. Jeden Abend habe der Offizier mit seiner Reitgerte die Hand ausgepeitscht (ich ahme die Bewegung nach), doch eines

Nachts riß sich die Hand los und kroch in das Schlafzimmer des Quälers. Meine Hand schiebt sich spinnengleich mit den Fingern tastend auf das kreischende Mädchen zu. Am nächsten Morgen wurde der Offizier erwürgt aufgefunden, einen vertrockneten, abgebissenen Finger im Mund. Die Hand selber aber blieb für immer verschwunden ...

Beim Erzählen dieser fabulösen Story spüre ich, wie mir Schauer über den Rücken laufen, als sei ich Augenzeuge des gespenstischen Mordes. Mein Erfolg ist grandios. Beiden Kindern steht der Mund offen, die Mienen fassungslos. Anhaltendes Schweigen, das ich mit der Bemerkung unterbreche, sie beide sollten beim Nachhausegehen im dunklen Treppenhaus ja vorsichtig sein, weil niemand wisse, wo sich die abgehackte Hand gegenwärtig aufhalte.

Mit derlei angelesenen Mären schmeichle ich mich in die Seelen meiner jugendlichen Zuhörer, die mir auf ihre Weise danken wollen. So passiert es an einem der nächsten Nachmittage, daß – nachdem Bruder und Schwester miteinander geflüstert – er hinter sie tritt und ihr Röckchen hebt, um mir den nackten Unterleib des sanft lächelnden Mädchens vorzuführen. Obschon bei unseren Spielen eine frühpubertäre Spannung oftmals Regie führt, körperliche Berührungen sowohl ersehnt wie erwünscht sind, bin ich augenblicklich ernüchtert. Reglos und stumm betrachte ich das biologische Demonstrationsobjekt. Mir ist seltsam trostlos zumute und meine sonst immerwache Neugier für intime weibliche Details abrupt erloschen. Der Rock fällt, das Spiel ist, ehe es beginnt, schon beendet. Ach, wo sind meine schilaufenden Demoisellen hin, an denen ich mich täglich erfreute?

Außer diesen temporären Gefährten schenkt mir das Stadtviertel, der Berliner Kreuzberg, einen Freund, der, wie erwähnt, mein einziger bleibt, wohnhaft in einer Straße seines Vornamens. Ein stiller, blonder Junge, hohe Stirn, vaterlos, die Mutter Heimarbeiterin, die Einzimmerwohnung im Hinterhof, zweiter Stock, Toilette im Zwischengeschoß, die Treppenstufen abgetreten, knarrend unter meinem Schritt.

Der Junge, ein Filmnarr gleich mir, hat, worum ich ihn beneide, bereits vor der Kamera gestanden. In dem Ufa-Film »Unser Fräulein Doktor« mit der längst vergessenen Mimin Jenny Jugo als Lehrerin. Mein Freund agierte als einer der Schüler. Ab sofort ist er der Fachmann, und sein Berufswunsch steht fest: Regisseur. Meine Sympathie und meine lang anhaltende Trauer über seinen Tod in einem Kinderlandverschickungsheim in Böhmen beruhen auf einem beiläufigen Vorgang. Als er mich, wie so häufig, besucht, hängt im Flur der Paletot meines Großvaters, der gelbe Stern sichtbar nach außen gekehrt. Waldemar passiert den Mantel, ohne Frage, ohne eine Reaktion zu zeigen, ohne Wendung des Kopfes. Ich laufe nach Kriegsschluß stets erneut zu seinem Haus, die Stufen knarren unverändert, um mich nach seinem Verbleib zu erkundigen, bis irgendwann einmal auf mein Klingeln nichts mehr erfolgt. Und beim nächsten Mal ist sogar das ganze Haus verschwunden, unter Hinterlassung einer planierten Fläche. Allein in Träumen betrete ich es manchmal, doch selbst dann klingele und klopfe ich vergeblich an die Tür.

Ich bin ein Spurensucher, ein verhinderter Archäologe seit frühester Zeit. Alles Unerklärliche und Unbegreifliche bewegt mich. Allein das Wort »Geheimnis« versetzt mich in eigentümliche Stimmung. Und ich weiß auch, wo ich nach ihm fahnden muß.

Nämlich in Fächern und Schubladen. Selbst als bettlägeriger Kranker, ermüdet vom Lesen, erbitte ich mir irgendeine Lade aus irgendeiner Kommode. Obgleich ich deren Inhalt schon zehnmal umgewälzt habe, hebt ein erneutes Kramen und Wühlen an. Daheim sieht man mir die Manie nach, doch andernorts werde ich zum Schrecken aller Verwandten und Bekannten. Denn kaum betreten wir, meine Mutter und ich, eine fremde Wohnung, luge ich mit Falkenaugen in die Räumlichkeiten. Mir entgeht kein Möbelstück, das Fächer aufweist.

Mit zunehmender Heftigkeit quengelnd und drängelnd, zwinge ich meine Mutter, bei unseren Gastgebern die Erlaubnis einzuholen, eines der Fächer öffnen zu dürfen. Daß mein unstillbares Verlangen Peinlichkeiten bewirken könnte, schert mich nicht. Meine Mutter, um des lieben Friedens und des Sohnes willen, vermittelt dessen obskuren Wunsch. Mürrisch wird dem zugestimmt. Und schon beginnt meine visuelle und taktile Irrfahrt durch unbekanntes Gelände. Welche Lust bereitet das Chaos erstmals angeschauter Dinge! Ich kurbele am Rasierklingenschleifer und scheue angewidert vor einer abgewetzten Zahnprothese zurück. Da warten Kragenknöpfe und defekte Füllfederhalter aufs Betastetwerden, Taschenuhrenbehälter aus Blech, Sockenhalter und massenhaft Knöpfe, buntbedruckte Zigarettenschachteln voller Spangen und Nadeln, Bleistiftanspitzer und Nagelfeilen. Auf dem Schachteldeckel steht ein Araber im Burnus, an sein Kamel gelehnt, hinter ihm die Pyramiden – eine an mich gerichtete Botschaft aus dem fernen Orient. Und glitzert die mit Straß bestückte Damengürtelschnalle nicht wie der Riesendiamant in jener Höhle, die auf den Befehl »Sesam – öffne dich!« ungeahnte Reichtümer freigibt?

Noch im Rausch des Kramens, ignoriere ich die Mienen der Besuchten beim Abschied und trage exakte Bilder des gegenständlich Erforschten mit mir fort. Die Gesichter nehme ich kaum wahr.

Keiner dieser Besuche verläuft ohne ein Geschenk für mich, das ich mir entweder erbettele oder das mir mehr oder minder freiwillig überreicht wird. Von meinem Großvater, dem sensiblen Mann, bekomme ich ein Klappmesser mit feststellbarer Klinge. Eigenartig! Und aus dem Nachlaß von Platzmann wird mir ein ellenlanges Jagdmesser mit gezähntem Rücken zuteil. Herr Platzmann ist nicht tot, sondern abgereist, und sein Besitz verweht langsam in alle Winde. Er muß ebenfalls die Lust am Kramen verspürt haben, denn er findet in seiner Wohnung im ersten Stock unseres Hauses zufällig Dokumente, die beweisen, daß er eigentlich Amerikaner ist. Kurz bevor die USA in den Krieg eintreten, verläßt er Deutschland, verläßt er seinen Papagei, mit dem er, als halte er ein Baby im Arm, durch die Zimmer wandelt, hinterläßt er zwei Optikgeschäfte, von denen er das eine noch Fräulein Schmidt übereignen kann. Er verläßt Agathe, seine Haushälterin, Ostpreußin von Gardemaß, zu der meine Mutter engere Beziehungen anknüpft.

Das obskurste Geschenk, ein Paket von »NS-Schulungsheften«. Darinnen in Fortsetzung die Abbildungen von Objekten der Ausstellung »Entartete Kunst«, von mir freudig begrüßt. Sorgfältig schneide ich die gebrandmarkten Werke der deutschen Moderne aus, um damit ein Album, mein »Stundenbuch«, herzustellen. Wie hätte ich sonst Kirchner und Heckel kennengelernt? Alles Verbotene gewinnt an Wert, wenn auch nur einen symbolischen.

Verbotenes kommt auch von Herrn Wiese, dem Antiquar. Er haust in einem dämmrigen Gehäuse, eine einsame Glühbirne ohne Schirm zu Häupten, hinter einem abgenutzten Tresen, unter dessen oberer Platte das Verbotene lagert. Nahezu wöchentlich begibt sich meine Mutter zu ihm und kehrt mit einer Einkaufstasche sequestrierter Literatur an mein Bett zurück. Kästners Kinderbücher nehmen auf der Steppdecke Platz, das »Inselparadies« von Charles Vildrac, »Der heitere Fridolin«, Wolf Durians »Kai aus der Kiste«, »Panzerkreuzer Potemkin« mit Standfotos aus dem Film, Fedor von Reczniszeks »Berliner Bälle«, langatmig Gereimtes über das feudale Berlin, Gustav Meyrinks »Golem« und »Das grüne Gesicht« und »Fledermäuse« und »Des deutschen Spießers Wunderhorn«, Jack Londons Abenteuer, »Uhu« und »Querschnitt«, ein schier endloser Strom von »Druckerzeugnissen« der nun wirklich golden erscheinenden Zwanziger Jahre. Wie mit der Wells'schen »Zeitmaschine« reise ich aus dem Dritten Reich in die Weimarer Republik. Lesend entschwinde ich aus der verhaßten Realität und werde Teilnehmer leidlosen, weil imaginären Geschehens. Menschen, die mich aus den Zeitschriftenfotos heraus anblicken, sind mir vertrauter und vertrauenerweckender als die auf der Straße. Meine Zuneigung gilt den mir zeitlich Ferngerückten ebenso wie den vom Nazismus Verhöhnten und Herabgewürdigten. Mir zuliebe abonnieren meine Eltern beim »Lesezirkel Fahrenholz« das wöchentliche Kompendium der gleichgeschalteten Presse. Blätternd stelle ich mir die verkehrte Welt wieder auf die Füße. Das »Weltjudentum« erweist sich als familiär, und der stets als »Rosenfeld« apostrophierte Präsident Franklin D. Roosevelt steht mir näher, als er es je ahnen konnte.

Weil meine Bibliothek anschwillt und überquillt, läßt mein Vater ein Regal anfertigen, das bis unter die Decke reicht und mit Stahlwinkeln an der Wand befestigt wird. Die Einordnung der Bücher erfolgt nach einem rein emotionalen Prinzip. In Augenhöhe meine Favoriten, hoch droben die ungelesenen Festtagsgaben. Gleich einer Spinne klettere ich, an die Borde geklammert, hinauf und hinunter und nach den Seiten. Lesen, lesen!

Auch die Illustrierte *Die Koralle* wird noch in die Lesewut miteinbezogen. Unten an der Hausecke sehe ich, sobald ich mich über die Balkonbrüstung lehne, die Zeitungsfrau mit ihrer kleinen Tochter. Den Laden bildet nichts anderes als eine braune, in Fächer unterteilte Leinentasche. Passanten kaufen ihre Zeitungen, ohne die Verkäuferinnen zu beachten. Die Mutter kassiert, die Tochter reicht dem Kunden das Blatt. In die Tochter, ein Antlitz von beinahe mongolischem Zuschnitt, streng geglättet das Haar, bin ich seit längerem verschossen. Sie blickt mir in die Augen, wendet sich um, zieht die *Koralle* aus dem Futteral, um sie mir hinzuhalten und mich erneut derart zu mustern, daß ich Minuten danach auf den Balkon gehe und hinabstarre.

Bevor da unten der Tumult losbricht, müssen die beiden ihren Posten verlassen haben. Ich nehme nur eine tobende Meute wahr, höre Geschrei, Glas splittert, weil unten im Ecklokal alle Scheiben eingeschlagen werden. Man zieht mich vom Fenster zurück. Da ist der Teufel los, der deutsche Teufel. Der Kalender nennt das Datum: 9. November 1938. Der jüdische Restaurantbesitzer taucht nicht mehr auf, und ehe man es sich versieht, etabliert sich ein Elektrofachgeschäft, Inhaber Herr Obst, in den verwüsteten Räumlichkeiten.

Die Familiensitzungen nehmen an Hektik zu. Was wird nun werden? Wie wird sich das Ausland verhalten? Und wie wird Amerika reagieren? Was wird Herr Platzmann in New York für uns unternehmen? Und die Sowjetunion? Schon beim Einmarsch ins Saarland hätten die Westmächte eingreifen müssen, als Hitler noch schwach gewesen ist. Na – und das Münchener Abkommen? Da haben sie doch Hitler jeden Wunsch erfüllt. Das haben wir jetzt davon.

Mit mir unverständlichen Witzen trösten sich die Erwachsenen über die trostlose Lage hinweg. »Hitler wird im Polnischen Korridor stolpern und sich das Genick brechen – emmes!« Für mich zeigt sich kein Zusammenhang zwischen Hitler und einem Korridor. Mir entgeht der offensichtlich erheiternde Effekt.

Man rückt enger zusammen.

Jüdische Bekanntschaften mutieren zu Freundschaften. Die gegenseitigen Besuche mehren sich.

Bei der Familie Falckenstein sind meine Eltern besonders gern gesehen, vor allem meine Mutter, die Kettenraucherin. Denn sie sammelt die Stummel ihrer fleißigen Selbstintoxikation, löst die Tabakkrümel aus dem Papier und füllt das Nikotinkonzentrat in ein leeres Marmeladenglas. Der alte Herr Falckenstein lächelt selig und stopft sogleich seine Pfeife mit dem tiefbraunen Kraut. Mir scheint der Raum in der Keibelstraße überfüllt. Lauter Verwandte von Verwandten. Unter ihnen ein junger englischer Jude, in Berlin bei Kriegsausbruch hängengeblieben, ohne jegliche Deutschkenntnis. Auch Jiddisch ist ihm fremd. Und keiner von uns spricht, außer dem dummen Satz »How do you – mit 'n Gummischuh«, auch nur ein Wort Englisch. Dennoch bezieht man ihn in die Unterhaltung mit ein, was er mit rührendem Lächeln quittiert. Haben wir nicht Hände und Mimik, um zu kommunizieren? Kennen wir nicht alle den jüdischen Spruch: »Redst du mit de Händ, red ich mit de Fieß!«?

Gelangweilt ziehe ich mich unauffällig aus der Falcken-steinschen Wohnung zurück. Ein Stockwerk tiefer hausen die Schwestern meines Großvaters, Tante Marie und Tante Auguste. Tante Marie ähnelt einer Kugel auf Beinen, wobei letztere den Eindruck erwecken, als seien sie mit den Wickel-gamaschen englischer Soldaten aus dem Ersten Weltkrieg um-bunden. Tante Auguste hingegen ist einen Kopf größer und von knochiger Gestalt. An beider Wohnungstüren klebt der gelbe Papierstern, damit man weiß, wen man demnächst hier abzuholen hat. Über Falckensteins in der Mansarde lebt eine jüdische Frau mit ihren beiden Kindern. Die Tochter, etwa in meinem Alter, zeigt mir ihr Lehrbuch des Hebräischen, der viel jüngere Bruder krabbelt auf den nackten Dielen herum. Sie behauptet, Zionistin zu sein, was mich veranlaßt, stolz zu erklären, ich jedenfalls sei Kommunist. Um nähere Aus-künfte über meine unvorsichtig abgegebene Confessio gebe-ten, muß ich passen. Weil ich mich unterlegen fühle, dem Mädchen und den rätselhaften Schriftzeichen gegenüber, und auch nicht verstehe, wieso man ein Buch von hinten nach vorne liest, verabschiede ich mich rasch. Außer meiner ver-frühten Selbsternennung zum Mitglied einer revolutionären Weltbewegung prägt sich meinem Gedächtnis der Mädchen-typus ein: brünett, dicklich, frühreif und der Polypen wegen mit verstopfter Nase nuschelnd.

Eine andere Wohnung, andere Leute, dieselben gelben Sterne. Zwei Kinder sind anwesend, eines davon bin ich, das andere eine Schönheit. Sofort konferiere ich flüsternd mit meiner Mutter vor dem Verabschieden: Sie solle unbedingt mit der Mutter des Mädchens reden und dieses zu uns einla-den. Am besten schon morgen! Ich bin hingerissen von der schweigsamen Sylphide. Die Mütter verhandeln miteinan-der. Der Coup glückt. Nach einigen unruhigen Nächten klingelt es nachmittags an der Tür, ich öffne und erlebe das Wunder: Mein Engel schwebt, von der Mutter geleitet, in die Diele. Und mir wird dieses Meisterwerk der Natur anver-traut! Mir!

Im Schlafzimmer hocken wir auf dem Boden, die Rücken ans Bett gedrückt, so dicht wie möglich nebeneinander. Was geht in einem Kopf vor, daß ich plötzlich den Wunsch äußere, sie möge doch ein Paar meiner kurzen Hosen anziehen? Umstandslos erfüllt die Zwölfjährige mein Verlangen. Mein Aufenthalt im siebenten Himmel dauert viel zu kurz, da eine Erinnye den Schauplatz meiner absonderlichen Inszenierung betritt: die Mutter. Und erblickt ihr Kind in meinen prall anliegenden kurzen Hosen und packt die minderjährige Venus Kallipygos und zerrt sie hinaus, auf und davon und mit meiner Hose, an der ich besonders hänge, weil sie aus den USA stammt.

Nach drei Tagen habe ich sie wieder, im Schritt gestopft, gewaschen und gebügelt, ein Postpäckchen ohne schriftliche Mitteilung. Meine Mutter regt sich über die Sendung auf: Eine Chuzpe! Der Schlag soll sie treffen, diese Frau Nathanson oder Davidson! Wir werden den beiden nie mehr begegnen. Sie wandern wie alle anderen in den Tartaros, wo es auf die Kleiderordnung nicht ankommt und die Worte Anstand und Sitte einer ausgestorbenen Sprache angehören.

Baruchs sind toleranter. Arthur Baruch, der Paterfamilias, ist ohnehin sehr beschäftigt und verschwindet, nachdem er uns begrüßt hat, sofort durch eine von mir bestaunte Tapetentür. Was mag dahinter vorgehen? Das Geheimnis ist schnell gelüftet. Dahinter tagt eine unentwegte Pokerrunde. Arthurs Habitus setzte sich aus einem kalten Zigarrenstummel zwischen den wulstigen Lippen, einem durchschwitzten Oberhemd über einem enormen Bauch und einem Päckchen Spielkarten in der Linken zusammen. In den meisten jüdischen Familien wird kartengespielt. Die Erwachsenen pokern oder skaten. Sollen die Kinder einbezogen werden, spielt man »Gottes Segen bei Kohn«, ein Glücksspiel.

Wir, die Gäste, sitzen auf der Couch. Inge Baruch, eine Sechzehnjährige, erhält gegenwärtig Ballettunterricht und tanzt uns etwas aus ihrem Repertoire vor. Inge kommt im Umfang nach ihrem Vater, was die Darbietung zur ungewollten Clownerie ausarten läßt. Meine Mutter preßt ihr Taschentuch vors Gesicht, eine Erkältung vortäuschend. Mein Vater kneift seine wasserblauen Augen zusammen, bewahrt jedoch Haltung. Man stellt das Atmen ein, um nicht loszuplatzen. Mit einem tiefen, unbeholfenen Knicks endet die Vorstellung. Für den Rest des Tages bin ich von weiteren Zwangsmaßnahmen erlöst und kann mich Inges jüngerem Bruder Horst widmen. Die Erwachsenen beschäftigen sich mit den Problemen, die »Zores« heißen, und überlassen die Kinder sich selbst. Auf der Tagesordnung steht das beliebte Doktorspiel. Horst mimt, einer unumstößlichen Regel gemäß, den Patienten, der, wie es sich für einen Kranken gehört, im Kleiderschrank untergebracht und behandelt werden muß. Zuvor legt der Patient Hose und Unterhose ab und bietet einen verwunderlichen Anblick. Er wird unter einem enormen erigierten Glied nahezu unsichtbar. Der Schrank wird geschlossen und der Patient dem Heilungsprozeß überlassen.

Als wir uns zum allerletzten Male wiedersehen werden, überlagert Ernst den Spieltrieb.

Aus dem »arischen« Teil der Familie sind mir keine Spielgefährten zugewachsen. Gäbe es welche, so wäre ihnen gewiß der Umgang mit mir verboten gewesen. Denn für die Kunerts, die aus dem Nebel der Geschichte als Kutscher im österreichischen Schönlinde und dem »Ahnenpaß« zufolge 1781 auftauchen, wäre und ist die Ehe meines Vaters eine Mesalliance gewesen.

Zwar ist der Bruder meines Vaters ein reicher Mann, doch davon merke ich nichts.

Manchmal schenkt er mir ein ausgeleiertes Kugellager, weil seine Firma mit Mercedes-Ersatzteilen handelt. Dafür wohnt er in einer »arisierten« Villa im Grunewald, wo seine Frau jeden Morgen auf einem eigenen Gaul ausreitet. Meine katholische Großmutter ist eine Figur aus der *Gartenlaube* mit einer Halskrause aus Fischbeinstäbchen und einer entsprechenden, hochaufgesteckten Frisur. Ihr »Gemahl«, wie sie sagen würde, also der andere Großvater, leidet an einer speziellen Art von Gojim naches: Er sammelt Schmetterlinge, Käfer, überhaupt Insekten jeglicher Sorte. Als er stirbt, erbe ich zahllose verglaste Kästen mit entfärbten und unerfreulich anzuschauenden Leichnamen.

Glücklicherweise ist gerade Sommer. Ich trage Kasten um Kasten auf den Balkon, zücke mein Vergrößerungsglas und fokussiere den gebündelten Sonnenstrahl auf einen Hirschkäfer, der zu dampfen anfängt und unter Abgabe eines merkwürdigen Geruchs haltlos verschmort.

Zugleich ist es ein spannendes Spiel, bei dem ich nicht einhalten kann, bis alle Kästen bloß noch die pulverisierten Reste ihrer Bewohner aufweisen.

Haben wir eigentlich keine »arischen« Freunde?

Doch, doch. Henry Netz nebst Frau und Sohn. Ihr Domizil ist ein umgebauter Laden in der schmalsten Straße Berlins, in der Stallschreiberstraße. Die Schaufensterscheibe ist bis zur Brusthöhe vorhanden, darunter eine nachträglich errichtete Mauer. Stufen führen in düstere, mit finsteren Farben gestrichene Räumlichkeiten. Man kann durch die Ladentür eintreten oder durch eine Tür im Hausflur. Und aus dem tiefliegenden Fenster des Schlafgemachs spaziert man bequem in den Hof. Frau Netz kaut beständig auf ihrer Zunge wie auf Kaugummi und ignoriert Krebswarnungen. Henry, schnurrbärtig und zartgliedrig, ist ein Filou ersten Ranges. Kaum zum Afrikakorps eingezogen und nach Libyen verschifft, sitzt er wie durch Zauberei schon wieder in der Ladenwohnung. Von einem Lastwagen gestürzt und deshalb aus der Wehrmacht entlassen. In Wahrheit hat er, Setzer von Beruf, sich den Entlassungsschein selber gedruckt und muß bald ins KZ, das er überlebt. Jetzt läßt er im Kreise seiner Gäste ein Mitbringsel umherwandern: eine Pistole (Walther, 7,65 Millimeter) und weist uns auf die doppelte Sicherung hin: So geht es bei »arischen« Freunden zu.

Schließlich die gemischten Ehepaare wie meine Eltern.

Hanni und Arno Lumma in Berlin-Heiligensee, Vorort,

der eine lange Fahrt und mehrfaches Umsteigen erfordert, um ihn zu erreichen. Hanni ist eine Cousine meiner Mutter, eine Frau aus dem unübersehbaren Caro-Clan. Hier wird nicht gepokert, sondern Skat gespielt. Manchmal beteiligt sich als vierter Mann aus der Nachbarschaft mein künftiger Schwiegervater. Als ich ich seine Tochter heirate, ist er längst tot. Gemütlich um den Tisch versammelt, rufen sie einander »Kontra« und »Re« zu, »Grand mit Vieren« und »Passe!«.

Inzwischen tagt die »Wannseekonferenz zur Endlösung der Judenfrage«, mit deren Beschlüssen die fröhliche Skatrunde insgesamt zu Verlierern wird.

Mein Vater, mit kauzigem Humor gesegnet, nutzt diesen zur Verballhornung von Namen. Ein ehemaliger Nachbar, Herr Asch, wird mit einem zusätzlichen »r« angereichert, was meinen Vater zu Lachtränen verleitet. Andere Bekannte, ungarische Juden, Stefi und Siegmund Pukacz, werden während ihrer Abwesenheit zu »Puck-Arsch« ernannt. Während ihrer Anwesenheit scheint mein Vater den Namenswandel völlig vergessen zu haben und führt mit Siegmund lange und ernsthafte Gespräche. Stefis Augenlider zeigen einen dunklen Schmelz, zum Neid meiner Mutter, und ich muß als Demonstrationsobjekt dienen, indem Stefi meine Lider tief herabzieht, weil deren fettiger Glanz ein Zeichen von Jugend bedeutet. Das macht meine Mutter nicht heiterer. Vor ihrer Deportation übergibt Stefi meiner Mutter eine exquisite Handtasche, Marke Goldpfeil, ihren wertvollsten Besitz, zur Aufbewahrung, in der irrigen Annahme, sie jemals erneut nutzen zu können. Monate hindurch ruht die Tasche in einem Schrank, bevor meine Mutter sie selber trägt. Aus einer Innentasche im Seidenfutter rutscht ein Foto von Stefi, ein letzter Gruß, ein hilfloses Memento: Gedenket mein!

Und das Ehepaar Gellert?

Sie paradiert mit einem hühnereigroßen Grützbeutel auf der Stirn, von dem ich den Blick nicht abwenden kann. Ich sehe von der Person nur die eklige Beule. Herr Gellert humpelt am Stock, einer überstandenen Blutvergiftung wegen, verursacht durch grüne Socken, wie es heißt. Zu den sonstigen mütterlichen Warnungen gesellt sich nun die vor grünen Socken. Man ist eben allseitig von Gefahren umgeben. Was ist da schon der Krieg? Ein Getöse und Gebrülle aus dem Lautsprecher. Ein geographisch fernes Geschehen, markiert durch Einschränkungen, durch das Auftauchen von Lazarettinsassen in den Straßen, durch Soldaten mit Tornister und Gewehr am Schlesischen Bahnhof um die Ecke.

In Mietshäusern begegnet man dem Krieg in seiner vergegenständlichten, symbolischen Form: als sandgefülltem Eimer nebst Feuerpatsche, einem Besenstiel mit Scheuerlappen, beides zum Löschen von Brandbomben gedacht. Auf jedem Treppenabsatz wartet solch simples Gerät auf seinen Einsatz. Vor den Innenfenstern hängen schwarze Rollos, damit kein Schimmer nach außen dringe und den Bombern Ziele melde. Die allgemeine Verdunkelung verwandelt die Straßen in Spukschlösser voller verschwimmender Schatten, deren Herannahen ein mäßig glimmendes Pünktchen anzeigt, ein mit Leuchtfarbe bestrichener Knopf.

Dann das Geheul. Zum ersten Mal die Sirene: Alarm.

Die Raumbeleuchtung ausschalten. Die Rollos hochrollen. Die Fenster öffnen. Aufs Fensterbrett gestützt, beobachtet man den pechschwarzen Himmel. Scheinwerfer tasten sich durch die Nacht, fahren hin und her, die langen Lichtbahnen überschneiden sich und treffen im Schnittpunkt der Tangenten auf ein silbrig blinkendes Fünkchen. Das soll ein Flugzeug sein? Aus der Ferne machen sich Flakgeschütze bemerkbar. Droben blitzen in unregelmäßiger Reihenfolge Sternlein auf, die der Herr weder gezählet noch geschaffen hat. Und binnen einer halben Stunde ist die Vorstellung vorbei, Entwarnung ertönt, man kriecht ins Bett zurück.

Wie viele Bomben in dieser Nacht gefallen sein mögen, hat keiner gezählt. Eine jedenfalls ist ausgerechnet und zielgenau auf jenes Haus gekracht, in dessen Keller mein Vater sonst werkelt. Wir betrachten den Schutthügel am nächsten Morgen. Alle sonstigen Gebäude in der Alexandrinenstraße sind unbeschädigt. Dabei kann es sich nur um einen navigatorischen Irrtum gehandelt haben. Das eigentliche Ziel muß mein Mercedes-Onkel, Wehrmachtslieferant und ebenfalls in der Alexandrinenstraße ansässig, gewesen sein. Eine Verwechslung, was sonst. Wenige Neugierige stumm meditierend um uns. Mein Vater bückt sich, hebt einen fladenstarken Bombensplitter auf und überreicht ihn mir, als handele es sich um ein exquisites Geschenk. Daheim notiere ich mit einem Elektrolytstift das Datum auf das gezackte Metall.

Gegenüber dem Ziegelhaufen wird ein anderer Keller gemietet, und die väterliche Manufaktur wird fortgesetzt. Neue gebrauchte Maschinen sind angeschafft worden, dank dem Bombardement hat mein Vater sich ein paar Tage ausruhen können, bevor seine Plackerei erneut beginnt.

Die Keller der Wohnhäuser, die allein zu betreten ich vermied, haben sich aus grausigen Behausungen spukhaften Schreckens in lichte Unterkünfte verkehrt.

Nachdem die Bretterverschläge entfernt und Lampen angebracht worden sind, haben sich die Gespenster verzogen. Beim ersten Sirenenton, der jetzt öfter erklingt, greift jeder Hausbewohner nach seinem Luftschutzgepäck, steigt gemächlich die Treppen hinab, Nachbarn grüßen einander, der Luftkrieg steckt noch in der Anfangsphase.

Das Einmalige und Sensationelle verliert sich. Die Angriffe gehören inzwischen zum Alltag. Das Immergleiche stumpft ab: Vorwarnung, Alarm, Flakfeuer, Bombendetonationen, Entwarnung. Über der Stadt rötet ein Brand die nächtliche Wolkendecke. Häufig folgt dem Angriff ein sacht fallender Regen, in einem unerklärlichen physikalischen Zusammenhang zu den Feuersbrünsten stehend. Der Regen ist mit Asche vermischt, die sich auf Schultern und Haar legt; man riecht nach der Heimkunft, als sei man soeben frisch geräuchert worden.

Von zwei Schulkameraden zur Besichtigung einer Leiche vom letzten nächtlichen Angriff eingeladen, zögere ich. Ununterscheidbar Neugier, Ekel und Angst. Eine Verweigerung wäre Feigheit, ich bin feige und überwinde mich und laufe mit. Ein Haus am Engeldamm, schräg gegenüber dem unseren; in der Toreinfahrt eine Tote, in einen verschlissenen Teppich gewickelt. Aus der Rolle lugen die Unterschenkel in dicken braunen Strümpfen, an den Füßen abgewetzte Schuhe. Dem Paket entquillt eine rötliche, bis zum Bordstein rinnende Flüssigkeit. Der Ekel überwiegt die Neugier. In Bälde wird, angesichts weiterer Leichen, die Gewohnheit den Ekel ablösen.

Alarm, Alarm.

Inmitten der stumm Versammelten im Keller auch ich. Hüsteln, Flüstern. Sodann kündigt sich von weit her den verängstigten Liliputanern das Heranschreiten eines blinden, übermächtigen Gulliver an. Näher und näher die Bombeneinschläge. Nun schwankt der Keller wie ein Schiff auf bewegter See. Nun erlischt das Licht. Nun empfinde ich eine intensive, fast berauschende Hingabe an die Wellenbewegung des Zementbodens, und mein Körper paßt sich dem Steigen und Sinken an. Frauen kreischen. Hysterie erfaßt die Kellerinsassen. Gulliver stapft davon, das Licht flammt auf, die Gesichter haben die Farbe der Wände angenommen.

Nach der Entwarnung aufwärts. Mit jedem Treppenabsatz mehren sich die Schäden. Glassplitter, wohin man tritt. In unserer Wohnung liegen die Scheiben als im Taschenlampenschein funkelndes Dekor über Teppiche und Möbel verstreut.

Kein Versuch, die Lampen anzuknipsen, da auch die Verdunkelungsrollos aus den Halterungen gerissen sind. Wer jetzt den Strom einschaltet, und vorausgesetzt die Glühbirnen wären noch heil, würde eine erhebliche Strafe zu erwarten haben. Und gestraft sind wir ohnehin genug.

Alarm …

Nachts Engländer, am Tag Amerikaner. Meine Solidarität gehört dem Personal der »Fliegenden Festungen«, die im Sonnenschein zarte, weiße Bänder über die Bläue legen, begleitet von lautlos aufpuffenden Wattetupfen, den explodierenden Flakgranaten. Welch ein Schauspiel! Und ich selber habe ja nichts zu befürchten, dessen bin ich mir ganz sicher. Auf mich haben die da oben es nicht abgesehen. Im Gegenteil. Was sie aus ihren Maschinen über den Dächern abladen, gilt nicht mir und kann mich somithin auch nicht treffen. Ich unterliege ja nicht dem Strafgericht. Gemeint sind die anderen, denen damit die ausgleichende Gerechtigkeit widerfährt. In der festen, obgleich unsinnigen Überzeugung, meines unfreiwilligen Außenseitertums halber »bombensicher« zu sein, betrachte ich die Luftangriffe als erregende Unterbrechung des Alltags.

Entwarnung.

Und ich wandere sogleich zu den Stätten der Zerstörung, visitiere die Häuserfackeln, die dampfenden Schutthalden, auf denen Uniformierte und Zivilisten mit Hacken und Schaufeln ameiseneifrig nach Überlebenden graben. Bei solchem Ausflug greift mich und andere Passanten eine Patrouille auf und führt uns in ein rauchdurchnebeltes Mietshaus. Man drückt uns Schippen in die Hände, damit wir, unter brandigen Bohlen hantierend, vom Dachboden glimmende Balkenstücke und sonstige dampfende Brocken in die Tiefe expedieren.

Ich bin keineswegs bereit, auch nur einen Finger für den »Endsieg« krumm zu machen.

So lehne ich in einem unbeobachteten Augenblick die Schippe an die rußgeschwärzte Mauer und empfehle mich unauffällig und ohne Anzeichen von Eile. Keinen Moment zu früh, wie ich einige Stockwerke tiefer erkenne. Alle Wohnungstüren sind unter den Druckwellen von Luftminen und anderen einfallsreichen Erfindungen aufgesprungen, Phosphor ist nachgereicht worden, das eben noch verborgene Feuer lodert jetzt maßlos. Höllenschlünde tun sich hinter den Türen auf. Tische und Stühle, Kommoden und Vertikos brechen in einem aufstiebenden Funkenflug in sich zusammen.

Nur hinunter und weg! Ob noch jemand mir zu folgen vermag oder schließlich, vom Brand gehindert, mit dem Haus untergeht, das ist meine allerletzte Sorge im Reich der niederen Dämonen, die unter der Reichskanzlei, in Bunkern und betonstarken Schutzräumen noch eine Weile überleben. Die übrige Bevölkerung hat sich mit dem hastigen Sterben abzufinden.

Unabänderlich und so, als sei es gestern vormittag gewesen, spaziere ich an der Seite meines Onkels durch die Gitschiner Straße auf der Mittelpromenade unter dem S-Bahn-Viadukt dahin, unter dem sogenannten Magistratsschirm. Wir nähern uns dem »Reichspatentamt«, einem mächtigen Sandsteinbau. Infolge eines gerade beendeten Luftangriffes bietet die Fassade sich mit leeren Fensterhöhlen dar. Das Dach ist teilweise abgedeckt. Glassplitter auf Trottoir und Fahrbahn. Weder Passanten noch Kraftwagen. Kurt Israel Warschauer und sein Neffe ersetzen das Publikum für eine breughelsche Szenerie: Auf dem Damm ein Leiterwagen. An der Deichsel eine klapprige Mähre. Zwei alte, nicht mehr »kriegsverwendungsfähige« Männer, gesichtslos unter den blauen, unförmigen Luftschutzstahlhelmen, werfen halbnackte Leichen auf den Karren. Der eine packt den Schädel, der andere die Füße, das Zwischenteil wird in Schwingung versetzt, es ertönt, anstelle von »Requiescat in pace«, ein kurzes »Hauruck!«, mit welchem der Ex-Erdenbürger zu seinesgleichen befördert wird. Unaufhaltsam kommen wir heran, schweigend, ohne stehenzubleiben, ohne noch einmal im Vorbeigehen den Kopf zu wenden.

Das ist der letzte gemeinsame Gang mit meinem Onkel durch das zerfallende Berlin. Das letzte Mal, daß ich ihn sehe, innerhalb der sterblichen Wirklichkeit. Doch mein Gedächtnis wiederholt die Sequenz wie eine filmische Endlosschleife. Soviel ich noch weiß, muß er sich bei der Gestapo melden, worauf er vorbereitet ist: Im Jackettsaum trägt er eingenäht eine Zehndollarnote bei sich sowie ein von der Familie behütetes Dokument, das ich selber als Fotokopie besitze. Es gilt als Bürgerbrief der Vereinigten Staaten, unterzeichnet vom »Secretary of State«, ausgestellt auf Hermann Caro, meinen Urgroßvater, und auf seine Frau und neun Kinder. Mein Onkel glaubt, als Abkömmling von Amerikanern eine *Sonderbehandlung* verlangen zu können, ahnungslos, daß dieser Begriff bereits zum Euphemismus für Mord geworden ist. Als er von der Gestapo nicht wiederkommt, gibt es keine Zweifel mehr. Und weil Cilly eine getreue Ehefrau ist, meldet sie sich freiwillig bei der Gestapoleitstelle. Und weil in Deutschland Ordnung herrscht, erhält sie – nachdem mein Onkel zu Nummer 1282 geworden ist – die anschließende: 1283. Beide verschwinden mit »Welle 47, 33. Osttransport v. 3.3.43« aus meinem und ihrem Leben. Sie lassen ein zartes Abbild im Kopf eins Knaben zurück, der drei Tage nach ihrem Abtransport seinen vierzehnten Geburtstag begehen soll – zwangsläufig im engsten Familienkreis.

Vordem ist bereits mein Großvater abgereist worden. Einsamer Abschied im elterlichen Schlafzimmer. Mein Vater fehlt dabei, weil er in seinem Keller das guillotinenartige Messer durch Papiermassen zischen läßt, Stunde um Stunde, und er wird erst abends vom letzten Besuch seines Schwiegervaters erfahren.

Mein Großvater, im nun schon abgetragenen Paletot, einen dürftigen Rucksack auf dem Rücken, umarmt meine Mutter. Er weint. Ich sitze auf der Bettkante und schaue zu. Nun weint auch meine Mutter. Und weil derlei für ein Kind unerträglich ist, wird es willkürlich krank, in einem Akt der Realitätsverweigerung. Durch das Erkranken lenkt es die Aufmerksamkeit auf sich, was den Abschied verkürzt. Als Abschiedsgeschenk wird mir des Großvaters Schnurrbartbürste zuteil, ein stets bewunderter Gegenstand. In einem winzigen Lederetui steckt die ebenso winzige Bürste mit silbernem, ornamental geprägtem Rücken und Borsten von gelblicher Farbe. Daß der alte gepflegte Mann, er ist jetzt zweiundsiebzig, darauf verzichtet, signalisiert seine Hoffnungslosigkeit. Mit der gedruckten Aufforderung, der sich zu verweigern selbstmörderisch wäre, fährt er mit der Straßenbahn zu jenem Bahnhof, von wo die Menschentransporte

abgehen. Dort steht schon der »56. Alterstransport v. 3.9.42«
unter Dampf. Das Unternehmen, wie jedes seiner Art, trägt
die heuchlerische Bezeichnung »Evakuierung«. Die Endstation Theresienstadt gilt als Gnadenerweis für »arisch« Ver-
sippte, für »Geltungsjuden«, für »Privilegierte« – das Todesurteil mit Verzögerungseffekt.

Eben noch hatten wir beieinander gesessen, Verwandte,
Bekannte, Fremde. Eben noch gemeinsam gefeiert, trotz
seelischer Belastung fröhlich, gar überschwenglich. Die Erinnerung belegt es: Luftschlangen durchkringeln das Wohnzimmer, Konfetti rieselt durch die vom Zigarettenrauch
bläuliche Luft. Als einziger minderjähriger Teilnehmer der
Tangotänze auf dem Vulkan ich, der aufmerksame Beobachter. Zu einem der wohl grundlosen Feste treffen Überraschungsgäste ein. Ilse und Gerhard Grün, Cousine und
Cousin meiner Mutter. Sind sie nicht schon »evakuiert«
worden?

Gerhard Grün begibt sich ins Badezimmer und kommt aus
diesem wie um zehn Jahre verjüngt hervor. Aus der Nähe erkenne ich die Schminke. Er pafft eine gewaltige Zigarre, ein
Ulk aus Pappe, darin eine Zigarette brennt. Das Ehepaar
Grün ist in SS-Uniform aus Theresienstadt geflohen, was mir
meine Mutter erst erzählen wird, wenn die Mitteilung unge-
fährlich geworden ist.

Nach dem Fest kehren sie nicht mehr zurück. Gerhard
wird in Berlin verhaftet und umstandslos umgebracht. Mit
Ilse macht man sich eine gewisse Mühe, indem man sie erneut
nach Theresienstadt schafft und dort in der »Kleinen Fe-
stung«, dem KZ im KZ, an die Exekutionswand stellt und
erschießt.

Es vergehen zwanzig Jahre, ehe wir, meine Frau und ich,
unterwegs mit dem Auto nach Prag, von der Fernstraße abbiegen, dem Hinweisschild »Térézin« folgend. Der militärische Stützpunkt Maria Theresias ist neu besiedelt. An den
Backsteinfassaden der ehemaligen Kasernen, Grüfte der Deportierten, meterhohe Zahlen. Trübselige Gesichter in den

offenen Fenstern, als spürten die Einwohner noch nachträglich den Anhauch einstiger Greuel.

Die Erschießungsmauer von Kugeleinschlägen übersät. Zentral angebracht eine Glasplatte mit tschechischem Text und in diesem durch Versalien hervorgehoben der Name ILSE GRÜNOVA. Der Bericht meiner Mutter hat sich also bewahrheitet. Habe ich nicht sogar mit Ilse nach den Klängen einer Schallplatte getanzt, weil in jüdischen Familien die Kinder in die »Erwachsenenspiele« miteinbezogen werden?

Beim zweiten Besuch nach einigen Monaten fehlt die Glasplatte, fehlen die Stahlhalterungen. Einzig vier Bohrlöcher markieren die Stelle ausgelöschten Gedenkens. Und ich stimme Walter Benjamin heftig zu, da er schreibt: Wenn der Feind siegt, und er hat zu siegen nie aufgehört, zieht er auch die Toten aus ihren Gräbern und tötet sie noch einmal.

Wir sind niemals wieder nach »Térézin« gefahren.

Aber das liegt in ferner Zukunft.

Gegenwärtig ist außer Kriegszeit auch Jagdzeit angesagt.

Wenn jetzt Besucher kommen, machen sie einen gehetzten Eindruck, weil sie eben Gehetzte sind.

Eines Abends breitet sich Familie Lissner im Wohnzimmer aus, eine quirlige Gruppe umkreist, wie Planeten ihr Zentralgestirn, die Materfamilias, die greise und kugelrunde Frau Lissner. Lissners sind der Aufforderung, sich ungesäumt ins eigene Unheil zu begeben, nicht nachgekommen und kampieren nun auf dem Teppich und in meinem elefantischen Ledersessel, an dessen Sitzfläche ein Stuhl gerückt worden ist. Schwierig, die alte Frau Lissner für die Nacht irgendwo zu betten. Schließlich wuchtet man sie auf eine Korbbank, in Decken gehüllt. Um sie vorm Herunterfallen zu bewahren, werden Stühle dicht an die unförmige Gestalt geschoben. Während der Prozedur wird gewitzelt, gespöttelt, gelacht. Man agiert in einer Commedia dell'arte vor dem Hintergrund unausgesprochener Lebensgefahr. Weil jeder genau weiß, was die Flucht in die Illegalität bedeutet. Kein Zurück mehr. Oder doch nur eines, um an der Vollstreckung des Todesurteils an der eigenen Person teilzunehmen. Nach zwei, drei Tagen sind Lissners fort, die Wohnung wirkt ungewöhnlich leer und still. Eine Reprise des Lissnerschen Auftritts findet nicht statt, die Akteure bleiben für immer aus.

Aus dem gleichen Grunde steht unerwartet die Familie Baruch vor der Wohnungstür. »Untergetaucht«, lautet die fachgerechte Erläuterung für ihr überraschendes Aufkreuzen. Diesmal jedoch bringt der Besuch eine zusätzliche Hiobsbotschaft mit, und meine Mutter fällt fast in Ohnmacht, als sie erfährt, was den Baruchs auf dem Wege zu uns passiert ist. Ohne den obligatorischen Stern an der Kleidung seien sie einer Polizeistreife in die Hände geraten und hätten, um der genaueren Kontrolle zu entgehen, sich als Familie Kunert ausgegeben, die leider und dummerweise ihre Kennkarten zu Hause vergessen habe. Ein fataler Fall von Geistesgegenwart. Eine schöne Bescherung. Was nun?

Meine Mutter, allzuhäufig mit dem fatalistischen Ausspruch »Man weiß nie, wozu etwas gut ist« Schicksalsschläge parierend, kann der Angabe unseres Namens und unserer Adresse diesmal kaum etwas Gutes abgewinnen.

Baruchs – statt Blumen maßlose »Zores« mitbringend – verweilen einige Tage. Was inzwischen besprochen oder beraten wird, ich ahne es nicht einmal. Vermutlich Versteckmöglichkeiten, sichere Unterkünfte, ohne daß es wohl zu praktikablen Vorschlägen gekommen ist.

Dann verabschiedet sich Familie Baruch zum Gang ins Ungewisse oder ins nur zu Gewisse: Ihr Transport, der »30. Osttransport v. 26.2.1943«, bringt sie nach Auschwitz.

Wir bleiben da und bleiben auffällig unauffällig. Halten Distanz zu Nachbarn. Man grüßt einander oder leiht einander, falls nötig, Salz oder Zucker. Meine Mutter, vom Typ her eher eine Sulamith und weniger eine Margarete, wird Neugierigen gegenüber als italienischer oder ungarischer Abkunft ausgegeben. Zwar muß sie keinen Stern tragen, doch ihre Kennkarte und ihre Lebensmittelkarten weisen unübersehbar das

»J« auf, von dem keiner annehmen würde, daß es die Abkürzung für Japaner wäre.

Obschon »Mischehen« bisher von den Transporten ausgenommen, erwacht jeden Morgen mit den Betroffenen die Unsicherheit und die Furcht, der Schutzstatus könne insgeheim aufgehoben worden sein.

Darum begibt sich die Familie Kunert, versehen mit minimalem Handgepäck, hin und wieder »stieke« aus der Wohnung und aus dem Hause, sobald uns *Judenaktionen* gemeldet werden. Unser »Privileg« kann ebenso »stiekum« und über Nacht keine Gültigkeit mehr haben.

Die Aktionen ereignen sich wellenartig und werden auch jeweils als »Welle« in den Deportationsakten aufgeführt. Die Welle erreicht einen Höhepunkt und klingt wieder ab. Anschließend stellt sich erneut die Phase gespannter Ruhe her. Doch dann läutet das Telefon, die Parole fällt, die Taschen werden hervorgeholt, und ein paar Querstraßen weiter lagern wir uns bei Fräulein Schmidt auf die Dielen. Fräulein Schmidt, vom ausgewanderten Herrn Platzmann, wie wir wissen, mit einem seiner Optikerläden beschenkt, ist ein mutiges älteres Fräulein mit grausträhnigen Schnecken über den Ohren, eine Gesinnungsschwester von Jeanne d'Arc, statt mit Waffen mit Plumeaus, Plaids und Sofakissen für unseren Besuch gerüstet. Nach knappem Aufenthalt ziehen wir uns unbemerkt in unsere Wohnung zurück. Bis zum nächsten Telefonanruf in Sachen »Peigern«, was als jiddischer Ausdruck für »Weggehen« möglichen Abhörern unverständlich bleiben muß.

Wer mag der geheimnisvolle Anrufer sein?

Eines Tages die unbeweisbare Erleuchtung! Es ist möglicherweise ein guter Bekannter, Sohn einer ebenfalls »gemischten« Familie, doch weitaus älter als ich. Vollreif sozusagen. Und offenkundig mit undurchsichtigen Kontakten versehen.

Woher bezieht er sein rettendes Wissen?

Nur eine Schlußfolgerung gibt mir darüber Auskunft.

Weil jener Bekannte eines Nachmittags zu uns eine Freundin mitbringt, einen »blonden Engel«, eine strahlende Schönheit, bei deren Anblick es mir die Worte verschlägt. Kaffee trinkend sitzen wir zu fünft am Tisch. Kein Ton der Unterhaltung dringt zu mir. Die Phrase, man sei ganz Ohr, trifft auf mich mit der Bezeichnung eines anderen Organs zu: Ich bin ganz Auge. Mir direkt gegenüber hebt eine weibliche Filmstars in den Schatten stellende Erscheinung die Tasse an die Lippen und trinkt. Ihr Unterarm verdeckt für Sekunden das überaus großzügige Dekolleté, das mehr als den Ansatz der Brüste freilegt. Dazwischen baumelt auffällig ein goldenes Kreuz, was mich verwirrt, denn die Frau ist ja, höre ich, eine Jüdin. Angesichts von so viel Attraktivität und Grazie komme ich mir plump und täppisch vor. Und bei einem Seitenblick stelle ich verwundert fest, wie häßlich meine Eltern in der letzten Viertelstunde geworden sind.

Die Person und ihr Vorname decken sich hundertprozentig: Stella. Doch der Stern ist, wie ich nach Kriegsende erfahre, Greiferin der Gestapo, spürt untergetauchte Juden auf, um sie den Deporteuren auszuliefern. Gefoltert und mit dem nicht eingehaltenen Versprechen geködert, ihre Eltern zu verschonen, versorgt sie Auschwitz mit einigen hundert Opfern. Mal heißt sie Kübler, mal Goldschlag, wird 1945 von den Russen verhaftet und zu Lagerhaft verurteilt. Danach in die Freiheit entlassen, siedelt sich der Todesengel unter falschem Namen in einer westdeutschen Kleinstadt an, wie eh und je gegen die Beweiskraft der Fakten die einstige Tätigkeit leugnend.

Ist der gute Bekannte am Kaffeetisch der Telefonwarner?

Ob meine Eltern die Zusammenhänge kennen, gehört zu den Geheimnissen, welche gewöhnlich mit den um sie Wissenden begraben werden. Daß Stella vielleicht einige Leute zu schützen suchte, paßt ins Psychogramm von Untätern. Im defekten Gewissen soll eine gute Tat die zahllosen üblen aufwiegen. Und mit einiger Verdrängungskunst gelingt das fast jedem.

Stella geht, und niemals kehrt sie wieder.

Und ich kehre zu den Damen aus Schatten und Licht zurück.

Magisch, magnetisch und manisch angezogen, schleiche ich mich in die Kinos, wo ich in weichgepolsterte Klappsitze einsinke, der Aktricen gewärtig. Darum verlocken mich die »nicht jugendfreien« Filme ganz besonders. Wie schmuggelt man sich in solche Vorstellungen, von denen man erwartet, daß sie das zentrale Verlangen schüren?

Meine Strategie besteht darin, daß ich, eine dicke Zigarre paffend, vor die Kinokasse trete und mit brummiger Stimme eine Karte verlange. Meine Frechheit ebnet mir den Weg zum Sperrsitz. Sicherlich sind die Kassiererinnen hinter der Glasscheibe verblüfft über den Knaben, aus dessen Mund außer dem Kartenwunsch dicke Rauchwolken dringen. Dabei trage ich kurze Hosen, welche freilich erst ins Blickfeld der Kassiererin geraten, wenn ich die Karte schon entgegengenommen habe und zum Ziel meiner Träume strebe. Die Zigarre lege ich zuvor in einem Aschenbecher ab. Altersgenossen setzen den Hut ihres Vaters auf und binden sich dessen Schlips um und wirken so noch kindlicher und werden mit Recht an der Kasse zurückgewiesen.

Dann die zweite Barriere: die Platzanweiserin mit der Taschenlampe. Man muß kurz vor Beginn des Hauptfilms zur Stelle sein, um im schwachen Schein der Notbeleuchtung unbemerkt seinen Platz einnehmen zu können. Und man muß den Saal verlassen haben, bevor die Deckenbeleuchtung angeschaltet wird.

Die Samtportieren gleiten auseinander, der Gong ertönt. Was für eine andere Welt strahlt da auf – so unwirklich wie glaubhaft! Nach meinen Kindheitsbegegnungen mit Shirley Temple, mit Pat und Patachon, mit Dick und Doof, dem irrsinnigen Gekreische und Geblöke in den Kindervorstellungen am Sonntagvormittag, falle ich nun der größten aller Illusionen zum Opfer. Keineswegs Heinz Rühmann zuliebe nehme ich »Quax, der Bruchpilot« viermal zu mir. Sondern um Karin Himboldts willen. Eine blonde Fee von sanftem Typus, und ich kaufe mir sofort eine Künstlerpostkarte meiner Abgöttin und trage sie in der *linken* inneren Brusttasche direkt über meinem Herzen. Doch bei einem allein unternommenen Zoobesuch hält mich ein Polizist an und kontrolliert, wieso, warum, weshalb, den Inhalt meiner Jacken- und Hosentaschen. Und behauptet mehr als er fragt, meine Karin Himboldt in der groben Faust: »Das ist wohl deine Wichsvorlage!?« Dabei hänge ich bloß platonisch an ihr, und zwar reinen Gedankens und erfüllt von romantischer Gefühlsseligkeit. Nach Rückgabe der Künstlerpostkarte darf ich mich entfernen. Aber – ich weiß nicht wie – Frau Himboldt büßt ihren Zauber ein, ihre Attraktivität schwindet unaufhaltsam. Schließlich lerne ich ausgleichsweise Margot Hielscher kennen. Die Brünette mit den Kulleraugen, aus deren Singsang ich erfahre, daß Frauen keine Engel seien, schien mir handfester und irdischer als mein vorhergehender, zur Ablage im Schubfach vorgesehener Schwarm.

Kaum öffnet Margot Hielscher die leicht wulstigen, einladenden, appetitlichen Lippen vor dem Mikrofon, vernehme ich statt des Gesanges die Sirene. Fliegeralarm. Die Vorstellung wird abgebrochen. Das Publikum schiebt sich ins Freie. Ein zartblauer Frühlingshimmel, über den ein Geschwader schneller Jagdbomber (»Mosquitos«) dahinrast. Entwarnung. Der Film läuft weiter. Doch schon nach kurzer Frist trennt Margot Hielscher und mich die Ankunft »Fliegender Festungen« über Berlin. Mit der Zeit jedoch wird mir, wenn auch häppchenweise, das Gesamtwerk zuteil. Die Hielscher ist zäh und läßt sich durch kein Bombardement auf Dauer von mir fernhalten, und mich hätte nur ein Volltreffer an unserer irrealen Zusammenkunft hindern können.

Zu guter Letzt gerate ich an Evelyn Künnecke, die Verführerin, die Kirke, ein Vamp original Berliner Provenienz. Ihre Stimme und ein anregendes Lispeln und ihre Erkennungsmelodie »Sing, Nachtigall, sing – ein Lied aus alten Zeiten …« und ihr »So wird's nie wieder sein – bei Kerzenlicht und Wein

– bei süßen Träumerei'n ...« versetzt mich in den sentimental beschworenen Zustand. Ja, das kann ich nachempfinden. Ja, so wird's nie wieder sein! So ist man bereits als Halbwüchsiger über die Unbeständigkeit der Liebe und die unausweichlichen Abschiede aufgeklärt. Das ist auch die einzige Aufklärung, die mir widerfährt.

Meine aktuellen Idole fungieren in Nebenrollen, dramaturgisch dazu bestimmt, den Helden in Versuchung zu führen, was ihnen bei mir prächtig gelingt.

Mir ist, als habe ich die vollständige Produktion der Filmgesellschaften Ufa, Tobis und Terra aufgesogen. Nicht zu vergessen die italienischen Filme, etwa »Hannibal«, oder die unter deutscher Besatzung gedrehten französischen Streifen wie »Sie waren sechs« mit Pierre Fresnays. Obwohl unerhört spannend, da die besagten Sechs einen Lotteriegewinn teilen und einer nach dem anderen ermordet wird, lenkt mich eine HJ-Streife ab, die das Kino nach Jugendlichen durchkämmt. Durch ein intensiv herbeigebetenes Wunder stoppt die Kontrolle vor meiner Reihe, und die Uniformierten marschieren ab. Daß es ein Wunder ist, merke ich beim Aufstehen an meinen leicht zittrigen Beinen. Ich bin noch einmal davongekommen.

Nie wieder gegen das Jugendverbot verstoßen – das schwöre ich mir. Und finde mich einen Tag darauf in Helmut Käutners »Romanze in Moll« wieder, mit meinem alten Trick die Zerberusse düpierend.

Meine Kinosucht kulminiert. Ich erbettele von Filmtheaterleitern Standfotos aus den Schaukästen. Ich kann kein Kino passieren, ohne mir wenigstens an der Kasse ein Programmheft zu kaufen.

Es ist der Film an sich, dem ich nicht widerstehen kann. Das Leinwandgeschehen. Die Schauspielerinnen. Wobei die kritische Sicht nicht eingeschläfert wird. Ich stemme mich gegen den progagandistischen Popanz, dessen wahre Gestalt ich zu kennen meine. Über den bolschewistischen Bösewicht Andrews Engelmann in »GPU« kann ich nur lachen. Ich

bin immun, die Kommissare der sowjetischen Geheimpolizei sind meine Verbündeten, allesamt Antifaschisten. Sobald im Film das Wort »Moskau« ausgesprochen wird, erhöht sich mein Pulsschlag. Von dort kommt das Heil, wer will daran zweifeln?!

So scheue ich auch nicht vor »Jud Süß« zurück. Das Sujet kenne ich aus Familiengesprächen über den Roman von Lion Feuchtwanger. Nun vor der Leinwand bin ich der distanzierte Zuschauer. Die Zelluloid-Juden da oben haben mit meinen lebendigen nicht das mindeste zu tun. Karikaturen, wie aus dem *Stürmer* geschnitten. Zu mir, zu meinen Verwandten, entsteht keine Assoziation. Und »Kolberg« der Durchhalte- und Endsiegfilm, wirkt bloß noch komisch, da das reale Kolberg längst von meinen braven Moskauern eingenommen worden ist und sich ihr Eintreffen in Berlin demnächst vollziehen wird.

Ich bin ein Nachfahre des Simplicius Simplicissimus. Einer, der dank seiner überwältigenden Naivität fast unangefochten durch die Schrecken und Scheußlichkeiten praktizierter Historie schlendert. Ein Seiltänzer auf brüchiger Trosse. Reichlich Gelegenheiten, abzustürzen. Etwa beim Umgang mit gefangenen Feinden des Reiches. Etwa wie in einem Gartenlokal hinter Berlin-Grünau.

Selbst im vorstädtischen Grünen werden manchmal Bomben abgeladen und haben das Lokal mehrfach lädiert. Die Besitzerin, Dorle mit Vornamen, ist hingegen völlig intakt: üppig, lackschwarzes Haar, der Busen sowohl ausladend wie einladend, trinkfest wie drei Vollmatrosen, hält im Keller unter einem zerstörten Restaurantflügel hof. Die Entourage setzt sich hauptsächlich aus französischen Kriegsgefangenen zusammen. Schnaps und Bier fließen wie aus Leitungen, wie aus unterirdischen Quellen, was insofern stimmen mag, als eingelagerte Vorräte aufzubrauchen sind. Eine Stimmung, als sei für morgen früh die Apokalypse angekündigt. Dorle wandert von Schoß zu Schoß der sexuell unfreiwillig abstinenten Männer, Wangen tätschelnd, küssend, mit bald kicksender

Stimme intonierend: »In der Nacht ist der Mensch nicht gern alleine …«

Rätselhaft, wie wir in diese Runde geraten sind.

Mein grundsolider, dem Alkohol abholder Vater, meine »geistigen« Getränken ebenfalls wenig geneigte Mutter und ich, der Junge in den kurzen Hosen. Mit grotesker Selbstverständlichkeit sitzen wir zwischen den »Poilus«, reden, lachen, ich rauche mit, ich trinke mit und torkele an die Oberwelt, um mich hinter Gesträuch zu übergeben.

Dorle hat draußen einen Posten aufgestellt, von dem manchmal die Warnung kommt: Achtung! Feldgendarmerie!

Im nächsten Augenblick krabbeln wir aus dem Hintereingang des Kellers und mischen uns ununterscheidbar unter die Ausflügler. Sobald die Männer mit den martialischen Mienen unterm Stahlhelm und dem Blechschild vor der Brust zwischen Klapptischen und Klappstühlen ihre Runde beenden und abziehen, huschen wir ins Heimliche und Abgründige hinab, in den verräucherten, versumpften Keller.

In der von Lüsternheit aufgeladenen Atmosphäre lerne ich trinken, ohne es darin zur Meisterschaft zu bringen. Ich radebreche mit den Prisonniers de guerre.

Jetzt trällert Dorle »Lili Marleen«, und die Franzosen stimmen »J'suis seul ce soir …« an. »Bin allein, allein, mit meinen Träumen …«, wem sagen und singen sie das, meine Freunde, und einer steckt mir das Wappen von Paris, den Dreimaster auf der Seine in Emaillefluten, an die Jacke, und wir schütteln uns die Hände, als wüßten wir nicht, wo wir sind. Und ich erwache in der luftkriegsbedingten Lichtlosigkeit eines ratternden S-Bahn-Waggons zwischen meinen Eltern. Mir ist übel. Der Wagen schwankt. Ich würge Mengen von Speichel hinunter, der Magen beruhigt sich, doch morgens im Bett fehlt mir jede Erinnerung an den Heimweg. Totale Amnesie. Und ich ziehe auch keine Erkundigungen über mögliche peinliche Geschehnisse ein.

In vorauseilendem Ungehorsam gegenüber der Chronologie werde ich in einem der ersten instandgesetzten S-Bahn-

Züge im Sommer 45 nach Grünau fahren. Und werde das Gartenlokal verwunschen und fremdartig vorfinden, von einem tristen Dornröschenschlaf überwältigt. Die Feiern sind lange vorüber, ihre Teilnehmer von Stürmen verweht. An der Gartenpforte ein Schild: GESCHLOSSEN! Ich halte mich als einstmals Nahestehender berechtigt, an der Tür zu läuten, und locke eine schlurfende Haushälterin hervor. Dorle sei schwer krank, erfahre ich. Und die Tochter Dorles, nach der ich mir den Hals verdrehte, während sie mich ignorierte? Achselzucken. Diese körpersprachliche Antwort wird man noch öfter bei Nachfragen erhalten.

Zurück in der Vergangenheit, bin ich in unserer Wohnung in der Köpenicker Straße wieder allein und meist allein. Mein Vater schuftet in seinem Keller, das Schwungrad ist durch einen Elektromotor ersetzt, und Herr Grünbaum, Schnorrer von Beruf, sucht meinen Vater auf, um ihn anzupumpen. Herr Grünbaum, ausgerüstet mit einer faszinierenden Schniefelnase, ist »Planje«, Ostjude, also ein Objekt der Aversion deutscher Juden. Sie riechen immer nach Knoblauch, auch wenn sie gar nicht nach Knoblauch riechen. Ein symbolischer Geruch. Meiner Mutter wird übel, sobald sie nur das Wort Knoblauch vernimmt. Das Verhältnis zu Ostjuden ähnelt dem von britischen Kolonialoffizieren zu Bantunegern. Hitler ist da ganz anderer Meinung.

Meine vitale, lebenslustige, kommunikationsfreudige Mutter langweilt sich wahrscheinlich in der Gesellschaft ihres Sohnes und nimmt Kontakt zu Agathe auf, der Haushälterin des nach Amerika verschifften Herrn Platzmann. In seine riesige Wohnung im ersten Stock, wo Agathe bescheiden in ihrer Mädchenkammer nächtigt, werden »Fremdarbeiter« eingewiesen, Tschechen der Schuhfirma Bata sowie zwei Niederländer. Manchmal folge ich meiner Mutter abwärts in Agathes Behausung, wo mir diese und jene Lehre zuteil wird. Trotz meiner schulamtlich konstatierten Unmusikalität (Zeugnis: Note 5), gelingt es mir, mit gespitzten Lippen Töne hervorzubringen. Und diese Töne fügen sich nach einigen

Mühen zu einer Melodie. Ein Mirakel! Ein schlummerndes Talent erwacht und entzieht sich dem Gebändigtwerden. Der Holländer Theo, ein zwei Meter langer Schlaks, bringt mir »Stormy weather« bei: »Don't know why, there is no sun in the sky – stormy weather …« Wir konzertieren am Küchenherd. Dann lerne ich die Nationalhymne meines Musiklehrers: »Wilhelmus von Nassauen bin ick van duitschem bloed …« Wieso Wilhelm von Nassauen deutschblütig sein soll, bleibt mir unverständlich. Nach einer deutschen Melodie anschließend ein Lied des niederländischen Widerstandes. Auch gelingt mir problemlos jener Spruch, mit dem die Widerständler in den Straßen Deutsche als Deutsche identifizieren: »Seven mal seven in het schuitsche gescheten …« – »Sieben mal sieben ins Schiffchen geschissen«.

Mit den holländischen Rachenlauten komme ich jedenfalls sofort zurecht – nebbich!

Als italienische Kriegsgefangene durch die Köpenicker Straße geführt werden – Italien hat den Pakt mit Hitler aufgekündigt –, verlassen Hungernde die Kolonne, stürmen in Häuser, betteln um Nahrung. Einer gelangt bis in Agathes Küche und wird, anstelle eines Pfeifkonzerts, mit Suppe erfreut. Sogleich schenkt er mir, dem symbolversessenen Narren, einen silbernen Stern von seinem Kragenspiegel, den ich an einem Mantelkragen anbringe. Hoch lebe Marschall Badoglio, der sich von Hitler abgewendet hat. Der Signore dankt und geht.

(Eines noch fernen Tages werde ich meinen holländischen Musikus wiedertreffen, in Rotterdam, doch mit dem fröhlichen Pfeifen ist es bei ihm nach einer Lungenkrebsoperation vorbei. Durch ihn erhalte ich eine Nachricht, die wie von einem anderen Planeten kommt. Als wir durch höhere Gewalt gezwungen wurden, das Haus zu verlassen, sei die Gestapo aufgekreuzt, um nach meiner Mutter zu fragen. Diese Information ist an die vierzig Jahre unterwegs, eine Flaschenpost, die ich mit Rührung entgegennehme, da sich ein Kommentar daran knüpft: Aber wir haben nix gesagt!)

Wieder und wieder Fliegeralarm.

Die Kellerordnung hat sich verändert: Wir sitzen separiert in einer Abseite, da man den »Ariern« unsere sichtbare Anwesenheit nicht zumuten kann.

Dann schreitet Gulliver aufs neue heran.

Diesmal aber verringert er den Abstand zu unserem Haus, der Zementboden hebt und senkt sich mit Stärke sieben Komma fünf auf der nach oben offenen Richterskala. Ein Erdbeben erster Güte.

Als wir nach der Entwarnung den vierten Stock erreichen, erwartet uns das Chaos. Die Wohnung ist stark in Mitleidenschaft gezogen. Vom Wohnzimmer aus sind Himmelsbeobachtungen möglich geworden. Türen und Fenster lagern auf Tisch und Stühlen, auf Büchern und undefinierbaren Holzteilen, wohl Schrankresten. Allein das Schlafzimmer zeigt sich, der oberflächlichen Anschauung zufolge, relativ intakt. Jedenfalls ist die Zimmerdecke vorhanden, obwohl Putzflächen hier und da fehlen. Die Ehebetten wie vor einer Stunde verlassen, aufgedeckt, und anscheinend nie mehr zu benutzen. Doch der Schein trügt.

Einiges an Kleidung, an Wäsche, an notwendigen Dingen wird in Koffer gepackt. Trotz meines Glaubens an die Gutwilligkeit unserer fliegenden Freunde, sind wir im Hause die einzig ernsthaft Betroffenen. Da muß droben einer schlecht gezielt haben, tröste ich mich. Ehe wir abziehen, fische ich aus den Trümmern einige meiner Zeichnungen, nicht zuletzt die Torsoskizze, ein Bild meines Onkels, ein Selbstporträt, wahllos Bücher, ein disparates Sammelsurium, wie es sich bei nachheriger Inaugenscheinnahme darbietet: der »Seemann Kuddeldatteldu«, von meiner Mutter beim Dichter selber erstanden und von ihm signiert, »Münchhausen« mit den Gustave-Doré-Illustrationen, Meyrinks »Golem«, den Fotobildband »Die veränderte Welt« mit einem Vorwort von Ernst Jünger, einige Dr.-Doolittle-Bände und einen Bildband über Astronomie.

Mein Vater verschließt die in den Angeln hängende Wohnungstür mit einem Stück Draht, eher eine optische als eine wirksame Sicherung.

Und nun?

Und nun landen wir bei einer, wie wir von den »Nürnberger Gesetzen« betroffenen Familie in der Elbinger Straße, vierter Stock, Gartenhaus. Ob man uns gern, gleichgültig oder gar widerwillig aufnimmt, kratzt mich nicht. Unser Schlafraum ist das Wohnzimmer. Meine Eltern quetschen sich auf einer Couch aneinander, mich tragen die quietschenden und schlafstörenden Spiralfedern eines recht antiken Sofas. Bevor wir zu »Bett« gehen, konferieren wir mit unseren Obermietern. Der Hausherr gibt vor, unter dem Kaiser Dragoner gewesen zu sein, was sein imposanter Schnauzbart bestätigen soll, doch seine mindere Körpergröße widerlegt die Behauptung. Seine jüdische Frau Hannchen ist noch zwei Köpfe kleiner, dagegen der Sohn an die eins neunzig. Gemeinsam bilden wir eine Art Panoptikum. Der Dragoner ist Hannchens zweiter Mann, daher der Sohn und sie selber geschützt. Zwei Söhne ihres ersten jüdischen Mannes, die ich beide als ständige Gäste von Falckensteins kenne, sind deportiert worden, und mir ist, als sei das schon vor einem Jahrhundert geschehen.

Sobald die Sirene sich meldet, verändert sich unser Verhalten. Der Hausherr verfällt in Panik, was zusätzlich gegen seine vorgebliche ehemalige Dragoner-Stellung spricht. Umgehend besetzt er die Toilette, ungeduldig von seinem Sohn Walther zurückerwartet, dessen Bedürfnis dem seines Vaters entspricht. Dadurch verzögert sich immer wieder das Verlassen der Wohnung.

Hannchen, die uns des öfteren am Abend und von Walther mit schwankendem Bariton begleitet, »Wo die Nordseewellen trecken an den Strand …« vorsingt, klopft energisch an die Klotür. Nach dem Abklingen des Sirenengeheuls und dem Rauschen der Wasserspülung stürmen wir, beladen mit unserer minderen Habe, die Treppe hinunter und auf die Straße. Unser Hausherr nämlich, als militärischer Fachmann, hat den

Luftschutzkeller für sich als unsicher erklärt. Darum rennen wir im Laufschritt die Greifswalder Straße entlang, während bereits Flakgeschütze ihre Sterne über uns verstreuen und das markige Motorengeräusch anfliegender Verbände zu vernehmen ist. Keuchend durch die Toreinfahrt der Bötzow-Brauerei, stolpernd in die Bierkellertiefe, wo keine Fässer mehr lagern, sondern Anwohner. Der mangelnden Beherrschung von Körperfunktionen zufolge, sind wir immer die letzten. Und aus Angst vor der Gefahr ihr extremer ausgesetzt.

Vor uns ist die Familie G., ein Stockwerk unter dem unseren wohnhaft, längst eingetroffen. Vater, Mutter, Tochter, an denen das auffälligste ihre kartoffelförmigen Nasen sind, hinter denen die Gesichtszüge bescheiden zurücktreten.

Ungesäumt nehme ich auf meinem Koffer gegenüber der Tochter Irmchen Platz. Das Gespräch ist einseitig. Ich rede gedämpft auf sie ein, und sie lauscht gebannt. Nach einer Weile, da ich sie in Trance versetzt zu haben glaube, lege ich wie zufällig die Hand auf ein imposantes Knie, was, dank der miserablen Beleuchtung und meiner vorgebeugten Haltung, niemand bemerkt. Ohne Pause raunend, taste ich mich weiter und weiter vor, erreiche siegreich das Strumpfende, nach ein paar Zentimetern die warme Haut, doch sogleich wird mein ferneres Vordringen gestoppt. Aber ich gebe den Versuch nicht auf. Doch jedesmal schiebt sie sanft meine Hand zurück, läßt sich erneutes Vortasten gefallen, um mich schließlich am Überschreiten einer von ihr gewählten Grenze zu hindern. Parallel zu meinen handgreiflichen Nachforschungen tritt ein merkwürdiges Phänomen ein. Irmchens Nase beginnt zu schrumpfen, je mehr ich mir Mühe gebe, endlich ans Ziel zu kommen. Ein erstaunlicher Effekt. Mit der Entwarnung und beim Verlassen des Gewölbes kehrt sich der Prozeß um, und beim Hinausgehen hat ihre Nase das ursprüngliche Format zurückgewonnen.

Selbst der Bierkeller scheint unserem Hausherrn nicht genügend Schutz zu versprechen. Künftig müssen wir auf seine Anweisung hin bis zum Flakbunker im Friedrichshain hetzen. Wie stets sind wir die letzten, die sich unter dem grellen Licht von Leuchtraketen durch die stählerne Schleuse zwängen. Der Bunker ist überfüllt. In Menschenmassen verkeilt, werden wir zwischen nackten Betonwänden Stufe um Stufe emporgeschoben. Körperausdünstungen, atembeklemmende feuchte Luft. Unser Hausherr hat wohl kaum bedacht, daß ein Flakbunker die Bomber geradezu anzieht. Und so landen sie Treffer auf Treffer. Das Schwanken und Schaukeln kenne ich zur Genüge. Für unseren erblassenden Hausherrn eine neue Erfahrung. Dann schafft man Tote und Verwundete von den oberen Geschützstellungen herunter. Sanitäter und Krankenschwestern quetschen sich durch die Menge, ohne daß ein Wort fällt.

Von da an entschieden sich meine Eltern für den Hauskeller, zwar von den »Volksgenossen« abgesondert, aber von Dauerläufen zu öffentlichen Schutzräumen befreit.

Nach Tagesangriffen, die sich mehren, klettere ich durch eine Bodenluke aufs Dach und luge nach Rauchwolken aus. Anschließend mache ich mich auf, die Feuerherde zu visitieren. Ruhelos strolche ich umher. Oftmals enden meine Inspektionsgänge vor unserem Wohnhaus in der Köpenicker Straße, aus dem wir als einzige, als sei das beabsichtigt gewesen, verbannt worden sind.

Ans Geländer gedrückt, schleiche ich die Treppen hinauf, löse den Drahtverschluß und betrete meine kürzlich abrupt abgebrochene Kindheit. Über die Verwüstung hat sich eine Staubschicht gelegt. Bücher, von Regenwasser verquollen, machen einen befremdlichen Eindruck – als hätten sie mir niemals gehört.

Wie eh und je werden unten an der Ecke Zeitungen feilgehalten. Aber statt der alten Zeitungsfrau betreibt jetzt ihre Tochter das Gewerbe, und auch sie betrachte ich wie etwas gänzlich Ungewöhnliches. Denn aus dem kleinen Mädchen von gestern ist eine junge Frau geworden, geschminkt, mit ausrasierten, strichdünn nachgezogenen Augenbrauen unter etwas zu rotem Haar. Mein biologisches Wissen ist minimal, und so frage ich mich: Wie bringt man in so kurzer Zeit einen derart auffälligen Busen zustande?

Dennoch: Wir erkennen uns ungesäumt wieder. Und ich lade sie ohne Zögern ein, unsere demolierte Wohnung im vierten Stock zu besichtigen. Und sie, ebenfalls ohne auch nur eine Sekunde zu überlegen, nimmt die Einladung an. Mit ihrer Zeitungstasche über der Schulter steigt sie vor mir her. Bei jedem Treppenabsatz erhöht sich mein Puls um einige Schläge. Hoffentlich komme ich oben lebend an, ohne von einem Herzschlag dahingerafft worden zu sein.

Mit unsicheren Fingern entwirre ich den Draht, bitte einzutreten, und führe meine Beute, die Wohnzimmertrümmer aus dem Besichtigungsprogramm streichend, durch den langen Korridor stracks zum Schlafzimmer. Die Betten warten ganz eindeutig auf Benutzer. Während die Mädchenfrau auf der Bettkante Platz nimmt, unerinnerbare Worte sich in der Luft kreuzen, öffne ich das oberste Vertikofach und hole ein Fundstück besonderer Art hervor: das Geschoß einer Bordkanone. Ich drohe, es sofort fallen zu lassen und uns damit beide umzubringen, wenn nicht, ja, wenn sie nicht täte, womit sie sowieso rechnet. Wir beide wissen, das Geschoß, Messingmantel, bleigefüllt, kann gar nicht explodieren. Doch meine Gefangene spielt mit, entkleidet sich mit verdächtiger Geschwindigkeit und begibt sich umstandslos aufs Bett, damit ich meine geringen anatomischen Kenntnisse vervollständigen kann. Ich folge zitternd. Und muß von der Theorie zur Praxis übergehen. Nichts ist komplizierter, wie man weiß. Theoretisch beherrscht man alles Erforderliche, doch bei der Praxis ergibt sich oftmals Unvorhersehbares, mit dem man nicht rechnet. Ehe ich zur Besinnung und zum Bewußtsein meines Tuns komme, ist dieses Tun bereits vorbei. Der Abschied an der Haustür schließt zwar eine neue Verabredung mit ein, doch niemals mehr begegne ich der gutwilligen Rothaarigen.

Bin ich etwa krank? Leide ich an einer geheimen Schwäche? Hätte ich die mißlungene Übung nach kurzer Frist wiederholen sollen? Mir fällt keine Antwort ein, und außerdem käme sie ohnehin zu spät.

Auch Gleichaltrige kann ich nicht befragen: Das letzte Schuljahr ist ausgefallen. Die Schulgebäude werden als Unterkünfte für Ausgebombte und als Lazarette benötigt.

Als das schulfreie Jahr herum ist, rafft sich mein Vater auf, mir eine Anstellung zu verschaffen. Einer seiner Kunden, den er wahrscheinlich inständig darum gebeten hat, engagiert mich probehalber. Als Portokassenjüngling. Nun sitze ich in der Falle. Ich bin an einen Schreibtisch gekettet, zumindest bildlich, dessen Schubladen archäologisch unergiebig sind. Ich stoße nur auf Briefmarken, Postkarten, Bleistifte, Radiergummis und eine Kladde zum Eintragen der von mir an andere Angestellte ausgegebenen Materialien. Und eine abschließbare Kassette für das Geld, das mit den notierten Summen übereinstimmen muß. Flüstert mir nicht eine gemeine Stimme ins Ohr: Acht mal dreizehn! Vier mal fünfundsechzig! Hundert minus sechzehn plus neunundzwanzig!? Eine trübselige Klassenzimmerlethargie umfängt mich, ein unzerreißbarer Kokon. Ich weiß nicht, wie ich mich munter halten soll, denn Edgar Wallace ist abwesend und würde hier wohl kaum geduldet werden. Wie lange mein Martyrium dauert, ist nirgendwo verzeichnet. Es können Äonen gewesen sein, auf Wochengröße komprimiert. Jedenfalls revoltiere ich eines Morgens und verweigere mich, trotz guten Zuredens meiner Eltern, den Bleistiften, Briefmarken und vor allem der Kladde.

Doch solche Asozialität wie meine verbietet das Dritte Reich. Es ist bekannt genug, wo ein Nichtstuer und Tunichtgut umerzogen wird.

Also wird ein zweites Experiment mit dem für Normen und Regeln verlorenen Sohn gestartet. Meine Mutter erinnert sich eines Mannes aus besseren, aus vorhitlerischen Zeiten, an einen Konfektionär. Der Mann trägt einen diffamierenden, seinem Wesen widersprechenden Namen. Er heißt Durchstecher, ist über siebzig und als erster Verkäufer in einem

Herrenbekleidungsgeschäft in Neukölln tätig. Meiner Mutter muß es, entgegen ihrer inneren Überzeugung, gelungen sein, mich bei Herrn Durchstecher als geborenen Konfektionär hinzustellen. Weil einstmals viele Juden in dieser Branche beschäftigt gewesen sind, akzeptiert Herr Durchstecher die Lüge. Und weil er vielleicht ein gewisses Unbehagen verspürt, daß alle seine jüdischen Kollegen »unbekannt verzogen« sind, mag er sich gedrängt fühlen, wenigstens einem Anverwandten der Verschwundenen zu helfen. So avanciere ich zum Lehrling und zum Zeugen einer nahezu klassischen Fehde.

Neben Herrn Durchstecher, polierte Glatze, nervöses Augenzwinkern, treibt zusätzlich ein anderer Uraltkonfektionär sein giftiges Unwesen in dem meist leeren Laden. Dieser Mensch, Mittelscheitel mit dem Lineal gezogen, Zwicker auf der Nase, ist ein Furzgenie. In einer ständig erneuerten Wolke, die jegliches Leben abzutöten vermag, wandelt er einher. Zugleich versetzt er den Eigengeruch mit Unmengen Kölnisch Wasser, im festen Glauben, damit seine Methangasquelle zu verheimlichen. Die Mischung ist infernalisch.

Häufig geraten die beiden Herren aneinander. Spontan schlagen sie mit Kleiderbügeln aufeinander los, bis Blut fließt. Der Ursprung ihrer Feindschaft läßt sich nicht eruieren. Meist ist Durchstecher siegreich, und während rote Rinnsale von seiner Glatze laufen, baut er sich vor einem der vielen Spiegel auf, monologisierend: »Hab' ganz schön was abbekommen! Aber dem hab' ich's auch gegeben …«

Sobald das Duell anhebt, steige ich in den Lagerkeller hinab, wo ich so tue, als sortiere ich Hosen. Ich will nicht Partei ergreifen müssen. Der Keller ist mein Fluchtort. Ein eigentümlicher chemischer Geruch entströmt den Kleidungsstücken, Resultat der »Appretur«, wie ich lerne. Ob die Geschäftsleitung etwas von meinem »Makel« weiß, ist nicht erkennbar. Anzunehmen, Durchstecher hat mich für den Verwandten von Verwandten ausgegeben und damit mögliche Erkundigungen ausgeschlossen. Mir begegnet weder Neugier noch Mißtrauen, noch Verachtung, sondern reine Gleich-gültigkeit.

Meine Hauptaufgabe besteht darin, den Laden morgens zu öffnen, die Gitter beiseite zu räumen, und den umgekehrten Vorgang abends zu wiederholen. Das Bierholen nicht zu vergessen. Durchstecher und Flatulentius trinken den Gersten-saft kannenweise. Wegen der staubhaltigen, von Gewebefa-sern durchsetzten Atmosphäre, wie ich lerne. Mehr lerne ich eigentlich nicht.

Und ich lerne, mich zu drücken.

Da ich im Bezirk Prenzlauer Berg wohne, muß ich, um zu meinem Hosenkeller in Neukölln zu gelangen, die Verkehrs-mittel wechseln und mehrfach umsteigen. Bleibe ich, der Konfektionsduellanten müde, morgens auf den tückischen Sprungfedern liegen, erlaubt mir der nächtliche Luftangriff eine unwiderlegliche Ausrede. Volltreffer auf den Straßen-bahngleisen. Ausfall der U-Bahn am Alexanderplatz. Nie-mand bezweifelt meine Angaben, weil sie ja doch nicht zu überprüfen sind.

Eines Tages kann ich sogar mein Fernbleiben amtlich bele-gen. Eine vorgedruckte Aufforderung befiehlt mich vor die Musterungskommission.

In einem granitgrauen Gebäude, einer zweckentfremdeten Schule nahe der Schönhauser Allee, will man mich nackt und bloß sehen und begutachten. Die Fleischbeschau hat Fließ-bandcharakter. Wie Gott mich in einem unaufmerksamen Moment geschaffen hat, rücke ich in einer unübersichtlichen Reihe entkleideter Generationsgenossen durch dämmrige Flure voran. In der Aula werden die künftigen Todeskandida-ten von einer Prüfungskommission erwartet. Im Gegensatz zu den anderen Nackten bin ich unleugbar im Vorteil. Denn ich kenne bereits das Ergebnis der Prüfung.

Endlich, dicht vor der Tür, der Namensaufruf, Einmarsch des präsumtiven Gladiatoren, barfuß bis vor einen Tisch, hinter dem Offiziere und ein Militärarzt lauern. Da ich nicht Felix Krull bin, verkneife ich mir die vorgetäuschte Dienstbereitschaft. Stramm und »Brust raus!«, die Fingerspitzen an einer imaginären Hosennaht, erwarte ich den Richtspruch. Einer der Menschenmateriallieferanten meint zu meinem Erstaunen, solche Jungen wie mich brauche man. Soll das ein Kompliment sein oder eine Drohung? Doch der Betreßte wird sogleich enttäuscht, da sich der Arzt zu ihm neigt, mit dem Bleistift auf ein Blatt in seiner Akte tippend. Dem Offizier entfährt ein lautes »Ach so!«. Damit bin ich verabschiedet. Nun kann er mich nicht mehr brauchen.

In dem mir übergebenen Wehrpaß vermerkt ein Stempel die Ursache für meinen rasch beendeten Auftritt: »Wehrunwürdig« und »Ersatzreserve zwei«. Daß mir diese Klassifikation sicher war, weiß ich von ebenfalls ausgemusterten Mischlingsmitbürgern. Auch auf meinen Vater verzichtet das Oberkommando der Wehrmacht. Immerhin bleibt er uns, meiner Mutter und mir, auf diese Weise erhalten, sonst wäre uns das Grab in den Lüften sicher. Sobald der »arische«, ergo schutzverleihende Partner durch Tod oder Feigheit ausscheidet, ist es mit dem Schutz vorbei. Dann taucht Stella auf mit einem Partner, um jüdische Hinterbliebene oder Verlassene umgehend nach Nirgendwo zu expedieren.

Dorthin abgeschoben zu werden, bedarf es keines großen Aufwandes. Kleinigkeiten genügen. Ob es schon ausreicht, daß ich im Kino bei einem »nicht jugendfreien« Film erwischt und vor einen Oberhitlerjugendführer gebracht werde?

Nachdem ich ihm meine Herkunft gebeichtet habe, kommt die rhetorische Frage: »Du willst wohl nach Osten geschickt werden!?« Das klingt kaum nach einer Einladung zu einer Vergnügungsreise. Meine Taschen muß ich ausleeren, den Inhalt auf seinem Schreibtisch ausbreiten. Außer einem Zigarettenetui besitze ich nichts Belastendes. Das Etui wird beschlagnahmt: »Du weißt doch, daß Jugendlichen das Rauchen verboten ist!«

Im Verstellen einigermaßen geschult, bemühe ich mich um eine ehrfurchtsvolle Habtachtstellung und versuche, treuherzig auszusehen. Die Zigaretten kann ich verschmerzen. Aber da ist noch etwas. Jetzt will der Bursche wissen, was der Spruch bedeute, der im Innern des Etuis eingeklebt ist. Der Autor des knappen Textes – und er liest den Namen laut vor – heißt ›Konfuzius‹. Wegen der latinisierenden Endung schließt er vermutlich auf Christliches. Kein Jude. Ein Jude heißt Kohn, ohne jedes fuzius hinten. Ich denke nicht daran, dem knabenhaften Inquisitor zu gestehen, ich hätte diese Konfuzianische Weisheit brutal aus einem intakten Buch herausgeschnitten, weil ich mich davon getröstet fühlte. Statt dessen überzeuge ich ihn mit einer glaubhaften Lüge: Ich habe das Etui meinem Vater entwendet, den Spruch verstehe ich nicht. Und da er ihn auch nicht versteht, zeigt er Zufriedenheit, weil ich der Unterlegene geblieben bin. So darf ich die Löwenhöhle verlassen, nachdem mal wieder Name und Adresse notiert worden sind. Für das nächste Mal, wie man mir versichert.

Verschweige ich dieses bedrückende Erlebnis meinen Eltern?

Ein anderes läßt sich nicht verheimlichen, weil es sich in unserem Luftschutzkeller begibt. In einem Seitengang unterhalte ich mich mit einem gleichaltrigen Hitlerjungen. Auch ich bin uniformiert, freilich ein bißchen abweichend. Ich trage eine Bundjacke der Royal Army, leider schwarz eingefärbt. Dennoch vermittelt sie mir die Stärke des britischen Empire, zumindest viertelstundenweise. An der symbolträchtigen Jacke das Pariser Wappen meines Kellerfranzosen aus Grünau. Mein Gegenüber schwadroniert von den »Terrorangriffen infamer Luftgangster«, was ich ihm nicht durchgehen lassen kann. Immerhin vorsichtig genug, verweise ich auf die Pflichterfüllung von Piloten, doch schon meine Zurückhaltung reicht aus für die Katastrophe. Als habe ein böser Geist sie installiert, öffnet sich direkt neben mir eine Eisentür. Und aus der Tür tritt der böse Geist persönlich. Bodenlanger Ledermantel, der Hut mit rundum heruntergeschlagener Krempe, in der Hand einen Ausweis, auf dem ich vor Aufregung nichts erkennen kann, obwohl ich weiß, was er bedeutet. Folgt die Aufforderung: »Mitkommen!«

Ich muß in den Nebengang hinter der Eisentür vorange-
hen, Fässer an den Wänden, Gerümpel, leere Kisten. Es geht
eine schmale Holztreppe hinauf. Lichtschein von oben, Helligkeit. Schwaden von Tabakrauch. Gemurmel. Gläserklirren.
Ich bin in einer Kneipe, die unserem Eckhaus Anziehungs-
kraft verleiht.

Rascher Blick in die Runde. Die Versammelten sind allesamt Doppelgänger des Mannes hinter mir. Ledermäntel en
masse. Offensichtlich ein heiterer Abend unter Gestapobe-
amten. Mir wird kaum Interesse zuteil, während mein böser
Geist sein Notizbuch hervorkramt, um mit genießerischer
oder nur alkoholbedingter Langsamkeit die Personendaten
des Eingefangenen festzuhalten.

Die Maske des Bösen kennzeichnen buschige Brauen über
tief in den Höhlen liegenden farblosen Augen, starke Wangenknochen, die Haut wie gealtertes Leder. Ein zufriedenes
Grinsen als Applikation.

Atemlos und zwecklos streite ich meine Behauptung ab,
habe es anders gemeint, als es verstanden worden sei,
schwärze meine amerikanischen Freunde an, was sie mir gewiß verzeihen würden, sollten sie je davon erfahren. Ja, jetzt
erst, lüge ich, sähe ich ein, was meinen Irrtum bewirkt habe:
Der spontane Streit mit dem Jungen im Keller. Mein Instinkt
bietet dem Ledermantelunmenschen an, mich ob meiner
Dummheit, die ich einsehe, zu ohrfeigen. Verblüffende Wirkung. Anscheinend bin ich seiner möglichen Absicht zuvor-
gekommen, denn nun zögert er und kontert mit einer satten
Lüge: »Wir schlagen doch keinen …«

Und weil der dringend benötigte Zufall zur Stelle ist, ertönt in den unvergeßlichen Satz hinein schon die Entwarnung, das Signal zum allgemeinen Aufbruch. Er hat keine
Zeit, sich noch länger mit mir zu befassen. Zum Abschied
wird ein zweiter, ebenso ins Gedächtnis eingeschliffener Satz
nachgeschickt:

»Du hörst von uns!«

Durch die filzverhängte Kneipentür ins Dunkel nach draußen. Blind an der Hauswand entlangtappend, zurück in den Hausflur, über den Hof, die Treppen hinaus, wo meine Eltern ungeduldig warten. Meine nervöse Berichterstattung verursacht weder Vorwürfe noch Klagen über meine Unvernunft. Doch die Ankündigung eines Nachspiels schleppe ich die nächsten Wochen mit mir herum. Sobald mir der böse Geist einfällt, meldet sich mein Magen und eine sinnlose Reue und Selbstbezichtigung: Wie konntest du nur so leichtsinnig sein?!

Es folgt kein Nachspiel. Wahrscheinlich dank meiner fliegenden Freunde, die sich jetzt meinetwegen doppelt anstrengen, das Chaos derart zu steigern, damit mein Name in den Notizen und Akten zu Schall und Rauch werde.

»Schall und Rauch«, wie in harmloseren Zeiten sich ein Kabarett nannte, regieren real die Stunde. Nach einem schweren Tagesangriff aus dem Keller kommend, begibt sich meine Mutter in die uns zeitweilig zugängliche Küche, um eine Suppe zu kochen. Mein Vater will zum Mittagessen daheim sein. Mit dem Kochlöffel wird länger als sonst im Topf gerührt, die Ohren gespitzt, da es jeden Augenblick an der Wohnungstür läuten muß. Dann wird, als mein Vater überfällig ist, die Suppe vom Herd genommen. Uns ist der Appetit vergangen. Weil die Überlegung unabweislich wird: Und wenn er für immer ausbleibt? Nicht mit Worten dran rühren.

Unruhig schlägt meine Mutter vor, wir sollten meinen Vater suchen. Vielleicht sind nur die Verkehrsmittel ausgefallen? Der Einfall bezweckt ausschließlich, das zermürbende Warten durch eine wenig aussichtsreiche Aktivität zu mildern. Bereits beim Verlassen des Hauses macht sich das Ausmaß der Zerstörung bemerkbar. Über der Innenstadt erhebt sich ein schwarzgrauer Rauchpilz, steigt quirlend so hoch, daß er auch außerhalb Berlins sichtbar sein müßte. Glasbruch auf den Bürgersteigen wie gewohnt, keine Straßenbahn ist unterwegs, wir müssen also zu Fuß in Richtung Adolf Aloys Paul Franz Kunert. Die Greifswalder Straße hinunter, immer der Nase nach, weil mit jedem neuen Häuserblock der Brandgeruch zunimmt.

Am Königstor laufen wir schon im Schatten der wie aus einer Vulkaneruption sich windenden und drehenden Wolke. Man nimmt den Gestank von Sprengstoff wahr, scharf und die Schleimhäute reizend.

Alexanderplatz. Trümmerübersät. Zahllose Schilder: ACHTUNG – BLINDGÄNGER! Woher die bloß so rasch die Schilder beschafft haben? Hat da ein Defätist Görings Versprechen, nicht ein feindliches Flugzeug werde deutschen Boden erreichen, keinen Glauben geschenkt und diskret Vorsorge getroffen?

Jetzt schneit es schwarze Aschepartikel.

Das Stadtschloß. Bis auf einen altertümlichen Anbau, den Turm mit dem »Grünen Hut« einer patinierten barocken Kuppel, brennt der gesamte Komplex »lichterloh«. Kein Fenster ohne dynamische Flammenzungen, die literarisch altertümlich formulierte und trotzdem noch zutreffende »Wabernde Lohe« illustrierend. Unzählige Feuerwehrzüge rund um den Kern des Wilhelminismus. Gewimmel von Feuerwehrleuten. Außer uns beiden keine Zivilisten weit und breit. Hier sind Trottoir und Pflaster weiß bestäubt, wie mit Gips überpudert. Erneut Warnungen vor Blindgängern. Sperren gegen weiteres Vordringen.

»Hier können Sie nicht durch!« schreit es uns entgegen. Nach einem letzten Blick auf des deutschen Reiches Herrlichkeit im Zustand der Agonie wenden wir uns ab und trotten schweigend heim.

Soll man den Feuerwehrleuten erklären, daß man einen dringend benötigten »Arier« vermisse?

Weil uns die Konsequenzen bewußt sind, falls wir beide allein zurückblieben, erübrigt sich jede Debatte über die allernächste Zukunft. Heute nehme ich an, wir hätten damals bald Besuch bekommen: von Stella Kübler alias Goldschlag nebst ihren Helfern, kein angenehmes Wiedersehen vor dem Abtransport ins Nichts.

Doch jetzt sind wir uns darüber im klaren, daß unser beider alleiniges Überleben just dieses Überleben verhindern würde.

So gelangen wir zu »unserem« Haus in der Elbinger Straße, überqueren den durch einen Löschwasserteich verkleinerten Hinterhof, steigen die unter dem abgetretenen Linoleumbelag knarrenden Stufen aufwärts, da ist die Wohnungstür, unser Name ist auf dem Wohnungseignerschild nicht vermerkt. Wozu auch? Meine Mutter schließt auf, wir bewegen uns in Zeitlupe durch den mäßig beleuchteten Flur zu unserer Notunterkunft, wo mein Vater am Tisch sitzt, zur Gänze unbeschädigt, und mit gutem Appetit und offensichtlich guter Laune unsere Suppe löffelt. Weil er einen bärenmäßigen Hunger hatte, konnte er nicht auf uns warten! Und schiebt den nächsten Löffel in den Mund.

Es existiert keine Phonskala für das Geräusch, das ein vom Herzen fallender Stein hervorruft. Gäbe es eine, der meine überstiege die Maximalmarke.

Als berichte er von einem gewöhnlichen Spaziergang, schildert mein Vater, wie er nach dem Alarm, als hätte ihn etwas gewarnt, seinen Laden verlassen und sich zum Moritzplatz und dort in die Tiefe der U-Bahn-Station begeben hat. Bisher verließ er nie bei Angriffen seinen gemütlichen Papierkeller, um nach der Entwarnung keine Arbeitsstunde zu versäumen.

Wird mir damit eine nützliche Lehre zuteil? Etwa: Daß manchmal Pflichtvergessenheit lebenserhaltend ist? Oder daß, großspuriger, die menschliche Existenz vom Zufall abhänge, ebenso wie das Überleben? Jedenfalls lerne ich, daß schon mindere Zufälligkeiten bedeutende Folgen haben. Und das gleich am nächsten Tag, weil mein Vater einen seiner absonderlichen Einfälle durchsetzen muß.

Er überredet uns zu einem Kontrollgang, um festzustellen, was aus seinem Geschäft geworden ist. Zu dritt machen wir uns auf den Weg, mein Vater zunehmend langsamer, einen Fuß leicht nachziehend. Er trägt seiner schwachen Knöchel wegen hohe Schnürstiefel und darin Einlagen, seltsam geformte und gewölbte Stahlblechovale, mit an den Rändern ausgefransten Lederrudimenten bezogen. Schon an der Peripherie des gestrigen Infernos empfängt uns eigentümliche Stille. Je weiter wir ins Innerste der Zerstörung vordringen, desto unwirklicher wird die Umgebung. Die Brände sind erloschen, die Trümmer ausgeglüht. Wieder der weißliche Staub auf den bis zur Straßenmitte ausufernden Ziegellawinen. Durch die Neanderstraße, wo Herrn Wieses Antiquariat jetzt nur noch Bestandteil meines Erinnerns ist. Moritzplatz. Kommandantenstraße. Alte Jakobstraße. Kochstraße. Das Druck-, Papier- und Zeitungsviertel von jeher: Bestes Brennmaterial zur Genüge. Mit einem der hiesigen Produktion adäquaten Vergleich: Das siebte Buch der Apokalypse ist aufgeschlagen, die Prophezeiung hat sich erfüllt.

Endlich die Alexandrinenstraße.

An der Straßenecke ein aus Wellblechplatten zusammengefügter Sarkophag. Denn er birgt eine Anzahl verbrannter Personen, zumindest einiges von ihren unidentifizierbaren Resten. Hysterisch schreiend wühlt eine Frau in den Leichenteilen und zerrt, auf der Suche nach ihrer Schwester, wie man dem Geschrei entnimmt, geschwärzte und deformierte Überbleibsel von Körpern ans Licht.

Noch längere Zeit vernimmt man hemmungsloses Geheul.

Rechter Hand ragt aus dem Schutt ein Pferdekopf auf massigem Hals, die Lider geschlossen, wie schlafend zur Seite geneigt. Keine Schonzeit für Tiere – so wenig wie für Menschen. Ausschau halten nach allen Seiten. Wo ist das Haus, unter dem das Instrumentarium für unseren Lebenserhalt steckt? Es dauert Minuten, bevor wir feststellen, daß wir uns direkt davor befinden, ohne eine assoziative Verbindung zwischen dem vor vierundzwanzig Stunden abgeschlossenen »Einst« und dem gegenwärtigen Anblick herstellen zu können. Eine Düne aus Schotter, Ziegelbruch, gekrönt von verbogenem Eisengestänge. Eine Endzeitlandschaft.

Wovon sollen wir uns ab jetzt ernähren?

Mein Lehrlingsgeld reicht für die Verkehrsmittel und ein paar Zigaretten. Meine Mutter darf nirgendwo eingestellt werden. Ernährer ist mein Vater – gewesen, wie wir einsehen müssen.

Als erste Maßnahme schlägt meine Mutter vor, wir sollten eine Zigarette rauchen, zur Nervenberuhigung, zur Anregung und überhaupt.

Schräg gegenüber der untergegangenen väterlichen Manufaktur das ehemalige Druck- und Verlagsgebäude Rotophot, was ich kindlicherweise ehedem für einen kommunistischen Gruß gehalten habe. Die Toreinfahrt bietet sich als Aufenthaltsraum und Sichtschutz an. Als wir eintreten wollen, stolpern wir über einen toten Polizisten. Neben dem Leichnam sich eine Zigarette anzuzünden verhindert ein unangenehmes Gefühl, letzte Spur unzeitgemäßer Pietät. Doch kaum haben wir die Einfahrt geräumt und uns einige Meter entfernt, bricht hurtig und mit Donnergepolter das Gebäude in sich zusammen. Sandsteinquader, vordem der Firma Solidität demonstrierend, krachen aufs Kopfsteinpflaster. Der weiße Puder stiebt hoch auf und legt sich absinkend auf Kleidung und Haar. Wie auf Zehenspitzen ziehen wir uns aus der Neunekropole zurück, als könne jedes laute Geräusch restliche Fassaden zum Einsturz bringen.

Daß manchmal ein toter Polizist von Nutzen sein kann: eine neue Lehre. Und keineswegs die letzte.

Mein Vater schlüpft bei einem befreundeten Kleinstunternehmer gleicher Branche unter, wo er Handlangerdienste leistet. Immerhin bringt er Geld nach Haus, so daß wir die Lebensmittelrationen und darüber hinaus Zigaretten kaufen können.

Abends, wenn Vermieter und Untermieter sich vor dem Schlafengehen um den Tisch versammeln, die Nordseewellen getreckt haben, wallt blauer Dunst im doppelten Sinne durch den Raum. Jeder hat ein brandneues Gerücht beizusteuern, Spekulationen über den Anmarsch der Russen, über die Kämpfe im Westen, und vor allem die bange rhetorische Frage, ob wir den Sieg, unseren Sieg, überhaupt noch erleben werden.

Selbst geringfügige Anlässe stimulieren uns.

Kohlen werden gebracht. Der »Schwarze Mann« mit der Hucke auf dem Rücken, durch ein an der Jacke aufgenähtes »O« als »Ostarbeiter«, als Sklave gekennzeichnet, entpuppt sich als Russe und als Lehrer mit Deutschkenntnissen. Woher, Herr Lehrer? Aus Moskau! Das magische Wort verursacht ein Kribbeln auf der Haut des Nackens. Ein wirklicher und originaler Mensch bürgt für die Realität eines vorstellungsarmen Namens. »Macht ihm was zu essen.« Brot wird eingewickelt und von uns selber benötigte Lebensmittel.

Und Stalin?

»Stalin wird siegen.«

Der Kohlenträger und wir allesamt hoffen auf die Lichtgestalt am verqualmten Horizont. Ein kaum zu beendendes allgemeines Händeschütteln hebt an. Der Kohlenrusse kramt einen emaillierten Sowjetstern aus der Tasche, vermutlich sein Heiligstes, und macht mir das Abzeichen zum Geschenk. Schade, daß ich das nicht neben die »Ile de France« an meine Jacke heften darf. Damit käme ich wohl nicht weit.

Nach dem Kohlenträger tritt der Briefträger in Erscheinung. Meine Mutter erhält eine Einladung, die abzulehnen unmöglich ist. Sie wird zur Rüstungsarbeit in einem Betrieb dienstverpflichtet. Die jüdischen Frauen aus Mischehen sollen nun für den Endsieg sorgen. In einer Neuköllner Fabrik stanzt sie Glimmer. Was ist Glimmer? Meine Mutter hat keine Ahnung. Wozu wird er benötigt? Kein Schimmer von Glimmer. Ein Isolationsmaterial, wie in Bügeleisen. Daß meine Mutter Bügeleisen für das letzte Gefecht herstellt, scheint mir doch sehr zweifelhaft. Wahrscheinlich eine ganz geheime Sache. Für die nächste »Wunderwaffe«. Sie bringt mir ein daumennagelkleines Scheibchen mit. Ist das schon Sabotage?

Der Briefträger kehrt wieder, und nun bekommt mein Vater eine Aufforderung, sich an die Heimatfront zu begeben. Tatsächlich wird er mit anderen seinesgleichen und meinesgleichen in ein Arbeitslager der OT, der für Rüstungsbauten verantwortlichen Organisation Todt geschafft. Ja, auch meinesgleichen: »Mischlinge ersten Grades ab dem sechzehnten Lebensjahr« müssen ebenfalls in die Baracken einrücken. Ich bin fünfzehn und darf bei Edgar Wallace und Daniel Defoe bleiben, bei den Herren Durchstecher und Flatulentius und vor allem bei meiner Mutter in unserem Luftkriegsséparée.

Der Unwissensstand meiner Mutter in bezug zum Glimmer gleicht dem meines Vaters im Hinblick auf seine Tätigkeit. In Weißenfels hebt er in Gemeinschaft mit anderen Gräben aus. Zu welchem Behufe ist ihm unverständlich, wie er schreibt. Möglicherweise – aber das schreibt er vorsichtshalber nicht – will man die scheidungsunwilligen Ehemänner auf diese Weise zur Trennungsbereitschaft bewegen. Und wie geht und ergeht es ihm wirklich?

Jetzt helfen einzig noch Beschwörungen: Schemah Jisroel Elohenu Adonai Echod ... Wer hat mir das eigentlich beigebracht? Denn lesen kann ich das mit hebräischen Lettern auf ein winziges Pergamentblatt gedruckte Glaubensbekenntnis ohnehin nicht. Trage es aber, in durchsichtiges Zelluloid eingeheftet, stets bei mir. Im Grunde gehört der Text in ein Röhrchen und das Röhrchen innen über die Wohnungstür, wo es »Mesusse« heißt. Bei jeder Bewegung spüre ich das kantige Quadrat in der Hosentasche.

Nach Hause kommen, ob vom Glimmer oder von der »Appretur«, bedeutet, sich sogleich in die Scheinwelt der Literatur zu begeben. Meine Mutter raucht und liest, ich lese und rauche. Seite um Seite studiere ich die Geschichte von Scotland Yard. Der Gründer ist John Fielding, der blinde Richter und Bruder des berühmten Autors Henry Fielding: Mit den ersten Detektiven, den »Bow Street Runners« (ihr Büro war in der Bow Street), wache ich über Sohos unsicheren Gassen. Und niemand prophezeit, daß in vierzig Jahren der Journalist und Filmproduzent Peter von Zahn mir ebenjene Kriminalgerichtsakten von John Fielding (in Fotokopie) ins Haus bringt, damit ich daraus eine Fernsehserie verfertige.

Dem Lesenden versinkt die Gegenwart.

Auf einmal laute Stimmen im Flur – kann man denn nicht

wenigstens für ein, zwei Stunden vor dem obligatorischen Fliegeralarm seine Ruhe haben?

Die Zimmertür öffnet sich, weder ein Gestapobeamter noch ein Gespenst erscheint, sondern mein verschmitzt lächelnder Vater. Durch das völlig unerwartete Erscheinen wirkt er sekundenlang wie ein Fremder, der meinem Vater nur ähnlich sieht. Ein bühnenreifer Auftritt, den jedoch kein Dramaturg zuließe: zu übertrieben.

Seine Rechte ist verbunden, mit angeschmutzter Gaze umwickelt. Diese Hand ist die Ursache seiner Rückkehr. Er zieht sich im Lager eine Blutvergiftung zu, er wird arbeitsuntauglich, und weil der Lagerarzt mittlerweile den Glauben an das Tausendjährige Reich eingebüßt hat, regt sich in ihm ein Rest von Gewissen. So daß er meinem Vater bescheinigt, todkrank zu sein. Wegen der geringen Lebenserwartung verfügt der sich an seinen Hippokratischen Eid Erinnernde die Entlassung des Lagerinsassen K. Der vergessene Satiriker Roda Roda hat unbedingt recht mit seiner Sentenz: »Es ist manchmal ganz gesund, ein bißchen krank zu sein!« Als Souvenir seines Weißenfelser Aufenthaltes behält mein Vater einen verkrümmten Mittelfinger zurück: Ein akzeptabler Preis für solche »Familienzusammenführung«.

Der Alltag verläuft wie gewohnt: Man verbringt die Nächte im Keller. Daß die Front sich Berlin nähert, kann nicht mehr verheimlicht werden. Denn man kann sie hören. Ein schwaches Grummeln wie von sehr fernem Gewitter.

Soll man überhaupt noch zu seiner Arbeitsstelle fahren?

Als ich das Haus verlasse, meiner Ladenöffnungspflicht Genüge zu tun, rast über der Greifswalder Straße ein Tieffflieger auf mich zu, seine Maschinengewehre knattern, doch er verfehlt mich. Und liefert mir das Motiv, die Neuköllner Hosen sowie die Duellanten sich selber zu überlassen.

Die Schlacht um Berlin beginnt. Und wir werden *demnächst* – um exaktere Zeitangaben zu vermeiden – das Spektakulum in kraß bunten Sowjetfarben im Kino vorgeführt bekommen. Und ich werde mich über die blütenweiße Litewka Stalins wundern, leuchtend vor der Reichstagsruine, und noch mehr darüber, daß eine Soldatin den Marschall weder auf den Mund noch auf die Wange küßt, wie man es sonst aus Filmen kennt, sondern ihre Lippen auf einen seiner zahllosen Orden drückt. Das hätte mich stutzig machen müssen.

Jetzt aber schweigen die Sirenen für immer. Keine »Flying Fortress« mehr über den Dächern und den Trümmern. Dafür schlägt man nun sein Lager im Keller auf, wir, wie üblich, abgesondert. Noch gestatten die Glühbirnen meine Lektüre. Noch ist man einigermaßen mit Lebensmitteln versorgt. Für die paar Tage wird es ausreichen. Doch als der Strom ausfällt und die Hindenburg-Lichter angezündet werden, in stearingefüllten Pappbechern schwimmende Dochte, kann man keinen Buchstaben mehr vom anderen unterscheiden.

So nehme ich die Position des Schlachtenbummlers ein. Meist halte ich mich oben im Hausflur auf, um, sobald der Beschuß nachläßt, vor der Haustür Posten zu beziehen. Plötzlich und ohne daß ich etwas bemerkt hätte, nehmen mich zwei Zivilisten in die Mitte. Ausweise schwenkend und den meinen fordernd. Zwei Menschenjäger, im Anschleichen geübt, die die letzten Reserven auf dem »Altar des Vaterlandes« ihrem Führer darzubringen haben.

Der Überraschungseffekt verhindert, daß ich Angst verspüre. Lange, sehr lange, als wollten sie mich ein bißchen psychisch foltern, mustern sie meinen Wehrpaß, ohne Ende blätternd, als stünde in dem handgroßen Heft eine auch sie erlösende Botschaft. Und weil in Deutschland bis Toresschluß die unumstößliche Ordnung des Wahns regiert, reichen sie mir mit enttäuschten Mienen das Dokument meiner Unwürdigkeit zurück. Nicht einmal zum »Volkssturm«, diesem letzten Aufgebot von Knaben und Greisen und Frauen, taugen mein Vater und ich. Wir sind und bleiben Nichtkombattanten. Eine bessere Rolle kann man unter den gegebenen Umständen kaum spielen.

Auch in unserem Eckhaus hat sich der »Volkssturm« eingenistet. Einige Jungen in meinem Alter, ein paar Greise, die in einer Ecke hocken, eingehüllt in stinkende Dämpfe undefinierbaren Tabakersatzes.

Die Lebensmittel werden knapp. Und, weitaus schlimmer, die Zigaretten. Immer aufs neue dreht man Stummel zu neuen Zigaretten zusammen, ein giftiges, die Lungen ätzendes Gemenge.

Durch die Kellerräume wabert ein Gerücht, das auch mich erreicht. Am Königstor, am Abschluß der Greifswalder Straße, käme ein gewaltiger Lagerbestand von Tabakwaren zur Verteilung, um sie nicht den Russen zu überlassen. Nun hält mich im Keller nichts mehr. Freilich, so ganz allein scheint mir die anstehende Expedition doch zu bedenklich. Unter den jugendlichen Volksstürmern im Hausflur erklärt sich ein ebenso gieriger Raucher bereit, mit mir zum Ziel unserer Sucht aufzubrechen.

Während einer Feuerpause überqueren wir hakenschlagend die breite Elbinger Straße, springen über herabbaumelnde Oberleitungen und landen auf der anderen Seite in einem Hausflur. Es hagelt Geschosse aller möglichen Kaliber. Dazwischen einzelne Schüsse von Scharfschützen deutlich abgehoben, dazu das Pfeifen von Querschlägern auf dem Pflaster. Sobald meine russischen Freunde ihre Geschütze und Minenwerfer in Weißensee nachladen müssen, sprinten wir einige Häuser weiter. Deckung! Deckung!

Das Königstor, sonst nur ein paar Straßenbahnhaltestellen entfernt, wird durch die Umstände schier unerreichbar. Doch wer A gesagt hat, muß B tun. Keuchend durch die kulissenhaft leere Greifswalder. Wir sind die beiden einzigen Schießscheiben bei dem Scheibenschießen.

Endlich: das Königstor. Ein demolierter, kaum wiedererkennbarer Platz. Dumpfe Detonationen. Bei verängstigten Hausbewohnern erkundigen wir uns nach der Quelle unseres Verlangens. Aber hier werden nur Friedhofsplatzkarten verteilt, sonst nichts. Worauf habt ihr euch bloß eingelassen, Jungs!

Und wir müssen den gleichen Weg zurück, ohne, wie vor-

her durch unsere manische Verblendung, die Gefahr zu miß-
achten.

Beten. Man kann bloß noch beten.

Die Strecke verdoppelt und verdreifacht sich bei jedem
Sprung märchenhaft.

Rennen, was die Beine hergeben. Von Hauswand zu Hauswand hetzen, jagen, sich ans Mauerwerk pressen, mit dem
grauen, geschoßzernarbten Putz symbiotisch verschmelzen,
unsichtbar werden für das Auge hinter dem Zielfernrohr.

Aber wir schaffen es.

Haben es geschafft. Und sind geschafft und ausgepumpt, als
wir in den Hausflur einfallen. Ich könnte den Kommentar
meiner Eltern über diese Exkursion, hätten sie davon eine Ahnung gehabt, wortwörtlich nachahmen. Darum verschweige
ich die selbstmörderische Tour und gebe vor, im Hausflur gewesen zu sein. Im Keller nichts Neues. Einer der Mieter hat in
weiser Voraussicht seinen Detektorempfänger von 1922 nicht
weggeworfen. Man erblickt eine gebeugte, wie von Barlach
zum Klumpen geformte Figur in einer Ecke, Kopfhörer auf
den Ohren, unentwegt mit dem Stift unter der Glasabdeckung
den Kristall, der auf elektromagnetische Wellen anspricht, ab-
tastend. Er ist das Ohr zur deutschen Welt, die sich auf fünf
Berliner Bezirke reduziert hat. Nie sehe ich ihn sich erheben
und die Toilette aufsuchen, falls ich einen Blick in den »arischen« Teil riskiere. Dafür sehe ich eine junge Frau, mit der ich
schon ein- oder zweimal auf der Treppe ins Gespräch gekommen bin. Eine »echte« Tochter des Proletariats, der Vater,
Facharbeiter, macht umständliche und darum abzuleugnende
kritische Anmerkungen zum Zeitgeschehen – freilich auch das
bloß in der Isolation des ausgestorbenen Treppenhauses. Die
junge Frau und ich aber sind in jenen Blickwechsel getreten,
der keines Wortes bedarf. Da sitzt sie zwischen den Hausbewohnern, eine etwas grob geschnittene Hübschheit, und
lächelt unauffällig den Jungen an, der mit einem Eimer in der
Hand absichtlich langsam an ihr vorbeischlendert.

Ich muß Wasser holen.

Aus den Leitungen in Küche und Toilette dringt schwaches Zischen, mehr nicht. Wasser fließt allein noch aus den stadtbildprägenden Gußeisenpumpen. Damit in einer friedlicheren Ära Kutscher ihre Rösser tränken konnten, hatte einstmals der Magistrat für diese antiken Säulen nachempfundenen Wahrzeichen gesorgt. Keine Straße ohne Pumpe. Auch an der Kreuzung Elbinger Straße/Greifswalder Straße fließt eine solche lebensnotwendige Quelle. Wie man sich ihr nähert und ihrer bedient, unterscheidet sich gänzlich von der früheren Benutzung. Außerdem hat sie Gesellschaft bekommen. Wenige Meter neben ihr hat das »Oberkommando der Wehrmacht« oder sonst ein einfallsreicher Stratege auf der Mittelpromenade einen Tiger-Panzer in den märkischen Sand eingraben lassen. Nur der Turm ragt aus der Erde. Unter ohrenbetäubendem Krachen sendet das Turmgeschütz hin und wieder schwerwiegende Botschaften nach Weißensee zu den Russen hinüber. Antwort postwendend.

Ich muß Wasser holen.

Zuerst die Treppen hinauf bis zum Dachboden. Zahllose Eimerträger drängeln sich durch den Spalt in der Brandschutzmauer auf den nächsten Dachboden, von dort weiter, eine Dachbodenwanderung bis zu jenem Eckhaus, an dessen Sockel die Pumpe als Köder der Opfer harrt. Man steht sich Stufe um Stufe abwärts. Der Hausflur. Einer nach dem anderen muß nun hinaus, den Eimer in der Rechten. Ertaubt man hier drin halb durch die Abschüsse des Panzers, kommt man gänzlich taub von draußen zurück – falls man nicht von einem der Liebesgrüße aus Moskau getroffen wird. Hinausrennen, panisch den Schwengel heben und senken. Meist bringt man einen halbvollen oder halbleeren Eimer von draußen mit, das Wasser schwappt bei solcher Eile über die Hosenbeine, und die Angst verhindert das Nachfüllen.

Krieg ist eine strapaziöse Affäre.

Der Lebensrhythmus, längst schon durcheinandergeraten, zerfällt in immer kleinere, unregelmäßige zeitliche Einheiten. Man schläft im Sitzen, erwacht mit erstarrten Gliedern nach

Stunden, die tatsächlich aber nur Minuten gedauert haben. Dafür scheint dem Wachenden die Stunde aus zweihundert Minuten zu bestehen. Jeder Unterbrechung im Zeitstillstand wird dankbar wahrgenommen. Ungewöhnlich aufmerksam beobachte ich meinen Vater, der sich als Müller betätigt. Krachend und knackend mahlt er Weizenkörner, unsere eiserne Ration, mit einer zwischen den Knien festgeklemmten Kaffeemühle zu grobem Mehl. Denn meine Mutter will Brot backen. Mit dem Mehl ausgerüstet, steigt meine Mutter in den vierten Stock in die Küche unserer Unterkunft und heizt mit Kleinholz den Backherd an. Doch schon nach zehn Minuten ist sie wieder bei uns im Keller. Das Brot ist mißlungen. Mitten im Backvorgang schlägt eine Granate den Schornstein vom Dach, das Feuer, ohne Zug, erlischt. Und wir verspeisen angewärmten Weizenbrei. Und sind auch noch froh, daß wir überhaupt etwas in den Magen kriegen.

Bahnhofsatmosphäre. Wartesaal dritter Klasse. Man erwartet – außer uns dreien – mit Bangen den nächsten Zug der Zeit. Der Detektorbesitzer ist in der Haltung des Lauschenden immer mehr in sich zusammengesunken. Ohnehin herrscht eine gespannte Reglosigkeit. Ein Panoptikum, in dem sich manchmal eine Wachsfigur erhebt, verschwindet, wiederkehrt, um die alte Sitzposition einzunehmen und die Fiktion von Leben zu widerlegen.

Unverhoffter Besuch in unserer Abseite. Die junge Frau aus dem Schoß der Arbeiterklasse betritt unsere Nebenhöhle und setzt sich neben mich. Man hat sie vor diesem Besuch gewarnt, gar zurückhalten wollen, hat sie ermahnt und an ihr Deutschtum appelliert; wo doch ihr Mann als Soldat an der Front sei! Doch die Macht der Zwergdiktatoren ist gebrochen. Der Bann lockert sich rasch.

Wir sitzen eng nebeneinander und ineinander vertieft, realitätsabgewandt, schattengetarnt, vom müden Kerzengeflacker eher verborgen als beleuchtet, von Evelyn Künnecke eingestimmt: »So wird es nie wieder sein, bei Kerzenlicht und Wein ...« Der Wein fehlt, wird aber nicht vermißt. Aufgestört von nebenan ausbrechender Hektik, entschlingen wir uns. Der Detektormensch hat eine neue Nachricht aus dem Äther geholt. Und wir werden sogleich eine Falsettstimme mit dem um zwölf Jahre verspäteten Satz vernehmen:

»Der Führer ist tot!«

Keine Verlockung hält mich mehr auf der knarrenden Korbbank. Ich muß die gute Neuigkeit sofort den Jungen im Hausflur bringen, male mir schon aus, wie ich bei ihnen erscheine: »Jungs, ihr könnt nach Hause gehen …« Wie unter Drogeneinfluß steigert sich mein körperliches Befinden, Vorgefühl des dramatischen Augenblicks, den ich zu inszenieren gedenke.

Ich winde mich zwischen plötzlich führerlos gewordenen Verwirrten hindurch und stoße auf den Hausobmann, den Werkschutzbeauftragten in der Gasanstalt hinter der nächsten Ecke. Morgen früh werden ihn die Russen abholen, weil er die Koks abladenden »Ostarbeiter« zu verprügeln pflegte. Alles aufgeregte Reden übertönend, ruft er über die Köpfe hinweg:

»Im Heizungskeller ist ein Feuer angezündet worden! Wer etwas verbrennen möchte …!« Der unvollendete Satz macht jedem klar, daß das letzte Stündlein geschlagen hat. Möglicherweise sogar für die eigene Person.

Getümmel setzt ein. Papiere werden hervorgezerrt, Dokumente, Ausweise, Fotos, Indizien für die eigene Schuld, für die Mitverantwortung an dem Komplex »Drittes Reich«. Ab ins Fegefeuer mit dem belastenden Material, auf daß man selber gereinigt und geläutert aus dem Keller in eine neue Zeit hervorgehe. Ich ahne nicht, daß es kaum einen Tag dauert, bis jeder der verzweifelt Agierenden einen jüdischen Bekannten gehabt haben würde, einen jüdischen Hausarzt, einen jüdischen Chef. Im übrigen hat man ja einen kommunistischen Großvater sein eigen nennen können und war sowieso immer schon »dagegen« gewesen. Morgen früh werde ich mich unter lauter Opfern des Faschismus befinden.

Aufgeregt und enthusiasmiert in den Hausflur. Mein großer Auftritt scheitert. In einer Ecke Panzerfäuste, Gewehre, die nachttopfähnlichen Helme mit der Öffnung nach oben am Boden. Kein Mensch. Kein Abschied, kein Lebewohl, kein Werwolfgeheul, kein Nibelungenschlamassel – das letzte Aufgebot hat nicht auf den Boten, der eine gewisse Enttäuschung nicht unterdrücken kann, warten müssen.

Hinaus ins Freie. Etwas macht sich bemerkbar. Etwas ganz Ungewöhnliches. Und es währt eine Weile, ehe man dahinterkommt: Es ist die völlige Stille. Die zur Phrase geronnene Stille nach dem Sturm.

Ein alter Mann humpelt am Stock aus einem Haustor und wendet sich der Kreuzung zu. Ein zweiter folgt. Aus einer Einfahrt ein dritter. Noch einer. Mehr und mehr. Sie schlurfen und tappen in eine Richtung, als riefe sie ein für mich unhörbares Signal. Ich setze mich ebenfalls in Bewegung, zuerst zögernd, dann immer rascher.

An der Kreuzung eine schweigende Gruppe, mit zusammengeklaubten Monturteilen ausstaffiert, die Letzten der »Grande Armée«, geschlagen und waffenlos. Außer einem in Tarnjacke und mit Gebirgsjägermütze; er hat am Koppel eine Pistole. Warten, abwarten, was kommt. Was soll schon kommen? Die Sieger natürlich.

Die ersten beiden zeigen sich schon. Sechzehnjährige, jeder mit einem Fahrrad versehen, wie man es »zufällig« auffindet. Die Käppis auf den kahlgeschorenen Schädeln, Pistolen im Stiefelschaft. Offenkundig sind sie von der Schulbank ausgerissen, um wie die Erwachsenen Krieg zu spielen. Angerufen, woher sie kämen, schreien sie begeistert zurück: »Moskau! Moskau!« Nichts anderes als dieses Wort habe ich erwartet.

Die Sowjetknaben entdecken den Bewaffneten, der sich zwischen den dürftigen Gestalten der Besiegten zu verstekken sucht, und identifizieren ihn sofort: »Du – Offizier!« Er protestiert wortreich und liefert demutsvoll die Pistole ab und wirkt unversehens wie entmannt.

Die alten Männer umringen die Sieger, halten ihnen kalte Tabakspfeifen unter die Nase, und jeder einzelne will mit einem lauten »Kamerad! Kamerad!« auf sich aufmerksam machen. Die Kameraderie setzt unaufhaltsam ein. Aus ihren weiten Uniformblusen schaufeln die Soldaten händeweise Machorka, von dem man hierzulande nichts weiß. Was ist Machorka? Die Moskauer Abgesandten demonstrieren den Gebrauch. In ein Tütchen aus Zeitungspapier schüttet man das krümelige Zeug, setzt es in Brand und saugt an der Tütenspitze den Rauch heraus und erleidet einen Hustenanfall, als hätte man die Glut direkt eingeatmet.

Was werden uns die Sowjets sonst noch bescheren?

2

Verwunderung, Verblüffung, Erstaunen, Kopfschütteln.

Das also wäre der Troß der ruhmreichen Roten Armee?

Lauter Panjewagen, hölzerne bäuerliche Vehikel, von ungewöhnlich kleinen Pferden gezogen. Hinter der Deichsel auf den nackten Brettern meist ein älterer, bärtiger Soldat, gemütlich sein Pfeifchen paffend, als käme er von der Feldarbeit heim. Dazwischen ab und zu ein Lastauto, wie aus dem Automobilmuseum der Firma Ford.

Es gibt viel zu bestaunen dieser Tage. Soldaten brechen Geschäfte auf, damit die Bevölkerung plündern und beim Plündern gefilmt werden kann. Ein Mann rollt vorsichtig einen radgroßen Edamer vor sich her. Ein anderer schleppt zwei Eimer Konfitüre mit sich. Auf einer Bank der Mittelpromenade unserer Straße liegt die wachsbleiche Figur eines frisch Verstorbenen mit zahnlos klaffendem Mund.

Mein Vater schnallt sich seinen Rucksack um, jenes unabdingbare Accessoir der Deutschen nach der »Stunde Null«, um an der allgemeinen Ernte teilzuhaben. Er verschwindet aufrecht und kehrt vornübergebeugt zurück. Die Last auf seinem Rücken: lauter Dosen mit grünen Bohnen, ausnahmslos grüne Bohnen.

Russische Fernmelder kriechen wie müde Insekten mit Steigeisen an den Stiefeln nicht nur an Bäumen, sondern auch an den Laternenmasten empor, Telefonleitungen spannend, ein sich dichter schließendes Netzwerk.

Zum Entsetzen der Hausbewohner wimmelt es plötzlich im Hof von Uniformierten, ausgerüstet mit fingerdünnen, doch meterlangen Eisenstangen, mit denen sie im Erdreich nach vergrabenen Waffen stochern. Schritt für Schritt untersuchen sie den Boden rund um den Löschteich, umringt von den zutraulich gewordenen Zuschauern. Kommunikationsversuche scheitern, obwohl beide Parteien sich mimisch und gestikulierend Mühe geben. Russisch ist halt wie Chinesisch, völlig unverständlich. Waffen werden keine gefunden. Die haben wir schon vorher im Löschteich versenkt. Nun ruht der tödliche Plunder in der schlammigen Grube bis zum Sankt-Nimmerleins-Tag.

Wir, die Hausbewohner, erhalten den Befehl, die Barrikade an unserer Ecke abzuräumen, zwei gewaltige, von Eisenbahnschienen gestützte Kästen, gefüllt mit Sand, Ziegelsplitt und Pflastersteinen, dahinter die Gräben, aus denen die Füllmasse stammt. Der vorhergehende Zustand soll wiederhergestellt werden. Eine Eimerkette bildet sich. Auf der Barrikadenkrone vollgeschaufelt, wandert Eimer um Eimer abwärts, um in den Graben entleert zu werden. Eine tonnenförmige Matrone drückt mir einen Eimer in die Hand, auf dem Sand glänzendes Metall. Mein Adlerauge erkennt sogleich eine Pistole nebst Munition. Als ich stutze, gerät meine Nachbarin in Panik: »Weg damit! Bloß weg damit …« Die entwaffnete Greisin trägt den Namen eines Platzes, auf dem ihr Sohn als SA-Mann von Kommunisten erschossen worden sein soll. Morgen heißt der Platz wieder Arnswalder Platz, und die »Märtyrer«-Mutter sinkt in die Bedeutungslosigkeit zurück.

An der belebten Kreuzung regeln aus ihren Uniformen quellende Mädchen mit übermächtigen Brüsten, mit gelben und roten Fähnchen den hauptsächlich militärischen Verkehr. Handgreiflich und mit gellendem Geschrei halten sie die Ordnung aufrecht. Hochbeladene Lastwagen rollen in Richtung Osten. Auf den Ladeflächen türmt sich, was den überall prangenden Plakaten zufolge abgeliefert werden muß: Radioapparate und Geräte aller Art. Dazu allerlei privat Requiriertes: Fahrräder, Standuhren, Polstersessel. Lauter Trödelmarktfuhren. Was davon am Zielort heil ankommt, kann höchstens zehn Prozent betragen.

Meine Mutter näht uns Abzeichen aus blauen und weißen Flicken: Das sollen die jüdischen Farben sein. Mit diesen Fähnchen an der Kleidung laufen wir nach Weißensee zur *Kommandantura*. Was der Plan bezweckt, kann ich nur vermuten: bessere Lebensmittelkarten. An der Telefonzelle neben dem S-Bahnhof liegt immer noch ein toter Volkssturmmann in einer großen Lache seines mit Regen vermischten Blutes. Für den Abtransport fühlt sich niemand verantwortlich. Man sieht hin und sieht wieder weg.

Da ist die Kommandantur, eine ältere Villa, ein schmiedeeiserner Gartenzaun, dahinter ein Offizier, der Bittsteller durch die Gitterstäbe abfertigt. Meine lebhafte Mutter versucht, dem permanent Unwirschen klarzumachen, worum es sich bei uns handelt, und er kapiert es auch sofort und sagt mit einer Stimme voller Verachtung: »Äh – Jewre!« (»Jude«). Und scheucht uns mit energischer Geste fort.

Mein Moskowiter, mein Bolschwewik mit dem Roten Stern, wie ich selber einen besitze, ein Antisemit?! Wie kann das sein?! Wozu ist der Bursche denn hier, wenn nicht unseretwegen? Kleinlaut ziehen wir ab. Die Volkssturmleiche liegt noch immer unberührt in der Flüssigkeit, und unsere Beziehung zur sowjetischen Besatzungsmacht ist beendet, ehe sie begonnen hat.

Mit niederen Dienstgraden komme ich leichter aus. Ein Riese, die Maschinenpistole im Anschlag, stellt sich mir in den Weg und fordert meine Armbanduhr. Ich streife die Jackenärmel hoch, weise meine nackten Handgelenke vor und ernte ein freundliches Lächeln. Arme Leute erkennen einander am Uhrenmangel. Wie wäre es mir wohl ergangen, wenn er verlangt hätte, ich solle die Hosenbeine hochziehen? Die Uhr ist um den rechten Knöchel geschnallt, sobald ich aus dem Haus gehe. Kostenlos will ich sie nicht hergeben.

Als die Amerikaner, die »Amis«, in Berlin einrücken, schwärmen sie sofort im russischen Sektor aus, aus Sicherheitsgründen meist paarweise. Und weil ich als Raucher Geld brauche, die Zigarette kostet ja zehn Reichsmark, entschließe ich mich zum Verkauf. Trete also vor zwei GIs hin, schwenke die Uhr, welche als intakt befunden wird, und vernehme und verstehe die Frage: »How much?«

Ist mein Vater nicht Unternehmer, ein Erzkapitalist, schon seiner Überzeugung nach? Soll ich da nicht eine gewisse Geschäftstüchtigkeit genetisch mitbekommen haben? Die Uhr ist ein billiges Ding, und ich fordere mit meinem oft geübten Pokerface den zehnfachen Preis: »Zweihundert Mark!«

Aus einem dicken Packen Geldscheine werden mir zwei Hunderter übereignet, und ich bin, mein Herzklopfen bestätigt es, unerwartet reich.

Außer segensreichen Erfahrungen werden einem jedoch auch schmerzliche zuteil. Denn weil ich die gleiche Richtung wie meine Kunden einschlage, muß ich erleben, wie Kapitalismus funktioniert. Die beiden Amerikaner halten einen Russen an und offerieren ihm meine Uhr für tausend Mark. Und der zieht ebenfalls ein Bündel Banknoten aus der Tasche und zahlt mit strahlender Miene den geforderten Preis.

Dennoch beeinträchtigt das keineswegs mein Verhältnis zu Amerika und das Verlangen, den hiesigen Vertretern der USA gleichen zu wollen.

Noch hausen wir in der Wohnung des Dragoners, doch verschlechtert sich, da der äußere Druck aufgehört hat, das Klima zwischen unseren Gastgebern und uns. Sind wir eben noch aneinandergekettete Geiseln des Rassenwahns gewesen, so können wir uns jetzt nicht mehr ausstehen. Die treckenden Nordseewellen schlagen weiterhin über uns zusammen und ermuntern uns zur Flucht. Wir benötigen eine andere Bleibe.

Mein Vater, unterstützt von einem Bekannten, birgt seine Maschinen aus den Trümmern. Meine Mutter besucht politische Versammlungen und tritt in die KPD ein, mit der Erklärung, die Kommunisten wären die entschiedensten Kämpfer gegen Hitler gewesen. Und ich? Ich sei alt genug für eine Erwerbstätigkeit, ich solle nun mein Brot selber verdienen.

Traut man mir keine Genialität mehr zu?

Sind die in mich investierten Hoffnungen erloschen?

Ich als Ladenschwengel, Sesselpuper, gar als neuerlicher Hosensortierer?

Ich gestehe meinen Eltern ein letztes Experiment mit ihrem Sprößling zu, begebe mich in ein armseliges Elektrofachgeschäft, wo ich avisiert worden bin.

»Sortieren Sie die Kondensatoren in diese beiden Kisten, nach Spannungsstärke getrennt!« Meine Spannungsstärke ist äußerst niedrig. Nach drei Stunden Stumpfsinn benutze ich jenen von meiner Mutter beim Skat oftmals verwendeten Ausdruck: »Passe!« Ohne Abschiedswort, ohne Erklärung überlasse ich die Kondensatoren ihrem ungewissen Schicksal und bleibe zu Hause.

Durch die Greifswalder Straße verkehrt die Linie vierundsiebzig. Man drängt sich zwischen die Verlierer der Geschichte. Der Schaffner, schlank und rank wie die hungernde Gesamtbevölkerung, quetscht sich zwischen den Fahrgästen hindurch, um das nahezu wertlose Fahrgeld zu kassieren.

Ich werde gegen einen Ledermantel gepreßt, in dem einer steckt, dessen Gewicht noch verlederter als sein Mantel ist. Er trägt sogar noch den Hut mit der rundum heruntergeklappten Krempe über dem knochigen Antlitz. Er sieht mich an und ich ihn.

Mein Gott – was soll ich jetzt bloß tun?

Die Bahn zuckelt dahin, der Schaffner ruft die Stationen aus, wir nähern uns dem Schauplatz unserer ersten Begegnung: Greifswalder/Ecke Elbinger Straße, wo ich aussteigen muß.

Ich, der Minderjährige, eingekeilt in massive, stinkende Gleichgültigkeit. Aber es hilft nichts: Schwitzend arbeite ich mich bis nach vorn zum Fahrer und berichte ihm stotternd, wen er da in seinem Triebwagen transportiere.

Die Straßenbahn stoppt an der Haltestelle Greifswalder Straße und fährt zum Leidwesen der Passagiere nicht wieder an. Undeutliches Geflüster. Der Schaffner, nach der Ursache der von ihm vermuteten Panne forschend, wird vom Fahrer losgeschickt, um einen Polizisten aufzutreiben. Das erweist sich als schwierig. Seit wenigen Wochen erst patrouillieren nur mit Knüppeln und umgefärbten Monturen und sie als Ordnungshüter kennzeichnenden Armbinden ausstaffierte Polizisten durch die Stadt. Meine Anschuldigung hat ein furchtbares Schweigen ausgelöst. Mein Feind, zu dem ich mich erneut durchgekämpft habe, schüttelt unmerklich den Kopf, als halte er den Vorfall für einen Dummenjungen-streich, nähme diesen jedoch geduldig hin. Wir warten in eisiger Stille.

Nach einer unmeßbaren Weile erscheint der Schaffner mit einem Polizisten, der von meinem Gefangenen den Ausweis zu sehen verlangt. Eine lappige Kennkarte wird ihm dargebo-ten. Der Polizist liest, nickt, dankt und wendet sich ab. Der amtlich Freigesprochene grinst mich an. Seit unserer ersten Begegnung fehlen ihm einige Vorderzähne. Die Glocke wird betätigt, die Bahn ruckt an, und ich bleibe an der Haltestelle zurück, ein beschämter Rächer, vom Ausbleiben der Gerech-tigkeit gekränkt.

Meine erste längere Stadtdurchquerung erfolgt bald darauf. Dazu leiht man sich einen Spaten als Ausweis. Mit einem ge-schulterten Spaten nämlich, vortäuschend, man sei zu einem Arbeitseinsatz unterwegs, sichert man sich gegen Kidnap-ping ab und schützt sich davor, auf einen Lastwagen mit un-bekanntem Ziel verladen zu werden. Manchmal wird man in einem Berliner Außenbezirk abgesetzt, manchmal erst hinter dem Ural.

Den Aufbauhelfer markierend, marschiere ich, dank mei-nem holländischen Musiklehrer den »Yankee Doodle« pfei-fend, vom Bezirk Prenzlauer Berg durch den Bezirk Fried-richshain bis zum Bezirk Kreuzberg, um unser Wohnhaus wiederzusehen. Und erblicke bloß einen Schutthaufen, unter dem meine Erinnerungen begraben liegen.

Nicht immer gehe ich frei aus. Denn eines Tages – und das ist ein ganz besonderer Tag, ich bin mit einem Mädchen verabredet – schnappt man mich vor der Haustür weg. Aus Eitelkeit habe ich den Spaten oben im Korridor stehenlassen. Er hätte nicht zu meinem modischen Aufputz gepaßt. Ich habe mir eine Buschjacke schneidern lassen, *das* Kleidungsstück der Nachkriegszeit: eine dreiviertellange Jacke mit vier auffälligen aufgesetzten Taschen auf der Vorderseite und einen Gurt um die Taille. So was trug Hemingway am Fuße des Kilimandscharo. Doch aus Mangel an entsprechendem Stoff muß mein Kinderregenmantel umgearbeitet werden, und der ist aus gummierter Seide, was die Körperatmung stark einschränkt. Bäche von Schweiß rinnen an mir herab. Meine Frisur, Mittelscheitel, die Nackenhaare über den Kragen hängend, ist feucht wie nach einer Kopfwäsche. Dennoch bin ich auf mein Kostüm stolz, besonders auf meine Hose, in deren Hosenbeine derart breite Keile eingesetzt sind, daß von den Schuhen nur noch die Spitzen hervorlugen. Es sind die Schuhe meiner Mutter, graues Wildleder mit Krokoeinsatz, äußerst elegant, doch durch die Hose verborgen.

Nun also packt mich ein Sowjetsoldat am Arm und zerrt mich, die schickste Erscheinung weit und breit, zu einer Gruppe von lethargischen Männern. Das gefällt mir ganz und gar nicht. Die Soldaten wirken martialisch mit den aufgepflanzten Bajonetten. Ganz offenkundig haben sie bloß noch auf mich gewartet. Sie treiben uns mit lautem »Dawei! Dawei!« über den Damm, wo noch immer der Tiger-Panzer im Erdreich vor sich hin rostet, und in das Gelände der gegenüberliegenden Gasanstalt.

Wir sollen Waggons entladen. Koks für die Gasanstalt. Du eine Schippe und du eine Schippe. Ich will keine Schippe und entkomme ihr trotzdem nicht. Weiter durch das Werk zu dem Gleis mit den Waggons. Aber die Sowjetmacht hat ihre Rechnung ohne mich gemacht. Ich habe keine Schuld abzutragen und untertänigst Kohlenstaub zu schlucken. Meine stummen Zufallsunbekannten heben die Schaufeln, der Tort beginnt, die Russen rauchen und ziehen sich gelangweilt zurück. Ich lehne die Schippe an den Waggon, mit der Lüge, einem dringenden Bedürfnis folgen zu müssen, und schlendere davon. Doswidanja, Towarischi! Aus dem Blickfeld der anderen, renne ich los, dem Ausgang zu. Da – ein Sandhügel, auf den ich voller Heiterkeit zuspringe, um mich anschließend mit einem Satz abzustoßen, jedenfalls abstoßen zu wollen, denn der Sand erweist sich als Tarnung. Unter der dünnen Schicht empfängt mich eine Masse Teer, von der Sonne aufgeweicht, und umklammert mich bis zu den Waden. Ich bin wie erstarrt. Obschon zopflos, zerre ich mich münchhausengleich aus dem zähen Brei. Die Hose klebt fest an den Beinen. Die Schuhe schwarze Klumpen. Das Rendezvous vermasselt. Schneckengleich entferne ich mich von dem ungastlichen Ort und schlurfe heim.

Meine Mutter ist froh, daß ich bei ihr bin und nicht im Zug nach Karaganda. Und Verabredungen mit Mädchen konnte man immer wieder treffen. Schließlich sind sie in ausreichenden, ja, übermäßigen Mengen vorhanden, da die älteren potentiellen Nebenbuhler entweder in Gefangenschaft oder ins Massengrab gerieten. Darum halten maskuline Minderjährige reiche Ernte.

So ändert sich auch nichts an der Zuneigung jener jungen Frau aus den Kellertagen. Sie lädt mich ein, und ich folge dem erkennbaren Wink. Ihre Eltern sind abwesend, und ich trage ein Gerät zur Unterstützung meiner Verführungskünste bei mir: ein Koffergrammophon, ertauscht gegen Zigaretten oder sonstige Mangelware. Aufgeregt drehe ich die Kurbel, lege eine Platte auf den grünsamtenen Plattenteller, löse dessen Bremse, schwenke den Tonarm über die Rille und setze die Nadel auf: »Sing, Nachtigall, sing, ein Lied aus alten Zeiten …«

Die Wirkung besteht darin, daß meine Gastgeberin das Zimmer verläßt, um nach einigen Minuten verwandelt zu erscheinen. Sie ist geschminkt und gepudert, das schulterlange Haar aufgelöst, und in ein bodenlanges Nachthemd gehüllt. So habe ich mir eine rosarote Begegnung stets vorgestellt, wenn ich zwischen den Fotos meiner französischen Damen blätterte, voller Verlangen, daß sie lebendig werden mögen.

Doch zum Schluß und mit dem kratzenden Auslaufen der Nadel gewinnt in mir der Empiriker Oberhand. Das »neue Leben« pulsiert eben allzu mächtig, als daß man sich seinen Anforderungen verweigern könnte.

Das Verhältnis dauert nicht lange, denn meinen Eltern wird endlich, endlich eine Wohnung zugewiesen. Und mein Vater mietet in der Kommandantenstraße eine halbe Etage in einem von Ruinen umringten Fabrikgebäude, stellt Leute ein und zieht, wie er meint, die Produktion *ganz groß* auf. Und meine Mutter nimmt eine Stellung als Fachkraft in einer »Volksbuchhandlung« an. Von dort schleppt sie, wie einst vor Äonen, Bücher für den lesewütigen Sohn herbei, dem in der Anderthalb-Zimmer-Wohnung just das halbe zugewiesen worden ist. Mein Herrschaftsbereich, meine Bibliothek, doch eingeschränkt – mein Vater stapelt mehr und mehr Papp-schachteln, aus denen irgendwann Notizkästchen werden sollen, in einer Ecke auf.

Unsere Möbel, ein kunterbuntes Stilgemisch, stammen vom »Bergungsamt« für herrenloses Gut. Ausgebombte sind bezugsberechtigt. Unter dem abgenutzten Kram zu meinem Entzücken ein »Volksempfänger«, jenes großdeutsche Radio, aus dem eben noch der verbalisierte Wahn ertönte. Für den Empfang, weiß ich, benötigt man eine Antenne. Da ist ein Draht, hier ein Bananenstecker, und über einer Buchse in der Rückwand steht deutlich: ANTENNE. Nach Einführung des Steckers vernimmt man Krächzen, Jaulen, Zischen, Rauschen. Die Antenne ist eindeutig zu schwach.

»Du hast doch in einem Elektrogeschäft gelernt!«

»Aber nur einen Tag …«

»Auch an einem Tag kann man sein Wissen bereichern!«

Zur Verstärkung der Antenne wickle ich den Draht in der Küche um die metallene Reling des antiken Kochherdes. Und das Wunder geschieht!

Aus dem Lautsprecher meldet sich eine Stimme in Englisch, und ich rufe mehrmals begeistert: »Wir können Amerika empfangen!!«

Der Sender entpuppt sich als AFN, als »American Forces Network«, als der Truppensender in Berlin-Dahlem. Aber das verringert keineswegs meine Begeisterung. Mit den ersten Tönen ergreift Mr. Glenn Miller von mir Besitz. Die »American Patrol« läßt meine Füße den Takt mitklopfen.

In der armseligen Küche, auf dem Kohlenkasten vorm Herd, überwältigt mich ein vordem nie gekanntes Hochgefühl. Das ist die Musik einer neuen Welt, die in ganz Europa wahrhaft »Hörige« schafft und sich die junge Generation unterwirft, die von diesem »Big-Band-Sound« nicht mehr loskommen wird.

Meine Mutter hat ihre besonderen Gewohnheiten. Sobald sie daheim ist, bezieht sie Posten auf dem Balkon, um stundenlang die Straße hinauf- und hinunterzuschauen. Sie wartet auf Angehörige. Auf ihren Vater, ob er, den Rucksack auf dem Rücken, den Homburger auf dem weißen Haar, nicht von seinem Aufenthalt in Theresienstadt zurückkommt. Der Bruder, die Schwägerin, die Cousinen und Cousins, Verwandte und Bekannte, ach, irgendwer, so glaubt sie, muß doch auftauchen. Ein Glaube, trotz der Zeitungsfotos von den Leichenbergen, trotz der Berichte und Aussagen Überlebender im Funk, trotz der Dokumente, trotz des »Nürnberger Prozesses«, trotz der Wochenschaubilder in den Kinos.

Aber wir reden nie davon.

Und gerade als sie einmal abwesend ist, pocht es an die Wohnungstür, und wie der Geist von Hamlets Vater und ebenso ungerächt, erscheint ein einziger aus der weitläufigen Falckenstein-Familie. Julius ist ein Hüne und vermutlich seiner Körperkräfte wegen übriggeblieben, benutzt, mißbraucht. Julius hat uns durch das Rote Kreuz aufgestöbert, fragt nach Angehörigen, und ich bin um die Auskunft verlegen. Um den Hals hat er einen amerikanischen Armeeschal gewickelt, ein bewundernswerter Ausrüstungsgegenstand. Als er meinen Blick bemerkt, wickelt er den Schal ab und entblößt eine spannlange, gerötete Narbe:

»So was macht man mit einem Spaten ...«

Ich suche, ihn zum Bleiben zu bewegen und auf meine Eltern zu warten. Aber der Abgesandte aus dem Totenreich schüttelt nur den Kopf. Warum bloß hat er uns gesucht, wenn er nicht auf die Wiedergefundenen warten will?

Nachdem er die Wohnung verlassen hat, kommt es mir vor, als sei er nie dagewesen. Wir werden niemals etwas von ihm hören und vergeblich auf eine Postkarte aus New York oder Tel Aviv hoffen. Kein Brief, keine Botschaft. Und ich muß die Vorwürfe meiner Mutter ertragen, weil ich Julius nicht energischer aufgehalten habe. Doch Tote, selbst wenn sie zu leben scheinen, kann keiner zum Bleiben bewegen.

Was treibt denn mich selber stets aufs neue unruhig und rastlos in die Straßen, wo die Verschwundenen gewohnt haben, in die Keibelstraße, in die schäbigen, kriegslädierten Seitenstraßen des einstigen Scheunenviertels, wo die ärmeren Juden hausten. Ich steige in den Treppenhäusern auf und ab, als erwarte ich ungeahnte Zeichen.

Einmal dann doch Rückkehrer. Rosa und Heini Caro, ich habe die Schleppen auf eurer Hochzeit hinter euch mitgetragen, das heißt: Ihr seid jetzt das falsche Paar. Heini gehört nicht zu Rosa, sondern zu Gerda, und Rosa zu Henry. Sie hat ihren Mann verloren, er seine Frau. Kein Wort fällt über ihr Erleben. Heini verhält sich schweigend, und es gelingt mir nur ein einziges Mal, mit ihm zu sprechen. Er liegt im Bett, und nach kurzem Gespräch wendet er sich ab, als träfe auch mich die Verantwortung für sein Elend. Kein Gruß, kein Abschied, und ich verschwinde bedrückt. Die blonde Rosa zeichnet ein Rest ehemaliger Munterkeit aus. Sie wendet sich an mich mit einer obskuren Bitte. Ich möge für sie Arthur Dinters »Die Sünde wider das Blut«, diesen schlimmsten aller antisemitischen Schmöker, baldigst auftreiben. Das gelingt mir, Rosa bedankt sich und verläßt mit Heini Berlin, ohne daß ich sie noch einmal sehe. Es bleibt nichts zurück. Keine Nachricht von ihrer ferneren Existenz.

Und meine Mutter schlüpft erneut in ihren Mantel, um ihre Balkonposition einzunehmen, wenn mein Vater eine Viertelstunde überfällig ist. Auf die Brüstung gestützt, fixiert sie reglos die Hausecke, hinter der er auftauchen muß. Anstatt auf die Toten, wartet sie jetzt auf ihn und auf mich. Und atmet erst auf, sobald sie meinen Vater heranhinken sieht oder mein Kommen wahrnimmt.

Mein Vater hält stets Überraschungen für uns in seinem Rucksack parat. Er, Eigentümer von geretteten Papierballen, die er irgendwo aufgetrieben und in seinen Betrieb hat einlagern lassen, besitzt damit eine kompensationsfähige Ware. Mit der regenerierten Schneidemaschine werden die Bogen in unterschiedliche Formate zerteilt und als Einwickelpapier an Bäcker und Fleischer, an Milchläden und Kolonialwarengeschäfte geliefert. Das Ergebnis: Wir hungern nicht. Die Lebensmittelverteiler ringsum machen ihren Schnitt, da sie das Papier mitwiegen und meinen Vater bitten, recht gewichtiges, am besten Kunstdruckpapier in die Läden zu bringen. Von dem, was die Ladeninhaber durch das Wiegen für sich abzweigen, bekommen auch wir unseren Anteil.

Wenn ich nicht mit anderen Gleichaltrigen vor den Haustüren herumlungere, über vorbeistolzierende Mädchen viehhändlerische Anzüglichkeiten herausposaunend, streife ich auf den schwarzen Märkten der »Reichshauptstadt« umher, mal Käufer, mal Verkäufer. Mein Armbanduhr-Desaster hat mich mit Mißtrauen geimpft. Nun handele ich im Auftrage Dritter ohne eigenes Risiko und behalte, was ich über den vom Lieferanten geforderten Preis erziele.

Zwischen der eintönig grauen Armut die Gestalten von GIs, die Gesichter rosig, gummikauend, die Hemden frisch gebügelt, Hüter außerordentlicher Schätze wie Zigaretten, Schokolade, Kaugummi, Corned beef, Nescafé, Milchpulver, Eipulver und Zahnpasta: sogar eine Sorte mit Orangengeschmack, von der ich mir täglich zwei, drei Zentimeter auf die Zunge drücke, zur Erinnerung an einen gestrigen Genuß.

Da ich mir zwei US-Army-Regenjacken organisiert habe, lasse ich mir aus der einen Hemd und Schlips schneidern, ziehe die zweite Jacke darüber und bin bis in Hosenschlitzhöhe einer jener beneidenswerten Fremdlinge, die sich keinen Wunsch versagen müssen. Der Spiegel bestätigt mein fast originalgetreues Aussehen. Einzig die Hose und die Stiefel fehlen zur Ausrüstung. Und weil die Beinkleider des »Reichsarbeitsdienstes« farblich den amerikanischen ähneln, beschaffe ich mir eine solche Hose in meiner Größe. Gekürzt und über Knöchelhöhe mit Gummizug versehen, wirke ich, bis auf die Schuhe, perfekt. An meine alten Winterstiefel näht mir der Schuster Ledermanschetten mit Riemen und Schnallen – aus dem Spiegel grüßt mich GI Joe, lässig und souverän, und ich grüße ebenso locker zurück. Ich besitze sogar ein amerikanisches Uniformkäppi, wage aber nicht, es auf der Straße zu tragen.

Den Höhepunkt meiner Militärkarriere erringe ich, als ich einen nur wenige Jahre älteren Fotografen der Jugendzeitschrift *Junge Welt*, einem sowjetisch lizenzierten Blatt, kennenlerne. Auch ihn schmücken amerikanische Uniformstücke, doch hat er mir umfassende Englischkenntnisse voraus. Und dolmetscht nebenbei für Naturalien auf dem schwarzen Markt. Er lädt mich ein, ihn zu seiner Nebentätigkeit zu begleiten. Am Großen Stern werden wir bereits von einem Sergeanten erwartet und besteigen gemeinsam den Jeep. Ich, neben dem Fahrer, stelle stolz meinen rechten Fuß mit dem Stiefelfalsifikat auf den Kotflügel, oftmals bewunderten Vorbildern zu gleichen.

Im Schrittempo rollen wir an den am Bordstein aufgereihten Anbietern vorbei, Ferngläser und Kristallvasen, Kameras und Uhren jeglichen Formats werden uns entgegengestreckt, und ich winke beiläufig und blasiert ab, die Zudringlichen mit einer Handbewegung auf den ihnen gebührenden Platz der Unterlegenen verweisend.

Vielleicht wäre mir, unter Voraussetzung sprachlicher Talente und militärischer Neigungen, eine gänzlich andere Zukunft beschieden gewesen. So aber ist diese erhebende Tour sowohl die erste wie auch die letzte. Mein Fotograf verläßt fluchtartig Ostberlin und mich, seine GI-Kopie, dazu. Meine

Rolle als Held der westlichen Welt ist leider ausgespielt. Doch mein Amerikanertum besteht ungestört weiter und wird nicht einmal von dem tangiert, was man bald »sozialistisches Bewußtsein« nennen wird.

Ich mausere mich zum Agitator.

Zum Prüfstein meines naiven wie radikalen Politisierens erküre ich zuallererst meinen Vater. Er ist schließlich der einzige Kapitalist, den ich überhaupt kenne. An ihm übe ich mich rhetorisch. Meine Mutter strahlt Zustimmung aus, mich hin und wieder mit zusätzlichen Argumenten unterstützend. Es regnet Phrasen auf meinen lächelnden Vater herab.

»Der Imperialismus ist das höchste Stadium des Kapitalismus! Das haben wir doch selber erlebt! Hitler, von der Schwerindustrie gekauft! Nur Enteignung verhindert neues Unheil! Ausbeuter! Mehrwerträuber!«

Und so weiter und so fort, bis mir die Stimme versagt, woraufhin mein fröhlicher Vater seinen Standardsatz verlauten läßt: »Wirtschaft in Fesseln ist Tod der Wirtschaft!«

Ich habe mich umsonst ereifert. Meinem Vater fehlt eben die Einsicht in die gesellschaftliche Notwendigkeit. Statt dessen steht er auf und geht in die Küche, für seine häuslichen politischen Gegner das Abendbrot zu bereiten. Der Ausgebeutete ist er, wir die Schmarotzer, denen das Bewußtsein dieses Umstandes fehlt.

In meinem halben Zimmer lasse ich mich von Upton Sinclair über das verbrecherische kapitalistische System aufklären und vom Elend der IWW, der »Industrial Workers of the World«, erschüttern. Die Ausbeutung muß durch einen revolutionären Akt beendet werden! Selbstverständlich sind bei diesem Vorhaben Glenn Miller und Louis Armstrong ausgeklammert, ebenso Rita Hayworth, die vollbusige Leinwandgöttin. Außerdem bin ich bei der Christlichen Buchhandlung in der Prenzlauer Allee auf das *Life* abonniert, auf die in München erscheinende *Neue Zeitung*, auf die in Tempelhof redigierte Jugendzeitschrift *Horizont* von Günther

Birkenfeld und auf das Satireblatt *Ulenspiegel* aus Dahlem. In dieser Hinsicht bin ich weitherzig und undogmatisch. Schließlich sind die Sowjetfilme unerträglich und die Bücher aus dem Verlag der sowjetischen Militäradministration unlesbar.

Durch meine Mutter, die für den Ankauf und Verkauf antiquarischer Bücher verantwortlich ist, bin ich mit besserer Lektüre versorgt. So verbringe ich die Nächte mit Traven und Cronin, mit Sinclair Lewis und Erich Kästner, mit Franz Werfel und Kurt Tucholsky. Erstaunlich, was alles den Bücher-Holocaust überstanden hat und nun ans Licht kommt – ans Vierzig-Watt-Licht meines halben Zimmers. Mein Bett ist ein Nest, denn ich bin nicht flügge und muß gefüttert werden. Von meinem Vater mit Lebensmitteln, von meiner Mutter mit Büchern – wo soll das bloß hinführen? Flüsterte nicht eine Stimme leise, aber unüberhörbar: Immer noch Oblomow!

Zaghaft wird dann doch die Frage gestellt, ob ich nicht eventuell einen Beruf erlernen und ausüben wolle.

Von Wollen kann keine Rede sein. Wer mit Jack London auf Goldsuche gewesen ist und gleich danach mit der »Prinzessin« in Gripsholm, der ist fürs Sortieren von Hosen und Kondensatoren verloren. Lieber aufs »Totenschiff« als ins Büro oder in irgendein Geschäft. Freiheit ist das Primäre, und für diese Freiheit hat immerhin die Rote Armee Tausende von Kilometern bis Berlin hinter sich gebracht. Und singt nicht Ernst Busch im Rundfunk: »Wir kämpfen und siegen für dich – FREIHEIT!«

Außer zum Lesen nutze ich meine Freiheit zu nächtlichen Exkursionen. Ich habe einen Freund gefunden, Sigmar, ungefähr gleichartiger Herkunft, von einem jüdischen Vater und einer »arischen« Mutter stammend. Hinzu kommt, daß sie Sozialdemokraten sind, was mich sofort zu heftigen agitatorischen Monologen verleitet. Beide dulden meine feurigen Salbadereien, während Sigmar aufmerksam aufhorcht und, für die »große Sache« gewonnen, meinen Standpunkt einnimmt. Ob er das auch tut, wenn ich nicht dabei bin, ist fraglich. Mutter Elisabeth zu widersprechen verlangt Mannesmut vor Königinnenthronen.

Gemeinsam strolchen wir durch unser dunkles, stellenweise von Gaslaternen dürftig illuminiertes Viertel. Von »philosophischen Höhenflügen« bald absinkend, landen wir auf der Ebene grundloser, hemmungsloser Heiterkeit und schließlich bei unserem rudimentären jiddischen Vokabular. Großtuerisch beschließen wir, unsere Kenntnisse zusammenzulegen und ein jiddisches Wörterbuch für die Nachgeborenen zu erstellen. Der Plan scheitert daran, daß die Schriftlichkeit des Jiddischen, was wir nicht wissen, auf hebräischen Lettern beruht. Damit haben wir nicht gerechnet und sind grundlos gekränkt.

Von derlei Ausflügen heimkehrend, bemerke ich schon aus der Ferne die Silhouette meiner Mutter auf dem Balkon vor dem erleuchteten Zimmer.

Vorwürfe. Ermahnungen. Tränen.

Stoisch ertrage ich solche Viertelstunden. Ich verstehe die Ursache ihrer Ängste und will sie doch nicht wahrhaben.

Eines Abends wird zum Essen eine Zeitungsanzeige mitserviert. In Berlin-Weißensee hat eine »Hochschule für angewandte Kunst« ihre Pforten aufgetan und fordert junge Talente auf, sich für das erste Semester zu melden. Unzweifelhaft bin ich jung und unzweifelhaft auch ein Talent. Also ab nach Weißensee, wo eine ehemalige Schokoladenfabrik nun der Kunst dienen soll.

Jedem Anwärter auf bildnerische Unsterblichkeit wird, damit er eine Probe seines Könnens ablege, Zeichenzeug in die Hand gedrückt, Bleistift, Block, Radiergummi: »Zeichnen Sie aus der Fantasie!«

Kleinigkeit, ich habe mehr Fantasie, als mir lieb ist. Als ein von Edgar Allan Poe um manchen Schlaf gebrachter Leser zeichne ich eine greuliche Schimäre, an das Fußende eines, natürlich meinen, Bettes gekrallt, bereit, den Erwachenden blutgierig anzufallen. Ich bestehe die Aufnahmeprüfung und wäre wahrscheinlich auch mit einem Strichmännchen akzeptiert worden. Die Schule benötigt die Studiengebühren. Und die zahlt für mich selbstverständlich mein Vater. Aber meine Mutter ist zufrieden, weil sie recht behalten hat. Ihre nahezu gläubige Erwartung hat sie nicht getrogen: Das Bekritzeln der Zimmerwände ist nachträglich legitimiert. Gästen wird die frohe Kunde zuteil: Der Junge wird Künstler!

Meine Mutter, von ungezügelter Kommunikationslust erfüllt, verbreitet diese gute Nachricht unter allen Bekannten. Wir haben viele Bekannte, weil meine Mutter ständig neue Leute kennenlernt. Doch bald brechen für mich undurchsichtige Konflikte, gar Streitereien aus, und die eben noch besten Freunde werden gnadenlos in den Hades verbannt, wo sich immer mehr Idioten, Nazis und Lügner ansammeln. Wenige nur erleben die Wiederauferstehung in unserer Wohnung. Manche kommen auch aus begreiflichen Gründen nicht wieder. Denn wie bei allen Hausbewohnern wimmelt es auch bei uns von Wanzen. Die Tierchen bevorzugen die Korbsessel, weil sie durch die geflochtenen Armlehnen den Handgelenken unserer Gäste und somit deren Blut nahe sind. Nach wenigen Minuten beginnen Besucher sich unauffällig, wie sie meinen, zu kratzen. Wir kratzen uns mit. Man kommt sich vor wie im Zoo auf einem Affenfelsen. Und bei Stromsperre lassen sich die gierigen Bestien einfach von der Decke fallen.

Der Kammerjäger wird alarmiert.

Nach einigen Stunden dürfen wir in die Wohnung zurückkehren, in eine chemische Dunstwolke, die einem den Atem nimmt. Aber es dauert keinen Tag, und unsere Mitbewohner sind ebenfalls wieder da. Nur Flöhe und Läuse, die unaufhaltsam Epidemien in Berlin verbreiten, fehlen uns in der Insektensammlung.

Einmal legt sich meine Mutter Gelbsucht zu, dann Typhus, für den das Ungeziefer verantwortlich sein soll. Gegenüber einem Krankenhaus wohnend, hebt es nicht gerade die Stimmung, falls man Ankunft und Abfahrt des Sargtransporters beobachtet. Ein Dreiradkarren, beladen mit sechs bis acht Särgen, biegt von der Straße in die Krankenhaustoreinfahrt ein, um nach kurzer Zeit mit derselben Sargmenge, nun freilich in Richtung Friedhof, fortzurumpeln. Ein anhaltendes Memento mori, über das man bald hinwegsieht.

Die Alten beziehen die Lebensmittelkarte V mit den niedrigsten Rationen, und der *Ulenspiegel* präsentiert eine Karikatur, auf der ein nackter Empfänger von Karte V seine Rückseite darbietet, das Gesäß von einem Spinnennetz bedeckt. Vielen ist der schwarze Markt aus Geldmangel verschlossen. Da bleibt es nicht aus, daß die Hungernden auf dem Bürgersteig umfallen und ins Krankenhaus geschafft werden, von wo sie der Dreiradkarren wegschaffen wird.

Diese Generation siecht geschwind dahin, ohne daß das Aufsehen erregen würde. Gemeinschaftsgeist und Solidarität sind Fremdworte geworden, weil, wie es mir aus dem Grammophon meines Großvaters entgegenschallte, erst das Fressen käme und dann die Moral.

Zank und Krach zwischen meinen Eltern findet selten statt. Mein Vater ist langmütig, ein »stiller Dulder« und meiner resoluten, temperamentvollen Mutter meist wehrlos ausgeliefert. Ein einziges Mal erlebe ich von ihm einen Zornesausbruch. Außer einem Buchbinder, einer Falzerin und einigen weiteren Helfern hat er einen Vertreter eingestellt, um Aufträge hereinzubringen. Der steht, als ich eintrete, am Wohnzimmerfenster und schaut auf das Krankenhaus gegenüber, während meine Eltern in eine heftige Kontroverse verwickelt sind. Der Vertreter ist ein alter, weißhaariger Mann, würdevoll und diskret dem Geschrei den Rücken kehrend. Als er sich ins Zimmer umwendet, ist es mein Großvater. Zumindest sieht er ihm beängstigend ähnlich. Mir scheint, mein Vater will ihn entlassen und meine Mutter ihn behalten – wegen der fulminanten Ähnlichkeit, wie ich vermute. Sie schreit und weint. Mein Vater schreit ebenfalls. Mein Pseudo-Großvater sagt kein Wort und ahnt wahrscheinlich nicht einmal, daß er ein irrationales Spektakel ausgelöst hat, bei dem es weniger um den Vertrieb von Schreibblocks als um die Eruption unterdrückter Vergangenheit geht.

Ohne mich einzumischen entfliehe ich. Nur hinaus. Hinunter auf die Straße. Auf und davon und fort.

Dieser Tag ist am nächsten Tag wie nie gewesen. Aus dem Kalender gestrichen. Und ich begegne dem Doppelgänger, dem Wiedergänger kein zweites Mal.

In der Hochschule täglich neue Ablenkungen. Man kann die Unterrichtsklasse selber wählen, und ich entscheide mich für Graphik. Es wird empfohlen, außerdem die Klasse von Professor Tank zu besuchen, einer Koryphäe auf dem Gebiet der Anatomie. Neugierig stimme ich zu, nicht zuletzt, da Professor Tank Aktzeichen am lebenden Modell lehrt.

Ziemlich unbequem zwischen Pult und Sitz geklemmt, packe ich mein Handwerkszeug aus. Die Zeichenmappe hat mein Vater von seinem Buchbinder für mich anfertigen lassen. Wer außer mir kann so was vorweisen. Mitten im Raum auf einem Podest eine reglose Nackte. Um sie gruppiert die Kunstjüngerinnen und Kunstjünger. Manche geben sich professionell und visieren mit Hilfe eines senkrecht gehaltenen Bleistiftes in der ausgestreckten Rechten das Objekt an, dessen Rundungen und sekundäre Merkmale, um die Proportionen miteinander in Einklang und aufs Papier zu bringen. Es dauert eine Weile, bis ich es über mich bringe, in der Pause neben die Nackte zu treten und mich mit ihr übers Modellstehen zu unterhalten. Das sei ein Beruf wie jeder andere auch? Ich kann es nicht glauben, verschweige jedoch meine blühenden Zweifel.

Fast alle Lehrkräfte stammen aus Westberlin, Ausnahmen sind selten, wie Maria, mit der ich bei einem meiner Streifzüge durch das Gebäude ins Gespräch komme. Maria blickt mich großäugig und eindringlich an, und ich erfahre, daß sie die Modeklasse leitet.

Schnurstracks wechsele ich die Klasse, ein hingebungsvoller Konvertit. Schließlich hat Mode auch und im besonderen mit Anatomie zu tun. Viel später merke ich, daß der fast hypnotische Blick der Lehrerin keineswegs mir galt, sondern auf starke Kurzsichtigkeit zurückzuführen ist. Das Interesse an meiner Person erweist sich als Irrtum. Trotzdem bereue ich den Wechsel keinen Augenblick, da sich die Modeklasse aus vierundzwanzig Mädchen und zwei Knaben, einer der beiden bin ich, zusammensetzt.

Anbändeln.

Nichts leichter als das in der Gilde, in der keine strengen und überlebten Regeln gelten. So lade ich eine Mitschülerin, eine brünette Eva, zum Zeichnen in den Zoologischen Garten ein. Den Tieren fehlt die Reglosigkeit unserer menschlichen Modelle, und wir verzichten auf das Skizzieren. Ersatzweise schlage ich vor, mein halbes Zimmer nebst Bücherbestand zu besichtigen. Meine Absichten sind derart eindeutig, daß sie gar nicht mißverstanden werden können. In meiner Höhle angelangt, zitiere ich der zur Wehrlosigkeit Entschlossenen pathetisch: »Ich weiß eine alte Kunde / die hallet dumpf und trüb / ein Ritter liegt liebeswunde / doch treulos ist sein Lieb …«

Heine borgt mir seine Attidüde von Melancholie und Ironie, und die Zuhörerin ist von der »Macht des Wortes« wunschgemäß überwältigt. Entgegen anderen Jünglingen steht mir aus dem überquellenden Born meines Lesestoffes das jeweils zur Situation Passende und unwiderstehlich Wirksame zur Verfügung.

Lesen zahlt sich aus.

Freilich sind Pleiten, Pech und Pannen nie ganz zu vermeiden. Bei einer Mitschülerin, die, wie sie mir hintersinnig mitteilt, ein eigenes Zimmer im Hause ihrer Eltern in Frohnau innehat, tauche ich unangemeldet, doch freudig begrüßt auf. Ihr Zimmer, ein ausgebauter Dachboden, ein heimeliges Quartier, veranlaßt zum Aneinanderrücken. Und mir wird warm. Mir bricht der Schweiß aus. Ich stecke ja in einem Spezialanzug, gefertigt aus einer khakifarbenen amerikanischen Wolldecke. Eine von oben bis unten geschlossene Kombination. Jacke und Hose sind untrennbar miteinander verbunden. Aussteigen kann ich aus der Rüstung nur durch den bis zum Schritt aufgezogenen Reißverschluß. Jetzt öffne ich das Oberteil und pelle mich bis zum Bauchnabel aus. Von Heines liebeswundem Ritter bin ich inzwischen zu Fragen und Problemen der Sexualität übergegangen, von der es lateinisch und verlogen heißt: Post coitum omne animal triste. Ich jedenfalls bin danach recht vergnügt.

Also runter mit dem Reißverschluß bis zum Anschlag, kein Zaudern und kein Zagen! Die Kombination fällt mir bis auf die Stiefel und bildet um meine Knöchel einen dicken, meine Bewegungsfreiheit hemmenden Wulst. Da steh' ich nun als armer Tor, während die Tür mit einem Ruck aufgerissen wird. Wie aufs Stichwort erscheint die Mutter. Daß mein Anblick keinesfalls auf einen harmlosen Kaffeebesuch schließen läßt, ist auch mir klar. Den unfreundlichen Kommentar über meinen Aufzug überhöre ich geflissentlich. Ich bin auch viel zu beschäftigt, mich in meinen Overall zurückzuzwängen. Immerhin erlebe ich morgens gegen drei Uhr, an dem noch versperrten Eingang zum S-Bahnhof Frohnau, einen milden, sommerlichen Morgen. Schändlicherweise und trotz des Rauswurfs bin ich immens heiter. Als hätte ich einer mißliebigen Person einen gelungenen Streich gespielt.

Schlimmeres trifft mich Monate später unvermittelt in meinem halben Zimmer. Die Tür wird aufgestoßen, die Deckenlampe erstrahlt grell und scheinwerfergleich – der eilig Eintretende ist mein Vater, der, nebenan durch Besucher aufgestört, in Ruhe seine Zeitung lesen will. Umstandslos nimmt er in meinem Sesselchen Platz. Zum Glück im Unglück sind meine Partnerin und ich bis zu den Schultern von einer Decke verhüllt. Man könnte laut und herzlich lachen, wäre man ein unbeteiligter Zeuge der Szene oder sähe sie als frivolen Slapstick auf der Leinwand. Mir ist nicht danach zumute. Und meine Partnerin tut, als sei sie seit längerer Zeit ohnmächtig oder sogar tot. Kein Laut, kein Hauch. Eine leblose Puppe als Unterlage. Wie findet man, auf dem Bauch liegend, und das nicht nur auf dem eigenen, in seine Hose zurück? Mir fällt überhaupt nichts ein. Und meinem Vater, ich möchte es beschwören, fällt hingegen nichts auf.

Selten genug nimmt er wahr, was um ihn herum vorgeht. Sein Innenleben ist mir ein Rätsel. Ein introvertierter Mensch kommt heim, von zwei hungrigen Mäulern erwartet, bereitet, wie gewohnt, das Abendbrot und legt sich hin und schläft oder gibt vor zu schlafen. Sein Dasein spielt sich in seinen Träumen ab, aus denen die triste und eintönige Wirklichkeit verbannt ist.

Im Gegensatz zu ihm bin ich, Erbteil meiner Mutter, extrovertiert und immer bereit, mich gedankenlos in die nächste Konfusion zu stürzen. Wollte ich die Aussprache meines Vaters parodieren, müßte ich mich als »Schaotiker« bezeichnen.

So erwarte ich ungeduldig den Höhepunkt des Semesters, den Klassenausflug. Die vierundzwanzig Schülerinnen, mit uns zwei Burschen im Schlepp, reisen nach Bindow bei Berlin. Maria hat uns in einem Gasthof eingemietet, und meine Mutter verdoppelt die Sorgenfalten auf ihrer Stirn.

»Warme Sachen mitnehmen!«

»Aber es ist doch Hochsommer!«

»Nichts Kaltes trinken!« Fehlt bloß noch die Warnung vor Zugluft, kalten Sitzgelegenheiten und fremden Männern, von denen man keine Süßigkeiten annehmen soll.

Wer äußert nach dem Abendbrot im Speisesaal des Gasthofes den Vorschlag, eine Kahnpartie im Mondschein zu veranstalten? Ich, der notorische Nichtschwimmer, ganz bestimmt nicht. Sich auszuschließen unmöglich. Auf dem Bootssteg, wo einige Ruderboote angekettet bedrohlich schwanken, fallen mir alle Ermahnungen meiner Mutter ein. Wird es auf dem Wasser nicht zu kühl sein? Unbeholfen, doch von der Dunkelheit getarnt, betrete ich das unter meinen unsicheren Beinen zum Untergang bereite Boot. Wenn das meine Mutter wüßte! »Wasser hat keine Balken«, riefe sie mir eindringlich zu.

Der Wirt löst die Ketten vom Steg, wie viele sind wir eigentlich an Bord?, und schiebt die Fuhre hinaus in den sacht fließenden Strom. Zwischen zwei Mädchen auf der Bank eingekeilt, vermute ich im Heck meinen Mitschüler als Ruderknecht. Eine milde Sommernacht. Lichtreflexe auf der Wasseroberfläche. Jetzt müßte noch, um die Stimmung zu steigern, einer meiner vielen Lieblingsschlager erklingen, etwa »Moonlight and Shadow ...«. Ich habe nicht nur beide Hände frei, sondern auch alle Hände voll zu tun. Welche Alternative! Noch vor der Landung entscheide ich mich für meine Nachbarin zur Linken, für Hilde, eine ältere Rotblonde mit leichtem Silberblick und hohen Wangenknochen und einem bildnerischen Hang zum Kitsch.

Am Morgen gemeinsam an einen separaten Tisch. Wir haben uns viel zu sagen, obgleich das alles schon von Leuten in unserer Verfassung gesagt und damit standardisiert worden ist. Trotzdem wiederholt man es, als sei es eine erschütternde Neuigkeit. Obwohl ganz in der Situation eingesponnen, wende ich zufällig den Kopf zum Fenster, registriere automatisch auf der Gasthofzufahrt zwei Gestalten. Noch ganz abwesend, will ich mich aufs neue Hilde widmen, da kommen mir die beiden dort draußen bekannt vor. Natürlich handelt es sich um meine Eltern, und ihr Alibi für den mich peinigenden Besuch besteht in einem Glas Kartoffelsalat.

Ruppig reagiere ich auf ihre Erkundigungen, beleidigend einsilbig, und liefe lieber Hilde hinterher, die sich diskret entfernt. Als ich meine Eltern nach einer Viertelstunde hinter der nächsten Biegung verschwinden sehe, atme ich auf. Und Hilde, ohne eine unangenehme Frage zu stellen, sitzt gleich wieder am Tisch und schleicht sich in mein Leben ein.

Damit hört in meinem Zimmer daheim der Durchgangsverkehr auf. Hilde rangiert an erster und einziger Stelle. Hilde ergibt sich täglich und bald auch nächtlich. Und meine Mutter ist beruhigt, weil sie sich meinetwegen den Balkonaufenthalt ersparen kann. Was jetzt sowieso schwer auszuhalten wäre, da der Winter mit arktischen Temperaturen über Berlin hereinbricht.

Mein Zimmer wird, da das Heizmaterial nicht mehr ausreicht, zum Eispalast. So siedle ich mit Hilde ins Wohn-Schlaf-Zimmer meiner Eltern um. Doch auch in diesem Raum wird das Heizen, weil Kohlenhändler kein Einwickelpapier für Briketts brauchen, ziemlich problematisch. Da hat mein Vater, wie er meint, eine großartige Idee.

Statt der Kohlen wird Kohlengrus geliefert, purer Abfall, schwarzer, Hustenreiz bewirkender Staub, der sich im Ofen kaum entzünden läßt. Nun aber holt mein Vater seinen Leimkocher hervor, setzt ihn in Betrieb, sobald die Stromsperre vorüber ist, drückt Knochenleim ins wallende Wasser, und der klebrige Brei wird mit dem Grus zu einer zähen Masse vermischt. Diese wiederum streicht mein Vater mit einem Spachtel in die besagten Pappkästchen aus meinem Zimmer, um sie hinter dem Ofen zum Trocknen zu stapeln.

Mit sichtlicher Befriedigung und unermüdlichem Eifer produziert mein Vater Kunstbriketts. Tags darauf, nachdem die Einzelstücke durchgehärtet sind, wird die Probe aufs Exempel gemacht. Knüllpapier und Holzspäne ins Feuerungsloch, die Schachteln drauf und mit einem Streichholz die Schichtung angezündet. Sofort zerfallen die Rechtecke in ihre vormaligen Bestandteile.

Die Flämmchen erlöschen.

Und wir, dem allgemeinen Trend folgend, ziehen unsere wärmsten Sachen an und kriechen ins Bett. Meine Eltern auf ihre jeweilige Couch, ich mit Hilde auf eine Matratze in der Zimmerecke.

Am Morgen aufwachen wie in Amundsens Zelt am Nordpol. Die Waschschüssel in der Küche enthält einen Eisklumpen. Am Ausguß hängt ein Eiszapfen, der im Kochtopf aufgetaut wird, da wenigstens die Gasleitungen intakt sind. Und damit hat sich die Wasserversorgung erledigt.

Noch nimmt das Toilettenbecken gnädig entgegen, was ihm gebührt. Bald verweigert es durch sachte Vereisung alle weitere Aufnahme. Die Rohre und Röhren sind bis unters Pflaster zugefroren. Die Entsorgung wird per Eimer vorgenommen, auf allereinfachste Weise. Mit dem randvoll gefüllten Eimer hinunter und den Inhalt in den nächsten Gully gekippt. Bis selbst die zufrieren. Anschließend wachsen zwischen Bordstein und Fahrbahn bräunliche und gelbliche Gletscher. Bürgersteige geraten zu Rutschbahnen. Manchmal beobachtet man Fußgänger, die, wie vom Veitstanz befallen, sich mit zappelnden Bewegungen auf den Füßen zu halten suchen.

Im Frühling 1947 sinkt die Civitas Berolinensis ins Mittelalter zurück. Die Fäkalienberge tauen auf. Brauner, stinkender Schlamm, von Urinbächen durchzogen. Pesthauch steigt aus der Kanalisation. Achtsam schlurfen Anrainer durch das Gemenge ihrer eigenen und der nachbarlichen Ausscheidungen.

Viel zu früh für mich Langschläfer erwache ich, nach Luft schnappend. Die Diagnose besagt zweifelsfrei: Asthma. Daran stirbt man nicht, verkündet der Arzt, dennoch sei eine längere Therapie vonnöten. Der junge Mann muß in eine Heilstätte. Und der Ort und Hort künftiger Gesundung wird gleich mitbenannt: Bad Sulza in Thüringen. Der Empfehlung des Mediziners folgend, packen meine Eltern die Koffer, beschaffen Fahrkarten, und ab geht's in die atemversprechende Ferne. Der Zug ist, wie alle Züge, vollständig überfüllt. Aus dem verdreckten Fenster bietet sich den Passagieren ein seltsamer Anblick. Auf den waggonlangen Trittbrettern balancieren zwei russische Offiziere. Sie hangeln sich von Wagen zu Wagen und sind plötzlich fort, entweder an einer Steigung abgesprungen oder abgestürzt oder in eines der Abteile gedrungen, um die deutsch-sowjetische Freundschaft zu verwirklichen.

Von der Lokomotive fliegt ein endloser Sternenregen glühender Funken durch die Nacht. Warum die Wälder an der Strecke noch nicht abgebrannt sind, kann wahrscheinlich niemand beantworten. Die Strecke ist eingleisig, das zweite Gleis ist bereits demontiert und rostet in Kasachstan vor sich hin. An Ausweichstellen halten wir stundenlang, um den Gegenzug passieren zu lassen. Darum kommt es mir vor, als seien wir schon Wochen unterwegs. Erst am Morgen treffen wir in Bad Sulza ein und erreichen zu Fuß einen kleinen Gasthof am Ortsrand. Zimmer sind frei.

Wir müssen unsere Lebensmittelkarten abgeben. Markenfrei jedoch ist Harzer Käse, der zu allen Mahlzeiten serviert wird. Und so esse ich Unmengen davon.

Zur Klinik.

Man untersucht mich, klopft mir vielsagend auf Brust und Rücken und reiht mich in die Schar der keuchenden, hüstelnden, ächzenden, sich räuspernden und schleimspeienden Patienten ein, die jeden Morgen in einer von salzhaltigem Nebel durchdampften Halle um einen Brunnen zirkulieren. Trinken Sie von der Sole, das beschleunigt die Heilung! Ich koste und verzichte.

Zwar kann ich das Lake-Gesöff vermeiden, nicht jedoch den Umgang mit sonderbaren Leuten. Eine ältere Asthmatikerin verfolgt mich mit Schillers »Glocke«, die sie »mit Betonung« rezitiert. Ich verstehe kein Wort, da das Werk in Esperanto, das sie mir zu lernen empfiehlt, übersetzt ist.

Ein im Steinbruch Beschäftigter, dessen Sympathien ich aus unerfindlichen Gründen gewinne, führt mich in das stillgelegte Verwaltungsgebäude, wo er mir Versteinerungen zeigt und eine Platte mit fossilen Knochen schenkt. Beim nächsten Treffen überreicht er mir ein Präsent, das wohl kaum aus dem Steinbruch stammt: ein Gesangbuch von Anno Domini 1695 mit ornamentiertem Metalleinband und Kupferstichen. Seine Großzügigkeit ist mir unerklärlich.

Was bewegt ihn, mir, dem Fremden, über den er nichts weiß, so viel Aufmerksamkeit zu widmen? Mitleid mit dem Asthmatiker? Mitgefühl mit einem Kranken? Wer niemals an Asthma laboriert hat, ahnt nicht, was einen jeder Atemzug kostet. Pfeifend strömt die Luft aus den Bronchien, nachdem man sie unter Verrenkungen eingesogen hat. Ein einziger Wunsch, ein einziges Verlangen füllt den Erkrankten aus: durchatmen können. Und gleich stark: schlafen können. Die Normallage im Bett wird zur Folter und treibt den Gequälten zum nächtlichen Aufstehen und Umherwandern. Meine Erkrankung in jenen Nachkriegsjahren ist kaum Zufall.

Vielleicht besitzt der Mann aus dem Steinbruch den siebenten Sinn, so daß ihm mein Fall klarer ist als mir selber.

Meine Eltern haben heimreisen müssen, schicken jedoch Hilde nach Bad Sulza. Ach, Hilde hätte ihr Mißtrauen verdient. Im Gastzimmer rekelt sich ein rotblonder Mensch am Nebentisch und bittet um die Erlaubnis, an unserem Tisch Platz nehmen zu dürfen. Kurz darauf hat Hilde eine dringende Familienangelegenheit in Berlin zu regeln, wo sie niemals ankommt. Sie brennt mit dem Rotblonden nach Westdeutschland durch, und ich kehre, in jeder Hinsicht kuriert, nach Berlin zurück.

Vorerst unterwerfe ich mich widerstrebend dem Unterricht. Eine innere Distanz zum schulischen Betrieb hat sich herausgebildet. Für einen zu ständiger Todesnähe aufgelegten Hypochonder verändert sich der Blickwinkel. Die Präferenzen verschieben sich. Was gestern noch wichtig gewesen ist, wirkt auf einmal beiläufig bis nebensächlich. Zu Modeentwürfen tauge ich sowieso nicht. Außer dem benötigten Interesse fehlt mir dazu der schwunghafte Strich, die Leichtigkeit der Hand. Selbst meine Handschrift ist kaum leserlich, ein Gekrakel schlimmster Sorte, wie es sich für einen Schulschwänzer gehört.

Darum leihe ich mir, weil ich einen Brief schreiben muß, den der Empfänger auch lesen können soll, eine antike Remington, eine schwergewichtige Maschine, deren Anschläge das miserable Schreibpapier perforieren.

Vor meinem Fenster zum Hof, in dem, wie in vielen Berliner Hinterhöfen, eine Kastanie sich bemüht, in den Himmel zu wachsen, will ich den Brief beginnen, mit Namen, Adresse und Datum. Mit zwei Fingern bediene ich die Tasten. Kein

Name, kein Ort, kein Datum zeigt sich auf dem weißen Bogen. Statt dessen bilden sich aus den Buchstaben Silben, aus den Silben Worte, aus den Worten Sätze über den Baum draußen, wie bedrohlich er wuchert, wie seine Äste gewaltsam in die Zimmer ringsum eindringen: Die Umwandlung einer diffusen Bedrohung in ein Naturgleichnis.

Kurze Zeilen setze ich untereinander. Dem optischen Eindruck nach sähe so etwa ein Gedicht aus. Ist das ein Gedicht?

Wie in einem Kaleidoskop lassen sich mit dem Alphabet immer wieder neue Kombinationen entwerfen. Auf einmal gewinnt die neutestamentliche Formel »Am Anfang war das Wort!« merklich Leben. Das vermittelt mir eine Befriedigung, wie es vordem keine Zeichnung, keine Graphik getan hatte. Nie mehr werde ich nach Weißensee fahren, um eine nackte Frau oder ein Jackett zu zeichnen.

Schreiben als Droge? Mit nachlassender Wirkung. Die »Urworte« werden bald zu alltäglichen. Und damit hebt das unerfüllbare Verlangen nach dem primären Erleben der Sprache an.

Die Maschine klappert täglich, als würde ich dafür bezahlt. Ich werde übermütig. Geschriebenes ist dazu da, gedruckt zu werden. Also schicke ich meine Schreibversuche, von denen ich annehme, daß sie dort, weil satirisch gefärbt, an der richtigen Stelle wären, an den *Ulenspiegel*. Und erhalte prompt unter dem Datum vom 20.9.1947 eine Ablehnung:

»Wir danken Ihnen für die Zusendung Ihrer Arbeit. Wir finden sie nicht schlecht, müssen sie Ihnen aber dennoch zurückreichen, weil sie wegen ihrer stark pessimistischen Tendenz doch nicht ganz für die Publikation in unserer Zeitschrift geeignet erscheint. Vielleicht haben Sie noch einmal eine kürzere, prägnante Prosaarbeit, die Sie uns vielleicht schicken wollen. Wir werden sie dann gern noch einmal überprüfen. Mit freundlichen Grüßen Wolfgang Weyrauch.«

Was heißt: Vielleicht haben Sie? Natürlich habe ich. Was heißt: vielleicht schicken wollen? Natürlich will ich! Ich würde mich auch durch keine noch so höfliche Abfertigung davon abhalten lassen.

Aber mein Brandmal habe ich mit dieser Karte erhalten. Fortan bin ich ein Gezeichneter. Ein für jedermann erkennbarer Pessimist.

Immerhin lädt mich Weyrauch nach meiner nächsten »Lieferung« zu einem Besuch der Redaktion ein, und ich zögere keinen Tag.

Mit der U-Bahn hinaus nach Berlin-Dahlem. Eine durchgrünte Gegend. Vorgärten. Villen. Bäume, doch keine bedrohlichen. Beschwingt laufe ich durch die Podbielskiallee, beschwingt durch jene Musik, die mich in unserer Küche so unvergeßlich animiert hat. Glenn Millers »Pennsylvania 65 000« dringt aus einem offenen Fenster, hinter dem schattenhaft amerikanische Soldaten sichtbar sind. Hier also, beim AFN, entspringt die Quelle, die das Lebensgefühl steigert. Für mich ein exzellentes Omen.

Pücklerstraße 22. Die Redaktion ist ebenfalls in einer der alten Villen untergebracht. Mir wird nach dem Klingeln geöffnet. Als hätte er nur auf mich gewartet, erscheint sogleich Wolfgang Weyrauch und geleitet mich wohlwollend in sein Büro. Ich habe Herzklopfen. Ich erwarte ein wesentliches, tiefschürfendes Gespräch, von dem für mich entscheidende Impulse ausgehen würden. Jedenfalls denke ich, er wird mit mir über meine Texte reden – doch nichts da. Ich hänge gespannt an seinen Lippen, und er berichtet mir von seinen Krankheiten. Nicht etwa von einer, Gott bewahre, nein, von allen. Infektion folgt auf Infektion, bis mir schon ganz flau zumute ist. Ich gebe mir Mühe, interessiert zu wirken. Weyrauch und ich hören zu, wie Weyrauch von der letzten Konsultation, der letzten Diagnose und der letzten Therapie spricht. Übrigens kein Anzeichen von Leiden oder Gelittenhaben, vielmehr eine bemerkenswerte Befriedigung, als habe er sein Hiobsschicksal auch noch genossen. Zum Schluß, ohne auf meine Arbeiten eingegangen zu sein, reicht er mir einen Band von James Thurber. Und meint: »Sie zeichnen doch auch? Machen Sie Illustrationen zu diesen Geschichten ...« Auf meinen Einwand, Thurber hätte doch schon alle selber illustriert, entgegnet Weyrauch unbeeindruckt: »Zeichnen Sie direkt auf die Seiten daneben!« Ich darf gehen.

Ich gehe. Die Fenster des AFN sind geschlossen. Dahlem ruht in mittäglicher Stille. Das Omen ist keins gewesen.

Wer eigentlich fordert mich auf, ein Gedicht zur Veröffentlichung einzureichen? Immerhin bringt ein längst namen- und gesichtsloser Redakteur es fertig, mir eine Sensation zu bescheren.

Den eigenen Namen zum ersten Male gedruckt in einer Zeitung zu lesen! Es drängt mich, jeden Passanten anzuhalten und zu fragen, ob er heute schon die Zeitung aufgeschlagen habe?! Das Feuilleton! Seite drei! Darf ich, kann ich, ja muß ich nicht jetzt mit Goethe ausrufen, daß die Spur von meinen Erdentagen keineswegs in Äonen untergehen werde?

Vorausgesetzt, die Leser bewahren den *Berlin am Mittag* auf, statt ihn als Einwickelpapier für grüne Heringe zu verwenden, wie Heine es für die schöne neue Welt skeptisch vorausgesagt hat. Ich dagegen bin – trotz Weyrauchs Verdikt – als Klippschüler des Lebens noch gläubig, was die Literatur betrifft. Einerseits weiß ich genau, daß die Literatur der Weimarer Republik weder Hitler noch die von ihm inszenierte Barbarei verhindert hat. Andererseits bin ich überzeugt, im aktuellen historischen Moment würde Literatur die ihr zugewiesene Aufgabe, die Menschen zu humanisieren, erfüllen können. Bin ich nicht aufgerufen, mich am großen Werk zu beteiligen? Wie stünde ich vor Tucholsky und Toller, Jacobsohn und Mühsam da, falls ich mich den politischen Erfordernissen entzöge?

Es ist doch schon wieder von Krieg die Rede. Vorerst vom Kalten Krieg. Die Unterlegenen paktieren mit ihrer jeweiligen Besatzungsmacht und ordnen sich deren Großmachtsperspektiven unter. Die Frontenbildung läßt keinen aus. Dieser Satz: »Nie wieder Faschismus!«, mehr als ein Abstraktum für mich, bewirkt Weiterungen. Meiner Mutter folgend, trete ich der Partei bei, von der ich grundlos ideale Vorstellungen habe. Lauter wackere Kämpen vermute ich in meinen neuen Genossen, Kerle von revolutionärem Schrot und Korn. Und lerne sogar welche kennen.

Als der *Ulenspiegel* aus mir unbekannten Gründen seine amerikanische Lizenz verliert, verläßt die Redaktion Dahlem und siedelt sich, nun sowjetisch lizenziert, in der Mohrenstraße, Berlin-Mitte, an. Allein Weyrauch und seine Krankheiten verbleiben im Westen.

Herausgeber sind Günther Weisenborn, Häftling unter Hitler, und Herbert Sandberg, von dessen zwölfjähriger KZ-Haft die Fama zu berichten weiß, daß bei seiner Einlieferung in Buchenwald der ihn registrierende SS-Mann anmerkte: »Daß Sie Kommunist sind, ist schlimm genug. Aber müssen Sie auch noch Jude sein?!«

Endlich im Blatt gedruckt, avanciere ich zum sporadischen und jüngsten Mitarbeiter. Nach einiger Zeit lädt mich Sandberg zu den montäglichen Redaktionskonferenzen ein. Das ist der lustigste Tag in der Woche. Sandberg, als Primus inter pares, verblüfft durch seinen Humor, den ihm nicht einmal das Lager austreiben konnte. Der Mann strotzt vor Schnurren, Witzen, Anekdoten. Und erwartet als Kompensation Vorschläge, Einfälle, Skizzen für Karikaturen, Informationen und Tips. Projekte werden erwogen und verworfen. Die nächste Ausgabe besprochen. Der Benjamin – ach, wie soll ich nur ahnen, daß mich die Staatssicherheit einmal als »Operativen Vorgang« unter diesem Namen in ihren Akten führen wird –, der also sitzt gleichberechtigt dabei und wird behandelt, als gehöre er dazu.

Manchmal wird die Redaktion von Katastrophen ereilt. Der Typograph Paul, eine heftig und deftig schwankende Gestalt, wird auf dem Wege zur Druckerei von der Notdurft in eine Ruine getrieben, wo das gesamte Layout und sämtliche Manuskripte verbleiben. Durch die Vielzahl der Ruinen ist jene einzelne unauffindbar. Doch als habe Sandberg ein spezielles Abkommen mit Jehova, erscheint die Zeitschrift pünktlich.

Zuständig für die »Abteilung Wort« ist Richard Drews, ein Fossil aus der Ullstein-Epoche, ein glatzköpfiger Barde jener »Goldenen Zwanziger«, aus deren Publikationen ich einst zusätzliche Überlebenskraft bezog.

Die Zeichner und Graphiker sind für mich Greise. Die meisten haben schon vor Hitler für mehr oder minder linke Publikationen gearbeitet. Insofern sind die Montage der Redaktionskonferenz Reisen mit der H. G. Wellsschen Zeitmaschine in eine mir bekannte, aber nicht erlebte Vergangenheit. Hier bin ich am richtigen Platz.

Als Mitarbeiter bin ich ein Zwitter. Mal zeichne ich zu irgendeinem aktuellen Thema irgend etwas, mal verfasse ich aus gegebenem Anlaß einen »Wortbeitrag«. Und von meinem ersten Honorar, zweihundert Reichsmark, leiste ich mir ein Luxusdinner. Unter dem Schuttberg eines Hauses in der Behrensstraße hat der Weinkeller von »Luther & Wegner« den Zusammenbruch der oberen Stockwerke unbeschadet überstanden. Da taste ich mich hinab in die düstere, von Funzeln kaum erhellte berühmte Grotte, wo E.T.A. Hoffmann den Schauspieler Devrient unter den Tisch getrunken hat und vice versa.

Auf den Pfennig genau reichen die zweihundert Mark für Krebsschwänze in Reisrand und ein Alkolat. Alkolat, ein alkoholhaltiges Gebräu zum Blindwerden, wird mal als Bier, mal als Schnaps, mal als Wein und mal als Sekt ausgegeben, ein Fusel giftigster Art. Verarmt verlasse ich den Keller, der kurz darauf mit Schutt gefüllt und planiert wird.

Zu den Redaktionssitzungen kommen hin und wieder eingeladene Gäste. Wie Stephan Hermlin, schweigsam und an seiner Tabakspfeife saugend. Anschließend schlendern wir gemeinsam zum U-Bahnhof Mohrenstraße. Ich über den Zustand der deutschen Literatur sinnierend und klagend. Daraufhin er, die Pfeife aus dem Mund nehmend und mich mürrisch zurechtweisend: »Immerhin gibt es ja noch Anna Seghers!« Die Kunst, in Fettnäpfchen zu treten, ist mir angeboren. Statt Hermlin zu erklären, warum mich »Das siebte Kreuz« enttäuscht hat, verabschiede ich mich lieber.

Was für wackere Deutsche, die dem KZ-Flüchtling in die Freiheit jenseits der Reichsgrenze verhelfen! Diese selbstlosen und mutigen Menschen hätten mir doch vor Kriegsende unbedingt auffallen müssen. Meine Erfahrungen widersprechen der Segherschen Fiktion, und in meinen Ohren hallt die x-mal vernommene, larmoyante Frage nach: »Was hätten wir denn tun sollen?« Der Erfolg des Romans beruht ja gerade auf der Konstruktion eines Märchens. Man bebt mit dem gejagten Helden und ist sich von Anfang an sicher, daß ihm ein glückliches Ende, eben die Freiheit, vorbestimmt ist. Zudem entlastet die Identifikation mit den *anständigen* Romanfiguren das eigene Gewissen und schafft Teilhabe an einem anderen, moralisch intakten Deutschland. Statt Trauer zu wecken, spendiert es Trost. Ein Ärgernis, das ich dem Freund von Anna Seghers nicht einzugestehen wage.

Bei den Redaktionskonferenzen ergeben sich leichthin Bekanntschaften. Mit dem Zeichner Paul Rosié teile ich den Heimweg. Wir benutzen dieselbe Straßenbahnlinie, nur steige ich ein paar Stationen früher aus. Ein Literaturnarr wie ich. Wir tauschen untereinander, aus Mangel an Neuerscheinungen, Bücher aus. Für Dos Passos' »Manhattan Transfer« beziehe ich Célines »Reise ans Ende der Nacht« und ein schmales Bändchen, aus dem sich anhaltende Nachwirkungen ergeben: Baudelaires »Kleine Gedichte in Prosa«. Für Melancholie, mit Ironie verbunden, bin ich anfällig. Und gerate lesend sogleich unter die Kranken, die ihre Leiden vom Fenster an den Ofen schleppen und aufs neue an den alten Platz, von jedem Gesundung erwartend – darin erkenne ich das Verhalten meiner Mitmenschen wieder.

Noch kreuzen die innerstädtischen Verkehrsmittel ungehindert die Sektorengrenzen zwischen Ost und West. Man geht hier wie dort ins Theater, amüsiert sich in der Reinhardtstraße über Gustaf Gründgens im »Snob« von Sternheim und prustet vor Lachen am Kurfürstendamm über »Drei Mann auf einem Pferd« und über die am Spiel beteiligte jugendliche Naive: Hildegard Knef.

Mit der S-Bahn des öfteren der Ruinen-Sightseeing-Trip nach Halensee zum British Centre. Im Publikum bei einer Podiumsdiskussion komme ich in Rage. Einer der Teilnehmer kündigt an, er wolle den Part des Advocatus diaboli übernehmen und gebärdet sich nationalistisch. Trotz seiner Vorwarnung nehme ich jedes Wort für bare Münze. Dabei schätze ich den Autor Wolfdietrich Schnurre und attackiere ihn nach der Veranstaltung voller Wut. »Nach der deutschen Katastrophe können Sie nicht von Ehre und Anstand des deutschen Militärs sprechen!« Und wir müssen den ganzen Kurfürstendamm hinunterbummeln, bis ich seine provokatorischen Sprüche von vorhin als Test akzeptiere und gerade noch die letzte S-Bahn erwische.

Im British Centre lerne ich auch meinen ersten Fast-Verleger kennen, Ladislaus Somogy, einen in Berlin hängengebliebenen Ungarn, Eigentümer des Neuen Geist Verlages in Schmargendorf. Mit neuem Geist kann ich dienen. Hier meine Gedichte, nehmt alles nur in allem! Inzwischen haben ja die ersten Texte fortzeugend Nachfolger geboren und sind zu einem Manuskript angewachsen. Somogy schließt mit mir einen Vertrag über einen Gedichtband ab, doch die Herstellung verzögert sich. Der Umschlag sei noch nicht entworfen, lautet die Ausrede. Die nächste: Die Typographie wäre noch nicht festgelegt. Ich lasse mich ständig vertrösten, bis der schnurrbärtige Bilderbuch-Magyare in der Paris-Bar gesteht, er sei pleite. Doch würde er, und das soll wohl ein weiterer Trost sein, für mich als Vermittler auftreten. Nein, keinesfalls für Lyrik. Für Karikaturen, die er in westdeutschen Zeitungen unterbringen würde. Ich lasse mich überreden, zeichne »Cartoons«, er setzt sie ab, und die Bezahlung ist jämmerlich, wofür er achselzuckend die besagten Zeitungen verantwortlich macht. Mir scheint, mein Geschäftssinn hat sich nach dem Armbanduhren-Debakel kaum gebessert.

Ablenkung von Ärgernissen diverser Natur bietet immer noch das Kino. Ich bin ein fleißiger Zuschauer geblieben. Selbst in der »Flohkiste« an unserer Straßenecke bin ich

Stammgast. Denn noch läuft im Ostsektor ein internationales Programm. Keine zweihundert Meter, und ich schlittere mit Sonja Henie übers Eis in der »Sun Valley Serenade« und klopfe mit der Fußspitze den Takt zu »Chattanooga-Choo-Choo«. Die schwarzen Steptänzer bringen den Broadway in diese ziemlich freudlose Gasse. Die Außenwelt ist abgeschaltet, die Aufmerksamkeit auf die Leinwand gerichtet.

Neben mir ein Mädchen beim Hinausgehen in die Dämmerung.

Ich muß sie ansprechen, das Mädchen mit dem schulterlangen Haar, starken Augenbrauen, bekleidet mit einem selbstgehäkelten grobmaschigen Pullover. Häkeln, Stricken und Schneidern sind Unterrichtsfächer der »Lette-Schule«, ihrer Schule, wie sie mir mitteilt, nachdem wir den Nordmarktplatz erreicht haben und inmitten städtischen Grüns unter vereinzelten Gaslaternen flanieren. Ohne Umstände hat sie sich mir angeschlossen. Und duldet, daß ich beim Gehen meinen Arm um sie lege und dabei feststelle, daß sie unter dem Pullover nackt ist.

An freier Zeit zum täglichen Zusammensein fehlt es uns nicht. Und meine Mutter ist wieder mal zufrieden, daß ich keine Ausflüge zu ungeahnten Gefahren unternehme, sondern von Ilse besucht werde. Freilich verkehrt sich manchmal das merklich libertäre Verhältnis, und ich erleide, sobald eine Verabredung nicht eingehalten wird, die Pein des Wartens. Dann stehe ich auf dem Balkon, der Abend ist da, aber keine Ilse. Nach einer Stunde begebe ich mich zu der Kinoecke, hinter der sie auftauchen muß. Von dort aus kontrolliere ich die Prenzlauer Allee in beiden Richtungen. Kein Passant, keine Ilse. Nun wird es Nacht. Endlich ihre Silhouette.

Mit rasendem Herzklopfen tritt der Großinquisitor vor die Unbefangene hin: »Wo bist du gewesen?!« Besuche bei Freundinnen, die ich nie kennenlerne, werden ins Feld geführt.

Kein Wunder, daß nach langem, aber verwirrendem Beieinander der Bruch, den ich verursache, unvermeidlich und irreparabel ist.

Die einfachste Erklärung ist wohl die, daß ich nicht weiß, was ich will. Außer einer Partnerin gegenüber gilt das gleiche für mein sonstiges Tun und Treiben. Auch in dieser Hinsicht bin ich verführbar und treulos. Diesmal verlocken mich Robert Capa und Cartier-Bresson und die anderen großen Fotografen von *Life*, ihren Rang anzustreben.

Im Schaufenster einer Drogerie in der Greifswalder Straße wartet auf die Vorbeigehenden eine Kleinbildkamera. Ich bleibe stehen. Ich brauche diese Kamera, und zwar sofort. Ich will mich der gegenständlichen Welt versichern, und das immer wieder. Zu solchem Immerwieder gehört eine Kamera. Diese kostet eintausend Mark.

Woher bezieht man so viel Geld, ohne es zu stehlen? Ich bin ein chancenloser Dieb. Darum werde ich treulos. Ich opfere eine Vielzahl meiner Bücher, darunter seltene Erstausgaben wie Canettis »Blendung« mit dem Einband von Kubin und andere Inkunabeln, um die Summe zu erreichen.

Die Kamera hat ein ungewöhnliches Format: 24 mal 24. Auf den Film passen statt sechsunddreißig fünfzig Bilder. Den Film muß man in zwei Blechkartuschen eigenhändig einspulen. Ich kaufe Filmrollen, Meterware, und schneide die Zelluloidbänder in absoluter Dunkelheit zurecht.

Jetzt kann ich, was ich erblicke, schwarz auf weiß nach Hause tragen. Kann die Perspektiven wechseln, vom Frosch zum Vogel, aus Fensterhöhe herab. Aufhellen und abdunkeln. Standardblende acht, eine sechzigstel Sekunde. Entfernungen schätzt man. Um von Labors unabhängig zu sein, lege ich mir eine Entwicklerdose samt Chemikalien zu. Klammern mit Bleigewichten, damit ich die Filme im Bad an die Wäscheleine hängen kann. Demnächst werde ich einen Vergrößerungsapparat erwerben, dann bin ich autark. Aber leider bin ich kein potentieller Cartier-Bresson, kein künftiger Robert Capa. Doch bis zu dieser Einsicht geht viel Geld drauf.

Während ich mit derlei Irrtümern befaßt bin, verstärkt sich die Fluchtbewegung aus der Ostzone. Und die weniger auffällige aus Westdeutschland nach Amerika, nach Kanada, nach Australien. Die vom Kalten Krieg Geängstigten suchen ihr fragwürdiges Heil im Auswandern. Solche Vorgänge kann man nicht ignorieren, nicht unbeachtet lassen. Die wachsenden politischen Spannungen zwischen den Weltmächten tragen dazu bei, daß eines Abends in unserer Familie die Überlegung aufkommt, ob man nicht auch …? Was meinst du? Sollten wir nicht ebenfalls irgendwohin …? Was haben wir denn hier noch verloren, nach all den Verlusten in der Nazizeit?

Nach endlosem Palaver fällt die Entscheidung: Ja, wir werden auswandern! Wohin? Ins Land meiner Väter kann ich schwerlich sagen. Ins Land meiner Mütter, weil nach jüdischem Gesetz der Erzeuger für den Status des Kindes belanglos ist, klänge eher komisch.

Auf ins Heilige Land.

Glaube, Gott und Religion sind uns unbekannte Größen. Entscheidende metaphysische Erlebnisse sind ausgeblieben. Warum also in jene alttestamentarische Gegend?

Wohin sonst?

Mein Beitrag zu dem Plan ist der Vorschlag, Sigmar, den Freund, mitzunehmen. Meine Eltern stimmen zu. Ob er seine Eltern befragt hat, bezweifle ich. Zu viert steigern wir uns allmählich in das neue Leben unter Palmen am besonnten Meeresstrand. Orangen – jede Menge! Das einzig Bedenkliche wäre, daß man Balmechome werden müßte. Soldat also. Wir beide als Soldaten? Osser! Uns werden sie nicht brauchen können.

Zu viert hinaus nach Dahlem, wo der »Jewish Joint« sein Quartier hat. In einer Seitenstraße die abgelegene Villa, wo wir in einem kahlen Vorraum warten müssen. Eigentlich hatten wir als Spätestheimkehrer oder dergleichen mit einem herzlichen Empfang gerechnet. Doch nun streichen schweigsame junge Männer durch die Räume. Maskenhafte Gesichter. Endlich ruft man uns ins Büro, wo wir Rede und Antwort stehen sollen. Mein Vater, Sigmar und ich werden mit einer Geste zur Staffage degradiert, meine Mutter zur Wortführerin ernannt.

Aus dem Osten.

Na ja, Mitglieder der Partei. Außer meinem Vater und Sigmar.

Solch Bekenntnis ruft keinen guten Eindruck hervor. Vielmehr einen äußerst schlechten. Die Befragung endet mit der Zusage eines baldigen Bescheides. Wir sind entlassen. Man führt uns hinaus, als handele es sich um der Spionage Verdächtige. Im grotesken Widerspruch zu dem frostigen Empfang, fühlen wir uns in den Auswanderungsplänen bestärkt. Auf bald in Jerusalem. Spätestens im nächsten Jahr!

Der Bescheid läßt auf sich warten.

Obwohl ich arglos das Herz auf der Zunge spazierenführe, habe ich Außenstehenden nichts verraten. Auch Herbert Sandberg nicht, von dem vielleicht Verständnis zu erwarten gewesen wäre. Wie immer laufen die Redaktionssitzungen ab. Bis auf eine Ausnahme. Da Reportagen aus dem Arbeitsleben gefragt seien, solle auch der *Ulenspiegel* sich dem nicht verschließen.

»Kunert – Sie fahren nach Unterwellenborn in die ›Maxhütte‹ und schreiben uns Ihre Eindrücke auf. Länge beliebig. Kürzen kann man immer ...«

Etwas überrumpelt, was Sandbergs Vorgehen auch bezweckt, erkläre ich mich einverstanden. Aber nicht solo! Nur zusammen mit einem Freund.

»In Ordnung, ich melde euch beim Direktor der ›Maxhütte‹ an ...«

Sigmar läßt sich nicht träumen, daß er zum Begleiter auserkoren ist. Er liegt im Bett und ist unpäßlich. Wegen des Auswanderns. Denn einer Auskunft der Jüdischen Gemeinde Ostberlins zufolge gehört zu den Einreiseformalitäten unabdingbar der körperliche Nachweis des Jüdischen; die Beschneidung. Nach dem Kontrollmodus vor dem

Landgang zu fragen, ist ihm nicht in den Sinn gekommen. Muß man sich da entblößen? Noch an Bord? Vielleicht hat man den Armen bloß abwimmeln wollen, mit einem bösen Scherz, doch mit einem realen Ergebnis. Was mir selber, obschon nicht rituell, nach der Geburt aus Gesundheitsgründen etwas unprofessionell abgetrennt worden ist, soll Sigmar als Eintrittspreis hergeben. Und weil kein geweihter Fachmann in Berlin existiert, wird die Zirkumzision in der Charité vorgenommen. Schonend bereite ich ihn darauf vor, daß wir gleich nach Unterwellenborn fahren müßten. Eine Ablehnung ist unmöglich, wir sind bereits avisiert. Man erwartet zwei Journalisten! Das bißchen Beschneidung – das ist doch die geringfügigste Amputation von allen zu befürchtenden!

Wie leicht ist man für andere leichtfertig.

Unterwegs im Bummelzug nach Unterwellenborn. Mein Freund sieht trotz meiner Aufheiterungsversuche wenig glücklich aus.

Die Propagandalosung des Tages wird häufig gedruckt und zitiert: »Max braucht Wasser!« Max ist die »Maxhütte« in Unterwellenborn, ein Stahlwerk, aber wozu man dort Wasser braucht, ist uns Hekuba.

Und wo liegt Unterwellenborn?

Dem Aussehen nach in einer bedrohlichen Zukunft.

Hier ließen sich eingehende Studien über die Tristesse abgelegener Kleinstädte anstellen. In der Hütte, umschlossen vom häßlichen, metallenen Gefüge unverständlicher Funktion, leitet man die beiden »Reporter« ins Vorzimmer des Direktors.

Wir warten.

Zwei seltsame Vögel, abgesandt von einer hierorts unbekannten Zeitschrift. Aber da es sich um die Linie der Partei handelt, diesen Industriekomplex zu popularisieren, wirft man uns nicht hinaus. Man bittet uns einzutreten. Der Direktor ist fortwährend mit Telefonaten befaßt, mit Anweisungen, Anordnungen, Befehlen, Forderungen. Wie in einer schlechten Inszenierung treten dauernd Figuren auf und ab, ohne daß das Stück dadurch spannender würde. Man demonstriert Planerfüllungseifer und gute Laune.

Oder ist die Turbulenz echt?

Gnädig plaudert der Direktor zwischendurch mit seinen beiden Besuchern, die er, was ihnen entgeht, an der Nase herumführt. Er entwirft ein Bild, gar ein Gemälde der volkseigenen Utopie in leuchtenden Farben. Wir werden es schaffen! Aber dazu braucht Max Wasser und nochmals Wasser!

Aha!

Sodann verrät er seinen psychologischen Trick zur Arbeitssteigerung, uns wie Verschwörer in seine Geheimnisse miteinbeziehend. Gerade die weniger tüchtigen Arbeiter würden mit Aktivistenorden ausgezeichnet, um sie zu außerordentlichen Leistungen anzuregen und sich des Ordens würdig zu erweisen. Der Direktor ist gewitzt, doch die Gewitztheit richtet sich auf uns zwei Toren, denen er vorgaukelt, im sozialistischen Himmel sei Jahrmarkt.

Wohl notiere ich einiges, gewinne jedoch keinen anderen zum Gesprächspartner als diesen Schelm, von dessen überzeugenden Lügen umgarnt wir das Feld unserer unerkannten Niederlage räumen.

Ist Unterwellenborn bei unserer Ankunft der steingewordene Alpdruck eines Manisch-Depressiven gewesen, so gleicht die Stätte am Abend, da wir wie verlorene Seelen auf dem Friedhof umhergeistern, exakt einem solchen.

Straßenkreuzungen, von einer schaukelnden Glühbirne weniger erhellt als markiert, und ohne Verkehr. Nirgendwo ein menschliches Wesen in Sicht. Wir dringen durch die Finsternis, als bestünde sie aus einer zähen Substanz. Bis wir, ergebnislos einen Ausschank suchend, auf einem vereinsamten Platz vor einem Pissoir anlangen. Sigmar, seinem Drange gehorchend, betritt die gußeiserne Rotunde. Und ich muß, wegen der endlosen Mullbinde, lange auf seine Rückkehr warten.

Bloß fort von hier, wo Hermann Kasack seine »Stadt hin-

term Strom« geschrieben haben könnte, den Roman sinn-
loser und vergeblicher Tätigkeit.

Aber Sandberg ist zufrieden und druckt meinen Bericht.
Der Partei gegenüber erweist er sich als zuverlässiger und
pflichtbewußter Genosse, was ich wohl kaum bin. Denn ich
warte ja auf den Bescheid vom »Jewish Joint«, um meine Mitstreiter zu verlassen.

Es kommt niemals ein Bescheid – nicht mal ein ableh-
nender.

Unsere halbherzige Auswanderungsabsicht wird unter uns
nicht mehr erwähnt.

Mir steht anderer Ärger ins Haus, und zwar per Post.

In einem braunen Umschlag steckt eine Zeitungsseite, die
ich zuerst für einen Druckbeleg hielt – es war aber, im ideologischen Sinne, eine »Briefbombe«.

»*Vorwärts.* Donnerstag, 30. Dezember 1948 – Vor dem letzten Schritt / Ein Porträt: Er ist enorm fortschrittlich. Wir, das
heißt seine Freunde und damit die Partei können gar nicht
Schritt mit ihm halten. Damals war ihm die Partei zu ›refor-
mistisch-massentümlerisch‹, jetzt, nach der Ausrichtung auf
die Partei neuen Typus, sind wir zu engstirnig-›bolsche-
wistelnd‹. Den Grunddiskussionen zum Beispiel, die Partei
als Instrument des Klassenkampfes, versteht er geschickt aus
dem Wege zu gehen. Er fahndet auf überflüssige Ornamente,
unpraktische Verzierungen und überholte Stilelemente am
großen Bau der Partei. Davon bricht er am liebsten ein Stück
ab und bringt es uns als teure Trophäe, als schwerwiegenden
Beweis für die Richtigkeit seiner Distanzierung.

Ja, er ist intelligent und klug – ›buchklug‹, wie es jemand
nannte. Aber gerade auf diese Klugheit ist er stolz. Das unter-
mauert seinen Hochmut, seine geschickt mit Sachlichkeit ge-
tarnte Arroganz. Dieses kleine bißchen Zuviel ist in Wahrheit
die schwer überwindbare Barriere zwischen ihm und uns, die
einzureißen uns große Mühe macht.

Nein, wir geben es trotzdem nicht auf, uns um ihn zu bemühen. Denn er kann etwas. Er schreibt und malt. Die Vertonungen seiner eigenen Chansons klingen modern und rhythmisch. Das fällt ihm alles spielend leicht, das haut er hin mit der linken Hand, wie man so sagt, originell in der Form, immer aus einem Guß. Die ›linken‹ Zeitschriften schicken selten etwas davon zurück, bemühen sich um seine Mitarbeit. Das hält er für selbstverständlich. Für linke Tageszeitungen schreibt er nie. Dies sind Probleme, die er meidet. Er lächelt über Leute, denen das Schreiben schwerfällt. Er lächelt auch über Arbeiter, denen das Leben schwerfällt. Das zeigt er natürlich nicht, dazu ist er zu klug. Ein zerbombtes Haus ist ihm Anlaß zu originellen Gedichtvisionen, zu philosophischen Ächtungen des Krieges in freien Rhythmen. Daß es auch eine nüchterne Kubikrechnung in Schuttmasse und Schrottgewicht sein kann, interessiert ihn nicht. Und daß sich auch damit Menschen herumplagen müssen, sind für ihn Selbstverständlichkeiten wie Sonne und Mond. Er würde nie in einen Betrieb gehen, den Arbeitern vorzulesen aus eigenen Arbeiten. Er weiß, daß sie viel davon nicht verstehen würden. Namen der Weltliteratur, wie Gorki und Andersen-Nexö, deren Werke den gelehrtesten Professor, wie den einfachsten Kaminkehrer gleich stark ansprechen, nimmt er als Ausnahmen. Ja, er fühlt wohl zuinnerst, daß ihm im Betrieb von heute Probleme ansprängen, die sein sensibles Innenleben erschlügen. Denn er, als enfant terrible der Familie, ist ein besonderes, ein gehätscheltes enfant terrible. Die Familie mit dem großen Geschäft im Westen kann es sich leisten, stolz darauf zu sein, Veröffentlichungen von ihm zu lesen in Blättern, die ›eigentlich gar nicht in der Linie der Familie liegen‹. Die Familie kann es sich leisten, dem ›Ungeratenen‹ großzügig freie Wohnung, freie Nahrung und akkurate Bedienung zu gewähren. So kann er die Honorare dazu verwenden, seine Sammlung von Buddha-Miniaturen und geschnitzten Elefanten zu vermehren. Natürlich ist er nicht egoistisch im gewöhnlichen Sinne des Wortes. Jemand, der ihn in seiner stilvollen Stube besucht und in seiner Gastfreundlichkeit brandschatzt, aber mit ihm in den Himmeln seiner Kunst bleibt, ist ihm sympathischer als ein Bescheidener, der ihn mit Problemen der unteren Parteiarbeit quält oder über die Nöte des täglichen Lebens klönt.

Er ist zu klug, reaktionär zu sein. Er durchschaut die politischen Finessen der untergehenden kapitalistischen Welt bis in ihre Kunstverästelungen, genau so wie wir. Er lacht über die einfältigen oder geriebenen Schäker des L'art pour l'art, seine Gedichte gegen den Elfenbeinturm sind voll Witz und bissiger Satire. Aber dennoch ist er viel weniger Kämpfer als Ästhet. Das Leben der Werktätigen ist ihm ungemütliches Dschungel, er erlebte nie, was es heißt, in Wind und Wetter um Fleisch oder Fisch anzustehen, aus Schrott mühsam Drehstähle zu schmieden, um das Plansoll zu erfüllen.

Es wird uns noch viel Überzeugungskraft kosten, ihm zu zeigen, wie sehr er im Zwange jenes Gesetzes lebt: Das gesellschaftliche Sein ist es, das das Bewußtsein bestimmt, und wie wenig er bisher vermochte, sich darüber zu erheben. Nicht trotz, sondern wegen seiner Intelligenz!

Wir werden noch viel diskutieren müssen, ihm zu beweisen, daß er zwar seinen Elfenbeinturm verlassen hat, es aber schlau vermied, ihn hinter sich zu sprengen, vielleicht – um bei einem zu scharf blasenden Wind wieder hineinflüchten zu können?

E. R. Greulich«.

Greulich, Nomen est omen, der parteieigene Schriftsteller, wohnt zwei Querstraßen entfernt. Zufällig bin ich mit ihm in Kontakt gekommen und borge mir von ihm zwei Bücher, die ich nun zur Strafe behalte. Über sein Geschreibsel habe ich gelacht, unwissend, daß das Parteiblatt für jeden guten Genossen als täglicher Nürnberger Trichter fungiert.

Was aber »die Familie mit dem großen Geschäft im Westen« angeht, so weitet sich die Kluft zwischen Realität und Behauptung mehr und mehr.

Mit der Währungsreform breiten sich solvente und technisch besser ausgerüstete Firmen auf dem Markt aus, auf dem sich mein Vater nebst seinen handwerkelnden Angestellten nicht halten kann. Einen nach dem anderen muß er entlassen, bis er am Ende wieder allein dasteht. Wie zu Beginn verfertigt er Blocks und Durchschreibebücher, die er, wie ein Höker-weib die Ware auf dem Rücken, zu seiner schwindenden Kundschaft bringt. Einmal noch gelingt ihm eine größere Einnahme, doch nicht durch seiner Hände Arbeit. Das oberste Geschoß des alten Fabrikgebäudes brennt aus, und in dem darunterliegenden entsteht für das dort lagernde Papier ein umfangreicher Wasserschaden, und die Versicherung zahlt.

»Wirtschaft in Fesseln ist Tod der Wirtschaft!« Mit Einführung der D-Mark wird die Wirtschaft entfesselt, aber weil mein Vater kein Entfesselungskünstler ist, schrumpfen seine Einnahmen. Wäre da nicht der Wechselkurs von eins zu fünf, eins zu sieben, Westgeld für Ostgeld, steigend, fallend, im Mittelwert jedoch stabil, es stünde um die Versorgung schlecht.

Plötzlich leben wir in zwei Städten, geteilt durch zwei Währungen. Noch pendelt man ja von einer Seite zur anderen, und in den Kinos Westberlins genügt es, sich auszuweisen, um den Eintrittspreis ermäßigt und in Ostmark zahlen zu können.

Außer dem exquisiten *Ulenspiegel* erscheint ein mäßig heiteres Witzblatt, der *Frische Wind*. Auf dessen holzhaltigem Papier veröffentliche ich hin und wieder eine Karikatur, eine Glosse, und auch in dieser Redaktion sind die meisten Mitarbeiter, inklusive Chefredakteur, Westberliner, bis einer nach dem anderen wegbleibt. Das Blatt hat, will man das Wort »Niveau« überhaupt benutzen, ein äußerst niedriges. Aber ich brauche Geld, weil ich meinen Eltern nicht weiter auf der Tasche liegen kann. So publiziere ich überall dort, wo sich Möglichkeiten bieten.

Ein neuer Freund hat sich eingefunden, Benno, beim Kunstamt Prenzlauer Berg beschäftigt. Neugierig sucht er mich auf, da er von einem jungen Dichter in seinem Amtsbereich gehört hat, und zu dem wolle er Kontakt aufnehmen. Aus dem Kontakt wird Freundschaft zwischen Gleichaltrigen und Literaturenthusiasten.

Nachdem er in meinem Manuskript geblättert hat, Somogy ist vergessen, empfiehlt mir Benno, mit dem Konvolut unbedingt etwas zu unternehmen. Schließlich ist der Ruf nach »jungen Talenten« noch nicht verhallt. Zwar ist eine Reihe emigrierter Schriftsteller aus dem Ausland in die DDR übergesiedelt, doch ihre Schar ist klein. Der karge Bestand muß mit den besagten »jungen Talenten« aufgestockt werden.

»Geh zu Johannes R. Becher, dem Präsidenten des Kulturbundes, vielleicht tut er was für dich!«

Ohne Zögern, das Manuskript in einem Klemmdeckel unterm Arm, mache ich mich auf den Weg in die Jägerstraße, wo in einem wuchtigen Gebäude, dem ehemaligen Herrenclub der ehemalig umliegenden Großbanken, der »Kulturbund zur demokratischen Erneuerung« seinen zentralen Sitz hat. Im ersten Stock befindet sich ein Restaurant, das solchen Kulturschaffenden vorbehalten ist, die entweder von den Segnungen, auch den kulinarischen, des Sozialismus überzeugt werden sollen oder schon mittels der umfangreichen Speisekarte überzeugt worden sind. Für Leute wie mich gilt ein ungeschriebenes »Off limit«. Die Gäste sind handverlesen. Im Stockwerk darüber kommandiert Becher aus seinem Büro: die Kultur.

In der Eingangshalle hat eine Buchhandlung ihre Dependance untergebracht. Gleich gegenüber die Garderobe, in der Bechers Schiebermütze hängt. »Da ist er, da kommt er«, murmelt die Buchhändlerin, und ich bin mit zwei, drei Schritten bei ihm und stammle ein paar passende oder unpassende Sätze. Der wuchtig zu nennende Mann wendet sich um, ein Bulldoggengesicht mit Brille, unwirsche Miene, und mustert mich von der Höhe seiner Statur und seines Amtes, betrachtet meine Kombination mit den vielen Taschen, den breiten Gürtel, die knöchelhohen Stiefel, eine für ihn gewiß ungewöhnliche Erscheinung.

»Herr Becher, ich wollte Ihnen das hier geben ...« so oder ähnlich meine kurze, etwas atemlose Ansprache. Er nimmt das Konvolut wortlos entgegen und verschwindet ohne Gruß. Hoffnungslos blicke ich ihm nach. Meine Aktien sind eben zur Baisse bestimmt. Und ich habe nicht mal Durchschläge dieser so einzigartigen, möglicherweise nun für die Welt, für die Nachwelt verlorenen Gedichte.

Am nächsten Tag unerwartet die Hausse. Ein Telegramm Bechers, emphatisch, vor Begeisterung übersprudelnd, Balsam für meine Seele. Und keine achtundvierzig Stunden danach ein Brief vom 20.1.1950:

»Lieber Herr Kunert! Mit Ihren Gedichten haben Sie mir eine große Freude gemacht, Sie gehören zu den ganz wenig Begabten, was ich von jungen Menschen seit 1945 zu lesen bekam, und so will ich möglichst bald mit Ihnen besprechen, was aus diesen Gedichten werden soll. Ich würde vorschlagen, daß wir ein Bändchen beim Aufbau-Verlag herausgeben und gleichzeitig überlegen, in welchen Zeitschriften man einige von ihnen als Zyklus veröffentlichen kann. Ich stehe Ihnen jedenfalls dabei gern zur Verfügung. Bitte rufen Sie vorher an, daß wir uns nicht wieder verfehlen. Mit besten Grüßen Ihr J. R. Becher.«

Wieso verfehlen? Wir sind doch nie verabredet gewesen ... Sei's drum, ich bin Becher für seinen Brief dankbar. Und für sein Hilfsangebot.

Um den Komplex merkwürdiger Beziehungen abzuhandeln, verstoße ich gegen die Chronologie. Verschiedene Vorgriffe sind notwendig.

Ein Jahr nach der »historischen« Begegnung in der Clubgarderobe veröffentlicht Becher 1951 ein Tagebuch, betitelt »Auf andere Art so große Hoffnung«, in welchem ich noch positiv bewertet werde:

»Ein junger Mensch hat mir seine Gedichte geschickt und

sie sind begabt. Günter Kunert muß kein Literaten-Internat besuchen, er geht in die Schule, die das Leben ist, und er ist ein aufmerksamer und talentierter Schüler, und wir hoffen, ein fleißiger auch. (Fleiß in dem Sinne, der nach Goethe das Genie zur Hauptsache ausmacht.) Also: ein junger, begabter, deutscher Dichter. Eine große Sache für jedes Volk, und eine besonders große Sache und eine festliche und zukunftsfrohe Botschaft zugleich für ein Volk wie das unsere. Aus unserer neuen Wirklichkeit ist ein Dichter erstanden, seine Gedichte segnen unser Tun und Trachten: Das ist Nachwuchs echt, und kein künstlich gezüchteter, kein künstlich hinaufbelobigter – dies ist Jugend, und nicht Jugend-Greis, schier vierzig Jahre alt ...«

Das müßte einem Einundzwanzigjährigen zu Kopf steigen, derart jesusartig gerühmt zu werden. Aber mein Kopf ist dem Panegyriker und seinem eigenen Werk gegenüber kritisch eingestellt. Bechers blasser Klassizismus behagt mir nicht. Alles Routine, Klischee und Schematismus, wie es mir vorkommt, ohne das durchaus Gelungene wahrzunehmen. Man kann nicht Dichter der Nation und Kulturfunktionär in Personalunion sein. Ostberlin ist nicht Weimar und Walter Ulbricht kein Karl August. Eine beklagenswerte Gestalt, ein Schicksal, wie es deutscher wohl nicht sein kann, zerrieben zwischen ideellem Anspruch und machthungrigem Ehrgeiz.

Hin und wieder mache ich ihm meine Aufwartung. Dann examiniert er mich.

»Kennen Sie Gryphius?« Auf mein Kopfschütteln hin wendet er sich an den devot neben ihm stehenden Alexander Abusch, bedeutsam nickend:

»Soweit haben es die Nazis gebracht! Nicht einmal Gryphius ist der Jugend noch bekannt!« Gegenfragen verkneife ich mir. Wahrscheinlich hat er die Namen meiner Idole nie vernommen. Nach kurzer Audienz bin ich entlassen, um bald darauf über derartige Visiten in seinem Tagebuch zu lesen:

»Begegnung mit Kunert. Schlecht gekleidet, beinahe grotesk schlecht, mit eckigen verlegenen Bewegungen, ein verhungertes Vogelgesicht. Solch ein Jüngelchen, Bübchen, und solch ein Dichter. Schildert, wie er bisher als ›Nachwuchs‹ gefördert wurde: überall mit verbindlichen Phrasen hinauskomplimentiert – nun, wir werden uns seiner Sache annehmen …«

Schlecht gekleidet? Meine Montur grotesk?

Meistens beneiden mich ja meine Altersgenossen um das Kleidungsstück. Mit einer anderen Notiz verpaßt er mir einen Spitznamen, unter dem ich zwar nicht leide, den ich aber auch nicht als besonders schmückend empfinde. Da steht:

»Der begabte ›Grashüpfer‹ Kunert erschien. Er hat schon einen Vertrag erhalten und hat Gedichte für zwei Zeitschriften ausgesucht …«

Ohne daß ich es merke, benutzt mich Becher für eine kulturpolitische Fehde innerhalb des Parteiapparates. Nachdem ich ihm berichtet habe, wie es mir mit meinen Gedichten in der Redaktion der Zeitung *Neues Deutschland* ergangen sei, schlägt er mir vor, über die Abenteuer eines jungen Poeten mit dem Zentralorgan der SED zu schreiben. Einer der Oberdogmatiker, außerdem Feuilletonchef des ND, Anführer im eben vom Zaune gebrochenen »Kampf gegen den Formalismus«, Heinz Lüdecke, hatte mir meine Gedichte mit entsprechenden Anmerkungen zurückerstattet. Becher heizt nun meinen Ärger an: »Schreiben Sie eine scharfe Attacke!« Das muß man mir nicht zweimal sagen. Ich ziehe kräftig vom Leder, und Becher publiziert meinen höhnischen Angriff in dem Wochenblatt *Sonntag*. Ein Stich ins stalinistische Wespennest!

Erst später wird mir klar, daß Becher, selber in Illusionen befangen, was die Kulturpolitik der Partei betrifft, mich als Strohmann mißbrauchte, um den Hardlinern eins auszuwischen. Freilich geht die Runde auf meine Kosten. Lüdecke antwortet mir im *Neuen Deutschland* mit einem Artikel, in welchem er mir all das vorwirft, womit man in der Partei ungehorsame Intellektuelle zu zähmen pflegt: Hochmut, Subjektivismus, Individualismus, Überheblichkeit, fehlende Verbindung zu den Massen, kein Klassenstandpunkt – die ganze Palette bösartiger Phrasen dient dazu, das Porträt eines üblen Elements zu entwerfen, das einen Namen trägt, den man sich merken würde.

Meinen Dank an Becher statte ich auf eine Weise ab, die ihn, hätte er das noch erlebt, womöglich erheitert haben würde. Doch da ist er schon zehn Jahre tot. Seine Witwe setzt durch, daß Bechers einziger Roman »Abschied« verfilmt wird. Der Roman spielt in München im Jahre vor 1914 und trägt unverkennbar autobiographische Züge, nicht zuletzt bei der Abrechnung mit dem Vater, mit der Vätergeneration. Niemand sonst soll das Drehbuch schreiben, so will es die Witwe, als der »Grashüpfer«, als Bechers Protegé, als der vom Meister entdeckte, aus der neuen Wirklichkeit stammende Dichter. Ahnungslos bestellt sich Lilly Becher damit ein politisches Desaster. Egon Günther wird zum Regisseur bestimmt, und wir machen uns an die Arbeit. Der Film muß zum zehnten Todestag Bechers »groß herausgebracht« werden, wie die Forderung heißt. Großer Bahnhof ist angesagt. Walter Ulbricht in Living color und in Persona nebst Hofstaat soll an der Premiere im Kosmos-Kino, dem größten Ostberlins, teilhaben. Vermutlich ist das Kino weiträumig umstellt, und die Zugänge sind gesichert und abgesperrt. Sodann Auftritt des Generalsekretärs nebst Gattin Lotte und dem Troß. Wir, die Schöpfer des Films, sitzen entsprechend unserem Ruf in der letzten Reihe. Auf der Bühne tobt sich der Chor der Nationalen Volksarmee aus, es wird gesungen und tremoliert, Solisten geben ihr schlechthin Bestes, und Schauspieler rezitieren und zitieren und lesen pathetisch vom Blatt bis zur Pause, nach welcher der Film laufen soll. Aber siehe, aber wehe – Walter Ulbricht erhebt sich, und die gesamte Korona verläßt den Schauplatz. Das ist das Todesurteil für den Film, der noch für ein paar Tage in einem Berliner Vorort gezeigt und rasch abgesetzt wird.

Was ist geschehen?

Der Kalender zeigt das Jahr des Unheils – 1968. Und Ulbricht und seine Lotte haben sich schon vorher den Film nach Wandlitz kommen lassen und ihn vorverurteilt. Ebenso hat die Generalität sich den Film angeschaut und sofort interveniert: ein defätistisches Machwerk, das den Kampfeswillen unserer Truppe schwächt! Teils ist es erstaunlich, teils befriedigend, festzustellen, wie nahtlos sich diese Regierung und ihr Militär mit der Herrschaft des Wilhelminischen Reiches identifziert. Und gar das Auftreten einer unbekleideten Schauspielerin in einer Szene erweckt eine vergessen geglaubte Prüderie, indem Lotte Ulbricht, Bechers Witwe auf die Nackte hinweisend, einen mahnenden, allwissenden Kommentar spricht:

»Das hat unser Johannes nicht verdient!«

Freund Benno, offenkundig zufrieden mit seiner selbstgewählten Mission als Spiritus rector eines jungen Dichters, macht einen neuen Vorschlag. Auf eine Zeitungsseite pochend, verkündet er, Bert Brecht sei aus der amerikanischen Emigration via Schweiz nach Berlin zurückgekehrt.

»Du mußt Brecht dein Manuskript überreichen!«

Von Brecht weiß ich kaum etwas. Oder doch nur, was in der Kindheit aus dem großväterlichen Grammophon herausquäkte. Zwei, drei Gedichte hat der *Ulenspiegel* veröffentlicht, mehr ist nirgendwo greifbar. Meine Favoriten, ja, Paten und Inspiratoren, deren Erwähnung ich mir vor Bechers Schreibtisch verkniff, tragen andere Namen. Nämlich Carl Sandburg und Edgar Lee Masters. Immer aufs neue lese und lese ich die reimlosen, realitätserfüllten Gedichte von Sandburg. »Good Morning, America«, ein schmaler Band, 1947 in einer zweisprachigen Ausgabe erschienen, mein Instruktionshandbuch. Und die »Spoon River Anthology« von Masters in deutscher Nachdichtung, eine Sammlung fiktiver Grabinschriften von Bürgern eines kleinen Ortes in den USA. Beide Dichter sind nicht »lyrisch« unter traditionellem Aspekt, vielmehr wirklichkeitszugewandt, verstrickt ins Dasein, nicht olympisch darüber residierend und unbelastet von abstraktem Denken. Mich beeindruckt die konsequente Bildhaftigkeit ihrer Texte, die sich auffälliger Bedeutsamkeit enthalten. Keine deutschen Dichter eben.

»Du mußt Brecht endlich deine Gedichte zeigen ...«

Was bleibt mir anderes übrig, als mit der Straßenbahn zum Alexanderplatz zu fahren, von dort mit der U-Bahn zum Potsdamer Platz, um schließlich zu Fuß zum Brandenburger Tor zu traben. Zur Ruine des Hotels Adlon, wo ein rückwärtiger Gebäuderest noch seine Funktion erfüllt. Obwohl sonst kaum schüchtern, habe ich zur psychischen Stärkung am Alexanderplatz eine Taschenflasche Wodka gekauft, aus der ich einen mich ermutigenden Schluck nehme. Und noch einen.

Die Rezeption gleicht einer mittelmäßig renovierten Höhle, behaust von einem Troglodyten hinter dem Tresen. Ich erfahre die Zimmernummer, stapfe die Treppe aufwärts und erreiche, nach einer weiteren, hastigen Stärkung, die bezeichnete Tür. Kaum habe ich die Faust zum Anklopfen erhoben, öffnet sie sich wie durch Magie, und heraus stolziert Theo Lingen. Damit habe ich nicht gerechnet. Ich bin äußerst verblüfft. Die verzwickten Familienverhältnisse Brechts sind mir unbekannt. Ich starre Lingen nach, ungläubig, ihm wirklich begegnet zu sein. Als ich mich erneut zur Tür wende, steht Brecht im Türrahmen, fragt nach Namen und Begehr und läßt versehentlich seinen Kugelschreiber fallen. Unter Entschuldigungen, als habe er mich mit seinem Versehen gekränkt, bückt er sich und hebt den Stift auf. Das ist die zweite Überraschung, diese chinesische Höflichkeit. Dann bittet er mich ins Zimmer.

Am Tisch sitzt Helene Weigel, aber auf dem Tisch, was einen weitaus stärkeren Eindruck hervorruft, häufen sich amerikanische Konservenbüchsen, ich komme mir vor wie in einer Schatzkammer. Unter wahrscheinlich wirren Erklärungen überreiche ich Brecht mein Manuskript, wofür er sich mit einer mich in Verlegenheit stürzenden Liebenswürdigkeit bedankt, als habe er seit langem auf das Päckchen gewartet.

Danach ist der knappe Dialog beendet, und ich bin entlassen.

Beim Abstieg zum Empfang nehme ich einen weiteren Beruhigungsschluck und noch einen und werde draußen auf der Straße von einem leichten Schwindel befallen.

Die Stufen zur Unterwelt bewältige ich noch einigermaßen, doch im U-Bahn-Waggon wird mir übel. Und als der Zug den Bahnhof Alexanderplatz erreicht und ich schon an den luftdruckverschlossenen Türen zerre, die sich endlich, endlich öffnen, biete ich der wartenden Menge eine peinliche Vorstellung als Wasserspeier, wobei Wasser den geringeren Anteil bildet. Als lebender Leichnam wanke ich in die elterliche Wohnung.

Ich lasse mich treiben.

Aus einer gewissen Indolenz heraus akzeptiere ich eine Einladung, am »Ersten Schriftstellerlehrgang« in Bad Saarow teilzunehmen. So finde ich mich vor unserer Haustür wieder, einen Vulkanfiberkoffer in der Rechten, auf den vom Schriftstellerverband gecharterten Bus wartend. Müde klettere ich in das Fahrzeug, das durch Berlin tourt und die Aspiranten auf Ruhm, Reichtum und Riesenauflagen einsammelt. Neben mir ein Fahrgast, der sich in bestem Sächsisch vorstellt: Erich Loest. Von dem habe ich sowohl gehört wie auch etwas gelesen. »Jungen, die übrigblieben«, sein kürzlich veröffentlichter Erzählungsband. Mir haben die Geschichten zugesagt, und so entsteht sogleich zwischen uns Einklang, der sich bei Ankunft in Bad Saarow zur Kumpanei ausgewachsen hat. Wir beschließen, auf einem gemeinsamen Zimmer zu bestehen, das man uns auch zubilligt.

Das Lehrgangsgebäude liegt am See zwischen mächtigen alten Bäumen, ein herrschaftliches Anwesen, okkupiert von einer Horde Dilettanten, die sich von ihrem Aufenthalt den Lorbeerkranz erhoffen.

Schon am ersten Tage kommt es zur Frontenbildung.

Wer wen nicht riechen kann, stellt sich a tempo heraus. Auf der einen Seite schließt sich die »Thüringer Mafia« zusammen, als da sind Armin Müller, Walther Stranka und Harry Thürk, strenge Dogmatiker und ganz gewiß mit der Parteileitung des Unternehmens im Bruderbunde. Auf der anderen Seite gesellen sich zu Loest und mir Horst Bienek sowie Heiner Müller. Wir sind von Anfang an in der Defensive, weil die Thüringer durch ihre politische Präsenz das Fußvolk dirigieren können.

Wir vier hocken häufig zusammen. Übereinstimmung prägt die Gespräche, Manöverkritik am Lehrbetrieb.

Als Spätaufsteher gelange ich morgens in einem Zustand halber Betäubung in den Speisesaal und anschließend in den Vortragsraum, wo wir hauptsächlich mit ideologischen Referaten traktiert werden. Ein eigentümliches Phänomen stellt sich ein. Während ich den jeweiligen Referenten deutlich erblicke, schwindet seine Stimme mehr und mehr, bis ich mir selber taub vorkomme. Sobald Loest diese tranceartige Abwesenheit auffällt, stößt er mich mit seinem Ellenbogen in das Gerede des Vortragenden zurück.

Zum Abend bin ich hellwach. Seit' an Seit' mit dem stets ausgeschlafenen Loest trampe ich über die von keiner Laterne erhellte Landstraße in den Ort, wo eine gänzlich unsozialistische Errungenschaft unserer harrt. Eine Bar nebst Bardame, vor der wir uns als bedeutende Autoren aufführen. Das schlägt sich wahrscheinlich in den Rechnungen nieder, die Loest bezahlt. Danach im Zickzackkurs ins Dichterheim. Dabei erfreue ich meinen Zimmer- und Parteigenossen mit den besten Stücken aus meinem Operettenrepertoire. Und Loest vermittelt mir als Äquivalent die Volkspoesie: eine Unzahl von Wirtinnen-Versen, unvergeßlicher als sämtliche Referate. Zwar versuchen wir, selber kreativ zu sein, gelangen jedoch über die ersten beiden Zeilen »Frau Wirtin hat auch einen Müller / der ist fürwahr ein toller Knüller …« nicht hinaus. Immerhin lerne ich auf diese etwas dubiose Weise das simpelste Reimschema kennen.

Heiner Müller läßt sich zu Ausflügen nicht verführen. Betritt man das Zimmer, das er mit Martin Pohl teilt, stutzt man. Der Autor ruht, wie aufgebahrt, in Rückenlage auf seinem Bett, die Hände über der Brust gefaltet, bereit für den Katafalk – sein rothaariges Küchenmädchen hat erst abends frei.

Die Trivialität immer gleicher Phrasen wird von zwei Ausnahmen unterbrochen. Die eine ist der Romanist Victor Klemperer, ein jüdischer Überlebender des Dritten Reiches, ein müder, alter Mann in einem für ihn viel zu großen Sessel versunken, aus dem er sich ohne fremde Hilfe nicht würde erheben können. Leise Stimme, die Augen halb geschlossen, blicklos. Was soll er uns auch betrachten, wo er sicherlich nur der Pflicht gefolgt ist, kaum dem eigenen Triebe. Wir interessieren ihn nicht ein bißchen.

Die zweite Ausnahme bildet Professor Böckh, ein Germanist, Überbleibsel einstigen Bildungsbürgertums, ein Mann mit soliden Kenntnissen, der extreme Kontrast zu Klaus Gysi, der das Blaue vom Himmel herunterschwätzt, ohne sich an das vorgegebene Zeitlimit zu halten.

Gegen die verordnete Langeweile kämpfen wir mit infantilem Unfug an. Erich Loest und ich betätigen sich als Unruhestifter vom Dienst. Wir geistern nachts durch die Gänge, leuchten mit einer Taschenlampe aufschreckenden Referenten ins Gesicht und können uns vor Übermut kaum lassen.

Unter den literarisch völlig hoffnungslosen Fällen rangiert ein Mädchen, deren primäres und eindeutig einziges Talent darin besteht, die Mehrheit der männlichen Tagungsteilnehmer in ihr Bett zu locken. Fast keiner entzieht sich dieser fleißigen Potiphar. Auch vor ihrem Zimmer tuscheln und wispern wir gespenstisch um Mitternacht, melden uns als »Fäme«, sächsisch gesagt, und schleichen wieder davon.

Wir treiben es zu arg.

Und die Jungdichterin zeigt uns beide, Erich und mich, bei der Hausverwaltung an. Die Folge: Wir müssen nacheinander vor versammelter Mannschaft Selbstkritik üben, ein Unterwerfungsritual aus dem Standardrepertoire der Partei, die ja hier wie überall organisiert, lenkt und leitet. Die Heimleitung inszeniert den Schauprozeß nach Modell. Die Beschwerdeführerin und Anklägerin, sich als verfolgte Unschuld gebärdend, erscheint würdig gekleidet: im Blauhemd der FDJ, der »Freien Deutschen Jugend«.

Die Versammelten genießen die dramatische Aufführung. Endlich zahlt man es uns sittenlosen Strolchen heim. Erich Loest absolviert die Prozedur routiniert. Offenkundig hat er Training im Selbstbezichtigen und Zerknirschttun. Und weil der Ablauf sich stets nach dem gleichen Muster richtet, schließt sich der Erniedrigung die allgemeine Verzeihung an.

Loest darf nach mehrstimmig beschlossener Absolution vom Pranger steigen und sich unter die Gruppe der für kurze Zeit ihrer Minderwertigkeitsgefühle Entledigten mischen.

Dann stolpere ich aufs Podest, von dem sonst die Weisheiten über den tiefen Humanismus unserer Literatur verkündet werden. Ein Sünder unter lauter Moralaposteln und ihrem FDJ-blauen Engel. Scheinheilige Besorgnis wird mir zuteil. Kübelweise Vorwürfe. Vor allem meine Undankbarkeit gegenüber der Partei, die mir doch diesen Lehrgang ermöglicht habe.

Meine schauspielerischen Fähigkeiten sind herausgefordert. Ich, der Gestrauchelte, zeige überzeugend Reue und Einsicht. Dabei würde ich lieber vor versammelter Mannschaft kotzen. Was seid ihr doch für armselige Figuren!

Nachdem, wie sichtlich abgesprochen, die treuesten Genossen mich streng verwarnt und milde ermahnt haben, steige ich vom Podest.

Das nächste Ärgernis läßt nicht lange auf sich warten.

Gleich nebenan ist ebenfalls eine Ausbildungsstätte, und zwar eine für Verkäuferinnen. Da werden jene Königinnen herangezüchtet, die in den an Waren armen Läden die Kunden als verabscheuungswürdige Bettler demütigen. Uns jedoch, die der Literatur verpflichteten Nachbarn, laden sie, von ihrem Lehrgang wahrscheinlich ebenfalls gelangweilt, zum abendlichen Tanz ein.

Der eben erst zu Moral, Anstand und Sitte aufgerufene junge Autor nähert sich hemmungslos der Heimleiterin. Weil sie Hilde heißt? Weil sie Hilde Nummer eins ähnelt?

Nach dem Tanz läßt sich Hilde zu einem romantischen Gang am See verleiten und, sobald wir außer Sichtweite sind, zu einer Visite des momentan von keinem Loest belegten Zimmers.

Der zu erwartende Skandal zeichnet sich schon ab.

Hilde besucht mich dann und wann im Doppelzimmer, aus dem sich mein Mitbewohner diskret zurückzieht. Der Fall spricht sich rasch herum, und mir wird unter vier Augen geraten, mein Verhältnis zu legalisieren, um ernstere Maßnahmen zu vermeiden. »Es wäre besser, du würdest dich verloben!« Gesagt, getan. Wieder ein Anlaß, mit den künftigen Verkäuferinnen zu tanzen und zu feiern. Ungestraft können wir, Hilde und ich, im Park lustwandeln.

Gesteigert wird die Aversion gegen mich durch einen Besuch Johannes R. Bechers, den Heger und Pfleger im Dichtergarten. Sein Auftritt ist ein byzantinischer Akt. Wie altertümliche Hofschranzen empfängt die Heimleitergarde den Kulturbundpräsidenten. Ihm steht der zentrale Platz zur Verfügung. Man hängt an seinen Lippen, zwischen denen Begütigendes, Zukunftsweisendes, Hoffnungsträchtiges und Ermunterndes hervordringt.

Dann das Malheur.

Er preist den soeben ausgelieferten Gedichtband seines Protegés, nennt meinen Namen und verwickelt mich huldvoll in einen Dialog, von dem die Anwesenden ausgeschlossen sind. Das kann mir selbstverständlich nicht verziehen werden. Eher würde man mir eine zweite Verlobung gönnen, aber diese außerordentliche Bevorzugung durch den hochrangigen Vertreter des Staates, als handele es sich um zwei Gleichberechtigte – das ist zuviel!

Nach Becher gibt sich der Herzbube der Partei, Kurt Barthel, genannt Kuba, um den sich seine Verehrer untertänigst drängen, die Ehre. Weil ständig eine Wandzeitung mit

Pressemeldungen, Vortragszeiten und Nachrichten für die Teilnehmer aushängt, rät mir der Satan, eine Karikatur des Neuankömmlings anzufertigen und der Allgemeinheit darzubieten. Das fällt mir um so leichter, als Kuba nicht bloß auffallend häßlich und darum einfach zu skizzieren ist, sondern mir meine rigorose Mitleidslosigkeit mit dem Mann gar nicht bewußt wird.

Kaum hat sich die Aufregung über mein zeichnerisches Attentat gelegt – ich muß die Karikatur von der Wandzeitung entfernen –, ereignet sich ein »heiterer Abend«, inklusive Kabarett. Die Gelegenheit für uns, die Thüringer aufs Korn zu nehmen. Nach dem Buchtitel eines hingerichteten tschechischen Journalisten entwerfen wir pietätlos ein Programm: »Reportage unter dem Stranka«. Wir schreiben die Texte, Horst Bienek und Martin Pohl sind zu Vortragenden ernannt, alle Teilnehmer sind versammelt, und sogleich kocht die Volksseele über. Heiligste Güter sind angetastet worden, an Tabus gerührt – wir haben den Bogen überspannt.

Armin Müller erhebt sich und erklärt, nein, verlautbart, sich an mich wendend:

»Du gehörst ins Lager!«

Habe ich das richtig gehört? Er wiederholt sein Verdikt, und damit ist für mich der erste »Lehrgang des deutschen Schriftstellerverbandes« noch vor dem offiziellen Abschluß beendet.

Ich habe lauthals protestiert, was den Müller wenig juckt, nun packe ich meine sechseinhalb Sachen zusammen, mit vor Empörung zitternden Händen. Keineswegs allein über Müller rege ich mich auf, vielmehr über das Schweigen der Gesamtheit, das ich nur als Zustimmung werten kann. Daß man Gegensätze und Gegnerschaften mittels simpler Gewalt aus der Welt schafft, haben sie von Hitler gelernt, den Lehrmeister vergessen, doch die Lehre behalten.

Der schockierte Professor Böckh, bis zu diesem Augenblick eher amüsiert, bietet mir sofort an, mich in seinem Wagen nach Berlin mitzunehmen.

Böckh redet mir im Wagen gut zu, ohne daß ich seine beruhigenden Worte aufnehme. Vor dem elterlichen Haus setzt er mich mitten in der Nacht ab, zur Freude meiner Mutter, die unversehens ihr alterndes Wunderkind wiederhat.

Ein Brief von Brecht liegt im Flur unter dem Briefschlitz. Er lädt mich zu einem Besuch nach Weißensee ein. Dort haust er in einer vom Zahn der Zeit angenagten Fabrikantenvilla, über deren Miete, vierhundert Ostmark monatlich, er stets aufs neue räsoniert. Da ich ihn am frühen Morgen aufsuchen soll, kann ich, der Langschläfer, entweder gar nicht zu Bett gehen oder muß mich zu unchristlicher Stunde wecken lassen.

Todmüde, mit verklebten Augenlidern, komme ich in Weißensee an und werde von dem geschäftigen Brecht, der, wie er behauptet, seine Arbeit schon getan hat, mit Unmengen von Kaffee wiederbelebt.

Er will mich ja ausfragen.

»Was redet man im Volk, Kunert?«

»Ja, Herr Brecht ...« Und er unterbricht mich:

»Ich bin kein Herr! Also – worüber reden die Leute? Wie ist die Stimmung? Was schreiben Sie?«

Ich: »Und was lesen Sie?«

Er: »Ich lese nur noch Kriminalromane ...«

Und als von meiner Seite der Name Edgar Wallace fällt, wird er eifrig. Und meint, was ich schwerlich glaube, er habe den »Dreigroschenroman« nach Konstruktionsvorgaben von Wallace geschrieben. Der sei jedenfalls ein bedeutender Autor gewesen. Allein seine teuren Ambitionen hätten ihn literarisch ruiniert. Zum Beispiel der Rennstall, eine kostspielige Leidenschaft! Darum habe er wie eine Maschine ein Buch nach dem anderen produzieren müssen, schade, schade ...

Brecht selber hat, außer den Havanna-Zigarren, sichtlich keine kostspieligen Laster. Ihn kennzeichnet der Geiz des ständig vom Hungertuch umflatterten Emigranten.

Besuche ich ihn am Abend, wird mir ein dünnes Scheibchen Brot mit einem undefinierbaren Aufstrich serviert, dazu ein Fingerhut voll Adlershofer Wodka. Brecht schenkt sich etwas weniger ein und nippt im Laufe von Stunden zweimal daran. Zur Demonstration seiner Sparsamkeit hebt er im Sitzen ein Bein und weist auf seinen Schuh, ein altes, abgetragenes Stück, dessen Qualität er lobt: In der Orchard Street, lower Manhattan, gekauft. Auch diesen vorzüglichen Wintermantel! Alles beim Altkleiderhändler.

Inzwischen bereitet sich etwas gegen den *Ulenspiegel* vor.

Ich, der Uneingeweihte, kann nur Vermutungen anstellen. Mit der von der Partei forcierten Entwicklung zum Sozialismus sowjetischer Prägung wirkt das literarisch-satirische Blatt anachronistisch. Es ist nicht plump und nicht derb genug. Vorbild soll das Moskauer *Krokodil* sein, ein Heft, in dem man keinen Spaß versteht und zeichnerisch und textlich mit dem Knüppel auf den Gegner eindrischt. Der in die Enge getriebene Sandberg versucht, sein Blatt durch einen Coup zu retten.

Da es in der frühen Sowjetunion eine Erfindung des Dichters Wladimir Majakowski mit dem Namen »Rosta-Fenster« gegeben hatte, ist es Sandbergs Absicht, sich hinter Majakowski zu verschanzen. Die besagten »Rosta-Fenster« waren einfache Aushängekästen, in denen Propagandasprüche und Zeichnungen klebten. Sandbergs Plan: Die *Ulenspiegel*-Zeichner entwerfen politische Plakate, welche an allen Ostberliner Litfaßsäulen anzubringen sind. Damit entspricht die Redaktion dem Auftrag der Partei, für den Frieden et cetera mit der Durchschlagskraft des Bildlichen zu kämpfen.

»Kunert, Sie werden dabei unser Mittelsmann sein! Es ist alles bereits geregelt. Sie werden im ›Amt für Information‹ als Redakteur angestellt und sind die Verbindung zwischen dem Amt und der Redaktion, bei Ihnen bündelt sich das ganze Unternehmen, Sie sind verantwortlich!«

Das Amt wird von dem Amerika-Remigranten Gerhart Eisler, dem Bruder des Komponisten, geleitet. Mein direkter

Vorgesetzter, ebenfalls aus New York heimgekehrt, heißt Georg F. Alexan und ist ein solches Unikum, das zu übertreffen selbst mir schwergefallen wäre.

Mein »Büro« im ehemaligen Reichsluftfahrtministerium erweist sich als kahler Raum, in den sich ein Schreibtisch, ein Stuhl und ein Telefon verirrt haben. Einen Block aus der Produktion meines Vaters und Bleistifte bringe ich mit ein.

Zu tun habe ich absolut nichts. Vor lauter Nichtstun, den Blick auf den grauen Innenhof des Gebäudekomplexes gerichtet, beschäftige ich mich mit dem Anspitzen der Bleistifte.

Betäubt von Müdigkeit, wanke ich über einen endlosen gefängnisartigen Flur zu Georg Alexan, der gerade in seiner Tasse einen Brühwürfel mit kochendem Wasser übergießt, eine Zeremonie, die er mehrmals täglich ausführt. Es gäbe nichts Besseres als Maggibrühe, versichert er mir. Ich muß ebenfalls eine Tasse zu mir nehmen und überstehe diese Kostprobe nur dank meines Kindheitstrainings. Alexan schlürft und erzählt von seiner Briefmarkenhandlung in einer New Yorker U-Bahn-Station. Vermutlich ist er aus diesem Grunde als Amerikaspezialist engagiert worden. Den salzigen Geschmack auf der Zunge, retiriere ich in eine unsplendide Isolation, das Telefon klingelt nie, und als am Nachmittag die Parteiversammlung einberufen wird, atme ich erlöst auf.

Das Parteilehrjahr führt Peter Nelken durch, der dicke Sohn einer in Vergessenheit geratenen Autorin, deren Liebesroman in Briefen (»Ich an Dich«) mir als Halbwüchsigem zu Herzen gegangen ist.

In jeder Parteigruppe ereignet sich, falls man überhaupt dieses Verb benutzen darf, das unverwechselbar Gleiche. Die Sprache ist normiert, der dreifache Genitiv gang und gäbe, die Phrasen aus der Presse bezogen. Besonders unerbaulich die »Geschichte der KPdSU (in Klammern B)«. Das Beh steht für Bolschewiki und muß mit ausgesprochen werden. Die in rotes Kaliko gebundene Schwarte ist das Neue Testament, darin die Trinität von Vater, Sohn und Heiligem Geist abgelöst ist durch die Einzigartigkeit des Generalissimus J. W. Stalin.

Mich befällt dasselbe Empfinden wie einst beim Schriftstellerlehrgang. Eine schleichende Ohnmacht, die Lider wie Blei, die Stimme des Instrukteurs summt und wird leiser und leiser. Um nicht vom Stuhl zu sacken, zwinkere ich ständig mit den Augen. Und erinnere mich des oft kolportierten Witzes über den eingeschlafenen und über den wach gebliebenen Lehrgangsteilnehmer. Beide werden nämlich mit unterschiedlichen Beschuldigungen verhaftet. Der Eingeschlafene als Saboteur, der anderer als Klassenfeind – denn der Klassenfeind, wir vernehmen es pausenlos, schläft nicht!

Der ideologischen Tortur folgt die huldvolle Entlassung:

»Bis zum nächsten Mal, Genossen! Bereitet euch vor, wir behandeln den Kampf der ›Kadetten‹ gegen die Leninsche Position!« Es dauert lange, bis ich merke, daß die »Kadetten« keine Mariner sind, sondern daß die Bezeichnung nur ein russisches Kürzel für Sozialdemokraten bedeutet. Und es hat so lange gedauert, weil im Lehrgang niemand eine Frage stellt, um die ohnehin endlos erscheinende Stunde nicht bis in alle Ewigkeit auszudehnen.

Alexan trippelt in sein Büro zurück, um sich auf seinem Schreibtisch zur Ruhe zu begeben. Wie er die harte Unterlage die Nacht hindurch erträgt, ist sein Geheimnis. Und ob er damit seine konkurrenzlose Wachsamkeit demonstrieren will, läßt sich ebensowenig erraten.

Nach zwei Wochen kapituliere ich. Und lasse mich telefonisch als erkrankt entschuldigen. Alle Kondensatoren und Hosen haben sich in meinem Unterbewußtsein zur Revolte zusammengefunden. Kurz darauf werde ich ins Amt bestellt, um mein Fehlen zu erklären. Die Kaderleitung, bestehend aus einem Oberlehrerpaar, fixiert den lockeren Vogel, der kein ärztliches Zeugnis vorweisen kann. Dafür kann ich etwas anderes, werte Genossen: Mit glaubhaftem Bedauern und unter scheinbar mühsam unterdrückten Krankheitssymptomen, Husten, Atemnot, Geröchel, bitte ich um meine Entlassung, die mir schleunigst gewährt wird. Ansteckungsgefahr! Auf die literarische Unkenntnis meiner Klassenbrüder kann ich allemal und auch in Zukunft bauen.

Doch die Agonie des *Ulenspiegel* ist unabwendbar. Und Sandberg beschleunigt den Untergang der Zeitschrift noch, weil er sich einen Scherz nicht verkneifen kann. Der Satz »Lieber einen Freund verlieren als einen Witz auslassen« entpuppt sich als äußerst zutreffend. Der Witz ist ein aufsehenerregendes Titelblatt.

Als Vorlage dafür benutzt Sandberg ein Plakat, wie es an allen Litfaßsäulen und in allen öffentlichen Verkehrsmitteln hängt. Weil Geschlechtskrankheiten grassieren, läuft eine Kampagne unter dem Motto »Kennt Ihr Euch überhaupt?«, eine Warnung vor flüchtigen Bekanntschaften. Sandberg zeichnet über die Plakatköpfe eines einander zugewandten Pärchens zwei andere, voneinander abgewandte Gesichter – die von Wilhelm Pieck, Präsident der DDR, und Kurt Schumacher, Chef der SPD. Damit verstößt er respektlos gegen die Linie der Partei, für die Schumacher nichts als ein wilder Antikommunist ist. Beide Politiker auf einer Ebene, dazu die durch den Plakattext vorgegebene indirekte Aufforderung, sich kennenzulernen, das ist das Aus für die Zeitschrift.

Schließlich hat ja auch die Partei ihr eigenes Witzblatt, den *Frischen Wind*. Und da dessen Westberliner Mitarbeiter nach der Währungsreform einer nach dem anderen wegbleiben, zuletzt auch der Chefredakteur, setzt die Partei eine neue Leitung ein. Der Chefredakteur stammt zwar ebenfalls aus dem Westen, ist jedoch in die DDR übergesiedelt, also ein vertrauenswürdiger Erfüllungsgehilfe. Von seinem extremen Ehrgeiz wird er der Partei noch einige erstaunliche Beispiele liefern. Vorerst wirkt er hinter den Kulissen, um sich als Erbe des *Ulenspiegel* zu empfehlen. Aus dem Witzblatt soll eine satirische Zeitschrift werden, in Vierfarbdruck und im *Ulenspiegel*-Format. Aber inhaltlich brav und treu, ideologischen Schwankungen abhold.

Hin und wieder zeichne ich für den *Frischen Wind*, schreibe ab und zu eine Glosse, und weil die Redaktion neben anderen in einem gemeinsamen Verlagshaus amtiert, gewinne ich Kontakt zu anderen Publikationen. Etwa zur *Neuen Berliner Illustrierten*, die manchmal Zeichnungen, manchmal Texte von mir veröffentlicht.

Redakteure reichen freie Mitarbeiter, ihre Anzahl ist gering, an andere Redaktionen weiter. So komme ich mit der Wochenzeitschrift *Sonntag* in Kontakt, eine Honorarquelle mehr, doch meine Einnahmen sind kaum nennenswert und ziemlich sporadisch. Immer noch fehlt mir eine eigene Schreibmaschine, was mich auf die Gnade von Schreibmaschinenbesitzern angewiesen sein läßt. Und ich muß die Manuskripte abtippen, weil meine Handschrift nicht besser geworden ist. Ansonsten würde ich keine Zeile unterbringen. Doch selbst wenn ich genügend Geld zusammenkratzen könnte, auf normalem Wege eine Maschine zu erwerben, ist unmöglich. Man benötigt dafür Bescheinigungen und amtliche Befürwortungen. Also muß ich mich weiterhin mit dem Ausleihen begnügen. Und zum Telefonieren klopfe ich ein Stockwerk über dem unseren an die Tür freundlicher Hausbewohner, die als einzige im Haus einen Apparat haben, ein kostbares Instrument der Kommunikation, das sie mir mit Einschränkung zur Verfügung stellen.

Das sind die Mühen der Ebenen. Weitere stehen mir bevor.

Vorerst jedoch die Jahreswende. 1950 will enden. Seit über einem Jahr leben die Deutschen in zwei Staaten, ein gewöhnungsbedürftiger Zustand, weil seine Auswirkungen sich in Berlin erst nach und nach zeigen.

Prost Neujahr! Wo feiern wir den Datumswechsel? Allein daheim?

Da erreicht uns eine Einladung von Hanni, der Cousine meiner Mutter. Es wird in Heiligensee gefeiert, einem Randbezirk im französischen Sektor. Eine längere und umständliche Fahrt steht uns bevor, quer durch die abendliche Stadt, bis wir durchfroren in dem Einfamilienhaus, mir noch aus meiner Kindheit vertraut, endlich anlangen. An Sonntagen saßen meine Eltern hier am Skattisch mit Hannis Mann Arno und mit dessen Schwager Walter Todten. Die Skatrunden sind vorüber. Weil Arno untergetauchte Juden aufnahm, was durch Telefonüberwachung nur zu bald entdeckt wurde. Hanni und Arno sind festgenommen worden, und während man sie als Jüdin ins Gestapogefängnis Iranische Straße einlieferte, wo sie überlebte, schafften die Schergen ihren Ehemann vorerst nach Sachsenhausen ins KZ. Dann nach Bergen-Belsen. Und dann ins Jenseits. Und Walter Todten starb nach Kriegsende an Kehlkopftuberkulose. Seitdem ist Schluß mit dem Skatspiel.

Aber gefeiert wird trotz allem.

Als wir eintreten, meine Eltern, Hilde Nr. 2 und ich, umfängt uns eine angeheiterte Gesellschaft. Hanni ist beschwipst und sitzt auf dem ungeheizten Ofen und singt »Roter Mohn, warum welkst du denn schon ...?« und hat sich vordem bereits zweimal umgekleidet. Jetzt singt sie »Wie mein Herz sollst du glüh'n und feurig loh'n ...«, und sie hat es sich verdient, singend auf dem Ofen zu sitzen.

Schattenhaft die anderen Gäste, ein Getümmel im Flur, in den mir gut bekannten Zimmern, ein Hin- und Herwogen von älteren angeschickerten Personen.

Rasch im alten Jahr miteinander anstoßen, zusammen tanzen, Papierhütchen auf dem Kopf, Pappnasen im Gesicht, Luftschlangen werfend, die vergangene Zeit vergessen und die künftige verdrängen.

Meine Verlobte stimmt in den Gesang mit ein, ihr Alkoholpegel ist schnell gestiegen, und ihre Beine verweigern sich dem Rhythmus. Umständlich schiebe ich die zunehmend Bewegungsunfähige die Treppe hinauf, wo sie im Gästezimmer aufs Bett plumpst. Beim Hinausgehen schalte ich das Licht aus und hangele mich, auch nicht mehr ganz nüchtern, am Geländer zu den Feiernden hinab. Gerade im richtigen Moment, da die letzten zwölf Glockenschläge aus dem Lautsprecher schallen. Allesamt rufen wir »Prost Neujahr«, die Gläser hebend, und aus einer Ecke echot mein Vater mit einem seiner Standardsprüche: »Scheiß aufs alte Jahr!«

Es klingelt an der Haustür, ein später Gast meldet sich an, Hannis Nichte, die ich, obwohl sie mit ihren Eltern nur wenige Häuser entfernt wohnte, nie vordem getroffen habe. Aber das kann man nachholen. Kaum hat sie ihren Mantel abgelegt, die üppige Blondine, Wasserstoffsuperoxyd, und ihr siegessicheres Dekolleté meinem Blick dargeboten, fordere ich sie schon zum Tanzen auf. Die Stimmung steigt, insbesondere meine.

Hanni, kurzzeitig abwesend, kehrt in veränderter Aufmachung auf den Ofen zurück, und der rote Mohn erklingt kontinuierlich weiter. Beim Tanzen vermerke ich unter dem geblümten, dünnen Kleid meiner Partnerin überall angenehme Rundungen. Geschickt, wie ich irrtümlich vermeine, steure ich bei jeder Drehung und Wendung mit sanftem Nachdruck Hannis Nichte zur unbeleuchteten Veranda. Halbdunkel. Vom Schnee draußen matter Lichtreflex. Die Versuche, der Blondine Küsse zu applizieren, mißlingen. Was ich nicht begreife, da wir doch immerhin verwandt sind. Über ihre Tante und meine Mutter. Da bliebe es doch sowieso in der Familie! Erfolglos verpuffen meine Argumente. Und plötzlich fällt mir ein, daß ich eine Verlobte habe, ein Stockwerk höher untergebracht, die jeden Augenblick auftauchen kann.

Ich schwenke meine entfernte Verwandte aus der Veranda ins allgemeine Getümmel zurück und übergebe sie meinem tanzunkundigen Vater, damit er sie mir ja vor fremdem Zugriff bewahre. Denn ich bin ihr gleich zugeneigt.

Die Treppe hinauf gesprintet, der Schlüssel zum Gästezimmer steckt, ich drehe ihn herum, einmal, zweimal, sicher ist sicher. Die ist besorgt und aufgehoben. Und eile nach unten, weiterzuscherbeln und zu flirten, bis die erste S-Bahn fährt.

Und wo treffen wir uns?

Die Verabredung wenigstens klappt. Und gleich darauf sitzen wir einander gegenüber, »in einer kleinen Konditorei …«, wie ein Uralt-Schlager es evoziert, in der Brunnenstraße, im Bezirk Wedding, Westberlin.

Ihre Arbeitsstelle ist nah, das Krankenhaus, wo Schwester Marianne dicke Frauen umbettet und Nachttöpfe schwenkt. Ich lade sie zu Kaffee und Kuchen ein und pumpe sie um fünf D-Mark an, weil ich kein Westgeld zum Bezahlen habe. Die Rückzahlung verspreche ich demnächst.

Und wo treffen wir uns wieder?

Warum nicht bei meinen Eltern, in der Dimitroffstraße in Ostberlin?

Ostberlin scheint meiner Westberlinerin nicht ganz geheuer. Doch die Neugier obsiegt. Ob letztere mir gilt oder dem von unheimlichen Gerüchten umschwirrten Ostsektor, bleibt nach der Zusage ungewiß.

Nach einer Woche und komplizierten Telefonaten aus dem Wohnzimmer der über uns Hausenden erfolgt Mariannes erster Auftritt. Geschminkt, gepudert, Hütchen mit Schleier, duftend, und wohl etwas unsicher. Dann die Überraschung: »Ihr habt ja einen Weihnachtsbaum!« Und sie hat doch mit einem Verbot christlicher Dekorationsartikel im Osten gerechnet. Doch der eigentliche Schock soll erst noch kommen. Nach meiner Verneinung auf die Frage, ob ich Mitglied der FDJ sei, atmet sie auf, um sofort zu erstarren: »Aber der SED ...« Das soll nicht der letzte Schock gewesen sein, der sich aus unserer Bekanntschaft ergibt. Immerhin erfolgt eine Gegeneinladung nach Heiligensee. Aussteigen am S-Bahnhof Schulzendorf, »letzter Bahnhof im französischen Sektor«, wie die Lautsprecherstimme warnt.

Wenige Leute steigen aus. Eine Endstation durch die Randlage. Auf einem Trampelpfad überquere ich einen winterlich kahlen Acker und biege in die Straße An der Schneise ein. Und bin nach zweihundert Metern an der richtigen Adresse, an dem Haus, das ihre Eltern hinterlassen haben. An der Gartenpforte auf die Klingel gedrückt. Marianne kommt aus dem Haus, öffnet das angerostete Gitter, und ich betrete ahnungslos meine Zukunft.

Der Garten, ein langgestrecktes Rechteck, hügelt sich an seiner anderen Schmalseite zu einem Wäldchen empor, das in den Tegeler Forst übergeht. Nimmt man die Bezeichnung Westberlins als Insel bildlich, so bin ich hier an einer versandeten Bucht gelandet, wo niemals Schiffe anlegen. Einsamkeit. Menschenleere. Kaum ein Auto. Ein winziges Kolonialwarengeschäft, in dem wir demnächst anschreiben lassen müssen, weil Schwester Marianne nur zweihundert D-Mark Salär empfängt. Und mit einem vernaschten jüngeren Bruder geschlagen ist, der, sich selber den Tag hindurch überlassen, auf Kredit Süßigkeiten einkauft. Zwischen ihm und mir bricht sogleich eine Fehde aus. Ihn plagt Eifersucht, mich nervt seine ständige aufmerksame Anwesenheit. Schicke ich ihn nach Zigaretten, muß er draußen den Rekord im Schnelllauf brechen, da er blitzartig wieder zurück ist, sich zu uns setzt, uns beäugt und zu einem anderen Einkaufsgang erneut überredet werden muß.

Sich im Beisein eines Zwölfjährigen intimer miteinander zu befassen, ist unmöglich. Um ihn loszuwerden, müssen wir ihm wieder und wieder Aufträge erteilen, bis der Abend ihn ins Bett zwingt. Und obwohl er den Riegel zum Wohn- und Schlafzimmer seiner großen Schwester aufbricht, kann er nichts verhindern.

Morgens viel zu früh aus den Federn. Ich, der Langschläfer, erlebe eine mir unbekannte Ortschaft. Lange Straßenbahnfahrt bei Dunkelheit Richtung Zentrum. Marianne steigt in der Brunnenstraße aus, das Krankenhaus wartet, und ich fahre schläfrig weiter, bis die Bahn vor dem Ostsektor stoppt. Zu Fuß über die durch viersprachige Schilder markierte Grenze, um in die deutsche demokratische Straßenbahn umzusteigen.

Schon nach vierundzwanzig Stunden stapfe ich wieder über die Heiligenseer Brache, klingele wieder an der Gartenpforte, schicke den Bruder nach Zigaretten, nach Kaffee, nach sonstwas, damit das Tier mit den zwei Rücken sich manifestieren kann.

Und Hilde? Wer ist Hilde? Eine Episode sonderbaren Ursprungs.

Marianne hingegen, um Zeit fürs Miteinander zu gewinnen, meldet sich zum Nachtdienst. Freie Tage sind die Kompensation. Doch der Nachtdienst verlangt einen physischen Preis. Sie ist auf Dauer müde und kriecht früh ins Bett, wenn ich gerade munter werde.

Zu dieser späten Stunde klopft Detlef an die Tür, der ältere, von Kinderlähmung gezeichnete Bruder. Marianne schläft, wir zwei rücken die Sessel an den »Allesfresser«, den Hitze ausstrahlenden Ofen, zünden Zigaretten an und öffnen die Schleusen. Redeflüsse strömen sintflutartig hervor. Zwischen politischem Gezänk berichtet Detlef seine Abenteuer: In jungen Jahren von zu Hause nach dem Kriegsende ausgerissen, getrampt von Holland über Belgien bis in gebirgige Fernen. In den Lackschuhen seines Vaters und in dessen Frackhose aufgestiegen zum Havelakar, im Firnschnee über die Alpen, nach Österreich, ein Stromer, Streuner, Lumpazivagabundus, hinreißend und komisch das Erlebte mitteilend. Gegen zwei Uhr morgens lassen unsere Energien nach. Noch ein heftiger Streit um Josef Schmidt, den jüdischen Tenor (»Ein Lied geht um die Welt ...«), bei dessen Einlieferung ins KZ die SS-Männer geweint haben sollen. Was für ein dummes Märchen! Ach, Detlef, du hättest es besser wissen müssen. Als man euren Vater 1933 als aktiven Sozialdemokraten kurzfristig eingesperrt hat, kamen keiner der mörderischen Kreaturen die Tränen.

Aus unseren Mündern reden die einander feindlichen Systeme, als seien wir von bösen Geistern besessen. Und wie kriegsgewohnt rollen wir die Tabakreste der Kippen zu immer giftigeren Glimmstengeln zusammen, das Zimmer ist voll von blauem Dunst, doch unsere ideologischen Duelle gehen null zu null aus. Marianne seufzt im Tiefschlaf, und wir dämpfen unsere Lautstärke, da wir zu den für junge Männer wesentlichen Themen übergehen.

Detlef gleicht durchaus meinem Vater, denn er hält sich

auch für einen gewieften Unternehmer mit seiner Druckerei in Reinickendorf, ein väterliches Erbe, dem nichts Gutes bevorsteht.

Dann erfahre ich, es werde, im kleinkarierten Umkreis, über uns, Marianne und mich, getuschelt, und so schlägt sie mir vor, um dem Gerede die Spitze abzubrechen, uns offiziell zu verloben. Einverstanden, das habe ich ja schon ausprobiert: Es tut nicht weh. Und sogar die Briefträgerin gratuliert mir. Und teilt uns mit, bei ihr hätten sich zwei Herren nach dem Verlobten von Fräulein Marianne erkundigt ...

Zwei Herren?

Unschuldslämmer denken sich dabei gar nichts. Sind die beiden Herren Beauftragte eines Umfrageinstituts? Bevölkerungszähler? Zeitschriftenwerber? Da wir von den Herren nichts mehr hören, vergessen wir ihre, bei uns keinen Verdacht erweckende Neugier.

Uns beschäftigt das Vakuum im Portemonnaie. Mariannes Gehalt reicht weder hin noch her. Wir leihen uns von meiner Mutter fünf D-Mark, um sie am nächsten Tag zurückzahlen zu müssen. Wie kommt man zu Geld? Marianne schenkt mir einen Füllfederhalter, wohl im Glauben, daß es beim Schreiben auch auf das dabei verwendete Instrument ankäme. Aus Dankbarkeit fange ich eine Geschichte an, die, ehe sie einen Höhepunkt erreicht, auf dem Papier verendet.

Beim Einkaufen verwandeln wir uns in »Herrn Schimpf und Frau Schande«, Propagandakarikaturen zur Abschreckung der Westberliner, denen der Senat rechtlich nicht verbieten kann, sich in Ostberlin mit Lebensmitteln einzudecken. Beim Wechselkurs von eins zu fünf, eins zu sechs, tauschen wir einiges von Mariannes Gehalt und schleppen unsere prall gefüllten Taschen über die Sektorengrenze. Das sichert unsere Versorgung mit dem Notwendigen. Ebenso fließen meine dürftigen Honorare in den gemeinsamen Kochtopf.

In der Redaktion des *Frischen Wind* spricht sich herum, ich sei fest liiert, mit einer Frau im Westen, und ich werde indiskret befragt, was mich denn zu dieser Frau ziehe. Nun, ich bin weder zu Auskünften über Affektionen noch über anatomische Details bereit, und schon gar nicht über eine der Literatur zu verdankende Seelenverwandtschaft, da wir beide die nahezu gleichen Leseerlebnisse hinter uns haben. Und aus ähnlichen Verhältnissen stammen. Der Parteisekretär würde es »kleinbürgerliche Klassenidentifikation« nennen, falls ich von ihm eine Erklärung meiner Neigung verlangen würde. Diese merkwürdige familiäre Verhäkelung, nicht zuletzt eine gemeinsame Einstellung – alles zueinander drängende Symptome der gleichermaßen Infizierten.

»Sie hat ein tolles Radio …«

»Du willst doch nicht sagen, daß dich ihr Radio angezogen hat?«

»Mit Tasten!«

»Das kannst du mir doch nicht einreden!«

»Und einem magischen Auge …«

»Wessen Auge ist magisch?«

Ja, wenn ich das wüßte. Etwas jedenfalls ist mir zugestoßen, das sich nur durch Magie erklären läßt. Das Gravitationszentrum meines Lebens hat sich nach Heiligensee verlagert. Zwar schweife ich, astronomisch gesagt, wie ein massearmer Komet durch das obskure Berliner Universum, angezogen und abgestoßen, kehre jedoch in immer kürzeren Abständen zum Schwerpunkt zurück. Die Uhren gehen in Heiligensee anders. Die Stunden verlieren ihre Flüchtigkeit, sobald wir, meine Verlobte und ich, sie nahe dem »Allesfresser« verbringen, fern dem üblen Geschehen draußen oder doch nur davon wie von einem undeutlichen Echo erreicht, auf Tastendruck und vom magischen Auge gemustert, sobald wir das Licht löschen. Kurze kurzweilige Nächte.

Aber das Gezappel im Netz der Politik hört nicht auf.

Daß Politik den Charakter verderbe, eine ebenfalls oft wiederholte Ansicht meines Vaters, muß er nun selber erfahren. Holterdiepolter wird er ins Organisationsbüro der »Vereinigung der Opfer des Faschismus« bestellt, und als er das Büro verläßt, ist er kein Opfer mehr. Man hat ihm den

Status aberkannt. Wegen Verweigerung der Teilnahme am Friedenskampf.

Einige beamtete Narren verlangen von ihm, er solle seinen Durchschreibebüchern, Blocks und Zettelkästen Flugblätter gegen den US-Imperialismus, gegen Adenauer und vor allem gegen den »Spaltersenat« beilegen. Man würde ihm gern die Druckschriften kostenlos zur Verfügung stellen.

Mein Vater muß die Opferverwalter für verrückt gehalten haben. Er hat den Strategen die logischen Folgen solcher Aktion klarzumachen versucht. Daß er nämlich sofort seinen Laden schließen könne, da kein Kunde jemals wieder bei ihm Ware ordern würde.

Aufgrund seiner fehlenden Einsicht in die Erfordernisse der global sich verschärfenden Auseinandersetzung zwischen Kriegstreibern und Friedensfreunden muß er seinen OdF-Ausweis abgeben. Bei der nächsten Lebensmittelkartenzuteilung – Opfer bekommen die Schwerarbeiterkarte – ist er schon heruntergestuft auf Karte fünf, auf die Hungerration, der dumme Goi, dem seine Kunden wichtiger sind als der Friedenskampf. Wer es ablehnt, zu den »Siegern der Geschichte« zu gehören, wird unter die Verlierer eingereiht. Und zwar rigoros. Obschon stets bei klammer Kasse, verhilft der Wechselkurs zur Begleichung täglicher Bedürfnisse. Und meine Mutter sucht sich Arbeit und findet eine bei der Müllabfuhr. In der Rechnungsabteilung. Noch poltern die gewaltigen Eisenwagen, von kräftigen Kaltblütern gezogen, durch Ostberlin, heben ebenso kräftige Berserker lauthals die eckigen Eisenkästen auf die Klappe, um den Abfall auszuleeren. Und die Müllabfuhr verwaltet ein eigenes Erholungsheim, in das meine Mutter meinen Vater mitnehmen darf. Es war eben doch nicht alles schlecht in der DDR. Es konnte einem nur schlecht werden.

Noch steige ich im Bahnhof Schulzendorf aus, kaufe mir in der Bahnhofskneipe eine Schachtel Golddollar ohne Mundstücke und marschiere über den Acker, obgleich an beiden Enden oder Anfängen des Pfades Stacheldraht die

Passage verhindern soll. Gleich bin ich bei Marianne, der Frühling ist da, ich auch, und ebenso der Sommer mit dem Frühstück auf dem Balkon, mit der freundlich heraufgrüßenden Briefträgerin, mit den Alteingesessenen, deren Neugier für mich erloschen ist, mit Waldspaziergängen, Vorsicht – Spanner, und mit einer neuen Hausgenossin.

Mariannes Stationsarzt entflieht, wie so viele, den immer kälter werdenden deutschen Querelen und wandert nach Amerika aus. Im Krankenhaus verschenkt er seine Haustiere, als da sind: diverse weiße Mäuse, ein Hund, eine Katze. Marianne entscheidet sich für die Katze, benannt nach Madame Chauchat im »Zauberberg«, nun bloß noch Schuscha gerufen.

Sie sitzt in einer Einkaufstasche zwischen uns in der Straßenbahn, mustert interessiert die Passagiere und verhält sich, als sei sie täglich auf diese Weise unterwegs. Es ist die erste Katze, mit der ich es zu tun habe.

In meiner Kindheit hatte ich einige lockere Beziehungen zu zwei weißen Mäusen, zu einigen Guppys in einem Bonbonglas, die bald das Zeitliche segneten, und zu einer Schildkröte, die eines Tages nicht mehr aus ihrem Panzer hervorkam.

Nun also Schuscha, die uns adoptiert und uns erlaubt, mit ihr in dem einen Bett, wo wir Kaffeelöffeln gleich liegen, zu schlafen. Wenn Marianne zur Arbeit fährt und ich gen Ost, begibt sich Madame Schuscha in den kleinen Forst hinterm Garten und besucht Mäuse oder sonstige appetitliche Lebewesen. Doch sobald wir heimkommen – schon bin ich hier so eingebürgert wie die Katze – rennt sie, auf einen ihren Namen modulierenden Pfiff herbei, quarrend und plärrend und maunzend, glücklich, daß wir wieder da sind. Und wir erwidern ihre Zuneigung.

3

April, April – wir heiraten!

Marianne hat den Tag, den 1.4.1952, bestimmt, damit wir uns im Notfall auf einen schlechten Scherz berufen können. Ölsardinenartig beieinander verbringen wir die Nacht in meinem Ostberliner Zimmer auf einer Couch, aus deren zentralem Tal wir uns morgens emporwuchten. Draußen schneit es, als stehe Weihnachten vor der Tür. Die Trauzeugen, mein Vater und Mariannes Bruder, stehen bereit für die nüchtern ablaufende Zeremonie. Die Kragen beim Warten auf die Straßenbahn hochschlagen: Es stürmt und bläst und windet. Die Bahn rollt heran und bringt uns nach drei Haltestellen zum Standesamt. Ein rotbrauner wilhelminischer Klotz mit vielen Treppen und bedrohlich gefängnisgleichen Gängen. Fröstelnd und von Nässe durchweicht, dem Aussehen nach wie Statisten aus Victor Hugos »Die Elenden«, treten wir vor den Standesbeamten hin. Marianne und ich dürfen uns setzen, die Trauzeugen werden hinter unseren Rücken plaziert, und statt Glenn Millers »Moonlight Serenade« dröhnt mir der »Hochzeitsmarsch« ins Ohr. Die Namen und Personendaten werden verlesen, die entscheidende Frage rückt näher und näher, und die Dame meines Herzens wird unruhig. Sie bestreitet hinterher, anstelle meiner Zustimmung ein lautes »April, April!« erwartet zu haben.

Der Beamte gratuliert uns und hält noch eine politische Rede über die Pflichten, die einem die Gesellschaft auferlege, über den Weltfrieden und dergleichen, und wir steigen die Freitreppe hinab. Der obligatorische Fotograf wird verscheucht. Solch Foto wäre nun doch zu spießig!

Meine Mutter hat inzwischen das Hochzeitsfrühstück vorbereitet, und mit dem Frühstück eine unauslöschliche Erinnerung. Es besteht aus Wein, Marke »Kellergeister«, pitschnassem Kartoffelsalat und aus eisigen Leichenfingern, als Würstchen getarnt.

Wieder hinaus ins Schneetreiben. Unsere Hochzeitskutsche ist die Straßenbahn Linie 74. Als erster steigt mein Schwager Detlef ein, die mächtige, wohlverpackte Buttercremetorte vor sich hertragend, und fällt, wie nicht anders zu erwarten, vor lauter Achtsamkeit und Vorsicht mit dem Oberkörper auf das exquisite Stück. Allgemeine Heiterkeit. Nur meine Mutter ist gekränkt, da sie zahllose Lebensmittelmarken für des Konditors Meisterwerk geopfert hat.

Wieder die Prozeduren zwischen Ostberlin und Westberlin. Aussteigen, Umsteigen, Einsteigen. Denn die Feier soll in Heiligensee stattfinden. Mit Getränken haben wir uns bereits vorher eingedeckt: zum Wechselkurs von eins zu sechs in Henningsdorf hinterm Schlagbaum.

Alte Gewohnheiten stellen sich ein. Statt durch Großstadtstraßen und Alleen wandele ich mit einem Freund durch den vor sich hin dämmernden Vorort.

Heimliche Zuhörer würden sich über unsere Unterhaltung wundern, da wir über einen hierorts unbekannten Georg Lukács streiten und über einen ebenso nichtssagenden Ernst Bloch und, als wären wir Parapsychologen, über einen »Geist der Utopie«.

Einmal muß unsere allzu lebhafte Debatte gehört worden sein.

Hinter uns macht sich ein seltsames Geräusch bemerkbar.

Neben uns und uns überholend zeigt sich ein alter, fetter Dachs.

In der Stille hört man noch lange das Schleifen und Kratzen der Krallen auf dem Asphalt. Geruhsam wackelt er bis zur nächsten Ecke, wo wahr und wahrhaftig eine Straße namens Am Dachsbau abzweigt. Zu unserem oft erneuten Verwundern verhielt sich das Tier durchaus zivilisationsgerecht, als gehorche es wie wir einer Dressur. Marianne, über unsere Begegnung unterrichtet, bezweifelt diese. Sie glaubt an keinen Dachs. Benno, als Zeuge benannt, wird als parteiisch disqualifiziert. Ich aber weiß es besser. Jederzeit kann ich den Dachs in meinem Gedächtnis seinen Ausflug wiederholen lassen.

Wenn ich bei meinen Eltern in Ostberlin bin, rufe ich von den Obermietern bei Brecht an, um einen Besuch zu vereinbaren. Nach einem unserer Gespräche übergibt er mir einen verschlossenen Briefumschlag, adressiert an den polnischen Regisseur Leon Schiller, zur Zeit im Hotel Newa. Ungesäumt fahre ich zur Friedrichstraße, gehe zum Hotel und ins Hotel. In der Halle hockt in einem abgeschabten Sessel ein winziger, kugelförmiger Mann, dessen Aussehen mich an Victor Klemperer erinnert. Ich überreiche Brechts Botschaft, er liest sie und steckt den Zettel ein. Ob ich des Polnischen mächtig sei? Leider nein. Aha. Es entwickelt sich ein knapper Dialog, Schiller verspricht, sich bei mir zu melden, und ich verlasse das Hotel. Er hat das Versprechen nie gehalten.

Was in dem Brief stand, erfahre ich sehr viel später. In einer in Warschau publizierten Aufsatzsammlung entdecke ich durch Zufall Brechts Nachricht an Schiller in Faksimile: Er empfiehlt Kunert dem Regisseur, mit der Bitte, etwas für ihn zu tun. Die Aufsätze aber stammten von einem Kritiker, den damals niemand und heute jeder kennt: Marcel Reich-Ranicki. So tauche ich in seinem unübersehbaren Werk frühzeitig auf, ohne es gewußt zu haben.

Brechts Charakterisierungen von Personen klingen oftmals entschieden rabiat. Von Parteifunktionären spricht er als von »Verbrechern«. Dabei kräht er vor Vergnügen. Manchmal muß ich mir jeden Widerspruch versagen.

Was hätte ich wohl dem Diktum »Man muß den Deutschen den Sozialismus in den Arsch treten!« entgegenhalten sollen?

»Wollen Sie mitkommen in die Stadt?« lautet die Aufforderung nach einem morgendlichen Gespräch. Ich klemme mich auf den Beifahrersitz des offenen Steyr-Coupés, Brecht gibt Gas, und wir sausen, jedenfalls meinem fußgängerischen Empfinden nach, die Clement-Gottwald-Allee hinunter in die Innenstadt. Brecht löst die Hände vom Lenkrad und knotet sich den Schal fester um den Hals, mich aus den Augenwinkeln aufmerksam musternd. Der Wagen läuft ungelenkt schnurgeradeaus. Ich muß wohl die erwartete Miene machen, denn ich höre die von Stolz getragene Äußerung: »Ja, Autofahren ist das einzige, was ich wirklich kann!«

Freilich bekommt er die Anzeige von der Volkspolizei nicht seiner Fahrkünste wegen. Man stoppt ihn, weil sein verdreckter Wagen Anstoß erregt. In einem sauberen, moralisch einwandfreien Staat müssen auch die Fahrzeuge dem Rechnung tragen. Dem Dichter wird auf dem Alexanderplatz eine pädagogische Lektion erteilt, die er vermutlich mit heimlichem Vergnügen über sich ergehen läßt. Doch der Wagen bleibt in dem von Brecht bevorzugten Zustand des »Gebrauchtseins« und sieht auch fernerhin aus wie in der Orchard Street erworben.

Vor der Probenbühne in der Reinhardtstraße ist Endstation. Brecht, in der Haltung eines Platzanweisers, leitet mich durchs Dunkel des Probenraumes zu einem Sitz, von wo aus ich die Arbeit des Dompteurs mit den, zum Teil unwilligen, ihm Ausgelieferten beobachten kann. Ständig Krach und Streit zwischen ihm und Erwin Geschonneck, welcher in der Kantine den Autor-Regisseur verächtlich als »das Genie« zu titulieren pflegt.

»Heute weiß das Genie mal wieder nicht, was es will …« Mir sind die Hintergründe, das Spannungsfeld, fremd und verschlossen. Nach einer Weile und angeödet von den unverständlichen Auseinandersetzungen schleiche ich mich hinaus ins Tageslicht – aufatmend, wie ich gestehe.

Wenn man den Deutschen den Sozialismus in den Arsch treten muß, soll man denn da nicht auch den einflußreichen Dichter mit dringlichen Erfordernissen behelligen?

Ich brauche eine Schreibmaschine!

Ein solches »Vervielfältigungsgerät« ist im Arbeiter- und Bauernstaat keineswegs umstandslos erwerbbar. Man benötigt eine Genehmigung, um zu den Zuteilungsberechtigten gezählt zu werden. Brecht verfaßt einen Wisch des Inhalts, daß ein außerordentliches dichterisches Talent, um dieses Talent auch auszudrücken, eine Schreibmaschine brauche. Mit diesem Zettel marschiere ich zum Büro des »Kulturfonds«, der, über den Wolken residierend, Kostbarkeiten wie Papier, Farbbänder, Kohlepapier, Schreibutensilien verschiedenster Art an Berechtigte vermittelt. Nun bin sogar ich berechtigt. Aber bezahlen muß man trotzdem: vierhundertfünfzig Ostmark, eine Unsumme.

Mit zwei wertvollen Objekten, mit der Maschine und meiner Frau, hinaus nach Heiligensee, diesmal mit der U-Bahn bis zum Bahnhof Seestraße. Doch kaum sind wir dem U-Bahn-Wagen entstiegen, hält uns ein Westzöllner fest, nicht etwa um mir das Buch »Taoteking« abzuverlangen, sondern um die Schreibmaschine als Schmuggelgut zu beschlagnahmen. Wie die Ostzöllner an den Sektorengrenzen den Leuten die teuer erstandenen, von der DDR nicht hergestellten Konsumgüter aus den Taschen zerren, so macht nun auch der Senat Jagd auf die Kunden Ostberlins. Meine Frau bricht, was ihr ohnehin leichtfällt, sofort in Tränen aus. Ich gebe mich als Ostberliner zu erkennen und, taktisch berechnend, als Dichter. Dem Zöllner ist ein solches Pärchen bisher nicht untergekommen. Man merkt ihm an, daß es in ihm denkt. Das Schluchzen meiner Frau nimmt an Lautstärke zu. Die Öffentlichkeit wird aufmerksam. Den Zöllner ergreift Unbehagen. Um diese Reaktion auszunutzen, male ich ihm meine schriftstellerische Zukunft ohne Schreibmaschine aus, und er winkt uns mürrisch weg. Gerettet – das notwendige Instrument, mit dem man sich Unsterblichkeit verschafft, die zu erleben – laut Stanisław Jerzy Lec – man immerhin erst einmal tot sein muß.

Auf der nagelneuen Maschine Gedichte getippt.

Der typographische Eindruck verklärt jede Zeile.

Brecht liest sie aufmerksam durch. Aus der oberen Brusttasche seiner grauen Litewka angelt er einen Kugelschreiber, streicht, kritzelt kaum Leserliches an den Rand. »Hier – das ist zu lang. Kürzer, kürzer, alles Überflüssige muß weg!«

Mir fällt dabei seine Keuner-Geschichte vom Gärtner mit dem Lorbeer ein. Der Gärtner ist gehalten, den Lorbeerbaum zu einer Kugel zurechtzustutzen. Er schneidet und schnippelt. Bis unter den »einschneidenden Maßnahmen« eine winzige Kugel zustande kommt, woraufhin Herr Keuner feststellt: »Gut – das ist die Kugel. Aber wo ist der Lorbeer?«

Eine andere Forderung Brechts, eine ziemlich dubiose, verlangt, man müsse so schreiben, daß es dem Klassenfeind unmöglich gemacht werde, auch nur eine einzige Zeile zu extrahieren und in seinem Sinne zu mißbrauchen. Eine eigentümliche Sorge, die ich nicht zu teilen vermag. Und er liebt Zitierfähiges, Prägnantes, Spruchartiges, manchmal die Pointe, sehr wahrscheinlich Folge seines politischen, falls nicht gar agitatorischen Denkens. Seinem Gebot »Besser als Gerührtsein ist sich rühren« unterwirft er sich selbst bis zum Ende.

Er stürzt sich in Aktivitäten, deren Scheitern vorauszusehen gewesen wäre.

Zum Beispiel – und hier läßt sich erneut ein Vorgriff nicht vermeiden – ruft er eine obskure Konferenz ein, um die Frage nach möglicher Wiederbelebung von Agitprop zu stellen. Wie aus der Versenkung schwärmen die Veteranen von Propagandasongs aus den Weimarer Zeiten ans Tageslicht, die »Roten Trommler«, von denen diverse zwischendurch etwas braun gewesen oder als Emigranten in Moskau geistig abgetötet worden sind. Brechts Ballade nach Shelley vom »Anachronistischen Zug« hätte angesichts der Versammlung im Deutschen Theater einen Satiriker zu einer Variante verlocken können. Greise wanken aus dem Parkett auf die Bühne, um von ihren glanzvollen Taten und Triumphen zu berichten, von ihren Kämpfen, ohne die Niederlagen zu erwähnen. Und selbstverständlich stimmen alle dafür, daß man unbedingt die Agitpropkunst reanimieren müsse. Brechts Gesicht spricht Bände. Es muß ihm entgangen sein, daß selbst er die Auferstehung von Toten durch keine noch so ermunternde Ansprache zu bewirken imstande ist. Zwei Stunden später zerstreut sich der Gespensterreigen, und die alten Barden kehren an den Rand ihres Grabes zurück.

»Hier, Kunert, sehen Sie sich das mal an, ob man das veröffentlichen kann ...«

Er legt schwarze Kartonblätter im DIN-A3-Format auf den Tisch des Hauses in der Chausseestraße, wohin er, um seinem Theater näher zu sein, umgezogen ist. Die Kartons sind mit Zeitungsfotos beklebt und jeweils mit einem Vierzeiler versehen. Es handelt sich um das Original der »Kriegsfibel«, und ich bin äußerst angetan von der Bild-Text-Kombination. Das muß sofort als Bildband erscheinen! Und ich biete mich als Mittler an, und er, der schlaue Menschenfänger, hat mich schließlich doch noch erwischt und mich für seine Absichten eingespannt – dazu kostenlos!

Ich schleppe die umfangreiche Mappe zum Eulenspiegel-Verlag und führe die Bilder vor. Das muß in die Welt hinaus! Noch dazu in diesem brenzligen Augenblick globaler Konfrontation der Weltmächte. Nach einigem Zögern stimmt man der Herausgabe zu. Ein Buch von Brecht – das hebt das Verlagsprestige.

Kurz darauf fängt der Ärger an.

Dem »Amt für Literatur«, Vorläufer des Kulturministeriums und oberste Zensurbehörde, paßt die ganze Richtung nicht. Der eigentliche Einwand, die Bildfolge sei zu pazifistisch, wird verschwiegen und statt dessen ein schwachsinniges Argument ins Feld geführt. Unverbesserliche Nazis könnten möglicherweise die Fotos von Hitler, Göring und Goebbels ausschneiden und sie an die Wand heften. Über die Gesichter der Besagten müßten schwarze Hakenkreuze gedruckt werden. Brecht weigert sich mit Recht. Die Zensoren spielen auf Zeit. Die Druckbewilligung verzögert sich, wäh-

rend ich schon die englischen Zeitungsfotolegenden über-
setze und so etwas wie Fußnoten zur Historie verfasse.

Neue amtliche Komplikationen. Die Eliminierung einiger
Fotos wird verlangt, vor allem jenes, auf dem Hollywoodstar
Jane Wyman mit einer Ordenssammlung über dem Scham-
bein posiert. Brecht hatte ihre Vagina zu einem volkstümlichen Endreim benutzt. Eine Bezeichnung, die Panik unter
den Vorzensoren und Nachzensoren auslöst. Sie sehen sich
schon aus der Partei ausgestoßen, falls sie dieses böse Wort
durchgehen ließen. Erst 1955 wird der Band gedruckt, freilich
unter Verzicht auf Jane Wyman.

Brecht, Kraftausdrücke schätzend, kramt aus einem seiner
Kästen eine Handvoll Sonette hervor, deren Inhalt mit Josephine Mutzenbachers Memoiren konkurrieren konnte. Jedes
der Sonette trägt die Unterschrift »Thomas Mann«.

Der »Zauberer« habe Brechts Einreise in die USA verhindern wollen, indem er eine Warnung ans State Department
sandte: Den Kommunisten Brecht nicht einreisen lassen! Die
Sonette sind des Dichters Rache an dem Romancier, der doch
die Angst vor dem Kommunismus als Grundtorheit der Epoche bezeichnet hatte. Betrüblich, daß diese zotigen Vergnüg-
lichkeiten unter Verschluß bleiben. Abgesehen davon, daß
kein DDR-Verleger gewagt hätte, sie dem Zensor, bei Strafe
sofortiger Amtsenthebung, vorzulegen.

Auf die Diskrepanz zwischen Moskauer Armut und der
von ihm gefeierten Moskauer Metro angesprochen, wehrt
sich Brecht mit den für einen Linksintellektuellen typischen
Argumenten. Die U-Bahn sei eben kollektiver Luxus, Luxus
für jedermann. Zukünftig werde es ohnehin nur noch kollektiven Luxus geben. Sprach's und zündete sich eine aus Westberlin herbeigeschaffte Havanna an.

Bei Brecht geht es nüchtern zu. Getrunken wird bei Ruth
Berlau, Ex-Geliebte, Mitarbeiterin, Fotografin und Archiva-
rin. Weil Trinker ungern allein ihrem zweifelhaften Vergnügen frönen, lädt sie meine Freunde Benno und Lothar und
mich, obgleich sie uns eben erst bei Brecht kennengelernt hat,

zu sich ein, zu einem zweiten Abendbrot. Wir drei folgen ihr willig und neugierig. Das Abendbrot, weil von bereits Ange-heiterten zubereitet, besteht aus einem Riesenrührei, dazu wenig Brot und viel Wodka. Bei Me-Ti scheint der Schnaps aus einer verborgenen Leitung zu fließen. Wir essen und trin-ken, und die Gastgeberin kommt auf die Idee, uns etwas Außerordentliches aus ihrem Brecht-Archiv zu zeigen. Sie er-hebt sich unsicher und verschwindet. Wir essen, trinken und warten. Ob sie irgendwo umgesunken ist, ins Bett gegangen oder an die frische Luft? Ich mache mich auf die Suche. Die Altberliner Wohnung ist unübersichtlich, labyrinthisch. Diese Anzahl von Türen habe ich nirgendwo sonst gesehen. Ich öffne eine nach der anderen, um hinter der letzten eine gebückte Frau auszumachen, die bis zu den Knien in einer Sintflut von Fotos, Briefen, Büchern, Schallplatten, Manu-skripten und Schriften steht. Sie wühlt in der Masse ihrer Schätze, bemerkt mich auf Anruf und verspricht, sogleich zu uns zurückzukehren.

Wir verschlingen das restliche Rührei, trinken den Wodka aus, und Brecht ruft an, weil meine Frau sich bei ihm erkun-digt hat, wann denn mit meiner Heimkunft zu rechnen sei. So wanke ich gegen Mitternacht nach Hause, ohne jene außeror-dentliche Brecht-Devotionalie begutachtet zu haben.

Dann erkrankt der ruhmreiche Dichter.

Ich besuche ihn im Sankt-Hedwigs-Krankenhaus, wo er unter einem abscheulichen Kunstdruck »Christus mit seinen Jüngern« im Bett liegt, freilich ohne Zigarre. Warum ein kon-fessionelles Krankenhaus? Er murmelt etwas augsburgisch Verklausuliertes, Ironisches, als handele es sich nicht um eine bitterernste Entscheidung. Ist ihm Maxim Gorkis Ende ein-gefallen? Staatskrankenhäuser bergen unberechenbare Ge-fahren für ungeliebte Prominente. Wirken die ihn fürsorglich pflegenden Nonnen auf ihn anheimelnd, an die Jugendzeit er-innernd, an seine Sturm-und-Drang-Jahre? Fühlt er sich un-ter »Christus mit seinen Jüngern« weniger den herrschenden Göttern ausgeliefert? Keine Antwort.

Zum letzten Mal vor seinem Tode besuche ich ihn in Buckow bei Berlin. Er zeigt ein verändertes, fremdes Gesicht, leicht gedunsen von den verordneten Medikamenten. Da sitzt er an einem Gartentisch, ein Kind auf dem Schoß, ein kleines Mädchen, und neben sich die ausnehmend hübsche Kindsmutter Isott Kilian, Mitglied des Berliner Ensembles. Hohe Bäume ringsum, leichter Wind, Rascheln und Rauschen in den Zweigen, eine Idylle zum Schluß, ein Genrebildchen aus dem 19. Jahrhundert und für Brecht völlig unpassend. Er beugt sich zu dem Kind und weist mit ausgestrecktem Finger hinaus in die Wipfel:

»Siehst du, wie der Wind mit den Bäumen arbeitet?«

Das ist, jedenfalls für mich, sein letztes Wort, sein Abschiedssatz.

An unsere lockere Bekanntschaft erinnert, wenn auch nur für Eingeweihte, in seiner Wohnung in der Chausseestraße, der Straße meiner Geburt, eine handgroße Bronzeskulptur, ein Reiter mit Lanze auf einem dreibeinigen Pferd. Das vierte fehlte schon, als ich diese Plastik, in Benin (Zentralafrika) gegossen, bekommen habe. Ich schenkte sie ihm eines Tages aus Dankbarkeit. Der Dank hält immer noch an, da ich ihm seit Dezennien zu widersprechen vermag.

Noch wohne ich, unangemeldet, bei meiner Frau in Heiligensee.

Unser Dilemma wächst, da Marianne pünktlich nach unserer Hochzeit ihre Stelle gekündigt hat, als besäßen wir einen Dukatenscheißer. Geld macht nicht glücklich. Aber essen und trinken muß man dennoch. Und wir, großzügig, wie es nur frisch verarmte Grafen sein können, empfangen Freunde und Bekannte, kredenzen ihnen »Stierblut«, den billigsten Roten, damit sie anschließend über den Pfad zum S-Bahnhof stolpern. – Es geht fröhlich zu bei uns, die wir sorglos ins Blaue hinein existieren. Die einzige Lösung wäre ein Wohnungstausch. Und der fände zwischen den beiden Teilen Berlins statt. Noch sind Umzüge von Ost nach West und in die entgegengesetzte Richtung möglich. Aber wer will schon nach Ostberlin? Na, wir!

Meine Frau hat eine Wohnung anzubieten und darf eine gleichwertige verlangen. Die Schwierigkeiten macht der Senat. Weil, wer im Osten wohnt und im Westen arbeitet, nur einen geringen Prozentsatz seines Salärs in D-Mark erhält. Wechselt er den Wohnsitz, hat er Anrecht auf hundertprozentige D-Mark-Entlohnung. Das möchte sich der Senat ersparen. Billige Tagelöhner sind ihm lieber.

Also: Wohnungstausch.

Noch lassen wir im Laden anschreiben. Noch tauschen wir Geld um. Noch zahlen wir monatlich Mariannes Hochzeitskleid ab.

Noch schreibe ich Glossen für die *Weltbühne*, für den *Eulenspiegel*, für dies oder jenes Blatt.

Noch streift Schuscha ungehindert durch Wald und Flur und rundet sich merklich. Das kann nicht vom Mäusemahl sein! Die Katze ist trächtig. Der Nachwuchs, obschon wir einen Korb vorbereitet haben, wird in unserem Bett geboren. Eine Reihe blinder, nasser, rattenähnlicher Tiere kriecht ans Licht. Schuscha ist selig. Und wir hocken stundenlang neben der Mutter und ihren Kindern und teilen ihr Glück.

Noch meldet sich kein Umzugswilliger.

Noch steht der erste Ehekrach aus.

Noch stimmen wir, was Literatur betrifft, nahezu überein. Die Bände der Büchergilde Gutenberg sind Mariannes Lektüre gewesen, die Vorliebe für amerikanische Literatur haben wir beide. Und schon zanken wir uns »weltanschaulich«. Redselig versuche ich, meine Frau von den großartigen Leistungen des Biologen Lyssenko zu überzeugen, des Sowjetwissenschaftlers, der eine mich überzeugende Theorie von der Vererbbarkeit erworbener Eigenschaften vertritt. Meine Frau tippt erst an ihre Stirn, dann an meine:

»Alles Quatsch! Das negiert die Mendelschen Gesetze!«

Wer ist Mendel? Ich kenne keinen Mendel und will Mendel, falls er mich und Lyssenko zu widerlegen wagt, auch nicht kennenlernen. Was? Er war Prälat? Ich mißtraue Kirchendienern.

Der nächste Streitpunkt kündigt sich mit einem Artikel über sowjetische »Schweigelager« an. Mir ist völlig klar, daß solche Behauptung nichts als Propagandagetrommel ist. Es kann keine Arbeitslager geben.

Meine Frau will mir klarmachen, wo Rauch wäre, müsse auch Feuer sein. Der Westen könne derlei wohl kaum frei erfinden.

Noch weiß sie nicht, daß mein Starrsinn väterliches Gengut ist:

»Alles Verleumdung! Alles Lügen! Basta!«

Dann melden sich zwei Tauschwillige aus Berlin-Treptow.

Wir beaugenscheinigen die Wohnung in einem älteren Neubau, verabreden den Tausch und trennen uns zufrieden. Gleich müssen wir uns um eine östliche Umzugsfirma kümmern, weil keine westliche Firma Umzugsgut nach Ostberlin verbringen darf. Und entdecken eines der letzten privaten Transportunternehmen in der Prenzlauer Allee, legen Tag und Stunde fest und fahren erschöpft nach Heiligensee zurück. Die Weichen sind gestellt. Die Entscheidung endgültig. Ein neuer Lebensabschnitt kündigt sich an.

Noch sind die Grenzen offen. Noch ist der Auslauf gewährleistet. Noch denkt Walter Ulbricht nicht daran, eine Mauer zu bauen. Noch sind wir optimistisch und zerlegen die Möbel meiner verstorbenen Schwiegereltern in ihre Einzelteile und schleppen sie in den Vorgarten. Die Katze liegt im Korb bei ihren inzwischen ziemlich vitalen und verspielten Kindern.

Wir hingegen stehen auf der Straße am Zaun und halten ungeduldig Ausschau. Nichts in Sicht. Die Nervosität steigt, bis endlich hinter einer Ecke unser Transporteur auftaucht. Mit ohrenbetäubendem Geknatter rollen zwei Tempo-Dreiradkarren heran, entliehen von einem Autofriedhof, wie es scheint. Wir atmen auf, nun kann es losgehen, schnell das Mobiliar aufgeladen, die Katzen dazu, und ab in die Zukunft. Da fordert der Fahrer von uns die Einfuhrerlaubnis, die Zollgenehmigung.

Was denn? Wieso denn? Hier ist unsere Wohnungseinweisung: Berlin-Treptow, Herkomerstraße Nummer acht! Zweiter Stock! Steht doch deutlich auf dem Papier ...

Der Fahrer schüttelt mitleidig den Kopf. Es wird nichts aufgeladen. Die Katzen haben sich währenddessen selbständig gemacht und wieseln um unsere Beine, jagen einander und kümmern sich nicht im mindesten um ihre menschlichen Familienmitglieder. Erst wenn man einen psychischen Zustand direkt durchmacht, ist man imstande, seine metaphorische Umschreibung als unleugbar treffend zu würdigen. Jetzt wissen wir, was »Wie vom Donner gerührt sein« heißt. Wir müssen die Katzen einfangen, die die Gegend zu erkunden beginnen. Selbstverständlich fallen auch die ersten Regentropfen.

Wieso tut sich die Erde nicht auf und verschlingt mich?

»Wir fahren Sie nach Ostberlin zur zuständigen Magistratsstelle, da schildern Sie Ihren Fall und hoffen auf das Beste ...«

Während Mariannes Brüder sich um die Katzen kümmern, jagen wir mit Höchstgeschwindigkeit von circa dreißig Stundenkilometern gen Ostberlin. Mir kommt die Strecke endlos vor, und ich zweifle, ob wir überhaupt jemals ankommen werden.

Bei der Magistratsstelle muß der liebe Gott die Beamten auf die Ankunft zweier gänzlich aufgelöster, dem Zusammenbruch naher Bittsteller vorbereitet haben. Seine Allmacht veranlaßt ein der Bürokratie fremdes Phänomen. Wir werden mit Windeseile abgefertigt. Da die Genehmigung, hier die Stempel, dort die Unterschrift, ahnungslose Gesellen, die nicht wissen, wen sie sich an den Hals holen.

Zurück und die beiden Tempo beladen.

Kaum sind die Katzen auf der Ladefläche, springen einige wieder aufs Pflaster. Als hätte sich ihre Anzahl unbemerkt vermehrt, so kommt es einem vor, da sie, eben untergebracht, einem erneut um die Füße schnurren. Sie amüsieren sich großartig bei dem Spiel. Schließlich sind sie allesamt eingefangen, die Fuhre geht ab, um an der Sektorengrenze genau überprüft zu werden. Die Katzen bleiben, da als wertlos eingeschätzt, unbeachtet.

Es dämmert bereits, als wir Treptow erreichen.

Während die Transporteure mit Sack und Pack die Treppen aufwärts stapfen, will ich das Licht in der Wohnung anknipsen – erfolglos. Der weggetauschte Vormieter hat nicht nur sämtliche Birnen aus den von der Decke baumelnden Fassungen geschraubt, sondern auch die Sicherungen aus dem Zählerkasten mitgenommen.

Ein Heiligenseer Helfer beschafft Glühbirnen und Sicherungen, es ward Licht, wir können die Katzen zählen, und siehe: Es fehlt kein einziges geliebtes Haupt. Langsam klingt die Hysterie ab.

»Ankunft im Alltag« – ein programmatischer Buchtitel der DDR-Literatur, der auf unsere Ankunft in Ostberlin zutrifft. Ein Alltag, an den man sich zu gewöhnen hat. Ich werde zum Haushaltungsvorstand ernannt, meine Frau zur DDR-Bürgerin. Und plötzlich sind wir Nachbarn ausgesetzt, und zwar solchen von der geduckten Sorte, die uns vermutlich für Exoten halten oder für Geisteskranke, denn wer wechselt schon von West nach Ost, wo doch in umgekehrter Richtung der Abmarsch zunimmt?

Alltag, der darin besteht, daß die Bezüge von Betten und Kissen einem monströsen Zinktopf anvertraut und auf dem Herd gekocht werden. Nebeneinander über die Badewanne gebeugt, wringen wir unser kostbares Linnen aus, um es anschließend am Ofen zu trocknen. Dann wird es gebügelt und wieder aufgezogen. Wir haben nur einmal zu beziehen.

Um dem Alltag und dem tristen Badezimmer nebst Kohlenofen etwas Farbe zu verleihen, streicht Marianne die vielen sich kreuzenden Rohre und Röhren mit roter Farbe. Und erläutert unseren Gästen mit gleichbleibender Heiterkeit, das sei unser GPU-Keller. Jeder versteht sofort, was gemeint ist, auch wenn die GPU jetzt NKWD heißt und demnächst KGB. Ich stehe einsilbig daneben und lese in den Mienen parteitreuer Redakteure, mit denen ich zu tun habe, was sie denken. Meine Frau ist von diesem »Scherz« nicht abzubringen, und ich gebe mir den Anschein, als verstünde ich nicht, worauf sie hinauswill. In ihrer Heiligenseer Unschuld ist meiner Frau die Schule der Doppelzüngigkeit erspart worden. Meist sagt sie, was sie denkt, und zwar ohne Umschweife.

Der *Ulenspiegel* hat sein Erscheinen einstellen müssen, der neue Chefredakteur des *Frischen Wind* hat hinter den Kulissen beim Exitus der Zeitschrift mitgewirkt, um seinen Plan zu realisieren: den *Frischen Wind* in ein gehobeneres Satireblatt umzumodeln. In Vierfarbdruck. Mit einem neuen Titel, und just der enthüllt die intrigante Absicht. Der renovierte *Frische Wind* soll und wird künftig *Eulenspiegel* heißen.

Die Redaktion lädt die freien Mitarbeiter zu ihren Redaktionssitzungen ein, ich treffe alte Bekannte wieder, denen, wie mir, die publizistische Ausweichmöglichkeit fehlt. Die Sitzungen sind weniger amüsant als die unter der Ägide Sandberg. Die allgemeine politische Atmosphäre hat sich verschlechtert. Und wie im Ostberliner Pressewesen allgemein üblich, bilden die Redaktionssitzungen nur den Auftakt für die eigentlichen Zusammenkünfte in den umliegenden Kneipen. Lieblingstreff der »Eulenspiegler« ist das Café Mauerstraße. Im ersten Stock lauert der Kellner jeden Montag auf unser Kommen, um sogleich randvolle Bierhumpen und Schnaps zu servieren. Nach den ersten Gläsern entspannt man sich, die Sitzung ist vergessen, der heitere Teil des Tages wird hastig eingeläutet.

Meine Alkoholverträglichkeit ist minimal, und darum bin

ich stets der erste, dessen Zunge sich der Artikulation verweigert. Weil niemand die Stunden zählt, mahnt mich die Uhr, Marianne von meiner späten Heimkunft zu unterrichten. Ich stolziere zum Telefon und rufe daheim an. Das Telefon konnte unser Vormieter schlecht mitnehmen. Meine Frau erkennt an meiner Stimm- und Stimmungslage, wie es um mich steht. Und ehe ich es mich versehe, legt sich eine Hand auf meine Schulter. Es ist die Hand meiner Frau. Sie hat die Taxe vor der Tür warten lassen. Gleich werde ich im Bett liegen.

Weil ich der Glossen satt bin und anderes schreiben will, nimmt Marianne an meiner Stelle hinter der Schreibmaschine Platz und fertigt Miszellen, kleine Humoresken und Satiren, ohne daß die Redaktion einen Unterschied bemerkt. Triumphierend gestehe ich einem Redakteur die Mithilfe meiner Frau und muß von Stund an bei Manuskriptablieferung den Eid ablegen, alles stamme aus meiner Feder. Ich wage keinen Meineid. Und muß wieder eigenhändig fronen.

Manchmal schließen sich an die Redaktionssitzungen Versammlungen der Parteigruppe an, in die man mich unsanft hineingezogen hat. Die Genossen freien Mitarbeiter haben Anwesenheitspflicht. Wir sitzen an einer langen Tafel im Speiseraum des Verlags und lassen Ideologisches über uns ergehen.

Wieder dasselbe Ritual wie anderswo. Wieder Aufklärung über die verdammenswerten Methoden des Klassenfeindes.

Jede Nachricht in der Westpresse, erfahre ich, ist politisch instrumentalisiert und bezweckt üble Einflußnahme. Ich lasse mich unvorsichtig zu einem Einwand hinreißen:

»Und was ist mit dem Wetterbericht?« Der Parteisekretär, ein Zeichner, mustert mich giftig:

»Auch der Wetterbericht! Das mußt du doch einsehen! Oder siehst du das etwa nicht ein?!« Drohende Tonhöhe.

»Ich meine, der Wetterbericht ...«

»Siehst du das etwa nicht ein?!!« Die Konfrontation ist absolut lächerlich. Wir sind zwei relativ erwachsene Leute und reden über den Wetterbericht als ideologische Diversion des Imperialismus. Das heißt, wir reden gar nicht miteinander. Der Parteisekretär will einzig, daß ich ihm zustimme, weil er der Parteisekretär ist, der im Auftrage der Partei auch immer recht hat.

»Also – was ist? Siehst du das ein?!« Meine Mutter pflegte bei aussichtslosen Debatten ihrem Kontrahenten zuzurufen:

»Sei du der Chef, fahr du in der Kutsch'!« Also sehe ich ein, daß auch der Wetterbericht vom CIA oder sonstwem manipuliert ist. Mein Parteisekretär strahlt. Er hat's geschafft, einen ideologisch Schwankenden auf die rechte Bahn zurückzubringen. Und er beschließt die dürftige Kontroverse mit seinem Lieblingswort: »Schrumm!«

Die Abwanderung aus der DDR hält an. Im Westen arbeitende Ostberliner sollen keine Lebensmittelkarten mehr bekommen. Die Prozesse in Prag, Warschau, Bukarest, Budapest und Sofia gegen die als »Agenten« entlarvten Parteiführer sind tödlich ausgegangen. In Moskau wird ein anderer Prozeß vorbereitet: gegen die zionistischen Ärzte. Aber am Vorabend meines Geburtstages stirbt Stalin, die Welt hält den Atem an, und meine Mutter kann es nicht fassen, daß wir, wie die Einwohner ringsum, keine rote Fahne mit schwarzem Trauerflor aus dem Fenster hängen. Meine Mutter und meine Frau geraten ob der Trauerverweigerung aneinander, und ich stehe lächelnd daneben.

Über Nacht ist das Stalin-Denkmal in der Stalinallee verschwunden, sonst ereignet sich nichts. Alltag, Alltag.

»Wir sollten unsere Couch aufpolstern lassen, das Ding ist völlig durchgelegen, ein zartes Grün wäre passend, eine waffelförmige Polsterung, dazu an Kopf- und Fußende je eine Rolle ...«

Der Polsterer wird bestellt und holt die alte Couch ab. Am nächsten Morgen klingelt es an der Wohnungstür Sturm. Draußen ein Mann, den ich gut kenne, aber ich kenne ihn nicht so, nicht so fassungslos und aufgeregt. Hans-Georg

Stengel, Textredakteur und Autor des *Eulenspiegel*, will mich abholen und in die Redaktion mitnehmen und ist nun im Zweifel, ob wir jemals dort ankommen würden.

»Sie wollten unterwegs den Wagen umkippen ...«, lautet die gestammelte Erklärung.

Wer – sie?

Das »sie« bezieht sich auf das häufig beschworene *Volk*.

Meine Neugier kompensiert meine mangelnde Kühnheit. Wir steigen in den Wagen, das Ziel die Kronenstraße, Berlin-Mitte. Daß sich was zusammenbraute, hat man gespürt. Die Normenerhöhung für Bauarbeiter, Gerüchte über Preiserhöhungen, über Lohnkürzungen, alles angetan, Unruhe zu erzeugen.

Je näher wir dem Alexanderplatz kommen, desto mehr Passanten begleiten rechts und links das Auto. Alle streben zum Zentrum.

Als wir den Alexanderplatz erreichen, wird uns bänglich zumute. Fäuste klopfen an die Karosserie. Nur noch Schritttempo ist möglich. Um dem Platz zu entkommen, müßten wir in die Neue Königstraße abbiegen. Aber die Ausfahrt wird von der Arbeiterklasse blockiert, so daß wir ein ums andere Mal den Platz umrunden, nach einer Fluchtmöglichkeit ausspähend. Wer jetzt in einem Auto sitzt, gehört zur Funktionärskaste. Was man uns zuruft, dringt nicht durch die Scheiben. Man kann es sich aber denken.

Unversehens öffnet sich die Sperre, und wir rattern von dannen. Die Straße Unter den Linden hinunter zur Friedrichstraße, wo die Kronenstraße abzweigt. Anhalten vor dem Verlagsgebäude. Aus den offenen Fenstern lehnen die Angestellten. Gleich werden wir uns dazugesellen. Schräg gegenüber das »Haus der Ministerien«, das ehemalige Reichsluftfahrtministerium, (an dieses Bauwerk wird mich eine Peinlichkeit auf immer gemahnen). Auf dem Platz davor und fast bis zu uns in der Kronenstraße eine dichtgedrängte Masse. Plötzlich wird drüben aus einem Tor ein Tisch getragen. Die Tischträger drängen sich zwischen die reglos

Wartenden. Der Tisch wird abgestellt, ein hochgewachsener Mann, von den Trägern gestützt, erklimmt die Tischplatte: Der Mann ist Heinrich Rau, Ulbrichts Wirtschaftsdirigent und immerhin mutig genug, sich dem konzentrierten Groll zu stellen. Ulbricht hingegen ist bereits im Panzerwagen nach Karlshorst in die nächstgelegene Sowjetgarnison geflohen. Er überläßt seine Getreuen dem von ihm verantworteten Tohuwabohu.

Heinrich Raus Auftritt gleicht einer Totale aus einem alten Revolutionsfilm. Mit dem Unterschied, daß die Statisten nicht entlohnt werden. Ganz im Gegenteil. Aber ich warte nicht auf den Abspann, sondern mische mich voyeuristisch ins hektische Treiben. Einer glaubwürdigen Legende nach spielt sich eben im Schriftstellerverband Folgendes ab: Kuba ruft angesichts der heranstampfenden Aufständischen nach militärischem Beistand und erhält zur Antwort:

»Was willst du denn – da kommen deine Leser!«

Unter den Linden spürt man die Spannung der Stunde. Aufgepulvert und mit wippendem Schritt zum Alexanderplatz.

Ein Junispaziergang einmaliger Art.

Was regt sich in mir außer Abenteuerlust wie einst im Mai 1945?

Vielleicht Schadenfreude, vielleicht Befriedigung über die kurzfristige Rückkehr einer halbvergessenen Anarchie? Wie einst bin ich der Flaneur, der Beobachter, der registrierende Zeuge, neutral und nicht betroffen, beschwingt und unbesorgt um den morgigen Tag.

Noch gleicht der Alexanderplatz einer Wüstenei, gerade mal von Trümmern befreit. Von der Stalinallee her im Marschblock die Demonstranten, schwankende Transparente hoch erhoben. Nicht alle sind Bauarbeiter, nicht alle CIA-Agenten, nicht alle Neonazis, nicht alle Reaktionäre, nicht alle Antikommunisten. Aber alle sind Unzufriedene, Enttäuschte, Haßgeladene, Zornige.

Vom umfangreichen Komplex des »Reichsarbeitsamtes«

buckeln bloß noch Fundamentreste unterschiedlicher Höhe aus dem Boden, eine brauchbare Deckung. Denn aus dem Polizeipräsidium in der Keibelstraße, aus den oberen Fenstern, wird auf uns, auf mich geschossen. Geübt wirft man sich aufs Pflaster, gelernt ist gelernt, und hinter einem Mauerstumpf liegend, sehe ich die rasch verwehenden Rauchwölkchen aus Gewehrläufen und vernehme die matten Schläge der Schüsse. Das kenne ich noch von vorgestern.

In einer Feuerpause rät mir Mnemosyne: aufspringen, losrennen, hasenartig aus dem Schußfeld. Erst als das Polizeipräsidium aus dem Blickfeld rückt, halte ich keuchend inne.

Und spaziere gemächlich zur Jannowitzbrücke, die ich überquere. In meiner Kindheit, auf abendlichem Heimweg zwischen meinen Eltern, bin ich mitten auf der Brücke stehengeblieben. Auf einem Gebäudedach prangte eine Leuchtreklame für die Zigarettenmarke Juno. Sternengleich fächerartig aufschießende Lichter. Das Skelett der Reklamekonstruktion ist noch vorhanden. Weiter voran zur Köpenicker Straße, Ecke Neanderstraße. Wie lange bin ich diesen Weg nicht mehr zu Fuß gegangen? Um mich Stille, niemand sonst unterwegs. Die gesamte Bevölkerung hat sich an die Brennpunkte des Ereignisses begeben, um mich ungestört meinem Erinnern zu überlassen.

Nach links abbiegen. Die Köpenicker Straße ist zwischen Ost und West geteilt. Doch die Sektorenschilder sind abgeholzt worden, ebenso die Schlagbäume. Nur Stümpfe markieren die Grenze.

Mein Haus, das Haus meiner jungen Jahre, ruht noch immer als Grabhügel auf der verlorenen Zeit. Der Ziegelhaufen untersteht dem amerikanischen Stadtkommandanten, was auch ich tun würde, gäbe es das Haus noch. Vom Zufall in den russischen Sektor verschlagen, bin ich allen weiteren Zufälligkeiten, mit denen keiner rechnen konnte, ausgeliefert. Erst im nachhinein geben sich die Zufälle den Anschein einer notwendigen, kontinuierlichen Abfolge.

Geruhsam weiter. Vorbei am Stella-Palast, dem Kino, wo

auf der bunt schimmernden Leinwand am Filmende der böse Weiße den guten Indianer niederschießt, damit ich tränenselig und voller Trauer den Tag verbringe.

Vorbei an einem zweiten kleineren, eher saalartigen Kino, wo ich im Kriege und nach dem Kriege kostenlos Zugang gehabt habe und nach Programmbeginn eingeschmuggelt wurde. Von Rena, der durch Hitler Entlobten meines Onkels. Ob sie je, wenn sie mich einließ, an ihn gedacht hat? Ihm durch die freundliche Behandlung seines Neffen ein Zeichen geben wollte?

Über die Obere Freiarcherbrücke hinein ins Russische. Die Gegend wird grün und grüner. Entlang am Treptower Park, kein Auto, keine Straßenbahn überholt mich oder kommt mir entgegen. Kein lebendes Wesen begegnet mir. Ich biege in die Herkomerstraße ein, da ist unser Haus, da oben die Wohnung mit der verglasten Veranda. Am Bordstein parkt ein musealer Handwagen mit eisenbeschlagenen, hölzernen Rädern.

Rasch ins Haus, die Treppe hinauf, immer zwei Stufen nehmend, klingeln. Meine Frau öffnet und atmet bei meinem Anblick auf. Hielt mich wohl schon für erschossen oder von Panzern überrollt. Sie zieht mich in den Flur, geheimnisvoll flüsternd:

»Er ist da!«

Wer mag eingetroffen sein? Der während meiner Kindheit von den Erwachsenen häufig und spöttisch beschworene Messias? »Da kannst du warten, bis der Messias kommt!« ist die Antwort auf ungeduldig geäußerte Hoffnungen gewesen.

Wer – er?

»Der Polsterer! Er muß Heinzelmännchen beschäftigt haben.«

Unbeeindruckt vom Geschehen, als ginge ihn der Aufstand nichts an, hat er seine Karre durch die verödeten Straßen geschoben, die Couch die Treppe solo hochgewuchtet und rückt sie jetzt in eine Zimmerecke, befestigt die Rollen, damit sie nicht herunterfallen, mit Kordeln an den dafür vorgesehenen

Halterungen und reicht uns seine Rechnung. Sie ist niedrig, wir können sie sofort bezahlen und lümmeln uns, nach dem Abzug des Handwerkers, auf unserer wunderbaren, einmaligen, fast neu zu nennenden Waffelcouch. Draußen ist inzwischen der Ausnahmezustand deklariert worden und die Ausgangssperre und der Schußwaffengebrauch bei Nichtbeachtung der Befehle.

Eine herrliche Couch, um die man uns beneiden wird.

Am Radio verfolgen wir, wie der Aufruhr niedergewalzt wird. Sondersendungen, Sondermeldungen, Interviews mit Flüchtlingen im RIAS, dem »Rundfunk im amerikanischen Sektor«, das geänderte DDR-Programm, ernste Musik, dazwischen die von der Nazi-Wochenschau her bekannte Stimme Horst Preuskers, der zwischendurch die Anordnungen des russischen Stadtkommandanten vorliest.

Dann versandet das Aufbegehren, der Unwille verstummt.

Die einzigen Konzessionen der Regierung und der Parteiführung sind fromme Sprüche über Liberalisierung und Demokratisierung, Zusagen, die keiner einzuhalten gedenkt. Nach einer Weile zaghafter Toleranz gegenüber kritischen Diskutanten gibt die Partei ihre Parole aus: »Keine Fehlerdiskussion! Nach vorne diskutieren!«

Wachsam sein! Noch wachsamer!

Auch die Schriftsteller sollen dazu beitragen, und keineswegs ausschließlich mit dem Wort.

Im Hause des Schriftstellerverbandes werden wir, nach markigen Ansprachen die Niederlage des Klassenfeindes und die Solidarität mit der Sowjetunion betreffend, in den Keller geführt. Schummrige Beleuchtung. Gemurmel. Man stellt sich in die wartende Schlange, die sich durch lichtarme Gänge und um mehrere Ecken windet. Hin und wieder hört man, wie eine Sektflasche entkorkt wird. Als man selber an der Reihe ist, wird einem kein Glas gereicht, sondern ein Kleinkalibergewehr. Mit diesem Gerät in den klammen Händen, der unterirdischen Kühle wegen in den Mantel gehüllt, soll man eine äußerst unbequeme Haltung einnehmen. Zwei militärische Fachleute helfen einem auf eine hochbeinige Bank, den Bauch nach unten, die Ellbogen aufgestützt, das Gewehr im Anschlag. Über Kimme und Korn hinweglugend, hat man den Eindruck, als hänge in der Ferne des dämmrigen Ganges etwas wie eine Schießscheibe.

Druckpunkt! Druckpunkt! kommandiert eine Stimme, man drückt, der Korken knallt, man wird von der Bank gehoben und darf sich wieder aufwärts in den Versammlungsraum begeben. Jeder nur einen Schuß!

Wie einige Genossen, und nur solche sind schießprivilegiert, über die Vorbereitung auf den sozialistischen Endsieg denken, liest man an ihrem kaum versteckten Grinsen ab.

Doch damit nicht genug.

Wie echte deutsche Männer sollen wir zur Felddienstübung hinaus in die Natur. Mit unseren Klassenbrüdern von den Kampfgruppen.

Man will uns beibringen, wie wir die Imperialisten, falls sie bis nach Berlin-Grünau vordringen, hinter jedem Gebüsch vernichtend zu schlagen vermögen.

An einem trüben, kalten Morgen fahre ich mit der S-Bahn hinaus zum Stadtrand, wo meine Mitstreiter sich bereits eingefunden haben. Wir werden durch einen Kampfgruppenkommandanten im grauen Drillich geordnet und abgeführt. Die Waldwege sind schlammig. Dunst schwebt aus den Gehölzen. Daß militärische Übungen stets ungesund sind, ist eine allseits bekannte Tatsache. Vorsicht vor Zugluft. Nicht auf kalte Steine setzen.

Weil sich meine Finanzlage gebessert hatte, ließ ich mir im »Maßatelier« einen eleganten, doppelreihigen Wintermantel nach italienischem Modell schneidern. Und werde deshalb beim Antreten und Marschieren verstohlen gemustert. Auch habe ich die Hände, um sie zu wärmen, tief in die Taschen geschoben. Außerdem friere ich an den Ohren. Kommandos erschallen. Wir bleiben stehen. Neue Kommandos. Wir setzen uns wieder in Bewegung und laufen eine Zeitlang ziellos umher. Worin wir ausgebildet werden sollen, ist unklar. Viel-

leicht hat der Kampfgruppenkommandant die falsche Landkarte bei sich. Vielleicht sucht er eine Stelle, wo er uns zeigen
kann, was er von schriftstellernden Schmarotzern am Leibe
des Proletariats hält.

Es fängt an zu nieseln.

Meine ohnehin gedrückte Stimmung verwandelt sich in
Verzweiflung. Aus dem Nieseln entwickelt sich ein kräftiger
Landregen. Die Nässe dringt durch die Schulterpolster, sät-
tigt den dunkelbraunen Wollstoff, so daß ich nach einigen
Augenblicken in einem unförmigen Sack einherschreite. *Das
reicht!*

Als unsere Kolonne in einen Seitenpfad einschwenkt, trete
ich aus der Gemeinschaft aus und lasse meine Mitkämpfer,
von denen keiner eine Frage an mich richtet, an mir vorüber-
marschieren. Nachträglich vermute ich neidische Blicke.
Ohne den Abzug der Gruppe abzuwarten, drehe ich mich um
und laufe durch den mich überkübelnden Regen zum Bahnhof. Ein »Abschied von der Truppe«, an deren Übungen ich
nie mehr teilnehme.

Inzwischen hat auch Freund Sigmar geheiratet: Irene aus
Kreuzberg, die nach Ostberlin umzieht. Sigmar ist Musiker,
Klarinettist, und betätigt sich bei der Tanzkapelle »Igel«, die
in Gartenlokalen die Tanzbeine animiert oder im Zirkus auftritt, wo sie die Elefanten beunruhigt. Aus dem Zirkus pflegt
Sigmar häufig einen Floh mitzubringen, was anfänglich nicht
erkannt wird. Die Pusteln weisen auf eine schleichende Krankheit hin, bis sich der Floh zeigt. Hin und wieder leisten wir uns
eine Taxe, um mit dem jungen Paar den Abend zu verbringen –
nach alter Sitte kartenspielend. Irene ist im siebten Monat
schwanger und Sigmar ein außerordentlich unaufmerksamer
Spieler. Beide verlieren ständig. Das regt Irene derart auf, daß
die Wehen einsetzen. Wir müssen die Partie abbrechen, es
wird, der Frühgeburt wegen, sowieso die letzte sein.

Mein Chefredakteur weint, und mein Schwager übersiedelt – zwischen den beiden Vorgängen besteht kein ursächlicher Zusammenhang. Und doch hat das eine wie das andere mit der sinkenden Moral zu tun. Der Kalte Krieg beschädigt die Psyche der Menschen; sie werden würdelos und rachgierig und raffgierig. Das bekommt mein Schwager Detlef zu spüren. Weil es seiner Druckerei an Aufträgen fehlt, akzeptiert er vor den Westberliner Wahlen zum Abgeordnetenhaus am 5.12.1954 das Angebot einer Partei, Flugblätter für sie zu drucken. Nichts eigentlich Ungewöhnliches, hieße die Partei nicht SED. So kommt es, wie er es keineswegs erwartet. Der Senat warnt die Kunden vor dem politisch Zwielichtigen – ohne Detlefs politisches Desinteresse zu kennen – und setzt durch, daß niemand mehr auch nur eine Visitenkarte bei ihm drucken läßt.

Er schlittert in die Ausweglosigkeit. Ein Fall für die letzte Alternative: Umzug nach Ostberlin. So entzieht sich mein Schwager nebst Frau und Kind und einem bissigen Kläffer und einer verschmusten Katze den Konsequenzen. Mit dem Hausrat in Körben steigt man ungehindert auf einem S-Bahnhof im Ostsektor aus. Und für den Transport einiger Möbelstücke sorgt mein Vater. Als Geschäftsmann in Westberlin beschafft er sich eine Transportgenehmigung für Büromobiliar, da der Transport Ostberlin kreuze. Kein Zöllner merkt, daß die Möbel im Osten ausgeladen werden. Die Kontrollen entsprechen noch nicht dem zukünftigen Standard.

So verliert mein Schwager die Druckerei. Nun sitzt er mit seiner Familie nebst den Tieren als Untermieter in einer Wohnung und außerdem uns gegenüber in derselben Straße. Durch den ständigen Abmarsch von Arbeitskräften sind allenthalben Stellen frei, und auf ihn als Setzer hat man geradezu inständig gewartet. Und weil die Republikflüchtigen ihre Wohnungen nicht mitnehmen können, weist man ihn und die Seinen in leerstehende Räumlichkeiten ein.

Und warum weint der Chefredakteur?

Seiner Verfehlungen wegen.

Er schlägt sich in der außerordentlichen Parteiversammlung an die Brust und bekennt, seine Stellung mißbraucht zu haben. Und wie das? Es heißt, er habe bei der Auftragsvergabe an Karikaturisten Prozente verlangt und auch kassiert. Jetzt muß er weinen, und das gelingt ihm mit der gleichen Perfektion wie die dazugehörige Gestik. Wir sitzen im Speisesaal an der langen Tafel, ungläubig lauschend, keines Kommentars fähig. Ohnehin ist die Regie der Sitzung – wie aller Sitzungen – festgelegt, so daß jeder Einwand, jede genauere Nachfrage sich erübrigt. Wir erfahren nur, was wir erfahren sollen. Wir werden einen neuen Chefredakteur bekommen, und auch dieser wird nicht der letzte sein.

Und weil in der Partei mehr Freude über einen reuigen Sünder herrscht als über einen Gerechten, wird unser westdeutscher Exilant keineswegs in der ihm gebührenden Versenkung verschwinden. Sondern die Treppe hinauffallen, eine »private« Filmfirma leiten und um den Globus reisen, um Propagandastreifen zu drehen.

Lehrstücke über Konformismus und Nonkonformismus, wie sie in Berlin, in beiden deutschen Staaten täglich aufgeführt werden.

Die politischen Spannungen nehmen allerorten zu, wir jedoch entspannen uns erst einmal. Durch Vermittlung wird uns ein enormes Privileg zuteil, ein Privatquartier auf der Insel Hiddensee. Von Stralsund schippert man mit dem Dampfer über den Bodden. Während der Überfahrt halte ich mich an Deck auf. Gleich fühle ich mich als ausgepichter Fahrensmann, als Entdecker, unterwegs zu fremdem Gestade. Und erst, als wir in andere Gegenden reisten, habe ich mich gefragt, ob nicht die Überfahrt stets das Beste gewesen ist, durch das Gefühl von Freiheit und Ungebundensein, ein Geschenk für eineinhalb Stunden.

In Vitte geht's von Bord, mit Sack und Pack und Fahrrädern. Ein offener Pferdewagen mit dem Bauern Hubatsch, einem Enakssohn, wartet schon, um uns durch die Heide und sämtliche Schlaglöcher zu kutschieren. Vom Bock neben dem

Kutscher nehme ich eine schier unendliche glatte Fläche wahr und kann den Blick nicht mehr abwenden. Das Meer – zum ersten Male das Meer.

Die Koffer abgestellt und sofort zum Strand, über einen Einschnitt im Dünenkamm abwärts, über Geröll bis zu dem weichen Teppich, in dem die Füße versinken. Wind, Sand und noch keine Sterne. Ich, der Metropole hörig, habe bis dahin die romantisch schwärmenden Literaten verachtet. Jetzt bin ich hingerissen und außer mir. Die nie gekannte Natur saugt mich auf und absorbiert mich, so daß ich bloß noch ein Teil, wenn auch ein unwichtiger, von ihr bin. Und das Klischee bewahrheitet sich: Aller Ärger, alles Vorhergehende fällt von mir ab. Wird unwichtig. Belanglos. Nebensächlich. Nichtig.

Freunde treibt es an unsere Küste. Netzebands stapfen durch die Dünen, vergnügliche Stunden stehen uns bevor. Netzeband, Redakteur beim *Sonntag*, gehört zu den ältesten Freundschaften, seit 1947, als ich zum ersten Male die Redaktion betrat. Wenn ich mich im Stadtzentrum aufhielt, holte ich Netzeband aus seinem von Papier überquellenden Büro, und wir spazierten zur Ruine von Hitlers Reichskanzlei, wo eine Bank, als sei sie unseretwegen dahin gestellt, unsere Hintern empfing. Wie viele Stunden verbrachten wir damit, uns über die täglichen Ammenmärchen zu belustigen? Und abends trafen wir uns zu viert erneut, der Plattenspieler kreiste, Chris Howland sang »Hab mich gern, holder Stern …«, und ich schwenkte Lisa Netzeband durch die Wohnung, indessen ihr Mann Marianne einen von Rotwein inspirierten Vortrag über sein Forschungsgebiet, den Nazifilm, gehalten hat. Das klang aus, als sich mein Ruf verschlechterte.

Jahr um Jahr werden wir über die von den Wellen hinterlassenen Applikationen aus Muscheln, Tang, Bernstein und schließlich Ölklumpen wandern, bis wir in die Affären unserer Gastgeber einbezogen und zur Parteinahme gezwungen werden.

Jeweils am 15. Mai liegen wir nackt in den Dünen, der Sonne

hingegeben. Sobald eine Wolke vorüberzieht, ist der Körper von Gänsehaut überzogen. Richtet man sich auf, beginnt das große Bibbern. Langsam erwärmen sich der Tag und der Strand. Da werden Burgen gebaut, nach altdeutscher Sitte, und während Marianne zwischen den Nackten ungeniert einherstolziert, ihres appetitlichen Leibes gewiß, knie ich nur und luge über den Burgrand. Ringsum Fleisch, von der Sonne leicht angebraten. Ich starre und glotze angesichts der vielen Aktmodelle. Und es dauert eine Weile, ehe ich mich von den Knien zu erheben wage, um auch mich so vorzuführen, wie es strandauf, strandab gang und gäbe ist. Bald stumpft man ab, ignoriert die sich nach Muschelschalen bückenden Damen jeglichen Kalibers und schmort unter den Strahlen des Zentralgestirns vor sich hin.

Ein anderes Leben, ein anderes Lebensgefühl.

Ich lerne und verlerne.

Ich lerne verkrustete Bernsteinklümpchen im angespülten Tang zu erkennen. Und ich lerne, den Bernstein zu schleifen und zu polieren, zunehmende Mengen verschieden getönter Brocken, von dunkelbraun über alle Schattierungen des Rötlichen und Gelblichen bis zur gebeinähnlichen Tönung. Nach dem Polieren, sobald das Fundstück durchsichtig wird, blicke ich 65 Millionen Jahre zurück auf ein Insekt, das, für die Ewigkeit geschaffen, keine genetische Veränderung erlitten hat.

Ich lerne, mit meinem Körper anders umzugehen, und ich lerne den aufrichtig barfüßigen Gang über Stock und Stein. Wir laufen unbeschuht um die ganze Insel, wir marschieren unterm Regen weg, Marianne in meinem Mantel, ich in einem übergestülpten Seesack, in dessen Boden ein Loch für meinen Kopf geschnitten worden ist. Die Arme kann ich nicht rühren. Ich lerne Holz zu bearbeiten und schnitze Masken. Und ich verlerne die Angst vor Schlangen, obschon es in der Heide von Kreuzottern wimmelt. Und ich schlängele mich selber in die Gegenwart, ihre Fundamente kennenlernend, indem ich Jacob Burckhardts »Zeitalter Konstantins des Großen« als Wegweiser benutze. Die Strecke von Byzanz bis Moskau, fatal gewordenes Wort, ist kurz.

Obgleich an einem der Antike fremden Meer, auf einer anderen Ultima Thule, lerne ich durch Burckhardt die Bedeutung des Meeres, insbesondere des mediterranen, begreifen. Das Dingliche lenkt und leitet mich.

Die Themen drängen sich auf. Der dichte wallende Nebel, durchdrungen von der dumpfen Posaune des Nebelhorns oben am Leuchtturm. Der schlappe Wellenschlag, der nächtliche Sturm, der den Strand mit Objets trouvés übersät. Wer suchet, der findet: eine große Dose exzellenten Currys, von dem wir lange zehren. Ein vollständiges Blatt chinesischer Spielkarten. Leere Flaschen aller Länder, vereinigt euch an Hiddensees Küste! Treibholz in seltsam verrenkten und skelettartigen Formen. Auch Tabak stöbere ich auf. Noch rauche ich ja, doch mein letzter Zug ist in Kürze gekommen. Weil in Ostberlin eine Anti-Lungenkrebs-Kampagne die Litfaßsäulen mit den Bildern aufgeschnittener Lungenflügel schmückt, in jedem Kino dasselbe Massaker stattfindet, gewöhnen sich Schauspieler und Mitarbeiter von Bühne, Funk, Film und Fernsehen das Rauchen ab. Mit einem Mittel aus dem Westen: Nicobrevin für 9,90 DM. Bevor ich mir jeden Tag eine Handvoll Kapseln in den Mund schiebe, feiere ich Abschied vom blauen Dunst. In unserer Strandburg, schamlos aufrecht, paffe ich eine Zigarre Marke Jägerstolz nach der anderen, bis die Kiste leer ist.

Und wir nehmen unser Leihkind Jacqueline auf die Insel mit.

Weil beide Eltern arbeiten (Luise aushilfsweise als Sprechstundenhilfe in einer Arztpraxis), holt Marianne jeden Morgen das Kind zu uns, nachdem sie es gewaschen und angezogen und gehätschelt hat. Dann sitzt das Kind bei mir und tut so, als sei es artig. Mal reißt es alle Zeitungen in kleine Stücke, mal begräbt es das Telefon im Blumenkasten. Und ich nehme es mit zum Polizeipräsidium, weil ich eine Kriminalhörfolge zusammenstoppele und von den Beamten dabei beraten werde.

Da sitzt es auf meinem Schoß und strahlt, während mir Mordgeschichten aufgetischt werden, die das Kind wohl für Märchen hält, so gespannt hört es zu. Es ist leicht handbar. Nur einmal im Schriftstellerverband pinkelt es sich ein und steht unversehens in einer Pfütze, und auf die Frage, was es denn sei, erwidert es entschlossen: »Ein Schwein!«

Unterwegs nach Hiddensee schunkeln wir im Mondlicht mit dem letzten Dampfer von Stralsund nach Neuendorf. Das Kind, schiffahrtungewohnt, muß sich übergeben, was den Kapitän nicht weiter tangiert. Es ist bestimmt nicht das erste seekranke Kind.

Todmüde stolpern wir in Neuendorf von Bord, und das Kind, quicklebendig und munter, zerrt Onkel und Tante durch die finstere Heide bis zu unserer Unterkunft. Das Kind steht morgens stumm in seinem Bettchen und wartet, daß wir endlich aufwachen. Das Kind ist voller Energie. Das Kind klettert auf den Hühnerstall. Das Kind entwickelt Sportivität und wirft Kiesel in die Wellen. Ein frühes Training, das zum Erfolg führt. Denn bei der Münchner Olympiade wird das inzwischen größer gewordene Kind eine Silbermedaille im Speerwerfen gewinnen.

Doch das ist Zukunftsmusik. Noch ist 1972 nur eine Zahl, ein unbeschriebenes Kalenderblatt.

Bald aber verlieren die Eindrücke ihre Frische und ihre stimulierende Wirkung. Jetzt reisen auch Regisseure und Dramaturgen an, fidel, daß sie einen Autor zu Arbeitszwecken in einem der letzten DDR-Paradiese aufsuchen können. Und ebenso bald klappere ich auf meiner Maschine so für mich hin, ein Szenarium entsteht. Die Einsicht in die Notwendigkeit, Geld verdienen zu müssen, hat mich eingeholt. Und damit die Politik, deren groteske Züge sich noch in den persönlichen Beziehungen widerspiegeln.

Auf einer Tagung im Heim des Schriftstellerverbandes kommt es zu einem Eklat, der aber von keinem Schriftsteller ausgelöst wird, weil deren Hörigkeit ihnen die Zungen bindet.

Eben ist in Westdeutschland die KPD verboten worden, und der dichtende Psychopath Kuba hat sofort mit Versen reagiert, deren Höhepunkt die Endzeile darstellt: »Zerschlagt dem Adler seine Krallen.« Wir, die zur Tagung angereisten Autoren, halten Kubas Reimerei, gedruckt auf der ersten Seite des *Neuen Deutschland*, ausnahmslos für regelrechten Bockmist. Manfred Bieler verliest das Machwerk mit kabarettistischem Unterton. Die Zuhörer amüsieren sich – als sich die Tür öffnet und, als wäre ihm ein Wink zuteil geworden, der Verfasser der Adlerkrallen eintritt.

Betroffene Mienen. Irgendwer steckt ihm süffisant, daß gerade über sein Gedicht gesprochen worden sei, was ihn zu erfreuen scheint, denn sogleich nimmt er die Zeitung vom Tisch und beginnt, es mit durchdringendem Falsett vorzutragen. Danach atemloses Schweigen. Dann eine Wortmeldung: Was für ein großartiges, eindringliches, aufrüttelndes Gedicht!

Um sich ja nicht zu verspäten, Kuba ist der Verbandssekretär und Mitglied des Zentralkomitees der SED, votieren alle sogleich für das Meisterwerk.

Doch mir zur Rechten befindet sich eine Person, der das Verständnis für den Meinungsumschwung abgeht. Diese Person ist niemand anders als meine Frau, von der ich einiges gewohnt bin, und die, als sich das Lob ständig steigert, laut und vernehmbar sagt:

»Aber vorhin haben Sie doch alle das Gedicht schlecht gefunden!«

Als habe man die Gesellschaft mit flüssigem Helium übergossen, vereist die Atmosphäre. Selbst Kuba, sonst von Sprechzwang befallen, erweist sich als Ölgötze. Marianne hat in der ihr eigenen Unschuld eine Variante von des Kaisers neuen Kleidern zum besten gegeben. Mit dem Unterschied, daß nahezu sämtliche Tagungsteilnehmer dem Verdikt der Nacktheit verfallen.

Eine Stimme löst den Bann:

»Ja, wenn Kuba es vorliest, dann ist es ganz etwas anderes …«

Hastig stimmen die Ritter der Tafelrunde zu, den Satz noch ein bißchen hin- und herwendend, um die Peinlichkeit zu kaschieren.

Aber Kuba vergißt nichts. Nicht meine einstige Karikatur. Nicht die Worte meiner Frau.

Am nächsten Morgen im Frühstücksraum erregt sich der regierende Poet über ein von ihm als beabsichtigt hingestelltes Urteil. In London ist Nina Ponomarjewa, eine sowjetische Sportlerin, verhaftet und vor Gericht gestellt worden, weil sie in einem Kaufhaus Hüte gestohlen hat. Kuba bezichtigt den Richter des bekannten englischen Antikommunismus. Und die kauenden und schlingenden Autoren rundherum nicken zustimmend. Warum muß ausgerechnet ich als einziger fragen, ob es denn nicht denkbar sei, daß Nina Ponomarjewa vielleicht doch …?

Kaum habe ich meinen Zweifel angemeldet, gerät Kuba in Rage.

»Du Hütejunge! Du Hitlerjunge!« Er verliert die Kontrolle über sich und nimmt die Gelegenheit zur Rache wahr. Nachdem er sich keuchend hingesetzt hat, hebt meine Frau den Kopf und spricht den schwerwiegenden Satz:

»Wenn Sie sich nicht sofort bei meinem Mann entschuldigen, passiert ein Unglück!«

Man hört deutlich fünf Ausrufezeichen. Wiederum: das Wachsfigurenkabinett. Lautlosigkeit. Von fern aus der Küche undefinierbare Geräusche vom Herd oder vom Heimleiter, dem Vater Christa Wolfs. Mit hundertprozentiger Gewißheit ist Kuba etwas Derartiges nie vordem widerfahren. Nun dreht er sich im Sitzen zu mir um und murrt: »Entschuldige …«

Erneut steht uns ein Umzug bevor. Nur eine Querstraße weiter. Dafür weitet sich die Räumlichkeit: drei Zimmer statt der bisherigen zweieinhalb. Vor allen Dingen hat auch diese Wohnung Telefonanschluß. Denn die Wartezeit auf einen Anschluß beträgt mindestens zehn Jahre. Doch wo einmal ein Apparat installiert worden ist, bleibt er für immer und ewig.

Weil die Wegstrecke kurz ist, eine Umzugsfirma teuer, beschließen wir, das Unternehmen in eigener Regie abzuwickeln. Wir leihen uns einen »Rollfix«, ein Gefährt mit zehn Zentimetern Bodenfreiheit auf vier Aluminiumrädchen. Im Grunde nichts als ein berädertes, lärmend dahinpolterndes Brett. Darauf laden wir die Bücher in Waschkörbchen, unterstützt von Mariannes Brüdern und dem Schriftsteller Herbert Ziergiebel. Da die Ladefläche einen Meter mal fünfzig Zentimeter beträgt, haben wir unendlich lange zu tun. Hin und wieder kippt der Transporter um, die Bücher verstreuen sich über den Bürgersteig und müssen wieder eingesammelt werden.

Schränke aufstellen. Geschirr auspacken. Bücher sortieren. Als letzte Fracht und weitaus sorglicher behandelt als die Einrichtungsgegenstände expedieren wir Madame Schuscha und ihre Nachkommen ins neue Domizil. Katzen fühlen sich im Chaos besonders heimisch. Das Durcheinander behagt ihnen ungemein. Man kann überall hinaufspringen oder drunter kriechen, man kann sich in Kisten verstecken, an Körben die Krallen schärfen oder an den Tapeten – die Liebe zur Anarchie ist jeder Katze eingeboren.

In dem neuen Hause wimmelt es von »Neuen Menschen«, von wackeren Genossen. Darum existiert hier auch eine Hausgemeinschaft, die jährlich zu einigen Zusammenkünften verpflichtet ist. Und außerdem zur Selbsthilfe. Zwar wohnt im Parterre ein Hausmeister mit seiner Frau, doch die Mieter müssen vor ihrer eigenen Tür kehren. Auch kleinere Reparaturen und Anstreichereien gehören zu den Obliegenheiten der Mieter. Eine Hausgemeinschaft ist eben billiger als Handwerker und Reinigungskräfte. Dafür erhält das Zwangskollektiv am Jahresende eine gewisse Summe für die geleisteten Dienste. Und darf für das Geld eine Feier ausrichten.

Ein Tisch im Restaurant Am Karpfenteich wird bestellt,

wir ziehen los und sitzen uns an einer langen Tafel sprachlos gegenüber. Vorspeise, Hauptgang, Nachspeise.

Da überkommt es unversehens unseren Hausmeister, dem die kühle Atmosphäre mißbehagt, und er erhebt sich, um die Stimmung aufzulockern. Mit dem Glas in der Hand verkündet er, er wolle ein Gedicht aufsagen. Seine Frau springt auf, schreit: »Nein! Nein!« und eilt zum Ausgang, wo sie jedoch durch flinkere Mieter abgefangen und zum Tisch zurückgeführt wird. Ein eindeutiges Häufchen Elend, zusammengesunken neben ihrem schwankenden Gatten, aus dessen Mund eines Dichters Wort ertönen soll. Bereits im ersten Vers beschwört unser Homer eine »Frau Lotze«, was hundertprozentig auf den folgenden Endreim schließen läßt. Die Hausmeisterin schlägt die Hände vors Gesicht. Einige sowohl männliche wie mannhafte Mieter versuchen, den rasenden Hausmeister-Roland zu zügeln, der sogar noch, als er auf seinen Stuhl gedrückt und festgehalten wird, von Frau Lotze nicht zu lassen vermag.

Maskenstarre Mienen. Die hundertfünfzigprozentigen Genossen schauen indigniert drein. Mit einem so überschäumenden Ausbruch des Volkstümlichen hat keiner gerechnet. Nur Marianne und ich lachen uns scheckig, was wörtlich zu nehmen ist: Mariannes Wimperntusche läuft über ihre Wangen.

Zu meinem Bedauern kommt es nie wieder zu einem solchen Höhepunkt des Kollektiven. Sicherlich unterbinden die heimischen Genossen jede künftige Feier. Darum und im Bewußtsein, einem einmaligen Höhepunkt beigewohnt zu haben, meiden wir fernerhin Zusammenkünfte.

Ach, Vergnügungen sind rar. Und das Lachen vergeht einem nur zu schnell.

In Moskau hat ein glatzköpfiger Pykniker eine unter Funktionären Entsetzen hervorrufende Rede gehalten, glücklicherweise geheim, so daß, als sich der blutrünstige Inhalt herumzusprechen beginnt, die Verwalter ewiger Wahrheiten jede Kenntnis abstreiten können. Nun bewahrheitet sich

Brechts Apostrophierung Stalins als »verdienter Mörder des Volkes«. Chruschtschows Entlarvung des weisen Führers druckt die Westpresse nach, und die Partei kann sich nicht länger unwissend stellen.

Als der historische Kriminalfall unter dem Titel »Personenkult« für Aufregung sorgt, werden selbst die Ängstlichen mutig. In der Parteiversammlung des Schriftstellerverbandes erheben sich altgediente, treue und bisher ruhmredige Genossen, Überlebende der Moskauer Säuberungen, und bekennen, täglich auf gepackten Koffern gesessen und ihrer Verhaftung entgegengezittert zu haben: Die Stummen fangen an zu sprechen.

Polnische Redakteure und Lektoren erscheinen in Ostberlin, woraufhin die Parteiführung die strikte Abgrenzung anordnet: Keine Gespräche mit Polen! Keine Fehlerdiskussionen! Überhaupt keine Diskussion! Und die in deutscher Sprache herausgegebene polnische Kulturzeitschrift verschwindet aus den Zeitungskiosken. Vor dem Eingeständnis ihrer Fehler fürchtet sich die von ihrer Unfehlbarkeit überzeugte Führung am meisten. Sie gibt Parolen aus, deren grotesken Formulierungen man die verzweifelte Hilflosigkeit anmerkt: »Nach vorn diskutieren!« heißt es, und: »Das Gegenteil eines Fehlers ist wieder ein Fehler!«

Das unterirdische Beben verursacht im System Risse, durch welche kritische Geister zutage treten. Nach den Dichterlesungen am Moskauer Puschkin-Denkmal, wo Jewtuschenko seine Popularität begründet, springt der Funke nach Ungarn über. Am Petöfi-Denkmal in Budapest sammeln sich ebenfalls Literaten, um der Menge Ungewohntes vorzutragen.

Die fernen Ereignisse rufen einen einzigen Ableger in Ostberlin hervor: den »Donnerstag-Club« im Restaurant des Clubs der Kulturschaffenden, wo sich jeweils an ebendiesem Wochentag in einem separaten Raum die unterschiedlichsten Leute treffen, bewegt vom Wunsch nach Veränderungen. Merkwürdig, daß trotz der bekanntgewordenen Verbrechen

(»Marianne – du hattest recht!«) nicht deren Systemimmanenz zur Debatte steht, sondern daß wir, von unbegründeten Hoffnungen gebläht, über die Zukunft spekulieren. Zurück zu den Wurzeln, heißt die unausgesprochene Parole. Wir glauben ernstlich an einen sozialistischen Frühling.

Club-Initiator ist Wolfgang Harich, Literaturwissenschaftler, ein jünglinghafter, wortgewandter Mann, der mit uns seinen Untergang vorbereitet. Ihm gleichwertig Fritz J. Raddatz, geistreich und, im Gegensatz zu Harich, witzig. Die beiden sind die Hauptdiskutanten. Im Hintergrund sitzt ein Kettenraucher, kritzelt Muster aufs Papier und hört zu, nein, er horcht: Paul Wiens, Autor und (wie sich später zeigt) IM »Dichter«, der eine teure Abhöranlage ersetzt.

Man hadert über die Ignoranz des Ulbrichtschen Regimes, man glaubt, den Lockerungen in Polen und Ungarn könne sich auch das Ländchen DDR nicht entziehen. Eine uns gemeinsame, chronisch gewordene Eigentümlichkeit besteht darin, daß trotz eklatanter Erfahrungen die Sache selber, der Sozialismus, die Idee unantastbar bleiben. Schuld an der geistigen und materiellen Misere ist die Inkompetenz der Verantwortlichen. Damit ist das Systemversagen personalisiert und die Theorie gerettet. Marx wird absolutiert, zitiert, diskutiert. Würde man in seinem Sinne die Produktivkräfte organisieren, bekäme der Sozialismus eine enorme Ausstrahlungskraft – die Schizophrenie ist dazumal unsere Normalität gewesen.

Auch in anderen Gremien, in anderen Institutionen ist so gedacht worden. Man verkeilte sich den Kopf mit Projektionen, deren Chancenlosigkeit leicht einzusehen gewesen wäre. Doch durch die Vorgänge außerhalb der DDR, von denen wir fast rauschhaft animiert worden sind, wandelte sich innerhalb der DDR noch lange nichts.

Dialoge, denen im »Donnerstag-Club« gleich, dehnen die Redaktionskonferenzen der Zeitschrift *Sonntag*. Die beiden Chefredakteure Heinz Zöger und Gustav Just breiten ihre Pläne vor uns aus. Vorbild ist der »Petöfi-Club« unter Leitung von Georg Lukács – unsere Zeitschrift muß ein Forum für die Liberalisierungsdebatte werden!

Die Redaktion erläßt einen Aufruf an alle Schriftsteller: Man möge doch jene Manuskripte einsenden, die entweder der Zensur zum Opfer gefallen oder aus Vorsicht nirgendwo eingereicht worden sind. Heraus aus den Schubladen mit den gewagten Texten!

Kein Manuskript geht ein.

Die Redaktion ruft mich an: »Wo bleiben deine Schubladengedichte?«

»Tut mir leid, ich kann damit nicht dienen …«

Meine Frau, wie stets hellwach, veranlaßt mich, statt abends mit ihr ins Bett zu steigen mich mit einer Kanne Kaffee an den Tisch zu setzen und sofort die bis dato unterdrückten Gedichte zu ersinnen. Goya hilft mir mit Radierungen aus den Capriccios.

Ich verwende »Der Schlaf der Vernunft gebiert Ungeheuer« und »Du, der du's nicht kannst, trag mich und meinen Wanst«. Die aktuellen Anspielungen sind überdeutlich und werden gewiß amtlicherseits belastend vermerkt. Dann klingele ich den *Sonntag* an:

»Ich habe mich entschlossen, doch einiges aus der Schublade zur Veröffentlichung herauszurücken …« Die ersten Gedichte stehen im Juni im Blatt, die letzten im Oktober 1956.

Wieder hüte ich das Kind Jacqueline und schleppe es mit zur Redaktionskonferenz. Eine freundliche Sekretärin legt Papier und Bleistift vor meine Nichte hin, und das Kind, bequem auf meinem Schoß untergebracht, tut so, als schreibe es unsere Besprechung mit. Als wäre da nicht jener unsichtbare Dritte, der das tatsächlich macht.

Zöger und Just sind der Ansicht, der Leser müsse unbedingt mehr über den »Petöfi-Club« erfahren, damit sich auch bei uns ein allgemeines Gespräch über Reformen entfalten könne.

Und wer soll nach Budapest fliegen?

»Das wird Kunert übernehmen!«

Die erste Auslandsreise für mich! Der erste Flug!

Bitte ein Paßfoto, die Redaktion regelt alles übrige, besorgt auch das Flugticket, übermorgen Abflug, und Georg Lukács grüßen, wir machen, falls das Material ausreicht, eine Doppelseite!

Ohne den Flieger betreten zu haben, schwebe ich einen Tag lang über den Wolken. Alle paar Minuten befühle ich die linke Brusttasche, ob Paß und Ticket noch vorhanden sind.

Bei Unterhaltungen mit Bekannten gelingt es mir nicht, ein enormes Überlegenheitsgefühl zu unterdrücken. Mir kommt es vor, als trüge ich Kothurne.

Morgen geht's los!

Meine Frau packt ein Köfferchen und macht ein unglückliches Gesicht. Vermutlich stellt sie sich bereits die feurigen Ungarinnen vor, denen ich begegnen könnte. Oder sie ist nur betrübt, daß sie zum Daheimbleiben verurteilt ist. Die Taxe wird für morgen früh bestellt: Zum Flughafen Schönefeld.

Wem schenkt Morpheus in solcher Nacht den Schlaf?

Ich bin viel zu aufgeregt, um ein Auge schließen zu können. Und erhebe mich beim Morgengrauen todmüde und wie gerädert. Appetitlos. Angestrengt kaue ich an meinem Frühstück. Dann das Radio anschalten, und der Traum ist vorbei. Meine Frau kann den Koffer wieder auspacken.

In Budapest sind Kämpfe ausgebrochen, der Aufstand jener, die ich befragen sollte. Und jetzt revoltieren sie gewaltsam und lassen mich hier einfach sitzen. Alle Flüge nach Ungarn sind storniert. Das Ticket kannst du wegwerfen. Sei froh, vielleicht wärest du, gestern noch auf stolzen Rossen, heut' schon durch die Brust geschossen, entweder von magyarischen Dilettanten oder Fachleuten der Roten Armee. Meine Frau jedenfalls ist erleichtert. Aber ich bin durch die Ereignisse gekränkt. Hätte man mit dem Aufstand nicht eine Woche warten können? Die Meldungen überstürzen sich.

Der Platz am Radio wird zum Horchposten.

Heftige Gefechte. Mord und Totschlag und die Laternen

mit frischen Leichen geziert. Ein Anruf vom *Sonntag*: Sofort herkommen! Wir produzieren eine Sondernummer.

Hektik. Stephan Hermlin, Fels in der Brandung, sitzt da und hält sich an seiner Tabakspfeife fest. Uns werden schlimme und allerschlimmste Meldungen vorgelesen. Aus unserem Brudervolk ist unvermittelt Mob und Pöbel geworden.

Die Liberalisierung sei der ungarischen Partei aus der Hand geglitten. Das hat man nicht gewollt, dieses Abschlachten von Menschen!

Wir sind ehrlich empört. Der verinnerlichte Mechanismus funktioniert ungeschmälert. Solidarität gegen den aufkeimenden Faschismus! Und sie tragen wieder die alten Honved- und Horthy-Uniformen.

Wir, Tausende von Meilen entfernt, geben unserem Erschrecken schriftlich Ausdruck, als bestünde überhaupt die geringste Möglichkeit, daß fern in der Hungarei einer unsere Epistel lesen und sich danach richten würde. Unsere appellativen Bekundungen richten sich zwar wörtlich an uns gänzlich Fremde, sind jedoch insgeheim an uns selber adressiert. Wir bestätigen uns unsere Treue zur Sache in Notzeiten, unsere »unerschütterliche« Überzeugung, unsere damals weniger elegant bezeichnete *Political Correctness.*

Gleich darauf erfolgen die Festnahmen im *Sonntag*, im Aufbau-Verlag, in dessen oberster Etage ich eben noch glückstrahlend Paß und Ticket entgegengenommen hatte. Zöger und Just werden abgeführt, anschließend Walter Janka und Wolfgang Harich. Als Umstürzler, Verschwörer, Staatsfeinde.

Und mein Mitgenosse und ansonsten respektloser Spötter gibt am 7.3.1957, einen Tag nach meinem achtundzwanzigsten Geburtstag, in der Hauptabteilung des UfS V/1/IV Auskunft über mich:

»Betr.: Kunert, Günter.

Er selbst (Andrießen) wäre beinahe auch in die Affäre verwickelt worden, weil er eine Einladung des Günter Kunert zur Teilnahme an einem Ausspracheabend des ›Harich-Club‹ Folge leisten wollte, wo die Wiedervereinigungspläne Harichs immer diskutiert worden seien ... Es wäre jedoch nicht soweit gekommen, da kurz vorher Harich verhaftet worden sei ... F.d.R.d.A. Kreher.«

Reproduzierbar ist mir ein Sammelsurium von Eindrükken, hastig wechselnden Bildern, kurzen Szenen, wie aus längeren Passagen sinnlos herausgeschnitten.

Ich bin unterwegs zum Aufbau-Verlag. Ich gehe durch die Französische Straße und sehe von weitem, wie Charlotte Janka, eskortiert von einigen Männern, das Gebäude verläßt. Ein Auto wartet am Bürgersteig. Charlottes Gesicht ist völlig reglos, nur die Augen auffällig geweitet. Ist sie verhaftet? Wird sie zum Verhör geholt? Ich nehme die stumme Szene in mich auf und wage mich nicht mehr in den Verlag, sondern kehre vorsorglich um.

Erich Loest wird eingesperrt, Horst Bienek nach Workuta verschleppt, und die Stasi, um die Unruhe unter den Schriftstellern zu dämpfen, verbreitet fleißig Gerüchte. Die Verhafteten hätten den Sturz der Regierung vorbereitet, gar die Auflösung der DDR, und seien im Kontakt mit dem Ost-Büro der SPD gewesen. Versammlungen werden einberufen, und man gibt bekannt, Erich Loest habe vor Kriegsende zum »Werwolf« gehört, zu einer für Terrorakte ausgebildeten Organisation. Und Gustav Just, wie man seinem eben beschlagnahmten Tagebuch entnommen habe, hätte in Rußland an Erschießungen teilgenommen.

Nach den Urteilen gegen die Janka-Harich-Gruppe erlahmen die Impulse der zaghaften Entstalinisierung. Der ungarische Aufstand ist niedergeschlagen. Georg Lukács nach Rumänien entführt. Die Reformer aufgehängt. Die Vernunft darf wieder schlafen gehen, damit die Monstren ungestört weiter herrschen können.

Mir will nicht mehr einfallen, was damals unsere Unterhaltungen bestimmt hat. Fröhliche Entspanntheit wohl kaum.

Man ist auf der Hut und meidet »heiße« Themen. Die Lage ist derart hoffnungslos, daß sich ihre Erwähnung erübrigt. Mißtrauen grassiert, und mich wundert, daß niemand an unsere Tür klopft, um mich über meine Rolle während der Mitarbeit beim *Sonntag* zu befragen. Ich ahne ja nicht, daß der unsichtbare Dritte längst dagewesen ist, ohne daß etwas Auffälliges mich gewarnt hätte. Unter den guten Bekannten und Fast-Freunden tummeln sich jene, die mir mit großer Verspätung Vergessenes vermitteln. Wie in Briefen aus der Vergangenheit, obschon sie keineswegs an mich adressiert sind, lese ich nun, in den gestern noch geheimen Akten, wer und was ich in den Augen des Großen Bruders gewesen bin:

17.1.1958. »Nach dem Schriftsteller Günter Kunert befragt, gab der GI (Geheimer Informant – GK) folgende Einschätzung: Kunert ist ca. 27 Jahre alt und Mitglied der SED. Der GI ist mit ihm seit dem Jahre 1954 bekannt, als der Redakteur Achim Fröhlich vom Eulenspiegel zum Funk kam und die Redaktion Unterhaltung des Berliner Rundfunks eine Zusammenarbeit mit dem Eulenspiegel anstrebte. Zu diesem Zeitpunkt nahm die genannte Redaktion, deren Leiter der GI war, engere Beziehungen mit Günter Kunert auf.

Da Kunert zu dieser Zeit Auseinandersetzungen mit Walter Heinowski vom Eulenspiegel hatte und sehr viel für den Funk arbeitete, schlief seine Zusammenarbeit mit dem Eulenspiegel ein.

Für die Redaktion Unterhaltung des Berliner Rundfunks hat K. etwa bis zum Herbst 1956 gearbeitet, wobei zu bemerken ist, daß er von Woche zu Woche, von Monat zu Monat immer weniger machte.

Diese Tatsache ist darauf zurückzuführen, daß er sehr luschig gearbeitet hat und zum anderen sich nicht an die Argumentationen des Redaktionskollektivs hielt und nach seinen eigenen Anschauungen arbeitete.

Nach den Ausführungen des GI gab es noch zwei weitere Dinge, die dazu beitrugen, Kunert nicht mehr für die Redaktion arbeiten zu lassen.

1. Anfang des Jahres 1956 hatte Kunert eine sehr miesmacherische Tendenz, die sich darin ausdrückte, daß Kunert die Auffassung vertrat, man müsse im Kabarett mehr die negati-

ven Dinge der DDR propagieren und weniger auf West-deutschland eingehen, während sich das Kollektiv der Redak-tion bemühte, in den Kabaretts eine gesunde Proportion zwi-schen DDR-Problemen und den Fragen, die Westdeutschland betreffen, herzustellen.

Kunert – so berichtete der GI – konnte in vielen Fällen nicht unterscheiden, worüber man Satire machen kann und wo bitterer Ernst vorhanden ist, den man in der Satire nicht bringen kann.

Seit Herbst 1956 besteht also zwischen Kunert und der Re-daktion Unterhaltung des Berliner Rundfunks keine direkte Zusammenarbeit mehr. Nach dieser Zeit hat er bis Ende 1957 allerhand Hörfolgen und Hörspiele für die Dramaturgie, den Deutschlandsender und zum Teil für Radio DDR gemacht.

Über seine Verbindungen ist dem GI bekannt, daß er enge Beziehungen zu Janka vom Aufbau-Verlag hatte. Vor dem Prozeß ist dieser Name sehr oft von Kunert gefallen, wobei er jeweils seiner Hochachtung vor ihm Ausdruck verlieh.

Wenn Kunert etwas schreiben will – so sagte der GI – hat er ein Ziel vor Augen und durchaus auch gute Einfälle und Vor-stellungen, die aber sofort zerschlagen sind, wenn er an den Alltag denkt. Das heißt mit anderen Worten ausgedrückt, daß er dann nur Schwierigkeiten, allerhand kleine Mängel sieht, die in der DDR noch beseitigt werden müßten usw. und diese dann oft mehrere Tage nicht überwindet. Es kommt dann so-gar soweit, daß er sich zu Schimpfworten hinreißen läßt.

Aus den bisher gesagten Dingen ist zu ersehen, daß bei ihm ein positiver und ein negativer Pol vorhanden ist. Dabei ist zu bemerken, daß Kunert eine Frau hat, die gegen unseren Ar-beiter- und Bauernstaat eingestellt ist, im Westen einkaufen geht, nur Westerzeugnisse lobt und dgl. mehr.

Diese Frau ist sehr von ihrem Mann eingenommen und übt einen starken Einfluß auf ihn aus.

Zum anderen hat Kunert kein Vertrauen in die Kraft der Partei der Arbeiterklasse.

Dies ist unter anderem darauf zurückzuführen, daß er nur

in einem kleinen Kreis Intellektueller verkehrt und keinerlei Verbindung zur Arbeiterklasse hat.

Er ist auch nicht aus Überzeugung, sondern mehr intellektuell in der Partei.

Die Familienverhältnisse sind nach Kenntnis des GI gut. Kunert ist seiner Frau hörig und nimmt sie bei allen Reisen, Feierlichkeiten u. dgl. mit.

In moralischer Hinsicht ist nichts negatives über ihn bekannt.«

Auf Heynowski ist Heinz Schmidt gefolgt, der über einen unbeabsichtigten Witz stolpert und stürzt. Die Majestätsbeleidigung, derer er sich unschuldig schuldig macht, ist ihm nicht bewußt. Schmidt, ein alter Haudegen, Altkommunist, hat die, wie er meint, gute Absicht, die führenden Genossen zu popularisieren, wozu auch die gemäßigte, gar schmeichelnde Karikatur gehöre. Die Karikaturen werden angefertigt. Heinz Schmidt läßt sich zum Jahreswechsel für die Mittelseiten des Blattes ablichten, umgeben von den besagten wohlmeinenden Porträts. Schmidt selber hält den freundlich dargestellten Walter Ulbricht in der Hand, darunter als Bildunterschrift ein Statement des Chefredakteurs: Zum Jahresende werfe er immer in den Papierkorb, was nicht mehr benötigt werde ...

Wachsame Oberaufseher wittern Konterrevolution. Schmidt verschwindet selber in dem von ihm beschworenen Papierkorb, um nie mehr auf einen verantwortungsträchtigen Posten zu gelangen.

Auch meine *Eulenspiegel*-Ära endet.

Ich schreibe eine Rezension. Das besprochene Buch liest sich wie eine Parodie auf den »Sozialistischen Realismus«, ist aber ernst gemeint. Ich nehme es nicht ernst. Nach meinem Verriß meldet sich eine angebliche Arbeiterin brieflich bei der Redaktion: Gerade dieses Buch sei das beste in ihrem Bücherschrank.

»Genosse Kunert, du mußt der Frau antworten ...«

In meinem Brief mache ich sie darauf aufmerksam, daß wesentlichere Autoren in ihrem Buchbestand zu fehlen scheinen. Die »Arbeiterin« alarmiert sämtliche ihr erreichbaren Parteileitungen ob meiner hohnvollen Auslassungen.

Das verrissene Buch ist im Verlag Neues Leben erschienen. Dieser Verlag wendet sich an den *Eulenspiegel*, der sich wiederum an mich wendet: Ich möge der Leserin meine Überheblichkeit eingestehen. Eine Abschrift meiner Selbstzerknirschung solle ich an die Parteileitung weiterreichen.

Nun bläst auch noch das Proletariat, vertreten durch den Brigadier und Vertrauensmann im VEB-ELEKTROAPPARATE-WERK J. W. STALIN, zur Attacke gegen den frechen Schmieranten:

»Aus Deinem Brief an die Arbeiterin der VEB Filmfabrik Agfa-Wolfen müssen wir aber auch schließen, daß es Dir an der unmittelbaren ständigen Verbindung mit der Arbeiterklasse mangelt. (...) Unsere Brigade hat sich anläßlich der Gewerkschaftswahl verpflichtet, durch die Verwirklichung der Losung ›Wir wollen sozialistisch arbeiten, lernen und leben‹ den Kampf um den Ehrentitel ›Brigade der sozialistischen Arbeit‹ aufzunehmen. Wir unterbreiten Dir den Vorschlag, daß Du uns bei der Verwirklichung (...) unserer Verpflichtung hilfst, und nehmen an, Dir dadurch auch bei der richtigen Auswertung der an Dir geübten Kritik helfen zu können ...«

Ja, das Leseland DDR, ein Dorado für Analphabeten.

Und weil ich mich dem Unfug verweigere, erteilt mir die Chefredaktion mit einem Leitartikel einen öffentlichen Tadel:

»Machen wir uns nichts vor. Jene Arbeiter, deren Bücherbestand sich mit Deiner Bibliothek nicht messen kann, verwirklichen in den sozialistischen Brigaden Zeile um Zeile, Silbe um Silbe, Satz um Satz das, was Marx und Lenin geschrieben haben. So wie sie morgen arbeiten, müssen wir heute schreiben. Das ist schwer. Leichter wird's, wenn wir von Zeit zu Zeit mit ihnen zusammenarbeiten. Das wollten wir Dir – und auch uns selbst – am Vorabend des 1. Mai einmal mit aller kritischen und selbstkritischen Deutlichkeit gesagt haben.«

Nun, für Deutlichkeit bin auch ich stets zu haben. Außerdem bin ich wütend über die redaktionelle Unterwürfigkeit vor dem Gespenst, das in der DDR umgeht. Und schreibe an den Parteisekretär des *Eulenspiegel* abschließend:

»… möchte ich Dich und die Redaktion bitten, Beiträge von mir fernerhin nicht zu erwarten. Nicht mehr eine einzige Zeile. Solltest Du jedoch, sehr geehrter Genosse Tzschichold, von diesem Briefe gleichfalls glauben, er sei etwas hart formuliert, so bin ich bereit, Dir einen härteren zu schicken.«

Nie wieder eine Zeile! Entgegen manch anderem Schwur – diesen habe ich getreulich gehalten.

Ebenso habe ich ein weiteres, mir selber gegebenes Versprechen nie gebrochen: keiner Anwerbung zuzustimmen. Nicht einmal in prekärer Lage. Wie nach einem feucht-fröhlichen Abend in unserer Wohnung. Ich hatte den Plattenspieler zu laut aufgedreht, Nachbarn klopften, wir tanzten, der Ruf nach Polizei dringt durch die dünnen Wände, und meine Frau, Strategin erster Klasse, schickt mich ins Bett, Gläser und Flaschen verschwinden in der Küche, an die Gäste werden Spielkarten verteilt, und als die Polizei tatsächlich eintrifft, stößt sie auf eine ruhige Rommé-Runde und zieht sich, ums Eingreifen gebracht, zurück. Doch am nächsten Vormittag klingelt ein Jemand an der Wohnungstür, der mir nach seinem Eintreten vertraut vorkommt. Wo habe ich den Mann in der grünen Uniform schon einmal erblickt? Natürlich – in der Vergangenheit! Im bombardierten Berlin, wo er in der Einfahrt eines ausgebrannten Gebäudes ruhte. Wieso lebt er noch und sitzt mir gegenüber, mich zu einem absurden Dialog verleitend? Nach einigen Präliminarien kommt er unmittelbar auf den Grund seines Besuches zu sprechen:

»Wollen Sie nicht Polizeihelfer werden?«

Für mich ist der Mann mausetot. Ich lasse mich trotzdem auf eine Fortsetzung ein:

»Was hätte ich denn da zu tun?«

»Nun – Sie würden der Volkspolizei bei der Erfüllung ihrer

Aufgaben helfen!« Etwas Ähnliches hatte ich mir schon gedacht, bin jedoch neugierig auf die nächste phraseologische Windung:

»Und was wäre dabei meine Aufgabe?«

»Nun –«, er hebt stets mit diesem ausgeatmeten ›Nun‹ an, um nach kurzer Pause sich erneut vor der Konkretion zu drücken.

»Indem Sie als Volkspolizeihelfer die Pflicht haben, die Volkspolizei in jeder Hinsicht zu unterstützen ...« Meine Frau lauscht aufmerksam, als säße sie in der ersten Parkettreihe. Ich erneut:

»Aber Sie müssen mir doch sagen, worum es eigentlich geht.«

Er, sehr zögerlich:

»Nun – Sie machen doch häufig Besorgungen, gehen einkaufen, kommen mit vielen Leuten zusammen – da erfahren Sie doch, was so geredet wird ...« Die Katze ist aus dem Sack. Und ich ziehe mich auf eine Berufskrankheit zurück:

»Wissen Sie, ein Dichter ist oftmals geistesabwesend, da er ständig mit seinem Werk befaßt ist. Ich kann mich an irgendwelche Gespräche irgendwo überhaupt nicht erinnern. Ich muß ständig nachdenken ...« Das reicht ihm. Er erhebt sich und kehrt in seine Ruine zurück, ohne mich jemals wieder zu belästigen. Vermutlich meldet er meine Hilfsunfähigkeit höheren Ortes, denn niemand erneuert den mißlungenen Versuch, meine Ohren in Dienst zu nehmen.

Mit Polizisten habe ich manchmal zu tun gehabt, häufiger mit Verlegern und Lektoren, in völliger Unkenntnis, daß ich es doch mit Polizisten, wenn auch einer besonderen Gattung, zu tun hatte. Eben noch betrete ich erwartungsvoll den Aufbau-Verlag, ein Gedichtmanuskript unter dem Arm, vom Cheflektor Caspar mit gedämpfter Freundlichkeit empfangen, und gehe mit der Zusage, die Druckgenehmigung werde wohl baldigst eintreffen. Aber »baldigst« zieht sich hin. Schließlich bekomme ich den Umbruch zur Korrektur: »Echos« heißt der Band programmatisch.

Plötzlich Gerüchte. Am Telefon Herumgerede. Was ist mit der versprochenen Druckgenehmigung?

Ich Narr habe meine Lektion noch immer nicht gelernt und kann mir nicht vorstellen, daß die Hüter der Friedhofsruhe auf meine Gedichte kaum mit Begeisterung antworten würden.

In dem schmalen Bändchen lesen die Gemeinten:

DER BRAVE MANN DENKT AN SICH SELBST ZULETZT
Woran denkt er zuerst? Er denkt natürlich an die andern.
Er denkt: So wie sie leben, leben sie zu liederlich.
Sie lieben, zeugen Kinder, werken, saufen, boxen, wandern.
Ein Amt muß her, das zieht uns unters Chaos einen Strich.
Wer aber lenkt das Amt? Da denkt der brave Mann an sich.

Der nach Walter Janka als Verlagsdirektor inthronisierte Klaus Gysi, in noch ferner Zukunft als informeller Stasi-Mitarbeiter »Kurt« enttarnt, belehrt mich in seinem Büro, daß wegen dieses und weiterer Gedichte keine Druckgenehmigung erteilt worden sei. Und der Verlag habe einsichtig und selbstkritisch mein Manuskript zurückgezogen.

Da offiziell keine Zensur besteht und ergo auch kein Buch verboten werden kann, wird es unter Anwendung einer angestrengten Rabulistik dennoch verboten. Nähere Auskünfte werden amtlicherseits nicht erteilt. Lesen Sie doch einfach Kafka, Herr Kunert!

Vorerst wird mir ein Angebot gemacht, das ich nicht ablehnen kann. Und auch gar nicht ablehnen will, da es eine relative Unabhängigkeit verspricht. Eine Dramaturgin der Filmgesellschaft DEFA meldet sich bei mir, und im Handumdrehen sind wir einig: Ich schreibe den Entwurf für einen Kriminalfilm. Die Honorare für die einzelnen Fertigungsstufen, Skizze, Treatment, Szenarium, Drehbuch, steigern sich nach jeder abgelieferten und vor allem angenommenen Arbeit.

Und damit ist so etwas wie ein teilweiser Rückzug verbunden, denn jede der Stufen verlangt den Aufwand von Zeit und Konzentration. Vor der letzten Stufe wird mir ein Namensvetter zugeteilt: der Regisseur Joachim Kunert. Er sitzt bequem und halb liegend auf meiner Ruhebank, ich am Tisch hinter der Schreibmaschine, und immer wenn ich einen Dialogsatz laut formuliere, um ihn aufs Papier zu tippen, protestiert der andere Kunert mit dem Stereotyp: »Das kriegt der Schauspieler nicht in die Fresse! Einfach, einfacher!«

Nach Stunden intensiver Anstrengung, den offensichtlich vom Regisseur unterschätzten Schauspielern die Worte mundgerecht und schmackhaft zuzubereiten, erholen wir uns bei einem Spaziergang nach Westberlin. Die Front zur »Frontstadt« verläuft wenige Meter hinter unserem Haus, das feindliche Ausland heißt Neukölln, wo wir Zigaretten päckchenweise einkaufen. Ich will den Regisseur überreden, mit mir in ein Neuköllner Kino zu gehen, doch mein Quälgeist lehnt ab: Er gehe nie im Westen ins Kino!

Dann tippe ich die letzte Seite, die Geschichte eines Kriminalbeamten, der seinen eigenen Sohn als Kriminellen aufspürt, ist zu Ende. Die Dramaturgin ist zufrieden. Der Chefdramaturg ebenfalls. Schließlich auch der Direktor. Doch die höchste Hürde ist noch zu nehmen. Das Drehbuch muß dem Filmministerium zur Begutachtung und Genehmigung vorgelegt werden. Dasselbe Procedere wie bei den anderen Gattungen.

Nach Hangen und Bangen grünes Licht. Die Produktion ist zugelassen. Die letzten Honorarraten treffen auf meinem Konto ein, soviel Geld besaßen wir vordem nie, und ich, der antikapitalistische Revoluzzer, stimme schnöde der trivialen Sentenz zu, daß Geld zwar nicht glücklich mache, aber beruhige. Wir können sogar daran denken, uns einen außerordentlichen Wunsch zu erfüllen.

Wir melden uns im Autohaus Unter den Linden auf einen Wartburg an. Bis zur Auslieferung würde es eine Weile dauern, erfahren wir. Und bei wiederholten Nachfragen im Laden begegnet man stets neuen Gesichtern. Weil nach kurzer Frist die Verkäufer verhaftet und durch noch unbescholtene ersetzt werden, bis auch diese die Hand aufhalten und die Kundenkarteien manipulieren. Man muß mit einem Bakschisch von tausend Mark rechnen. Aber wir haben keine Eile, wir können ja gar nicht fahren. Um den Führerschein, auf DDR-Deutsch »Fahrerlaubnis«, zu erlangen, muß man sich bei der einzigen Fahrschule Ostberlins anmelden.

Unser Fahrlehrer ist streng, ja, geradezu martialisch. Ein ehemaliger Offizier, dem ich sogleich eine gehörige Antipathie entgegenbringe. Das Fahrzeug ist ein EMW, unlizenzierter Nachbau eines Vorkriegs-BMW, noch mit Zwischengas zu schalten. Schweißüberströmt klammere ich mich ans Lenkrad, während draußen Eis und Schnee und Matsch und Glätte die Fahrweise regeln. Mein Offizier stellt seine mächtig bestiefelten Füße auf seine zusätzliche Kupplung und notfalls auf seine Bremse. Anfahren am Berg. Wenden. Und als ich mit »Zu Befehl!« die Weisung bestätige, wecke ich in dem Mann den für ausgetrieben gehaltenen Feldwebel: »Ich kann Sie in noch engeren Straßen wenden lassen!«

Anschließend die »Fahrerlaubnis«. Kein bißchen zu früh, denn kurz darauf meldet sich das Autohaus am Telefon:

»Herr Kunert – Sie können Ihren Wagen abholen!«

»In Ordnung, wir kommen sofort ...«

»Nein, nein, nicht hier! In Eisenach beim Werk!«

Im Schlafwagen Richtung Eisenach begibt sich eine gemischte Gruppe zur Ruhe: eine Frau und drei Mann. Die Frau ist meine Frau. Wir sind ja nicht zimperlich und vertrauen auf die hohe sozialistische Moral unserer Mitreisenden. Meine geringen Geographiekenntnisse verheimlichen mir, wo Eisenach sein könnte. Allein durch den Seemann Kuddeldaddeldu habe ich von diesem Ort gehört: »Schlafbrüchige Bürger von Eisenach / wachten auf, denn draußen gab's Krach ...« Prophetische Worte von Ringelnatz. Der Krach entsteht aus dem Streit der Käufer um die Farbe ihres Wagens. Nach dem Vorbild des klassischen amerikanischen

Witzes: »Bei uns können Sie jede Farbe bekommen, es sei denn Schwarz!«, fertigt man die unmündigen Bürger mit den dicken Geldtüten ab. Man wird kasernengleich aufgerufen, darf untertänigst vortreten, zahlen und mit seiner kraß knatternden Blechschachtel beseligt den Heimweg antreten.

Plötzlich ein Ruf: Eine zweifarbige Limousine – wie wir sie bestellt hatten – sei vorrätig!

Alles rennt, jagt, hastet durch die leere Halle, keuchend und pustend, zum Übergabeschalter. Unbeabsichtigt stehen wir direkt daneben und können das Fahrzeug sogleich in Empfang nehmen, oben Eierschale, unten lichtes Anthrazit, getrennt durch eine Chromleiste.

Nach der Bezahlung ans Lenkrad. Halt! Die ersten tausend Kilometer nicht über achtzig fahren. Und ja nicht vergessen: Nach jeweils fünfhundert Kilometern die Zentralschmierung mit dem linken Fuß kräftig, sehr kräftig durchtreten!

Ade, Eisenach!

Eines langen Tages Reise in die kurze Nacht haben wir bald hinter uns. Das Lenkrad ist glitschig von den Fingern, die Kupplung braucht einen kräftigen Tritt, wie die Deutschen zur Einführung des Sozialismus. Bei jedem Halt an einer Ampel mustere ich die Fußgänger verächtlich. Sie haben seit einigen Stunden ihre Ebenbürtigkeit mit uns eingebüßt – popliges Publikum, an dem wir vorbeirauschen respektive vorbeipoltern. Durch die Windschutzscheibe gesehen, wirkt die Umwelt ärmlicher, belangloser, unterlegen und flüchtig, da man sich ihr mit einem Druck aufs Gaspedal entziehen kann.

Übermüdet durch Schlaflosigkeit im nächtlich dahinrumpelnden Wagen wollen mir jetzt die Augen zufallen. Ich kann nicht mehr, Marianne. Und Marianne, die allzeit erstklassige Schülerin und Bestnotenernterin, tauscht mit mir den Platz, und ich wache erst in Ostberlin wieder auf.

Als mobil und darum fidel könnte man unsere Verfassung bezeichnen. Nichts wie hinaus in die Ferne!

Der erste Ausflug gilt Potsdam.

Parken wollen wir an einem Kanal, wo ich, entnervt vor

Aufregung, anhalte. Doch ich vergesse, die Handbremse anzuziehen, und der Wagen setzt sich auf dem abschüssigen Pflaster in Bewegung. Ich bin wie vor den Kopf geschlagen, was um Himmels willen geschieht jetzt? Bis das gußeiserne Geländer die Fahrt stoppt. Ein schepperndes Geräusch. Klirren von Glas. Der rechte Scheinwerfer ist hin. Selten wohl hat jemand einen geliebten Toten mit dem gleichen Mitgefühl betrachtet wie ich meinen Wartburg.

Meine Werkstatt befindet sich einige Schritte hinter der nächsten Ecke, jenseits einer S-Bahn-Unterführung, fast schon im Niemandsland zwischen Treptow und Neukölln. Der diensthabende Mechaniker beruhigt mich: »Alles läßt sich regeln.« Ich weiß ja wie und reiche ihm die Hand zu einem »warmen« Händedruck. Und drei Tage danach sieht mich mein blecherner Gefährte wieder mit zwei gesunden Lichtern an.

Reisen, Reisen!

Das Verlangen, unterwegs zu sein, unerreichbar für Drohungen und Ärgernisse.

Um reisen zu können, müssen wir die Katzen in Pflege geben. Mal zu meinen Eltern, mal zu Mariannes älterem Bruder. Die Begeisterung beider Parteien über unser Ansinnen hält sich in Grenzen. Aber unseren Wunsch abzulehnen ist unmöglich. Schließlich verweigern meine Eltern, mit Hinweis auf ihre Krankheiten und Altersbeschwerden, den Katzendienst. Und mein Schwager kauft sich Nymphensittiche und bedauert, sie nicht mit den Katzen zusammenführen zu können.

Wohin mit unseren Lebensgefährten?

Aber wozu hat Gott jene ärmlichen, alten Frauen geschaffen, die, um ihre karge Rente aufzubessern, den Tierfreunden zur Verfügung stehen?

So bringen wir unsere Mannschaft zu einer Katzenmutter, in deren Wohnung es von Feliden wimmelt und in der es zum Himmel stinkt. Wir hätten die Alte darüber informieren sollen, daß unter unseren Tieren ein besonders talentiertes ist, ein Kater, der Türen öffnen kann, indem er an die Klinke springt, sie niederdrückt und sich vom Türrahmen abstößt. Bei dieser alten Dame vollführt er sogleich sein Kunststück und setzt einen Katzen-Exodus in Gang. Bis auf die unseren verstreuen sich die meisten in alle sieben Winde – was uns vorwurfsvoll berichtet wird, als wir unsere Getreuen heimholen.

Damit die ganze Bagage und auch wir nicht frieren, steigen wir, mal Marianne, mal ich, täglich die vier Treppen hinunter, um ächzend und pustend emporzuschleichen, jeweils rechts und links von einem brikettgefüllten Eimer in die Knie gezwungen.

Als ich gerade aus dem Keller in den Hausflur keuche, spricht mich ein Herr an, dem Habitus nach ein Klassenfeind aus dem Westen. Er erkundigt sich bei dem schwitzenden Kohlenträger nach einem Herrn Kunert und nimmt mir, nachdem ich mich als der Gesuchte bekannt habe, die Eimer ab und folgt mir aufwärts. Hoch droben stellt er sich vor: Peter Frank vom Hanser Verlag in München.

Was ich davon hielte, eventuell einen Gedichtband bei seinem Verlag herauszubringen?

Ich habe keine Einwände.

Definitives müßte man noch besprechen. Am besten im Verlag in München.

Keine Einwände.

Man schreibt das Frühjahr 1961, und ich schreibe einen Antrag für einen »Propusk«. Obwohl die deutsche Bezeichnung eine andere ist, trägt die grüne, zu Ausfahrten mit dem Auto nach Westberlin berechtigende Karte generell den russischen Namen aus der Heimat ihrer Erfinder. Ärzte, Künstler, Wissenschaftler weisen sich an den Sektorenübergängen damit aus und dürfen passieren. Bin ich minderwertiger als die bisher Berechtigten?

»Zu Studienzwecken und Bibliotheksbesuchen«, vermerke ich auf dem Antrag. Dabei wollen wir nur zum Steinplatz fahren, um ins Kino zu gehen. Meine Frau muß in die Karte mit eingetragen werden, damit der Polizist am Brandenburger Tor, das mir als Übergang zugewiesen ist, uns beide das Wahrzeichen Berlins durchqueren läßt.

Am Großen Stern, um den der Verkehr kreist, stoppe ich, schätze aber, mich schon zu weit vorgewagt zu haben, und schalte ängstlich in den Rückwärtsgang, gebe Gas und vernehme ein grauenvolles Krachen. Und blicke erst jetzt in den Rückspiegel und sehe, wie hinter mir ein Mensch aus einem Auto springt und mit einem Satz an meiner Tür ist. Mann, haben Sie denn keine Augen im Kopf, und ich steige mit weichen Knien aus, mit Sprachlosigkeit geschlagen. Der Mensch entpuppt sich als Arzt, ebenfalls aus dem Osten, und die beiden Westpolizisten auf dem Bürgersteig amüsieren sich königlich über die beiden Ostler, die sich ausgerechnet Westberlin für eine Kollision ausgesucht haben. Der Arzt hat ein Blinklicht verloren. Unser Wagen hat im Heck eine Delle. Die Kino-Lust ist uns vergangen.

Sehr geehrter Herr Dr. Peter Frank. Wir wollen Sie im Verlag in München aufsuchen. Mit dem Auto. Viele Grüße – Ihr Dichter K.

Dazu benötigt man einen »Interzonenpaß«. Das bedeutet Fragebögen, Anträge in vielfacher Ausfertigung, Bittgänge und Telefonate. Grund: Studienfahrt und Verlagsverhandlungen. Der Schriftstellerverband, möglicherweise spekulierend, durch eine Kunert-Publikation der DDR Devisen zu verschaffen, besorgt die Reiseerlaubnis für das Ehepaar Kunert.

Wir packen unsere Sachen und den Freund Benno ins Auto, der ebenfalls einen Reiseanlaß gefunden hat; er betreut im Aufbau-Verlag die Brecht-Ausgabe und argumentiert gegenüber dem Verlag und dem Innenministerium, mit dem Suhrkamp Verlag in Frankfurt Editionsfragen klären zu müssen.

Ab nach Frankfurt.

Osterverkehr auf der Autobahn. Langsam gerate ich in Konfusion.

Wo kommen bloß all die Autos her?! Stau und stop and go.

Bei go vergesse ich das Bremsen, weil ich das vorherige Auskuppeln für fahrgerechter halte, und lande, oh, der Aufschrei des Blechs, auf einem VW Käfer, aus dem ein Teufel stürzt und heranstürmt, mich zur Hölle wünschend.

Doch sogleich wird der Teufel zum normalen Hessen, da sich an seiner Karosserie nicht der geringste Schaden zeigt. Unsere Motorhaube aber ist verzogen, und die beiden eifrig geputzten Chromleisten beidseitig haben sich aus ihren Halterungen gelöst und stehen nach links und rechts wie zwei dünne Hörner ab.

Zum Trost erweist sich der Hausdiener in dem kleinen Hotel am Frankfurter Stadtrand, wo wir unterkommen, als ausgesprochen einfallsreich. Er zieht die gefährlich spitzen Chromspieße durch die vorhandenen Bohrungen dicht an die Kotflügel und arretiert sie dort mit feinen Drähten. Beim flüchtigen Hinschauen scheint alles intakt, aber ich sehe genau hin. Ja, ich sehe anstelle des Wagens überhaupt nur noch die Drähte und die Verkrümmung der Motorhaube.

Weil Bennos Verhandlungen im Suhrkamp-Haus ergebnislos verlaufen, brechen wir gleich wieder auf: nach München.

Im Hanser Verlag hat man noch keine Entscheidung über einen Gedichtband des Lyrikers, der aus der Kälte kommt, getroffen, ist jedoch nach wie vor geneigt. Und nach einem Ausflug in die Berge, wo sie am bayerischsten sind, verlassen wir das Wirtschaftswunderland und rollen zurück in ein wunderliches.

Hinter dem Schreibtisch wie hinter einer Barrikade.

Aus dem Radio eifernde Reden.

Unleidliche Kommentare. Hie »Menschenhandel« und »Abwerbung«, dort »Abstimmung mit den Füßen« und »Ausbluten der DDR«.

Der »Große Gelehrte WU«, wie ihn waghalsige Spötter titulieren, verkündet, er wolle in Berlin keine Mauer bauen.

Ob man das glauben soll?

Dem Mann ist nicht zu trauen. Daß ich dennoch mit ihm gesprochen habe, daran war mein eingeschränkter freier Wille schuld. Und die Umstände. Und mein Aufgekratztsein. Und weil wir uns zu dritt in kindlichen Übermut hineingesteigert hatten: Manfred Bieler, Lothar Kusche und ich.

Vor Beginn des Schriftstellerkongresses 1961 bittet man uns drei, zum Kongreßverlauf eine Wandzeitung im Foyer der Tagungsstätte täglich neu zu gestalten. Wir, hintersinnig veranlagt, stimmen sofort zu. Der Auftraggeber muß schon am nächsten Tag seine Wahl bereut haben. Wir machen uns über den Kongreß-Zirkus lustig. Immerhin gelingt es uns, Schadenfreude zu stiften. Da Gäste aus dem »kapitalistischen Ausland« anwesend sind, wagt man es nicht, uns von der Aufgabe zu entbinden. Schließlich soll ja die »Freiheit des Wortes« in der DDR bewiesen werden, eine Freiheit mit kleinen Einschränkungen, bedingt durch den Friedenskampf, dessen Priorität niemand anzweifle. Wäre erst der Weltfriede gesichert, seien Lockerungen zu erwarten.

Meist halten wir drei uns in einem Büroraum auf, fern der Predigten und Bekundungen, wobei wir unsere schärfsten Witze der Wandzeitung und ihren Lesern vorenthalten müssen.

Am letzten Abend, zum Abschluß und zur Krönung des Spektakels, lädt die Regierung zu einem Empfang ins »Haus der Ministerien«, einem zu meinem Vorteil unübersichtlichen Bau, in welchem man sich leicht verirren kann. Menschengewimmel. Autoren zuhauf. Delegierte von Massenorganisationen. Abgesandte von Verlagen. Die Anzahl der Geheimpolizisten ist Staatsgeheimnis.

Zum Schluß, von heftigem, anhaltendem, lang dauerndem und begeistertem Beifall empfangen: der Generalsekretär, begleitet von seinen Leibwächtern, gnädig mit der bis Brusthöhe erhobenen Rechten wedelnd.

Unübersichtliches Gedränge, die Büfetts werden zum Sturm freigegeben. Es bilden sich Gruppen und Grüppchen, zwischen denen ich pendele, das leere Glas gegen ein gefülltes von den Tabletts eifriger Zuträger tauschend. Beim Umherstromern entdecke ich in einer Ecke an einem größeren Tisch, in ein vermutlich weltpolitisches Gespräch vertieft, den Generalsekretär und Staatsratsvorsitzenden. Zielgerichtet durchquere ich den Saal, den Tisch anvisierend, erreiche denselben und nehme neben Walter Ulbricht Platz. Ich schlage die Beine entspannt übereinander und halte einem Kellner mein leeres Sektglas hin. Und mische mich unbekümmert in den Wortwechsel ein.

Mir schräg gegenüber lauert Erhard Scherner, Verbindungsmann des Zentralkomitees zum Schriftstellerverband, und fixiert mich basiliskenhaft unter halbgesenkten Lidern hervor.

Währenddessen stöbert Lothar Kusche eiligst meine Frau auf und schockiert sie mit dem Satz:

»Dein Mann ist betrunken und sitzt bei Ulbricht am Tisch!«

Obwohl dies die günstigste Gelegenheit gewesen wäre, ist meine Frau nicht in Ohnmacht gefallen. Sie wünscht es sich zwar manchmal, bringt es aber nie zustande. Sie bittet den Boten, ihren Gatten vor möglichen Übeln zu bewahren.

So rettet mich Lothar vor Weiterungen, tritt freundlich grüßend hinzu, flüstert mir etwas ins Ohr, ergreift meinen Arm, und Walter Ulbricht ist erlöst und kann seinen sächsischen Faden weiterspinnen.

Doch noch ist die Gefahr keineswegs gänzlich gebannt.

Mich zieht es dahin, wohin keine Frau mir folgen kann: in die Herrentoilette.

Überall blendendweiße Kachelwände, weitschweifig ineinander übergehende Sanktuarien. Ich verliere restlos die Orientierung auf der Suche nach einem Urinal. Endlich glaube ich mich an der richtigen Stelle, wo ich mich erleichtere. Leider ist es nur der Vorraum, in den mein getrübter Ortssinn mich erneut verschlagen hat. Selbst hier herrscht erhöhte Wachsamkeit. Irgendeine Person am äußersten Rande meiner Wahrnehmung benachrichtigt die reichlich vorhandenen Staatssicherheitsleute.

Aufatmend und befreit verlasse ich die Toilette. Fünf Mann stürmen an mir vorbei, um den Saboteur, denn nur um einen solchen kann es sich handeln, festzunehmen und seiner gerechten Strafe zuzuführen. In den labyrinthischen Gängen begegnen wir ihnen wieder, wo sie umherstreifen und Verdächtige durchbohrend mustern. Meine Frau führt mich an ihnen vorbei und hinaus.

Und ich erwache mit ausgedörrtem Rachen und einem im Schädel schwappenden Gehirn. Und weiß nichts vom gestrigen Abend. Bis meine Frau mich fragt:

»Was hast du mit Walter Ulbricht besprochen?!«

»Mit wem?«

»Du hast doch gestern abend an seinem Tisch gesessen …«

»O Gott …« Wäre mir nicht schon elend zumute, würde mir schlecht werden. Ich – mit Walter Ulbricht gesprochen – worüber bloß? Wahrscheinlich habe ich mich um Kopf und Kragen gebracht.

»Und wer war noch dabei?«

Keine Ahnung. Oder doch: lauter Westdeutsche. Und, halt, ja, das Schlitzauge Erhard Scherner. Kaum ist der Name gefallen, macht sich Marianne ans Telefonieren und kriegt die Nummer meines gestrigen Gegenübers heraus und ruft ihn an. Ich harre der vernichtenden Aussage als lebender Leichnam auf meinem Bett.

»Was hat mein Mann zu Herrn Ulbricht gesagt?« höre ich meine Frau am Apparat fragen. Sie lauscht, nickt, verabschiedet sich und bringt mir frohe Kunde: Nichts politisch Ungehöriges. Gar »kämpferisch« hätte ich dahergeschwätzt – was immer das bedeuten mag. Wir sind noch einmal davongekommen. Ich muß keinen unerwarteten Besuch befürchten.

Von seinen Plänen und Absichten wird er mir ohnehin kaum gesprochen haben, statt dessen wohl weiter nichts als die bekannten politischen Sprüche. Mit einem menschlichen

Wort wäre nie zu rechnen gewesen. Er hielt das Visier bis zu seinem Ende vorsorglich geschlossen.

Unvergeßlich das Falsett seiner Stimme, die einem meist Existenzbeschneidendes verhieß. Insbesondere an jenem hochsommerlichen Sonntag im August 1961.

4

»Schaltet sofort das Radio an! Es ist etwas passiert!«

Eine aufgeregte Stimme am Telefon: Karl-Heinz. Er ist der erste mit der Hiobsbotschaft, aber nicht der letzte. Die innerstädtische Grenze ist abgeriegelt worden. Westberliner, sich ausweisend, dürfen nach Ostberlin, doch kein Ostberliner mehr heraus. Die lungern an den quer über die Straßen gezogenen Stacheldrahtspiralen herum und werden immer wieder zurückgescheucht: Sie sitzen in der Mausefalle.

Nachdem auch wir den Stacheldraht besichtigt haben, laufen wir heim. Worüber haben wir gesprochen? Wie ist uns zumute gewesen? Wohl ziemlich übel. Und schon steht Karl-Heinz vor der Tür, über dem Arm zwei Mäntel, eine Jacke und sonstige Kleidungsstücke, als wolle er verreisen. Unter Tränen berichtet er, warum er bei uns ist und nicht bei seiner Frau und den Kindern auf dem Flugplatz Tempelhof.

Aus Vergeßlichkeit!

Ja, er hat in seiner Treptower Wohnung etwas Wichtiges vergessen und ist am gestrigen Abend noch einmal nach Hause gefahren, und nun – nun reibt er zum wiederholten Male die geröteten Lider mit dem Taschentuch, als wisse er bereits, daß er niemals mehr Tempelhof würde aufsuchen können. Ahnt er sein Urteil, daß er den Rest des Lebens hinter der Mauer verbringen müsse?

»Und was sollen die Kleidungsstücke, Karl-Heinz?«

»Die bringt ihr Gitta und den Kindern … Auf den Flugplatz …«

»Und wie stellst du dir das vor, Karl-Heinz?«

Wir haben ja die Grüne Karte, den »Propusk«, und außerdem wollen auch wir noch etwas in Westberlin erledigen.

Unser defekter Heizlüfter befindet sich in Heiligensee, wo ein Freund die Reparatur übernehmen wollte. Von einem Heizlüfter getrennt zu sein ist weniger schlimm als von seiner Familie. Aber verzichten möchten wir auf den Wärmespender dennoch nicht. Nach dem Motto »The proof of the pudding is in its eating« machen wir uns gespannt auf den Weg.

Sonnenschein. Sonntägliche Stille und Leere.

Wahrscheinlich sitzt ganz Ostberlin vor dem Radioapparat, masochistisch den Nachrichten lauschend, welche unser Schicksal verkünden.

Wir sind allein bei der Fahrt zum Alexanderplatz und durch die Karl-Liebknecht-Straße, durch die Straße Unter den Linden zum Brandenburger Tor. Je mehr wir uns dem steinernen Symbol nähern, desto heftiger der Pulsschlag. Vorbei an den Monumenten einstiger Pracht und Herrlichkeit.

»Wo wollen Sie denn hin? Hier können Sie nicht mehr durch!«

Ich zücke die Grüne Karte, an der er herumstudiert, um anschließend gönnerhaft zu erklären:

»Sie können fahren, aber nicht Ihre Begleitung!«

Meine Begleitung herrscht den Wächter an, wie er es sicherlich gewohnt ist. Er solle noch mal nachlesen! Da stünde nämlich »mit Frau«!

Der eingeschüchterte Helot winkt stumm mit der Rechten. Wir fahren ab. Und ganz langsam durch das Tor, das sich erst nach fast dreißig Jahren wieder öffnen wird.

Zur Seite schielend, registriere ich Mannschaftswagen, grau gewandete Kampfgruppler, die Kalaschnikow vorm Bauch baumelnd.

Es hat geklappt.

Ist Ostberlin wie leergefegt gewesen, so wimmelt es auf der Straße des 17. Juni von Passanten. Hier und da ein einsamer Polizist.

Vorbei, vorüber, abbiegen nach Tempelhof. In der Abfertigungshalle wartet Gitta mit den Kindern. Wo ist Karl-Heinz? Wir übergeben die Kleidungsstücke nebst herzlichen Grüßen von dem etwas plötzlich am Kommen Verhinderten. Und reden Beruhigendes in der Art, daß, wenn sich die erste Aufregung gelegt habe, auch Karl-Heinz mit einem Passierschein und kleiner Verspätung nachkommen würde. Und so weiter und so fort. Wir umarmen uns. Adieu, ade, und gleich über Reinickendorf und Tegel nach Heiligensee. Zu einem Plauderstündchen bei Kaffee und Kuchen, als hielte nicht die Welt den Atem an, als ratterten nicht amerikanische Panzer an die Sektorengrenzen, als wäre nicht die Rote Armee in Alarmbereitschaft versetzt worden – als wäre das Hauptereignis des Tages die Spazierfahrt mit einem reparierten Heizlüfter.

Auf Wiedersehen.

Am Großen Stern schieben sich Menschenmengen vom Trottoir auf die Fahrbahn. Es gelingt uns gerade noch, in die Kreisbahn einzubiegen, aber die Ausfahrt auf die Straße des 17. Juni zum Brandenburger Tor mißglückt. Schier Abertausende blockieren den Damm. Also fahren wir noch einmal um die Siegessäule, wieder und wieder, ein Karussellerlebnis schlimmster Art, immer enger von der Masse eingekeilt. Und so drehe ich Runde um Runde, die Scheiben hochgekurbelt, August, Sonne, maximale Transpiration.

Dann erschallt übermächtig eine Stimme. Nicht die Gottes, der endlich mein Stoßgebet empfangen hat, es ist die eines unbekannten Erlösers aus dem Lautsprecher auf dem Dach eines Funkwagens und dringt selbst durch die geschlossenen Scheiben:

»Den Ostwagen durchlassen!«

Die lebende Mauer öffnet sich widerwillig. Zäh zieht sich, als wären wir die Kinder Israels, die todverheißende Flut beidseitig von uns zurück, weicht, so daß wir durch eine Gasse von Zorn und Haß, von verzerrten Gesichtern und erhobenen Fäusten davonbrausen. Auf eine Kette von Westpolizisten zu, die spontane Aktionen verhindern sollen. Die Kette öffnet sich, und wir bewegen uns zum Tor hin. Da sind wir schon vor den »Spanischen Reitern«, aufgebaut während unseres Ausfluges, sind vor dem Kordon, vor den Bewaffneten. Einer von ihnen hebt eine Stacheldrahtschlange in die Höhe, und wir fahren ins Jammertal von morgen.

Unsere wunderliche Spritztour ist ebenfalls die Folge von Vergeßlichkeit gewesen. Der staatliche Übervater hat nicht an die Grüne Karte gedacht, und so machen sich an diesem Augusttag zahllose Ärzte und Wissenschaftler auf und davon. Um diesen einen Tag zu spät ergeht eine presseamtliche Aufforderung, sofort die besagten Karten abzuliefern, es handele sich um eine Umtauschaktion.

Am Spittelmarkt in einem düsteren Bau, jeder Treppenabsatz von einem Jüngling mit ausgebeultem Jackett gesichert, betreten wir das Büro, wo man uns den letzten Freiheitsrest abknöpft. Der Verlust ist deutlich spürbar, da ich die Karte »blutenden Herzens« auf den Schreibtisch lege und den Beamten, der meinen Namen notiert, frage, wann wir die neue Karte erhielten.

»Sie werden benachrichtigt!« Auf diese Nachricht konnte nur ein vollkommener Idiot warten.

Haben wir uns nicht bereits durch unsere Rückkehr als Idioten erwiesen? Aber da sind unsere Katzen, meine Eltern, Mariannes Geschwister. Außerdem klebe ich auf der antifaschistischen Leimrute, flugunfähig, fluchtunfähig. Im Westen herrschen die Globkes, die Mitwirkenden bei der »Endlösung«, die Kameraden der SS, die Mörder, von denen ich annehme, daß sie nicht mehr unter uns, in der DDR, hausen. Die Banalität des vorgeblich »Guten«, das ja nur ein bißchen verbesserungswürdig wäre, Geduld mit den Kinderkrankheiten des Sozialismus.

Der »Schutzwall« wird zur Daseinszäsur für die Betroffenen. »Vor der Mauer« und »Nach der Mauer« ist die gesprächsweise angemerkte Bruchstelle.

So ist mein Vater von seinem Ein-Mann-Betrieb über Nacht

getrennt. Niemand wird am Montagmorgen den Motor der Schneidemaschine anstellen, niemand den Leimkocher aufsetzen oder den Heftdraht in die Führungsschiene fädeln. Wie viele ist mein Vater jetzt arbeitslos, muß sich jedoch, im Gegensatz zu anderen, keine Sorge um das tägliche Brot machen. Meine Mutter, geboren 1898, ist längst Rentnerin, und die den »Opfern des Faschismus« zugebilligte monatliche Summe reicht – bei Bescheidenheit – für zwei Personen. Wer im Westen gearbeitet hat, wird von der Propaganda als Währungsgewinnler und Grenzgänger verhöhnt. Und der bei den Leuten real existierende Neid verwandelt sich in Schadenfreude, was dem Regime seine Maßnahme erleichtert. Mitleid wird nicht aufgebracht.

Die Grenzgänger beordert man zur Arbeitsvermittlung, wo ihnen aus Rache für ihre bisherige DDR-Abstinenz niedere Tätigkeiten zugewiesen werden. Mein Vater, gelernter Papierkaufmann, wird aus ebendiesem Grunde für würdig befunden, eine Altpapiersammelstelle zu leiten. Wiederum ein »Ein-Mann-Unternehmen« und, als bestehe das Fatum auf Kontinuität, wieder in einem Keller. Wie ihm zumute ist, ahne ich nicht. Erfreut gewesen war er wohl kaum. Aus den von ihm verwalteten Papierbergen bringt er hin und wieder Fundstücke nach Hause. Er entdeckt zwischen vergilbten Zeitungen eine Napoleon-Biographie, und ich sehe meinen Vater zum ersten Male geruhsam lesen. Doch das Eintreffen seiner Prophezeiung, Wirtschaft in Fesseln sei ihr Tod, erlebt er nicht mehr. Es hätte ihn gewiß befriedigt.

Der bulgarische Lyriker Dimiter Dublew hat uns aufgesucht; er habe Gedichte von mir mit Hilfe seiner deutschen Frau übersetzt und biete uns seine Gastfreundschaft an.

»Du hast in Sofia ein paar Lewa auf dem Konto. Warum kommt ihr nicht nach Bulgarien?« Ja, warum eigentlich nicht?

Und sogleich melden sich Kompensationswünsche unserer

Sofioter Gastgeber. »Bringt doch bitte Harzer Käse mit.« Wir werfen ihn unterwegs weg, um zu überleben. »Wenn's geht, eingelegte Rollmöpse, Eßbestecke und und und.« Weil man »Reisedevisen« nur in kleinlich begrenzter Anzahl ausgezahlt bekommt, ist man auf verkäufliche Artikel angewiesen.

Aber das ist die niedrigste Hürde.

Vorher: Wir benötigen eine von der Sofioter Polizei beglaubigte Einladung. Stempel, Stempel, Stempel. Als läse in Ostberlin jede Behörde das Bulgarische fließend.

Der Paß: eine Kostbarkeit, auch wenn man damit nur gen Ostland zu reisen vermag.

Sodann: pro Person ein Paket auszufüllender Karteikarten von der Volkspolizeidienststelle. Die Ausgabe erfolgt von jeweils einer einzigen in einem Ostberliner Bezirk. Zurückzureichen mit Fotos der Antragsteller.

Sind diese drei Aufgaben gelöst, die amtlichen Bestien bezwungen, beugt man das Haupt vor dem bulgarischen Konsul. »Die Einreise bitte, Exzellenz!«

Stempel, gnädigst erteilt. Leider liegen, der Geographie zufolge, zwischen uns und Bulgarien diverse Länder. Also: Durchreisevisum Tschechoslowakei, Durchreisevisum Ungarn, Durchreisevisum Jugoslawien. Und überall lernt man in den Wartezimmern abweisende Büroangestellte kennen, die außer den Formeln »Geben Sie her!« und »Nächste Woche abholen!« mit Stummheit geschlagen sind.

Schließlich: die Zentralbank der Deutschen Demokratischen Republik neben dem katholischen Dom, wo noch ein Bittgebet möglich ist: um »Reisedevisen«, Kronen, Forint und Lewa.

Ohne Vorzeigen des Passes mit den vielen Stempeln keine Penunse.

Auch hier: ein Antrag. Die Tage werden sorgfältig ausgerechnet, damit der Reisende nicht aus Versehen vier Mark sechzig in kleinen schmutzigen Noten zuviel erhält. Überhaupt: Man sieht dem Kassenmenschen an, daß er von Einzelreisenden gar nichts hält. Der Luxus des Reisens sei kollektiv, sagt seine mißgelaunte Miene.

Hat man sämtliche Hindernisse überwunden, erfordert das Marco-Polo-Unterfangen Vorsorge für die Ausrüstung.

Immerhin: Man begibt sich in unbekannte Gefilde, die, wie man hört, wenig Zivilisation verheißen. Weil man sie nirgendwo erwerben kann, leiht man mir drei Zwanzig-Liter-Benzinkanister und eine Halbachse. Handwerkszeug nicht vergessen! Und: Nehmen Sie unbedingt Zündkerzen mit, im Zweitakter verölen und verharzen die Kerzen gerne.

Sind wir jetzt vollständig ausgerüstet?

Nicht ganz. Und der beste Tip kommt von Ben, einem Freund, den linken Außenspiegel betreffend. Ein rechter ist ab Werk eingespart. Dieser Spiegel, mein Junge, wird in seinem Chromrahmen nur durch einen schmalen, ventilgummiartigen Schlauch gehalten. Zieht man an diesem, löst sich der Spiegel und bietet dahinter ein Geheimfach, wohinein man die echten Devisen, sprich D-Mark, verstauen kann. Denn durch das feindliche Gebiet des habgierigen Titoismus muß man mit harter Währung für seine Bedürfnisse aufkommen. Ostmark sind wertlos. Also: Illegal importierte Scheine hinter den Spiegel gesteckt und nichts wie up, up and away!

Der erste Halt unfreiwillig an der Grenze zur Tschechoslowakei. Trotz der vielen Stempel und amtlicher Dokumente, trotz der Umtauschbescheinigungen und – sogar das hatte ich nicht vergessen – der Genehmigung des DDR-Urheberrechtsbüros, daß es mir erlaubt sei, mein Lewa-Honorar in Sofia in Empfang zu nehmen, hatten die Behörden doch noch was vergessen.

Der uns visitierende Zöllner kann nicht fassen, daß in unserer Zollbescheinigung weder der Regenschirm, ein »Knirps«, eingetragen ist, noch die »Natoplane«, der dunkelblaue Nylonregenmantel. Beides stammt aus dem Westen und besitzt im Osten einen enormen Tauschwert. Er notiert unsere Schätze, stempelt und unterschreibt.

Daß außerdem vom Fotoapparat Typ und die Seriennummer eingetragen werden, versteht sich von selbst. Während des Verhandelns zwischen Elbe und Elbsandsteingebirge taucht kein Auto auf, als habe man diesen Grenzkontrollpunkt nur für uns über Nacht errichtet.

»Dürfen wir jetzt fahren?«

»Sie müssen noch warten …«

Einer von zahllosen Offizieren ist mit unseren Pässen in einer Baracke verschwunden und kehrt nicht zurück. Was mag hinter den verhängten Scheiben vorgehen? Beschließen die Kontrollorgane die Beschlagnahme des Regenschirms? Haben Sie etwas gegen meine Benzinladung, immerhin sechzig Liter, einzuwenden? Wir sitzen erstarrt da und warten auf eine schreckliche Eröffnung. Vielleicht ist die Ausreise annulliert worden?

Als die Spannung unerträglich geworden ist, verlange ich einen Offizier zu sprechen.

Die Eintragung des Grenzkontrollpunktes sei falsch. Hier steht: Bad Schandau – sehen Sie?! Das ist der Eisenbahnübergang jenseits der Elbe. Eingetragen sein müßte »Schmilka«. Das ist hier! Wenn einem etwas die Sprache verschlägt, dann sind es die Auswüchse deutscher Bürokratie.

Endlich können wir fahren.

Entlang der Elbe.

Ein Schild: »Děčín«. Das ist Tetschen, Geburtsort meines Großvaters väterlicherseits. Verfall, Schmutz, Zerstörung. Hinter der Stadt die Dörfer, behaust von Sinti, Roma und Zigeunern. Das Sudetenland – ein Abbruchunternehmen.

Bis Brünn presse ich meine Schuhsohle hin und wieder und sicherlich viel zu häufig auf die Zentralschmierung, von der ich hoffe, daß sie mich dank der nimmermüden Berührung nicht im Stich läßt.

Erschöpft, mit einem unbeherrschbaren Tremor der Hände und Unterarme, bedingt durch die direkte Lenkung und die kopfsteingepflasterten Landstraßen, erreichen wir Brünn, eine Dornröschenstadt, weit weg vom Kalten Krieg. Ein ewiger Sonntagvormittag.

In einem Hotel sind wir verabredet: Mit Ludvík Kundera, dem Dichter und Nachdichter. Er gesteht, das Hotel noch nie von innen gesehen zu haben. Betreten dürfen Eingeborene es nur in Begleitung eines Ausländers. Ludvík findet das Hotel fulminant.

Sodann klagen wir, wie alle Ostblockianer bei Zusammenkünften, uns die Ohren voll. Zwischen den Bürgern sozialistischer Staaten kommt nie Langeweile auf. Gesprächsstoff ist die invariable Misere. Man hangelt sich wie an einem Aridanefaden durch die Unterhaltung, um auf immer wieder dasselbe Ungeheuer im Zentrum der eigenen Erfahrung zu stoßen.

Weiter, weiter.

Auf Wiedersehen, Ludvík, leb wohl, Mähren.

Ungarn empfängt uns an der Grenze mit gelangweilten Beamten und einem mächtigen Raubvogel, der, schläfrig, auf einem Grenzpfosten Wache hält. Sogleich umschwirren uns Millionen Fliegen, als einzige munter und agil. Auf nach Budapest.

In Budapest erwartet uns Stefi, eine Bekanntschaft aus Ostberlin, bei der wir unbedingt Station machen sollen. Was wir auch leichtfertig tun. Denn Stefi, über ihre Heimat weder geographisch noch rechtlich informiert, schickt uns nach der Mahlzeit, nach Kaffee und Kuchen in die falsche Richtung. Marianne, sich nach dem Sonnenstand orientierend, merkt bald, daß wir sonstwohin geraten, bloß nicht zur jugoslawischen Grenze. Also umkehren. Quer durch die Pußta. Natürlicherweise setzt die Dämmerung ein, das Fahren wird gefährlicher, da man ständig mit Pferdegespannen rechnen muß, deren Beleuchtung minimal, falls überhaupt vorhanden ist.

Aus der Dämmerung wird pechrabenschwarze Finsternis. Vor der Windschutzscheibe dehnt sich der vom Scheinwerferlicht geschaffene grelle Tunnel ins Endlose. Doch irgendwann kommt man immer an. Ein fernes Licht, der Hoffnungsschimmer für die Verirrten. Wo Licht ist, müssen Menschen sein. Wo Menschen sind, muß sich für den übermüdeten

Chauffeur ein Bett finden lassen. Der Scheinwerfer enthüllt Gebäude, ein Schild RAJKA, der Grenzort. Es ist der 15. September 1961, und ich bin so matt und ausgelaugt, als sei ich die Strecke zu Fuß gelaufen.

Sogar ein Hotel ist vorhanden, und wir torkeln schlaftrunken in die Halle, wo der Nachtportier gelangweilt vor sich hin brütet.

»Ein Zimmer, guter Mann!«

Widerwillig bringt er ein einziges Wort heraus:

»Passport.« Damit können wir dienen. Er blättert in den blauen Heftchen und schüttelt den Kopf:

»Sie müssen Ungarn sofort verlassen. Das Transitvisum ist abgelaufen. Szokolom köszelem …« oder etwas in dieser finno-ugrischen Art gibt er noch zum besten, während wir in die Dunkelheit hinausschleichen.

Schade, daß der Wagen anspringt. Sonst hätte ich eine gute Ausrede für die dringend benötigte Rast gehabt. Und hinter der nächsten Ecke ist auch schon die glanzvoll illuminierte Kontrollstelle. Anhalten, Passport, Gestempel, daß der Brettertresen kracht, und ab ins Niemandsland. Ungarn liegt in gebührender Entfernung hinter uns, wo Jugoslawien liegt, ist nicht auszumachen. Der rechte Moment, den Motor abzustellen. Horch – fernes Hundegeheul.

Jetzt muß das Westgeld aus dem Versteck, falls man uns bei der Einreise in jenes Land, für das wir keine Dinare erhalten haben, nach Zahlungsmitteln fragt.

In der absoluten Dunkelheit ziehe ich den Gummiring aus der Halterung, und sogleich fällt der Spiegel zu Boden und reißt das Geld mit in die Tiefe. Fern heult der Wolf oder Wolfshund, und auch mir ist zum Heulen zumute. Ich gehe in die Knie, krieche auf Schotter umher und ertaste den Spiegel. Gott sei Dank – er hat den Sturz heil überstanden. Aber wo ist das Geld?

Da raschelt es unter den Fingern. Aufatmen. Aber danach ergibt sich ein neues Problem: Wie kriege ich den Spiegel wieder mit dem Gummiband in die Fassung? Ohne Licht, denn ich wage nicht, im Visier der wahrscheinlich einander gründlich belauernden Grenzposten die Innenbeleuchtung oder gar die Scheinwerfer anzustellen. Der ferne Hund heult jammervoll, als verheiße er nichts Gutes. Langsam haben sich die Augen an die Finsternis gewöhnt. Wann steigt die erste Leuchtrakete?

Der Gummiring sträubt sich zunehmend, je intensiver ich ihn nebst dem Spiegel in den Rahmen zu pressen versuche.

Geschafft!

Nun nichts wie weg. Auch die jugoslawische Grenzstation ist zu unserem Empfang illuminiert, ein Schlagbaum hebt sich, wir steigen aus und werden zur Wachstube geführt. Einige vierschrötige Polizisten füllen ihre Lottoscheine aus. Man beäugt unsere Pässe, palavert, und wir müssen auf einem Armesünderbänkchen Platz nehmen. Es wird unseretwegen telefoniert, soviel ist klar. Unversehens betritt ein Zivilist die Bühne, blond und rank und des Deutschen einigermaßen mächtig. Erneutes Blättern in den Pässen. Woher? Wohin?

Wir geben Auskunft, schon wird ein Stempel geschwungen, und es ist plötzlich der 17. September 1961. Wo ist der 16. geblieben? Ein Tag ist aus unserem Dasein gestrichen worden. Ein möglicherweise bedenklicher Verlust, weil man den Tag vielleicht einmal dringend brauchen würde.

Subotica, eindeutig Kurort des einstigen Kakanien. Prächtig verschnörkelte Hotelfassaden. Wir begeben uns ins erste Hotel, ein rein hölzerner Bau, mit Laubsägedekor, die Zimmer saalartig, doch karg möbliert.

Leider haben wir keine Dinare, dafür sind wir aber hungrig.

Ohne zu zögern greift die Empfangsdame in ihre Kasse und reicht uns ein Bündel Scheine. Hier sind wir also kreditwürdig, kein Verlangen nach unseren Pässen.

Am nächsten Morgen fällt uns wieder ein, woher wir kommen, da uns der schwere Gang zur Bank bevorsteht. Trägt der Kassierer den Geldwechsel etwa in unseren Paß ein? Dann sind wir erledigt. Das DDR-Damoklesschwert hängt über uns, die »sozialistische Gesetzlichkeit« dräut selbst noch in der Fremde.

Der Paß ist nicht erforderlich. Nur Cash. Mehr will man von uns nicht. Erleichtert kehren wir ins Hotel zurück und begleichen unsere Schulden. Und markieren auf der Landkarte den Ort, von wo die Straße nach Bulgarien abzweigt: Niš.

Ein Flecken von beeindruckender Ödigkeit. Nach komplizierter sprachlicher Erkundigung: das Hotel. Dem Erscheinungsbild zufolge teuer, zu teuer. Wir wollen uns ein anderes suchen. Abfahrt. Um kahle Wohnblocks auf der Suche nach einer billigen Unterkunft. Meine Frau meldet sich ungehalten. Sie sei müde. Von einem vereinsamten Passanten wird uns ein Hinweis zuteil. Aha, rechts um die Ecke, dann links, you must go left, da ist ein Hotel. Schon parken wir vor derselben Herberge.

Wieder eine neue Runde, wieder …

»Sieh da – ein Schild mit der Aufschrift Hotel!« Wir finden es sofort, und wieder ist es dasselbe. Es ist überhaupt das einzige im Ort. Ich muß den geforderten Preis entrichten und hätte das zweifelhafte Vergnügen bereits vor zwei Stunden haben können.

Am nächsten Morgen scheppern wir mit fünfzehn Stundenkilometer nach Bulgarien. Ein Schotterweg, nicht asphaltiert. Weißlicher Staub wirbelt in langen Fahnen hinter uns her. Sieht so der Arsch der Welt am Arsch der Welt aus?

Nachlässige jugoslawische Kontrolle, die bulgarische sorgfältig, mißtrauisch, unfreundlich.

Sofia besitzt eine bemerkenswerte Spezialität. Auf jeder Kreuzung erhebt sich ein Milizionär auf einem Podest und regelt den inexistenten Verkehr. Robotergleich winkelt er die Arme, dreht sich mit den Stiefeln stampfend richtungweisend. Es ist kein Auto in Sicht außer dem unseren. Wir machen ihn wahrscheinlich glücklich, weil, außer zwei Eselskarren, weit und breit kein Gefährt gestoppt oder weitergewiesen werden will.

Bei Dublews liefern wir unsere Warenladung gegen ein Bündel Lewa ab und kriechen die Serpentinen zum Hotel Witoscha auf den gleichnamigen Berg über der Landeshauptstadt empor. Ein Neubau. Dank der fehlenden Isolation innerhalb der Betonburg vernimmt man noch aus dem fernsten Zimmer jeden Furz. Und die Toiletten bieten dem Ästheten eine an die Werke des Informel gemahnende Besonderheit. Das Toilettenpapier darf nach Gebrauch keineswegs ins Klo geworfen, sondern muß in einen stets überfüllten Papierkorb drapiert werden.

Weitaus verstörender der ethnische Umstand, daß Bulgaren die Verneinung mit Kopfnicken zelebrieren, bei Bejahung jedoch den Kopf schütteln. Morgens auf der Hotelterrasse bekommen wir keinen Kaffee, weil wir auf die Frage nach dem Getränk nicken. Und sehen dem enteilenden Kellner, der die Tassen leer läßt, konsterniert hinterdrein.

Der Dichter Dublew, seine Beziehungen nutzend, besorgt uns ein Zimmer im Dworetza, einem Heim des Kulturministeriums in Baltschik am Schwarzen Meer. Das Schloß gehörte der rumänischen Königin Carmen Sylva, bis Väterchen Stalin mit einem Federstrich auf der Landkarte das Bauwerk nach Bulgarien verlegte.

Ein gepflegter Park. Mit Schlangen. Eine fällt gleich von einer Mauer Marianne fast auf die Schulter, was zu ihrer guten Laune beiträgt. Das Zimmer eine Mönchszelle. Bett, Tisch, Stuhl, eine nackte Glühbirne und ein Hockklo. In den Bäumen verborgene Lautsprecher, aus denen ununterbrochen monotone Musik schallt. Das Meer bleiern. Kaum Strand. An diesem, »Plasch« genannt, ein von Bretterwänden umgebener Rayon für Sonnenanbeterinnen. Nackte Frauen sind Verlockungen Satans. Einer der Verführten kniet täglich an der Bretterwand und lugt stundenlang durch ein Astloch auf die versteckten Schönheiten.

Und woran erfreue ich mich?

Am »Prinzip Hoffnung«. Heimat ist dort, wo wir nie waren. Wem sagen Sie das, Herr Professor Bloch? Aber hier, wo ich vordem nie gewesen bin, ist meine Heimat auch nicht. Ich lese unter der müden Fünfundzwanzig-Watt-Birne Abend für Abend. Und widerspreche stumm jeder Seite. Da argumentiert ein alttestamentlicher Prophet und verheißt das gelobte Land Utopia.

Marianne stöhnt im Schlaf. Eine winzige schwarze Katze schleicht sich ein und ist mit trockenem Brot zufrieden. Sie hat ihre Utopie verwirklicht und uns gefunden: Fressen, Zuneigung, Schutz. Wir werden sie entführen und in Berlin einbürgern.

Irgendein Insekt hat mich am linken Unterarm gestochen. Es bildet sich ein großer Furunkel. Und auf Anraten Mariannes schalte ich das Reisebügeleisen ein und halte es mit der aufgeheizten Bügelfläche beim Lesen an den Eiterherd.

Simone de Beauvoir schrieb einst, die Erinnerungen an ihre vielen Reisen hätten sich überlagert, wo was wann sei ihr ungewiß geworden. Mir geht es kaum anders. Mehrere Bulgarienreisen vermischen sich zu einer einzigen, die Chronologie ist von einer gefühlsmäßigen Folge abgelöst worden.

So fahren wir nach Süden ins Rila-Kloster, über Pfade im Balkangebirge, auf denen man ständig Kara Ben Nemsi zu begegnen erwartet. Das ist zwar nicht Kurdistan, aber wild genug ist die Gegend auch.

So fahren wir nach Sosopol, dem antiken Apollonia, weil uns ein bulgarischer Lyriker eine Adresse auf eine Serviette gemalt hat: Da fänden wir eine Unterkunft auf der Halbinsel. Wie Ovid in der Verbannung, nur heiterer, hausen wir hier bei freundlichen Leuten, bar jeder Verständigungsmöglichkeit. Ein Restaurant, eher Kneipe, präsentiert eine wenig variable Speisekarte. Wegen der Sprachprobleme führt man mich in die Küche und zieht ein Backblech aus dem Ofen: Da glotzen mich zwanzig Hammelköpfe mit herausgequollenen, schlitterigen Augen an. Mein Gott – nein! Auf dem zweiten Blech schmoren Fische, für die wir uns entscheiden.

So fahren wir nach Warna, wo wir Dublews treffen und uns dem Strandleben hingeben. Dimiter und ich strecken die

Beine ins Wasser, bereden, was sonst, die Literatur, während die Damen hundert Meter von uns entfernt oben ohne in der Sonne liegen. Marianne, angezogen, kommt im Laufschritt: Sie habe ein so ungutes Gefühl. Kaum ausgesprochen, stürzen hinter Büschen Milizionäre hervor und prügeln auf die übrigen Frauen ein, mit bleigefüllten Totschlägern, Import aus dem Westen. Die Prügelszene bricht ab, weil Dublews deutsche Frau und eine andere Deutsche in ihrer Muttersprache protestieren. Blindlings renne ich los und schreie den Prüglern »Faschisten! Faschisten!« entgegen, was sie jedoch nicht im mindesten rührt. Keine Neuigkeit für sie.

Aber die Sache hat ein Nachspiel. Wir verlangen, daß vom Schriftstellerheim die Miliz in Warna angerufen wird, um die Prügler zur Rechenschaft zu ziehen. Wir wissen immer noch nicht, wo wir uns befinden. Mitten in der Utopie.

Gleich ist der Polizeichef von Warna da, bei ihm Hauptmann Petkow, der Oberschläger. Man will uns einreden, es handele sich um einen Irrtum. Und wir sollten doch Hauptmann Petkow verzeihen, ein altgedienter Kommunist! Gebt euch die Hand! Marianne hingegen erkundigt sich nach den ebenfalls verprügelten bulgarischen Frauen, und der Oberbonze meint lächelnd, sie könne sofort in Warna anrufen und sich erkundigen; sie seien entlassen.

Am nächsten Morgen treffen wir am Strand die geschlagenen Bulgarinnen, sprechen sie an, doch die blicken durch uns hindurch und verziehen sich schnell. Die Miliz ist berechtigt, ohne Gerichtsurteil Personen in Straflager zu sperren. Beispielsweise Mädchen mit einer Pferdeschwanzfrisur sowie Jeansträgerinnen. Reisen bildet.

Wir verstauen unsere Katzenneuerwerbung auf der Heckablage, wo das Tier es sich bequem macht. Unterwegs benutzt es brav eine Fotoschale als türkische Toilette. Es hockt sich hin, und Marianne hält es fürsorglich während des Fahrens fest, damit es nicht umfällt.

Von der Küste bis Sofia im Westen äußert die Katze des öfteren ein Bedürfnis. Am Straßenrand ist der Fotoschalensand rasch erneuert.

Für den Katzenexport benötigen wir ein tierärztliches Zeugnis: Die Katze ist geimpft und gesund und transportgeeignet. Wie wir. Und nach der großen Abschiedszeremonie setzen wir uns in Marsch, bald werden wir wieder durch Niš kreisen und wieder das solitäre Hotel frequentieren. Aber wie die Katze unterbringen? Müßige Überlegungen.

Denn an der Grenze winkt breit grinsend ein Offizier angesichts unserer blauen Pässe sofort ab: »Sie können hier nicht durch!« Wir zeigen immer wieder mit dem Finger auf das jugoslawische Transitvisum, ohne die geringste positive Reaktion hervorzurufen. »Sie müssen zurück!« In der DDR hat man gemerkt, daß viele Wege, auch durch Jugoslawien, nach Rom und weiter führen. Das letzte Schlupfloch ist geschlossen. Also zurück nach Sofia.

Am nächsten Tag zur scharf bewachten DDR-Botschaft, als würden die Bulgaren um Asyl in der DDR flehen. Nach Vorweisen unserer Pässe empfängt man uns wie Strandgut. Schon unser Jugoslawientransit sei illegal gewesen. Und auf unseren Protest hin, an der Ausreise gehindert worden zu sein, fällt ein Satz wie aus uralten Tagen: »Die Bulgaren machen, was wir wollen!«

Und nun?

»Sie müssen über Rumänien zurück.«

»Wir haben kein rumänisches Geld …«

»Das bekommen Sie von uns und zahlen es in Berlin zurück.«

Gegen Quittung überreicht man uns eine Handvoll Scheine. Auch anderen Urlaubern ginge es wie uns.

Quer durch das ganze Land. Fast bis zum Schwarzen Meer, denn die Freundschaft zwischen Bulgarien und Rumänien beschränkt sich auf einen einzigen Grenzübergang: die »Brücke der Freundschaft« über die Donau beim Geburtsort von Elias Canetti in Russe.

Man kann froh sein, noch bei Tageslicht anzukommen.

Bulgarische Kontrolle. Die Brücke streckt sich weit über den hier schon sein Delta verratenden Fluß. Schrittempo. In der Brückenmitte hinter Pfeilern sich vor bulgarischen Augen versteckende Soldaten. Kaum auf rumänischer Seite eingetroffen, leitet man uns durch eine nach Lysol stinkende Pfütze, um den Wagen, zumindest die Reifen, zu desinfizieren. Balkan, das Zentrum eines rigiden Irrationalismus. Zum Ausgleich das herzliche Angebot, soviel Geld umtauschen zu dürfen, wie wir bei uns tragen. Dankbar blättere ich dem Zöllner die Ostmarkscheine hin, mit denen er sich in eine Holzbude zurückzieht. An seiner Statt, unsere Währung wie infektiöse Lappen zwischen spitzen Fingern, eilt eine Zivilistin herbei und drückt uns indigniert das Geld wieder in die Hand. Das sei nicht das richtige, das echte!

Als pekuniäre Verdammte dieser Erde gibt man uns zu verstehen, daß unsere weitere Anwesenheit hier überflüssig sei, und so trollen wir uns ins Ungewisse davon.

Aus »Sicherheitsgründen« hat Rumänien auf die Ausgabe einer Gesamtübersichtskarte verzichtet. Nur Karten einzelner Bezirke sind vorhanden. Und alle paar Kilometer riegelt ein Schlagbaum die Landstraßen ab. Bei Annäherung tritt ein Soldat aus seiner Wachbude und hebt den Schlagbaum, so daß wir unkontrolliert und ohne Halt weiterfahren können. Triumph einer außer Rand und Band geratenen Wachsamkeit.

Straßengeschlängel. Eine düstere, dichtbewaldete Bergregion voller Serpentinen. Man ist auf Dracula gefaßt, doch statt dessen holpert man hinter einem Lastwagen her, aus dessen Auspuff giftige Schwaden die Gegend verpesten. Ich setze zum Überholen an. Der Straßenbelag aus Quarz ist glatt wie Seife. Und wir sind in einer schrägen Kurve, dem Lastwagen rutscht der Anhänger weg und kracht gegen unseren Kotflügel. Das ist das allgemeine Stoppsignal. Plötzlich besänftigende, liebliche Natur weit und breit und kein Laut, außer den Flüchen in einer dem antiken Rom geschuldeten Sprache. Als Lateiner kann man sich hier gut verständigen. Aber was soll ich dem Lastwagenfahrer sagen? Morituri te salutant? Die Todgeweihten grüßen dich?

Wir leben doch, und nur der rechte Kotflügel ist eingebeult und berührt den Reifen. Bei der nächsten Radumdrehung wäre der Kautschuk aufgeschlitzt. Das sieht auch der Rumäne ein und packt mit beiden Fäusten das Blech und biegt es, ein provinzieller Herkules, ächzend und stöhnend nahezu in die vorherige Form zurück. Ich sage dem Athleten Dank.

In Bukarest erfahren wir in der DDR-Botschaft von einem Sekretär, wir müßten auf dem Flugplatz auf einem Feldbett nächtigen. Wie alle unsere Bürger, die den kleinen Umweg vor sich haben.

Meine Frau erklärt dem Beamten mit ihrer sanftesten Stimme, daß ihr Mann erkältet sei und das Flugplatzfeldbett nicht in Frage käme! Wir ziehen ein Hotel vor! Die rumänischen Lei retournieren wir in Berlin! Und sie betont jede Silbe derart, daß der Mann zu seinem Glück keine Gegenrede wagt.

In einer breiten Allee ein Hotel aus besseren Tagen. Doch vor dem Eintreten ergibt sich eine vorhersehbare Komplikation: die Katze.

Sie wird in einen Henkelkorb gelegt, mit einem Mantel bedeckt, und so schreiten wir, was kostet die Welt, in die durchaus unbelebte Hotelhalle, liefern die Pässe ab und werden von einem Liftboy zum Aufzug eskortiert. Bis dahin hat die Katze wohlweislich geschwiegen. Die Aufwärtsbewegung irritiert sie, so daß sie leise zu maunzen anhebt. Meine Frau übertönt die kläglichen Laute mit einem vorgetäuschten Hustenanfall. So gelangen wir in unser Appartement, wo, während der Boy das Schlafzimmer vorführt, Marianne die Katze im Bad versteckt.

Aber der Portier bereitet mir Kummer.

Eine wandelnde, goldbetreßte Tonne, Mischung aus Marschall Tito und Emil Jannings aus dem Film »Der letzte Mann«, beugt sich unvermittelt über meinen Rücken, da ich in geduckter Stellung nach dem Katzenklo vor der Rückbank lange. Ob er mir behilflich sein könne?! Mitnichten, General!

Verlegen nehme ich ein Buch vom Rücksitz und kehre zu der in allen Badezimmerecken nach ihrer Toilette suchenden Katze zurück.

»Du mußt es noch einmal probieren!« verdolmetscht meine Frau die Körpersprache der Katze.

Erneut hinunter. Erneut den Wagen aufgeschlossen. Ich bücke mich nach dem obsoleten Gegenstand und hülle ihn in eine heimatliche Landkarte – da glitzert schon wieder Gold neben mir, blinkt die Fangschnur am doppelreihig bis zum Pflaster geknöpften Mantel, funkelt der polierte Mützenschirm. Indem ich etwas von Büchern und Stadtplänen murmele, bewege ich das Monument einstiger Hotelpracht zum Rückzug.

Mit der getarnten Schale nach oben zur Katze, die mich bereits dringlich erwartet. Anschließend strecken wir uns selbdritt unter voluminösen Federbetten aus, eine Therapie für meine Erkältung.

Am nächsten Morgen nach Frühstück und Bezahlung mit der erneut schweigsamen Katze aus dem Hotel und hinein in die Menschenleere. Bald geht es mit uns bergab. Und bergauf. Ab und auf.

Kurz nach der Dämmerung versinkt die Ländlichkeit in archaische Finsternis. Nirgendwo ein Lichtpunkt. Nicht einmal dort, wo er laut Gesetz leuchten sollte: als Petroleumlampe am Heck von Ochsenkarren und Pferdegespannen. Man ist auf seinen Instinkt angewiesen, um Kollisionen zu vermeiden. Selbst die Lastwagen schieben sich, mit winzigen Standlichtern auf den Kotflügeln, durch die Schwärze. Und blenden rhythmisch auf, sobald sie unser normales Abblendlicht wahrnehmen. Helligkeit ist unter der Ägide Ceaușescu verboten.

Als ein paar dürftige Laternen am Straßenrand aufglimmen, verhängte Fenster sich matt aus den Fassaden abheben, wissen wir, wo wir sind. In Cluj, Klausenburg, einer Ansammlung toter Gassen. Nichts regt sich. Wie wir trotzdem das Hotel Partisan entdecken, grenzt ans Wunderbare.

Die rote Leuchtschrift am Giebel verspricht uns Beherbergung, Betten, gar Nahrung. Kaum eingetreten, schwindet unsere Hoffnung dahin. In der matt beleuchteten Halle hinter einer brusthohen Barriere verweigert uns die Empfangshexe höhnisch die ersehnte Nachtruhe. Ist tatsächlich kein Zimmer mehr frei, oder hat sie Bedenken, Ausländer aufzunehmen?

Meine Verzweiflung nach fünfzehn, sechzehn Stunden hinter dem rappelnden Lenkrad, vom sozialistischen Federungskomfort durchgerüttelt, die hungrige Katze im Rücken, läßt mich verstummen. Mein desolater Zustand fällt den drei klumpenhaft Zusammenhockenden in einer Ecke auf, und einer erhebt sich stolpernd, nähert sich und spricht uns mit englischen Brocken an.

Wir könnten in seiner Wohnung übernachten.

Sofort ist unser Mißtrauen geweckt. Will man uns in eine Art Wirtshaus im Spessart locken, wo man Reisende ausraubt, gar ermordet?

Sollen wir uns dem Mann und seinen undurchschaubaren Absichten ausliefern?

Meine Frau zögert. Ich bin zu erschöpft, um das Angebot ablehnen zu können. Mir ist schon alles egal, meinetwegen, soll er uns bestehlen, wenn er mich dabei nur schlafen läßt. Der Rumäne hat schon einiges getrunken, man riecht es im Wagen, als er sich auf die Rückbank quetscht.

»You must go right! Now you must go left!«

»Stop here!« Der Betrunkene krabbelt aus dem Auto, schwankt auf ein Tor zu, öffnet die beiden Flügel und schiebt sie auf:

»Come in!«

Vor uns breitet sich ein grob gepflasterter Innenhof aus, umringt von aneinandergeklebten ebenerdigen Häuschen. Mit Unbehagen rollen wir in den Hof. Hinter uns schlägt das Flügeltor zu: Wahrscheinlich würden wir als vermißt gelten, als verschollen, unauffindbar, vielleicht als geflohen, abgehauen, ausgewandert.

Unser Gastgeber fummelt im Stockdunkeln an einer Tür, um Schlüssel und Schloß zusammenzubringen, was ihm nach einer Weile gelingt. Die Tür quietscht, Licht flammt auf, er winkt uns, und wir stehen in einer Küche, sauber, aufgeräumt und landen in einem Schlafzimmer; hier können wir schlafen.

Er hat seine Anonymität aufgegeben und berichtet, seine Frau sei Krankenschwester und habe Nachtdienst. Und bevor wir es verhindern können, tafelt er schon auf, Schnaps, Brot und Wurst, und während Marianne halbtot ins unbefleckte Bett fällt, muß ich mit unserem Retter ein Gläschen trinken. Und noch eins. Aber jetzt das letzte. Gut, noch ein zusätzliches. Er erzählt mir seine Geschichte.

Nach dem Kriege sei er nach England ausgewandert, habe dort geheiratet, von Beruf Stahlarbeiter, und sei bald von immer stärkerer Sehnsucht nach der Heimat befallen worden, einem Leiden, das mir fremd ist. Ich nehme an seiner Rückreise teil, die die englische Frau ablehnt, was ich augenblicks begreife, und seitdem sitze er in Cluj und verfluche den Kommunismus.

Die Katze schläft, meine Frau schläft.

Good night, dear friend!

Kaum habe ich mich ausgezogen, überfällt mich das gleiche Gefühl des Unheimlichen wie bei der Ankunft im Hof. Ich wühle in der Reisetasche und hole, zur Erheiterung der eben erwachten Marianne, mein Springmesser hervor. Und stecke es unters Kopfkissen, bin somithin verteidigungsbereit und außerdem sofort, als der Kopf das Kissen berührt, eingeschlafen.

Mein englischer Rumäne liegt totenstarr unter dem Küchenausguß, den er nachts mehrfach benutzt hat, auf einer Matratze. Da wird die Haustür, zugleich Küchentür, aufgeschlossen, und Anna Magnani steht vor uns. Jedenfalls eine Frau von zwillingshafter Ähnlichkeit, abgesehen vom doppelten Körperumfang. Sie erblickt meine Frau und vermutet das Naheliegendste.

Vasile wird, trotz Gegenwehr, ins Leben zurückbeordert und erläutert krächzend seiner Gattin den Fall. Madame Moldvan eilt davon und ist sogleich wieder im Raum, die Arme voller Lebensmittel. Kartoffeln und Wurst werden gebraten, Gurken aufgetischt, Gemüse, Obst, und mir wird durch den Anblick und den Geruch der Köstlichkeiten schlecht. Meine Kraft langt gerade noch, die beiden zu fotografieren. Bei der Ausfahrt lese ich den Gassennamen: Einstein. Den trägt sie zu Recht, denn wir haben uns bis zum Umfallen in einer anderen Zeitdimension aufgehalten, in der kein Verweilen gewährt wird.

Aus Ostberlin schicke ich die Fotos nach Cluj, ohne daß einer das Eintreffen bestätigt. Kein Lebenszeichen. Ich kann mir den betrübenden Fortgang ausmalen: Vasile hat seine Arbeit versäumt, Ausländer aufgenommen und damit sein Verhängnis heraufbeschworen.

Wir steigen ins Auto, und an der ungarischen Grenze wache ich auf, weil ein Magyare das militärisch bemützte Haupt zu mir ins Fenster steckt: Passport.

Ich merke, daß ich gar nicht hinter dem Lenkrad sitze. Sondern auf dem Beifahrersitz. Marianne hat uns über die kurvenreiche Piste getragen, und der Zöllner will mein Gesicht mit dem in meinem Paß vergleichen. Wir dürfen und müssen weiter.

Ich habe ausgeschlafen, und wir tauschen die Plätze.

Für mich überraschend ist es gleich Nachmittag. Ein Glutball, ein surrealistisches, liegendes Ei, staubverzerrt. Pußta mit Ziehbrunnen: so unglaublich wahrheitsgetreu kann Kitsch sein. Auf einmal am Wegesrand ein Reiter, wallender Umhang, Gesichtsmaske, der unsterbliche Bote aus einem gespenstischen Gestern, in das er, dem sich aufbäumenden Tier die Sporen gebend, wieder zurückgaloppiert.

Rasch einsetzendes Dunkel. Die durchfahrenen Tage scheinen sich ebenso geschwind zu entfernen, wie ich der Nacht entgegenpresche. Ist es nicht schon die Geisterstunde, da wir anhalten, um dem malträtierten Körper etwas Ruhe zu gönnen?

Ein Dorfrand, keine Haussilhouette vor dem sowieso unsichtbaren Himmel. Als sei man in Tinte eingetunkt worden, wie in Doktor Hoffmanns »Struwwelpeter«. Daß wir noch unter den Lebenden sind, teilt uns ein rauher, wütender Hundedialog mit.

Die Katze, gescheit wie die ganze Gattung, verläßt trotz offener Tür niemals den Wagen. In dieser super-ägyptischen Finsternis will ich die beiden Vordersitze in Liegeposition rücken, aber irgendein Materialgeizkragen hat an den perforierten Schienen etliche Zentimeter eingespart, so daß die Sitze, sobald vorgerückt, aus den zu kurzen Schienen gleiten. Schließlich kauern wir uns unbequem auf verqueren Polstern zusammen, um steif wie Mumien beim ersten Hahnenkrähen zu erwachen.

Budapest.

Nichts mehr ist vom Aufstand 1956 zu erkennen, bis auf ein paar verstreute Einschußlöcher in mancher Fassade. Ein Volk hat sich zur Ruhe begeben und bezeichnet sich als die lustigste Baracke im Lager.

Wir wohnen, auf Empfehlung unseres Freundes Herbert Ziergiebel, einstmals in dieser Metropole Korrespondent des *Neuen Deutschland*, bis er von hier aus Walter Ulbricht den Rücktritt nahelegte, bei einem deutsch-ungarischen Ehepaar. Wir werden noch öfter bei ihm logieren, denn Ungarn, insbesondere Budapest, ist mehr als eine Reise wert. Beim nächsten Besuch würde ich Georg Lukács aufsuchen in Begleitung von Marci, einem Dichter, um ihm, dem Theoretiker des Realismus, eine Kiste Havanna von seinem Freund Walter Janka, der vier Jahre in Bautzen abgesessen hat, zu überbringen. Nach den ersten genüßlichen Zügen inquiriert mich der vitale Zwerg:

»Wie geht es Anna Seghers? Was macht sie?«

Ich drücke mich um die Antwort. Die Präsidentin des Schriftstellerverbandes wagt in der Öffentlichkeit kein offenes Wort. Das äußert sie nur, wenn sie mit Berta Waterstradt, die im selben Bezirk Adlershof wohnt, spazierengeht. Berta ist ein Unikum. Ehemals im »Bund proletarisch-revolutionärer Schriftsteller«, nach 1933 als Jüdin durch ihren »arischen« Mann geschützt, ist sie bei Versammlungen durch ihre lose Zunge berüchtigt. Sie ruft dazwischen, was ihr an kritischem Kommentar einfällt, und keiner wagt es, sie zu zügeln. Ihr vertraut die Seghers manches an. Beispielsweise, daß sie, die Galionsfigur der DDR-Literatur, bei wichtigen Telefonaten nicht von ihrer Wohnung aus, sondern aus einer Telefonzelle spricht.

Vor rund zehn Jahren haben mich die Literaturtheorien von Lukács noch überzeugt. Beschreiben ist nicht Erzählen. Jede Darstellung, jeder geringe Verweis muß funktional mit dem Erzählen verbunden sein. Ein methodologisches Zwangssystem, dem Schriftsteller jegliche Freiheit raubend. Kein Zufall, daß Lukács mit Kafka nichts anfangen konnte, nichts mit James Joyce. Dem Chaos aus der Wirklichkeit war der Zutritt zur Erzählweise der geschlossenen Form untersagt. Aber ich bin im Jahre 1961 und habe die enttäuschende Begegnung noch vor mir.

Wir verlassen Ungarn. Keine einzige Fliege an der Grenze, kein Raubvogel. Das Empfangskomitee hat sich offenkundig verzogen.

Bratislava grau und trist.

Ein Hotel. Man spricht Deutsch. Bitte um ein Zimmer.

»Nehmen Sie da drüben Platz.« Das Ehepaar Kannitverstan will sich nicht auf die lange Bank schieben lassen, sondern ausruhen.

»Sie müssen bis zweiundzwanzig Uhr warten!«

»Jetzt noch stundenlang warten? Ja, wieso denn?«

Und die entwaffnende Antwort für die Neger lautet:

»Dann ist nicht mehr mit westdeutschen Gästen zu rechnen ...«

Freundlicher danach der verwilderte Garten von Ludvík Kundera. Viele Pflaumenbäume, aus deren Ertrag man Sli-

wowitz brennen läßt, dem Volksmund zufolge als »Weißer-
Stock-Schnaps« apostrophiert. Weil hierorts die Blinden ihren
Weg mit einem weißen Stock ertasten. Kunderas Gehilfe
beim Ernten und Trinken ist der Dichter Jan Skacel. Als der
Älteste von uns klettert er auf einen Pflaumenbaum und rezitiert Verse von František Halas, der sich im nahe liegenden
Kunštát na Morave auf einen grün überwucherten Friedhof
zurückgezogen hat. Wir besuchen ihn allesamt und schauen
ihm ins Porzellangesicht auf dem Stein, und er blickt reichlich
zufrieden zurück. Jan Skacel werden wir nicht mehr wiedersehen, wohl aber Ludvík Kundera, der demnächst in Berlin
seine Dichterfreunde Erich Arendt und Peter Huchel besucht. Und Kunert.

Schließlich Einzug in die »Goldene Stadt«.

Bevor wir neulich, vor Jahren durch die parapsychologisch
bedeutsamen Gassen zogen, um dem Golem zu begegnen,
wußte ich mehr von der Nekropole, in der drei Kaiser begraben liegen und am Grunde der Moldau die Steine wandern,
als die meisten Touristen. Egon Erwin Kisch hat mich durch
die Stadt geführt. »Abenteuer in Prag«, der »Prager Pitaval«
und »Marktplatz der Sensationen« waren meine Instrukti-
onshandbücher. Mehrfach die Beschreibungen gelesen. Klopfenden Herzens mit dem »Rasenden Reporter« auf dem
Dachboden der Alt-Neu-Synagoge im Staub umhergekro-
chen, um den Lehmklotz, den roboterartigen Schammes des
Rabbi Löw aufzustöbern. Kisch hat den zusammengekneten
ten Diener nicht gefunden. Aber den Rabbi Löw, Ghettobe-
wohner im 17. Jahrhundert, kann man besuchen. Doktor
Brod bringt uns zu ihm.

Vorerst zeigt er uns die nach Worms älteste Synagoge Eu-
ropas mit dem von einem Pogrom stammenden Blutfleck an
der Wand. Wahrscheinlich wird der Fleck hin und wieder erneuert. Brod, einer der wenigen überlebenden tschechischen
Juden, demonstriert den »jüdischen Blick«, eine Kopfbewe-

gung, die ich nur zu gut kenne, hastiges Umherlugen, ob kein Unberufener nahe sei. Denn Brod will uns seinen Schatz sehen lassen. Unter seinem entfärbten Regenmantel holt er ein Buch hervor, das unerlaubte Gästebuch der Synagoge, klappt es auf und weist mit dem Finger, wie der Vorleser beim Gottesdienst mit der elfenbeinernen Hand, ergriffen auf die Namen seiner Besucher. Da steht: Norbert Wiener, der Vater der Kybernetik! Ist Norbert Wiener vielleicht ein wiederauferstandener Rabbi Löw gewesen, da er doch am Beginn der computergesteuerten Maschinen steht?

Der weise Rabbi selber schlummert ziemlich ungemütlich in einem Sarkophag auf dem alten jüdischen Friedhof. Nämlich in unbeschreiblichen Mengen von beschriebenem Papier, da man durch einen Riß im Steindeckel einen Zettel mit Wünschen einwerfen und mit der prompten Erfüllung rechnen kann. Was Marianne auf ihren Zettel schreibt, weiß ich so wenig, wie sie, was auf dem meinen steht, Aber, das erkläre ich hiermit und bin bereit, es zu beschwören: Es hat gewirkt. Danke, Rabbi!

Und wo liegt der sprichwörtliche Hund begraben?

Dahinten in der Ecke.

Der winzige Grabstein tut es kund. Vor Jahrhunderten hat ein antisemitischer Schlächtergeselle einen Hundekadaver über die Friedhofsmauer geworfen. Und weil auf jüdischen Friedhöfen nichts verändert, nichts entnommen werden darf, bettete man den Hund in ebenjene Ecke. So entstehen Redewendungen.

Ob der Golem tatsächlich existiert hat, gehört in den Bereich der Spekulation. Unleugbar existiert hat Dr. Franz Kafka, wie der Grabstein auf dem neueren jüdischen Friedhof es anmerkt. Er ist, welch Tort noch im Tode, mit dem *Vater* und der Mutter zusammen begraben. Prächtige Grabmäler in langgestreckten Alleen erinnern an den jüdischen Witz von dem Schnorrer, der kopfschüttelnd auf einem ähnlich reichgestalteten Friedhof steht und aufseufzt:

»Die Leut' leben!«

Nachdem wir Prag verlassen haben, machen wir halt in Theresienstadt. Jedesmal aufs neue bei Touren in die Tschechoslowakei stiefeln wir durch den bedrückenden Ort. Gerade diese Stätten ziehen mich an. Wo wir auch später reisen werden, in Polen, Österreich, Holland, wir lassen die Unheilsplätze nicht aus, ja, wir erklären sie zu unseren Zielen. Alle Reisen sind kleine Fluchten zu den Toten, bei denen man sich aufgehoben fühlt. Durch ihr elendes Sterben verschaffen sie mir diese Reisen. Ich mausere mich zu einem literarischen Denkmalspfleger, da ich über das Gesehene schreibe. »Gegen das Vergessen«, wie eine Phrase die deutsche Verdrängungskunst aufzuheben meint. Unser Passierschein für die Welt jenseits der Mauer ist der etwas pathologische Wille, den für ewig Verschwundenen nachzuspüren.

Von Terezín über Děčín nach Schandau, von da nach Berlin – das stellt für einen ausgepichten Autofreak keine Entfernung dar. Im Nu sind wir in Treptow, sind bei unseren schnurrenden Bettgenossen, bei Verwandten und Bekannten, und schon nach einer Woche scheint es, als seien wir nie fort gewesen. Bald jedoch sollte ich mir wünschen, nie nach Hause gekommen zu sein.

Vorerst lassen sich die Tage gut an. Heinz Adamek, der Intendant des DDR-Fernsehens, ein Ehrgeizling, verschiebt die Ausstrahlung meiner von Kurt Schwaen komponierten, von Günther Stahnke verfilmten Funkoper »Fetzers Flucht«, weil zum Fernsehjubiläum ein besonderes Werk gesendet werden soll. Weil Adamek samt seiner Rotte Korah von dem Film entzückt ist, kann ich einen zweiten Fernsehfilm schreiben, der umstandslos produziert wird: »Monolog für einen Taxifahrer«, Regie ebenfalls Günther Stahnke.

Es weht ein Hauch politischen Frühlings durch die Redaktionen. Mein Gott, was haben wir uns bloß gedacht, als wir uns aus der Reserve locken ließen!

Als eine Funk- und Fernsehzeitschrift eine Umfrage über die professionelle Kritik startet, entblöde ich mich nicht, einen ironischen Angriff gegen das gängige Geschreibsel zu richten. Ich höhne über die Verteilung ideologischer Noten durch Rezensenten, die ich damit entschuldige, daß sie keine Ahnung von der Bildhauerei hätten, weil sie sich nur mit Gartenzwergen beschäftigen.

Jahreswende. 1962 neigt sich, und die Zeitschrift *Weltbühne* druckt drei meiner kleinen Sprüche.

> AUCH DIE WÜRMER
> haben ein Reich: Das Erdreich.
> Wer sonst dort leben will,
> muß tot sein.

Und:

> UNTERSCHIEDE
> Betrübt
> höre ich einen Namen aufrufen:
> Nicht den meinigen.
> Aufatmend
> höre ich einen Namen aufrufen:
> Nicht den meinigen.

Und der Höhepunkt:

> ALS UNNÖTIGEN LUXUS
> herzustellen verbot, was die Leute
> Lampen nennen,
> König Tharsos von Xantos, der
> von Geburt
> Blinde.

Die Weltpresse hat sogleich die Sprüche nachgedruckt und entsprechend interpretiert. Hans Mayer, der flüchtig Abgegangene, notiert: Sklavensprache.

Hinter den Kulissen der Macht hebt ein Raunen an, das auch mich erreicht. Etwas nicht Geheures zieht sich über mir zusammen. Diffuse Echos gelangen bis nach Treptow. Die Mühlen fangen an zu mahlen.

Eben noch überreicht man mir, dank Stephan Hermlin, den Heinrich-Mann-Preis der Akademie der Künste (Ost), was sich kurz darauf als materielle Überlebenshilfe herausstellt.

Eben noch darf ich gemeinsam mit Johannes Bobrowski einer Einladung des »Komma-Clubs« in München folgen, einer Fellow-Traveller-Einrichtung, der man die Eingeladenen schlecht vorenthalten kann.

Noch vor der Abfahrt beunruhigen, ja, beängstigen mich Gerüchte über ideologische Verbrechen Kunerts. Nach München zu fahren ist aber wichtig, um mit Peter Frank vom Hanser Verlag den Gedichtband zu verabreden. Und schon wenden sich die ersten Vertrauten von uns ab. Ein guter, langjähriger Freund übersieht Marianne im Club der Kulturschaffenden, um seine Position nicht zu gefährden.

In einem von Zigarettenrauch vernebelten Bierkeller liest Bobrowski seine Gedichte und ich die meinen. Fragen werden gestellt. Wir antworten irgend etwas Ausweichendes. Auch Bobrowski hat schon gehört, daß man etwas vorbereitet. Ihn betrifft es nicht, er ist vergnügt und trinkfest wie eh und je.

Mein Geist ist gänzlich abwesend, nämlich in Berlin, wo sich das Unheil zusammenbraut. An jedem meiner wenigen Tage in München rufe ich Marianne an, um ihr eine einzige Frage zu stellen, um mich mit einem verabredeten Code nach dem Auftauchen der Staatssicherheit zu erkundigen. Daß sie kommen würde, ist mir ziemlich sicher. Täglich die entnervende Erwartung – doch nichts. Keiner läßt sich blicken. Und ich sitze schon wieder im Zug, auf der Rückreise zu König Tharsos von Xantos, seiner Rache gewiß.

Die erfolgt postwendend. Es hagelt Briefumschläge des Globus-Ausschnittdienstes, auf den ich abonniert bin. Artikel, Kommentare, Glossen – das eine schlimmer als das andere. Am 10. Januar bläst die *Ostseezeitung* zum Halali: »Rostock, 10. 1. 1963. *Um der Zukunft willen Partei ergreifen*. Von Prof. Dr. Hans Jürgen Geerdts, Greifswald, Mitglied des Vorstandes des Deutschen Schriftstellerverbandes.

Das, was mir beim Lesen der drei Sprüche von Günter Kunert auffiel, war: Ein talentierter Schriftsteller, von dem ich weiß, daß er zahlreiche gute Gedichte geschrieben hat, zeigt hier deutlich seine Zurückgebliebenheit und Verwirrung. Denn das, was er mitteilt, ist banal und belanglos, weil es verschwommen und abstrakt ist und kaum mithelfen kann, denjenigen, der Aufschluß auf neue Seiten des Lebens gewinnen will, zu bereichern. Aber es geht nicht nur darum, schlechte Gedichte schlecht zu nennen. Diese drei Sprüche erschienen doch zu Beginn des Jahres 1963, zu einer Zeit, in der die Menschen von großen Fragen ihres gesellschaftlichen Daseins berührt werden und wo sie darum ringen, den Weltfrieden zu festigen und beispielhaft für ganz Deutschland an der Entwicklung eines wahrhaft sozialistisch-humanistischen Lebens in unserer Republik teilzunehmen. Diesem Bestreben geben die Stimmen zahlreicher junger Lyriker Ausdruck. Im Gegensatz zu ihnen versucht Günter Kunert, im Schein einer vorgetäuschten Talentlosigkeit, seine subjektivistisch-egozentrischen Vorbehalte gegenüber der sozialistischen Parteilichkeit in Versen abzureagieren, deren scheinbare Unverbindlichkeit bei näherer Betrachtung als eine durchaus verbindliche Haltung Kunerts zu erkennen ist. Denn Kunert überläßt es nur scheinbar dem Leser, zu entscheiden, wen er unter dem Gleichnis des blinden Königs verstehen soll. Meint er nicht in Wahrheit mit diesem Bild die führenden Kräfte unseres öffentlichen Lebens? Schon, wenn er nur diese Frage offenläßt, ist dies etwas, was nichts mit dem gemeinsam hat, was Goethe den ›nationalen Geist‹ des volksverbundenen Schriftstellers nannte, sondern, was objektiv eine politisch-moralische Falschmünzerei bedeutet. Sein Gedicht ›Unterschiede‹ will die Flucht aus der öffentlichen Verantwortung kennzeichnen. Habe ich Kunert mißverstanden? Es ist an ihm, mich oder andere Leser vom Gegenteil zu überzeugen. Keinesfalls darf er sich auf seinen Lehrmeister Bertolt Brecht berufen, der in jedem seiner spruchhaften Gedichte die historische Bezogenheit seiner Aussage deutlich macht und eine klare Position gegenüber seinen Lesern einnimmt. Brechts Meisterschaft besteht darin, daß er in der prägnanten Spruchdichtung das Moment der Entwicklung kenntlich macht, z. B. in seinem Gedicht ›Der Rauch‹ (Buckower Elegien):

> Das kleine Haus unter Bäumen am See
> Vom Dach steigt Rauch
> Fehlte er
> Wie trostlos dann wären
> Haus, Bäume und See.

Es ist kennzeichnend für die Kunertschen Sprüche, daß sie das Element der Brechtschen Parteilichkeit nicht besitzen, sondern in völlig abstrakter Antithetik verharren. Die Frage ist zu stellen, wem nützen diese Gedichte? Ich bin der Meinung, daß sie der Entwicklung einer nationalen Lyrik, die eine reiche Weite, eine Vielfalt von Gedanken und Gefühlen offenbaren, nicht dienen und damit auch nicht der ästhetisch-moralischen Erziehung und Bildung unserer Menschen.«

»*Wir sind stolz, genannt zu werden*. Prof. Dr. Edith Braemer, Germanistisches Institut der Universität Rostock.

Günter Kunert veröffentlichte drei ›Gedichte‹, und obwohl wir nicht wissen, wann er sie verfaßte, wissen wir doch, daß er gegen ihre Veröffentlichung in der Vorbereitungszeit des VI. Parteitages nichts einzuwenden hatte; in einer Zeit also, da wohl jeder seine Handlungen besonders überprüft. Auch Gedichte sind Handlungen, und sie enthalten eine Parteinahme; in den vorliegenden geschieht das sogar in sehr polemischer Weise. Für wen oder gegen wen nimmt Kunert Partei?

Im ersten dieser ›Gedichte‹ spricht er von einem König, der, weil selber blind, die Lampe als unnützen Luxus verbot. Wen meint Kunert mit diesem Blinden? Paßt es ihm nicht, daß sich die Arbeiterpartei und unser sozialistischer Staat für die Entwicklung der sozialistischen Nationalkultur interessieren und sie fördern? Glaubt Kunert, daß es bei uns dunkel sei? Will er eine Lampe anzünden, die unsere Finsternis erleuchtet? Antworten wir ihm doch verachtungsvoll mit einem Wort Goethes: ›Viel zu spät kommt der Halbkritiker, der uns mit seinem Lämpchen vorleuchten will; der Tag ist angebrochen, und wir werden die (Fenster-)Läden nicht wieder zumachen.‹

Soll sich dieses erste Gedicht ganz offensichtlich auf unsere Kulturpolitik beziehen, – paßt Kunert der Bitterfelder Weg nicht? Millionen Menschen gewinnen die Kultur, indem sie ihn beschreiten! – so bezieht sich das zweite ›Gedicht‹ ebenso offensichtlich auf unser gesamtes gesellschaftliches Leben, das er dem Reich der Würmer gleichsetzt. Sind solche ›Gedichte‹ noch Gegenstand literarischer Betrachtung? Sind sie nicht ganz einfach und schlechthin Gegenstand unserer politischen Ablehnung, weil sie uns anwidern und weil wir nur mit Abscheu diese schmierigen kleinen Gewehrkugeln anfassen, die da gegen uns abgeschossen wurden? Treffen sie uns? Sie treffen zurück auf jenen, der, wie es im dritten ›Gedicht‹ heißt, betrübt ist, wenn sein Name nicht aufgerufen, und auch betrübt ist, wenn er aufgerufen wird. Wann möchte Kunert aufgerufen werden? Wenn gelobt wird? Von wem möchte er nach solcher Veröffentlichung gelobt werden? Und wann atmet er auf, daß er nicht aufgerufen wird? Wenn die Namen genannt werden, die ihren Beitrag zu unserer Kulturentwicklung leisten? Meint er, daß niemand vorhanden sei, der ihn zu würdigen wisse, und daß er deshalb gar nicht genannt sein möchte? Aber er kann sich darauf verlassen, daß wir solche ›Gedichte‹ zu verstehen wissen.

Walter Ulbricht sprach von jedem Bürger der Deutschen Demokratischen Republik als von einem Pionier: Sollte also nicht jeder stolz sein, genannt zu werden? Und selbst wenn er kritisch genannt wird, sollte er sich nicht auch dann einbezogen fühlen in das große Werk des Aufbaus, bei dem er vielleicht Fehler machte, die aber korrigierbar sind? Nein, keiner, der sich als Pionier empfindet, wird aufatmen, wenn sein Name nicht genannt wird. Denn nicht fremd stehen uns diejenigen gegenüber, die uns aufrufen, sondern sie gehören zu uns, und wir gehören zu ihnen, und wer nicht aufgerufen werden will, schließt sich selber aus, macht sich selber zum Wurm, an dem alle mit Ekel vorbeigehen, die mit Stolz und Freude im Reich des ersten deutschen Arbeiter- und Bauern-Staates leben.

Hier handelt es sich nicht um Meinungsverschiedenheiten, die man ausdiskutieren, um Auffassungen, über die man so oder anders denken kann. Am wenigsten handelt es sich um Poesie, die man sorgfältig analysieren muß, um zu ihrem Gehalt durchzudringen. Der Gehalt, um den es sich hier handelt, ist schmutzig und hat mit Poesie nichts zu tun. Und fragt jemand, warum wir uns denn überhaupt die Mühe machen, uns damit zu befassen, so antworten wir: Weil wir nicht gesonnen sind, uns Schmutzklumpen in den Weg werfen zu lassen, – jetzt am wenigsten, da jeder aufrichtige Bürger unserer Republik sich Mühe gibt, mit reinen Händen unserem Parteitag eine, wenn auch noch so kleine Gabe des Aufbaus entgegenzutragen.«

»*Wem nützt es?* Heinz Gundlach.

Diese drei Gedichte, nein, diese drei neuen Gedichte von Günter Kunert veröffentlichte ›Die Weltbühne‹ – traditionsreiche Wochenschrift für Politik, Kunst und Wirtschaft – in der ersten Ausgabe dieses Jahres. Wir erlaubten uns, diese Gedichte nachzudrucken und dem Nachdruck ein paar, Herrn Kunert vielleicht unpassend erscheinende Bemerkungen nachzustellen.

Günter Kunert ist allen Fernsehzuschauern noch deutlich

in Erinnerung; seine Fernsehfilmoper ›Fetzers Flucht‹ – von ihm selbst bescheiden als Beispiel eines Kunstwerkes ›links oder rechts neben dem Schematismus‹ angekündigt – war ein Reinfall. Es stand nicht links oder rechts vom, sondern mitten im Schematismus. Die Quittung dafür waren Tausende empörte Zuschriften. Jetzt liegt etwas vor uns, was nur Kostprobe (steht uns der Rest noch bevor?) aus einem Gedichtband sein soll, der – sinnig ›Der ungebetene Gast‹ betitelt – im Aufbauverlag erscheinen soll. (Im Vertrauen, wir bauen auf den guten Ruf des Aufbauverlages.)

Wir sind gewiß nicht der Meinung, daß man Lyrik wie Nudelsuppe in sich hineinlöffeln kann; Tiefen und Schönheit eines Gedichtes erschließen sich einem oft erst nach mehrmaligem Lesen. Doch Tiefe und Schönheit – wir suchten sie bei Kunert vergebens. Auch forschten wir ergebnislos nach ›Scherz, Satire, Ironie und etwas tieferer Bedeutung‹, die uns ›Die Weltbühne‹ auf Seite 1 verhieß. Scherz? Wir fanden ihn in diesen drei ›neuen Gedichten‹ nicht. Satire und Ironie? Vielleicht macht sich Kunert über sich selbst lustig? Etwas tiefere Bedeutung? Das müßten uns Cwojdrak und Lothar Kusche, Redakteure dieser ›Weltbühnen‹-Ausgabe, schon etwas näher erklären.

Nun mag Kunert ja der Ansicht sein, Hauptsache wäre, er und sein kleiner Freundeskreis verstünden diese Ergüsse. Zumindest scheint er von Kritik so gut wie nichts zu halten. (Zu dieser Ansicht kommt man nach der Lektüre von Heft 12/62 der ›Deutschen Filmkunst‹, in dem er sich schnoddrig und herablassend über Filmkritik ausläßt.) Da sich aber Kunert und ›Die Weltbühne‹ die Freiheit nahmen, diese Gedichte zu veröffentlichen, muß uns Kunert schon die Freiheit zugestehen, daß wir ihm unseren Widerwillen offerieren.

Für wen eigentlich schreibt Günter Kunert? Für die Arbeiter und Bauern? Für unsere Intelligenz? Die werden sich dafür bedanken! Für wen aber, wenn nicht fürs Volk, schreibt ein Schriftsteller? Wem nützen Kunerts Produkte? Wem dienen diese lebensfremden, snobistischen (neuen!!) Gedichte?

Man möchte ihm mit Louis Fürnberg entgegnen: ›Geh voran
– Nicht gräberwärts!‹«

»Auch ich las Kunerts Gedichte. Da mein Name in unserem Staat bei staatlichen Auszeichnungen schon zweimal aufgerufen wurde, dachte ich mir, auch du bist gemeint. Hier
meine Antwort:

›Unterschiede‹. Betrübt höre ich ein Gedicht verlesen: /
Von Kunert / Aufatmend / Höre ich ein Gedicht verlesen: /
Nicht von Kunert. (Heinz Kitzig)«

»VI. Parteitag der SED« heißt die Horror Picture Show, mit
der mich das Fernsehgerät überfällt. Und den Beleg schickt
mir Globus ungerührt ins Haus:

»Berliner Zeitung, 22. Jan. 1963. Ein Diskussionsbeitrag
der heiteren Muse.

Ein Diskussionsbeitrag zum VI. Parteitag, den wir nicht
abgedruckt haben, muß unbedingt erwähnt werden. Es war
ein ungewöhnlicher, dabei aber höchst bemerkenswerter und
wirkungsvoller Beitrag. Ungewöhnlich nicht nur deshalb,
weil er in der Konferenzpause erfolgte.

Das festliche Konzert mit dem Berliner Rundfunk-Sinfonie-
Orchester unter Leitung von Generalmusikdirektor Prof. Rolf
Kleinert war verklungen. Da meldete sich Heinz der Quermann zum Wort. Im Namen der heiteren Muse. Nun gibt es ja
manche Künstler ernsterer Natur, die meinen, daß die heitere
Muse nicht viel zu sagen hätte. Darunter solche, die sich seit
langem so verhalten, als hätten sie Perlen vor den Säuen zu hüten. Oder solche, die für das Leben der Würmer mehr Interesse
zeigen als für das der Menschen. Doch merkwürdig. Gerade
ihnen hatte die heitere Muse etwas zu sagen. Da hat vor 50 Tagen noch keiner dran gedacht, daß die heitere Muse den Kollegen von der ernsteren Fakultät einmal so herzhaft und auf-
munternd sozialistische Hilfe erweisen würde.

Was hatte der Quermann den großen Schwelgern zu sagen? Eigentlich nur einen harmlosen Witz vom schönen Stephan (gemeint ist Stephan Hermlin), den man in Leipzig aus

dem Hotel gewiesen hatte, weil er des Schreibens so unkundig geworden war, daß er nicht einmal mehr das Anmeldeformular ausfüllen konnte. Ich halte das für einen zwar schmerzhaften, aber sehr kameradschaftlichen Rippenstoß.

Wie sehr sich Quermann um Verständnis für die Schaffensprobleme einiger Kollegen der benachbarten Fakultät bemüht, geht daraus hervor, daß er sich ebenfalls der Wurmthematik annahm. Auf Günter Kunerts Wurm-Gedicht ›Auch die Würmer / Haben ein Reich. Das Erdreich. / Wer sonst dort leben will, muß / Tot sein.‹ antwortet er wurmgerecht: ›Auch der Bandwurm / Hat ein Reich: Den Darm. / Wer / Ihn los sein will, muß / Eine Kur machen.‹ Ist das nicht wirklich ein guter Rat? Ich bin dafür, den heiteren Diskussionsbeitrag der leichten Muse ernst zu nehmen. Heinz Quermann war ein aufmerksamer Gast des Parteitages. Das, was auf den Beratungen des Parteitages Gegenstand scharfer und reinigender Kritik war, hatte er sorgfältig notiert und in Windeseile zu Satire verarbeitet. Und das fördert immer die Wirkung der Kritik. Eine wirksame Behandlung mit Satire ist schon eine halbe Kur.

Die vier Brummers mit ihrer Zeitungsschau, Gustav Müller, Helga Hahnemann und Textdichter Heinz Kahlau vervollständigen den Diskussionsbeitrag der heiteren Muse.

So spritzig, so gut gelaunt, so angriffsfreudig und aktuell möge sie bleiben. Dann wird sich jeder, der die heitere Muse von oben herab betrachtet, nur lächerlich machen. An Inspirationen wird auch in Zukunft kein Mangel sein. Wenn auch nicht alle Tage Parteitagsatmosphäre ist, die Kahlau so einen einfachen und dabei so ungemein treffenden und zündenden Text eingegeben hat:

›Der Tischler und der Schlosser, / Die haben jetzt die Macht, / Da hat vor 50 Jahren noch keiner dran gedacht.‹ (Werner Schwemin)«

Nach der Ausstrahlung von »Fetzers Flucht« hatte sich die Presse mit Lobeshymnen überschlagen, jetzt ist der Film ein Machwerk, die Tat eines ideologischen Diversanten.

Meinen zweiten Film »Monolog für einen Taxifahrer« führt man in einer geschlossenen Veranstaltung nur Funktionären vor, um diese von meinem Anschlag auf die DDR zu unterrichten. Danach verschließt man den Streifen im Panzerschrank.

Die Geschichte vom Taxifahrer ist an sich harmlos. Ein Ostberliner Taxifahrer schafft eine Schwangere ins Krankenhaus. Dann übernimmt er es, den werdenden Vater über das kommende Ereignis zu unterrichten. Aber die kommentierenden Monologe des Chauffeurs haben es in sich. Als der Taxifahrer einen Pferdewagen nicht zu überholen vermag, spricht die Stimme aus dem Off:

»Es wird doch so vieles bei uns verboten. Warum ausgerechnet nicht die Pferdewagen?«

Der Taxifahrer versucht aus einer Telefonzelle den Ehemann der jungen Frau zu erwischen, während ein ungeduldiger Mitbürger an die Zelle pocht: Er will befördert werden, was der Taxifahrer ablehnt. Der Abgelehnte gerät in Wut und schreit:

»Ich werde Sie melden!«, woraufhin es im Monolog heißt:

»Melden, immer melden! Ein Volk von verhinderten und nicht verhinderten Polizisten – das sind wir!«

Kein Wunder, daß die verhinderten Polizisten im handverlesenen Publikum wenig begeistert von dem Film gewesen sind.

Und der Parteitag will nicht enden, und es beruhigt mich keineswegs, nicht das einzige Opfer zu sein. Vier Angeklagte werden ständig genannt, außer im Fernsehen auch in der Presse. Keine Zeitung ohne Proteste von Pseudoarbeitern und fiktiven Bauern gegen die Verderber, verbunden mit Ergebenheitserklärungen für Staat und Partei. Dem Lemmingzug schließen sich Künstler und Schriftsteller an, damit unsere Isolation perfekt sei. Wir: das sind Stephan Hermlin, Peter Huchel, Peter Hacks und ich. Die Vergehen werden individuell verteilt. Hermlin, hemmungsloser Liebhaber von Literatur, hat in der Akademie einen Abend der jungen Talente inszeniert, unter diesen Wolf Biermann und Sarah Kirsch. Hermlin büßt sogleich seinen Posten als Sekretär der Abteilung Dichtkunst und Sprachpflege ein und ergeht sich in einer rasch gedruckten Selbstkritik: »Ich stehe zu unserem Sozialismus!«

Die Angst, die mich überfällt, lähmt das Denken und die Zunge und bringt die elende Vergangenheit zurück.

Schlaflos erwarte ich das sprichwörtlich gewordene Klopfen um vier Uhr morgens an der Wohnungstür, wie es zur Dramaturgie der Täter gehört.

»Von Günter Kunert wurde ein neuer Fernsehfilm unter dem Titel ›Monolog eines Taxifahrers‹ gedreht. Dieser Film – mit viel Geld fertiggestellt – wurde den Dramaturgen des DFF vorgeführt und fast einstimmig abgelehnt, weil er seinem Inhalt nach revisionistisch und in seiner Aussage menschenfeindlich und gegen unsere Republik gerichtet ist.

Man war der einstimmigen Meinung, daß dieser Film dem Genossen Fehlig unterschoben wurde.

Dabei darf jedoch nicht unbeachtet bleiben, daß während der Produktion keine Kontrolle ausgeübt wurde und man dem Kollektiv Kunert – Stahnke – Bergmann volles Vertrauen schenkte. Bemerkenswert ist hierbei noch, daß der Kameramann Bergmann zu Beginn abgelehnt habe, diesen Film zu drehen und erst dazu überredet worden wäre.

Während der Diskussion über diesen Film brachte der Genosse Baumert zum Ausdruck, daß ihm der Genosse Sindermann vom ZK gesagt habe, daß es in der Akademie der Künste und im weiteren Kreis Revisionisten gäbe, zu denen unter anderem Kunert und Hermlin gehören. Diese Revisionisten hätten sich zum Ziel gesteckt, die Parteilinie auf dem Gebiet der Kultur zu revidieren. So wollten sie zum Beispiel ›Fetzers Flucht‹ als ein großes Kunstwerk hinstellen.«

Die Gesundbeter der Partei gehen durch unsere Wohnung: Gestehe, bekenne, übe Selbstkritik, sieh deine Irrtümer und Fehler ein, und es wird dir verziehen werden. Wäre ich ein einzelnes Individuum, dann würden möglicherweise die Winke mit Zuckerbrot und Peitsche ihre Wirkung getan haben. Aber ich werde von einer Löwin beschützt, die, sobald ihr einer der zu mir beorderten Psalmodisten unerträglich wird, denselben hinausweist.

Marianne gleicht dem Felsen in der Brandung. Die Partei-kumpanei prallt an ihrem Durchhaltevermögen ab.

Der Regisseur beider Fernsehfilme und wir, Marianne und ich, wählen den besseren Teil der Kühnheit und retirie-ren ins Elbsandsteingebirge, ins Kirnitzschtal, ins Gasthaus Lichtenhainer Wasserfall, wo wir an einem Drehbuch nach Mark Twains »Ein Yankee am Hofe König Artus'« arbeiten. Dabei hat der Filmminister Hans Rodenberg das Projekt längst aus der Planung gestrichen und einen vertraulichen Ukas erlassen, dem zufolge Kunert und Stahnke nie mehr gemeinsam einen Film entwickeln dürften. Wochen später spielt mir eine DEFA-Sekretärin die geheime Anweisung zu. Im verschneiten Gasthaus kaum ans Schreiben gegangen, ruft uns ein Dramaturg des Fernsehens zurück. Dringend. Sofort.

Über Schnee und Eis heimwärts, um morgens vor die versammelte Fernsehmannschaft zu treten. Alles Staatsan-wälte. Verteidiger sind nicht zugelassen. Der Schauprozeß läuft an. Die Anklagerede hält Gerhard Scheumann (IM »Gerhard«), der uns vorwirft, wir hätten die Heideggersche Atombombenphilosophie in der DDR verbreiten wollen. Mit Sicherheit hat in dem Speiseraum noch keiner den Namen Heidegger gehört. Und falls doch: Gelesen kann ihn niemand haben, da die Einfuhr von »Druckerzeugnissen« verboten ist. Es ist der klassische Verfolgungswahn, der sich seine Methode erfindet. Da für die Anklage das wahre Motiv, nämlich meine DDR-kritischen Auslassungen, tabu ist, muß etwas aus der Luft Gegriffenes als Beschuldigung dienen. Man könnte uns ebensogut der Schwarzen Magie oder der Wiederherstellung von Monarchie verdächtigen. Nur: Die Monarchie haben wir schon.

Über hundert angeblich erwachsene Menschen lauschen ernsthaft dem bösen Unfug, der aus Scheumanns Mund quillt, als sei es die Bergpredigt. Zum Schluß bedanke ich mich für die Vorstellung mit der Bemerkung, ich würde daraus meine Lehren ziehen. Was ich von Stund an getan habe, obwohl nicht ganz im Sinne der Anklage. (Weil keiner der Anwesenden meinen Vater kennt, vermutet auch keiner in mir die Erbschaft seines Starrsinns.)

Viele von den Anwesenden hatten selber Ähnliches durchstehen müssen und waren aus dem Mahlwerk zerbrochen hervorgegangen. Deswegen gönnten sie mir den Prozeß von Herzen. Denn die Erzeugung des Neuen Menschen besteht darin, ihn zum wirbellosen Säuger und Säufer zurückzubilden, damit er verfügbar und gefügig sei.

Freilich rechnet die Partei nie mit der ihr fremden Tatsache, daß in ihren eigenen Reihen noch immer anständige Leute vorhanden sind, trotz aller Säuberungen und Überprüfungen auf nützliche Gewissenlosigkeit.

Solchermaßen lamentiert ein Offizier des MfS in der Hauptabteilung V/1/III am 26. 2. 1963:

»Analyse der inoffiziellen Berichte vom 4. 2.–19. 2. 1963 über Kunert: Die vorliegenden Materialien zeigen, daß Kunert nach wie vor mit Äußerungen zu den Auseinandersetzungen mit und um ihn zurückhält. Er spricht nur mit den engsten Bekannten ausführlicher zu diesen Fragen, wobei er auch hier sich nicht feindlich äußert. Er reagiert auch dann nicht feindlich, wenn Äußerungen der Gesprächspartner ihn dazu animieren könnten. K. fühlt sich immer noch z. T. zu Unrecht angegriffen, vor allem ist er erregt über die Kritik von Heinz Quermann, des Prof. Hans-Jürgen Geerdts (›Ostseezeitung‹) und Prof. Dr. Koch (Artikel ›Fragen der Literatur‹). Gegen die beiden letztgenannten Kritiken hat bzw. will K. schriftlich Stellung nehmen. Kunert begrüßt immer die Äußerungen des Gen. Sindermann und anderer sowie die bisherigen Auseinandersetzungen innerhalb der Parteiorganisation. Er wird aber zusehends pessimistischer bezüglich seiner weiteren Arbeit, weil es z. B. Schwierigkeiten bei der Veröffentlichung seines Gedichtbandes gibt und seine Stellungnahme zur Kritik der ›Ostseezeitung‹ bisher nicht veröffentlicht wurde. Weiter trägt dazu bei, daß trotz der Äußerungen des Gen. Adameck, daß man weiter mit ihm arbeiten wird, sich nichts tut, und andererseits bei der DEFA sein Film nun noch einmal überprüft wird.

Verschiedene Personen unterrichten den K. laufend sowohl über Angelegenheiten, die ihn selbst oder andere z. Z. diskutierte Probleme auf dem Gebiet der Literatur betreffen. Er wird unterrichtet

1. von für Kunert direkt oder indirekt positiv wirkenden Diskussionen usw. (Kritik an Quermann durch verschiedene Schriftsteller und durch Sindermann und Adameck, Antwortschreiben auf Kritik der ›Ostseezeitung‹);

2. von Maßnahmen usw., die sich für ihn negativ auswirken oder auswirken können (Nichtveröffentlichung eines Gedichtbandes, ›Gefahr‹ eines evtl. vom DFF beantragten Parteiverfahrens gegen ihn, gegen ihn gerichtete Kritiken),

3. von Maßnahmen usw., die sich mit Personen befassen, die im Zusammenhang mit Kunert oder nur allgemein im Blickpunkt der Diskussion stehen (Schreck, Biehler, Auslandsreisen).

Dabei bestärken die Informanten den Kunert in seiner Haltung, sie ›putschen‹ ihn teilweise auf, wobei im einzelnen nicht gesagt werden kann, ob es bewußt oder unbewußt geschieht. Dies geschieht u. a. dadurch, daß sie

1. Kunerts Werke als gut einschätzen und die Kritiken anderer mehr oder weniger ›zerpflücken‹;

2. für K. positive Äußerungen und Handlungen ihm schnellstens mitteilen, besonders wenn es sich um solche Personen handelt, deren Meinung wichtig ist;

3. ihn unterrichten, daß angeblich leitende Kulturfunktionäre selbst noch keine klare Linie haben;

4. daß sie über Personen, die K. kritisieren, negative Fakten berichten (Geerdts, Melcher).«

Der Mutigste und Entschiedenste von uns vier Angegriffenen ist Peter Huchel.

Kurt Hager, der Oberideologe, einstmals in englischer Emigration, bezichtigt den Lyriker mit einer unentschuldbaren Tautologie. Huchel, als Chefredakteur der Literaturzeitschrift *Sinn und Form*, habe sich wie ein »englischer Lord« benommen. Also dem Elitären gefrönt, statt die Werke »unserer« Schriftsteller zu drucken. Und habe aus lauter Heimtücke einen älteren Aufsatz von Brecht veröffentlicht: »Über die Widerstandskraft der Vernunft«. Das sei doch eindeutig gegen die Partei gerichtet gewesen. Huchel wird seines Postens enthoben und in seinem Haus in Wilhelmshorst bei Potsdam von Nachbarn überwacht. Die schreiben auf, wer kommt, wer geht.

Und der vierte im keineswegs konspirativen Bunde, der Dramatiker Peter Hacks, ist wegen seines Theaterstückes »Die Sorgen und die Macht« gerügt worden, woraufhin er Gegenwartsthemen meidet und sich in antike Stoffe hüllt.

Aber das ist erst der Anfang.

Unzufrieden über die mangelnde Bereitschaft von Intellektuellen, ihrer Gehorsamspflicht zu genügen, setzt die Parteiführung eine neue Kampagne in Gang. Geplant ist eine »Begegnung der Staats- und Parteiführung mit den Schriftstellern«. Bei diesem Anlaß sollen die schwarzen Schafe endlich die ihnen zugeschriebene Farbe bekennen. Es ballt sich etwas zusammen, dem ich mich nicht mehr aussetzen will.

Marianne, mit dem gleichen Temperament wie ihre Namensschwester auf dem Revolutionsgemälde von Delacroix, obgleich waffenlos und mit verhülltem Busen, rettet mich vorm Untergang. Sie bringt mich zu einer Ärztin, die, über die Parteipraktiken informiert, mich sogleich krank schreibt und mir einen Landaufenthalt verordnet. Marianne ruft den alten Holzbildhauer Nils Kliem auf Hiddensee an, jawohl, ihr könnt kommen, und bevor die reitenden Boten der Staatsmacht mit der persönlich zu quittierenden Vorladung eintreffen, sind wir gen Norden abgedampft.

Der Bodden zwischen Rügen und Hiddensee ist zugefroren. Hubatsch, der nimmermüde Rosselenker, muß anstelle des Wagens den Schlitten anspannen, um uns aus Schaprode abzuholen. Die Temperatur und meine Stimmung sind unter Null gesunken. Ich wollte bloß weg von Berlin, ins Abgelegene, schwer Erreichbare, in die Abgeschiedenheit, wo man zwar seine Wunden lecken, aber kaum ausheilen kann. Halb liegend, in schützende Decken gewickelt, an der Seite meiner Frau gleite ich über das verdächtig knirschende Eis.

So langen wir zwischen Vitte und Neuendorf an. Kliem empfängt uns mit der Botschaft, er habe eine Warnung vom Bürgermeister erhalten: daß sich in der Heide auch ja nichts konzentriere! Dunkle Andeutungen, sonst nichts. Die Nachricht über meinen Fall ist dem Schlitten längst vorausgeeilt.

Blick auf den Strand, auf die hochgestapelten Eisschollen, eben aus Caspar David Friedrichs Gemälde »Im Packeis« angetrieben. »Symbolik is drinne!« hätte Max Liebermann dazu gesagt.

Der Wind dringt durch die Ritzen und Spalten des Holzhauses, der Elektroofen glüht vor sich hin, vermag jedoch nicht mehr als sich selber zu erwärmen. Die Pelzmütze aufgestülpt und ins Bett. Nachkriegszeit, Kalte-Kriegs-Zeit, Unfrieden den Dichtern und den Funktionären ein Wohlgefallen.

Elender Schlaf, aus dem uns morgens die Sonne weckt. Die Eisschollen sind fortgetrieben, als hätten sie nie am Ufer gelagert.

Wir bewegen uns fröstelnd über den Strand, während in Berlin fleißig die Messer gewetzt werden, um mich als Exempel für potentielle Ketzer abzuschlachten.

Beim Aufbau-Verlag erregt ein Manuskript mit meinen Gedichten die Wachsamkeit. Eines der Gedichte (»Interfragmentarium – zu Franz K.s Werk«) ist von der »Verwandlung« inspiriert und evoziert die Totalüberwachung einer Person durch ungreifbare, doch mit Sicherheit vorhandene Apparaturen. Ein weiteres Gedicht hatte ich Isaak Babel gewidmet. Unter dem Titel »Piloten und Taucher« spricht es davon, wie gefährlich der Beruf des Schriftstellers sei. Verwiesen wird auf das Verenden von Dichtern:

»Wie viele wurden erschlagen gehängt gespießt gefangengesetzt gelobt.« Dem folgt die Frage nach dem Feind, einer für Piloten und Taucher relativ leicht wahrzunehmenden Erscheinung:

»Wo aber steht der unsere? Immer findet er uns eher / als wir ihn: Wir sehen ihn nicht von Angesicht / doch er / hat uns schon lange auf seiner Liste.« Und Kunert hat sich selber freiwillig auf diese Liste gesetzt. Als hätte er laut gerufen: »Verbietet mich!«

Nachts dreht sich der Wind und wird zum Sturm, und am Morgen hat er sämtliche Eisschollen wieder auf den Strand geworfen. Von Frühling kein Hauch. Aber eine Reihe von bemerkenswerten Besuchern.

Als erster erscheint Paul Gräff, der Gemüsehändler, unter uns in Treptow wohnend: Er überbringt mir die Vorladung zum öffentlichen Suizid, die ich gegenzeichnen soll. Was ist da vorgefallen, daß der Mann den beschwerlichen Weg auf sich nimmt? Und er hat die Vorladung in meinem Namen unterschrieben und entgegengenommen. Er hätte in Stralsund geschäftlich zu tun gehabt, und das wäre doch die Gelegenheit gewesen, zwei Fliegen mit einer Klappe zu schlagen. Wir enthalten uns jeglichen Kommentars, und er zieht von dannen.

Seltsam, was meine Besucher durch Eis und Schnee zu mir treiben mochte. Welch innige Zuneigung ist während meiner Abwesenheit in Berlin bei einigen Leuten aufgeblüht, daß sie Unbill auf sich nehmen, um an der meinigen teilzuhaben? Ich hege Zweifel an der Selbstlosigkeit meiner Überraschungsgäste. Wieso muß die einstige Emigrantin Marianne Dreifuß die Strapaze auf sich nehmen – nur um mir freundlich die Hand zu schütteln?

Der Regisseur Stahnke nebst Freundin kreuzt auf. Ihm ist nicht erspart geblieben, wovor mich Marianne bewahrt hat: das selbstzerstörerische Schuldbekenntnis. Er mußte vor dem gesamten Zentralkomitee, vor den »Genossen Schrift-stellern und Künstlern« eine Selbstkritik verlesen, deren übelste Selbstbezichtigungen man ihm in die Feder diktiert hatte.

Als letzter im Reigen naht sich mir IM »Martin« in der Maske von Hermann Kant. Daß auch noch der sich mir wid-met, ist zuviel des Schlechten.

Uns ist klar, daß man uns nicht aus freien Stücken aufge-sucht hat. Dahinter steckt mehr. Man hat in der Annahme, steter Tropfen höhle den Stein, die Besuche organisiert. Ohne Mariannes Zureden wäre die Kalkulation vielleicht aufgegan-gen. Sie stärkt mir außer dem Rücken das Gemüt.

Im Aufbau-Verlag lernt inzwischen die Mitarbeiterschar mal wieder das Fürchten. Eine Aussprache über Fehler und Ver-säumnisse, Sorglosigkeit und ideologische Leichtfertigkeit schreckt die Lektoren und Redakteure auf.

Und unter dem Datum vom 9. 3. 1963 meldet die Kontakt-person decknamens »Bie« ihrem Führungsoffizier, was ak-tenkundig geworden ist:

»Während der Aussprache beim Aufbau-Verlag rief der Schriftsteller Günter Kunert an und erkundigte sich, ob sein Buch erscheint; daraufhin hat Gysi geantwortet, ja es er-scheint. Die KP (Kontaktperson) fragte anschließend nach dem Telefongespräch, ob denn Kunerts Buch wirklich er-scheint, daraufhin Gysi, er glaube nicht. Die KP war über das Verhalten befremdet und hat Kunert davon informiert.«

Und der »IM W. Barth« teilte seinem Offizier am 27. 3. 1963 mit:

»Der Gedichtband von Kunert soll jetzt doch wieder nicht erscheinen, obwohl die Gen. Lucie Pflug vom ZK neulich ge-sagt hatte, daß er nun erscheinen kann …«

Wir kehren von Hiddensee zurück. Der Bodden ist eisfrei, wir dampfen mit dem Postboot über sanfte Wellen. In Berlin hingegen schlagen die Wellen immer höher.

Gysi bestellt mich an sein Krankenlager, er leidet sichtlich, und vor allem an meiner Person. Ich bin das Kuckucksei in seinem Verlagsnest gewesen. Und nun will er mich loswerden. Er hat mich bereits abgeschrieben, denn er gibt mir meine gesamten Buchrechte zurück, der Aufbau-Verlag wird mich nirgendwo mehr vertreten, und der »Malade imaginaire« merkt nicht, welches Geschenk er mir macht. Ab sofort vertrete ich meine Rechte selber – auch im Westen. Vor allem im Westen. Und niemand wird mir dieses Recht bestreiten können. So wenden sich Gemeinheiten manchmal gegen ihre Urheber.

Die Pogromstimmung dauert an.

Am 10.5.1963 meldet sich einer der willigen Helfer, der Geheime Informant »Hochschulz«, also Heinz Kahlau, mit dem ich gewöhnlich über die regierungsamtliche Verblödung debattiere, während er von den Funktionären nur als von den »Terror-Retikern« spricht, bei seinem Führungsoffizier.

»Der GI berichtete weiter, daß er mehrfach versucht hat, mit Kunert in persönlichen Kontakt zu kommen, dies ist ihm nach wie vor nicht gelungen. Er hat nur telefonisch mit ihm gesprochen. Dabei hat er versucht, Termine für ein Zusammentreffen festzulegen, Kunert wich jedes Mal aus und versprach dem GI, ihn anzurufen, wenn eine Zusammenkunft möglich sei. Der GI wird auch weiterhin versuchen, mit ihm persönlich zu sprechen, und will ihm dann ordentlich die Meinung sagen.

Kunert nimmt jetzt eine offensichtlich durch seine ›Krankheit‹ abgedeckte passive Haltung ein, die schon demonstrativ wirkt. Er hat ja bisher noch nicht öffentlich Stellung genommen und fehlte auch bei der Versammlung im Berliner Verband unentschuldigt. Des weiteren hat er ein Ersuchen des GI, sich an einer Veranstaltung mit Gedichten zu beteiligen, abgelehnt. Der GI ist der Auffassung, daß Kunert bald zu einer Reaktion gezwungen werden muß.«

Kahlaus Ratschlag wird befolgt.

Im größten Versammlungsraum des Zentralkomitees am Werderschen Markt in Berlin-Mitte lauern die Lemuren, um sich mit den Künstlern und Schriftstellern auszusprechen. Hier wird für die kommende »Große Aussprache« geprobt. Peter Huchel, parteilos, kann nicht vors Tribunal gezerrt werden. Peter Hacks, schlauerweise keiner Organisation angehörend, bleibt unerreichbar. Stephan Hermlin hat seine Selbstkritik umgehend abgeliefert, und ich klebe als einziger und letzter an der Pfanne.

Die Anklage richtet sich gegen die erwähnten Gedichte, obwohl nur das »Interfragmentarium« in *Sinn und Form* publiziert worden ist. Kafka, steh' mir bei!

Bis zur Pause sitze ich auf meinem Sessel in der ersten Reihe und lasse die Vorstellung über mich ergehen. Ich bin, wie ich vernehme, zahlloser ideologischer Delikte schuldig. »Fetzers Flucht« wird aufgewärmt, ebenso der »Monolog für einen Taxifahrer«. Immer wieder fällt einem eine meiner Untaten ein. Dann unterbricht die Versammlungsleitung nach dem ersten Akt die Inszenierung, damit die lieben Genossen und Genossinnen in der Kantine bei einer Tasse Kaffee oder einem anderen, jedoch selber zu zahlenden Getränk neue Kraft zur Diskussionsfortsetzung schöpfen können.

Ich drängle mich durch die Menge, allseits ignoriert, bereits ausgestoßen oder tot, um ebenfalls einen Kaffee zu trinken. Auf Kosten des Hauses, versteht sich. Nach dieser Pause, so ist es bekanntgegeben worden, sei meine Stellungnahme fällig. Wie es einem vor der physischen Hinrichtung zumute sein muß, läßt sich post festum nicht feststellen. Aber wie man sich vor einer psychischen Guillotinierung fühlt, das weiß ich seitdem genau.

Das Pausenende wird schulmäßig eingeläutet. Der Aufschub ist vorbei. Auf zum Schafott. Als einer der allerletzten schlüpfe ich in den Lift zu den höheren Regionen und stehe zwei Mitreisenden gegenüber: Berta Waterstradt, der Scharfzüngigen, und Jan Petersen, dem uraltkommunistischen Haudegen, einem Heros der antifaschistisch-proletarischen Literatur, Autor des Romans »Unsere Straße«, an dem er bis 1934 in der Berliner Illegalität geschrieben hatte. 1935 sein großer Auftritt in Paris beim »Kongreß zur Verteidigung der Kultur«, wo er als der »Mann mit der schwarzen Maske«, als ein in Deutschland verfolgter Autor gegen Verfolgung die Stimme erhob. Ein wuchtiger Kerl mit Brille und Halbglatze, der sich an mich, den Deliquenten, wendet und fragt, ob ich etwa Selbstkritik üben wolle. Und ohne meine Antwort abzuwarten:

»Mach bloß nicht so was!«

Einzug des ruhmlosen Gladiators in den Saal. Nach vorne auf die Empore. Dreihundert Gesichter, keines mehr erinnerlich. Erwartungsvolle Stille.

Ich bestreite, zur raunenden Unzufriedenheit meiner Zuhörer, hinterhältige Absichten. Und beziehe mich auf den XX. Parteitag in Moskau, seit welchem man sich auch mit »unserer« Vergangenheit aufarbeitend beschäftigen müsse. Wir wüßten doch, was Isaak Babel und anderen Dichtern geschehen sei.

Unruhe im Saal, Zwischenrufe, ich solle zur Sache kommen. Zur kritischen Einschätzung meiner Fehler. Ich stelle mich an, als begriffe ich gar nicht, was man von mir wolle. Ich hätte ein Gedicht über ein Grundmotiv des Kafkaschen Werkes geschrieben und ein anderes über die Problematik des Dichterseins. Wenn man mich mißverstehe, tue mir das leid. Ich rede um den merklich heißen Brei herum, zur Empörung einiger Henker, die meinen Kopf gefordert, diesen jedoch nicht von mir untertänigst überreicht bekommen.

Da erhebt sich in einer der letzten Sitzreihen meine Liftbekanntschaft, schreitet schwergewichtig nach vorn, tritt hinters Pult, sich seiner gesellschaftspolitischen Bedeutung bewußt, und läßt die Inszenierung platzen.

Petersen zitiert Johannes R. Becher und wie sehr der Kunert geschätzt habe, mahnt zur Zurückhaltung gegenüber Talenten und bezieht sich zum Schluß auf die von der Partei selber in Umlauf gesetzte Parole von der »Vielfalt der Schreibweisen«. Wer Vielfalt wolle, müsse auch die Konsequenzen akzeptieren. Und sogleich, als wäre Petersens Widerspruch erhofft worden, melden sich weitere Stimmen, um Verständnis für mich zu fordern. Die Regie hat nicht geklappt. Umstandslos wird die Versammlung geschlossen, und die Treuesten der Treuen verlassen murmelnd und murrend den Raum und zerstreuen sich draußen auf dem Vorplatz. Jan Petersen, neben dem ich hinausgehe, gibt mir seine Telefonnummer: So entsteht eine Freundschaft.

Ein einsamer Mensch, dessen Beziehungen zu Frauen meist mißglücken, ein humorvoller Erzähler seiner abenteuerlichen Biographie, mit der er uns an vielen Abenden erheitern wird. Petersen, eigentlich Hans Schwalm, ist eine lebendige Sammlung unzähliger, leider niemals aufgeschriebener Anekdoten. Wie er vor 1933 Leibwächter bei Johannes R. Becher in Berlin gewesen ist, gehört zu den Glanzstücken. Petersen schläft in der Diele im Parterre der Villa, den entsicherten Revolver unterm Kopfkissen, und Becher, falls der Klassenfeind doch Petersen zu überwältigen vermochte, empfinge dann den Eindringling mit einer schwefelsäuregefüllten Spritze. In Paris lernt Petersen Anna Seghers und Stephan Hermlin kennen, für die er eine kräftige Antipathie offenbart, weil sie ihn als den Proleten, der er war, behandelt hätten und außerdem behaupten, ihm sein eigenes Buch fertiggeschrieben zu haben. Und er haßt Wieland Herzfelde. Der nämlich habe den Schriftsteller Ernst Ottwalt aus der Prager Emigration nach Moskau in den Tod geschickt – eine weniger lustige Geschichte.

»Wenn ich mal sterbe«, sagt Petersen und klopft mit seinem Zeigefinger nachdrücklich auf die Tischkante, »dann mag meinetwegen irgendein Idiot am Grabe sprechen. Aber nicht Herzfelde!« Nach solchen Ernsthaftigkeiten fährt er mit Aktualitäten fort: was Stefan Heym gefragt und was Petersen geantwortet habe. Beide sind Nachbarn in Berlin-Grünau, wo die Regierung nach Moskauer Muster eine Intellektuellen-Siedlung zur besseren Überwachung der unsicheren Kantonisten gebaut hat. Und Stefan Heym hat in Petersen einen Gesprächspartner, der den Parteiapparat aus dem Effeff kennt.

Als er erfährt, daß beim Hanser Verlag im Westen demnächst mein Gedichtband erscheint, eine Zusammenstellung von Texten aus vorhergehenden Veröffentlichungen, gratuliert er mir. Ich solle mich nicht hindern lassen, im Westen zu publizieren. Das sei mein Schutz.

»Die Narren«, und damit meint er die unfreiwillig zu meinen Werbestrategen gewordenen Kulturpolitiker, »die haben dich im Westen bekannt gemacht. Das mußt du nutzen! Jetzt bloß nicht zurückweichen!«

Petersen wußte Bescheid.

Und meine anderen Kollegen?

»Neues Deutschland, 27.3.1963. Schriftsteller danken der Partei.

Berlin (ADN). Die Delegiertenkonferenz des Deutschen Schriftstellerverbandes richtete an das ZK der SED ein Schreiben, in dem es heißt: ›Wir danken dem ZK der SED für das tiefe parteiliche Vertrauen, das uns und unserer Arbeit von der Partei der Arbeiterklasse entgegengebracht wird. Wir sind uns bewußt, daß unsere sozialistische Literatur nur im vertrauensvollen parteilichen Verbundensein mit den geschichtlich vorwärtsführenden Kräften unseres Volkes zu neuen und noch höheren Erfolgen gelangen kann. Die Helden unserer Zeit sind die Menschen, die sich in der Erkenntnis ihrer eigenen Kraft, ihres eigenen Wertes und ihrer eigenen Würde der führenden geschichtlichen Kraft des Sozialismus aktiv anvertrauen.‹

›Unsere literarische Aufgabe‹, so wird weiter erklärt, ›die Größe unserer Zeit darzustellen, erfüllt sich mit Leben, wenn wir das realistische Bild vom Werden des sozialistischen Menschen gestalten: sein Glück, seinen Schmerz, seine Niederlagen und Siege.‹

Abschließend wird festgestellt: ›Nur der politisch reife, fest mit der Politik der Partei der Arbeiterklasse verbundene Schriftsteller wird die Macht der Poesie in höchster Verantwortlichkeit zum Wohl des Menschen ausüben können. Wir Schriftsteller und Literaturschaffende der DDR sind gefestigt aus den Diskussionen des VI. Parteitages der SED hervorgegangen. Die Beratung, die das Politbüro und der Ministerrat in offener und kameradschaftlicher Weise mit uns durchführte, hat die gewonnene Festigkeit noch verstärkt. Alles, was zur Verbesserung unserer literarischen Arbeit und unseres Verbandslebens von uns gesagt und beschlossen wird, fußt auf dem festen Vertrauen in das von der Partei der Arbeiterklasse beschlossene Programm zum umfassenden Aufbau des Sozialismus der DDR.‹

Der neue Vorstand des DSV.

Als Mitglieder des neuen Vorstandes des Deutschen Schriftstellerverbandes wurden gewählt: Alexander Abusch, Bruno Apitz, Helmut Baierl, Gerhard Baumert, Edith Bergner, Johanna Braun, Werner Bräunig, Jurij Brězan, Franz Fühmann, Günter Görlich, Walter Gorish, Otto Gotsche, Helmut Hauptmann, Wolfgang Joho, Ernst Kaemmel, Hermann Kant, Hans Kaufmann, Henryk Keisch, Eduard Klein, Erich Köhler, Hanna-Heide Kraze, Hans Koch, Wolfgang Kohlhaase, Kuba, Alfred Kurella, Willi Lewin, Hanns Maaßen, Hans Marchwitza, Willi Meinck, Armin Müller, Herbert Nachbar, Erik Neutsch, Dieter Noll, Rose Nyland, Herbert Otto, Rudolf Petershagen, Helmut Preißler, Brigitte Reimann, Annemarie Reinhard, Heinz Sachs, Helmut Sakowski, Anna Seghers, Maximilian Scheer, Jo Schulz, Max Walter Schulz, Kurt Storn, Erwin Strittmatter, Michael Tschesno-Hell, Alfred Wellm, Walter Werner, Paul Wiens, Joachim Wohlgemuth, Christa Wolf, Max Zimmering.«

Nein – ich lasse mir nicht einreden, daß Schriftsteller denkende Menschen sein könnten.

5

Es dauert eine Weile bis ich merke, daß wir an Pest, Cholera und Typhus zugleich erkrankt sein müssen. Niemand grüßt uns, niemand – mit wenigen Ausnahmen, als da sind die Familie und einige Freunde – sucht uns auf. Ein umfangreicher Personenkreis hält es für angebracht, den Infektionsherd zu meiden. Ausflüchte wie Zeitmangel, unaufschiebbare Reisen oder sonstige Tätigkeiten verhindern, daß man ein Minuszeichen auf seiner Karteikarte, auf seiner Kaderakte eingetragen erhält, weil man sich im Dunstkreis der ideologischen Seuche aufgehalten hat.

Sogar das Telefon ist verstummt und steht als schweigender Mahner auf dem Bord. Und warum klingelt der Briefträger nicht an unserer Tür, obwohl ich sein Stampfen auf unserem Treppenabsatz vernehme? Ist er vor mir gewarnt worden?

Die Summe auf unserem Sparkassenkonto hat, wie eine vertrocknende Pflanze, ihr Wachstum eingestellt und schrumpft stetig. Die Konsequenz: Erbsensuppe. Marianne, Meisterin der Gewürzhandhabung, gewinnt der fast täglichen Erbsensuppe jeweils eine neue Geschmacksvariante ab. Unser Haushaltsetat beträgt wöchentlich fünfzig Ostmark, gespeist aus den Resten des Heinrich-Mann-Preises und vor allem aus meinem Sündenlohn, den Honoraren für meine filmischen Verfehlungen. Unser Speisezettel ist einfacher und billiger als der unserer vierbeinigen Seelentröster. Sie stellen keine Fragen und beanspruchen nichts weiter als ihr Fressen und eine streichelnde Hand, und das so oft wie möglich. In den schlafarmen, durch beängstigende Fantasien peinsamen Nächten verbreiten sie Ruhe, Beruhigung, indem sie körpernah in unseren Betten schlummern oder einem etwas vorschnurren.

Und ich verbrenne im Ofen als mögliche Beweisstücke gegen mich dienliche Texte. Darunter ein schier endlos langes Gedicht, Vierzeiler um Vierzeiler, vielstrophige Version des Flüchtens, Auswanderns, Weggehens, Emigrierens, von dem ich gerade noch den letzten Vers behalten habe:

Wanderer, siehst du es liegen,
das einsame, leere Land,
gedenke voll Mitleid jener,
die es einst Heimat genannt.

Angesichts dieses erinnerten Relikts bin ich über den Verlust kaum traurig. Es war ein psychisches Sich-zur-Wehr-Setzen. Da bleibt die Ästhetik auf der Strecke.

Wären nicht freundliche, mitfühlende Menschen gewesen, das Jahr 1963 würde ich kaum gesund überstanden haben. Doch so beauftragt mich unser Zahnarzt Dr. Rudi Strauch, ihm ein Bild zu malen, und für den Komponisten Rolf Kuhl verfertige ich gar ein Triptychon. Heimliche Solidarität, unauffällige Unterstützung – das ist schon viel!

Ich will die vor meiner Isolation vorhandenen Beziehungen testen, ausprobieren, ob mein Status als Unperson noch aufrechterhalten wird. So suche ich die mir vordem geneigten Redakteure auf und stelle fest, der öffentlich Eingeschwärzte, der ideologische Neger, ist zwar ein bißchen heller geworden, doch zum vollkommen Weißen fehlt ihm die erlösende Erleuchtung.

Daran erinnert mich heute eine Begegnung auf der Straße mit einem Autor, der andernorts als Geheimer Informant »Rudi« firmiert, wo er am 4. 11. 1963 verlauten läßt:

»K. hielt sich vor kurzem vor der Redaktion Eulenspiegel auf.

Zu dem Film ›Monolog eines Taxifahrers‹ sagte K. ironisch, wenn der Fernsehfilm auch nicht gespielt wurde, so hat er doch den Wert gehabt, daß man als Anregung aus dem Fernsehfilm das Befahren der Karl-Marx-Allee/Frankfurter Allee u. a. Straßen mit Pferdefuhrwerken verboten hat. K. erzählte dem GI, daß in einer westdeutschen Zeitung ›Frankfurter Allgemeine‹ sinngemäß drin gestanden hat, ›daß die drüben (in der DDR) K. fertig machen, er jedoch bei alledem Kommunist geblieben ist‹. Der GI hält K. für sehr begabt, der heute einer der bedeutendsten Schriftsteller sein könnte, wenn er im Sinne der Kulturpolitik der Partei schreiben würde. K. hat den GI zu sich nach Hause eingeladen, der GI hat die Einladung angenommen.«

Ja, aus mir könnte was werden. Warum nicht vor der Übermacht des Gegebenen kapitulieren wie die meisten?

Einen kleinen Kompromiß schließen. Das habe ich ohnehin getan, freilich allein im Handwerksbereich, wo es gilt, ein Drehbuch herunterzuschreiben, ein Hörspiel, eine Fernsehklamotte. »Aber bitte mit viel Humor und ohne Probleme!«

Dürftige Tröstung durch William Faulkner, der für Hollywood minderes Zeug entwarf, um leben (und schreiben) zu können. Den entscheidenden Pakt jedoch bin ich, trotz häufiger mephistophelischer Angebote, nicht eingegangen.

Mit dem mir unsympathischen Luther hätte ich ausrufen können: »Hier stehe ich, ich kann nicht anders!« – um das Zitat individuell zu erweitern: »Weil meine Frau mich darin bestärkt!« Das bleibt nicht verborgen. Der zu Recht vergessene Lyriker Paul Wiens (IM »Dichter«) erläutert seinem Stasi-Offizier, wie es um Kunert steht:

»Durch seine Zusammenarbeit mit Kunert, die noch im Anfangsstadium ist und noch keine wesentlichen Ergebnisse brachte, konnte er feststellen, daß K. seine Haltung noch nicht wesentlich verändert hat. Seine Haltung ist nicht mehr so versteift und hartnäckig wie vorher, doch von Einsicht kann nicht gesprochen werden. Die Ehefrau von K. übt einen besonders negativen Einfluß auf ihn aus.«

1963 verbringe ich hauptsächlich vor dem Fernseher, hypnotisiert von den fernen Freiräumen, erbarmungslos eingesperrt. Zur Mitternacht stets das gleiche Standfoto vom nächtlichen Berliner Funkturm, eine strahlende Epiphanie, musikalisch begleitet von Monty Sunshine's »Petit Fleur«, herzzerbrechend sentimental, bis aus dem dunkler werdenden Bildschirm mir eine Stimme zuraunt: »Gute Nacht, Berlin ...« Ich kann mit keiner guten rechnen.

Und ich werde vor die Parteileitung zitiert, weich geworden, wie man annimmt, doch der Verbandssekretär Günter Görlich (IM »Wegener«) gesteht am 16.11.1963 im »Hauptquartier der zehntausend Augen« resigniert:

»Mit dem Schriftsteller Günter Kunert hat die Parteileitung des DSV eine Aussprache geführt, das Ergebnis der Aussprache hat gezeigt, daß Kunert die an ihm geübte Kritik noch nicht bewältigt hat.«

Endloses 1963.

Besucher sind meine Eltern, mein Vater hat in den Abfallpapierbergen drei Hefte der Zeitschrift *Kündung* gefunden, mit Lithographien von Lazar Segall, von Expressionisten, mit handgesetzten Texten: Ein Geschenk außerordentlicher Art. Und meine Mutter bringt ein Töpfchen Schmalz ans Licht – Mit Grieben!, wie sie betont. Mariannes Brüder geben sich die Ehre, der jüngere ist größer und selbständiger geworden, wohnt um die Ecke am Treptower Park und heiratet und, wie kaum anders zu erwarten, wird selber Vater. Für mich dehnt sich das Jahr, als wolle es mir besonders unwohl. Für die anderen gilt Wilhelms Buschs im Sauseschritt dahineilende Zeit. Und obwohl wir in unterschiedlichen Zeitdimensionen zu existieren scheinen, verknüpft uns die Lust zum Feiern. Gefeiert wird, daß wir noch vorhanden sind. Oder einer unserer Geburtstage.

Besucher ist häufig Jan Petersen. Wieder redet er mir zu wie einem lahmen Schimmel. Mut, nur Mut! Und er berichtet ironisch von seinen Spaziergängen und Gesprächen mit Stefan Heym.

Ach, unsere Freundschaft lockert sich, da Petersen eine

junge Ärztin ehelicht. Und die Beziehung endet, als sich der frischgebackene Gatte bei einem Urlaub in Jugoslawien mit einem undefinierbaren Virus infiziert und stirbt. Warum werden immer nur die Schurken steinalt?

Am Tage der Beerdigung treffen wir uns, und der Trauerzug auf dem Friedhof unterliegt einem Regiefehler: Wir schreiten Seit' an Seit' vorneweg. Das ist nicht der einzige Fauxpas. Als zweiter erweist sich der Redner am Grabe. Wogegen sich Petersen bei Lebzeiten gesträubt hat, wird ihm nun angetan. Auf dem Erdhügelchen neben der Grube steht Wieland Herzfelde und hält eine Ansprache. Wie ist er zu dieser Ehre gekommen?

In solchem Augenblick darf man froh sein, daß die Parapsychologie sich als Wissenschaft nicht zu etablieren vermochte. Sonst müßte man einen Wutanfall Jan Petersens in jenem schimärischen Jenseits annehmen.

Anschließend lädt uns die Witwe zum Leichenschmaus. Stefan Heym sitzt neben uns an der langen Tafel. Von ihm ungewohnte Schweigsamkeit. Uns gegenüber der von Petersen gehaßte Herzfelde, der sich unvermittelt erhebt, nicht um den Toten zu ehren, sondern um uns eine inquisitorische Frage zu stellen, mit der er Petersens Behauptung, er habe Ernst Ottwalt aus Prag nach Moskau in den Tod geschickt, zu bestätigen scheint:

»Wer von euch schreibt eigentlich Tagebuch?«

Ist das eine Provokation? Will er uns aushorchen? Wer hat ihn beauftragt, eine solche Frage zu stellen? Der uns lächelnd Anschauende wartet auf eine Antwort, die ausbleibt. Tagebuchschreiben ist ein Akt der Selbstdenunziation. Wer es dennoch tut, verschweigt es.

Meine Harakiri-Methode besteht darin, daß ich meine Wut und meine Verzweiflung in Briefen abreagiere. Wilde Briefe. Und immer schicke ich Kopien von den meist an den Schriftstellerverband gerichteten verbalen Aufmüpfigkeiten an das ZK der SED und das Kulturministerium. Danach rasch ins Auto und zum Nachtpostamt von Ostberlin. Damit man nur ja nicht am nächsten Morgen beim Wiederlesen die zornige Forderung in eine Bitte umwandle, den harschen Ton nicht abmildere. Bloß kein Abwägen von Wenn und Aber. Und wir treffen um Mitternacht Robert Havemann, der demselben Impuls folgt, und senden per Einschreiben das im Rausch der Auflehnung Hingeschriebene ab.

Niemals läßt sich wer herbei, mir schriftlich zu antworten. Keiner in der Hierarchie will sich durch eine als Handhabe zu benutzende Erwiderung festlegen. Die Angsterzeuger haben selber Angst davor, Indizien gegen sich zu liefern. Die könnten ja beim nächsten kulturpolitischen Schwenk zu ihrem Schaden genutzt werden. Die Leisetreterei auf allen Herrschaftsebenen, die Furcht, von einem treuen Genossen um die eigene Position gebracht zu werden, bestimmt das Verhalten.

Durch die seit Jahresanfang 1963 eingeleiteten und noch immer anhaltenden kulturpolitischen Restriktionen entdeckt der Westen die Literaten im Osten, vor allem die gebrandmarkten. Welch eine Reklame! Unbezahlbar!

Nachdem bei Hanser 1963 der erste Gedichtband erschienen ist, folgt 1964 ein Band kleiner Prosa. Jan Petersen hat recht. Nur durch zunehmende Bekanntheit sichert man sich bis zu einem gewissen Grade ab. Sich »nicht unterbuddeln« lassen, empfehlen die Sympathisanten.

Die Westpresse berichtet kontinuierlich über Schriftsteller betreffende Repressalien und erzeugt damit Neugier bei Autoren und Journalisten, bei Literaturwissenschaftlern und sonstigen Zeitgenossen jenseits der Mauer, Besucher melden sich an oder stehen unangekündigt vor der Tür, einen Blumenstrauß in der Hand oder ein eingeschmuggeltes Buch. Über die nächsten Jahre hinweg entwickeln sich Freundschaften. Ein verlegener Germanistikstudent, dem sein Professor Beda Alemann eine Arbeit über das Langgedicht aufgebrummt hat, kraxelt zu uns die vier Treppen hoch. Atemlos nicht wegen der Stufen, sondern weil ihm vom Bahnhof Treptow bis zu uns einer gefolgt ist.

Unter den Besuchern Christopher Middleton, Germanistikprofessor in London, und F. C. Delius, der eines Tages Nicolas Born mitbringt.

Wir halten, sozusagen, ein offenes Haus. Jeder wird bewirtet, jeder fühlt sich gut unterhalten, und fast jeder kommt wieder.

Die Welt endet, jedenfalls postalisch, nicht mehr an der Elbe. Was vordem schattenhaft gewesen ist, bekommt Namen und Adresse. Tokio existiert nicht nur auf der Landkarte. Die Briefmarken hat eine fernöstliche Zunge beleckt und eine japanische Hand gestempelt. In einem der Briefumschläge, beklebt mit Elisabeth II., steckt eine Überraschung. Am Datumsstempel ist ersichtlich, daß Elisabeth einen erstaunlichen Umweg hinter sich gebracht hat. Von London über die Zentrale Postkontrollstelle am Ostbahnhof zur Normannenstraße ins Ministerium für Staatssicherheit bis nach Berlin-Treptow. Wie eh und je haftet das Schreiben fest im Kuvert, da nach der heimlichen Visitation der Mitleser schlechten Kleister nachlässig auf das durch Wasserdampf klebstofffreie Papier geschmiert hat.

Eine Einladung zum »Cheltenham Festival for Literature«, vom Bierkönig Guinness gesponsert. Manfred Bieler erhält ein identisches Schreiben. Den Initiator meinen wir zu kennen: Christopher Middleton. Bei jedem seiner Berlinaufenthalte suchte er uns auf, und wir unternehmen es gemeinsam, Gedichte von ihm zu übersetzen, und er übersetzt in London einiges von mir.

Ach, London, Hauptstadt meiner Kindheitslektüre. Erwartet mich nicht Mackie Messer in Soho? Gewiß würde ich in Knightsbridge Edgar Wallace begegnen und Sherlock Holmes dazu.

Ich reiche die Einladung beim Schriftstellerverband ein, Manfred Bieler ebenfalls. Unsere Pässe sind in der Reisestelle abzugeben. Das verheißt eine positive Entscheidung. Der Countdown läuft.

Das Festival rückt zeitlich näher. Das Büro schweigt.

Jeden Tag rufe ich den Verband an, um mit läppischen Ausreden vertröstet zu werden. Zermürbungstaktik. Die Nerven liegen frei. Schlaflosigkeit.

Keine Reaktion vom »Schloß«.

Wieder und wieder nehme ich den schwarzen Hörer ab, wähle die Verbandsnummer und vernehme: »Rufen Sie später noch einmal an.«

Und später: »Nein, heute ist der Sekretär schon aus dem Haus. Rufen Sie morgen früh an.«

Und in der Frühe: »Wir haben gerade eine Parteiaktivtagung, bitte später anrufen ...« Dieses Spiel wird sich noch oftmals wiederholen.

Manfred Bieler und ich verfassen ein Telegramm nach Cheltenham, des Inhalts, unsere Gastgeber sollten auf den Schriftstellerverband hierorts Druck ausüben. Sonst wären wir zum Daheimbleiben verdammt.

Endlich klingelt das Telefon, endlich die Reisestelle:

»Ihr könnt *nicht* fahren! Die Reise ist abgelehnt!«

Unvergeßlich, wie Manfred Bieler ausrastet und unaufhörlich mit der Stirn gegen die Türfüllung stößt. Wir sind in einem desolaten Zustand und derart mit Aggression aufgeladen, daß wir uns, hätten wir bloß einen von dem Bürokratenpack hier, sadistisch Luft verschaffen würden.

Am Morgen darauf sehr früh das Telefon:

»Sofort mit Gepäck ins Büro des Verbandes kommen. Ihr fliegt nach London!«

Der gestrige Tag ist ausgelöscht. Unter den üblichen Komplikationen um eine Taxe barmend, aufgeregt gepackt. Im Büro lacht mir ein munterer Bieler entgegen. Der Sekretär des Verbandes, Horst Eckert, hat sich, wie er sagt, für uns eingesetzt. Das soll ihm noch übel aufstoßen.

Er gibt uns die Pässe und zehn Pfund pro Dichter. Und mahnt zur Eile. Die Maschine fliegt in einer Stunde von Tempelhof.

Wir, Bieler und ich, stürzen kofferschwenkend hinunter auf die Straße, Taxe! Taxe!, ach, wir sind in Ostberlin und unterdrücken terroristische Anwandlungen, während wir nach einer Taxe gieren.

Da – eine Taxe. Großer Gott, wir loben dich. Bieler ist in dieser Sekunde fromm geworden, und nicht erst nach seiner Emigration ins Dubčeksche Prag. Auf nach Tempelhof!

Natürlich endet die Taxenfahrt an der Staatsgrenze der DDR.

»Die Pässe bitte!«

Auge in Auge mit dem Grenzoffizier. Ein langer Blick wie unter Liebenden. Was – auch noch Gepäckkontrolle?

Diese Burschen, mit der Aussicht keiner Aussicht auf London, verüben ihren Dienst nach Vorschrift.

Im Galopp auf die Westseite. Wieso stehen hier die Taxen Schlange?

Warten die alle auf uns?

»Nach Tempelhof! Zum Flugplatz!« Der Schrei unisono.

Der Fahrer transportiert zwei versteinerte Gäste. Lieber Gott, laß uns rechtzeitig eintreffen. Bloß jetzt nicht die Armbanduhr kontrollieren. Sonst könnte man einen Herzschlag kriegen.

Ein letzter Verlust kostbarer Minuten vor der Abfertigungshalle: Wer von uns beiden zahlt die Taxe?

Ernst Bloch hat mir zu bedenken gegeben, daß der gelebte Moment blind sei. Ich könnte ihm verraten, daß dieser Moment außerdem von völliger Kopflosigkeit erfüllt ist.

Halsbrecherisch die Stufen hinunter, Schnellauf durch die Halle, reißender Schmerz in der Luftröhre, die Bronchien streiken.

Die Tickets, die Pässe, verkrampftes Grinsen.

»Sie müssen sich beeilen, die Maschine ist startklar …«

Wir – beeilen? Taumelnd wie Langstreckenläufer vor dem Zielband übers Flugfeld, die Propeller rotieren schon. Halt! Halt! Die Gangway empor, und wir sinken in unsere Sitze. Geschafft – im doppelten Wortsinn.

My beloved London. Was mir die Mattscheibe vorgespiegelt hat, ist unvermittelt Wirklichkeit, ist von überwältigender Realität. Das einzig Unwirkliche bin ich selber, zumindest komme ich mir so vor, ein ephemerer Besucher von einem fiktiven Land.

Christopher haßt London, in Unkenntnis der Hauptstadt der DDR.

Er bringt uns nach Cheltenham, wo wir zusammen mit ihm, mit Michael Hamburger und Erich Fried unsere Texte zu Gehör bringen und, gedolmetscht von unseren drei Kompagnons, Fragen beantworten.

»Existiert bei Ihnen in Ostberlin eine Zensur?«

Mit Ja zu antworten hätte verderbliche Folgen. Hingegen schildern wir eindringlich das System von Druckgenehmigung und Papierzuteilung, so daß noch der Dümmste merken muß, worum es sich dreht. Und an der allgemeinen Befriedigung nehmen wir wahr, daß wir verstanden worden sind.

Zurück nach London.

Bieler wohnt bei Jakov Lind, ich bei Christopher. Ich hatte den Hanser Verlag gebeten, mir per Adresse Middleton zweihundert D-Mark zu überweisen, doch es rührt sich nichts. Also gehen wir zum Postamt, um nach der ausbleibenden Summe zu forschen. Das Geld liegt längst bereit, der Postbote hat sich in der Hausnummer oder sonstwie geirrt, und Christopher wird, was ich vermutet habe, nach einem Beleg für seine Identität befragt. Was daraufhin geschieht, erschüttert mich heute noch.

Christopher holt aus der Jacke einen an ihn gerichteten Brief und zeigt das Kuvert vor: »Ich bin Mister Middleton, wie sie sehen!«

Der Schaltermann nickt zustimmend und zahlt das Geld aus.

Unfaßbar für einen wie mich, der daheim unentwegt mit Lenins Diktum »Vertrauen ist gut – Kontrolle ist besser!« malträtiert wird. In der DDR bin ich gesetzlich verpflichtet, stets und ständig den Personalausweis mitzuführen und auf Verlangen vorzuzeigen. Insbesondere das Parteibuch, das

»Dokument«, gilt als heilig. Der Umgang mit den paar Blättern zwischen zwei roten Pappdeckeln gemahnt an Aberglauben, an Talismanie. Viele Genossen hüten das »Dokument« in einem Brustbeutel auf der nackten Haut und zerren, sobald der Beitrag zu zahlen ist, ein speckglänzendes Portefeuille an einer Schnur unter dem Hemd hervor – als zögen sie aus einer geheimen Körperöffnung ihre reine Seele ans Licht. (Irrationale Demonstration ihrer Verbundenheit mit der Partei.) Von London aus betrachtet noch grotesker.

Mit den rasend vergehenden Tagen steigert sich der Jammer. Ob wir London je wieder betreten werden? In gezwungen ruhigem Ton meint Manfred vor dem Abflug:

»Eigentlich ist es egal, wo man lebt …« Kläglicher Versuch, sich mit der Rückkehr abzufinden. (Wir waren schon mal besser gelaunt, als du mich überredet hast, Manfred, an einem Literaturwettbewerb der NVA teilzunehmen. Den fragwürdigen Scherz hast du ausgeheckt. Ich sollte in brechtscher Manier ein paar markige Sprüche klopfen, du wolltest eine pathetische Ballade schreiben, und dafür hast du den ersten Preis bekommen und ich den zweiten. Warum sind wir nicht im Range befördert worden? Majakowski hat ja noch verlangt: »Ich will meine Feder ins Waffenverzeichnis …« Mit unserer Feder war es wohl nicht entsprechend bestellt.)

Und nun nehmen wir vom Kabinenfenster aus die Wachtürme da unten wahr, die Straßenzüge ohne Verkehr, ohne Passanten, die leblose Schneise durch Berlin. Auch hinter der Mauer: nichts Neues.

Zermürbende Verhandlungen über Veröffentlichungen.

Der makulierte Gedichtband »Der ungebetene Gast« soll, wenn auch in veränderter Auswahl, erscheinen. Wie die Levantiner feilschen wir, die Lektoren und ich, um jedes Gedicht. Ich verharmlose eindeutige Verse, erfinde umständliche Interpretationen, damit das Lektorat gegenüber dem Kulturministerium Argumente hätte. Wie ein zwischen Gebirgszügen hallendes Echo höre ich die Frage: Wie hast du dieses Gedicht gemeint? Und dieses? Und dieses?

Mir sind schließlich die fortgesetzten Diskussionen nützlich gewesen. Ich habe eine gewisse Übung in sachlich falschen
Erklärungen gewonnen. Die Lektoren wollten betrogen und
belogen werden, weil sie Bücher zum Druck zu bringen hatten. Nach einigen unabänderlichen chirurgischen Eingriffen
und Amputationen erscheint 1965 »Der ungebetene Gast«.
Hat dieses Bändchen schon unter Hängen und Würgen in die
Druckerei gelangen dürfen, wieviel Gewürge stünde mir erst
noch bevor? Ans Hängen gar nicht zu denken.

Die Verhinderung freien Reisens bildet den Kernpunkt, um
den die Gedanken und Träume der Mehrheit kreisen. Keine
Unterhaltung, bei der wir nicht früher oder später auf die einzig per Fernsehen erblickte Außenwelt zu sprechen kommen.
Was soll man Besuchern aus dem Westen erwidern, die von
ihrem Urlaub in Marokko, in Florida, in der Toskana berichten? Ich merke, wie sich meine Augen verschleiern, der Sehn-
suchtsblick, und was gäbe man nicht für einen fliegenden
Teppich, für die Fähigkeit zum Unsichtbarsein?

Ersatzweise fahren wir nach Polen.

Wir haben dort eine Adresse: Eligiusz Gumprecht, Archi-
var der Marienburg in Marienburg. Marianne kennt die Gegend von den bei einer Tante verbrachten Ferien. Vor dem
Ausflug erneut die Barriere der Grünen Karten, der Fragebögen, der Bittstellerei um Złoty, der Unterbringung unserer
Katzen – ein Energieaufwand, mit dem früher große Reiche
gegründet wurden.

Hinfort und hinaus. Da liegt Stettin, eine Ruinenland-
schaft. Dörfer, dem Verfall preisgegeben. In der Einöde ein
einzelnes Haus mit einer frappierenden Tür. An dieser eine
Wohnzimmertürklinke aus Messing, die Fassade ist mit ab-
blätternder Tapete beklebt, aus dem Dach ragt ein qualmen-
des Blechrohr. Das Haus ist nichts weiter als ein vom ehemaligen Gebäude übriggebliebenes Zimmer.

Mir schwant Entsprechendes auf dem weiteren Weg.

Umherirrend in einer bedrückenden Unwirtlichkeit, gelangen wir zur Marienburg und werden von Herrn Gumprecht begrüßt. Auf einen Zettel notiert er eine Adresse sowie eine Mitteilung an unseren Ferienwirt, der leider kein Wort Deutsch spräche. Macht nichts – wozu haben wir Hände und Füße!?

Falls wir in Marienburg übernachten würden, sollten wir den Wagen lieber für ein paar Złoty auf einem bewachtem Fabrikhof unterbringen. Die Menschen sind halt schlecht! Den Fabrikhof kontrolliert ein Nachtpförtner, złotyheischend. Und wir begeben uns auf die Suche nach einem Hotel. Es existiert nur ein einziges. Auch ist ein Doppelzimmer frei – das einzige. Doch um ins Bett zu gelangen, sind wir gezwungen, einen Saal mit dreißig schnarchenden, furzenden, stöhnenden und hustenden Schläfern zu durchqueren. Würde man in der Nacht durch ein Bedürfnis geweckt, wäre es besser, aus dem Fenster oder unters Bett zu pinkeln, als sich durch die danteske Höhle an röchelnden Schnapsleichen vorbeizutasten und das Erwachen der Verdammten dieser Erde zu riskieren.

Bischofsburg, Bieskupiec, wie nach dem Abzug Wallensteinscher Horden, wüst und nahezu verlassen. Marianne: Hier in der Nähe, in Bredinken, müßte noch Tante Ottilie hausen.

Gekläff, das Besiedlung anzeigt. Ein Bauernhaus. Schlamm und Hühnerdreck. Wir halten vor einem Hutzelwesen, zahnlos im Gegensatz zum fletschenden Hofhund. Das Gesicht, als werde es jeden Abend rabiat zusammengefaltet und morgens ungeschickt wieder aufgesetzt.

»Tante Ottilie – ich bin Marianne!«

Tante Ottilie gibt kein Zeichen des Wiedererkennens von sich, was mit diesem Gesicht wohl auch unmöglich ist. Dann führt sie uns ins Haus, in eine finstere Grotte ohne Elektrizität, und das ist von Vorteil, da ich solchermaßen die Überkrustung aller Dinge nur partiell registriere. Zeitungen häufen sich am Boden, leere Töpfe, Kleidungsstücke, Lumpen.

»Warum ziehst du nicht von hier weg, Tante Ottilie?«

»Etwa in die Zone? Da habt ihr doch Kolchosen! Wenn überhaupt, dann mache ich nach Westen, ins Reich!«

»Und wovon lebst du, Tante Ottilie?«

»Ach, Jottchen, der Pole kommt und pflügt mein Feld. Und ich stricke ihm im Winter Strümpfe ...«

Mittelalter, Naturalwirtschaft, Tauschhandel, gegenseitige Dienstleistung.

»Ihr könnt bei mir übernachten«, brummelt Tante Ottilie undeutlich, doch wir täuschen dringende Angelegenheiten vor und machen uns davon, unter Gebell und dem matten Winken der uralten Bäuerin.

Einstmals, meint Marianne, den Tränen nahe, war hier alles proper und sauber, gepflegt und ordentlich. Und sie bereut, durch die aktuelle Inaugenscheinnahme die Kindheitserinnerungen beschädigt zu haben.

Zur Frischen Nehrung.

Vorbei an Stutthoff (Sztutowo), einer der kleineren Todesfabriken. Nein, nicht vorbei. Stets erweisen wir den Toten unsere Reverenz, indem wir ihre unsichtbaren Gräber aufsuchen. Es ist alles noch vorhanden, die Baracken, der Appellplatz, das Krematorium. Keine frevelnde Hand hat an den Nachlaß gerührt: Eine an der Schmalseite offene Baracke, aus der Tausende von Schuhen quellen. Kinderschuhe verschiedenen Formats. Am Fuß der Schuhlawine hat sich der Schimmel eingenistet, Fäulnis überzieht die unteren Lagen. Daß nicht auch meine eigenen Schuhe hier oder an gleichartigem Ort verrotten, war Zufall und ist mein Schicksal geworden.

»Krynica Morska« steht auf Gumprechts Zettel. Ferner steht da: »Dünenmeister Priamoskowski!« Das kommt mir doch ein bißchen trojanisch vor. Und in eine kriegsausgemergelte Stätte einstigen Unheils sollten wir ja auch geraten.

Die Landstraße läuft neben der von Eisenbahnschienen entblößten Trasse her, auf der in grauer Vorzeit die Züge von Danzig nach Pillau verkehrten. Jetzt ist Pillau so unerreichbar wie der Planet Neptun. Pillau ist in den Kosmos Sowjeticus entglitten und hat, wie einen Kometenschweif, die Schienen nach sich gezogen. Auf der demontierten Trasse ersetzen zahllose Tannen und Kiefern die vergangene technische Errungenschaft.

Durch Neukrug, den von Wilhelm II. bevorzugten Badeort. Hotels im klassischen Seebäderstil, dazwischen abgeräumte Flächen. Auf Bänken Zeitungsleser, in Zigarettenrauch gehüllt, das Fläschchen mit der Tagesration guter Laune in der Jackentasche.

Immer fahren, hat Herr Gumprecht geraten, und wenn es nicht mehr weitergeht, dann sind Sie angelangt. Fahren Sie aber ja nicht weiter, weil Sie gleich an der sowjetischen Grenze sind! Sie wissen ja, was das bedeutet!

Die Endstation: Vöglers der deutsche Name. Wo die Straße sich im Sand der Frischen Nehrung auflöst, steht eine Bude, in der eine ältere Verkäuferin Brot, Bier und Ansichtskarten feilhält.

An der Bude vorbeituckernd, halten wir nach wenigen Metern vor dem Amts- und Wohngebäude des Dünenmeisters, der sein Gehalt mit Bettenvermietung aufbessert. Herzliche, nahezu begeisterte Begrüßung nebst Ansprache, deren Inhalt uns verschlossen bleibt. Da wir einander nicht verstehen, ist die deutsch-polnische Freundschaft ungefährdet.

Man führt uns ins Haus und in unsere Kammer. Und Licht?

Tak, tak! Da – eine Kerze!

Und die Betten? Heiliger Strohsack! Nein, keine Strohsäcke. So viel Luxus können wir nicht erwarten. Die Säcke sind mit Heu gefüllt, das sich im Laufe der Nacht mühelos zu einer dünnen Schicht zusammenpressen läßt. Dünenmeisterehepaar und ihre polnischen Besucher begeben sich ins Wohnzimmer, um einige Gläschen zu kippen. Zu solchen Vergnügungen leistet sich der Dünenmeister Elektrizität. Im Keller rumort kurzfristig ein Aggregat von Siemens & Halske, Baujahr 1911. Leider ist die Ölwanne gerissen, so daß die Maschine nach zwanzig Minuten abgeschaltet werden muß. Ob das durch den Riß ausgelaufene Öl wiederverwendet wird, ist, meiner fehlenden Polnischkenntnisse wegen, nicht herauszukriegen.

Am Morgen umschreibe ich gestenreich den Wunsch nach Körperreinigung. Man kapiert sofort. Und die Toilette? Diesen Wunsch sprachlos auszudrücken, setzt mich in Verlegenheit. Aber Zeichensprache ist eine überall gängige Lingua franca.

Da – dahinten der Abort!

Marianne entschließt sich, das merklich duftende Häuschen zu benutzen, aus dem sie schreckensbleich und unverrichteter Dinge gleich wieder herausstolpert. Lauert hinter der Brettertür ein Ungeheuer?

Nicht ganz richtig und trotzdem nicht schlecht geraten: Etwas Ungeheuerliches wächst aus dem runden Loch des hölzernen Sitzes empor. Ein fäkalischer Himalaja. Als würde der Dünenmeister nebst Frau und Kindern sich ausschließlich dieser Produktion widmen. Wir entscheiden uns für die Walddüngung.

Die Frische Nehrung, dieser schmale Landstreifen zwischen Ostsee und Haff, ist sowieso menschenleer. Der Strand gänzlich einsam. Nur im Osten dräut sowjetischerseits ein gewaltiger Wachturm. Nach Stunden völliger Ereignislosigkeit zeigt sich am Horizont ein Gefährt, ein Pferdekarren, gelenkt von einem Schwemmholz sammelnden Bauern. Wir finden im Wald massenweise Steinpilze, unser Abendbrot, dazu Rührei (Jaiko).

Natur pur, worin wir uns ergehen. Unvorstellbar, daß auch hier vor rund zwanzig Jahren die Völkerschlacht betrieben worden sein soll. Bis ich die Spuren entdecke. Eingesunkene Schützengräben. Abgenagtes Pferdegebein. Vor langem ausgetrunkene Sektflaschen, Marke »Matthäus Müller«. Blechdeckel von *Maschinengewehrmunitionsmagazinen* – dank dir, Muttersprache, für diesen Bandwurm.

Der Krieg meldet sich in meinem eingeschlafenen Gedächtnis zurück. Die blakende Kerze, die Heusäcke, das karge Essen, die Einschränkung der Hygiene – ich stürze im freien Fall rückwärts in die Geschichte. In meine Geschichte.

Bei unruhigem Kerzenschein fange ich an zu schreiben, in Ungewißheit, was daraus entstehen soll. Zuerst nur Impressionen aus dem todwunden Berlin der letzten Kriegstage. Eifriges Gekritzel, Seite um Seite. Jeder Abend findet mich, tränenden Auges, doch nur der dürftigen Beleuchtung halber, über die Papierblätter gebeugt. Sobald wir unser Tagesprogramm absolviert haben, mache ich mich, während Marianne sich dem Schlaf der Gerechten widmet, über die blutige Groteske von gestern her. Schließlich stapeln sich siebzig DIN-A4-Bogen auf dem Tisch. Aber ich bin unzufrieden. Ich muß alles noch einmal schreiben, noch einmal von vorn beginnen, dem unmerklichen Zwang zur tradierten Erzählweise widerstehen. Die disparaten Elemente des Darzustellenden wollen sich nicht zusammenfügen, das Grausige und das Komische, Tragödie und Komödie sind nicht unter einen Hut zu bringen.

Der Hut.

Die Hauptfigur heißt Henry, bei Kriegsende etwa meines Alters. Er besitzt eine unerhörte, märchenhafte Fähigkeit. Wenn er eine fremde Kopfbedeckung aufsetzt, kann er dem Schweißband die Gedanken des Trägers entnehmen. So bringe ich die disparaten Teile, die abstrusen Gestalten wortwörtlich unter einen Hut. Der Aufbau entspricht einem Film mit Blenden, Schnitten, wechselnden Einstellungen. Und die Erzählperspektive übernimmt das Gegenständliche, die Dinge spiegeln das Geschehen wider, Henrys Nachforschungen, den Mörder seines Vaters aufzuspüren.

Während ich mich mit der vierten Fassung quäle, zieht ein weiterer Gast ein, ein junger polnischer Autor, des Englischen mächtig und darum als Vermittler brauchbar. Außerdem wird sein Roman, wie er berichtet, demnächst auch auf deutsch erscheinen. Titel: »Karpfen für die Miliz«. Und der Verlag? Der Hanser Verlag in München. Mindere Zufälle lassen mich kalt.

Im Hause plötzlich aufgeregtes Treiben.

Mein polnischer Kollege entschlüsselt mir die Ursache: Der Fischereiminister hat sich angesagt, um hier seinen Urlaub zu verbringen. Die Dünenmeisterfamilie gerät außer sich. Eimerweise wird Farbe angeliefert, nahezu alles bekommt einen frischen Anstrich. Wo sich Flecke oder sonstige Schandmale des Verwohntseins zeigen, wird heftig der Pinsel geschwungen. Doch wir werden dem Minister nicht mehr begegnen.

Vor unserer Abfahrt trifft ein Ehepaar ein, Bernsteinhändler, die Priamoskowskis Fundstücke aufkaufen. Der Dünenmeister watet nach den Winterstürmen durch den angespülten Schlick und erntet das »weiße Gold« der Ostsee. Nun liegt auf dem Wohnzimmertisch ein Haufen Millionen Jahre altes Harz, darunter faustgroße Klumpen, der Schatz des Priamoskowski. Die Händler kaufen keine Einzelstücke, sie benutzen eine simple Küchenwaage und zahlen nach Gewicht. Dünenmeisters wird ein Päckchen Złotys zuteil, und wir erleben die Investition. Angeschafft werden einige Bettlaken, ein Paar Schuhe für die Dünenmeisterin, und das übrige wird in Wodka angelegt. In dieser Nacht läuft das Aggregat länger als sonst.

Noch ist Polen nicht verloren, doch auf die Poloniae restitutionem können wir nicht warten. Wir packen, und nur zu bald hat Ostberlin uns wieder. Und mich mein Schreibtisch.

Am Vormittag sich einstellende Besucher werden unhöflich abgefertigt. Ich habe mit Henry zu tun, mit den unterschiedlichen Mützen, Kappen und Helmen. Unter der Hand verlebendigen und verselbständigen sich die Figuren. Von dem skizzenhaften Entwurf, dem Plan des Gesamten weiche ich unentwegt ab. Die Geschichte folgt ihrem eigenen Gesetz, und ich muß mich dem unterwerfen. Nach der siebten Fassung der aus Polen heimgebrachten siebzig Blatt habe ich die einzige Möglichkeit gefunden und gehorche dem Diktat der Form. Und zwar täglich.

Nützlich für diese Arbeit das Eintauchen in die verdinglichte Vergangenheit. Darum bin ich Heiner Müller für einen speziellen Tip dankbar, der Marianne und mich in eine eigentümliche Abgeschiedenheit führt. In Berlin-Stralau rottet eine der letzten Leihbüchereien vor sich hin, und der Besitzer, ein weißhaariger, in einen schmuddeligen Kittel gehüllter Charon, geleitet uns ins Reich der Toten. Mehrere ineinander übergehende Kellerräume, jeweils von einer sterbenden Glühbirne verschattet. Die Wände bedeckt von Regalen und darauf unter Schichten von Staub Bücher, Zeitschriften, Magazine, Prospekte, Kataloge, Broschüren, Drucksachen aller Art, zerfleddert, brüchig, vergilbt, entfärbt und geheimnisvoll. Allein gelassen, wühlen wir uns durch die abgelagerten Dezennien.

Die Finger schwarz vom Kramen und Blättern, verweilen wir im Gewesenen und tappen mit Schätzen beladen aufwärts. Die Hauptstadt der DDR ist mir selten so fremd vorgekommen wie nach solcher Exkursion.

Eines Tages stehen wir vor der geschlossenen Leihbücherei, vor einer von innen mit Farbe zugepinselten Schaufensterscheibe. Das empfinde ich als einen gegen mich gerichteten Affront. Als Untat, die mich der greifbaren Anlässe für mein Eingedenken berauben wollte. Etwas ist mir unwiederbringlich genommen worden.

Nicht zum letzten Male.

Am Alexanderplatz besteht ein Nachlaßlager im ersten Stockwerk eines Fabrikgebäudes, unübersehbare Kavernen voller abgenutzter Möbel, Trödel und Kram, Schallplatten und Bücher, eine heimliche Versammlung vereinsamter, von ihren Eignern verlassener Gebrauchsgegenstände. Überall liegt dort die verlorene Zeit hilflos umher, in Erwartung, daß jemand sie erlöse. Bis die Abrißbirne kommt, Bagger und Bulldozer, um Platz für die Plattenbauten zu schaffen.

Weil der Beton ringsum triumphiert, versucht man, die gebaute Öde jeweils am 1. Mai zu beleben.

Während die »Massen« zum Demonstrieren und Fähnchenschwenken bestellt werden und sich dem nicht entziehen können, sitzen die Autoren der Hauptstadt bequem auf Stühlen im Freien. »Schriftsteller-Basar« nennt sich das Unternehmen Volksnähe. Man hat ein Tischchen mit seinen Büchern vor sich und eine Buchhändlerin, die das Kommerzielle regelt, zur Seite. Wo bleibt die Kundschaft?

Endlich erscheinen »unsere Menschen«, um sich »ihre« Dichter anzusehen. Bei Anna Seghers bilden sich lange Schlangen, ebenso bei Stefan Heym, bevor er sich zum Staatsfeind mausert. Mit dem Signieren des verkauften Buches bestätigt man »seinem« Leser, daß man mit ihm in jeder Hinsicht, insbesondere in politischer, übereinstimme. Schließlich sind die Bücher nicht zum Lesen da, geschweige denn zur Unterhaltung. Das Buch ersetzt, was sonst unsagbar und unhörbar zu sein hat. Zwischen Autor und Leser meldet sich für Minuten augenzwinkerndes Einverständnis.

Freunde und Bekannte schieben sich aus dem Gedrängel, anonyme Verehrer, gesichtslose Gleichgesinnte, sogar ein Amerikaner erwirbt einen Kunert-Band, stellt sich und seine Frau vor, Bill Dyess von der US-Embassy in Dahlem, und erkundigt sich, ob sein Besuch beim Autor daheim genehm sei.

Warum nicht?

Und als er sich im Wohnzimmer meine Bilder anschaut, halte ich ihn noch für irgendeinen zweitrangigen Sekretär. Bis ich ihn im Fernsehen als Flügeladjutanten des amerikanischen Vizepräsidenten identifiziere und vernehme, es handele sich um den Bevollmächtigten für Abrüstungsfragen, um den Fachmann bei den SALT-I- und -II-Gesprächen.

Beim Abschied schlägt Bill vor:

»Falls Sie nach Amerika kommen, rufen Sie doch an …«

Vorerst jedoch fahre ich mit der S-Bahn durch die Mauer.

Die Gruppe 47 hat drei Schriftsteller aus Ostberlin zur Tagung in Wannsee eingeladen: Mickel, Schneider, Kunert. Und weil das Verwirrspiel innerhalb der zuständigen Ämter keine rechte Koordination gestattet, wird uns die Ausreise erlaubt. Der Sekretär des Verbandes, Horst Eckert, der unseren Auftritt bei Hans Werner Richters bunter Truppe befürwortet, sägt mit dieser Entscheidung das zweite Bein von seinem Stuhl ab und fällt damit endgültig in die Versenkung, als er den Plan eines westdeutschen Verlages, eine deutsch-deutsche Anthologie herauszugeben, unterstützt. Und das, während in der DDR die »Abgrenzungs«-Kampagne jedes auf »Deutsch« bezogene Adjektiv ausrottet. Weil er jedoch der Schwiegersohn von Hermann Budzislawki ist und der wiederum Volkskammerabgeordneter und Chefredakteur der *Neuen Weltbühne* im Prager Exil und später in Ostberlin, fällt Horst Eckert relativ sanft: Eine Assistentenstelle an der Humboldt-Universität fängt ihn auf.

Hans Werner Richter lächelt so, daß man es »verschmitzt« nennen möchte. Die Hinrichtungskandidaten werden namentlich aufgerufen, müssen sich auf die Bühne begeben und sich schlaflose Nächte einhandeln. Ich lese ein paar Gedichte und werde mit einigen Höflichkeiten vom Schafott entlassen. Wir sind nur zur Dekoration anwesend. Trotz der manchmal heftig ausgetragenen, gegensätzlichen Meinungen, erscheint mir die Gruppe homogen. Jeder kennt jeden. Ein Familientreffen, und wir drei Zugereiste gehören eindeutig nicht dazu.

Auftritt Peter Weiss. Finstere Miene, die sich noch mehr verdüstert, als er Böll beim Kaffeetrinken erblickt. Es hebt eine zivilisierte Auseinandersetzung an, hinter der sich mehr verbergen muß, als laut wird. Peter Weiss ist von einem tödlichen, wahrscheinlich selbstmörderischen Ernst besessen. Wer ihn je lachen gesehen hat, zweifelt an der eigenen Wahrnehmungsfähigkeit. Böll hingegen hält seine rheinische Frohnatur nicht bedeckt.

Uwe Johnson sitzt auf seinem Stuhl und schnuppert wiederholt an seinem Tabaksbeutel. Die Solisten Marcel Reich-Ranicki, Fritz J. Raddatz und Joachim Kaiser vernimmt man noch im Vorraum.

So erhalten wir Trittbrettfahrer eine Lektion, den Umgang mit Literatur betreffend. Nur nutzt uns das wenig, weil diese Artistik und Equilibristik im Zirkus DDR untersagt ist. Da sind nur die Elefanten im Porzellanladen zugelassen. Vor dem Tagungsende ist unser »Dienstvisum« abgelaufen, und während Hans Werner Richter Namen nach Namen nennt, sind wir, bin ich schon wieder am Schreibtisch.

Das Poesie-Festival in Lahti schickt mir eine Einladung, die ich an den Schriftstellerverband weiterreiche, und ich werde gleich durch eine Zusage ermutigt. Finnland ist sozusagen »auf unserer Seite«, mit einem Fuß im Ostblock. Hätte doch Hans Werner Richter sich noch ein Weilchen mit seiner Erklärung zurückgehalten, ich wäre zwischen den tausend Seen umherspaziert. Aber ich verzeihe ihm seine Ahnungslosigkeit, die mir neue Kalamitäten verschafft:

»Hauptabteilung XX/1/II, Berlin, 7. Juli 1966. Information des geschäftsführenden Sekretärs des DSV, Genossen Henniger, am 7. 7. 1966 im DSV.

Der Schriftsteller Günter Kunert war vom DSV für eine Finnlandreise vom 19.6.1966 vorgesehen. Zuerst sollte er sich jedoch öffentlich von einer Erklärung des Chefs der Gruppe ›47‹, Hans-Werner Richter, distanzieren, in der konkret gesagt wurde, daß Kunert zu den Schriftstellern der DDR gehört, die in Opposition zur Linie der Partei stehen und ihre Meinung nicht offen sagen können.

Günter Kunert gab eine Erklärung ab, in der er jedoch nicht auf die Erklärung Hans-Werner Richters einging und nur beinhaltete, daß er sich auf die Finnlandreise freue und darauf dort viele Freunde zu treffen. Aus diesem Grunde wurde er nicht nach Finnland delegiert.

Der Schriftsteller Paul Wiens fuhr an seiner Stelle. Nach seiner Rückkehr informierte er den DSV davon, daß Kunert nach Finnland ein Telegramm geschickt hat mit dem Hinweis, daß ihm die Ausreise verweigert worden sei. Wiens hat Kunert sofort nach seiner Rückkehr aus Finnland angerufen und auf den pol. Schaden hingewiesen, den seine unwahre Behauptung angerichtet habe. Besonders die in Finnland anwesenden westdeutschen Schriftsteller hätten sich sehr ereifert. Richtig sei aber, daß ihn der DSV nicht nach Finnland delegiert habe. Deshalb könne von einer Ausreiseverweigerung keine Rede sein. Schiller (Leutnant).«

Im selben Jahr 1966 steigt meine Beliebtheit bei den Haupt-
feldwebeln der Kultur erneut um einige Grade. Weil ich eine
Umfrage beantwortet habe.

Rudolf Bahro, stellvertretender Chefredakteur der Zeitschrift *Forum*, stiftet einige Schriftsteller an, sich zur
»technisch-wissenschaftlichen Revolution« zu äußern. Die
DDR-Führung ruft in der allgemeinen Lethargie besagte
»Revolution« aus. Eine neue, »historische« Etappe breche
nun an. Und Rudolf Bahro, Noch-Fundamentalist, glaubt,
der Partei mit seiner Umfrage einen Dienst zu erweisen. Es
ist aber ein Bärendienst. Denn fast jeder der befragten Autoren formuliert kritische Einwände. Sarah Kirsch spottet, sie
hoffe, daß der Bezug von Kognak in Halle nach der »technisch-wissenschaftlichen Revolution« erleichtert werde. Mein
Kommentar ist weniger lustig:

»Mir erscheint als bedeutendste ›technische Revolution‹
(nicht ganz im Sinn Ihrer Frage) die Massenvernichtung von
Menschen, das möglich gewordene Ende allen Lebens. Am
Anfang des technischen Zeitalters steht Auschwitz, steht
Hiroshima, die ich nur in bezug auf gesellschaftlich organisiert verwendete Technik hier in einem Atemzug nenne. Ich
glaube, nur noch große Naivität setzt Technik mit gesell-
schaftlich-humanitärem Fortschreiten gleich. Auch wenn Sie
mich mit dem gerade gängigen Terminus ›Skeptiker‹ abstem-
peln: Wir können unsere Erfahrungen nicht ignorieren, erst
recht nicht die Welt, in der zwischen technischem Können
und menschlichem Dasein die Kluft wächst: Weltraumfahrt
auf der einen, nackte Not auf der anderen Seite. Widersprüche globalen Ausmaßes nehmen eines Tages kosmische
Formen an. Davor die Augen zu verschließen bedeutet für
einen Schriftsteller, der nicht erst seit Goethe zum Schauen
bestellt ist, den Verzicht auf einen der wenigen Grundsätze
seines Metiers.«

Dagegen muß Bahro polemisieren. In zwei aufeinander
folgenden Ausgaben des *Forum* sucht er seinen Fehler aus-
zubügeln. Vergeblich. Ihm wird fristlos gekündigt. Und ihm

ist beschieden, aus dem Fach des nicht ganz jugendlichen Naiven irgendwann in das des Dissidenten zu wechseln. In dieser Rolle wird der Erfolg, wenn auch über Gefängnishaft und Ausweisung, immerhin größer sein.

Ich beende den Roman.

Unsere Freundin Irene schreibt das Manuskript säuberlich und mit Durchschlägen ab. Mit dem einen Durchschlag versetze ich das Lektorat des Aufbau-Verlages in Unruhe.

Es wird Monate dauern, bis der Verlag mein Päckchen retourniert, mit der knappen Anmerkung, man sei nicht geneigt, das Buch zu drucken.

Mit dem zweiten Exemplar fahren wir zum Ostbahnhof, zum Nachtpostamt, und geben Henrys Schicksal eingeschrieben an den Carl Hanser Verlag, München, auf, wo das Konvolut, wohl nach geheimer Prüfung, irgendwann eintrifft.

Kind, Kind – wie konnten wir nur so leichtfertig mit dem Manuskript umgehen, wo wir doch wußten, um was für ein »Postamt« es sich handelte. Ist doch direkt neben dem Gebäude eine Zollprüfstelle untergebracht, die uns eine oftmals unseren Gästen erzählte Anekdote eingebracht hat.

Unter meinen Briefen einmal ein dicker, gefütterter Umschlag, aus dem ich zwei Kästchen mit Diapositiven (»Schwedische Landschaften«) schüttele. Und ein Begleitschreiben. Doch das ist nicht an mich, sondern an einen Professor der Nordistik an der University of New York gerichtet. Als Absender firmiert das schwedische Konsulat in Manhattan. Der Konsul empfiehlt dem Professor, die Dias beim Schwedischunterricht zu verwenden.

Wie gelangt eine Postsendung innerhalb New Yorks nach Ostberlin?

Und in Ostberlin ausgerechnet zu uns?

Vielleicht kündigt sich solchermaßen die »technisch-wissenschaftliche Revolution« an …?

Auf dem Umschlag ist der Absender mit einem Filzstift

unleserlich überdeckt. Oder doch nicht ganz. Ich halte den Umschlag schräg ins Sonnenlicht, und unter der Abdeckung schimmert ein Stempel durch: Klaus Wagenbach Verlag.

Ein Rätsel, das nach Lösung verlangt.

Sogleich rufe ich die Zollverwaltung neben dem Postamt an und möchte Kommissar Klante sprechen.

Wer ist Klante? Klante ist einer von den im Dunkel Fungierenden, welche Beschlagnahmebescheide unterschreiben, und ich – obschon ich Arbeitsmaterial, sprich Bücher, beziehen darf – besitze eine regelrechte Sammlung Klantescher Urteilsfindungen. Einmal indiziert Klante einen Roman von Hubert Selby mit dem Titel »Mauern«. Das inspiriert mich zu einem Brief, in dem ich Klante erläutere, er habe sich von dem Titel düpieren lassen. Das Buch befasse sich nicht mit dem Thema, das er voreilig vermute. Doch erst nach Intervention beim Kulturministerium, beim planetarischen Rat für kosmische, zumindest kosmetische Probleme, wird mir Selbys Schrekkensschrift ausgehändigt. Ja, Klante paßt auf und liegt auf der Lauer und geht mir auf die Nerven. Selbst Bücher an Ludvík Kundera in Kunštát na Morave beschlagnahmt er, sobald sie ihm nicht passen. Etwa solche von Uwe Johnson.

Klante ist, höre ich, abwesend. Ich schildere den Fall und werde eingeladen, im Postamt, im ersten Stock, sogleich vorzusprechen.

Ungesäumt zum Amt, die Treppe hinauf und energisch an die Tür geklopft. Unvermutet tritt eine Uniformierte in unser Blickfeld, das sie zur Gänze ausfüllt. Die »Venus von Willendorf« ist schlank gegen diese Frau.

Sehr distanziert bekundet sie ihr Unverständnis. Sie, respektive der Zoll, werde niemals, ja, niemals in Postangelegenheiten tätig. Es sei denn, die Post bitte wegen eines Verdachts um Kontrolle. Im übrigen wäre ihr solche braune Tüte noch nie unter die Augen gekommen. Sie würde uns gern bei der Postamtskollegin ein Stockwerk tiefer anmelden, dort könnten wir die Sache vortragen. Und greift zum Hörer und spricht mit schöner Gelassenheit:

»Hör mal, Selma, hier sind Leute, die haben eine falsche Postsendung bekommen. Ja, in so einem Umschlag, du weißt schon, wenn man den aufreißt, fallen lauter graue Krümel raus ...«

Die Postkollegin macht einen verstörten Eindruck. Nachdem wir *alles* eingehend berichtet haben und sie dem nur mit Achselzucken begegnet, suche ich ihr klarzumachen, da man den Originalabsender lesen könne, müßten in der Tüte Bücher gewesen sein. Ich bin bereit, die »Schwedischen Landschaften« auszutauschen. Die Unglückliche hinter dem Schreibtisch ist völlig überfordert. Gleich wird sie zu weinen anfangen, und als ich noch sage, ich würde die Dias nach New York ans Konsulat zurücksenden, scheint sie einem Nervenzusammenbruch nahe.

»Jetzt ist es doch ein Vorgang geworden ...«, barmt sie, eine aufklärungsbedürftige Affäre. Man werde nach Dienstschluß in dieser Sache eine Versammlung einberufen! Und sie sprudelt hervor, was ihr so durch von Angst halbbetäubten Sinn läuft.

Wir übergeben das Indiz für die geplante Verhandlung. Als ich sie bitte, doch in dem Stapel der Beschlagnahmebescheide nach einem uns betreffenden zu suchen, wühlt sie mit zitternden Fingern zwischen den Blättern, »nichts, nichts ...« stammelnd.

Die Post! Eine abenteuerliche Institution.

Wenn einmal vierzehn Tage lang keine Post eintrifft, vermutet man Bedenkliches. Als meine Korrespondenzpartner mündlich anfragen lassen, wo meine Antworten blieben, weiß ich, was geschehen ist. Gelegenheit für einen meiner schriftlichen Proteste, in der Frage gipfelnd, ob das Ausland etwa annehmen solle, in der DDR herrsche Postzensur?! Und adressiere den Zorneserguß an den Postminister PERSÖNLICH!

Keine Antwort, keine Eingangsbestätigung, wie üblich.

Doch plötzlich treffen Briefe wieder im gewohnten Rhythmus ein.

Und kurz darauf klingelt es an der Tür, ein Jemand mit gezücktem Dienstausweis, sich als Oberpostinspektor vorstellend. Er habe unser Postamt überprüft, meiner Beschwerde wegen, ohne jedoch eine Unregelmäßigkeit feststellen zu können.

»An Ihrem Postamt liegt es nicht!« sagt er, nein, deklamiert er mit sonderbarer Betonung und wiederholt den Satz dreimal, als ob wir je an ein Verschulden unseres Postamtes geglaubt hätten.

Der Carl Hanser Verlag reagiert auf das Manuskript nicht postalisch, sondern durch einen Boten, dem außerdem aufgegeben ist, den Roman mit mir durchzuarbeiten. Der Bote ist Reinhard Lettau, der, kaum eingetroffen, darüber klagt, daß ihn die »Genossen« an der Grenze absonderlich ausgiebig gefilzt und befragt hätten. Nun, ich als Grenzer hätte einen deutschen Professor mit amerikanischem Paß, fünfunddreißig Buttons an der Weste und zerrissenen Turnschuhen, aus denen die Zehen guckten, auch mißtrauisch gemustert. Nicht zu vergessen der riesige Chevrolet, eine Leihgabe des Kabarettisten Wolfgang Neuss. Daß sie einen Sympathisanten vor sich hatten, wäre ihnen nie eingefallen.

Lettau erscheint regelmäßig. Mit nachlassendem Interesse an meinem Roman. Sein erster Gang führt ihn in die Küche, wo er sämtliche Töpfe auf dem Herd inspiziert.

»Warum die Genossen bloß immer mich herauspicken ...«, sinniert er kauend und schlürfend vor sich hin. Ach, Reinhard! Weil du verdächtige Personen aufsuchst. Keinen Grenzer interessiert deine politische Einstellung, deine Rolle in der Studentenbewegung, einzig und allein, zu wem es dich treibt.

Als du mit dem amerikanischen Lyriker Lawrence Ferlinghetti und deiner Freundin und einem Freund zu uns gekommen bist, Paradiesvögel im Grau Ostberlins, haben wir bei unserem Spaziergang in Treptow und durch das sowjetische Ehrenmal den unauffälligen Beobachtern eine Menge Schreibarbeit beschert. Daß du die Sowjetsoldaten schön gefunden hast oder daß du vor einer SIL-Limousine mit vietnamesischem Stander vor lauter Emphase in die Knie gesunken bist –

beim nächsten Grenzübertritt bist du doch wieder dran gewesen, Professor!

Die Korrekturen am Manuskript sind abgeschlossen. Der Roman erscheint 1967 – genau ein Jahrzehnt vor seiner Veröffentlichung in der DDR. Was sich während dieser Zeit hinter den Kulissen abgespielt haben mag, ist ebenso eigenartig wie der »Vorgang Schwedische Landschaften«.

Übrigens hat Marcel Reich-Ranicki das Buch sogleich verrissen. Die Kritik legt das Werk in der Schublade »Picaro« ab, ohne sich zu einer genaueren Analyse aufzuraffen – wie meist. Damit stand der Mißerfolg fest.

Die Witwe Bechers will mir wohl.

Trotz des Desasters mit dem Film »Abschied« lädt sie mich in ihr Haus am Majakowski-Ring in Pankow ein, wo die politische und künstlerische Prominenz massiv verklumpt siedelt. Lilly Bechers Villa ist funktional unterteilt: in Wohntrakt und Museum. Ständig werden Schulklassen, »Junge Pioniere«, »FDJler«, Parteiveteranen, Volksarmisten an Bechers Füllfederhalter vorbeigeschleust. Mir wird eine Sonderführung durch die Witwe zuteil. Sie zeigt mit einen Modellbau, Bühnenmodellen ähnlich, etwas wie eine Puppenstube. Das Zimmer des Dichters in der Moskauer Emigration. Dann die Vitrinen mit den Erstausgaben. Vitrinen mit Handschriften, mit Briefen, mit Orden und Ehrenzeichen. Den Höhepunkt bildet ein entfärbtes, quadratisches Gummikissen. Darauf habe Becher beim Dichten gesessen. In dem aufgeblasenen Kissen befinde sich noch heute der Atem des Verstorbenen. Ich vermeide jeden Kommentar über ein derart bemerkenswertes physikalisches Nachleben. Unvermittelt spricht die Witwe davon, daß mit zunehmendem Alter die Angst nicht geringer würde, sondern vielmehr zunähme. Was sie damit ausdrücken will, überläßt sie meiner Deutung. Ist das eine gutgemeinte Warnung? Spielt sie auf ihre Moskauer Emigration an?

Nur selten und wie hinter einem sonst dichten Vorhang regt sich etwas vom wahren Denken jener Genossen, die ihre Enttäuschung radikal verleugnen müssen.

Meine verschiedenen Ängste werden durch eine Angst vermehrt.

Marianne, gartennärrisch und stadtrandsüchtig, überredet mich zu einem Hauskauf. Unsere Treptower Straße verkommt gleicherweise wie das gesamte Ambiente. Im dunklen Schlafzimmer liegend, verfolgt man den flackernden Schein der Leuchtraketen und vernimmt Schüsse. Hinter dem S-Bahn-Damm um die Ecke wird der Weltfrieden von armen Hunden, an einer Oberleitung trabend, herbeigebellt. Überzeugende Gründe, sich hier fernerhin aufzuhalten, fallen mir nicht ein. Aber falls wir unser Geld ausgeben, ist mit baldigem Hungertod zu rechnen. Ich sträube mich. Ich wehre mich. Ich weigere mich. Ich kapituliere, als in der *Berliner Zeitung* die Annonce eines Immobilienmaklers, einer der letzten privaten wie immer, meiner Frau ins Auge sticht. Landhaus am Stadtrand, Baujahr 1909. Anschauen können wir es uns doch einmal, nicht wahr?

Nachdem wir an der Gartenpforte geklingelt haben, schiebt sich ein kugelförmiger Waldschrat aus dem Eingang, um uns energisch abzuweisen: Sein Sohn sei im ZK der SED, wie auch die Schwiegertochter, ebenso die Enkelin, er selber Parteiveteran – und erwartet, daß wir vor lauter Ehrfurcht verstummen und verschwinden. Unsere Respektlosigkeit konsterniert ihn. Andere potentielle Käufer hat er damit in die Flucht schlagen können, uns nicht.

Wir kaufen das Haus. Mir droht eine Karriere als Straßenfeger – jedenfalls in meinen Furchtfantasien. Marianne ist glücklich, ich bin bloß besorgt. Und das gesparte Geld ist weg.

Mit dem Kauf erwerben wir kein Wohnrecht.

Unsere Mieter, jetzt sind es *unsere* Mieter, der Vorbesitzer wohnt in Naumburg, verweigern den Wohnungstausch mit uns. Was tun? Anträge, Anträge, Anträge. Die Leute wollen eine Neubauwohnung. Wir wollen ins Haus. Und wir dürfen es uns im Souterrain häuslich machen, weil dieses nicht vom Wohnungsamt bewirtschaftet wird. Für den Sommer nutzen wir es als Ferienunterkunft mit Gartenanschluß. Und es wird fast sechs Jahre dauern, bis wir Kellerkinder die oberen Etagen einnehmen können. Man hat uns lange schmoren lassen.

Zum Ausgleich eine Reise tun, um was erzählen, respektive schreiben zu können.

Die Behörden sind verunsichert, weil in Prag Dubček einen Frühling ausgerufen hat, während in der DDR Eiszeit herrscht. Die Abkapselung des »Ländchens« verstärkt sich. Aber man will wohl, da in der zaghaft sich reformierenden Tschechoslowakei die Reiserestriktionen gelockert werden, ein überall kolportiertes Bonmot Ulbrichts widerlegen. »Wenn ich heute einen fahren lasse«, soll er gesagt haben, »muß ich morgen wieder einen fahren lassen!« Dieses Eingeständnis regelte demnach die Reisegenehmigungspraxis. Um Liberalität zu beweisen, geht man nun großzügiger mit Reiseanträgen von Künstlern um. Den »Prager Frühling« ja nicht erst in der DDR keimen lassen!

Meine Lektorin im Hanser Verlag hat geheiratet: einen Jugoslawen. Und zieht zu ihm nach Rovinji an der istrischen Küste. Und erwartet unseren Besuch. Und schickt eine notariell beglaubigte Einladung, die sie als meine »Übersetzerin« unterzeichnet, eine Erfindung zwecks »Irreführung der Behörden«. Doch die Wirkung ist die erhoffte. Das Gatter öffnet sich.

Morgen für Morgen rauschen wir mit einer Barkasse aus dem Hafen von Rovinji zur »Roten Insel«, »Cerveni Otok«, einem den Nackten und Gebräunten vorbehaltenen Eiland in der Adria. Fels, Sonne und bis auf den Grund durchsichtiges Wasser, wo man liegt und schmort und döst. Was ist Glück? Die Abwesenheit des Unglücks anderer. Ich erfreue mich meiner Unerreichbarkeit. Und hebe den Kopf und sehe ein aus der Ferne heranbummelndes bekleidetes Pärchen. Wohl Tagesausflügler wie wir. Schon will ich die Augen wieder schließen, da fällt mir eine Ähnlichkeit auf. Ich wecke die unter der brütenden Hitze eingenickte Marianne, um ihr die beiden zu zeigen:

»Guck dir die an … Sieht der Mann nicht wie Paul Wiens aus?«

Es ist Paul Wiens, mein IM »Dichter«, samt Frau, eine der Verbandssekretärinnen.

Woher das Kürzel »Baff« stammt, teilt mir Friedrich Kluge in seinem Etymologischen Wörterbuch mit: »Als Bez. für den Schall des Schusses.«

Es war wirklich ein Volltreffer. Wie sind die hergekommen, woher haben sie unsere Adresse, was ist da eigentlich los?

Wiens, unser Baffsein erkennend, will mit einer haarsträubenden Lüge sein Auftauchen legitimieren. Er und seine Frau seien zu einer Tagung von Autoren im Süden Jugoslawiens unterwegs, und da hätten sie gedacht, da haben sie eben gedacht, sie sagen mal guten Tag …

Dabei mustern sie unsere intimsten Details, als sei das der eigentliche Grund ihrer Reise gewesen.

Ehe die Prager Blütenträume zerstieben, dürfen wir nach Österreich reisen. Zum ehemaligen KZ Mauthausen. Ich muß etwas schreiben, wogegen die Zensur keine Einwände erheben kann. Und da ich die erwünschten Lügen nicht zustande bringe, nicht zustande bringen will, bieten sich Themen an, die ins Bild des plakatierten Antifaschismus passen. Das ist nicht mal ein Ausweichen, eine Ausflucht. Ich will ja, daß unvergessen sei, was an den Schandplätzen Menschen von Menschen angetan worden ist. So werde ich über den Spielberg in Brünn schreiben, das k.u.k. Völkergefängnis, später Gestapo-Kerker. Über das Anne-Frank-Haus in Amsterdam, über Westerbork, das Sammellager holländischer Juden vor ihrer Deportation. Über Dachau. Über Buchenwald. Über Theresienstadt. Über Plötzensee. Und im Gegensatz zu dem üblichen Touristen weiß ich bei der Fahrt durch den Tauerntunnel, daß er von KZ-Häftlingen gebaut worden ist. Gleichermaßen sammeln sich die Bücher entsprechenden Inhalts an. Von Robert Antelme, Primo Levi, Jean-François Steiner,

André Schwarz-Bart, Jorge Semprún bis Leon Weliczker-Wells lege ich mir eine kleine Schreckensbibliothek zu.

Und ich verlange und erreiche, daß Marianne mich begleitet, was für die DDR durchaus unüblich ist. Weil, wer ins KA, ins »Kapitalistische Ausland«, reist, froh ist, der privaten Kontrolle zeitweilig zu entgehen. Aber ohne Marianne wäre ich nur eine Menschenhälfte, ausgestattet mit nur einem halben Gedächtnis.

Wir nutzen die Mauthausen-Fahrt zum Abstecher nach Wien, schwenken den Heurigen mit Ernst Jandl, Fritzi Mayröcker und Otto Breicha und steigen im Prater per Riesenrad himmelhoch. Als Katastrophiker malen wir uns aus, was geschähe, falls einer unserer Mitpassagiere Benzin ausgösse und entzündete. Beruhigenderweise sind unsere Kabinengenossen heitere Tschechen, denen demnächst bevorsteht, was wir hinter uns haben: der Tod aller Hoffnung auf eine lebenswerte Zukunft.

Rückkehrend wird man sich der Trefflichkeit von Trivialitäten bewußt. Das Herz wird einem schwer und sinkt einem danach in die Hose.

Mit jedem Kilometer der Annäherung wird einem immer bänglicher zumute. Die Straßen zur Grenze hin vereinsamen. Die Landschaft leert sich von Fahrzeugen. Das Vakuum nimmt uns auf. Der Asphalt bröckelt an den Rändern, die Natur ist verwildert.

Haben wir auch jeden Gegenstand in den Zollbegleitschein eingetragen? Nichts aufzuführen vergessen? Bevor man uns das fragt, fragen wir uns das schon hundertmal selber.

Mit Tempo zehn am ersten bewaffneten Posten vorbei. Betonblöcke. Baracken, Leitlinien, vorgezeichnete Spuren, Wellblech und Eternit, Scheinwerfer und Kabinen mit einem Schlitz, hinter dem der Moloch über unseren Pässen brütet. Kofferraum öffnen, Motorhaube auf, Rückbank umklappen.

Was führen Sie mit sich? Waffen, Sprengstoff, Funkgeräte, Devisen?

Nein, nein, nichts. Hier die Gelbe Karte, ausgefüllt und gestempelt. Ohne Gelbe Karte keine Ausreise, keine Einreise. Der Paß alleine reicht nicht aus. Und der Zollzettel! Bitte sehr.

Wer je diese Kontrolle durchläuft, hält sich selber für einen Verbrecher. Der suggestive Blick der »Kontrollorgane« verursacht einem ein schlechtes Gewissen. Ob die ahnen, was man über sie denkt? Und sofort verzieht man die Lippen zu einem Lächeln, das einen selber anwidert. Hier gibt es keine Schuldlosen. Und es gelingt mir nur unter großem Selbstzwang, den bekennenden Ausruf zu vermeiden: »Ja, ich bin ein Krimineller! In meinem Strumpf stecken hundert Westmark!«

»Sie können weiterfahren!« Gnädiges Gewinke, Gas geben, nur weg, nur fort. Aber ohne die Geschwindigkeitsbegrenzung zu überschreiten.

Welch ein Glück, daß kein direkter telepathischer Kontakt von Gehirn zu Gehirn möglich ist. Die Gedankenpolizisten hätten an mir eine wahre Fundgrube gehabt. Aber auch so befaßten sie sich recht eingehend mit mir:

»HA XX/1. Berlin, den 7.5.1969. Kunert gehört zu den führenden Schriftstellern der DDR, die seit mehr als 10 Jahren Front gegen die Kulturpolitik der SED und der Regierung der DDR machen und verhindern wollen, daß sich die sozialistisch-realistische Kunst in der Literatur der DDR durchsetzt.

Die literarischen Arbeiten Kunerts, die bis auf wenige Ausnahmen nur im westlichen Ausland veröffentlicht werden, bestätigen eindeutig diese Haltung. Sie sind gekennzeichnet durch Pessimismus und ›Verfremdung des Menschen im Sozialismus‹ und richten sich gegen die ideologischen Grundlagen unserer Gesellschaftsordnung.

Am gesellschaftlichen Leben nimmt Kunert seit dem 11. Plenum des ZK der SED aufgrund der an ihm und anderen negativen und feindlichen Schriftstellern geführten Kritik nicht mehr teil.

Kunert unterhält umfangreiche Verbindungen zu solchen Kräften im sozialistischen und westlichen Ausland, die insbesondere der Kulturpolitik der DDR ablehnend oder feindlich gegenüberstehen. Unter diesen Kräften befinden sich Personen, die republikflüchtig wurden und einen aktiven Kampf gegen die DDR führen.

Die bisherigen Reisen des Kunert ins westliche und sozialistische Ausland nutzte Kunert stets, um diese Verbindungen auszubauen und zu aktivieren. Schiller (Oltn.)«

Dabei hätte Oltn. Schiller darüber informiert sein müssen, daß es keiner umständlichen Reisen bedurfte, um mit Freunden und Bekannten aus dem Westen verbändelt zu sein. Schließlich ist die DDR auf das »Eintrittsgeld« an ihren Grenzen angewiesen, und Marianne kompensiert die leidigen Prozeduren an den Kontrollpunkten durch fabelhaftes Essen. Manchmal verspäten sich die Gäste. Reinhard Lettau, mit knurrendem Magen, ist empört und gekränkt, daß man ihm, ausgerechnet ihm, ein Glas mit fünfhundert Anecin-Tabletten beschlagnahmt. Obwohl er doch den »Genossen« erklärt hat, bei Kunerts werde derart geschlemmt, daß man anschließend etwas für die Verdauung tun müsse.

»Stellt euch vor, die haben das ignoriert …«

Nun erscheint auch Michael Krüger vom Hanser Verlag. Die Verlagsangelegenheiten geraten ins Hintertreffen. Die Stunden, voller Heiterkeit und Gelächter, schrumpfen schnell. Ehe wir es uns versehen, droht die Uhr dem Westler und verkündet ihm sein letztes Stündlein, zumindest diesseits der Mauer. Michael kommt, sobald er in Berlin ist und Günter Bruno Fuchs, ebenfalls Hanser-Autor, in Kreuzberg aufsucht. Für die da drüben ist es eine eigentümlich unbeschwerte Zeit, und sogar noch die politischen Aktivitäten unserer Überflieger machen uns den Eindruck des Spielerischen.

Ein Hartwig Schmidt aus Köln meldet sich an.

. Schon zaubert er eine Flasche Calvados hervor, die bald darauf bloß noch den Glaswert hat. Hartwig erfreut mich mit der Nachricht, er, Dramaturg des 3. WDR-Fernsehens, wolle meine »Geschichte einer Berliner Straße« verfilmen. Und zwar als Bildgeschichte. Und ich solle die Zeichnungen liefern.

Kein Problem, Hartwig.

Und weil der kleine Film dem Sender gelungen erscheint, schließt sich als nächstes die Geschichte »Zentralbahnhof« an, ebenfalls mit meinen Zeichnungen.

Erneut ist Hartwig, calvadosversehen, bei uns. Diesmal in Begleitung. Der Begleiter ist Bernhard Wicki auf Stoffsuche. Ich schlage ihm die Geschichte eines ehrgeizigen Polizisten vor, der, in einer Kleinstadt versauernd, sich als Superdetektiv zur Beförderung und damit für einen Großstadtposten empfehlen will. Er bringt Mitbürger um und unterschiebt Leuten in seiner Umgebung belastende Indizien. Die geplante Karriere mißlingt jedoch, da man den äußerst tüchtigen Beamten eher in der Provinz als in der Metropole braucht. Das alte Motiv vom betrogenen Betrüger, der sich verblendet selber prellt.

Anhand meiner kleinen Prosastücke zu und über Berlin soll ein Streifen, nur aus Standfotos und eben den Texten, entstehen.

Der Fotograf, gemeinsam mit Hartwig Schmidt eintreffend, beginnt in unserem Bezirk Treptow mit der Arbeit. In einer Seitenstraße richtet der junge, ost-ungeschulte Mann die Kamera auf eine Frau, die vor einem Gemüseladen in der Schlange ansteht.

Aufruhr und Tumult. Eine Kundin verfällt in Hysterie, da sie den Fotografen für einen Spion hält. Sie verständigt die Polizei, und unser Fotograf wird verhaftet und aufs Revier geschafft. Der verhaftende Polizist versucht ein Täuschungsmanöver: Es handele sich bloß um eine Personenkontrolle, und sein Häftling käme gleich wieder. Wir warten in unserer Wohnung. Stunden vergehen. Ich muß zu einem Termin, und als ich heimkehre, hat sich der »Sachverhalt«, wie es in DDR-Deutsch heißt, geklärt.

Marianne hat nämlich das Polizeirevier angerufen und »Dampf gemacht« und sich nicht nur nach dem jungen Mann erkundigt, sondern auch danach, seit wann es gesetzlich verboten sei, auf einer Straße in unserer schönen Hauptstadt zu fotografieren. Wie ich meine Frau kenne, hat sie einen derartigen Eindruck hinterlassen, daß die Polizei sich zur sofortigen Freilassung ihres Gefangenen gedrängt sieht. Und der Fotograf ist gescheit genug, das Kürzel WDR zu verschweigen und sich als Liebhaber von Berliner Altbauten auszugeben. Den Film habe ich nie zu Gesicht bekommen, statt dessen täglich die Denunziantin – sie wohnt im Haus gegenüber. Auch das einer der Gründe, sich sommers über ins kahle Souterrain unseres Bucher Hauses zurückzuziehen, in eine kühle, enge Nische, auch wenn die Funktionärsfamilie in unserem Garten ihre Wäsche aufhängt und Radieschen züchtet.

Nicht immer wurde einem der beantragte, erbangte »Freigang« bewilligt. Nach wiederholter Zuweisung wickele ich mein Mitgliedsbuch des Schriftstellerverbandes in einen harschen Brief und verkünde meinen Austritt. In Zukunft ohne mich!

Die Antwort ist eine Order, mich am 30. 9. 1970 bei der Parteileitung des Verbandes einzufinden.

Die Richter sind versammelt, ich eingekeilt zwischen ihnen. Mir zur Rechten Ruth Werner, Jürgen Kuczinskis Schwester, ehemals Mitglied der »Roten Kapelle«, jetzt der Staatssicherheit, zur Linken Wolfgang Kohlhase, natürlich ist der unvermeidliche Hermann Kant mit von der Partie, und mir gegenüber der Schuft vom Dienst, obwohl die andern kaum besser sind: Roland Bauer, Kultursekretär der SED-Bezirksleitung Berlin. An der Tischkante beugt sich eine Sekretärin über ihr Stenogrammheft: Keines unserer Worte soll jemals vergehen.

Die Anklage hebt mit der Einschätzung meines Briefes an: beleidigend, frech, unzulässig, unverschämt, überheblich. Wie ich das entschuldigen wolle?

Ich will es ja gar nicht. Meine kindliche Verteidigung lautet: Man lädt mich überallhin ein, und ich akzeptiere die Einladungen, weil sie oftmals Anlaß seien, über mir unbekannte Städte und Gegenden zu schreiben. An meiner Statt würden Leute ins Ausland geschickt, unfähig, ihre Eindrücke literarisch zu verarbeiten. Punktum.

Mit vorher abgesprochenen, verteilten Rollen soll der Sünder zu innerer Einkehr bewogen werden. Ruth Werner bläst mir ins Ohr, ich solle alle meine Verfehlungen selbstkritisch notieren und hier abliefern. IM »Martin« schlägt in dieselbe Kerbe. Wolfgang Kohlhase redet mir zu, doch auf die Stimme der Vernunft zu hören. Hat er denn nicht vor sieben Jahren in Huchels *Sinn und Form* Brechts alten Aufsatz »Über die Widerstandskraft der Vernunft« gelesen? Kohlhase obliegt es, mich daran zu erinnern, was die Partei, was der Staat für mich getan haben, wie großzügig man mit mir umgesprungen sei und wo meine Dankbarkeit bliebe?

Obwohl ich vor meinem Auftritt zwei Eßlöffel Hien-fong zu mir genommen habe, ein Konkurrenzextrakt für Klosterfrau Melissengeist, meldet sich mein Magen.

Roland Bauer ist die Verhandlung viel zu zivil. Die Hand hebend unterbricht er das Protokoll, das, zu meinem Bedauern, der Stasi-Verbandssekretär Gerd Henniger wahrscheinlich zwanzig Jahre später vernichten wird.

Ergeben lauschen die Beisitzer auf die Weisheit des Stalin-Traditionalisten:

»Biermann kann die DDR nicht kaputtmachen. Stefan Heym kann die DDR nicht kaputtmachen. Auch Kunert kann die DDR nicht kaputtmachen. Aber die DDR kann Kunert kaputtmachen. Jetzt kann weitergeschrieben werden …«

Die Ironie der Geschichte will, daß die DDR von Roland Bauer und seinesgleichen »kaputtgemacht« worden ist. In dieser Hinsicht haben sie sich ahnungslos alle Mühe gegeben.

Der Delinquent schweigt.

Ich gebe zu, ich habe viele Leute durch mein Verhalten enttäuscht.

Und dem Roland Bauer steht, durch den Verfolgungswahn der Partei und durch mich bewerkstelligt, Schlimmeres als eine Enttäuschung bevor. Ein Karriereknick.

Im übrigen reicht mir ein Jahr später der Postbote einen eingeschriebenen Brief, ich quittiere und öffne: Zwei Blätter unbeschriebenen Papiers umhüllen mein Mitgliedsbuch. Keine Zeile, keine Bemerkung.

Und unsere nächste Reise wird stillschweigend genehmigt.

Die offizielle Begründung für die Reise stimmt mit der inoffiziellen Absicht nicht überein. Wir wollen nach »Helio Carinthia«, ins sonnige Kärnten. Eine Freundin hat uns nicht nur einen FKK-Reiseführer zukommen lassen, sie hat uns auch, nach unserer Wahl, eine Hütte hoch droben auf dem Berg gemietet. So eilen wir nach Absolvierung meiner Pflicht, einer Lesung, nach Eisentratten, von wo aus der Aufstieg beginnen soll. An der Landstraße markiert ein Schild unser Ziel. Unterhalb des Schildes hängt ein offener Kasten mit einem Telefon und dem Gebot: Erst anrufen, bevor Sie weiterfahren!

Kaum habe ich den Hörer in der Hand, meldet sich eine weibliche Stimme mit unüberhörbarem holländischem Akzent: »Was für einen Wagen fahren Sie?«

»Einen Renault sechzehn ...«

»Ja – das geht, damit schaffen Sie es ...« Das klingt bedenklich. Von unten ist die Serpentine nicht einzusehen, und so wagen wir uns im zweiten Gang auf die ersten hundert Meter, Schotter, Kiesel und Sand unter den Rädern. Jäh biegt die unbefestigte, von keinem Bord gesicherte Strecke nach rechts. Haarnadelkurve. Höher und höher. Hier hat ein Wegebauamateur die Auffahrt in den Fels gehackt. Ich, der Höhenangsthase, befolge die klassische Bergsteigerregel: Nicht nach unten blicken. Zu meiner Linken geht es immer abschüssiger zu Tal. Fast schrammen wir mit der rechten Wagenseite an den Felsen entlang. Warum mußten wir auf »Helio Carinthia« hereinfallen. Wir hätten auch woanders nackt herumlaufen können. Und während ich schon, weil die Steigung zunimmt, in den ersten Gang schalte, denke ich bereits an die Abfahrt: dasselbe Drama noch einmal.

Hinter der letzten Kehre ein Parkplätzchen mit Wagen, die

alle gelbe Nummernschilder tragen. Trifft sich hier ein Geheimbund? Und schon steht ein splitterfasernacktes Mädchen am Auto, steckt den Kopf ins Wageninnere und äußert, wiederum mit vielen niederländischen Rachenlauten, eine Begrüßung.

Die Najade geleitet uns zu unserer Hütte und verweist auf einen Mini-Supermarkt mitten in der am Hang gelegenen Siedlung. Töpfe und Teller sind vorhanden, Bestecke, Tassen, eine Kochgelegenheit, das Abenteuer in der Wildnis kann anfangen.

»Ein Zwang zu völliger Nacktheit beim Einkaufen wird nicht ausgeübt …« Meine Frau wird ohnehin den kleinen Laden nie betreten; ich bin ja wie meist der Besorger. Und spaziere sogleich los, Lebensmittel einzukaufen. Im Zentrum der Holzbauten ein Brunnen, umringt von lauter Nackten, die sich mit dem Eiswasser aus der Tiefe übergießen. Allein schon der Anblick erzeugt Gänsehaut. Beim Vorbeigehen vernehme ich nur holländische Laute. Wir sind die einzigen Deutschen in der rot-weiß-blauen Enklave, und ich trage noch dazu eine Badehose. Die Deutschen müssen immer aus der Reihe tanzen.

Im Laden suche ich mir die Lebensmittel zusammen, es herrscht ein Gedränge nackter Leiber, und ich passe sorgfältig auf, mich nicht zu vergreifen, sondern die echte Melone hochzunehmen. Irgendwie hasse ich das Wort »irgendwie«, aber irgendwie kann ich diese Hautnähe von Häuten nicht so recht ertragen. Morgen komme ich zu früher Stunde wieder und bin der einzige Kunde bei der total unbekleideten Verkäuferin.

Der Tag läßt sich gut an, die Nacht jedoch wird zur Katastrophe. Gegen zwei Uhr morgens erwache ich und ersticke. Das Asthma! Lange nicht gespürt, ist es überfallartig wiedergekommen. Liegen ist unmöglich. Ich setze mich auf die hölzerne Bank an den hölzernen Tisch und schlage meine Reiselektüre auf: Musils »Mann ohne Eigenschaften«. Ich wünschte, ich wäre ohne die Eigenschaft zu Asthmaanfällen auf die Welt gekommen. Als es morgens dämmert und ich röchelnd und aus allen Bronchien pfeifend immer noch lese, wird vor dem Fenster der Anlaß meines Leidens sichtbar. Kühe trotten gemütlich durch kniehohes, blühendes Gras, von dem Pollenwolken aufstieben. Warum sind wir nicht nackt zu Hause geblieben?

Dieser schlaflosen Nacht folgen weitere. Musil und die Atemnot halten mich wach. Auch der Heuschnupfen mit Nieskanonaden trägt kaum zur Ruhe bei. Meine Augäpfel schwellen an, und ich sehe aus wie Peter Lorre und kann die Lider nicht mehr schließen. Nun ist es Zeit für den Arzt.

Niesend und japsend die Trainingsstrecke für Selbstmörder abwärts. Hoffentlich kommt uns kein motorisierter Nackter entgegen – ich wüßte nicht, was ich täte!

In Eisentratten befragt meine Frau Passanten nach einem Arzt und erfährt, es praktizieren zwei am Ort. »Bei dem einen müssen Sie stundenlang warten, bei dem anderen kommen Sie sofort dran …« Ich, der Notfall, entscheide mich für letzteren. Der Mann ist eine Gemütsnatur und schlägt uns vor, kaum daß er über unsere Herkunft Bescheid weiß, doch in Österreich um Asyl zu bitten. Ich will aber nur ein Medikament gegen Asthma und Heuschnupfen. Der Arzt, eine halberloschene Zigarette im Mundwinkel, öffnet einen mächtigen, mit Schnitzwerk versehenen Eichenschrank, und wie eine Lawine stürzen ihm mindestens tausend Arzneimuster entgegen. Auf dem Boden hockend und in den Päckchen wühlend, reicht er mir ein Fläschchen: »Nehm's dös!« Ich nehme es dankend entgegen, kostenlos, weil wir ja arme Ostler sind, und bin froh über die sofortige Wirkung.

Unser Aufenthalt in »Helio Carinthia« ist gerettet. Und wir sind unbehindert bereit, zwei bekleidete Besucher zu empfangen: Nicolas Born und Michael Krüger. In einem VW Käfer kriechen sie am Berg empor, laden uns ein, gemeinsam in Eisentratten zu tafeln. Es wird eine ausgedehnte Sitzung. Bier und Obstler scheinen der Hauptgang zu sein. Abwechselnd erhebt sich einer der beiden Gastgeber, schreitet zur

Musikbox, wirft einen Schilling ein, damit wir »Monja« (»Ich hatte kein Glück, ich muß nach Hause zurück ...«) bis ans Lebensende bei passender Gelegenheit auswendig zum besten geben können.

Aufbruch. Nicolas leicht wacklig. Michael hingegen vollbringt eine sportliche Leistung, zu der ich auch im nüchternen Zustand unfähig wäre. Er vollführt, sich auf die Unterarme stützend, einen Kopfstand und verharrt so lange in dieser Position, bis uns beim Zusehen schlecht wird. Dann springt er auf die Beine, beneidenswert artistisch, und scheint stocknüchtern.

Die Herren Collegae transportieren uns zurück zu den Nackten. Umarmungen, auf bald, Servus, gute Fahrt, und kaum sitzen die beiden im Wagen, rutschen die seitlichen Räder über den linken Rand, Michael reißt die Tür auf, ist schon im Aussteigen, als der Meisterfahrer Nicolas das Gefährt wieder in die Gerade lenkt. »Monja, Michael: Du hattest Glück und darfst nach Hause zurück ...«

»Hauptabteilung XX/7. Berlin, den 28. 5. 1971. Information. Am 28.5.1971 teilte der Sekretär des Deutschen Schriftstellerverbandes, Genosse Henniger, zu dem Antrag des Schriftstellers Günter Kunert folgendes mit:

Im Frühjahr dieses Jahres informierte Kunert den Deutschen Schriftstellerverband, daß er eine Einladung zum Poesie-Festival nach Rotterdam/Holland in der Zeit vom 21. bis 26.6.1971 hat, die er mit seiner Ehefrau wahrnehmen möchte.

Nach einer Konsultation des Genossen Henniger mit dem Genossen Dr. Kahle – Kulturabteilung des ZK der SED – teilte Genosse Dr. Kahle dem Genossen Henniger mit, daß Genosse Prof. Hager entschieden habe, daß Kunert fahren kann. Prof. Hager wies darauf hin, daß Kunert Auslandsreisen generell mit seiner Ehefrau unternimmt und wenn er nur alleine reisen darf, er von der geplanten Reise Abstand nimmt.

Daraufhin wurde durch den Genossen Henniger dem Kunert mitgeteilt, daß er alleine die Reise wahrnehmen kann und ein entsprechender Reiseantrag für ihn über das MfK eingeleitet wird.

Am 26. 5. 1971 verständigte der stellv. Minister für Kultur, Genosse Bruno Haid, den Genossen Henniger, daß er soeben eine Information von der Genossin Dr. Erika Hinkel – Büro des Genossen Prof. Hager – erhalten hat, daß Genosse Prof. Hager von Anfang an entschieden habe, daß Kunert mit Ehefrau fahren könne.

Am 27. 5. 1971 sprach Genosse Henniger nochmals mit dem Genossen Dr. Kahle. In dieser Aussprache teilte Genosse Dr. Kahle dem Genossen Henniger mit, daß er vom Leiter der Kulturabteilung der SED, Genossen Dr. Hochmuth, eine schriftliche Mitteilung besitze, aus der hervorgeht, daß Genosse Prof. Hager entschieden hat, daß Kunert alleine fährt.

Da Kunert seit 6. 4. 1968 in Ausreisesperre steht, bitten wir um Entscheidung. Pönig (Oberleutnant)«

Oberleutnant Pönigs Bitte wird umgehend erfüllt. Von wem und wann und mit welcher Begründung, ist wahrscheinlich als Papiergehäcksel verheizt.

Wir dürfen reisen.

Zu Martin Mooji und den Seinen, zu den Kollegen aus aller Welt, die keiner Partei etwas zu danken haben und für die Rotterdam gleich hinter der nächsten Ecke liegt. Anschließend Amsterdam, Ort, der süchtig macht. Planlos und über ungezählte Stunden wandere ich durch die Grachten und an den Kanälen entlang.

»Hier wollen wir bleiben, Marianne, laß uns endlich abhauen! Die Zwangsjacke ablegen. Ein anderes Leben ausprobieren. Das neue Leben muß anders werden – das klingt mir noch im Ohr. Wer weiß denn, ob sie uns noch einmal die Ausreise erlauben …« Und Marianne hebt zu sprechen an:

»Nicht ohne deine Bilder. Nicht ohne unsere Katzen. Nicht ohne unsere Möbel. Nicht ohne unsere Bücher. Nicht ohne die letzte Gabel und die letzte Tasse …«

Daheim ist alles noch vorhanden, Bilder wie Katzen, Bücher wie Möbel, doch ich bin als ein *Alien* zurückgekommen. Was ich in der Science-fiction-Literatur gelesen habe, hat sich an mir vollzogen: Durch Mißgeschick oder unkontrollierte Strahlungsenergien wird ein Bürger von Alpha Centauri auf die Erde verschlagen, bar der Chance, den Heimatplaneten, der am Nachthimmel verlockend flimmert, je wieder zu betreten.

Ich bin ein Alpha Centaurianer.

Aber ich bin außerdem, ohne es zu wissen, ein erfolgreicherer Unternehmer als mein Vater. Demnächst beschäftige ich in meinem Umkreis siebenunddreißig Personen, abgesehen von den mir amtlich zugeordneten. Mein Vater wirkte in der Papierbranche, ich ebenfalls. Freilich keineswegs solo. Ich verwandle mich sacht in Literatur, andere verwandeln mich in Akten:

»Operativplan zum Verlauf-Operativ ›Benjamin‹ Reg.-Nr.: ...

Der freischaffende Schriftsteller Kunert, Günter; geb. am 6.3.1929 in Berlin; wh.: Berlin-Treptow, Defregger Str. 1; Nationalität: deutsch; Staatsangehörigkeit: DDR; Parteizugehörigkeit: SED seit 1951; Familienstand: verheiratet; Konfession: jüdischen Glaubens; Beruf: freischaffender Schriftsteller; Vorstrafen: keine; erfaßt: HA XX/7, wird seit 1957 in einem operativen Material als politisch schwankender und labiler Mensch unter operativer Kontrolle gehalten. Im Rahmen der politisch-operativen Kontrolle verstärkten sich die Verdachtsmomente einer Feindtätigkeit des Kunert gemäß §§ 100 und 106 StGB. Zur Prüfung dieser Verdachtsrichtung einer staatsfeindlichen Tätigkeit ist die operative Bearbeitung des Kunert in einem Vorlauf-Operativ erforderlich.

Nachfolgende Maßnahmen sind auf die Prüfung der Verdachtsrichtung gerichtet: Im Prozeß der operativen Bearbeitung des Schriftstellers Günter Kunert müssen die IM ›Günther‹ und ›Albert Richter‹ so eingesetzt werden, daß der bereits bestehende Kontakt der IM zu Kunert gefestigt und ausgebaut wird mit der Zielstellung, eine operative Kontrolle des Kunert zu gewährleisten und seine feindlichen Pläne und Absichten in Erfahrung zu bringen.

Termin: Auftragserteilung an IM: 15. 4. 1971; dann laufend. Verantwortlich: Hptm. Reinhardt/Oltn. Pönig.«

Es klingelt. Da sind sie schon, die Genossen vom Aufbau-Verlag, um mit mir ein Manuskript durchzusprechen, Arbeitsvorhaben, Reisepläne. Wer IM »Günther« gewesen ist, weiß ich heute. IM »Albert Richter« war mein Lektor im Aufbau-Verlag, danach im Eulenspiegel-Verlag, der gemütliche Günther Schubert, dessen Fleiß aus seinen Berichten über mich ablesbar ist.

Kein Verdacht unsererseits.

Wir sind vertrauensselig. Nie beäugen wir einen der Anwesenden skeptisch. Und wir reden, meist jedenfalls, wie uns der Schnabel gewachsen ist, ohne Argwohn, ohne Hintergedanken:

»Zur Aufklärung des Charakters der Verbindungen des Kunert zu westdeutschen Verlagen u. a. Institutionen ist aus dem Kreis der Verbindungen des Kunert ein geeigneter Reisekader als IM auszuwählen, aufzuklären und zu werben. Termin der Auswahl: 13. 5. 1971, Termin der Aufklärung: 24. 6. 1971, Termin der Kontaktaufnahme: 6. 7. 1971, Termin der Werbung: 17. 9. 1971. Verantwortlich: Oltn. Pönig.«

Grübeln.

Welcher Autor mag meine Freunde und Bekannten im Westen ausgehorcht haben? Zwischen dem Hanser Verlag und dem Aufbau-Verlag, dem Reclam Verlag sowie dem Verlag Volk und Welt bestanden Geschäftsbeziehungen. Hanser vergab Lizenzen und wurde mit Teilauflagen entschädigt. Erfuhr ich nicht aus München, die Chefs der drei Ostverlage seien des öfteren dagewesen? Ja, es waren die Herren IM »Hans« (Reclam), IM »Kant« (Aufbau) und IM »Jürgen« (Volk und Welt), und sie werden meinen Namen im Gespräch wohl kaum ausgespart haben.

In ihrer kapitalistischen Unschuld glaubte man in den Institutionen, wer aus ökonomischen Motiven Westdeutschland aufsuchen durfte, sei nichts anderes als ein Geschäftsmann. Köhlerglaube, häufig heute noch wirksam.

Aber ich bin an fremden Orten achtsam und wachsam. Ich bleibe vor Schaufenstern stehen, sie als Spiegel benutzend: Werde ich verfolgt? Habe ich den Mann mit dem komischen Hut hinter mir nicht schon vorhin in der U-Bahn bemerkt? Unser Irrtum besteht darin, daß sich unser Mißtrauen nach außen richtet, statt auf den internen Lebenskreis.

»Zur Feststellung von Treffvereinbarung, weiterer Verbindungen und zur Einleitung zielgerichteter Beobachtungen sowie anderer operativer Maßnahmen sind die Möglichkeiten der operativen Technik mit zu nutzen. Über Kunert ist ein A-Auftrag einzuleiten. Termin: 30.4.1971. Verantwortlich: Oltn. Pönig.

Kunert ist in der Abteilung M zu überprüfen, um seine Verbindungen nach Westdeutschland und dem kapitalistischen Ausland, soweit Kunert dort operativ angefallen ist, festzustellen. Es ist gleichzeitig über Kunert ein M-Auftrag und eine Postzollfahndung einzuleiten. Termin: 10.5.1971. Verantwortlich: Oltn. Pönig.«

Der A-Auftrag bezeichnet die Telefonüberwachung, der M-Auftrag die der Post. Sporadisch ist das längst vollstreckt worden. Und die Knackgeräusche in der Hörmuschel verursacht, was jeder weiß, der Unsichtbare Dritte. Robert Havemann, als Verfolgter zum Fachmann für geheimpolizeiliche Methoden geworden, schwor, die Stasi benutze die alte, inzwischen modernisierte Gestapo-Abhörzentrale. Manchmal wendet man sich beim Telefonieren direkt an den Lauscher: »Na – auch wieder in der Leitung?«

Und nachdem man erfährt, es könne mittels Telefon, selbst bei aufgelegtem Hörer, jede Unterhaltung im Raum belauscht werden, umgibt man den Apparat mit dämpfenden Hüllen. Mit der Zeit jedoch vernachlässigt man die Vorsichtsmaßnahme, aus Wurstigkeit. Sollen die doch wissen, was man denkt. Die allgemeine Schizophrenie ist umfassend genug, man muß nicht noch einen eigenen Beitrag dazu leisten.

Außerdem lesen die Herren des Heute- und Morgengrauens sowieso nach, was sich von meinem Denken, von meinen Vorstellungen schriftlich kundtut:

»Alle Veröffentlichungen des Kunert in Westdeutschland, die nicht in der DDR veröffentlicht werden, sind zu dokumentieren und durch zuverlässige IM inoffizielle Gutachten zu erarbeiten. Durch die Gutachter ist der feindliche ideologische Inhalt dieser Veröffentlichungen herauszuarbeiten. Termin: entsprechend dem Anfall literarischer Arbeiten des Kunert. Verantwortlich: Oltn. Pönig.«

Im Sozialismus schießt die Arbeitsteiligkeit ins Kraut. Pönig & Co. lassen lesen. Zum interpretatorischen Lesen ist berechtigt, wem dies inoffiziell zugestanden worden ist. Zu diesem Zweck sind IM-Gutachter hauptsächlich Autoren, Lektoren, Verleger, Journalisten, Germanisten, Literaturwissenschaftler. Pönig ist mit Nichtlesen viel zu beschäftigt gewesen, als daß er selber einen Blick in ein Buch hätte tun können. Schließlich marschiert er, anstrengend genug, immer im Geiste mit, sobald ich die Hauptstadt verlasse, um in die »besondere politische Einheit« hinüberzuwechseln. Nämlich wenn ich einen triftigen, schwer abzulehnenden Grund für solchen Ausflug nennen konnte:

»Bei der nächsten Reise Kunerts nach Westberlin ist nach Abstimmung mit der Abt. II der Verw. Groß-Berlin durch die Abteilung VIII eine Beobachtung des Kunert zu organisieren. Bei dieser Beobachtung sind alle Objekte die Kunert aufsucht sowie Treffpartner zu dokumentieren. Termin: entsprechend der operativen Situation. Verantwortlich: Oltn. Pönig.«

Das dürfte für meine Beschatter kaum einfach sein. Abgesehen davon, daß ich ausschließlich mit Taxen fahre, den Kopf im Genick, nach Kriminalfilmmanier durchs Rückfenster lugend, treffe ich nicht allein mit Lebenden zusammen, sondern auch mit Gespenstern. Am Theodor-Heuss-Platz besuche ich Oda Schottmüller, begleitet von Wolfgang Maaz, meinem Cicerone in Charlottenburg und Umgebung.

Odas Name ist seit langem nicht mehr im »Stillen Portier« verzeichnet. Ich suche ihr Atelier, denn Oda war Künstlerin. Zum Gartenhaus über den Hof, wo eine Seltenheit für Berlin akustisch auf sich aufmerksam macht: ein kleiner gluckernder Brunnen. Vier Treppen aufwärts zur Atelierwohnung. Klingeln. Und es öffnet eine ältere, grauhaarige, maskulin wirkende Frau, gekleidet nach der Mode von 1925. Sie kann gar nicht Oda Schottmüller sein, weil die vom »Volksgerichtshof« zum Tode verurteilt und hingerichtet worden ist. Als Helfershelferin der Widerstands- und Spionagegruppe »Rote Kapelle«. Der Komponist Kurt Schwaen, der mit mir und seiner Beteiligung an »Fetzers Flucht« übel hereingefallen ist, einstmals selber ein Verfolgter, hat Oda gekannt und von ihr erzählt. Eine eigentlich unpolitische Frau, Tänzerin, auch bildnerisch begabt. Doch ihre letzten Plastiken, in der Gefängniszelle aus gekautem Brot gefertigt, haben die Zeit nicht überstanden. Sowenig wie sie und ihre Mitangeklagten. Nicht ganz geheuer die Erscheinung der jetzigen Mieterin. Als sei sie, die uns freundlich hereinbittet, damit wir das Atelier besichtigen, die für wenige Minuten aus dem Nirgendwo beurlaubte Ermordete selber. Da wir, Wolfgang und ich, die Treppen wieder hinabsteigen, benötigen wir keinen telepathischen Kontakt für den gleichen Gedanken: Falls wir jetzt umkehrten, würden wir da oben keinen Menschen antreffen.

Ein Erlebnis, jenseits Pönigscher Imagination.

Ist mir jemand seiner Profession nachgegangen?

Und wer schleicht hinter mir her, als ich Kurt Tucholskys Geburtshaus betrete? Draußen an der Fassade eine Gedenktafel für den Verfemten. Sachter Flockenfall, der mich im Hinterhof zur Gänze einhüllt. Totenstille. Späht nicht jemand zwischen den Gardinen zu mir herüber, zu dem obskuren Archäologen, spezialisiert auf die fragwürdigen Spuren der Opfer deutscher Geschichte? Während ich mich langsam im Treppenhaus aufwärts bewege, mit der Handfläche das durch zahllose Hände abgeschliffene Geländer berührend, nehme ich mir vor, an die Tür der Familie Tucholsky zu klopfen und nach dem kleinen Kurt zu fragen. Diesmal öffnet niemand.

Auf dem Treppenabsatz eine morsche Korbbank, auf der ich, eingerahmt von schlaffen Yucca-Palmen, Platz nehme. Bereit zum Zwiegespräch mit dem Genius loci, der sich aber nicht melden will, aus Scheu oder aus Desinteresse an dem Wartenden.

Natürlich suche ich auch Rosa Luxemburg und Karl Liebknecht in jenem Mietshaus, wo sie verhaftet wurden, zu ermitteln. Ich spüre ihren Atem, glaube, ihre Anwesenheit zu ahnen, und bin doch, wie ich viel später erkunde, im falschen Haus. Ich habe die Adresse aus der *Roten Fahne*, einem vergilbten Exemplar der KPD-Zeitung, und bin auf einen redaktionellen Irrtum hereingefallen. Und die Lehre daraus? Die emotional enthemmte Fantasie überlagert jede, ihr als Anlaß gar nicht zukommende Realität.

Meinen größten Mißerfolg als zeitgeschichtlicher Detektiv erlebe ich im Architrav des Brandenburger Tores. Der manische Sammler seit Kindheitstagen kauft irgendwann einen mächtigen Packen von Beilagen der *Berliner Morgenpost* aus den zwanziger Jahren. In einem Bildbericht über den Architrav, einen saalartigen, langgestreckten Raum, zeigt sich eine Walhalla des Ikonographischen. Über und über sind die Wände bezeichnet und beschriftet, denn hoch über den »Linden« hatte sich »Spartakus« verschanzt und Inschriften hinterlassen, danach »Freikorps«-Mannen und schließlich Reichswehrsoldaten. Und weil beim Kampf um Berlin in Schinkels Monumentalbau auch SS-Leute, Wehrmachtsangehörige und als Nachmieter Russen einzogen, mußten die sich ebenfalls an den Mauern vermerkt haben. Historie als Gekritzel.

Nach erläuterndem schriftlichem Antrag beim Schriftstellerverband und endloser Wartezeit die Genehmigung: Datum und Uhrzeit exakt festgelegt. Ein Offizier werde mich an der Absperrung vor dem Pariser Platz erwarten.

Und da steht er schon und hält nach mir Ausschau, ein altgewordener Knabe mit Gold auf den Achselklappen und Sächsisch auf der Zunge. Von einem der seitlichen Wachräume führt eine steile Treppe nach oben. Meine Neugier steigt mit jeder neuen Stufe. Eine eiserne Tür öffnet sich, ja, das ist der weitgestreckte Saal, das Kabinett der letzten Lebenszeichen meiner Volks- und anderen Genossen!

Die Wände sind glatt gespachtelt und frisch geweißt, aber sicher nicht des avisierten Schriftstellers wegen. Der Offizier weist stolz in die Leere:

»Das ham ma richtch renofiert, nu is des wieder scheen sauper ...«

Ausgelöscht die Abschiedsgrüße, Racheschwüre, Kampfparolen, Pornographisches, weg die Namen, Namen, Namen.

Ob ich aufs Dach wolle?

Unsicher krabble ich eine eiserne Wendeltreppe hoch, eine Luke klappt auf, eine frische Brise, da die Siegessäule, der Tiergarten, warum bloß ist unser Haus in der Köpenicker Straße zerbombt worden, und drehe mich um zu den »Linden«, dem Dom, dem Rathaus und zur vom Dunst vernebelten Christburger Straße mit all meinen Mädchen und all den Büchern.

Ich könne unbesorgt hinausklettern, meint der von meiner Höhenangst nichts ahnende Offizier. Krampfhaft halte ich mich an dem eisernen Geländer fest. Ich fühle mich in Alfred Hitchcocks »Vertigo« versetzt. Gleich werde ich abstürzen, der Sog nimmt zu, und ich komme erst wieder zu mir, als mich der Offizier aus dem militärisch-magischen Zirkel geleitet, aus der unbetretbaren Zone, an deren Ostberliner Seite menschliche Randerscheinungen ihr merklich sehnsüchtiges Wesen treiben.

Was mochten die von mir denken?

Wahrscheinlich, daß ich ein ziviler Mitarbeiter von Oltn. Pönig sei.

Das bin ich auf konträre Weise ja auch gewesen. Ich habe Pönig Menschen zugeführt, von deren Existenz ich nie gehört hatte. Und nur, weil Pönig akribisch witzlos ist. Und ich ein mittelmäßiger Spaßvogel.

Darum nenne ich Ladislaus Szomogy, meinen Beinahe-Verleger, mit dem ich korrespondiere, in meinen Briefen stets Onkel und er mich Neffe. Pönig ist von dem Verwandtschaftsgrad felsenfest überzeugt. Der Ulkton der Briefe entgeht ihm. Und weil Frau Szomogy eine Cousine in Halle hat, schließt Pönig rasiermesserscharf, daß die Hallenserin zu mir in irgendeiner konspirativen Beziehung steht. Und er fängt ihre Briefe an Frau Szomogy in Schmargendorf ab, liest sie, kopiert sie und hinterläßt sie mir in den Akten als Andenken an ein Familienmitglied, das keines gewesen ist.

Pönig besitzt eine Eigenschaft, welche den Bezirk des Unheimlichen streift.

»Das Wohngebiet des Kunert ist aufzuklären und zu prüfen, inwieweit dort eine geeignete Person zur operativen Kontrolle des Kunert geschaffen werden kann. Termin der Aufklärung des Wohngebietes: 10.9.1971. Verantwortlich: Oltn. Pönig.«

Hält Pönig sich für einen sozialistischen Frankenstein? Oder für gottgleich, daß er einen neuen Adam zu erschaffen vermag?

Gleicht er nicht einem Hexenmeister, der brauchbare Homunkuli erzeugt, damit diese, trotz Menschenähnlichkeit, seinen Beschwörungen gehorchen?

Oder setzt er optimistisch meine Lebenserwartung derart hoch an, daß er 1971 einen biologischen Akt in Auftrag gibt, um mich im Greisenalter durch einen Jüngling observieren zu lassen?

Ich fürchte, Pönig ist, wie ich einst, Lyssenko auf den Leim gekrochen, dem Versprechen, den »Neuen Menschen« zu schaffen. Bloß hat Pönig insofern Pech gehabt, daß er nie mit Marianne zusammengetroffen ist. Sonst hätte was Besseres aus ihm werden können, als nur ein Kürzel vor seinem Namen.

6

Eine gute Fee schwingt ihren Stab und zwitschert beschwörend:

Du, Kunert, wirst nach Italien reisen und nach Amerika! Du wirst in dein Eigenheim einziehen! Du sollst den Johannes-R.-Becher-Preis verliehen bekommen!

Du wirst, du sollst, du darfst, du kannst – 1972 möge dein Jahr sein!

Und endet mit dem Versprechen: Nun beginnt eine neue Ära.

Aber manchmal täuschen sich selbst Feen.

Elda Tapparelli lädt mich zu Vorlesungen an die Universität Verona ein, und die Universität von Florenz schließt sich der Einladung an, und die DDR-Kulturverwalter, an besten Beziehungen zum demnächst kommunistischen Italien interessiert, bewilligen den Trip. »Mit Pkw«, wie die Eintragung im Paß besagt.

Ab über die Alpen. Dürer ist uns als Fußgänger vorausgeeilt, gefolgt von Seume, den Syrakus lockte. Auch wir wollen nach Syrakus, doch bequemer.

Schnee und Eis, Gipfel und Firn, Bläue und Sonne, und ein folgenreiches Versäumnis unsererseits. Kaum an den Carabinieri vorbei, glauben wir uns frei von Kontrolle. Dabei hätten wir uns als DDR-Bürger bei der Grenzpolizei melden müssen, die uns seit unserer Einreise in ganz Italien suchen wird. Doch vergebens. Aus dem simplen Grund, daß ich in Battipaglia das Diskutieren gelernt habe.

Vorerst jedoch rollen wir durch das mit der deutschen Seele gesuchte Land, wo die Zitronen blühen. Am Straßenrand Buden und Händler, Wein in Zehnliterballons feilhaltend: Die kann man nicht ignorieren. Die Überflasche wird sorglich zwischen den Gepäckstücken verstaut. Und weiter geht's und hinein ins Verkehrschaos. Wir begeben uns in die hohe Schule der Autofahrkunst. Erste Lektion: Das wichtigste am Wagen ist die Hupe. Zweitens: Stopschilder sind Straßenranddekor. Drittens: Ampeln sind zu ignorieren. Zu meinem Entsetzen sind alle Italiener Anarchisten. Keine deutsche demokratische Disziplin! Ich erwarte sekündlich den tödlichen Unfall, ohne daß sich etwas anderes ereignet als ein drohender Wink mit dem »schmutzigen« Finger. Wir schwimmen mit dem Strom. Aus den Gassen werden Gäßchen, aus den Gäßchen enge Durchlässe, so daß man schon zu vernehmen meint, wie man den Putz von den Fassaden abschürft.

Selbstverständlich erreichen wir ohne Stadtplan und am Ostersonntag die »Urbs aeterna«, das ewige Rom. Wo kommen bloß all die Autos her?

Da – schau, Marianne, der Petersdom! Dort – die Engelsburg!

Und ehe man es sich versieht, ist man wieder auf einer Ausfallstraße und kurvt stöhnend zurück. Wir wollen zur Via Chiavari, aber die Straßennamen auf den Marmortafeln sind, weil zu hoch angebracht und verblichen, unleserlich. Wo um Himmels willen ist die Gasse versteckt, wo uns mein Übersetzer auf das Albergo Pomezia verwiesen hat? In der Nähe des Campo dei Fiori – aber wo ist nun wieder der? Ich fahre und erfahre die Quadratur des Kreises, denn ich zirkuliere um Wohnblocks, um mich in den immer wieder selben Straßen zu finden. Marianne ist den Tränen nahe, da sie aus dem Fenster heraus Erkundigungen einziehen muß, die sie nicht versteht. Mein Hemd ist zum Auswringen, der Blick starr auf den Rückspiegel gerichtet, auf die Kolonnen hupender Autos hinter unserem Rücken.

Die Via Chiavari?

A destra!

Nach links, na gut. Grazie! Grazie!

Winkt nicht da vorn ein entfärbtes Schild? Albergo Pomezia!

Das blinde Huhn hat das Korn gefunden. Ich halte aufatmend an und sperre für fünfzig Autos die schmale Gasse. Sogleich beginnt ein höllisches Konzert.

Rasch, rasch, Marianne, nimm das Gepäck, ich fahre um den Block und kehre, so Gott und der Papst es wollen, gleich zurück!

Und Marianne zerrt die Taschen aus dem Kofferraum und taumelt in den Albergo-Eingang, und ich fahre an, und hinter mir ereignet sich eine unvorhergesehene Katastrophe. Nach dem Gasgeben ertönt ein Scheppern und Klirren. Der Wein! Il Vino Rosso!

Das Flaschenungetüm, durch kein Gepäck mehr geschützt, ist ins Trudeln geraten und zerschellt. An der nächsten Ecke umspült der Rebensaft bereits meine Füße. Und die Passanten, mir offensichtlich freundlich gesonnen, geben wir gestenreich zu verstehen, daß aus den Türen Flüssigkeit rinnt. Nachdem etwa fünfzig Fußgänger auf meinen Wagen gezeigt und heftige Bewegungen des Zeigefingers bodenwärts vollführt haben, nimmt meine Verzweiflung überhand.

Ich bin schon dreimal am Albergo vorbeigefahren, ohne daß sich meine Frau ihrem grauenvoll fluchenden Mann an der Pforte gezeigt hätte.

Endlich – da ist sie! Und was tut sie?

Sie zeigt wie die übrigen Römer mit dem Finger auf das suppende Auto. Ich, Mordlust im Herzen, lasse sie einsteigen. Nun suchen wir einen Parkplatz, eine dunkelrote Spur hinter uns herziehend. Hinter der Via Chiavari hockt eine graue matronenhafte Kirche, fächerartig von Autos umstellt. Keine Lücke. Mein Kopf sinkt auf das Lenkrad, und aus meinem Mund dringt der ganze Jammer diese Welt: »Erschieß mich, ich kann nicht mehr!«

Doch in Rom geschehen traditionell Wunder. Ob es der Mercedes eines Bischofs oder sonst eines kirchlichen Würdenträgers ist, spielt keine Rolle. Jedenfalls lenkt der schwarz uniformierte Chauffeur die Karosse aus seiner Parkposition, steigt aus und bietet mit unnachahmlicher Grandezza uns seinen Platz an: Ecco! Seitdem habe ich meinen Frieden mit dem Katholizismus gemacht.

Sofort humpelt ein alter, unrasierter Mann herbei, eine pseudoamtliche Uniformmütze auf dem Schädel, ein selbsternannter Wächter aus Armut, den ich, der Glückliche, sogleich fürstlich alimentiere. Dann öffne ich den Kofferraum, wringe die darin vollgesogene Decke aus, tunke sie erneut in den Wein, wringe, tunke, wische, bedauert von meinem Zerberus: Poveretto!

Das verstehe ich ohne jede Sprachkenntnis. Und er wartet Tag für Tag schon an meinem Wagen, um seinen Obolus in Empfang zu nehmen.

Und wir besuchen den Volksfeind Peter Huchel in der Villa Massimo, nachdem wir einen Stadtplan erworben haben und diesen weiteren fünfhundert Römern unter die Nase halten können. Zum Schluß weist uns ein ortskundiger Postbote auf ein schmiedeeisernes Tor hin, hinter dem Zypressen und, wie man erfährt, auch Neurosen wuchern.

Huchel ist bedrückt und unfroh. Für ihn kam die Ausreise zu spät. Er wäre lieber in seiner Mark Brandenburg geblieben, wäre man nur menschlicher mit ihm umgegangen. Aber zur Menschlichkeit konnten sich die »tiefen Humanisten« nicht aufraffen. Seine Frau Monika, Katzennärrin wie wir, führt uns einige der zugelaufenen Mitbewohner vor. Mit den Kontakten zu jüngeren deutschen Autoren ist es schlechter bestellt, was man insofern versteht, als diese sich in ihrer linksrevolutionären Phase befinden. F. C. Delius klagt über Zeitmangel, weil er mit Piwitt und sonstwem wichtige ideologische Fragen klären muß. Auf dem Forum Romanum, dem »Zentrum des klassischen Imperialismus«, sei man bisher nicht gewesen, die Politik geht vor. Auch Chotjewitz, ebenfalls in Rom, ist weniger von der Stadt affiziert als von utopistischen Spekulationen. Aber für den Hinweis auf Bomarzo, den Parco dei Mostri, den »Garten der Ungeheuer«, danke ich ihm heute noch und Johann Gottfried Seume für den Bericht über seine Wanderung.

Zwar gelangen wir nicht bis Syrakus, sondern nur bis Reggio di Calabria, doch wird uns dort eine praktizierbare Weisheit zuteil, welche die Nachforschungen der italienischen Grenzpolizei zunichte gemacht hat. Weil uns um die tote Mittagszeit in Battipaglia ein Passant anspricht. Eine hochgewachsene, schlanke Gestalt, blond und des Deutschen wie ein Deutscher mächtig. Er sei Germanist und eben aus Heidelberg zurück, wo er eine Gastprofessur innegehabt habe. Sein Papi besitze hier eine Glasfabrik, darum werde er nicht betrogen. Seiner langen Rede allerkürzester Sinn: »Zahlen Sie nie den geforderten Preis! Diskutieren! Sie müssen immer diskutieren!« Unfeine Begriffe wie handeln und feilschen vermeidet er. Ungesäumt halte ich mich an seinen Rat.

Und stelle unerwartete schauspielerische Begabung bei mir fest. Meine früh erworbenen Täuschungskünste, das instinktive Erkennen, was für ein Verhalten von einem erwartet wurde, der Anschein des Natürlichen, erweisen sich als nützlich. Leichthin, als sei ich ein Mime von Geburt, ahme ich Gestik und Mimik meiner italienischen Verhandlungspartner nach, so daß ich mich in die Pantomime der Geschäftsbeziehungen einpasse. So gut wie meine Südländer kann ich mich auch mit den Schultern, Händen und Fingern ausdrücken und die Augen zum Himmel verdrehen, als müsse ich meine letzte Lira opfern. Die Stirn runzeln und mit der flachen Hand dagegenschlagen, als würde ich beim Anhören der geforderten Summe ohnmächtig – das gelingt mir kaum schlechter als meinen Mitakteuren.

Meine Feuerprobe bestehe ich in einem winzigen kalabrischen Nest, das wir bei der im Süden so abrupt hereinbrechenden Dunkelheit erreichen. Ein kleines Hotel, Sonja mit Namen. Davor ein einsamer Wagen mit holländischem Kennzeichen. Marianne weigert sich, meinem Auftritt beizuwohnen. So schlendere ich allein in die Halle zur Rezeption und präsentiere meinen einzigen italienischen Satz: »Una Camera per due Persone?«, vernehme ein einladendes »Si, si!« und repliziere mit: »Quanto costa?« Die Antwort: »Cinque mila«, fünftausend Lire. Der Mime erwacht, ich schüttele den Kopf, als hätte ich eine Kränkung erfahren, schlage mir an die Stirn, verdrehe die Augen, hebe die Schultern und anschließend zwei Finger mit einem markigen: »Due!«

Die Portieuse bietet mir ein ähnliches körperliches und ausdrucksstarkes Arrangement der Verneinung. Ich wende mich ab, »Buona notte …«, und gehe zur Tür und habe kaum die Klinke berührt, da mich ein Ruf erreicht: »Due quattro!«

Immer diskutieren. Und weil ich stets aufs neue, doch mit zunehmender Routine meinen Part bewältige, trägt uns kein Hotel ein, und uns wird nie eine Rechnung zuteil, und just darum verliert sich unsere Spur nach dem Grenzübertritt für die Polizei. Und erst später, nachdem die Professorin Tapparelli in Verona zur Quästur bestellt und ausgeforscht wird, wer wir und wo wir seien, und sie uns in Berlin anruft, um unseren illusorischen Freiheitsbegriff zu widerlegen, wird mir der Erfolg meines Diskutierens klar.

Aus einem kalabrischen Küstendorf flüchten wir.

Während wir in einem winzigen Ristorante speisen, schallt vom Nebentisch eine Debatte zu uns herüber. In Italien herrscht Wahlfieber. Keine Via ohne den obligaten FIAT 500 mit einem dem Gefährt größenähnlichen Lautsprecher auf dem Dach. Niemals in der DDR habe ich so oft die Internationale gehört. Und lerne jetzt dazu »Bandiera rossa – trionferà!«. Aber die beiden jungen Burschen neben uns sind Faschisten und reden auf den Wirt ein, er müsse die MSI wählen, weil auf Sizilien zwei Mädchen ermordet worden seien. Wie wir das klar und deutlich kapierten, ist mir noch heute Hekuba. Der Wirt ist in der Defensive, was meine allzeit kampfbereite, für die verfolgte Unschuld sich einsetzende Frau nicht erträgt. Sie steht auf und erklärt, nicht minder ausdrucksstark, als es mir gelingen würde, das sei alles Lüge, und Faschisten dürfe man nicht wählen! Die beiden Wahlschlepper sind verblüfft. Erwidern etwas Unverständliches, woraufhin meine Frau, die die Frage nach der Herkunft verstanden hat, ausruft: »Berlin orientale!«

Die beiden springen mit dem Schrei »Communista! Communista!« auf und rennen aus dem Lokal. Der Wirt drückt uns beide Hände. Und entpuppt sich als ehemaliger Spanienkämpfer der Internationalen Brigade. Und lädt uns zum morgigen Abend ein, zu Musik, Tanz und Frutti di Mare. Doch wir haben es plötzlich sehr eilig. In einer Seitenstraße parkt unser Wagen, im Rückfenster das Brandmal: DDR.

»Die stechen uns die Reifen durch!«

»Die lauern schon auf uns!«

»Die schlagen uns halbtot!«

Wir wissen, was der bessere Teil der Tapferkeit ist, und verwirklichen auf der Stelle das Sprichwort. Im Mezzogiorno lugt aus zu vielen Schaufenstern Mussolinis Maske.

In Paestum jedoch darf ich, animiert von dem Lenin-Zitat »Lernen, lernen und nochmals lernen«, das Gelernte weitervermitteln, wenn auch mit bedenklichem Erfolg. Das Gelände mit den archaischen Überresten der einst heimatvertriebenen Griechen ist menschenleer. Wir streifen umher, bis hinter einer Säule ein Ehepaar die Bühne betritt. Deutsche, wie man merkt. Deutsche können sich nicht verstellen. Ihre Identität macht sich über Kilometer hinweg bemerkbar. Wir grüßen einander und kommen ins Gespräch. Der deutsche Herr trägt einen Schmiß, einen sogenannten »Abnäher«, als Zeichen der Stammeszugehörigkeit auf der Wange. Marianne hält ihn für einen Apotheker. Ich halte ihn für einen Idioten, denn er holt sogleich einen Hotelprospekt aus der Tasche, hier, da sind wir gewesen. Sorrent, wunderbar, die Zimmereinrichtung wie in Deutschland, o Schauder, und ich frage nach dem Preis. Neuntausend Lire!

»Ja, haben Sie denn nicht diskutiert?« Er versteht Bahnhof. Und ich setze ihm auseinander, daß er für die Hälfte des Preises die gleiche häßliche Einrichtung hätte bewohnen dürfen. Also dann: »Wiedersehen, die Herrschaften.«

Unser Abgang ist bühnenreif. Hinter uns bleiben zwei verblüffte Personen zurück, in deren Mienen das Unglück tiefe Furchen gräbt, eine Keilschrift des Inhalts: »Wir haben zuviel bezahlt. Man hat uns reingelegt. Der Urlaub ist versaut!«

Und als wir an ihnen vorbeirauschen, kommentiert Marianne:

»Wenn sie jetzt noch unser DDR-Kennzeichen sehen, springen sie ins Meer!« Bandiera rossa – trionferà!

Florenz.

Chotjewitz hat uns zwei Tips zum Unterkommen gegeben. Den einen befolgen wir und quartieren uns bei einer deutschen Greisin ein, in das Dachgeschoß einer um die Jahrhundertwende erbauten Villa. Weitblick über die Stadt bis nach Fiesole. Die andere Adresse suchen wir auf, aber nicht, um dort zu wohnen. Davon hält uns das DDR-Trauma ab. Es ist die Villa Romana in der Via Senese, eine dem Studienaufenthalt bildender Künstler vorbehaltene deutsche Stiftung. Man nimmt uns freundlich auf, und wir lernen zwei wahrhaft herausragende Gestalten kennen: den Maler Klaus Fußmann und seine amerikanische Frau Barbara. Und wir werden zum Essen eingeladen. Max Kaminski, Maler und Angelgenie, begibt sich zu einem künstlichen Teich, um dort für geringes Entgelt Forellen zu fangen. Nachts wird der Teich per Tankwagen mit Fischen erneut aufgefüllt. Kaminski kehrt mit außerordentlicher Beute heim, und es beginnt das große Fressen. Die Sonne verabschiedet sich, der Grill glimmt vor sich hin, die Forellen scheinen sich zu vervielfachen, es wird getrunken und geschlemmt: ein Bacchanal. Und wir müssen erklären, warum wir es nicht wagen, in der Villa Romana zu nächtigen. Aus Besorgnis, man könne in der DDR erfahren, wir hätten in der Höhle des Löwen geschlafen.

Der bedingte ideologische Reflex verhindert die Unvoreingenommenheit. Und so wird es zehn Jahre dauern, bis wir Fußmanns wiedersehen, unter günstigeren Umständen, frei von der unsichtbaren Leine, die über alle Grenzen hinwegreichte.

Und die Lesungen in Florenz und Verona?

Abgesehen davon, daß ich den Studenten wie ein Exot vorgeführt werde, verlaufen die Lesungen wie immer: Für wen schreiben Sie? Warum schreiben Sie? Was wollen Sie mit Ihrem Schreiben bewirken? Die Ausbildung der Germanisten, keineswegs allein in Italien, basiert auf der falschen Annahme, der Autor beabsichtige die Verbesserung des Menschengeschlechts, die Aufklärung seiner Mitbürger, die Veredelung des Homo sapiens, die Bewußtseinserweiterung seiner Zeitgenossen. Die aufs Funktionale zielenden Vorgaben beim Studium ziehen automatisch die programmierten Fragen nach sich. Denen verweigere ich mich und erkläre zur Irritation meiner Zuhörer, ich schriebe nicht für das Publikum. Und erfreue mich an der empörten Reaktion. Denn das Publikum, der einzelne Leser, lebt in dem Wahn, allein seinetwegen sei der Autor geschaffen worden.

Kaum ist Ulbricht entthront, keimen Blütenträume.

Der achte Parteitag der SED gibt vor, eine außerordentliche Wende einzuläuten. Erich Honecker verkündet den Schriftstellern, es gäbe künftig in der Literatur keine Tabus mehr. Und alle überhören den Nebensatz: ... wenn von der richtigen sozialistischen Position ausgegangen würde. Kurt Hager, der Chef-Ideologe, spricht von einem neuen Verhältnis der Partei zu den Künstlern. Doch die entscheidende Formulierung betrifft uns ganz direkt. Kulturschaffende, heißt es, benötigten materielle Unterstützung, ausreichenden Wohnraum, Ateliers, Reisemöglichkeiten. Das Angebot, vom Individualismus zum Opportunismus zu konvertieren, ist eindeutig.

Wohnraum – das ist für uns das Stichwort. Wir wohnen noch immer in Treptow und in unserem Haus jene Okkupanten, die den Auszug verweigern. Rasch die Gunst der Stunde nutzen. Anträge stellen: beim Schriftstellerverband, beim Kulturministerium, beim Magistrat: Wir bitten untertänigst darum, unsere Altbauwohnung gegen eine Neubauwohnung eintauschen zu dürfen, damit wir dieselbe für die Einzugsbewilligung in unser Einfamilienhaus zur Verfügung stellen können. Kopftausch nennt sich die Prozedur. Unblutig, aber langwierig. Ein Ringelspiel, nach dessen Abschluß man uns die Erlaubnis erteilt.

Freilich ergibt sich ein kleines sozialistisches Problem mit dem Umzug. Die wenigen Umzugsfirmen sind auf Wochen hinaus ausgebucht. Wie also den Transport bewältigen, noch dazu, wenn wir zu dem Termin gar nicht an Ort und Stelle sein werden, sondern in den USA?

Die Einladung der University of Texas at Austin, in ihrem German Department als Visiting Associate Professor zu wirken, muß die Funktionärspyramide von unten nach oben erschüttert haben. Einerseits fühlt man sich, ohnehin um diplomatische Anerkennung bemüht, dadurch schon aufs internationale Parkett gebeten, andererseits jedoch ist der Eingeladene kaum der Kandidat, den man sich wünscht. Warum ausgerechnet Kunert?

Aber wir haben noch immer keinen Lastwagen. Und die Abreise rückt näher. Das Semester beginnt Anfang Oktober, und bis zum Abflugtermin müssen wir unsere Treptower Wohnung für die vertauschten Köpfe, für die Nachmieter geräumt haben.

Während uns die endlich zum Verlassen unseres Hauses unfreiwillig Entschlossenen – wir haben ihnen jetzt die verlangte Neubauwohnung offerieren können – einen Raum zur Verfügung stellen, packen wir in Treptow unsern Kram zusammen. Tag für Tag wächst meine Buchphobie. Hunderte und Aberhunderte dieser gewichtigen Erzeugnisse werden in Kartons geschichtet, mit denen ich nach und nach die vier Treppen hinunterkeuche, um die Pakete im Kofferraum zu stapeln. Bevor die Karosserie die Reifen berührt, schiebe ich mich hinters Lenkrad und durchquere ganz Ostberlin. Im Bezirk *Buch* – bei dem Wort gerate ich in Rage – angelangt, schleppe ich die Lasten in das leere Zimmer, das sich langsam füllt. Den Büchern folgen die Regalbretter. Den Brettern die Stühle. Den Stühlen die Sessel. Den Sesseln das Geschirr.

Übrig bleiben die Betten, der Kühlschrank, der Kleiderschrank, Dinge, denen kein Kofferraum genügt. Zwangsläufig verstoßen wir wider die sozialistische Gesetzlichkeit. Mein jüngerer Schwager, Hersteller im Akademie-Verlag, kennt einen Fahrer, der über einen Kleinbus verfügt, mit dem wir, unter Mißbrauch von »Volkseigentum«, den Rest wegschaffen.

Zwischendurch zum amerikanischen Konsulat, denn die Amerikaner verlangen persönliches Erscheinen dessen, der »God's own country« betreten will. Darum werden wir in einem Dienstwagen des Kulturministeriums nach Dahlem chauffiert. Doch der Fahrer, die Gelegenheit wahrnehmend, hat etwas Dringliches zu erledigen und fragt, ob wir auch allein zurückfänden. Wir beruhigen ihn wortreich und haben einen Tag für Westberlin gewonnen.

Dann werden wir zu einer eingehenden Befragung vor den Konsul gebracht, eine Karikatur des »Babbitt«, mit dem auffälligen Namen Alexander Akalowski, wie man einem Schild auf seinem Schreibtisch entnehmen kann. Dank der Dolmetscherin zieht sich die Sitzung in die Länge. Zum Schluß, und darauf lief wohl alle vorhergehende Fragerei hinaus, eine wie nebensächlich gemeinte Erkundigung, durch die er uns als Spione zu überführen dachte:

»Have you ever been on Iceland?« Obwohl ich die Frage verstehe, begreife ich sie nicht. Warum will er wissen, ob wir jemals auf Island gewesen sind?

Draußen auf der Straße die Erleuchtung. Auf Island befindet sich eine amerikanische Militärbasis.

Wir fahren mit der S-Bahn heim ins arme Reich, besteigen unsern am Bahnhof Friedrichstraße geparkten Wagen und brausen, unter peinlicher Beachtung der Geschwindigkeitsbegrenzung (bloß jetzt keinen Ärger!) nach Berlin-Buch in den Hörstenweg. Die Treptower Wohnung ist »besenrein«, der Schlüssel dem Magistrat, Abteilung Wohnungswesen, übergeben – uns erwartet das Wirrwarr von Umzugsgut im Souterrain unseres noch von den fremden Obermietern besetzten Hauses.

Kommender Montag Abflug mit der polnischen LOT ab Schönefeld. Unsere freundlichen Treptower Nachbarn haben uns die Übernachtung vom Sonntag zum Montag angeboten, damit wir den Wagen in der Garage verstauen können. Und der Nachbar selber würde uns zum Flugplatz bringen.

Somit scheint jede Eventualität ausgeschlossen.

Also schließen wir das Souterrain ab, um in Treptow bei unseren Nachbarn zu übernachten. Sonntag nachmittag. Milder September. Sonnenschein, fast noch Sommer. Außer uns ist niemand unterwegs. Von Buch durch Weißensee und Friedrichshain nach Treptow.

Über die Warschauer Brücke und dann immer an der Mauer entlang, hinter der man die für Ostler unschiffbare Spree vermuten darf. Dann die breite Treptower Brücke, auf jeder Seite dreibahnig ausgebaut.

Ein lautes Knacken. Der Wagen wankt, knickt linksseits ein und bleibt stehen. Der Motor schweigt. So schnell bin ich noch aus keinem Auto gesprungen. Und stelle mit Entsetzen fest: Die linke Vorderachse ist gebrochen. Die Karosserie ruht auf dem Reifen. Marianne, gemeinsam mit mir auf der völlig leeren Brücke dem Schrecken der unerwarteten Panne ausgeliefert, ähnelt Lots Weib. Und morgen früh fliegt unsere Maschine! Wohin mit dem Auto? Keine Telefonzelle in Sichtweite. Ade, Amerika, dich werden wir nimmer sehen!

Und selbst wenn direkt neben uns eine Telefonzelle stünde: Ostberlin am Sonntagnachmittag ist die Kapitale der Scheintoten. Wir klagen und jammern, daß es den Beton unter unseren Füßen erweichen könnte.

Da taucht ein Funkwagen auf, nähert sich, hält. Ein Polizist steigt aus, legt die Hand an den Mützenschirm und ordnet an:

»Schieben Sie den Wagen an den Bürgersteig!« Nicht mal zu einem Hohngelächter sind wir imstande. Der zweite Uniformierte gesellt sich zu uns, die beiden Kraftnaturen krallen sich am Kofferraum fest, drücken, pressen, pusten – aller Kraftaufwand ist umsonst.

Was nun?

Von irgendwoher, als sei das der rettende Einfall eines routinierten Drehbuchschreibers, rumpelt eine Taxe heran und wird von den Polizisten an den Bordstein dirigiert.

Ich steige ein, leb wohl, meine Liebste, wer weiß, wann wir uns wiedersehen am verdreckten Strand der Spree, und lasse mich zum Abschleppdienst bringen. In dessen Büro ist zwar ein Mensch vorhanden, doch im Hof kein einziges Abschleppfahrzeug, weil sie ohnehin nur ein einziges haben, und das ist im Einsatz. Außerdem existiert nur ein einziger Abschleppdienst in Ostberlin, weil es zur Staatsräson gehört, die Leute nicht zu verwöhnen.

Doch dann geschieht das Außerordentliche: Der Abschleppwagen kurvt in den Hof ein, als ich bereits mit Selbstmordgedanken spiele. Hastig lege ich meine Situation dar, und der Abschleppbediener, in sicherer Gewißheit des entsprechenden Trinkgeldes, bietet mir den Beifahrersitz an, und wir sind in Null Komma nichts bei meinem Wrack. Inzwischen haben die Polizisten den Funkwagen hinter unseren Patienten gestellt und das Blaulicht eingeschaltet, damit der zunehmende Verkehrsstrom sich teile. Marianne wird von zwei kleinen Jungen am Straßenrand aus Mitleid mit Bonbons versorgt, und gleich wird das Sorgenkind auf die Ladefläche gezerrt, und schon bin ich wieder unterwegs. In die Werkstatt unseres Freundes Werner Heuer. Auf dessen Hof laden wir den Schadensfall ab, und ich rufe Werner an:

»Du, wir müssen doch morgen früh nach Amerika, und nun ...« Und nach meinem klagenden Bericht er:

»Wo soll ich denn hier eine neue Achse hernehmen?«

»Dafür sorgt die Solidarität der Dichter.«

Und während wir über den von watteartigen Ballungen bedeckten Atlantik dahindröhnen, verdienen sich Nicolas Born und F. C. Delius meinen unauslöschlichen Dank, indem sie die benötigten Teile beschaffen und in die Werkstatt bringen. Als es an der Grenzkontrollstelle heißt:

»Was führen Sie denn da mit sich?«, lautet die uns später berichtete Entgegnung:

»Das sind bloß Ersatzteile für Kunerts Auto …«

Da sind wir längst gelandet. Ich bin schnell heimisch. Mein Urgroßvater Hermann Caro ist mit seiner Frau und den neun Kindern durch die Weiträumigkeit des Kontinents gezogen – warum soll ich mich hier fremd fühlen? Außerdem sind mir beim Eingewöhnen zahlreiche Herren behilflich: O. Henry, Nathanael Hawthorne, Walt Whitman, Jack London, Zane Grey, Sinclair Lewis, Upton Sinclair, Langston Hughes, Carl Sandburg, Edgar Lee Masters, Ernest Hemingway, John Dos Passos, William Faulkner, Mark Twain, Henry Miller.

Wir finden uns rasch zurecht. Wir bewohnen ein klimatisiertes Apartment im zehnten Stock an der Lavaca Avenue. Wir grüßen die Mieter im Fahrstuhl, wie sie uns. Wir gehen shopping. Wir füllen den tresorartigen Kühlschrank mit Lebensmitteln. Wir richten uns bei der Bank ein Konto ein, weil die Universität nur bargeldlos zahlt. Wir kaufen einen alten VW Käfer und sammeln beim Tanken Rabattmarken. Wir leben, wie hier alle leben. Wir leben unbeschwert. Wir verbringen die Abende mit dem und jenem Professor, vor allem mit dem englandflüchtigen Christopher Middleton, der sich zwanzig Meter von einem Fluß, in dem er morgens schwimmt, niedergelassen hat. Und wir, Herren unserer Zeit, da ich nur dienstags und donnerstags jeweils zwei Stunden »teachen« muß, fahren umher und erkunden den Kontinent in einem Radius von (mindestens) tausend Meilen. Wir fahren nach New Orleans zu »Sweet Emma«, die in »Preservation Hall«, dem Tempel des Jazz, im Rollstuhl auf die Bühne geschoben wird, wo sie sich, bevor sie auf dem Klavier zu hämmern anfängt, eine Handvoll Tabletten in den Mund wirft. Wir fahren nach South Padre Island im Golf von Mexiko. Wir fahren in die Gegenrichtung nach El Paso. Wir fahren nach New Mexico und schlüpfen unbemerkt in eine zweite Seelenhaut: als wären wir unter dem »Lone Star«, dem Banner der texanischen Republik, geboren worden.

Sind wir in einem Film erwacht, den ich schon lange kenne? Noch weiß ich nicht, daß ich die Reise noch einmal machen werde. In Berlin-Buch an meinem Schreibtisch. Und hinter der Schreibmaschine durchlebe ich ein zweites Mal jede Meile, jeden Ort, jede Begegnung.

Und was habe ich meinen siebzehn von vierzigtausend Studenten dargeboten? Eine Auswahl von Lyrikern der DDR – von denen, die meine Sympathie und mein Interesse besaßen. Sarah Kirsch und Heinz Czechowski, Karl Mickel und Rainer Kirsch, Reiner Kunze und Günter Kunert, den ich am besten zu kennen meinte und dessen Arbeiten vorzustellen und zu interpretieren mir am leichtesten fiel. Sämtliche Notizen zu den Lessons verschloß ich in einer Schublade und rührte sie nie wieder an.

Kaum daß wir die Koffer ausgepackt hatten, packen wir schon wieder ein. Zwei Stationen stehen uns noch bevor. Eine Lesung in Iowa. Und die Jahreswende in New York.

Bei einem Zwischenstopp entschließe ich mich, der in Berlin ausgesprochenen Einladung von Bill Dyess zu folgen und ihn anzurufen. Ein Joke – was sonst?! Die Wartezeit überbrücken. Im Telefonbuch ist das State Department mit einer Reihe von Nummern vertreten. Ich wähle die erste und vernehme sogleich eine Frauenstimme, in der auffälligen Tonlage hiesiger weiblicher Kehlköpfe zwitschernd. Ich frage nach Bill Dyess.

»Mit ›Y‹, Sir?« Ja, mit Ypsilon. Und werde umstandslos verbunden.

»Hallo, Bill!« Namensnennung, kurzes Nachdenken im fernen Washington, sodann:

»Ihr wohnt natürlich bei uns.« Da wir sowieso über Washington fliegen müssen, ergibt sich das Wiedersehen umstandslos.

Nachts landen wir am Potomac River. Wie Ameisen vor dem Feuer rennen die übrigen Passagiere auseinander. Wir bleiben als einzige in der Abfertigungshalle von speerschen Ausmaßen zurück. Gemütsberuhigende Musik aus kaschierten Lautsprechern. Draußen flackert das Firmament des Stadtpanoramas. Von fern durch automatisch sich öffnende Türen eine perspektivisch wachsende Gestalt. Dritte-Mann-Atmosphäre.

Bill, den Mantelkragen hochgeschlagen, eine Kopie von Orson Welles, begrüßt uns heiter. Gleich darauf *gleiten* wir, wie die Trivialliteratur es will, durchs nächtliche Washington, D. C., bis zu einem Vorort, zu einem Neuenglandhaus unter winterlich kahlen Bäumen. Und sinken ins Gästebett, todmüde, den Hauskater schnarchend zwischen uns.

Bill zeigt uns Washington, wir mustern das Weiße Haus von innen, der Präsident ist abwesend, durchstreifen Museen und kommen uns vor einem monumentalen Abraham Lincoln wie Zwerge vor. Heute abend richtet Bill uns zu Ehren eine kleine Party aus.

Nachdem wir das Gästezimmer verlassen haben, um als Hauptpersonen an der Party teilzunehmen respektive vorgeführt zu werden, befinden wir uns unvermutet in einer Gesellschaft besonderer Art. Lauter hohe Militärs, schwach durchmischt mit einigen Zivilisten. Umblinkt von Ordensspangen, Goldtressen, funkelnden Uniformknöpfen, stehen wir, mit einem Glas abscheulichem »Punch« in den Fingern, verloren inmitten einer Pentagon-Zusammenkunft. Die Herren und wenigen Damen führen eifrige Diskurse miteinander, das Interesse an uns hält sich in recht engen Grenzen. Bill hat wohl die Neugier der Streitkräfte an einem ostzonalen Dichter und seiner Frau überschätzt. Unser »Strange encounter of the third kind« ist obskurer, als der gleichnamige Film es schildert. Wir sind intergalaktische Planetarier, doch aus verschiedenen Raum-Zeit-Dimensionen. Als handele es sich bei uns um Objekte abweichender Materiedichte, ergibt sich eine eigentümliche Berührungslosigkeit. Bald verabschiedet sich der Generalstab nebst Damenflor, und einer, mit dem die Kommunikation wie selbstverständlich klappt, erwartet uns im Bett: der verschmuste Kater.

Was ich bedauern werde, ist, daß ich nicht bei einer Schrift-stellerverbandsversammlung gesprächsweise einwerfen kann: »Als ich neulich mit dem State Department telefonierte …« Oder: »Da sagte ich zu Dschennerell Miller, also, Dschenne-rell, wenn Sie meine Meinung hören wollen …«

Ich hätte nicht mal die Wahl zwischen Gummizelle oder Bautzen gehabt.

Iowa: nur Schnee. Und nochmals Schnee.

Sind wir schon am Polarkreis?

Lesung und Teilnahme an einem internationalen Lyriker-Workshop, den gleich nach dem Schlußwort des Diskussions-leiters zu vergessen mir gelungen ist.

In New York ist die Witterung kaum freundlicher. Zwar schneelos, doch bitterkalt. Aus jeder Richtung zieht es und bläst es. Vergiß nicht, dich warm anzuziehen. Und binde dir den Schal um. Und setz dich nicht auf die kalten Steine. Mütter werden durch die Wiederholung von Ratschlägen un-sterblich.

Wir wohnen bei dem Ehepaar Brasloff, jüdischen Emigran-ten, in der 86. Straße, genannt »Sauerkraut-Boulevard«. Und die zwanziger Jahre feiern sentimentale Urständ, man erin-nert sich an alles Vergessene sowie ans Gar-nicht-Gekannte und könnte ebensogut im Berliner Scheunenviertel mit ent-fernten Verwandten Kaffee trinken. Abgesehen davon, daß das Scheunenviertel kein Haus mit fünfundzwanzig Stock-werken hatte. Anheimelnd. Auch das Gästezimmer, wo außer der dicken Katze zwischen Marianne und mir sich nachts ein Hund für den Platz am Fußende einstellt. Und Charly Weber vom Berliner Ensemble kommt, das heißt, dem Brecht-Theater und der DDR ist er bereits Ende der fünfziger Jahre entflohen, und wollte doch damals meine Kantate »Denk-mal für einen Flieger«, eine Nachschöpfung von Brechts »Flug der Lindberghs«, inszenieren. Das hatte er mir im Café Praha in der Französischen Straße versprochen, und jetzt ist es dafür zu spät, und er inszeniert in New York. Andere Stücke.

Und als kurz vor Mitternacht und ehe 1973 eingeläutet wird, das Pasadena Roof Orchestra die alten Schlager spielt, die mitzusingen ich nicht unterdrücken kann, steht unser Abflug schon bevor. Noch einmal mit der Untergrundbahn zur Südspitze Manhattans: In der Ferne schwenkt Madame Liberté die Fackel, und ich lade Marianne zu einer Bootsfahrt ein, der Statue auf Wiedersehen zu sagen, doch meine Frau befürchtet auf den paar Meilen bis Staten Island ein Titanic-Ereignis. Jedenfalls eine Verzögerung, die uns das Flugzeug verpassen ließe. Und weil wir das »Auf Wiedersehen« versäumten, sehen wir logischerweise New York nie wieder.

Statt dessen landen wir beim nächsten Mal und nach einigen Jahren in Norman, Oklahoma. Dort tagt eine internationale Jury, um einen Lyrikpreis zu vergeben. Einer der Juroren bin ich, der einzige Deutsche. Und weil wir, der schlechten Erfahrungen halber, auf tschechische und polnische Luftlinien verzichten, ordert Freund Wolfgang in Charlottenburg zwei Tickets bei Pan Am. Unsere Pässe warten auf uns im »Ministerium für Kultur«.

Obgleich keineswegs seherischer Gaben mächtig, schlägt Marianne vor, wir sollten doch gleich mit den Koffern zum Ministerium fahren und sofort mit der U-Bahn nach Westberlin, von wo wir ja auch abflögen. Gesagt und gut daran getan. Kaum haben wir Westberlin erreicht, melden sich bei unseren Katzenbeaufsichtigern zwei Herren vom Ministerium, um unsere Pässe einzukassieren: Die Ausreisegenehmigung sei irrtümlich erteilt worden.

Schade, Genossen, daß ich eure langen Gesichter nicht gesehen habe, als ihr hörtet, wir nächtigten unerreichbar für euch – vier U-Bahn-Stationen entfernt. Und wo? Bei Freunden ...

Oklahoma ist den Amerikanern nur als gleichnamiges Musical bekannt. Gewesen ist dort außer den Siedlern, in Planwagen über die Great Plains rumpelnd, noch keiner. Und selbst die Siedler hielten sich da nur vorübergehend auf. Weit hingestreckte Leere, darunter Öl in ungeheuren Mengen. Die Universität von Norman die üblichen verschachtelten Kästen.

Im Konferenzsaal wir Lyriker, von denen jeder seinen Favoriten verteidigt. Meiner ist Tadeusz Różewicz. Der hält sich noch ein Weilchen im »Balloting« bei der Abstimmung und fällt dann unter den Tisch. Die Kandidatin von John Ashbery macht das Rennen, der Preis bleibt im Lande.

Am Abend im Ballsaal das Diner mit den auch körperlich ausladenden Ölmillionären. Einer von denen lädt uns ein, seine Villa, Entwurf eines Bauhausarchitekten, zu besichtigen. Kein Raum ohne Preziosen. Im Arbeitszimmer des Hausherrn zahllose ägyptische Altertümer. An den Wänden Gemälde von Kirchner und Pechstein. »Beziehe ich alles von Hauswedell in Hamburg!« Nur die Steckdosenverkleidungen sind aus eloxiertem, mit Arabesken verschnörkeltem Kunststoff.

Der Schwiegervater des Hausherrn schildert seine Rhein-Route mit Rolls-Royce und Chauffeur (»rented«!), während wir dabeisitzen und uns wundern. Eine Rheinreise im Rolls-Royce? Bei dieser Vorstellung spüre ich eine aufsteigende Seekrankheit. Und Mozart? Was halten Sie von Mozart? Lieben Sie Mozart? Vermutlich hat er einen Burgschauspieler in der Rolle des »Wolferl« mitgeführt, doch Marianne kommt mir mit der schlichten Antwort zuvor:

»I like Hank Williams!« Damit ist der Abend gelaufen. Wir finden uns zwei Tage später in Austin, Texas, wieder, wo wir noch einmal Christopher Middleton besuchen, noch einmal durch die 6. Straße schlendern, noch einmal über den Campus, noch einmal die vielen Hunde der Studenten streicheln und die Eichhörnchen füttern. »Gonna take a sentimental journey …« – ein Schmachtfetzen aus der expandierten Reihe meiner Lieblingsschlager.

Und ich rufe unseren Küchenfreund Reinhard Lettau an. Wie oft hat er uns eingeladen, stets in dem beruhigenden Gefühl, aus dem Osten lassen sie sowieso keinen raus. Nun sind wir ganz nah, und Lettau wiederholt, obschon gedämpfter, seine Einladung, und wir fliegen nach San Diego, wo er uns vom Flugplatz abholt, einen unerschöpflichen Klagegesang auf den Lippen.

La Jolla, die Universität, sein Haus, kalt, weil die Jahreszeit nicht mitspielt. Ich wandele von Zimmer zu Zimmer und drehe in jedem den Thermostaten ein paar Grade höher – als Grippeprophylaxe. Doch zu meinem Erstaunen will und will es im Hause nicht wärmer werden. Die Thermostaten haben wie durch Zauberhand ihre vormalige Einstellung zurückgewonnen. Am zweiten Tag unseres Aufenthaltes meine ich, einen Schatten, einen schleichenden Verfolger, hinter mir zu spüren, der nach und nach die Temperatur wieder auf Kühlschrankkälte herunterreguliert. Der Schatten ist unser Gastgeber.

Ich beschließe, den Besuch abzubrechen. Doch Marianne rät zum Bleiben:

»Du wolltest doch den Philosophen kennenlernen.«

Also harren wir fröstelnd aus. Und ich lerne den Philosophen kennen – so gründlich, wie man Philosophen nur kennenlernen kann. Und ich trage die Begegnung so lange mit mir herum, bis ich sie eines künftigen Tages aufschreibe.

»Kannst du Königsberger Klopse kochen, Marianne?« lautete die an meine Frau gerichtete, scheinbar absichtslose, scheinbar nur der Unterhaltung dienende Frage. Ohne irgendwelche Hintergedanken zu vermuten, erwiderte sie daher auch ahnungslos: »Das kann jede Berlinerin!« Mit einer derartigen Bestätigung hatte unser Gastgeber in La Jolla ziemlich sicher gerechnet, denn er setzte sofort erklärend hinzu: »Der Philosoph würde gern wieder einmal Königsberger Klopse essen …«

Dieser so indirekt übermittelte Wunsch war schwerlich abzulehnen, denn der Wünschende, durch die altertümelnde Professionsbezeichnung ohnehin geheiligt, war niemand anders als Herbert Marcuse, der geistige Übervater der amerikanischen, später auch der deutschen Studentenbewegung. Lange vor unserem zweiten Besuch in den Staaten 1976 hatte ich mit regem Interesse, ja mit uneingeschränkter Zustimmung seine Schriften gelesen. Erst später merkte ich, daß seine These von der Affirmation aller Kultur schon bei Theodor Lessing steht, schärfer und entschiedener formuliert sogar. Marcuses Theorie behauptete, die aktuellen emanzipatorischen Kräfte seien nicht mehr das Proletariat, sondern die Studenten, die Schwarzen und die Frauen. Was dabei meine Frau betraf, war sie mir emanzipiert genug. Doch entgegen der Marcuseschen Theorie wurde sie nun erneut in die Rolle der dienenden, respektive kochenden, Magd zurückverwiesen.

Nach dem Bekenntnis meiner Frau zu ihrer Fähigkeit, Königsberger Klopse kochen zu können, wurden wir, mit einer handgezeichneten Wegekarte (auf einer Papierserviette) ausgerüstet, in die Vorstadt von San Diego geschickt, wo der Philosoph ein kleines Haus besaß. Weder auf Klingeln noch auf Klopfen regte sich etwas hinter der Tür. Wir stiegen ins Auto zurück, meine Frau von der Kochaussicht befreit, ich eher betrübt, den Philosophen verpaßt zu haben. Doch nach wenigen Metern tauchte in der menschenleeren Vorortstraße mitten auf dem Damm eine hochgewachsene, an mir gemessen geradezu riesenhafte, Gestalt auf, neben der ich stoppte, um fragend aus dem Fenster zu rufen: »Herr Marcuse?!«

Die Gestalt blieb stehen, blickte wie Gulliver auf uns und unser Auto herab und meinte in unverfälschtem Berlinisch: »Det bin ick!«

Er war es, leb- und leibhaftig, und war bereits über unser Eintreffen informiert: Sogleich würden wir in seinen Supermarkt fahren, um die Bestandteile der Mahlzeit einzukaufen, die er vermutlich seit Jahrzehnten nicht mehr zu sich genommen hatte. Er beförderte auf erstaunlich flexible Weise seine mächtige Figur in den auf japanische Körpermaße zugeschnittenen Wagen und leitete uns zum Ziel. Abgemacht worden war durch den Vermittler, daß wir das Essen bezahlten, der Philosoph hingegen für den Wein sorgen würde.

Nachdem meine Frau mit dem sicheren Griff einer Hausfrau die in etwa benötigte Menge Hackfleisch abgeschätzt und in den Einkaufskarren geladen hatte, dabei eine mittlere

Preislage wählend, griff der Philosoph in den Einkaufswagen und warf das eingesiegelte Beef in die Kühltruhe zurück. Dann belud er den Wagen erneut mit dem Teuersten, und noch dazu in enormen Mengen. Dabei gab er einen Spruch von sich, der künftig für uns zu einer stehenden Redensart werden sollte: »Ick jloobe an den Mehrwert. Wat teuer is, is ooch bessa …« Freilich: Dies war in Unkenntnis meines Portemonnaies gesprochen – kamen wir doch aus Ostberlin, wo man mit Dollars nicht gerade herumzuwerfen pflegte, nicht einmal mit denen anderer Leute. Meine Frau konnte den entsetzten Blick nicht von der Karre wenden, in die der Philosoph noch einen Sack mit Kartoffeln lud. Das einzige, was er als wesentliches Ingrediens für das Mahl zu Hause hatte, waren die Kapern.

Beladen wie die Heiligen Drei Könige kehrten wir in die Philosophenklause zurück, wo wir in die Küche eingewiesen wurden. Hätte meine Frau nicht ihre Energie und Tatkraft mittels einiger Gin Tonics wiederhergestellt, sie wäre wohl an der gestellten Aufgabe gescheitert. Mit Verblüffung registrierte sie, daß der Philosoph überdimensionale Kochtöpfe aus dem Schrank hervorzauberte – Töpfe, wie wir sie sonst benutzten, wenn wir in Berlin, zehn, fünfzehn Gäste zum Abendessen einluden. Sie hatte wohl mit einer kleinen Kasserolle gerechnet, mit einem Pfännchen, einem Schüsselchen, weil ja, wie man wußte, Philosophen in der Hauptsache von ihren eigenen Vorstellungen zehren: Hier erwies sich das Vorurteil wahrlich als solches. Nicht allein über die Behältnisse des Philosophen verwundert, erschütterte sie gleichermaßen die plötzliche Verwandlung der Kartoffeln. Hatte es sich eben noch um frische Ware gehandelt, so lag plötzlich ein Beutel auf dem Tisch, aus dem verschrumpelte Dinger mit langen bleichen Keimen hervorkullerten. Dabei hatte sich der Philosoph doch nur einmal umgedreht, den eben erstandenen Kartoffelsack in der Hand – wie konnte nur die abrupte Alterung der Erdäpfel eingetreten sein? Nun – ich würde mit einem Wort des von Marcuse weiterentwickelten oder fortgesetzten oder auch nur ausgeschlachteten Karl Marx sagen: Er hatte sie »expropriiert«. Jedenfalls waren sie verschwunden und würden im stillen Dunkel irgendeiner Abstellkammer den Entwicklungsgang jener nehmen, die gerade geschält wurden. Die eigentümliche Verwandlung war jedoch nur ein Vorspiel des weiteren Geschehens.

Meine Frau also würzte und knetete, ließ die Kapern rollen und zerhackte die Sardellen, kostete und kochte, schmeckte ab und rührte, daß es einen Gaststättenbesitzer erbarmt hätte. Währenddessen unternahm ich es, die schnöde Materie durch etwas Geist über sich selber zu erheben, also nicht nur sich den zu erwartenden irdischen Genüssen hinzugeben, sondern, als Gegengewicht, gleichermaßen dem Intellekt Nahrung zukommen zu lassen. Kurz gesagt: Ich ließ mich auf ein Gespräch über Literatur ein, das sofort zu dem führte, was man im Kalten Krieg »Konfrontation« nannte.

Der Philosoph fand Rilke irgendwie beschissen, Benn sowieso, und verlangte von der Literatur, daß sie emanzipatorische Aufgaben zu erfüllen hätte, was mir fast den Appetit auf die Königsberger Klopse verdarb, die sich bereits durch ihren Duft ankündigten. Bevor es zu einem Showdown kommen konnte, erschien der Schriftsteller mit Freundin: Wir würden also zu fünft sein – die Anzahl der Klopse betrug exakt fünfzig Stück.

Wie roch es speichelanregend, sobald der Deckel vom Riesentopf gehoben wurde! Die Zeitreise ins Schlaraffenland stand kurz bevor. Wir würden uns, wie im Märchen durch den Berg Hirsebrei, durch ein Gebirge köstlicher Klopse fressen, das wir mit den entsprechenden (und versprochenen) Weinmengen problemlos bewältigen würden.

Vom Kochen entnervt trat meine Frau mit dem schweren, dampfenden Topf ins Eßzimmer, den sie auf ein Extratischchen stellte: Altar der nach Sättigung und Erlösung vom Hunger Lechzenden! Erwartungsvoll saßen wir um den Tisch, in dessen Zentrum der Philosoph mit ernster Miene eine Flasche namenlosen Riesling stellte: Nun konnte die

Schwelgerei beginnen. Doch ehe wir dazu kamen, erhob sich der Freund der Weisheit, nicht etwa um einen Toast auszubringen oder der Kochkünstlerin zu danken, oder uns durch einen Hinweis auf die ethnisch-geografischen Ursprünge besagter Klopse zu erfreuen – nein, er stand einfach auf, lief schweigend hinaus und kehrte mit Schüssel und Kelle zurück, die er sofort in den Großtopf tunkte. »Meine Freundin will det ooch mal kosten ...«, erläuterte er zur Legitimation seiner Tat, der wir reglos zuschauten. Er schöpfte Klops um Klops in die Schüssel, die er sofort in Sicherheit brachte, als könnte sie ihm noch irgend jemand entreißen, dem Expropriateur! Erst danach durften wir übrigen uns den übrigen Klopsen zuwenden: Jeder bekam drei Stück. Und als der Vermittler der Klopsaffäre als erster seine Klopse verschlungen hatte, sich rasch erhob und zum Beistelltisch eilte, einer zweiten Portion begierig, grollte der Philosoph laut und deutlich: »Reinhard! Du willst doch nich etwa noch wat essen ...?«

Man sah es Reinhard an: ein schwerer, schmerzlicher innerer Kampf, der zwischen dem gewohnten Gehorsam gegenüber dem Idol und der Gier nach Klopsen tobte. Zu seiner Ehre muß ich sagen: Die Klopse siegten. Er bediente sich aus dem Topf und wurde deswegen für eine Weile mit Nichtachtung gestraft.

Mich beunruhigten die leeren Gläser vor unseren Tellern, denn die Flasche war nach dem Einschenken der ersten Runde wie am Tage vor ihrer Füllung: inhaltslos. Und es schien mir ungehörig, ans Glas zu pochen oder etwas von »schrecklichem Durst« zu murmeln. Doch der unaufhörlich kauende und schluckende Philosoph mußte etwas an unseren Gesichtern bemerkt haben, denn er fragte unvermittelt: »Will denn noch eener wat zu trinken ...?« Der Ton war unleugbar drohend. Eine positive Antwort unsererseits schien ein großes Wagnis, da zu befürchten stand, daß überhaupt nicht mehr als diese eine Flasche im Hause gewesen war, und der Philosoph, zu diesem Geständnis durch uns gezwungen, möglicherweise in Verlegenheit geraten wäre. Aber auch nur möglicherweise.

Anstelle weiteren Weines ergötzte uns der Philosoph – vermutlich durch den Klops der frühen Jahre angeregt – mit Erinnerungen an seine Militärzeit. Er hatte vor dem Ersten Weltkrieg bei den preußischen Gardegrenadieren (oder einer ähnlichen Elitetruppe) gedient. Gardemaß, versteht sich, und beschwor diese Phase seiner Vergangenheit als gute alte Zeit:

»War ja nich so schlecht, untam Kaiser, jar nich so schlecht ...«

Mir wollte das anfangs ironisch gemeint vorkommen, bis ich merkte, der Theoretiker einer sozial, ja sozialistisch reformierten Gesellschaft meinte völlig ernst, was er da zwischen den Klopsen vor sich hin redete. Da saß dieser immer noch gutaussehende ältere Herr, ein wirklich imposanter Mann, und schmeckte mit den Klößen ein Gestern nach, das – wir wissen es leider nur zu genau – uns Deutschen wenig bekömmlich gewesen und bitter aufgestoßen ist. Wilhelm II. hätte wohl über solch spätes Lob nicht weniger gestaunt, als wir es fast sechzig Jahre nach dem Thronverzicht des unseligen, unsäglichen Hohenzollern taten. Nach Beendigung unserer gemeinsamen Mahlzeit kam ein Nachtisch von ebensolcher Denkwürdigkeit, wie es das ganze Abendessen samt Vorbereitung gewesen war. Kaum hatten wir die Teller geleert, der Dinge harrend, die (eventuell) noch kommen würden, schaute der Philosoph auf seine Uhr und erhob sich hastig. War ihm vielleicht eingefallen, daß er noch ein Häppchen Softeis im Kühlschrank für seine Gäste liegen hatte? Oder zwei, drei Orangen? Nichts davon.

»Ick muß jetz' Cannon sehn«, sprach's und nahm vor dem Fernseher Platz, auf dessen Mattscheibe der dicke TV-Detektiv gerade keuchend einen Verbrecher hetzte.

Wir hingegen zogen uns diskret zurück und verließen das Haus. Selten haben wir einen Abend so »genossen«, wie wir bald darauf feststellten. Denn wir besaßen unversehens eine absolut einzigartige Geschichte, mit der es uns über Jahre hinweg gelang, unsere eigenen Gäste zu unterhalten. Sie, die Geschichte, schließt stets mit dem Stoßseufzer meiner Frau: »Und es waren überhaupt die besten Königsberger Klopse meines Lebens ...«

Die Fortsetzung der Geschichte findet in Sausalito statt.

Wir trödeln mit einem Leihwagen gemütlich von San Diego die Küstenstraße Number one nach San Francisco hoch, mieten uns in einem Motel neben der Golden Gate Bridge ein, und ich rufe den Dichter Ferlinghetti, unseren ehemaligen Berliner Gast, an. Nicht er meldet sich am Telefon, sondern, wie es halt in mittelmäßigen Komödien zu erwarten ist, Reinhard Lettau. Wir verabreden uns in Sausalito, auf der anderen Seite der Bucht, auf einer Hotelterrasse, damit Marianne den einzigen, doch bedeutsamen Satz im letzten Akt zu sprechen vermag. Auf die mitleidheischende Mahnung Lettaus: »Du hast vergessen, dem Philosophen dein Rezept zu geben ...«, erwidert Marianne aufklärerisch:

»Er soll sich ein Kochbuch kaufen!«

Das Jahr 1973 ist drei Tage alt, und wir sind in Berlin-Schönefeld gelandet und schieben uns zwischen Sichtblenden und Wachposten hindurch nach draußen, wo unsere Nichte Jacqueline und ihr Mann und ihr funkelnagelneuer Trabant warten. Den hat ihr, der olympischen Silbermedaillengewinnerin, der Staat geschenkt, weil sie dem Westen zeigte, was »unsere Mädchen« zu leisten vermögen. An den physischen Schäden wird sie ihr Leben lang laborieren. Jetzt bringt sie uns nach Treptow, wo unser Wagen in einer Garage sehnsüchtig unserer harrt.

Unser Haus in Berlin-Buch empfängt uns als Eispalast der Schneekönigin. Vor Monaten ist aus der Heizungsanlage das Wasser abgelassen worden, damit die Röhren bei Frost nicht platzen. Unser Atem strömt in Wolken aus unseren Mündern. Außer dem Mantel bloß kein Kleidungsstück ablegen! Bibbernd steige ich in die Unterwelt hinab, ins

Souterrain, wo ein gußeisernes Monstrum steht: der Heiz-kessel. Unter Stoßgebeten fülle ich das Leitungssystem wieder auf. Knüllpapier und Kleinholz in den rußigen Schacht, und Feuer gelegt. Kohlebrocken auf die frischen Flammen. Zögernd erwärmt sich die gußeiserne Wandung.

»Ich hole jetzt Yogibär!«

Ein halbechter Siamkater ist der letzte unserer Katzen-kolonie, die nach und nach das Zeitliche gesegnet hat. Yogibär weilt in der Obhut unserer Tierärztin, der ich in der Hektik unserer Abreise vergessen hatte, eine wesentliche Mitteilung zu machen. »Yogibär öffnet alle Türen!« Und so stand er mit-ten in der Nacht vor dem Bett von Frau Dr. Rechenberg, um ein bißchen mit ihr zu spielen.

Ich wandere durchs Haus und schaue aus allen Fenstern.

Sind wir tatsächlich in Amerika gewesen? Angesichts die-ser abgestorbenen Vorortstraße, wo gegen Abend Gaslater-nen mit grünlichem Licht kaum den dichten Dunst durch-dringen, löst sich Amerika in Unwirklichkeit auf.

Beim Eingewöhnen sind die Möbel hilfreich. Wir kennen einander. Wir verteilen die bekannten Gegenstände im Haus. Es wird aufgeräumt.

Die polizeiliche Anmeldung. Lebensmittel und Getränke besorgen.

Im Schrittempo über das Katzenkopfpflaster und weiter im Schneckentempo über Sandbahnen, deren ausgefahrene Rinnen mit Ziegelschutt gefüllt sind. Und was riecht hier so durchdringend, so fäkalisch? Es sind die nahen Rieselfelder.

Hier ist jetzt unser Domizil, möglicherweise für den Rest des Lebens. Aber wir sind nicht allein. In derselben Straße ha-ben sich Mariannes Brüder angesiedelt, so daß bei Bedarf im-mer jemand für uns ansprechbar ist.

Auch haben wir ein neues »Leihkind« geschenkt bekom-men, da Mariannes jüngerer Bruder Vater geworden ist. Jose-phine, seine Tochter, wird zum ständigen Gast, unterhält uns, wir unterhalten sie, wir zeichnen und malen gemeinsam, und sobald wir als Ersatzeltern von der Kinderbetreuung die Nase voll haben, spielen wir mit ihr Karten. Und schummeln unbemerkt derart gemein, bis die Kleine in Tränen ausbricht und schreit: »Ich will zu meiner Mama!« Darauf haben wir hingearbeitet, und ich lade die Tränenüberströmte ins Auto und überreiche sie dankend ihrer Mutter. Bis zum nächsten Male und so ad infinitum, bis sie aus den Kinderschuhen herauswächst.

Die meisten Mitbürger grüßen freundlich. Sobald ich der einzige Kunde in einem der wenigen Läden bin, erwarte ich mit hundertprozentiger Gewißheit den Satz:

»Ich habe was von Ihnen im Westsender gehört …« Besondere Beziehungen habe ich zu dem Schlachter in Röntgental hinter der Stadtgrenze, weil er mich zu seinem Siegfried im Kampf gegen den Drachen DDR ernannt hat. Kaum bin ich eingetreten, bückt er sich und holt ein mehrere Kilo schweres Rinderfilet hervor, und jedesmal kaufe ich es, um den Mann nicht zu kränken.

Auch bei den dringend benötigten Handwerkern öffnen mir die Westsender die Türen und vor allem die Herzen. In unserm alten Haus ist praktisch alles und jedes zu reparieren, zu erneuern, umzubauen, so daß über Jahre hinweg die Handwerker einander die Klinke in die Hand geben.

Daß Marianne für die nicht übermäßig fleißigen Gesellen täglich kochen muß und ich das Bier kästenweise hole, das geht noch an. Aber daß ich mich auch um das Material zu kümmern habe, um Zement und Nägel, Farben, Holzbohlen und Ziegelsteine, dazu bedarf es titanischer Kräfte, einer Lammsgeduld und der Bereitschaft, pekuniäre Händedrücke auszuteilen. Die Tapeten, Mischbatterie und Klodrücker sind einfacher: Sie werden, weil in der Hauptstadt nicht vorhanden, aus Westberlin gebracht.

Wann eigentlich schreibe ich?

Im Garten, den Schreibblock auf den Knien, den Blick ins verworrene Grün gerichtet, hoffnungsvoll der Inspiration gewärtig, erreicht mich der Notruf meiner Frau aus dem Küchenfenster:

»Wir brauchen Beize!« Beize für die Balken im Dachgeschoß. Aber Beize steht nicht auf der Liste der »tausend klei-nen Dinge«, wie sie angeblich von der DDR-Industrie herge-stellt werden. Ade, Inspiration. Da – ein Einfall, obgleich der Literatur weniger nützlich. Wir haben doch republikflüchtige Freunde in Hamburg, und waren sie damals nicht mit einem Farbenhändler bekannt?

Marianne ruft in Hamburg an. Ja, der Händler existiere noch in einer der Querstraßen der Karl-Marx-Allee. Unsere Hamburger Freunde rufen bei dem Farbenmann an, anschlie-ßend erneut uns: Ja, er hat noch eine Schachtel Trockenbeize in Tüten, zum Auflösen in Wasser.

Rasch ins Auto, bevor dem Manne etwas zustößt. Ich treffe ihn gottseidank lebend an, und er überreicht mir, als handele es sich um Goldstaub, zwanzig winzige Tütchen, gefüllt mit einem braunen Pulver.

Freilich bezweifelt er die Wirksamkeit der herzustellenden Tinktur, die Tüten seien ja bereits zwanzig Jahre alt ...

Dennoch: Siegesbewußt betrete ich die Küche und störe die Handwerker zu ihrem Leidwesen beim Essen und Trinken mit dem Alarmruf:

»Hier kommt die Beize!«

Dann reiße ich einen alten Waschherd im Souterrain ab. Dann hebele ich mit der Spitzhacke morsche Dielenbretter aus dem Boden. Dann lustwandele ich erschöpft durch den Garten, wo sich eine Katze eingefunden hat. Sie schielt er-bärmlich und wird darum nach dem Fernsehlöwen Clarence getauft. Ein scheues Tier, dem man täglich Futter hinstellt. Der Teller wird immer näher ans Haus gerückt. Und eines Ta-ges nimmt uns die Katze gnädig als ihre Gefährten an. Jeden Morgen, da wir, gärtnerische Überlegungen wälzend, in unse-ren fünfzehnhundert Quadratmetern umherstromern, ist uns Clarence auf den Fersen. Hin und wieder kann sie eine Lie-beserklärung nicht unterdrücken, springt einem an die Wade, klammert sich fest und beißt kräftig zu. Als aufgeklärter Mensch ist man über die seltsamen Arten des Eros informiert und duldet sie tolerant.

Zum Herbst hin ist Heizen angesagt. Clarence springt zum Abend durch ein Fensterbrett des Souterrains und nimmt ihre Lagerstatt in Besitz.

Der Koks wird, wie jede Sorte Kohle, auf Karten zugeteilt. Unser Koks heißt Gaskoks. Er ist vor seinem Aufenthalt bei mir in der Gasanstalt gewesen, wo man ihm sämtliche Kalorien entzogen hat. Schwarze, poröse Brocken, denen jede Brennbarkeit fehlt. Ein Berg von taubem Gestein.

Zuerst liegt der Berg vor dem Zaun auf der Straße, vom Lastwagen abgekippt. Schippen und eine Gartenkarre haben wir. Marianne und ich verkleiden uns als Penner. Als wollten wir auf einem Lumpenball tanzen. Und beginnen die unfreiwillige Gymnastik. Ich schippe die Karre randvoll, packe die Handgriffe und schiebe mit der Last los, ums Haus herum, bis zu jenem geöffneten Fenster, hinter dem mich Marianne erwartet. Über eine Bohle die Karre gewuchtet, aufs Fensterbrett und runter mit der Ladung! Und während ich erleichtert zum Kokshügel heimkehre, schaufelt Marianne die kindskopfgroßen Klumpen in eine Ecke. Schon tauche ich erneut am Fensterrahmen auf: Hier sind neue Kindsköpfe!

Draußen auf dem Bürgersteig schrumpft der Hügel zum Plateau. Drinnen wächst nach jeder Ladung der Abraum, auf dem Marianne, anthrazitfarben überpudert, sich erbricht, damit der Staub, nun mit Magensaft vermischt, zu seinesgleichen zurückkehre.

A long days journey into the night wäre der Titel für unser Tun, währenddessen niemand meine Gedichte schreibt, niemand ein Buch für mich liest, niemand uns den Diebstahl von Lebenszeit ersetzt. Diese sinnlos und rastlos verbrachten Stunden werden nicht zu erneutem Gebrauch retourniert. Und solche Stunden bilden den Teil vergeudeten Daseins, über dem die Patina der Tristesse liegt.

Jeden Morgen im Heizungsraum greife ich zum zehn Kilo schweren Vorschlaghammer und bearbeite die Koksköpfe. Ich muß sie paßgerecht zertrümmern, um sie durch die Feuerungsluke schieben zu können. Die Uhr läuft. Der Schreibtisch wartet. Der Koks will nicht brennen. Noch einmal Holz nachgeschichtet. Pappe und Papier dazu. Kohlenanzünder drauf. Die Uhr läuft. Das Leben läuft ab. Der Schreibtisch wartet. Die vielen ungelesenen Bücher verlangen nach mir.

Endlich an einer Ecke ein Aufglimmen – Heureka! Ein bläuliches Flämmchen züngelt aus dem Schutt hervor. Es ist erreicht!

Ab an den Schreibtisch. Ich betreibe einen literarischen Gemischtwarenladen. In meinem Arbeitszimmer, dem kleinsten Raum des Hauses, abgeschirmt von Bücherwänden, klappere ich auf der Schreibmaschine. Das Kofferradio ist eingeschaltet, eine Stimme sagt: »Here is your Hillbilly Guesthouse …«, der AFN fliegt durch die Luft zu mir, und ich werde wohl nie wieder an den offenen Fenstern des Senders in Dahlem vorbeitänzeln. Ich höre zu, aber nicht hin. Eine akustische Welle trägt mich. Kein Geräusch von draußen erreicht mich. Splendid isolation.

Morgen jedoch, während wir in der Küche essen, werden einige Leute durch unseren Garten rennen. Zwei eilige Rotarmisten, verfolgt von Volkspolizisten. Vor der Einfahrt parkt ein Funkwagen. Ein Soldat wird eingefangen und abgeführt. Wir laufen von der Küche in die Veranda, um die Aktion nicht zu versäumen. Der Soldat, als hätten die Polizisten amerikanische Kriminalfilme gesehen, lehnt mit gespreizten Beinen, die Hände aufs Autodach gelegt, zum Abtasten bereit am Wagen. Er wird gründlich gefilzt. Passanten wenden im Vorbeigehen das Gesicht ab. Der Soldat trägt eine zivile Lederjacke über der Uniform, eine Pelzmütze auf dem Kopf und unter der Nase einen dem meinen sehr ähnlichen Schnurrbart. Kunert wird verhaftet, drückt die Szene mißverständlich aus. Dabei boten die beiden Russen, an jeder Gartentür klingelnd, nur Uhren und Taschenradios an, bis ein Freund der Sowjetunion die Polizei gerufen hat.

Wieder am Schreibtisch.

Schreiben Sie in Sklavensprache?

Wer fragt mich das?

Ein Korrespondent aus dem Westen natürlich. Ein Journalist, dem man erklärt, daß jedes Gedicht in Sklavensprache geschrieben ist, als Kassiber an Gleichgestimmte, als Rebus für Rätselfreunde, als Botschaft für zur Dekodierung willige Empfänger – man schreibt als Sklave des Zwanges, Worte in Bilder umzuwandeln. Dieses der Lyrik eingeborene Gebot der Transfiguration ist in Diktaturen ein schätzenswerter Vorzug. Nicht zufällig hat sich in Unterdrückungssystemen die Lyrik als die einzige gegen geistige Korruption resistente Gattung erwiesen.

Ich verwandele mich in ein Gedicht und bin für Jenö Klein unerreichbar. Er ist Abteilungsleiter einer verhaßten Behörde, des Urheberrechtsbüros. Angeblich zum Wohle der Autoren gegründet, handelt es sich um eine zusätzliche Zensurstelle. Alles, was im Westen gedruckt werden soll, bedarf Jenö Kleins Genehmigung. Sobald ich im Westen etwas veröffentliche, bittet mich Jenö brieflich zu einer Aussprache in sein Büro. Stets begleitet mich Marianne, meine Ohren- und Augenzeugin und Souffleuse. Jenö lächelt verbindlich, dann schüttelt er sein Haupt sorgenvoll über meinen Ungehorsam: Schon wieder was illegal drüben publiziert! Er sieht für mich schwarz, so kann es nicht weitergehen, das muß ein Ende haben, es gibt auch andere Mittel, derlei Praktiken zu unterbinden!

Das Ehepaar Kunert verläßt das Büro. Bis Jenö sich erneut meldet: Wiederum hätte ich gegen die gesetzlichen Regeln verstoßen! Wo ist der Vertrag mit dem Westpartner? Und vor allem: Wo ist das Geld, die Westmark, die Devisen? »Haben Sie, was nicht zulässig ist, die Globalrechte an den Hanser Verlag vergeben? Wir wollen doch die Autoren vor Ausbeutung schützen ...« Dieser Schutz gleicht jenem, den der »antifaschistische Schutzwall« bietet, und heißt Entrechtung.

Die glücklichen Tage sind die Sonntage. Da kommt keine Post, kein Brief von Jenö Klein. Ab Montag früh ist mit Giftpfeilen zu rechnen.

An der Hauptstraße Pöllnitzweg hängen zehn Blechkästen. Zu einem ist mir ein Schlüssel übergeben worden, denn in dem Kästchen steckt meine Post. Briefträger kommen nicht mehr ans Haus. Jedesmal schließe ich, des Unheils gewiß, das Kästchen auf, der Inhalt fällt auf den Boden, wird aufgesammelt und auf dem Rückweg hastig durchgeblättert: Heute kein Urteil, keine Vorladung, nichts von Jenö Klein. Eines Tages verwechselt die Postbotin meine Postsendungen mit der meines Grundstücksnachbarn, einem Zahnarzt. Seine Post ist an Major Jauernick adressiert. Der Mann mag ja Zahnarzt sein, doch nebenbei hat er den Auftrag, seinen Mitmenschen auf den Zahn zu fühlen. Der Fall ist klar.

Ab an den Schreibtisch.

Ich schreibe: Ich will nicht lügen. Abgesehen von den zeitweiligen Anfällen von Depression, Verzweiflung und Angst, sind wir heiter bis fröhlich und manchmal glücklich. Mariannes Brüder samt Frauen und Töchtern spazieren durch unseren Garten, durch unser Haus. Familienzusammenkünfte. An Geburtstagen und Feiertagen hält draußen eine Taxe, meine Mutter, nie ohne Hut und Handschuhe, für eine Genossin mit sechzigjähriger Parteizugehörigkeit ziemlich unpassend, steigt aus und gibt dem Taxifahrer noch ein paar Ratschläge oder beendet das seit ihrer Abfahrt begonnene Gespräch. Ich bin sicher, sie erzählt dem Taxifahrer, ihr Sohn sei der berühmte Dichter, an dessen Begabung sie ihren Anteil habe. In ihrem Mietshaus, in ihrer Straße wissen alle über mich bestens Bescheid, weil sie als meine Propagandistin wirkt. Und weil die Leute merken, daß der Sohn meiner Mutter, deren Insistieren sich noch keiner zu entziehen vermochte, dem Regime nicht in den Kram paßt, partizipiert sie in den Läden an meinem schlechten Ruf. Ihr wird, dank meiner verdächtigen politischen Einstellung, Mangelware zuteil. Und am Kaffeetisch wird sie uns gleich stolz berichten, was Frau Sowieso und Herr Soundso zu meiner Person anzumerken hatten.

Ab an den Schreibtisch und nicht gelogen.

Briefe, Briefe. Jean Améry schreibt mir und nennt mich

Reiner Kunze, und ich antworte ihm, und es entwickelt sich eine Korrespondenz, und wir fahren auf Einladung der Königlichen Bibliothek nach Brüssel, damit ich etwas vorlesen und Améry mich vorstellen kann. Einige Male treffen wir uns noch in Westberlin, da die Akademie der Künste (West) mich zum Mitglied gewählt und mir damit das Tor nach Westberlin aufgestoßen hat. Die Behörden, bemüht um Schadensbegrenzung, stempeln mir das Ausreisevisum in den Paß. Ich lese Amérys »Hand an sich legen«, sein Buch über den Suizid, und bespreche es für die *Frankfurter Rundschau*, da es in der DDR keine Selbstmörder gibt und darum Bücher zum Thema unerwünscht sind. Wenige Tage danach ruft mich Wolfram Schütte an und teilt mir Amérys Selbstmord in Salzburg mit. Es ist der Selbstmord eines überlebenden Opfers, wie der Selbstmord Peter Szondis und Primo Levis und Paul Celans. Auch wenn sie Auschwitz und ähnliche Stätten überstanden hatten – was sie gesehen, erlitten und verloren, ließ sich nicht mehr ausgleichen. Sie zogen sich zurück in die Finsternis.

Ein Tag, an dem man nicht schreiben kann.

Unser Haus nimmt den Charakter einer Bahnhofsgaststätte an. Mehr und mehr Menschen klingeln draußen am Zaun, haben sich schriftlich angemeldet oder auch nicht, oder ihre Briefe hegt – der uns damals noch unbekannte – Oberleutnant Pönig in seiner Schatulle, so daß wir unvorbereitet sind. Bei warmer Witterung lagern wir uns allesamt im Garten aufs Gras, Fritzi Mayröcker und Ernst Jandl, Martin Mooij mit seiner Frau Connie und ungezählten Niederländern. Katja Wagenbach bringt ihre drei Töchter mit. Die eine Tochter klettert sofort auf den Apfelbaum, die andere wirft Mamas Autoschlüssel in die Büsche, und die Älteste zersägt uns die Nerven. Marianne, als weise Psychologin, greift sich Nini, das Schlüsselkind, und verspricht, ihm etwas Besonderes zu zeigen, und kehrt mit einem extrem braven Mädchen zurück. »Ich habe ihr gesagt, wenn du dich nicht sofort anständig benimmst, haue ich dir den Arsch grün und blau!« Und das in jenen fernen Tagen der repressionsfreien Erziehung.

Nicolas Born und F. C. Delius üben an unserer Teppich-klopfstange die Riesenwelle, wobei sie scheitern und der Nachbarschaft die Schwäche des Westens demonstrieren.

Zu Uwe Johnson entsteht ein seltsames und diskontinuier-liches Verhältnis, begleitet von allerlei Wunderlichkeiten beim Umgang mit dem Mecklenburger. Erst nach seinem Tode in Sheerness-on-sea, wo wir ihn besuchten, habe ich einiges da-von aufgeschrieben.

1974 konnten wir dank einer Einladung der University of Warwick, die mich als Writer-in-Residence anheuerte, für ein Herbstsemester auf dem Campus wohnen. Ich hatte mich ausreichend vorbereitet und rechnete mit zwei Seminaren pro Woche, doch daraus wurde nichts. Man konsultierte mich hin und wieder und behelligte uns nicht weiter. Massenhaft Zeit. Wir mieteten ein Auto und erkundeten das Umland, an-schließend Wales und Cornwall, und trotz der von allen Engländern geleugneten, bis ins Mark dringenden feuchten Kälte, erfreuten wir uns an dem verwunschenen Teil des Kö-nigreiches. Der Preis, zweimal die Grippe, war akzeptabel: Und ich fand genug Muße, täglich an einem Tagebuch zu schreiben, das auch veröffentlicht wurde. Obwohl keines-wegs ohne Komplikationen.

Weil ich – vorausschauend – eines Nachts träumte, Ho-necker sei verhaftet worden, und diesen Traum notierte, ob-wohl ich vorsichtshalber den Namen wegließ und daraus das Kürzel Erich H. machte, lag das Manuskript lange beim Zen-sor. Bis mir mitgeteilt wurde, der Leser könne an Erich Ho-necker denken, und ich möge doch den Vornamen streichen und allein das H. stehenlassen. Da wir bei Michael Hambur-ger in London übernachtet hätten, könne der Leser glauben, ich hätte Hamburgers Verhaftung nächtens erlebt. Ich ge-stand Klaus Höpcke den Strich zu. Es war nicht alles schlecht in der DDR. Besonders exzellent ist die gelebte Satire ge-wesen.

Und der Augenzeugenbericht über Johnson? Folgt hier-mit.

»Alle hatten Angst vor ihm. Auch ich. Oder genauer gesagt: nicht sosehr vor ihm als vor seiner alkoholabhängigen Unberechenbarkeit. Wenn er während seiner Friedenauer Zeit in Berlin Gäste einlud, konnte es geschehen, daß er die um einundzwanzig Uhr Eingetroffenen bereits um zweiundzwanzig Uhr die Treppe hinunterwarf – jedenfalls glaubhaften Legenden zufolge. Er, der in schwarzes Leder wie in eine zweite Haut gepreßte Enakssohn, wirkte häufig bedrohlich wie ein Kampfstier, entsprechend der jeweiligen Mengen ›geistiger‹ Getränke, die er zu sich genommen hatte. Erstaunlich nur immer wieder, daß er dabei weder seine Artikulationsfähigkeit einbüßte noch sein Erinnerungsvermögen: Sein Gedächtnis war phänomenal und funktionierte trotz der geleerten Gläser äußerst exakt.

Im Grunde aber kam ich, kamen wir, muß ich, meine Frau einbeziehend, sagen, ganz gut mit ihm aus. Obwohl ich mit ihm beim Trinken nie gleichziehen konnte, schien er mir das nicht übelzunehmen. Wenn ich aus Ostberlin nach Westberlin wechselte, also wieder ein verlängertes Ausreisevisum besaß, rief ich ihn manchmal an und besuchte ihn. Ich bedaure es, daß in seiner Friedenauer Wohnung wahrscheinlich keine Abhöranlagen der ›Stasi‹ installiert gewesen sind, denn unsere Dialoge müssen zeitweilig denen des absurden Theaters geglichen haben – vielleicht ging es just darum so friedlich zwischen uns zu. Die Gespräche wurden von einander konträren Planeten aus geführt, schienen ihn jedoch zu befriedigen. Ich weiß nicht einmal, ob zwischen uns so etwas wie Sympathie bestand oder ob es nur Neugier dem anderen gegenüber war, was uns da locker verband. Möglicherweise war es die gegensätzliche Biographie, das extrem andere Schicksal, dazu die Erfahrung der DDR, die am jeweils anderen interessierte.

Bei seinem ersten Besuch in unserem Haus in Berlin-Buch erschien er mit der lustigen, ja lebenslustigen Marianne Frisch zum Mittagessen. Meine Frau hatte Kaninchen französisch (in Rotwein) zubereitet, eine ausgesprochene Köstlichkeit, die uns allen schmeckte, bis Johnson wissen wollte, was er da eigentlich zu sich nähme. Als ihm das Geheimnis enthüllt wurde, schob er den Teller zurück: ›Mein Freund Harvey! Ich hatte als Kind auch Kaninchen ...‹, und er tat so, als läge auf dem Teller vor ihm ein Stück eines guten alten Bekannten, zum kannibalischen Verzehr bestimmt. Wobei, wie man weiß, Harvey aus der berühmten und auch verfilmten Broadway-Komödie unsichtbar ist und daher von Johnson eigentlich gar nicht als sein Freund Harvey hätte identifiziert werden können: Hier irrte der Autor eindeutig. Meine Frau nahm den Hinweis auf Harvey gefaßt entgegen, hat aber Johnsons Zurückweisung nie vergessen, und wenn der Name dieses deutschesten aller deutschen Erzähler der Gegenwart fällt, sind wir stets auch an Harvey erinnert.

Ach, die Schwierigkeiten mit Johnson wiederholten sich, und es handelte sich meist um Nichtigkeiten. Schon bei seinem nächsten Besuch ereignete sich ein Vorfall, der sowohl unverständlich als auch grotesk verlief. Kaum waren Johnsons eingetreten, fragte er, ob das Kind mit seinem Ball spielen dürfe, da es morgen Schulsport hätte. Der Abend nahte, die Köpfe umnebelten sich langsam, die Uhr rückte vor, und Johnsons entschlossen sich zu gehen, da sie einen langen Weg und die DDR-Grenzabfertigung vor sich hatten. Das Kind wurde gerufen, erschien und gestand, sein Ball sei verschwunden. Der Vater tröstete: Man werde den Ball sogleich suchen und gewiß finden. Er erhob sich schwerfällig, und das war eine stumme Aufforderung an uns, ihm bei der Suche zu helfen. Wir begannen im Wohnzimmer. Ich kroch, Ausschau haltend, unter eine der Sitzbänke und sogar in den Kamin. Man fing an, sich im Haus zu verteilen, begleitet von dem Kind, neugierig von den Katzen beäugt. Mit einem Besen fuhr ich unter die Möbel. Wir amüsierten uns heimlich über Johnsons Unnachgiebigkeit, doch das Amüsement ließ bald nach, da Uwe nicht nachließ. Nach dem ersten Durchkämmen des ganzen Hauses mußten wir die Aktion wiederholen. Ich sah auf die Uhr und erkannte mit Schrecken, daß die Zeit während des Suchens mit doppeltem Tempo verflogen war: Die Johnsons mußten zur Grenze, wenn sie überhaupt noch nach Westberlin gelangen und nicht festgenommen und eingesperrt werden wollten. Uns wurde mulmig zumute, denn die Grenzer würden die Verspätung auf böse Absicht zurückführen. Endlich gab Uwe unwirsch auf: Der Ball, ein Werbegeschenk mit dem Aufdruck NIVEA, galt als verloren. Seine Laune war hin. Wir fanden ihn erst, als wir unser gesamtes Hab und Gut zusammenpackten, um Ostberlin, um das sozialistische Narrenparadies zu verlassen: Er lag verstaubt unter einer Stufe der Treppe zum Keller, wohin ihn vermutlich die Katzen expediert hatten.

Ein Resümee unserer Bekanntschaft, unserer sporadischen Begegnungen zu ziehen, ist unmöglich. Johnson umgab eine Glasglocke aus Fremdheit, die vermutlich keiner zu durchdringen vermochte. Die Augenblicke von zwischenmenschlicher Nähe wurden vom Alkohol bedingt und waren sowohl kurzfristig wie stets und ständig kurz vor dem Umschlagen in Aggressivität, in Mißverständnisse, von denen ich nicht weiß, ob er sie nicht willentlich hervorrief, eben um sich für ihn bedrohlicher engerer Kontakte zu enthalten. Er war jemand, der keinem das Du anbot. Keine seelischen Intimitäten, körperliche allenfalls. Vor körperlichen Berührungen scheute er nicht zurück, wie viele Frauen aus seinem Bekanntschaftskreis wissen. Ja, ich habe ihn sogar einmal beim Tanzen gesehen, ein äußerst seltener Anblick, wie man sich denken kann. Nachdem die Gruppe 47 ihren Preis an den Dichter Bobrowski verliehen hatte, erschienen einige der Teilnehmer, bereits leicht angeheitert, in unserer damaligen Treptower Wohnung, aus einem nicht mehr erinnerlichen Grunde. Natürlich gerieten wir mehr oder minder rasch in Stimmung, Platten wurden gespielt, und auf einmal begab sich ein seltsames Paar auf die winzige Tanzfläche: Uwe Johnson und Manfred Bieler vollstreckten ein tanzbärenartiges Umeinanderkreisen, ein Hin und Her mit wechselnder Führung, das derart komisch war, daß Klaus Wagenbach mit dem Sessel rückwärts umkippte und wie gezielt auf unsere schönste und größte Bodenvase fiel, er mußte aus den Scherben geklaubt werden, unter Assistenz der beiden Tänzer, deren Auftritt mit dem Sturz eines Verlegers beendet war.

Wenn Johnsons Name fällt, wenn ich in einer Buchhandlung seine Bücher sehe, wenn irgendwo ein Foto von ihm auftaucht, meldet sich dieser Mann zurück, und zwar mit einer Intensität, als sei er gar nicht gestorben.«

Lüge nicht. Schreibe: Die Jahre »Ante Biermann« sind eure besten in Ostberlin gewesen. Ja, das kann ich guten Gewissens behaupten. Schreib: Wir sind keine Trauerklöße. Auch das stimmt. Die Tage und Abende mit Fremden, die zu Freunden werden, sind selbst in der Erinnerung schattenlos. Trotz der politischen Querelen, über die wir uns ereifern, gilt für diesen Daseinsabschnitt das Gütesiegel »Lebenswert«.

Tage des Lesens.

Zufällig treffe ich auf Montaigne und erblicke in seinem Porträt mein Spiegelbild. Die Glatze, der Schnurrbart, die Augenstellung, vor allem die jüdische Mutter. Montaigne ist »Mischling ersten Grades«, ohne es gewußt zu haben. Als Stadtsekretär von Toulouse wäre er »zum Schutz des Berufsbeamtentums« entlassen und später deportiert worden. Was er mir mitzuteilen hat, frappiert mich. Sein Thema ist die Spaltung einer Nation. Und in die *Essais* vertieft, durchlebe ich die deutsche Gegenwart noch einmal: wie ein Volk durch ein Schisma ruiniert wird, wie der Übermut der Ämter die Vernunft auslöscht, wie hochmütige Beamte und dummstolze Regenten zum Marsch in den Abgrund ihre Melodien anstimmen. Und als ich mich Montaigne schriftlich angeschlossen habe, lese ich Stephan Hermlin meine Version vor.

Und er hört mir zu. Zwischen uns ist kein Arg, seitdem wir, Marianne und ich, er und Irina, in zehntausend Meter Höhe nähere Bekanntschaft schlossen. Auf dem Flug nach Budapest zu einem »Festival der Poesie«, folgenlos wie alle analogen Unternehmen, sitzen wir durch zwei Plätze getrennt am Mittelgang, durch den Andrej Hermlin, ein Motoriker von fünf

Jahren, seine überschüssige Energie abstrampelt. Als einzige Wegzehrung reicht man uns Schokoladentaler in Goldpapier, und Marianne schenkt die ihren sofort an das Dichterkind weiter. Dafür wird er sich morgen früh im Speisesaal des Hotels durch einen Biß in ihren Busen bedanken. Hermlin wird sich lachend für sein Ungeheuer entschuldigen: So beginnt eine Freundschaft.

Wenn wir Hermlins besuchen, wird Stephan vor unserer Ankunft in den Keller steigen und – ich weiß, was das bedeutet – den Zentralheizungskessel anheizen, damit Marianne nicht friert. Wir werden uns trotz Irinas Sprechseligkeit heiter unterhalten. Und Hermlin ist, wie sonst nie, locker und gelöst und zum Lachen aufgelegt. Und mir bereitet es ein besonderes Vergnügen, ihn zum Lachen zu bringen. Ich habe vor ihm nichts zu verbergen, stelle keine Forderungen, verlange weder politische noch geistige Übereinstimmung, was für ihn wohl ungewöhnlich ist. Er liest uns seine Briefe an diese oder jene Zelebrität vor, Zitatenfunde, auf unsere Lage passend.

Schreib, was du denkst. Aber was auch immer ich der DEFA, der Filmgesellschaft, anbiete, wird prompt abgelehnt. Irgend etwas haftet den Stoffen und Themen an, was den Verantwortlichen in die Nase sticht.

Dabei haben wir uns darauf eingerichtet, in der Misere auszuharren. Es muß doch möglich sein, sein Dasein ohne permanente Besorgnisse hinzubringen. Ich bin jetzt zweiundvierzig, kein »Jungtürke« mehr, und kann nicht begreifen, daß ich auch da Verdacht errege, wo ich mich selber für kompromißbereit halte.

Über die vielen Anläufe, den Lebensunterhalt zu sichern, staune ich im nachhinein. Was habe ich an Zeit und Kraft verpulvert, damit irgendein amtliches Arschloch sein »Njet!« unter das jeweilige Manuskript setzen konnte:

»Kunert, Günter. – ›Die Drei‹: 1958–1960 entwickelt, nicht verfilmt. – ›Guten Tag, lieber Tag‹: 1960 entwickelt und verfilmt. – ›Der tiefe Brunnen‹: 1960/61 entwickelt, nicht verfilmt. – ›Vom König Midas‹: 1961/62 entwickelt und verfilmt.

– ›Ein Yankee an König Artus' Hof‹: 1962/63 entwickelt, nicht verfilmt. – ›Das perfekte Verbrechen‹: 1964/65 entwickelt, nicht verfilmt. – ›Eine ungewöhnliche Karriere‹: 1965/66 entwickelt, nicht verfilmt. – ›Fußgänger sind gefährlich‹: 1965 entwickelt, nicht verfilmt. – ›Abschied‹: Nach Johannes R. Becher 1966 entwickelt, 1968 verfilmt, Regisseur Egon Günter. Dieser Film wurde nach vierwöchentlicher Laufzeit aus den Lichtspieltheatern zurückgezogen. – ›Barbarina‹: Zusammen mit Wilhelm Neef 1968 entwickelt, nicht verfilmt.«

Ich schreibe. Ich unterhalte mich mit Marianne. Marianne liest, was ich geschrieben habe, und findet es miserabel. Ich bin gekränkt. Ich kann es so lange nicht glauben, bis ich es einsehe. Ich schreibe um. Ich werfe Geschriebenes in den Papierkorb. Ich hefte ab. Und Clarence ist trächtig, und wir beobachten die Geburt neuer Hausgenossen und müssen für den Absatz derselben im Bekanntenkreis sorgen. Clarence wird kastriert. Aber wir stehen immerhin mit sieben Katzen da und hoffen nur, daß die Sieben eine Glückszahl sei. Von diesen sieben sind sogar zwei Zugänge von außerhalb. Einen Kater, noch ein halbes und vernachlässigtes Kind, haben wir einfach gestohlen und eingemeindet, und ein anderer läuft uns an einem geschichtsträchtigen Tag zu und wird in die Familie aufgenommen.

Schreib, damit du dein Recht erweist.

Mein älterer Schwager Detlef stirbt am Gesundheitswesen der DDR. Ich soll die Trauerrede halten, der Schauspieler Pit Dommisch ein Gedicht am Grabe lesen und ein Terzett die Toselli-Serenade spielen, wie es sich der Verstorbene gewünscht hat. Woher nimmt man dieses Glanzstück kitschiger Kaffeehausmusik, wenn man nicht in ein Notengeschäft gehen und sich die Noten heraussuchen lassen kann? Durch illegale Einfuhr ins Jagdrevier der Hornberger Schützen.

Begräbnistag. Die Feier ist arrangiert, Marianne und ich, dunkel gekleidet, verlassen das Haus, schließen das Tor ab und werden vom Förster begrüßt. Der Förster ist in unserem Fall der Gutachter. Und unser Fall ist ein Rechtsstreit. Unsere

Nachbarin Frau Pisker, weithin wegen ihrer Prozeßfreudigkeit gefürchtet, hat uns angezeigt. Unsere Kiefern und Tannen beschatten ihren Garten zum Schaden ihrer Apfelbäume. Nun sind unsere Bäume 1929 gepflanzt worden und waren ziemlich erwachsen, als unsere Nachbarin 1937 nebenan ihr Haus baute. Nach fünfundvierzig Jahren kränkt sie der Schatten. Doch der Förster beruhigt uns: »Natürlich bleiben Ihre Bäume stehen. Wir genehmigen das Fällen nicht...« Dennoch müsse er jetzt den Lokaltermin durchführen. Entschuldige, Detlef, daß wir uns zu deinem Begräbnis etwas verspäten werden. Es liegt an Frau Pisker. Und der Förster geht die beiden Grundstücke ab, mißt fachmännisch nach einer nur ihm bekannten Richtschnur Licht und Schatten, Bäume und Beete, bis wir zum Friedhof hin entlassen sind.

Der Prozeß steigt bis zum Obersten Ostberliner Gerichtshof, weil die wesentlichen Prozesse, beispielsweise die politischen, sowieso unter Ausschluß und in Unkenntnis der Öffentlichkeit geführt werden. Trotz des uns und unseren Bäumen wohlgesonnenen Gutachters sind wir bis zur Urteilsverkündung unsicher. Ja, hätten wir gewußt, daß unser Rechtsanwalt ein Mandat zur Führung geheimer militärischer Strafverfahren besitzt, wir wären beruhigter (oder beunruhigter) gewesen. Vielleicht war unser Rechtsanwalt der kryptische Vorgesetzte unserer Richter. Die Bäume bleiben stehen.

Hin und wieder unternehmen wir archäologische Expeditionen. Da ist in Weißensee eine noch private Altwarensammelstelle, von einer alten Frau geleitet, ein Hof zwischen verrottenden Altbauten, ausgefüllt mit Papierballen. In den ehemaligen Remisen häufen sich die wundersamen, obgleich beschädigten, zerbrochenen Überbleibsel vergangener Tage, und während ich in dem Kram wühle, verjünge ich mich und bin wieder acht Jahre alt und verständige mich durch Betasten mit den längst begrabenen Eignern der Gegenstände. Es ist, der Nietzsche-Formulierung nach, ein »tastendes Spiel auf dem Rücken der Dinge«, was ich da treibe und wovon ich nicht lassen kann. Der magische Kreis der verdinglichten Armseligkeit ist nicht zu durchbrechen.

Doch davon steht nichts in den Akten. In denen bin ich der von Herbert Marcuse skizzierte »eindimensionale Mensch«, der mit vielen anderen Eindimensionalitäten verkehrt. Außer mit Freunden und Bekannten zunehmend mit den strikt tabuisierten Ausländern.

Kaum ist die DDR diplomatisch anerkannt, kaum beziehen die Vertreter diverser Nationen ihre Botschaften, sind wir schon deren Gäste.

Günter Gaus lädt in die »Ständige Vertretung der Bundesrepublik Deutschland« ein, wo man nicht nur gleichgesinnten Kollegen begegnet, sondern auch folgenreiche Bekanntschaften schließt. Mit Elsa und Werner Stewen zum Beispiel. Er ist in der juristischen Abteilung und beide für uns als Briefträger nach dem Westen tätig. Aus der Bekanntschaft wird eine Freundschaft. Und weil Mariannes Prinzip besagt: »Wer uns einlädt, den laden auch wir ein«, werden wir zum Entertainment für die Nachbarn. Gegenüber lehnen die Bewohner aus den Fenstern, sobald Günter Gaus nebst Gattin Erika vorfährt. Ja, bei uns sitzt man eben immer in der ersten Reihe. Gaus wünscht sich stets weiße Bohnen, die er tellerweise löffelt. Humorvoll und freimütig, ein Mann, der vielen hilft und der uns das Gefühl von Gleichberechtigung und einen Hauch jener Unbeschwertheit vermittelt, welche die Westler auszeichnet. Während der Ostmensch jeden Satz, bevor er ihn spricht, dreimal durch seine Gehirnwindungen dreht, reden die Westmenschen, wie ihnen der Schnabel gewachsen ist. Das steckt an.

Bei unserem Straßenpublikum haben wir den größten Erfolg mit Jacques Klein, Abrüstungsexperte der US-Embassy, weil er mit einem gewaltigen Chevrolet vorfährt. Jacques hat einen Onkel, Bürgermeister im Elsaß, und eine Frau namens Gretchen, da deren Eltern »Faust«-Fans sind. Und aus Kiel stammen. Gretchens Mutter wird mir bei einem Abendessen sämtliche Lieder von Klaus Groth ins Ohr singen – ob es mich darum nach Schleswig-Holstein gezogen hat, ist nicht zu entscheiden.

Mister Duke, First Secretary des United Kingdom, Typ des Landadligen mit weißem Schnurrbart, liebt Mariannes warmen Apfelkuchen über alle Maßen und bekommt zu seinem Abschied von Berlin das Rezept geschenkt.

Beim ersten Sekretär der amerikanischen Botschaft, Mr. Polansky, werden wir zum Frühstück eingeladen – und die Stasi-Akten vermerken, was wohl erschwerend gemeint ist, es habe sich um ein »jüdisches Frühstück« gehandelt. Und weiterhin: Frau Kunert beklagt, daß ihrer Nichte Josephine der Oberschulbesuch verweigert werden soll, obwohl sie die Zweitbeste der Klasse ist. Weil sich einige maskuline Dummköpfe als Offiziersanwärter gemeldet haben. Alles weitere, meint die Akte resignierend, wird dadurch verhindert, daß die beiden Paare aufstanden und ins Nebenzimmer gingen. Und da fehlte die Wanze!

Ed Alexan, ebenfalls Amerikaner und armenischer Abstammung, weiß Anekdoten von seiner Studentenzeit in New York zu erzählen, und bei Monsieur Desschusses ist Autofahren das Hauptthema. Er lernt es gerade und hat beim Chauffieren keine glückliche Hand, sondern stets neue Beulen.

Gegenseitige Besuche, lange Abende.

Während wir unsere Gäste bedienen, sind bei unseren Gastgebern willige Geister am Werk, von denen anzunehmen ist, jeder sei ein Major Gütling oder eine Majorette in Zivil.

Im Umgang mit diesen welterfahrenen Leuten gewinnen wir an Sicherheit, innerer wie äußerer. Wir bewegen uns an solchen Abenden auf exterritorialem Gebiet, sobald wir die entsprechende Wohnung, die entsprechende Botschaft betreten haben. Die beiden muskulösen Marines vor dem Eingang lassen keinen Verfolger durch.

Danach der Fall in die Zwänge, einem auferlegt von harschen Lebensnotwendigkeiten. Und so notiert einer meiner Aktenführer:

»Günter Kunert kam am 25. 11. 1975 mit seiner Ehefrau zu

Gen. Klaus Höpcke, um von diesem Unterstützung für den Bezug von Koks zu erhalten, da er nur noch für zehn Tage Feuerung besitze.«

Der Oberzensor und Buchminister ist die Anlaufstelle für ganz unterschiedliche Autoren gewesen. Im System der totalen Verwaltung gibt es kein Brikett für Geld und gute Worte. Und für gute Worte nicht einmal kein Brikett, und es bedarf der Bittgänge, der Beziehungen, der Kontakte und Verbindungen, um etwas zu erreichen, wovon sich der kleine Moritz aus dem Westen nichts träumen läßt. Höpcke erweist sich als der Hebel, nach dessen Bedienung der Koks in den Keller polterte. Dabei hatte ich mich schon als tiefgekühlten Leichnam neben meiner erfrorenen Frau und den vereisten Katzen liegen sehen. Aber ein erfrorener Dichter, selbst wenn er nur Ärger und Irritation hervorriefe, wäre wohl keine gute Reklame für die »sozialistische Menschengemeinschaft« gewesen. Und die ideologische Volte, der Dichter habe sich in einem Anfall Kleistscher Umnachtung selber zu Tode frieren wollen, hätte ohnehin niemand geglaubt.

Für den Manuskripttransport sind keine Kniefälle notwendig. Die Boten, keiner Grenzkontrolle unterliegend, tun es um Gotteslohn. Meist akkreditierte Journalisten, zu denen man bald ein engeres Verhältnis herstellt. *Zeit*-Korrespondentin Marlies Menge, der Engel einiger Überwachter, trägt davon, was man ihr auflädt, und bringt herein, worum man sie bittet. Das sei dir unvergessen, Marlies! Und das Ehepaar Windmöller-Höpker vom *Stern* verhält sich ebenso. So wächst ein beiderseitiges Vertrauen, das von keiner Seite je mißbraucht worden ist. Dem Korrespondenten hätte nur die Ausweisung gedroht, uns die Einweisung.

Zu den hiesigen Lesern kommt man durch die Luft. Wenn der RIAS oder der SFB Texte der Verleumdeten sendet. Wer mich zum Vorlesen einladen will, benötigt die Zusage übergeordneter Stellen, und die bleibt meistens aus.

Meine Lesungen im Leseland sind an den Fingern einer

Hand abzuzählen. Keine Schule, keine Universität, keine größere Bibliothek hat es je gewagt, gegen den Stachel zu löken. Alles Diederich Heßlinge, alles Untertanen.

Die Kirche öffnet ihre Pforten denen, welchen man das Maul stopfen wollte. So habe ich im Stephanus-Stift in Weißensee mehrmals auftreten können. Beinahe wäre ich dem Publikum als Double von Heinrich Böll entgegengetreten. Seiner fast gescheiterten Lesung suchte ich mich schreibend zu vergewissern, vor allem der Atmosphäre dieses außerordentlichen Abends, da sie sich als typisch für unerwünschte Lesungen erwies:

Unter dem Titel »Abendliches Vorlesen« notierte ich:

»Ließe sich die gespannte Erwartung einer Menschenmenge mittels eines Voltmeters messen, an jenem fernen, aber unvergeßlichen Abend, von dem die Rede sein soll, hätte das Gerät die Höchstmarke angezeigt. Ort dieser auffallend aufgeladenen Atmosphäre war das Stephanus-Stift in Berlin-Weißensee, eine seit langem bestehende Einrichtung der evangelischen Kirche. Das Stift veranstaltete kontinuierlich Autorenabende, ›Dichterlesungen‹; meist lasen Schriftsteller der DDR aus ihren Arbeiten, und ich erinnere keinen, von Johannes Bobrowski bis Sarah Kirsch, der nicht dort ein ganz besonders aufmerksames Publikum gefunden hätte.

An einem Abend aber war eine Lesung Heinrich Bölls angesetzt, und die Veranstalter hatten ihren größten Saal zu dem Zweck gewählt – natürlich erwies er sich als viel zu klein. In der Dämmerung schoben sich frühzeitig zahllose Besucher durch die schlecht beleuchteten Seitenstraßen und durch die Toreinfahrt des Stifts. Wegen der permanenten und unüberwindlichen Distanz zur übrigen Welt erhielt alles und jedes, was von draußen hereinkam, den Glanz einer Offenbarung. Wie erst mußte die Erscheinung Heinrich Bölls wirken, dem bisher nur sein Ruhm vorausgegangen war.

Doch was die Leute, die sich durch die Tür preßten und hastig einen Platz suchten, die aneinander und *zueinander* drängten, als seien sie wehrlos in einen Sog geraten, nun tatsächlich empfanden, das läßt sich nur in Kenntnis vergleichbarer glaubensgeschichtlicher Vorgänge verstehen. Nicht, daß dies eine Katakombenfeier gewesen wäre, eine heimliche Eucharistie – und dennoch lag in der immer sauerstoffärmer werdenden Luft des Raumes überaus merklich ein kollektives Verlangen. Man kann es nur mit religiösen Begriffen kennzeichnen. Ein Verlangen nach ›Zeugenschaft‹, nach ›Erlösung‹, und zwar nach Erlösung durch das Wort – durch das Wort eines Menschen, der selber durch das Wort unangreifbar geworden ist.

Während die Stimmen bei ihrem Gemurmel monotoner und fremdartiger wurden und das Warten zunehmen nervöser, saß ich schon auf dem Sprung in der ersten Reihe. Man hatte mich gebeten, falls der Erwartete an der Grenze aufgehalten würde und möglicherweise ›draußen‹ bleiben müsse, an seiner Statt zu lesen.

Zur Erleichterung der Veranstalter erschien Böll mit nur geringer Verzögerung und wurde durch den Mittelgang nach vorn und aufs Podest geleitet, wo er sogleich zu lesen begann. Durch seine Anwesenheit, durch den ruhigen Ton seiner Stimme schuf er eine bis zur Saaltür reichende Enklave, in der andere Gesetze herrschten und in welcher man stumm und ehrfürchtig lauschte. Diese Enklave war für die Zeit der Lesung ›exterritorial‹, fern der Umwelt und ihr nicht zugehörig. Ein anderer, andersgearteter Geist regierte für anderthalb Stunden diesen Bereich, der nach langen Minuten des Schweigens, nach dem Applaus, nach dem Wiedererwachen aus einem lebendigen Traum in einen übermächtigen Kontext zurücksank.

Ob Böll sich dessen bewußt gewesen ist, weiß ich nicht. Geahnt und empfunden hat er das Besondere des Abends sicherlich. Jedenfalls hat er sein Publikum nicht enttäuscht. Da er die Sympathie, die ihm so sichtlich zuteil wurde, auf seine Zuhörer zurückstrahlte. Es gibt wenige Autoren, die sich rühmen dürfen, über die Wirkung ihrer Arbeiten hinaus auch eine nicht unwesentliche durch ihre Persönlichkeit hervorzubringen.«

Der Abend endet doch noch in Heiterkeit.

Wir kutschieren beide Bölls durch die Stadt zu Biermann, der schon ungeduldig an seiner Gitarre zupft. Kaum daß wir eingetreten sind, legt der Sänger, von Eva-Maria Hagen akkompagniert, ungehemmt los. Die Fenster sind weit geöffnet. Der Barde und seine Minnesängerin müssen bis zum Bahnhof Friedrichstraße zu vernehmen sein.

»Warte nicht auf beßre Zeiten ...« klingt wie die Empfehlung, sich hinwegzubegeben. Wäre ein Hellseher unter uns, er könnte dem belustigten Böll raten, schon jetzt einmal das Gästezimmer für Biermann vorzubereiten. Und Biermann würde erfahren, daß er noch etwas über ein DDR-Jahr vor sich habe.

Und Kunerts?

7

Kennst du Ludwig van Beethoven?

I like Hank Williams!

Es bestünde aber die Möglichkeit, eventuell einen Film über Beethoven zu drehen. Und du könntest das Szenarium schreiben.

Aber ich bin unmusikalisch. Von Beethoven kenne ich bloß den »Song of Joy«, sonst nichts. Dann bist du auch nicht vorbelastet. Außerdem lassen sich Berater engagieren. So rede ich mir gut zu.

Von wem stammt der Vorschlag? Ich habe es einfach vergessen.

Was ich keinesfalls vergessen kann, ist die Verlockung, Beethoven für die eigenen Absichten zu verwenden. Ich nehme den Auftrag an. Ich werde euch zeigen, wer Beethoven wirklich gewesen ist. Und ich fresse mich durch Biographien, durch Briefwechsel und Dokumentationen. Der Mann ist ein Choleriker sui generis. Aber, und das nutzt meinen Intentionen, auch ein widerborstiger Künstler. Und lebt im Zeitalter der Restauration und Repression, überwacht von Metternichs »Schwarzem Kabinett«, einem Vorläufer der Mielkeschen Firma. Beethoven wird mir immer sympathischer.

Dagegen werden mir manche Lebenden immer unsympathischer. Einen von denen treffe ich ab und zu im Lektorat des Aufbau-Verlages, den Schriftsteller Uwe Berger. Im Verlag ist man sich über seine Produkte einig: vollkommener Bockmist! Eine männliche Friederike Kempner, nur nicht so komisch.

Trotzdem erscheint Jahr für Jahr ein neuer Gedichtband, jedesmal eine geballte Ladung ideologischer Plattheiten.

Fragt man den Cheflektor Caspar, warum er denn schon

wieder diese Unsäglichkeiten drucke, wird seine Miene ernst, sogar trauervoll.

»Uwe ist sterbenskrank ... Die Nieren, weißt du! Er wird das nächste Jahr nicht mehr erleben. Das ist sein letzter Band, darum kann man ihm die Veröffentlichung nicht verweigern ...«

Zwölf Monate später: ein neues Berger-Bändchen.

»Caspar, du hast doch gesagt, daß ...«

»Uwe siecht dahin. Es ist diesmal wirklich sein letztes Werk ...«

Das Jahr vergeht, im Gegensatz zu Uwe Berger. Das Spiel wiederholt sich. Berger stirbt einmal jährlich mit erwarteter Regelmäßigkeit. Und lebt selbstverständlich noch heute. Aber es ist nicht der imaginäre Sarg, auf den pochend der Autor um Mitleid heischt und die Druckgenehmigung erhält. Es sind nicht »die Nieren«. Es handelt sich nicht einmal darum, den allgemeinen literarischen Geschmack zu verderben. Berger besitzt eine ganz andere Waffe, sein Zeug durchzusetzen. Diese Waffe ließe sich mit »Schild und Schwert der Partei« umschreiben. Denn Berger ist, wie Doktor Jeckyll und Mister Hyde, zwei Personen in einer. Der »zartbesaitete Poet«, am Rande des Grabes vegetierend, verwandelt sich zeitweilig in den IM »Uwe«, als welcher er seine Kollegen bespitzelt und anschwärzt. Und indem er Gutachten für Oltn. Pönig oder Oltn. Schiller oder Major Gütling schreibt. Die sind seine ihm äußerst geneigten Leser.

In Bergers Berichten merkt man das Bemühen um eine »ziselierte« Sprache, wie er das wahrscheinlich selber genannt hätte. Stilistisch mochte er sich nicht verleugnen:

»Hauptabteilung XX/7. Berlin, den 18.12.1975. Abschrift eines IM-Berichtes, Quelle: ›Uwe‹.

15. Dezember 1975. Auf meinen Wunsch fand im Club des KB ein Gespräch mit Günter Kunert unter vier Augen statt. Ich sagte, es sei schon länger mein Wunsch gewesen, ihn zu sprechen, aber meine Absicht, ihn dazu zu bitten, sei entstanden, als die Germanistin Gumpel aus den USA, die er auch

kenne, mich besucht habe. Er sei in den USA gewesen, ich wollte mich über das Bild der DDR-Literatur in den USA informieren und ihn einladen, sich als Ratgeber an einer DDR-Anthologie zu beteiligen. Ich tat also, als legte ich gleich alle Karten auf den Tisch, entschuldigte mich auch fein, daß ich gleich mit der Tür ins Haus falle.

Den konkreten Vorschlag einer Zusammenarbeit lehnte Kunert sofort und rundheraus ab.

Er beteilige sich nicht an Unternehmen, die er für ›schlecht und verfehlt‹ halte. Mir war das nur angenehm, denn seine Mitarbeit hätte zu einer Belastung werden können. Doch das Gespräch war eröffnet. Ich wies auf das Interesse für jene DDR-Anthologie in den USA hin.

Ich brachte das Gespräch auf den SV und das Lyrikaktiv. Er habe doch mal mit Kahlau die Lyriksektion geleitet. Kunert sagte: ›Wir sind aufgelöst worden. Seitdem ist der Verband für mich nicht mehr existent‹ (das muß Ende der fünfziger Jahre gewesen sein). Ferner sagte Kunert: ›Alle literarischen Veranstaltungen und Diskussionen im Verband sind doch offiziell gelenkt. Es gibt keine freie Meinungsäußerung in der Öffentlichkeit!‹ Ich fragte, ob er *Sinn und Form* nicht für Öffentlichkeit halte. Er antwortete: ›Das schon. Aber es ist auch die einzige Zeitschrift, und es gehe nicht in die Breite. Man müßte in der *Berliner Zeitung* oder im *Sonntag* offen diskutieren können. Verstehst du, so ein dialektisches Aufeinandertreffen der Meinungen …‹ Kunert hatte offenbar das Gefühl, etwas zu weit aus sich herausgegangen zu sein und sprach dann nur vom *Sonntag*, den er nicht lesen könne, den aber seine Frau lese usw. (Der *Sonntag* spielte 1956 eine Rolle als Forum und Plattform für revisionistische Kräfte.) Ich nannte den *Sonntag* uninteressant.

Kunert brachte also dieselbe Forderung vor, die von Heym, Seyppel und anderen seit November vorigen Jahres offen erhoben wird und die nichts anderes als pluralistische Meinungsbildung meint und ein Griff bürgerlich-reaktionärer Kräfte nach unseren Massenmedien ist. Indirekt steht das wohl auch mit anderen Aktivitäten in Verbindung. Kunert zeigte keinerlei Anzeichen, sich von all diesen Aktivitäten zu distanzieren.

Als ich über die Lyriksituation und meine mit Endler ausgetauschte Meinung sprach, daß ›die Fronten nicht verhärtet werden sollten‹, entgegnete Kunert: ›Fronten ist vielleicht zuviel gesagt. Aber es kann nicht darum gehen, daß Meinungen aufgegeben werden.‹ Ich stimmte sofort zu und brachte zum Ausdruck, daß auch ich an meinen Ansichten festhalte. Aber es gehe doch wohl um ein solches Klima, daß jeder Schriftsteller dem anderen wie mal ein Dichter gesagt habe, ›seinen Stift und sein Brot gönne‹, daß er nicht gleich bei einer anderen Meinung puterrot anlaufe und ›schlagt tot‹ quäke usw.

Kunert hörte aufmerksam zu, widersprach hierbei nicht, aber beendete das Gespräch.

Ich sagte, daß wir uns vielleicht bei der Becher-Preisverleihung im Januar wiedersehen könnten. Kunert stimmte bedingt zu. ›Wenn mir nichts dazwischen kommt.‹ Wir verabschiedeten uns freundlich.«

Welch eine ahnungsvolle Antwort habe ich meinem »Uwe« gegeben!

Während er keinerlei Probleme mit dem Aufbau-Verlag hat, weil der Cheflektor und der Direktor dem gleichen Club der toten Seelen angehören, nehmen für mich die Hemmnisse zu:

»Hauptabteilung XX/7. Berlin, 27.5.1976. Information.

Inoffiziell wurde bekannt, daß sich der Schriftsteller Günter Kunert in einem Brief an den Aufbau-Verlag Berlin von Anfang Mai 1976 sehr heftig über die verzögerte Fertigstellung und Auslieferung seines Essaybandes ›Warum Schreiben‹ beschwert hat. Er beklagt sich dabei über die unmöglichen Zustände in der polygrafischen Industrie der DDR (sein Titel wird in Altenburg gedruckt und gebunden), das Chaos beim Leipziger Kommissions- und Großbuchhandel und den mangelnden Nachdruck seitens des Verlages.

Kunert spricht dabei von ›Balkanischen Verhältnissen‹ und versucht, sein Beispiel auf die Gesamtsituation in der DDR zu verallgemeinern. Da die Verlagsleitung es nicht als zweckmäßig erachtete, Kunert eine schriftliche Antwort auf seinen Brief zu geben, fand am 24. 5. 1976 ein persönliches Gespräch mit ihm statt.

Kunert wiederholte in diesem Gespräch seinen Standpunkt und betonte, daß diese ›Balkanischen Verhältnisse‹ alle Zweige der Wirtschaft der DDR betreffen und keinesfalls nur auf das Verlagswesen beschränkt sind. Er könne sich ein diesbezügliches Urteil erlauben, da er über genügend einschlägige Verbindungen verfügt und auch selbst tagtäglich das Chaos sehe und erlebe.

Kunert war in seiner Grundhaltung äußerst verhärtet und war für Gegenargumente absolut unzugänglich. Die Dokumente des IX. Parteitages zur ökonomischen Entwicklung der DDR wischte er mit einer abfälligen Geste zur Seite und bemerkte, daß sich in wirtschaftlicher und sozialpolitischer Hinsicht solange nichts ändern werde, solange diese Art von Wirtschaftsfunktionären die Macht in der Hand haben.

Ohne sich konkreter darüber zu äußern, erklärte Kunert, daß man sich bei Weiterführung dieser Wirtschaftspolitik in der DDR nicht zu wundern brauche, wenn es eines Tages zu ähnlichen Erscheinungen wie in Ungarn und der VR Polen komme. Ohne es näher zu erläutern, spielte Kunert nach Auffassung der Quelle eindeutig auf die Jahre 1956/57 an.

Die Quelle wird versuchen, den Kontakt mit Kunert weiter zu pflegen, um dessen Standpunkte weiter aufzuklären sowie die Ursachen, Hintergründe bzw. Inspiratoren einer solchen Haltung zu ermitteln.

Quelle: IMS ›Kant‹.«

Wer sich da mit Immanuels oder Hermanns Namen heimlich schmückte, ist kein anderer als mein Verleger Fritz Voigt, der Nachfolger von IM »Kurt«. Derartige Quellen fließen überall und treiben das Mahlwerk, durch das Menschen aufgerieben werden.

Und Beethoven?

Wird an meinem Schreibtisch neu geboren. Als Paraboliker.

Sein Sekretär, vordem aus politischen Gründen inhaftiert, wird von dem Komponisten just deswegen engagiert. Daß der Mann Schindler heißt, ist der obligate Zufall. Schindler bietet sich als Gesprächspartner Beethovens an. Durch Schindlers Mund kann man dem Publikum die offenen Geheimnisse in leichter Kostümierung nochmals vermitteln. Ich bin im Vorteil, weil die Entscheidungsgremien von Beethoven überhaupt keine Ahnung haben. Auch sie kennen vermutlich nur den »Song of Joy«. Das schafft dem Szenaristen Freiraum für die Analogien.

Anfänglich scheint die Filmproduktion einen »normalen« Verlauf zu nehmen. Das Szenarium wird vom Filmminister genehmigt. Er genehmigt auch das Drehbuch. Was die Inszenierung, wenn auch stockend, in Gang setzt. Folgt die Besichtigung der ersten Muster, der ersten Sequenzen. Im Halbdunkel des kleinen Vorführraumes starren Schemen auf die Schemen der Leinwand. Keine Einwände. Der Regisseur Horst Seemann schneidet nach Beendigung der Dreharbeiten den Film und präsentiert das Endergebnis der Abnahmekommission, deren Mitglieder sich gegenseitig zu diesem Meisterwerk der Kinematographie beglückwünschen.

Was habe ich falsch gemacht?

Oder merkt keiner der bestallten Amateurdetektive, was in ziemlich schlechten ORWO-Colorfarben an ihm vorüberflackert? Ignorieren sie aus klammheimlicher Schadenfreude, was dem Kinobesucher ganz sicher nicht entginge? Oder fürchten sie bloß, dieser teure, allzu teure Film würde zum Millionengrab, falls sie die Aufführung untersagten? Immerhin sind dreihundert Soldaten und fünfzig Kavalleristen aufgeboten worden, dreihundert Konzertbesucher, fünfundvierzig Mann »Orchester«, hundertfünfzig Besucher, dreißig Passanten, zehn Polizisten und weit über hundert weitere Kleindarsteller.

Der Sekretarius zu Beethoven, auf die Frage nach innegehabter Position:

»Ich bin bloß hier in Wien ein Gegner unseres beschissenen

Absolutismus. Ich bin gegen unsere herrliche Unfreiheit, in der die Leute verblöden wie die Waldaffen. Sie verwechseln die Freiheit des Künstlers mit der freien politischen Betätigung. Das merkwürdige ist, Freiheit kann man nicht dosieren. Das gibt es nicht, daß man ein bißchen Freiheit hat und ein bißchen Unfreiheit ...«

Der einzige, dem was auffiel, ist der Genosse Professor Kurt Maetzig. Wegen seines Einspruchs nehmen Horst Seemann und ich einige minimale Veränderungen vor, zur Zufriedenheit aller Beteiligten. Schindlers Sottisen bleiben unbeschnitten. Umstritten auch der Schluß: Im dichten Nachmittagsverkehr in der Karl-Marx-Allee zieht Beethoven, bei Lebzeiten von Umzugswut befallen, mit einem Pferdewagen, bepackt mit Möbeln, auf dem Mittelstreifen dahin, unbeirrt von den links und rechts vorbeirollenden Autos. Sämtliche amtlichen Gehirne wälzen sogleich die unbeantwortbare Frage: Geht er von uns fort, oder kommt er zu uns?!

Ich drücke mich stets um eine klare Antwort mit der nichtssagenden Feststellung: Er schreitet eben durch das automobilisierte Volk!

Zwar erwarte ich weiteres Nachhaken: Warum denn mit seinem ganzen Haushalt? Doch da hätte ich auf die zahllosen Wohnungswechsel des Compositeurs verweisen können.

So gerät der Film tatsächlich ins Kino.

Premiere in der Schönhauser Allee – kaum die beste Premierenadresse. Immerhin nimmt Politbüromitglied Werner Lambertz an der Aufführung teil. Er sei mit dem Streifen durchaus einverstanden, teilt er anschließend huldvoll den »Schöpfern« mit. Im Rat der Unsterblichen ist er der Jüngste und Intelligenteste, Managertyp, schlank, schmales Gesicht, dem das geschickt gewählte Brillengestell den Touch eines Harvard-Absolventen verleiht. Dem Gemunkel zufolge strebt er die Nachfolge des Dachdeckers Erich H. an, und hinterher meldet ein Gerücht, sein Tod bei einem Hubschrauberabsturz in Libyen sei kein Zufall gewesen. Während er uns eifrig die Hände schüttelt, ist sein Ende schon beschlossene Sache.

Lambertz ist der Hoffnungsträger reformwilliger Funktionäre, und mit seinem Absturz driftet die DDR rascher ins Bodenlose.

Und Beethoven?

Der Film wird nach einigen Tagen aus dem Premierenkino abgezogen und in einen Vorort verbannt, wo er sang- und klanglos verschwindet. Schindler ist eben doch zu unvorsichtig gewesen. Irgend jemand ist wohl aufgefallen, daß seine Definition von der Unmöglichkeit, Freiheit zu dosieren, zum Ärgernis werden könnte. Aber das wahre Ärgernis steht noch bevor.

Die Premiere des Films ist im trüben Monat November gewesen, und Biermann trampt mit Klampfe, durch allerhöchsten und heimtückischen Gnadenerweis mit dem blauen Paß ausgestattet, nach Köln. Eingeladen vom DGB, den »proletarischen Kampfesbrüdern«. Der Dachdecker mochte den potentiellen Verbündeten keine Absage erteilen, hatte aber seinen Plan wohl schon parat.

Der WDR kündigte die Übertragung des Biermann-Konzerts für den späten Abend an. Bis auf die Leute im »Tal der toten Augen«, wie die Gegend um Dresden genannt wird, weil dort kein Westfernsehempfang möglich ist, versammelt sich zu später Stunde das Volk der DDR vor den Bildschirmen.

Wir sehen und hören zu. Durch den Barden realisierte sich die Brecht-Sentenz: Wenn die Unterdrücker gesprochen haben, werden die Unterdrückten sprechen. Leider benutzten sie dazu nur einen einzigen Mund.

Wieder ertönt »Warte nicht auf beßre Zeiten ...«, das Peter Huchel gewidmete Lied, in dessen Haus in Wilhelmshorst geschrieben. Huchel, ein witziger Erzähler, machte aus der Entstehungsgeschichte sogleich eine Anekdote. Wie Biermann am frühen Morgen auf dem Balkon, für Huchel zu nachtschlafender Zeit, auf der Gitarre die Melodie gesucht und die Umgegend in Unruhe versetzt habe. Jetzt ist Huchel in Stauffen, Manfred Bieler in München, und die gesamte DDR wird in zwölf Stunden nicht mehr derselbe Staat sein. Diese »Mitternachtsmesse«, obschon das noch keiner zu vermuten vermag, läutet das Ende der DDR ein.

Schlaflose Nacht. Herzklopfen. Hochstimmung.

Wolf, mein Guter, du rührtest an den Schlaf einer jämmerlichen Welt. Und deren Herren wachen erschrocken auf, und am 16. November 1976 liest man im Mitteilungsblatt für die ungebildeten Stände, man habe dir die Staatsbürgerschaft aberkannt.

Kaum haben die Nachrichtenbüros die Meldung verbreitet, klingelt unser Telefon. Hier Heinrich Böll, meldet sich in unverkennbarem Kölsch eine Stimme aus der Muschel:

»Lieber Herr Kunert, was gedenken Sie gegen Biermanns Ausbürgerung zu unternehmen?«

»Lieber Heinrich Böll, man wird dazu schon etwas sagen ...«, rede ich mich heraus. Es wird viel telefoniert an diesem 16. 11. Doch jeder dämpft am Apparat seine Empörung, der heute besonders aufmerksamen Mithörer sicher.

Dann meldet sich fernmündlich Stephan Hermlin und bittet um einen Besuch, ohne Erklärung, ohne Anspielung auf die Umstände.

»Also morgen vormittag um elf Uhr. Abgemacht ...«

Nach einem alten englischen Volkslied, das von der Pulverschwörung durch Guy Fawks handelt, der 1605 das Parlament in die Luft sprengen wollte, könnte ich meine Version singen: »Please do remember the seventienth of November ...«

Was für dürftige Verschwörer sind wir gewesen, Freunde. Bänglich und bedenklich, voll Zaudern und Zagen.

Wir fahren über die abgelegene Landstraße nach Niederschönhausen, wo Hermlin in einem verwohnten Einfamilienhaus hofhält. Einige Autos parken am Bürgersteig. Wir, Marianne und ich, sind nicht die ersten Gäste. Stefan Heym ist unüberhörbar anwesend und wie üblich Herr der Lage, die mir eher verworren vorkommt. Christa Wolf nebst ihrer grauen Eminenz Gerhard. Gerhard gelassen, Christa entnervt. Volker Braun äußerst beunruhigt. Sarah Kirsch ganz still.

Gentleman Erich Arendt, die unvermeidliche frische Nelke im Knopfloch. Heiner Müller verzögert sein Erscheinen in der Inszenierung. Franz Fühmann hat Hermlin zur Unterschrift in seinem Namen bevollmächtigt. Jurek Becker, auf Lesetour in Jena, wird telefonisch um seine Unterschrift ersucht, jedoch nicht davon verständigt, daß die »Petition« westlichen Nachrichtenagenturen übergeben wird. Aber wahrscheinlich hätte ihn diese Kenntnis nur in seiner Haltung bestärkt. Und noch eine Person ist unter uns, deren Anwesenheit ich völlig vergessen habe: Katja Wagenbach, die Frau des Verlegers. Nach zwanzig Jahren wird mir beiläufig mitgeteilt, Katja habe, separiert von uns, aus einer Ecke den Vorgang mitverfolgt. Als Augenzeuge unterliege ich Ausblendungen wie die meisten Augenzeugen.

Die Petenten sitzen in Hermlins Empfangsecke, hochgradig aufgeregt und schon die Folgen solchen Tuns körperlich verspürend. Uns allen ist bewußt, daß man uns kaum freundlich für den Protest gegen die Ausbürgerung danken würde. Der Grad unserer Beunruhigung ist individuell verschieden, doch sorglos ist keiner. Warum hole ich mir neuen Ärger an den Hals? Habe ich aus meinen Erfahrungen nichts gelernt? Nur sind Erfahrungen mit dem »aufrechten Gang« oftmals unvereinbar. Es kommt darauf an, die Spannung zwischen Besorgnis und der Befriedigung, aufrichtig gehandelt zu haben, auszuhalten.

Hauptsächlich feilen Hermlin und Heym an der Bittschrift. Volker Braun sächselt stärker als sonst und meint mehrmals, unsere Petition wäre gewichtiger, wenn wir den Fußballclub »Dynamo Dräsden« mitunterzeichnen lassen könnten. Ja, wenn die mitmachen würden …

Christa Wolf äußert Zukunftsvisionen, die insgesamt um Bautzen oder sonstige Zuchthäuser kreisen. Das hebt nicht gerade die Stimmung. Jeder von uns rechnet sowieso mit dem Schlimmsten. Jedes Gesicht signalisiert den einen Gedanken: Das werden DIE nicht hinnehmen! DIE werden Maßnahmen ergreifen! Was wir hier machen, ist *Gruppenbildung* –

das unverzeihlichste Vergehen, die gnadenlos zu verfolgende Untat!

Keiner wagt sich selber und den anderen seinen inneren Zustand einzugestehen. Mit unsicheren Lippen redet man sich mit fragwürdigem Mutwillen über die Situation hinweg. Man wird mit uns kurzen Prozeß machen! Dazu fällt mir kein Witz mehr ein …

Da klingelt es an der Haustür.

Da – da sind sie schon! Sie wissen Bescheid, dank ihrer Abhörmethoden! Sie wollen unsere laue Revolte verhindern! Mielke erwischt uns in flagranti!

Hermlin geht mit gewollt strammen Schritten hinaus. Hochspannung.

Wir hören Gemurmel im Flur.

Und es tritt ein, weder injeladen noch uffjefordert, im Schlepptau von Hermlin der Autor Rolf Schneider. Daß er keineswegs angekündigt war, erfahren wir sogleich. Was für ein Zufall im Land der Zufallslosigkeit!

Schneider, mit einem Blick bestens informiert, erklärt sich bereit, als Mitverschwörer zu fungieren. Ach, wie haben wir uns nach diesem Angebot gegenseitig in die Augen geschaut, Freunde, den Äußerungen des ungebetenen Gastes lauschend.

Was nun? Nun weiter nichts. Es läuft ab, wie geplant.

Hermlin erhebt sich, Heym in den Nebenraum mit sich ziehend, dem Text den letzten Schliff zu geben. Schneider springt eifrig auf und folgt den beiden und wird kurzerhand zurückgescheucht. Platzverweis. Die rote Karte. Und kehrt zu uns stillen Gestalten an den Tisch zurück. Bietet sich jedoch eilfertig an, unseren Protest gemeinsam mit Gerhard Wolf an den Zielort zu bringen. An die Redaktion des *Neuen Deutschland*. Und mit Zeitzünder, sprich Sperrfrist von vier Stunden, an die Agence France Press und an die Agentur Reuters. Wir anderen, nach belanglosem Hinundhergerede, laufen zögernd auseinander. Keiner trägt des anderen Last, jeder schleppt die eigene mit sich davon.

Wir fahren wieder nach Hause.

In Begleitung unserer sieben Katzen von Raum zu Raum: Wir sollten besser vernichten, was der Anklage als Indiz gegen uns nützen könnte. Wie würde der Staatsanwalt diesen oder jenen Gegenstand einschätzen? Dieses oder jenes Papier? Im Heizkessel glimmt noch der Koks, und ich steige mit einigem »Belastungsmaterial« ins Souterrain und übergebe, wovon wir glauben, das könnte uns schaden, dem Feuer. Bloß die von Eva Windmöller, der *Stern*-Korrespondentin, mir aus Westberlin überbrachte Kopiermaschine, deren Besitz in der DDR verboten ist, kann ich nicht in den Ofen stecken.

Ich habe mich jedoch gehütet, Institutionen Fotokopien zukommen zu lassen. Da wäre ich gleich aufgeflogen. Vielmehr kopierte ich meine Manuskripte, die unveröffentlichten, unveröffentlichbaren Gedichte und Prosastücke, Geschichten und Notizen. Und sämtliche an die Obrigkeit gerichteten Briefe. Das Paket wird von Freunden nach Westberlin gebracht, wo es in Sicherheit ist.

»Du hast einen Termin beim Rundfunk in der Nalepastraße ...«, mahnt meine Frau. Den habe ich wegen der vormittäglichen Geheimsitzung vergessen. Ein Gespräch soll stattfinden zwischen Horst Seemann, mir und einem Redakteur über den Beethoven-Film. Danach ist mir überhaupt nicht mehr zumute. Ich streike:

»Wozu das denn jetzt noch? Es ist doch sowieso alles gelaufen ...«

Marianne, wie immer, bleibt eisern:

»Wir ziehen das durch!«

Seemann wartet schon, ebenfalls der Redakteur. Das Aufnahmegerät wird eingeschaltet, aus meinem Mund kommen Sätze, die meinen Kopf nicht passiert haben. Marianne im Hintergrund kontrolliert ständig ihre Uhr. Dann hebt sie den linken Arm und weist mit dem Finger der Rechten auf das Zifferblatt. Die Geste wäre bei meiner Mutter von dem Ausruf »Zoff!« begleitet worden. Mach endlich Zoff, wir müssen heim! In einer halben Stunde beginnt die Tagesschau! besagt die Handbewegung.

Ich rede Konfuses über den Genius der Musik, sodann hastiger Abgang.

Neben mir im Flur Seemanns Geflüster:

»Wegen Biermann müßte man doch was unternehmen ...«

Schweig still, mein Herz. Und unter Mißachtung der Geschwindigkeitsbeschränkung, nun ist sowieso alles egal, nach Hause, aufschließen, ins Wohnzimmer stürzen, Knopfdruck, die Fernsehuhr, der melodiöse Aufklang der Nachrichtensendung: an erster Stelle die Korporation der Illusionisten.

Reichten meine vorhergehenden Aktivitäten nicht schon aus, um daraus eine staatsgefährdende Konspiration zu konstruieren?

Hatte ich nicht just sechs Tage vor dem »Unternehmen Hermlin«, dieser »Mission Impossible«, selber eine unerlaubte Versammlung einberufen?

»Hauptabteilung XX/7. Berlin, 12. 11. 1976.

Information. Inoffiziell wurde bekannt, daß Günter Kunert am 11. 11. und 12. 11. 1976 eine Reihe Schriftsteller benachrichtigte, um sie für eine Zusammenkunft für den 12. 11. 1976 in seiner Wohnung, Berlin-Buch, Hörstenweg 3, einzuladen.

Er teilte dem Besucherkreis mit, daß Günter Grass – WB und der Schriftsteller Max Frisch – BRD ebenfalls bei ihm anwesend seien, was interessante Gespräche versprechen würde. Folgende Personen nahmen die Einladung an und finden sich in der Zeit ab 14 Uhr bei ihm ein: Christa und Gerhard Wolf, Stefan Heym und Frau, die ihr Kommen erst für den Abend zusagten, Jurek Becker, Rainer Kirsch, Günter de Bruyn, Klaus Schlesinger, Hans Joachim Schädlich, Rosemarie Zeplin, Jannette Lander, Kurt Böhme und Heiner Müller.

Stephan Hermlin und Sarah Kirsch haben die Einladung nicht angenommen.

Hermlin begründete seine Nichtteilnahme damit, daß er mit Max Frisch nicht zusammentreffen möchte. Thomas Brasch informierte Kunert nach 14 Uhr darüber, daß er an der Zusammenkunft nicht teilnehmen kann, da er andere Verpflichtungen hätte.

In einer Unterhaltung äußerte sich Schädlich gegenüber Kunert, daß er Bedenken habe wegen der Größe des versammelten Personenkreises, für den es seiner Meinung nach noch nicht an der Zeit sei. Kunert beruhigte ihn daraufhin mit dem Hinweis, daß sie es doch in einer Form eines gemütlichen Beisammenseins im Kreise von Kollegen durchführen werden. Die meisten wollen ja Max Frisch sehen und hören. Zum anderen wollen die Anwesenden nicht lesen, sondern sich unterhalten. Andererseits müsse Kunert Schädlichs Befürchtungen beipflichten.

Da sich alles auf eine gewisse Sterilität hin bewege, äußerte Kunert, habe er diese neue Form für die Zusammenkünfte im zwanglosen Kreis, verbunden mit einem Essen, gewählt. Gegen 23 Uhr beabsichtigt Kunert, das Beisammensein zu beenden.«

Seit einiger Zeit finden, von Grass initiiert, Zusammenkünfte ost- und westdeutscher Autoren statt, bei denen man neue Arbeiten vorliest und aneinander milde Kritik übt. Eine Art ambulanter Gruppe 47, Sektion Ost. Grassens Aktivitäten sind erstaunlich. Der Mann besitzt Energien, die ausreichen würden, ein Kraftwerk zu betreiben.

Nun ist das Treffen bei uns verabredet, doch eine zusätzliche Ankündigung von Grass hat Unruhe und Besorgnis unter den eingeladenen Schriftstellern hervorgerufen: Er wolle eine Kuttelsuppe kochen! Kunert solle die Zutaten beschaffen. Von entsprechender Vorstellung gepeinigt, baten einige Gäste im vorhinein Marianne, sie möge doch ja eine alternative Suppe zubereiten.

Zwei Querstraßen von uns entfernt die »Fleischwarenhandlung« der HO, der Handelsorganisation, zu der ich mich gehorsam begebe, um eines doppelt traumatischen Erlebnisses willen.

Nie vordem sind mir in diesem Laden, den ich als Hausbesorger wöchentlich mehrmals aufsuche, eßbare Eingeweide begegnet. Ich bin sicher, keiner der Kunden, außer den ganz alten, weiß noch, worum es sich bei Kutteln handelt. Und nun auf einmal hängen hinter dem Rücken der Verkäuferin an der Kachelwand scheußlich aussehende, bleiche Lappen, überzogen mit einem geäderten Muster. Schon beim Anblick vergeht mir der Appetit. Ich erstehe die kunststoffartigen Tücher, um bis zum Ende meiner Berliner Tage niemals wieder welche beim Fleischer zu Gesicht zu bekommen. Ausgerechnet in dem Moment, da Grass seine Kochwut an wehrlosen Kollegen auslassen will, taucht aus dem Irgendwo das lederähnliche Zeug auf! Die Hypothese ist angebracht, daß hinter dem ungewöhnlichen Angebot Absicht stecke – und eine aufwendige Organisation. Ich male mir aus, wie die Staatssicherheit auf Grassens telefonisch übermittelten Wunsch reagiert hat. Pönig ist alarmiert worden: Der Staat muß beweisen, daß wir dem Klassenfeind kuttelmäßig ebenbürtig sind! Außerdem würde die Suppe dazu dienen, einen Keil zwischen die Dichter aus Ost und West zu treiben.

Jedenfalls kocht Marianne zusätzlich eine Gulaschsuppe und eine Hammelsuppe – vorbeugend.

Die Herrschaften vom schreibenden Gewerbe erscheinen nacheinander. Zuletzt Max Frisch in seinem Jaguar, über den er sogleich ein Klagelied anstimmt, der dauernden technischen Defekte halber. Es gäbe keine ordentliche »Garage«, auf deutsch »Werkstatt«, in Westberlin.

Grass, ohnehin ungehalten, daß die Zusammenkunft eher einer Party gleiche anstatt einer Arbeitstagung, begibt sich schnurstracks in die Küche.

»Ein Messer! Das Messer ist stumpf! Habt ihr kein besseres Messer?!«

Die beiden Mariannen, meine und die von Max Frisch, zerschnippeln die Eingeweide. Es hebt in der Küche ein Kochen und Würzen an, und es läßt sich nicht verheimlichen, daß außer den Kutteln ein weiteres Suppenangebot vorhanden ist. Damit sinkt Grassens Laune sichtlich auf den Tiefpunkt. Dann wäre er ja überflüssig, dann hätte er sich die ganze Mühe ersparen können, und es dauert eine Weile, bis meine

Frau, von gleicher Vorliebe für gekochte Schuhsohlen beseelt, den Meistergourmet beruhigt hat.

Unser Leihkind Josephine betätigt sich als Hebe. Marianne hat ihr beigebracht, wie man Gin und Tonic Water mischt, Wein einschenkt, und die gelehrige Schülerin, in einem amerikanischen, dem 19. Jahrhundert nachempfundenen Kleidchen, versorgt die Gäste, denen sie kaum bis zur Hüfte reicht, mit Getränken.

Und ich pendele zwischen den Grüppchen, mische mich vorübergehend in die Unterhaltungen, wobei ich auf ein einziges Thema stoße: Kutteln! Nach dem dritten Glas Wein meint Max Frisch, eigentlich hätte er heute einen alkoholfreien Tag einlegen wollen, und läßt sich sein Glas nachfüllen. Später liest er aus einem taufrischen Manuskript über Begegnungen im Jenseits, und wir lauschen still der zur Gemütlichkeit neigenden schweizerischen Intonation. Falls man tatsächlich im Jenseits zu Dialogen befähigt ist, sollte man sich durch einen Lehrgang in Schwyzerdütsch darauf vorbereiten.

Währenddessen kocht Grass in der Küche, und wahrscheinlich im doppelten Sinne.

Endlich wird die Kuttelsuppe herumgereicht. Mutige wagen eine Kostprobe. Aber so kühn sind die wenigsten. Ich rangiere unter den letzten Feiglingen, und habe an einem Löffel des Gebräus mit den darin schwimmenden zähen und weißlichen Flicken genug. Und ich bin sicher, daß die Erinnerungen der Anwesenden kaum von den Gesprächen, sondern vielmehr von der Kuttelsuppe geprägt sind.

Aufbruch der Westler am späten Abend. Die Grenzkontrolle ruft, und alle, alle kommen. Die Ostler sickern so nacheinander weg, bis wir, Marianne und ich, uns selber überlassen sind.

Danach melden sich die gewohnten Ängste. Die stundenweise selbsttäuschende Abwesenheit von jeglichem Unbill klingt nach der überwältigenden Ablenkung aus. Die Erde hat uns wieder. Der kurzfristige Urlaub von der Wirklichkeit ist beendet.

Nach »Biermann« verändert sich *alles*, was soviel heißt:
Die üblichen Präferenzen des Alltags wechseln ihre Bedeutung und ihre Gewichtigkeit. Was mir gestern noch wesentlich vorkam, ist heute, angesichts der massiven Vergeltung des Staates gegen seine aufwieglerischen Künstler, nebensächlich geworden.

Sämtliche Zeitungen der DDR bringen von linientreuen Kulturschaffenden signierte Verurteilungen Biermanns und seiner Sympathisanten. Gleichzeitig schließen sich immer mehr Schriftsteller und metierfremde Leute, unter Anführung von Manfred Krug, den dürftigen Sätzen der »Petition« an. Ein Buschbrand, angefacht von unserem sonst parteifrommen Guy Fawks in Niederschönhausen. Der Psychoterror rollt an. Unterzeichner werden unter Druck gesetzt, ihre Unterschrift zurückzuziehen und sich des Verführtwordenseins zu bezichtigen. Druckmittel besitzt der monopolistische Arbeitgeber genug. So zieht zum Beispiel der Bildhauer Fritz Cremer seine Unterschrift zurück.

Und mir schicken sie erst einmal den Regisseur des Beethoven-Films ins Haus, in der irrigen Meinung, durch menschliche Nähe mehr erreichen zu können:

»Berlin, 2.12.1976.

Bericht über ein Gespräch zwischen Genossen Horst Seemann und dem Schriftsteller Günter Kunert.

Am 1.12.1976 unterrichtete mich Genosse Seemann über ein am 30.11.1976 in der Wohnung des Schriftstellers Günter Kunert geführtes Gespräch. Genosse Seemann hatte, wie er im Gespräch mit mir am 27.11.1976 zum Ausdruck gebracht, den Kunert aufgesucht, um ihn von seiner Stellung zur Angelegenheit Biermann und zu der Solidaritätserklärung einiger Künstler zu unterrichten und gleichzeitig auf Kunert einzuwirken, daß dieser seine Haltung korrigiert.

Das Gespräch fand in Anwesenheit der Ehefrau des Kunert statt.

Um Seemann seine Haltung und seine Motive für seine Beteiligung an dieser Protestaktion klarzumachen, verlas

Kunert seine Rede auf der jüngsten Parteiversammlung der Berliner Schriftsteller.

Wie ich im Gespräch feststellen konnte, war Seemann von Inhalt und Form dieser Rede sichtlich beeindruckt. Er brachte zum Ausdruck, daß ich diese Rede doch mal lesen sollte, damit man darüber sprechen könne.

Da Genosse Seemann im Gespräch mit Kunert feststellte, daß dieser von seiner Haltung nicht abweichen wird, versuchte er ihm klarzumachen, daß die Übergabe der Protestresolution an westliche Massenmedien besonders verurteilenswert sei und Kunert als Genosse müsse sich von diesem Vorgehen doch distanzieren. Kunert brachte in diesem Zusammenhang zum Ausdruck, daß diese Sache unter Zeitdruck gestanden habe und nicht anders gehandhabt werden konnte.

Des weiteren erklärte Kunert, er und andere hätten in der Vergangenheit schon ca. 90 Schreiben an die Partei- und Staatsführung geschickt, in denen sie Kritik geübt oder Veränderungen vorgeschlagen hätten usw.

Auf die überwiegende Zahl dieser Schreiben gab es seitens der Organe, an die sie gerichtet wurden, keinerlei Reaktionen. Man habe nicht einmal den Empfang derselben bestätigt. Deshalb wurde so und nicht anders in diesem Fall verfahren. Es gelang Genossen Seemann nicht, Kunert in diesen zwei Fragen umzustimmen.

Genosse Seemann brachte zum Ausdruck, daß es ihm zweifellos gelungen wäre, die Positionen Kunerts zu erschüttern und Ansatzpunkte für ein weiteres Einwirken zu schaffen, wenn er mit Kunert hätte allein sprechen können. Die Ehefrau des Kunert habe sich aber immer in günstigen Situationen in das Gespräch eingemischt, und sie vertritt eine aggressive und harte Haltung; dadurch bestärkt sie Kunert ständig in seiner falschen Haltung.

Genosse Seemann brachte abschließend zum Ausdruck, daß er auf den nächsten Filmforen in Potsdam und Jena entsprechend meinem Rat den Namen Kunert in seinen eigenen Ausführungen nicht nennen wird, und bei entsprechenden Fragen der Gesprächsteilnehmer werde er kurz und klar zum Ausdruck bringen, daß er die Handlungsweise von Kunert mißbillige und seine eigene Stellung darlegen werde, ohne aber eine Diskussion über Biermann oder Kunert u. a. zuzulassen.«

Der Seemann geht, der Höpcke kommt.

Direkt aus Weimar zu uns beordert, um den Protestler zu bearbeiten.

Meine Muse hat mich, wie eh und je, instruiert:

Keine Namen nennen! Nie mitteilen, von wem man welche Informationen hat.

»Sag nur, ich habe gehört, daß ...« Und sag:

»Marianne muß bei allen Gesprächen dabeisein ...« Marianne will Kronzeuge sein und bleiben:

»Du bist eine Plaudertasche, mein Lieber, dir zieht doch jeder die Würmer aus der Nase ...«

Klaus Höpcke ist sichtlich durcheinander. Ansonsten besteht zwischen uns Burgfrieden. Er hat sich meine kritischen Einwände angehört, meine Vorwürfe gegen seine miesen Artikel im *Neuen Deutschland*, und er hat dabei nicht gemuckt. Unser Dissens ist unüberwindlich, doch haben wir, trotz konträrer Positionen, einander respektiert. Bei einem Besuch in seiner Arme-Leute-Wohnung in der Wilhelm-Pieck-Straße stellt er das Radio laut, und ich frage mich: Um mir Vertrauen einzuflößen? Oder um wirklich Lauscher zu düpieren? War das ein Trick? Oder gehört er zu jenen Funktionären, die Reformen anstreben? Alle Autoren hassen den »Buchminister«. Ich nicht. Abgesehen davon, daß die Anlage zum Hassen bei mir kaum ausgebildet ist, standen wir, Höpcke und ich, in einem »dialektischen« Verhältnis zueinander. Er, der Zensor – ich, der Zensierte. Durch die persönliche Beziehung wurde – bei genereller Frontenstellung – der Gegensatz nicht mit dem Knüppel, sondern mit dem Florett ausgetragen. Und ich habe ihn häufiger touchiert, als er mich.

Da rührt er nun an unserem Tisch in seinem Kaffee und redet mir störrischem Esel gut zu. Vergeblich.

Ach, Klaus, du warst nicht sehr überzeugend als Vertreter der Macht. Wie unwohl dir bei diesem scheiternden Versuch war, merkten wir sofort. So dumm wie dein Generalsekretär bist du ja nie gewesen, um nicht zu wissen, daß die Partei, weil sie meinte, Biermann eine Grube gegraben zu haben, selber hereinfiel. Und als Marianne dich unterbrach und sagte: »Der Zug ist abgefahren …«, hast du nicht länger insistiert.

Der nächste Besucher meldet sich telefonisch aus bayerischer Ferne an, ehe er, nach eingehender Grenzkontrolle, den Klingelknopf an unserer Gartenpforte betätigt. Wir bitten ihn nicht ins Haus. Wir bitten ihn in die verschneite Natur. Hinaus auf das nächstgelegene Feld am Waldesrand. Unsere Wände haben Ohren, Christoph!

Wir wollen mit meinem Verleger Christoph Schlotterer dringliche Angelegenheiten regeln. Den Gedichtband fürs kommende Jahr 1977 besprechen. Er solle, selbst wenn ich schriftlich oder mündlich das Manuskript zurückfordern würde, auf keinen Fall darauf eingehen. Die Gedichte, durch einen der zutunlichen Boten expediert, müßten unbedingt erscheinen. Was mir auch geschehe – Pardon wird nicht gegeben.

Christoph hat die Gedichte gelesen. Und weil wir in Richtung der Rieselfelder dahinschreiten, dem Kloakenodör entgegen, und weil es meiner Lage realistisch entspricht, erweisen sich fünf Zeilen aus dem Manuskript als doppelt aktuell:

> WEIL ICH GESAGT HABE:
> Hier stinkt's
> wurden über meinem Kopf
> einige Nachttöpfe entleert:
> als Gegenbeweis.

Falls meine Befürchtungen einträten und mir etwas passieren würde, möge er zum Alarm blasen oder trommeln. Dem hiesigen System keinen Pfennig und keinen Groschen, denn es ist keinen roten Heller wert. Und der Band solle betitelt werden: »Unterwegs nach Utopia«, da wir uns mit dieser Gesellschaft sowieso auf dem Marsch in die Irrealität befänden.

Christoph verspricht getreulich, alle Wünsche zu beherzigen. Er geht und ruft am Abend an, um mitzuteilen, was ihm beim Grenzübertritt widerfahren sei. Man habe ihn gründlichst gefilzt und sich erkundigt, wo er sich denn wohl in unserer schönen Hauptstadt aufgehalten hätte. Schlotterer, mit dem Aufbau-Verlag in Geschäftsbeziehung, verweist auf diesen Partner. Man reicht ihm den Paß zurück, mit jener Bemerkung, die ihn erschüttert hat:

»Warum sagen Sie nicht, daß Sie bei Günter Kunert gewesen sind?!«

Du hättest antworten sollen, lieber Schlo, »nicht nur bei Kunert, sondern auch bei George Orwell«. Aber die besten Antworten fallen einem stets zu spät ein. Oder man muß sie sich gar verkneifen.

Der Gedichtband wird erscheinen und mein »Uwe« sich in Pönigs Auftrag darüber hermachen, um mit mir endgültig abzurechnen:

»Das Ergebnis meiner Untersuchung ist, daß Kunert nicht bloß ein Unbehagen abreagiert, sondern daß er in literarischem Gewand systematisch und haßvoll, von einer Plattform aus, also im Diversionsauftrag und die Auftraggeber mit Argumenten beliefernd, schreibt und arbeitet. Eine so kompakte Feindseligkeit kenne ich von dem Verfasser bisher nicht. Ein Vergleich mit Reiner Kunzes letztem Machwerk ist angebracht. In beiden Fällen ist die Position rechtsreaktionär, ohne roten oder rosa Anstrich. Allerdings gibt es einen Unterschied. Kunze gab jeden künstlerischen Anspruch auf, um die Massen zu erreichen, was ihm nicht gelang. Kulturschaffenden gegenüber konnten wir die Sache leicht als außerliterarisch abtun. Kunert erhält den Anschein der Kunst aufrecht, verzichtet von vornherein auf Massenwirkung, aber hofft, auf Intellektuelle zu wirken. Sein Name hat einen gewissen Klang, und in der Lyrik kommt leider oft gerade durch snobistisches Gehabe eine breitere Wirkung zustande.

Manipulation tut ein übriges. Gefahr besteht also. Objektiv ist bei Kunert ein künstlerischer Niedergang zu verzeichnen, eine Perversion seines Talents. Die wirkliche literarische Qualität des Bändchens ist mittelmäßig oder noch darunter.

Das Ganze zielt auf Meinungsmache im Sinne der imperialistischen Menschenrechtsheuchelei, auf geistige Formierung von Opposition unter solchem Vorzeichen. Eine Veröffentlichung der Gedichte bei uns kann danach überhaupt nicht in Frage kommen. Unmöglich natürlich auch eine Publikation in gekürzter Form. Ein Drittel ist offen feindselig, der Rest stark infiltriert oder als Tarnung benutzt. Einen erbitterten Gegner, und der ist Kunert geworden, ›gewinnt‹ man nicht durch Nachgiebigkeit oder Selbsterniedrigung. Man würde ihn so nur noch frecher machen.

Ansätze, die darauf hindeuten, wie man mit Kunert arbeiten, das heißt günstig auf ihn einwirken kann, ergeben sich wenig. Kennzeichnend für ihn ist heute ein absoluter Pessimismus (auch in ›Das kleine Aber‹, Aufbau-Verlag 1975), ein schwarzer Nihilismus spätbürgerlicher Herkunft, der in der Geschichte das ›Gedröhn vergeblicher Greuel‹ sieht. Sein Zynismus, der jetzt in Ekel vorm Leben, Autoerotismus, Weltflucht und Verlorenheit mündet, war ja gerade die Grundlage für seine Gesinnungslosigkeit und Käuflichkeit, sein Nicht-Mitmachen-Können bei uns. Es gibt ein paar relativ gute Gedichte, freilich mit solcher Afterphilosophie.

Kunert scheint hierbleiben und ›Maulwurf‹ spielen zu wollen. Viel wäre schon gewonnen, wenn es gelänge, ihn zu veranlassen, seinen Weltschmerz in sich, in den Kosmos oder sonstwohin, nur nicht gegen uns zu kehren. Aber er ist schon zu weit gegangen, hat sich fixiert, ist eine seelische und charakterliche Ruine.«

Einige Bekanntschaften lösen sich in nichts auf.

Andere scheinen beständiger. So die mit dem Ostberliner Vorsitzenden der jüdischen Gemeinde. Ich setze unbewußt etwas Familiäres voraus, eine innere Verbundenheit, befangen in Sentimentalität. Er öffnet für mich die Registratur der Deportierten, da im Verwaltungsgebäude neben der ausgebrannten Synagoge vor 1945 das Reichssicherheitshauptamt nach den vorhandenen Unterlagen die Abtransporte vornahm. »Volks-, Berufs-, Betriebszählung am 17. Mai 1938 – Ergänzungskarte für Angaben über Abstammung und Vorbildung« steht auf jedem der Blätter. Aber es ging weder um Vorbildung noch um Berufe. Die »Abstammung« war die Kernfrage. Und während ich in den verblichenen Bögen blättere und die Unterschriften meiner nahen und ferneren Verwandten lese, die Zeugnisse des Unbegreiflichen, kehren mit den Namen die Verschwundenen als Luftgeister zurück. Mein weinender Großvater und mein filmenthusiastischer Onkel, seine Frau Cilly und Stefi mit ihrem Mann Sigmund, die Ungarn, Baruchs und Caros, und der Onkel meiner Frau, Arno mit der blondierten Hanni, alle, alle kommen aus den Schubladen hervor, ein anrührender Gespensterreigen, der mich stracks in die Kindheit versetzt.

Und ich werde auf den Dachboden geführt, wo einstmals ein Teil der jüdischen Bibliothek aufgestellt war. Die Regale sind leer. Wer Bücher verbrennt, verbrennt auch Menschen – du hast es geahnt, Heinrich! Auf den Dielen verstreut Kuverts mit dem Aufdruck »Reichssippenamt«. Ein paar zerfledderte, von Feuchtigkeit strapazierte Bände. Und weil eines doppelt vorhanden ist, wird es mir geschenkt: »Die Namen der Juden«. Ein Memento Mori zwischen zwei dunkelblauen, leinenbezogenen Pappdeckeln.

Daß man meine im Mai 1976 verabredete Lesung trotz des Banns, dem alle Biermann-Petenten unterliegen, stattfinden lassen will, kommt mir bewundernswert vor. Ein seltener Akt von Solidarität, wie ich glaube. Aber ich bin, auf jiddisch gesagt, ein »Chammer«, ein »Schaute«, ein »Chochem«: Selig sind die Arglosen, denn ihrer ist das Himmelreich. Aufs Himmelreich habe ich gleich verzichtet, und meine Arglosigkeit habe ich mittlerweile eingebüßt.

»Hauptabteilung XX/7. Berlin, den 6. 12. 1976.
Information zu dem Schriftsteller Günter Kunert.

Inoffiziell wurde bekannt, daß der Schriftsteller Günter Kunert am 11.12.1976 um 15 Uhr in den Räumen der ›Jüdischen Gemeinde‹ Berlin Oranienbürger Straße eine Lesung durchführt. Den vorgenannten Sachverhalt teilte der Leiter der ›Jüdischen Gemeinde‹ Dr. med. Kirchner, der inoffiziellen Quelle mit. Die inoffizielle Quelle wies Dr. Kirchner darauf hin, daß Kunert zu den Unterzeichnern der Protestresolution zur Aberkennung der Staatsbürgerschaft Wolf Biermanns gehört und das es aus diesem Grunde gut wäre, wenn Dr. Kirchner darauf achte, daß Kunert bei seiner Lesung bleibt und die ›Jüdische Gemeinde‹ nicht für andere Zwecke mißbraucht.

Dr. Kirchner bedankte sich bei der inoffiziellen Quelle für den Hinweis und versprach ihr einen Mißbrauch der Lesung des Kunert in der ›Jüdischen Gemeinde‹ nicht zuzulassen.

Dr. Kirchner äußerte weiter, daß er in der Vergangenheit bereits mit Jurek Becker, der in der ›Jüdischen Gemeinde‹ eine Lesung hatte, schlechte Erfahrungen gemacht habe. So hat Becker für Dr. Kirchner völlig unvorbereitet vor der Lesung erklärt:

›Bevor ich mit meiner Lesung beginne, möchte ich die Anwesenden davon in Kenntnis setzen, daß ich mit dem Ausschluß Reiner Kunzes aus dem Schriftstellerverband nicht einverstanden bin und deshalb schärfstens dagegen protestiere.‹ Dr. Kirchner äußerte, daß er nicht noch einmal eine solche Situation zulassen wolle.«

8

Das Telefon will nicht aufhören zu klingeln.

Ich verweigere mich der akustischen Aufforderung. Marianne, meine Stellvertreterin, meldet mich bei den Anrufen von »unseres Volkes Besten« als erkrankt. Befehlshaberische Zitationen namens der Partei liegen morgens im Blechkasten am Pöllnitzweg, wo mir ein weiterer Nachbar auflauert, um mir für meine Kühnheit zu danken. Doch dann bittet er mich um Rat, die Formulierung seines Ausreiseantrags betreffend. Verehrter Herr Nachbar, hättest du nicht ausgerechnet eine gewaltige Antenne in deinem Apfelbaum an meiner Gartengrenze installiert, ich würde dir weniger skeptisch lauschen.

Außer der kulturellen Kahlschlagperiode hat auch die Heizperiode begonnen. Die Archetypen des »Schwarzen Mannes«, von dem meine Kindheit frei geblieben ist, rücken mit ihrem Lastwagen an.

»Marianne, die Männer mit dem Koks sind da!«

Als empfinge ich lauter verloren geglaubte Söhne, eile ich beschwingt zur Gartenpforte und grüße die schwarz gepuderten Gestalten herzlich. Die drei Männer erwarten mich schweigend, fast drohend. Der Jüngste tritt vor und stellt die Gretchenfrage:

»Haste unterschrieben?!« Sofort weiß ich Bescheid.

»Ja, ich habe unterschrieben …« Die nächste Frage lautet:

»Haste die Unterschrift zurückjezohren?!«

»Nein, nicht zurückgezogen!« Dreifache Zufriedenheit. Mir wird eine schwarze Hand hingehalten, in die ich einschlage. Und höre:

»Denn kriechste ooch imma Koks …«

Das Proletariat minus Vorhut hat mich ins Herz geschlossen. Was mit mir auch geschehen mag, Koks ist mir jedenfalls bis ans Lebensende sicher. Auch ohne Kohlenkarte. Und diesmal kippen sie die Brocken auch nicht auf dem Bürgersteig ab, sondern schleppen sie körbeweise in den Heizungsraum.

Sodann die Einladung, von der es in Mafia-Kreisen heißt, daß man sie nicht ablehnen könne. Die kommt von der Bezirks-Partei-Kontrollkommission. Das ähnelt einer Einladung zum Reichstag nach Worms. Und ich mache mich bangen Gemüts auf, vor die Skribenten eines neuen, modifizierten »Hexenhammers« zu treten, der Gebrauchsanweisung für den Umgang mit Teufelsbesessenen und Ketzern. Letzteres trifft auch auf mich zu.

Die Inquisitoren, vor denen ich Platz zu nehmen habe, ahnen nicht im mindesten, daß ihre Verhörmethoden nahezu wortgetreu dem Grundmuster des 17. Jahrhunderts gleichen. Das Protokoll versetzt den Angeklagten in die dritte Person. Das stellt den Abstand zum Befragten her und erlaubt bei dieser Vorgehensweise die Interpretation der geforderten Aussagen. Meine Richter verhalten sich strikt gegenreformatorisch, Vertreter einer weltlichen Kirche, deren Fundamente bröckeln.

»Bezirks-Partei-Kontrollkommission Berlin. Berlin, den 15.12.1976.

Aktennotiz über die Aussprache mit dem Genossen Günter Kunert am 15.12.1976.

Eingangs wurde Genosse Kunert gefragt, wie er heute zu seiner Stellungnahme steht und ob sich in der Zwischenzeit bei ihm andere Auffassungen und Meinungen ergeben haben.

Genosse Kunert betonte, daß seine Haltung nach wie vor unverändert sei, und er hinter seiner Erklärung steht. Er habe dazu nichts hinzuzusetzen und weiter zu erklären.

Auf die Frage, wie er zu den Beschlüssen des IX. Parteitages stehe, und ob er mit dem Programm und Statut unserer Partei einverstanden sei, erklärte Genosse Kunert, daß er sich wahrscheinlich nicht in Übereinstimmung mit den Beschlüssen des IX. Parteitages befinde. Er sei kein Kenner von festgelegten Regeln. Seine innere Substanz lasse sich schlecht in Regeln halten.

›Ich habe gesagt, warum ich die Ausweisung für falsch halte. Alle Dinge, die ich gesagt habe, stehen und bauen auf etwas, was meine Arbeit ausmacht, und davon kann ich mich als Autor niemals trennen. Deshalb glaube ich, daß die Maßnahme der Regierung einfach falsch war. Wir denken in dieser Hinsicht historisch, entsprechend unserem Alter, und die Geschichte der letzten 25 Jahre haben wir mit unseren Erfahrungen hinter uns. Diese Maßnahme hat mich tief getroffen und verwundert, so daß ich einfach nicht sagen kann, das war nur ein Patzer. Ich bin einfach in meiner Substanz geschädigt. Ich weiß jetzt gar nicht mehr, wie ich weiter schreiben soll und meine literarische Zukunft gestalten soll. Aus dieser Überlegung heraus mußte ich einfach unterschreiben, das weiß ich.‹

Auf den Hinweis, ob er sich genau überlegt habe, ob er partei- und klassenmäßig herangegangen sei, ob er die Grundfragen der Politik der Partei richtig einordnet, antwortete er:

Er habe überall, wo er in der Welt war, eine feste Position vertreten und diese immer im Zusammenhang mit der Geschichte und den Menschen in Übereinstimmung gebracht. Er wisse, daß in der DDR die antifaschistische Komponente anerkannt wird. Das habe der DDR einen guten Ruf eingebracht. Jeder fühlte sich darin geborgen und nicht verfolgt. Deshalb haben wir uns, so betonte er ›mit der Ausbürgerung von Biermann einen üblen Dienst erwiesen‹. Vielleicht denkt der Taxifahrer in New York anders darüber. Auf uns darf auch nicht der kleinste Schatten fallen.

Auf die Frage, warum sich bekannte Schriftsteller für Biermann eingesetzt haben, aber im Falle Weinhold sich nicht gerührt hätten, gab er keine Antwort.

Auf die Frage, wie er zur Partei stehe, antwortete er, daß seine Mutter seit 1919 Mitglied der Partei sei, darum war der Weg zur Partei für ihn selbstverständlich. Er trat 1949 in die

Partei ein und wurde einmal im Zusammenhang mit der Fred-Oelsner-Sache in den Kandidatenstand zurückversetzt. Auf dem ›berühmten und berüchtigten VI. Parteitag‹ haben sich Dinge abgespielt, die keine Grundlage hatten. Vom 11. Plenum habe er nur Querschläger abbekommen. Nach dem VI. Parteitag habe er nichts verdient und ›dies alles aber akzeptiert‹.

In der Geschichte der Partei gäbe es Irrtümer, die einfach vorkommen. Er habe sich immer als eine Art Kommunist gefühlt und das nie beim Auftreten im kapitalistischen Ausland (z. B. London) verheimlicht. Er glaube fest, daß jetzt wieder ein Irrtum vorliegt. Er sei einfach nicht in der Lage, nach seiner Biografie das zu verstehen und konnte deshalb nicht anders handeln, als er es im Falle Biermann getan habe.

Genossen Kunert wurde die Frage gestellt, ob er nicht der Meinung sei, daß mit seinem Verhalten die Grenze überschritten worden sei. Keine kommunistische Partei könne sich bieten lassen, daß dem Klassengegner Munition geliefert werde, die gegen uns gerichtet ist.

Genosse Kunert beantwortete das, indem er sein Unverständnis dahingehend ausdrückte, daß er nicht verstehe, warum Kunze aus dem Schriftstellerverband ausgeschlossen worden sei. In dieser Hinsicht habe er einen Brief an Anna Seghers geschrieben. Sie habe erstaunlich schnell geantwortet, daß sie den Ausschluß zugelassen habe, weil er in Sachen Chile eine nichtvertretbare politische Haltung gezeigt habe. Daraufhin habe er Anna Seghers mitgeteilt, daß ein Beitrag Kunzes in der Chile-Anthologie des Mitteldeutschen Verlages enthalten ist.

Genosse Kunert verwies erneut darauf, daß er schon ›viele Briefe geschrieben habe‹, die sicher alle irgendwo abgeheftet seien – aber darüber gesprochen worden sei nie. Und jetzt in der Sache, wo es um eine so tiefe Besorgnis ginge, fände er es nicht richtig, daß man so reagierte.

Mit der Methode der Ausbürgerung sei für ihn eine Grenze erreicht worden, wo es für ihn einfach nicht weitergehen kann. Die Vergangenheit gebot es ihm einfach, so zu handeln, wie er es getan habe.

Man könne aus dem Schriftstellerverband ausgeschlossen werden, aber es sei unverständlich, daß man dann dem Kunze nicht mehr die Möglichkeit gibt, zu arbeiten.

Abschließend wurde Genosse Kunert noch einmal gefragt:

1. Ob er die Art und Weise, über AFP den Protest kundzutun, noch für richtig halte? Er antwortete: ›Wenn mir jemand auf den Fuß tritt, muß ich schreien.‹

2. Wie er zu den Beschlüssen des VIII. und IX. Parteitages stehe und ob er das Programm und das Statut der Partei anerkenne.

Er betonte, daß er bereits gesagt habe, daß er sich aller Konsequenzen seines Schrittes bewußt sei. ›Mehr kann ich nicht sagen.‹

Herbert Jopt (Vorsitzender BPKK); Karl Palmer (politischer Mitarb. d. BPKK); Helmut Küchler (Parteisekretär d. Schriftstellerverbandes); Rainer Kerndl (Mitglied der Parteileitung); Rudi Strahl (Mitglied der Parteileitung); Ria Scheerer (Mitglied der Parteileitung).«

Indem ich meinen Standpunkt darlege, bediene ich mich der gängigen Stereotypen. Mir schauderte bei dem Gedanken, aus dem Zimmer als Zombie hervorzugehen und somit denen, die mich zu einem der Ihren machen wollten, aufs Haar zu gleichen. Ihr Interesse erschöpft sich nicht allein in Karrieresucht, in Machtteilhabe, in der Befriedigung des Apparatschiks über sein Funktionieren – es ist für sie unerträglich, daß außer ihrer selbstgewählten Unmündigkeit etwas anderes existiert, was nicht von ihrer elenden Art ist.

Folgte der zweite Akt eines nur allzu deutschen Trauerspiels.

Die Parteiversammlung des Schriftstellerverbandes in dessen Tagungssaal. Ich trete ein und auf, doch mit Verspätung. Nachdem ich von daheim losgefahren bin, die übliche Route in die City, biege ich, von Heinersdorf kommend, exakt eingeordnet, nach rechts ab, wobei mich, falsch abbiegend, ein

Lastwagen überholt und rammt. Wie es der unglaubhafte Zufall will, steht auf der gegenüberliegenden Straßenseite ein Funkwagen, der sich, als ich wild hupe, ohne Zögern in Bewegung setzt, als hätte er auf mich gewartet. Er wendet, stoppt den Lastwagen, und die aussteigenden Polizisten »klären die Sachlage«. Der Lastwagenfahrer ist der Schuldige, aber mein Auto hat eine üble Delle, was mich immerhin von meinem baldigen Auftritt ablenkt. Da meine Unschuld feststeht, darf ich mich entfernen, und sehe im Rückspiegel die Polizisten mit dem Fahrer verhandeln. Litte ich unter Verfolgungswahn, ich müßte den Vorfall für einen geplanten Anschlag halten, der mich so richtig auf das Kommende einstimmen soll.

Ziemlich entnervt betrete ich den überfüllten Saal. Doch als ich auf der Empore am Vorstandstisch den Clan der Cosa Nostra sitzen sehe, werde ich ganz ruhig.

Die Versammlung bezweckt, den Erstunterzeichnern, so sie Parteimitglieder sind, die allerletzte Möglichkeit einzuräumen, ihren Charakter abzulegen. Kasperletheaterartig erheben sich nacheinander die Ankläger. Die Vorwürfe nehmen kein Ende. Insbesondere einige Genossinnen suchen einander mit Beschuldigungen zu übertreffen. Die Damen triefen geradezu von (falschen) Gefühlen. Als hätten wir sie mit unserer Unterschrift unsittlich berührt. Gisela Steineckert gebärdet sich als Furie. Sind das nicht alles verkappte Nazis, die unter gewechselter Farbe ihre Minderwertigkeitskomplexe ausleben?

Ich, um nicht herumzustammeln, habe ein Bekenntnis verfaßt und ziehe, als ich aufgerufen werde, mein Papier aus der Tasche, stiefele zum Podium und beuge mich übers Mikrofon. Rechts von mir lauert IM »Martin«, der allzeit bereite Hermann Kant, links mit zusammengekniffenen Augen der ebenso allzeit bereite ideologische Schlagetot Roland Bauer. Und ich singe mit brüchiger Stimme meine moralindurchwirkte Arie vom Blatt:

»Auf der Parteiversammlung vom 23.11.1976 wurde über den Fall Biermann gesprochen, als wäre es das erste Mal gewesen, daß man über einen unliebsamen Autor geredet hätte. Ich möchte jetzt daran erinnern, wie viele Schriftsteller in vielen Versammlungen mit den bösartigsten Bezeichnungen belegt und damit um ihre Kraft, gar um ihre Heimat gebracht worden sind. Ich möchte hier nur den Namen des großen Dichters Peter Huchel nennen. Aber nicht von Huchel will ich sprechen, auch von Biermann nur bedingt, sondern von mir.

Seit dem noch nicht vergessenen VI. Parteitag, wo man mir Ungeheuerlichkeiten unterstellte, unter anderem in der Presse behauptete: ›Kunert würde seine schmierigen Gewehrkugeln gegen führende Genossen abschießen‹, wobei diese ›Gewehrkugeln‹ Gedichte waren, die inzwischen längst in der DDR erschienen sind, bis zu Diffamierungen aller Art, habe ich ziemlich bittere Erfahrungen in diesem Staat machen müssen, den ich trotz allem für den meinen halte.

Auf der Parteiversammlung am 23. 11. 1976 ist der Vorwurf erhoben worden, die Schriftsteller hätten sich mit ihrer Erklärung an die Weltöffentlichkeit gewandt, statt vertrauensvoll sich doch erst einmal an jene Genossen zu wenden, die gerade die Ausbürgerung beschlossen hatten. Im Laufe der letzten fünfzehn Jahre habe ich eine Reihe von Protesten, Bitten, Erklärungen, Ersuchen an Institutionen und führende Genossen geschickt und in neunzig Prozent aller dieser postalischen Unternehmungen noch nicht einmal eine Empfangsbestätigung erhalten; meine Briefe sind fünfzehn Jahre lang abgeheftet worden.

Mein Motiv, mich gegen die Ausbürgerung Biermanns zu wenden, ist ganz simpel: Grundlage meines eigenen Werkes, und das ist allen bekannt, ist meine konsequente antifaschistische Haltung. Für mich stellt die DDR einen der wirklich antifaschistischen Staaten dar – um so stärker der Schock über eine Maßnahme, die in der Welt das Bild unserer Republik, das immerhin auch ich vermittelt und mitgeprägt habe, verfärben muß. Leider wurde darüber nicht auf der Versammlung gesprochen, was dringend notwendig gewesen wäre;

nicht Verständnis für die Besorgnis und schmerzliche Betrübnis der Unterzeichner wurde deutlich, sondern die Unterstellung negativer Absichten. Die Versammlung endete mit einem Schlußwort Roland Bauers, in dem das Wort ›Petőfi-Club‹ fiel, gegen das ich mich schärfstens verwahren muß und das jede weitere Diskussion um die Affäre ausschließt.

Wieso ich durch Roland Bauers Formulierung jede weitere Diskussion für unmöglich halte, möchte ich mit einem persönlichen Beispiel belegen. Am 30.09.1970 bin ich vor die Parteileitung des Schriftstellerverbandes zitiert worden, um wegen eines Gedichtbandes und wegen eines Protestbriefes gegen ein Reiseverbot zur Rechenschaft gezogen zu werden. Während dieser Verhandlung ließ Roland Bauer das Protokoll unterbrechen, um mir wörtlich zu erklären: ›Biermann kann die DDR nicht kaputtmachen, auch Stefan Heym kann die DDR nicht kaputtmachen, und auch Kunert nicht. Aber die DDR kann Kunert kaputtmachen!‹

Mir scheint, das hat weder etwas mit den Normen des Leninschen Parteilebens zu tun noch mit den Normen menschlichen Zusammenlebens überhaupt. Das ist nichts anderes als die Erzeugung von Furcht und Angst. Es gibt aber moralische Normen, die man nicht verletzen kann, ohne auch Menschen unheilbar zu verletzen. Mich hat die Maßnahme der Ausbürgerung tief getroffen, ich wende mich nach wie vor dagegen, und ich bin bereit, alle Konsequenzen zu tragen.«

So komme ich unter die Deutschen!

Kaum habe ich geendet, erhebt sich Präsident Kant und erklärt, das, was ich da über den Genossen Roland Bauer behaupte, könne nicht stimmen, denn er kenne den Genossen Bauer sehr genau, und der Genosse Bauer sei ein guter Genosse! Dabei hat das Hermännchen damals selber dabeigesessen, als mich der bösartigste Bauer meines Lebens verwarnte.

Bauer schweigt und blinzelt tückisch. Er weiß noch nicht, daß er sich in meiner Angelegenheit zu weit aus dem Fenster gelehnt hat; nach der hektischen Entlarvung von Feinden in den eigenen Reihen wird man ihn nach Prag versetzen, in die

Redaktion der ödesten aller Zeitungen: *Für Frieden und Fort-schritt*, die selbst als Einwickelpapier nichts taugt.

Nach meiner Solonummer begebe ich mich auf meinen Platz am äußersten Rande des Haufens, wo ich neben Herm-lin gesessen habe. Lieber Stephan, raune ich ihm zu, mir ist kotzübel! Ich gehe.

Erhebe mich also gleich wieder, erreiche die Tür, lege die Hand auf die Klinke – ohne Ergebnis. Die Tür ist abgeschlos-sen. Ich merke, ich bin in einen Film geraten. Ich rüttele an der Tür, ziehe an der Klinke, als hätte der Regisseur mir ein aufmunterndes »Action!« zugerufen. Köpfe drehen sich nach dem Mann an der Tür um. Schwenk: Aus dem Hintergrund läuft eine Sekretärin herbei, den Arm vorgestreckt, den Schlüssel in der Hand. Großaufnahme: Der in jeder Hinsicht Austrittswillige verzieht die Miene zu einem qualvollen Lä-cheln. Der Schlüssel wird zweimal herumgedreht, die Tür läßt sich öffnen, ah, frische Luft. Ich bin in Freiheit! Und nehme, mich umwendend, wahr, wie die Tür mit großer Sorg-falt aufs neue verschlossen wird.

Die Treppen hinab und weg. Als wären mir plötzlich Flügel gewachsen, so leicht ist mir zumute. Ich habe die Operation hinter mir. Das Übel mit einem Schnitt entfernt. Nur noch die kurze Nachbehandlung ist zu erwarten, und heiter klet-tere ich in den Wagen, den Blechschaden ignorierend, heiter fahre ich heim. Mit dem christlich okkupierten Begriff von Erlösung habe ich vordem nie etwas anfangen können, mit einem Schlage bin ich nun eingeweiht. Wenn auch nicht Chri-stus gefolgt, sondern meiner Frau, die weitaus intensiver und lauter als jeder tote Gott zu mir spricht: Fürchte dich nicht!

Aschermittwoch im »Großen Haus«, im Gebäude des ZK der SED. Woher sie die mir völlig unbekannten Leute geholt haben, ist keine Frage. Funktionäre aus den Ämtern als Stimmvieh. An die dreihundert Stück. Dann beginnt der Cir-cus Maximus mit der Opferung jener, die sich dem Götzen-dienst verweigern.

Christa Wolf wird ans Pult gerufen und redet lange und

unkonkret. Ein Satz bleibt haften: So etwas wie diese Protestaktion mache man nur einmal ... Deutlicher kann der Wink mit dem Zaunpfahl kaum sein. Er wird belohnt mit einer Parteistrafe, mit einer »Rüge«, was in diesem Falle bedeutungslos ist und der Partei dient, ihr Gesicht zu wahren. Denn Strafe muß sein. Nach Christa Wolf ist ihr Mann an der Reihe. Gerhard wird aus der Partei ausgeschlossen. Und ich erwarte, daß Christa ihr Parteibuch aus der Tasche zieht und auf den Tisch des Hauses legt, und ich könnte ihr soufflieren, was sie zu sagen hätte. Etwa: »Nicht ohne meinen Mann!« Oder: »Ich teile selbstverständlich das Schicksal meines Mannes!« Nichts. Kein Wort. Sie sitzt stumm da und hat es gar nicht nötig. Ihre Position ist derart gefestigt, daß sie auf die Mitgliedschaft im Verband der Leibeigenen verzichten könnte.

Nach jedem Antrag wird abgestimmt. Ich stimme gegen die vom Vorstand aus dem Hut gezogenen Vorschläge und bin damit in der Gesellschaft von elf anderen Mitgliedern. Ein verlorenes Häuflein. Die Majorität, wie vorherzusehen, folgte willig ihren Hirten.

Schließlich mein Name. Wieder die altbekannten Klagen und Anklagen. Dazu fällt mir nun, mit Karl Kraus gesprochen, nichts mehr ein. Der Vorschlag: mich zu streichen. Immer noch besser als teeren und federn. Abstimmung. Elf Personen suchen ihre Anständigkeit zu bewahren. Keine Stimmenthaltung? Doch – eine. Christa Wolf enthält sich der Stimme. Hätte ja auch für mich votieren können, es hätte ohnehin nichts an der Regie dieses Abends geändert.

In der Pause belästige ich sie mit meiner Verwunderung. Daraufhin sie mit einer unvergeßlichen Replik:

»Ich dachte, du wolltest aus der Partei heraus ...«

Christa, dachtest du denn, deine Stimme würde etwas verhindern oder befördern; angesichts der massenhaften Gegenstimmen? Du hast mir den letzten Rest geringfügiger Solidarität verweigert. Du warst feige, und ich war nicht mutig. Macht das einen Unterschied? Manchmal schon.

In dieser Pause versichern mir die Jungs aus der Parteilei-

tung, die gealterte »junge Garde des Proletariats«, die Kohlhase, Rücker, Strahl, Kerndl, noch einmal, wie sehr sie mein
Verhalten mißbilligen. Adios, Compañeros, euer Ex-Com-
pañero fährt heim und überläßt euch eurem reinen Gewissen.

Tage oder Wochen später der Schlußpunkt. In der Bezirks-
leitung Berlin muß ich mein Mitgliedsbuch abgeben und einen
Revers unterschreiben, des Inhalts, ich hätte mich verbote-
nerweise an ausländische Nachrichtendienste gehalten. Eine
anrüchige Formulierung, aus der bei Bedarf und bösem Willen Spionagetätigkeit abzuleiten wäre. Man hat für die Zukunft vorgesorgt.

Die Heinzelmännchen in der Hauptabteilung XX/7 kom-
mentieren recht exakt:

»Berlin, 23.02.1977.

In Zusammenhang mit der Durchführung seines Parteiverfahrens äußerte er, daß ihn die ganze Angelegenheit kalt
gelassen und er mit diesem ›Verein‹ (der Partei) innerlich abgeschlossen habe.«

Da muß man natürlich was unternehmen, arbeitsteilig.
Unsere Aufgaben, zeitgleich vollzogen, divergieren deutlich.
Einzig die Grundlage, bares Papier, und das »Produktionsin-
strument«, die Schreibmaschine, eint uns. Ich schreibe meine
Texte, und Oberst Stange schreibt mich als Freiwild zur Jagd
aus.

»Hauptabteilung XX, 31.03.1977. Bezirksverwaltung für
Staatssicherheit, Abteilung IX, Leiter Gera.

Kunert, Günter, geb. 6.3.1939 in Berlin.

Obengenannter gehört zu den Erstunterzeichnern der
›Protestresolution‹ gegen die Ausbürgerung Biermanns. Er
wird durch unsere Diensteinheit operativ bearbeitet. Laut
telefonischer Auskunft ist Kunert als Verbindung von Personen operativ angefallen, die wegen staatsfeindlicher Tätigkeit gemäß § 106 StGB durch Ihre Diensteinheit inhaftiert
wurden.

Aus dringenden politisch-operativen Gründen bitten wir

um eine Einschätzung des in Ihrer Diensteinheit zu Kunert vorliegenden Materials nach folgenden Gesichtspunkten:

– Hinweise auf eine direkte Beteiligung des Kunert an staatsfeindlichen Handlungen;

– Wurden die inhaftierten Personen durch direkte oder indirekte Aufforderungen des Kunert zu staatsfeindlichen Handlungen ermuntert?

– Art der Beziehungen des Kunert zu den inhaftierten Personen;

– Kann das in Ihrer Diensteinheit vorliegende Material zu Kunert beweismäßig für offensive Maßnahmen gegen Kunert verwendet werden?

Stellv. Leiter der HA XX Stange (Oberst)«

Oberst Stange bläst zum Halali.

An den »real existierenden Sozialismus« bindet mich nichts mehr. Bei dem einst magischen Wort »Moskau« regt sich nur noch Widerwille. Noch zögern wir den Abgang hinaus. Da sind die uns nahestehenden Menschen, von denen man sich nur schwer zu lösen vermag. Und die Ungewißheit einer Existenz unter radikal anderen Umständen. Dennoch wagen wir einen ersten, noch nicht endgültigen Schritt, wie mein Lektor Schubert seinem Führungsoffizier zu berichten weiß:

»Berlin, den 13.06.1977.

Bericht vom Treff mit ›Albert‹, am 13.06.1977, von 10.30 bis 11.30 Uhr in ›Ilses‹ Wohnung.

In Alberts Verhalten gab es keine Besonderheiten. Der Treff verlief ohne Störung.

Auftragsgemäß berichtete Albert über sein Gespräch mit Günter Kunert, am 07.06., nachmittags. Bei dem Gespräch, das vier Stunden dauerte, von denen drei für Manuskriptprobleme benötigt wurden, war auch der Koll. Hirte anwesend.

Auf Alberts Frage nach Reiseplänen teilte K. mit, daß er den Antrag gestellt habe (an den Verband oder an das MfK?), ab September 1977 zusammen mit seiner Ehefrau eine einjährige Arbeitsmöglichkeit in Frankreich genehmigt zu bekommen.

Er wolle in Südfrankreich, in einem kleinen Pyrenäendorf, archäologische Forschungen betreiben, die immer wieder einmal sein spezielles Interesse hervorriefen. Dort gäbe es das Skelett eines Altertumsmenschen, welches außer für allgemeine Forschungsmöglichkeiten durch seine ungewöhnliche Gehirngröße auf eine hervorragende Intelligenz dieses Menschen schließen lasse.

Möglicherweise ergäbe diese Reise einen ›Frankreich-Report‹. Kunert habe die Vorstellung, diesen Aufenthalt mit Unterbrechungen zu gestalten, um sich – besonders im Winter – weiter um das Haus und um seine Haustiere kümmern zu können.

Sprachliche Schwierigkeiten erwarte K. nicht, obwohl weder er noch die Ehefrau französische Sprachkenntnisse haben.«

Nun, auch ich besitze ein ungewöhnliches Gehirnvolumen, was die Steuerung von Gestik und Mimik ermöglicht und somit eine Verständigung auf Primatenebene.

Es dauerte wie eh und je eine die Nerven strapazierende Zeitspanne, bis die Götter uns gen Douce France ziehen lassen. Wieder sind schriftliche Beteuerungen nötig, keine Devisen vom Staat zu verlangen. Niemand zeigt Neugier, keiner erkundigt sich, wie wir denn unseren Aufenthalt beim Neandertaler finanzieren wollen. Jeder denkt sich sein Teil. Notfalls würde ich die in Westberlin wohnenden Tanten meiner Frau vorschützen. Gelogen muß werden.

In meiner Brusttasche steckt ein offizielles Schreiben des französischen Kulturattachés Deschusses an sämtliche Bürgermeister und Präfekten in Gallia transalpina. Man möge mir, dem Dichter, nach Möglichkeit behilflich sein. Damit werde ich wie ein inkognito reisender Großfürst behandelt.

So fahren wir ab, mit der »Voiture«, wie es die Eintragung in den französischen Fragebogen für das Visum fordert: über München, um beim Hanser Verlag die verbotenen Devisen zu tanken. Nicht allein geografisch liegt die DDR weit, weit hinter uns. Wir kehren ihr in doppelter Hinsicht den Rücken zu und merken, wie beim Dahinrollen mit jedem Kilometer unsere Stimmung steigt.

An der Grenze schickt uns der Zöllner nach Visitierung unserer ihm ungewohnten Pässe zur Grenzpolizei. Die Kette deutscher und französischer Wagen rauscht ungebremst an uns vorüber. Einzig wir zwei sind herausgepickt worden, um dem Gendarm Rede und Antwort zu stehen. Aber damit hapert es gewaltig. Er spricht kein Deutsch, und wir, wie IM »Albrecht« es zu Recht gemeldet hat, kein Französisch. Der Kontrolleur trägt unsere Namen und Personendaten in ein dickes Kontobuch ein, unwirsch, verächtlich mit den Dokumenten halbwilder Deutscher aus den östlichen Urwäldern hantierend. Was nicht im Paß steht, muß er erfragen: den Beruf.

Nachdem er mich durchdringend gemustert hat, er hält mich wahrscheinlich für einen Kurier, welcher der KPF geheime Botschaften überbringt, entringt sich ihm ein mageres Wort:

»Profession?!«

Das verstehe ich. Und bin nicht auf die Kunst der Pantomime angewiesen, weil Stephan Hermlin, Assistent beim Fragebogenausfüllen, mich, ohne es zu ahnen, mit einer Zauberformel ausgerüstet hat.

So erwidere ich:

»Ecrivain, Monsieur ...« Die Szene, eben noch ein Tribunal, schlägt ins Gegenteil um. Er lächelt plötzlich. Und genauso plötzlich spricht der Mann Deutsch. Ja, er erhebt sich und überreicht uns unsere Pässe wie ein von Herzen kommendes Geschenk:

»Schriftsteller! Ich wünsche Ihnen einen guten Aufenthalt in Frankreich ...« Und nach den Pässen als weitere Gabe für uns beide je einen kräftigen Händedruck. Mein Gott in Frankreich!

In der DDR darf man getrost mit einer konträren Reaktion rechnen: Gleich wird der Kofferraum noch gründlicher nach

»Druckerzeugnissen« durchsucht. Man sperrt Voltaire nicht ein, soll de Gaulle gemeint haben, als seine Schranzen Jean-Paul Sartre wegen maoistischer Umtriebe verhaften lassen wollten. Armes sächsisches Preußen! Und ich erinnere mich spontan an den Versuch des Alten Fritzen, just das zu tun, was de Gaulle ablehnte. Der »Schänder der Völker«, wie Herder Friedrich II. nannte, wollte Voltaire inhaftieren und sandte dem Pariser Autor, als das mißlang, noch Schlägertrupps hinterher. Deutsche Geschichte, ein zerschlissener Sack voller gebrauchsfertiger Parabeln.

Und? Hast du den »Altertumsmenschen« samt Großhirn aufgestöbert?

Nein, nur sein Domizil im Perigord.

Nach einem Gespräch in Perigueux, der Hauptstadt des Departements, wo mein Inspirator und Verderber Montaigne Stadtsekretär gewesen ist. Aus biologischen Gründen ist er verhindert, so daß ich es mit einem anderen Gesprächspartner zu tun habe. Auch diesmal kann ich auf Taubstummensprache verzichten. In der Altertümer-Verwaltung herrscht eine gütige, weißhaarige Dame über die Schätze der Region. Und sagt heiter und auf deutsch, nachdem ich das Hilfsersuchen des Kulturattachés vorgelegt habe:

»Oh, ich kenne Ostberlin. Ich bin dort bei einem archäologischen Kongreß gewesen …«

»Wir möchten in die Höhle von Lascaux …« Am Absperrzaun sind wir schon gewesen, nahmen jedoch nichts weiter wahr als ein Schild mit dem Hinweis, es bedürfe einer amtlichen Besuchserlaubnis. Nichts leichter als das. Sofort füllt sie einen Vordruck aus und erläutert die Prozedur. Nicht mehr als zehn Leute pro Tag dürfen in die Höhle, wegen der Blau- oder Grünalge, welche sich durch die feuchte Atemluft der viel zu vielen Besucher gebildet habe. Wir sollen das Permit dem Höhlenführer, übrigens selber einer der Entdecker der Höhle, morgen um zehn Uhr vorweisen. Dann können wir mit acht anderen Neugierigen den Trip in die Traumzeit unternehmen.

Die Erde öffnet sich.

Wie durch gigantisches Sauriergebein vorwärts. Knochenfarben die bemalten Wände und Windungen, sehr hell und schattenlos ausgeleuchtet. Der Führer, nachdem er uns distanziert gemustert hat (»Boches« liest man von seiner faltenreichen Stirn ab), geleitet uns durch die Unterwelt. Ich brauche keine Erläuterungen. Ich habe mich lange vorher kundig gemacht und bewundere die Originale der Kopien aus meinem Bildband.

Währenddessen wird unser Ausgangsort, Ostberlin, immer diffuser, immer unwirklicher und bereitet sich aufs Vergessenwerden vor.

Um wieviel wirklicher ist – ein paar Kilometer von der Höhle entfernt – Montignac, wo unser Hotel liegt. Auf der Hauptstraßenkreuzung das Denkmal eines *Poilus* aus dem Ersten Weltkrieg, und ihm zu Füßen ein Bauer und ein Polizist, von der Morgensonne gewärmt. Als ich Stunden später einkaufen gehe, stehen sie noch immer dort und werden es wohl bis in alle Ewigkeit. Schwarzgekleidete Greisinnen mit schwarzen Strohhüten trippeln durch die Gassen. Und die Vézér fließt so gemächlich jenseits der Straße am Hotel Beau Soleil vorbei, als habe sie den Lebensrhythmus der Einwohner angenommen. Wirbel bei Sandbänken, grüne Schlieren um den Stumpf einer zerfallenen Wassermühle.

Vom Speisesaal mit wenigen Gästen gelangt man in einen verwunschenen Garten, der an den Rändern zu Wildnis wird. Im gepflegteren Teil unter einer mächtigen Kastanie sitzt in einem Korbsessel ein Engländer aus dem Handbuch des europäischen Typologen, weißhaarig, mit weißem Schnurrbart, ein uralter, bestimmt seit der Schlacht um Verdun hier angewurzelter Gentleman, in den Händen die *Times*, von der ich annehme, daß sie ein historisches Datum trägt. Warum kann ich mich nicht für die nächsten Jahrzehnte neben diesem Engländer plazieren, um keiner anderen Beschäftigung nachzugehen, als dem Dinieren und dem Zeitunglesen?

Selten habe ich eine Gegend so ungern verlassen wie diese, wo man von Nebenstraßen auf Seitenwege abbiegt, auf einer Lichtung anhält, eine Wolldecke auf dem Gras ausbreitet, den Picknickkorb hervorholt, den Blick in die stille, hügelige Landschaft gerichtet. Da oben, knapp unter dem Hügelkamm, bewegt sich ein Bauer lautlos hinter Pflug und Pferd, als käme er aus dem Stundenbuch des Herzogs von Berry. Furche um Furche entsteht – die einzigen Zeitmesser.

Ein kurzer Moment des Atemholens, und schon ist die Idylle in den Ostberliner Turbulenzen untergegangen.

Der erste, der aufgrund der Biermann-Affäre ausreist, ist der Schauspieler Manfred Krug.

Er hat, wie es heißt, von den Verhandlungen mit den Funktionären Aufzeichnungen angefertigt und macht mit den Ausweisern ein Geschäft. Ausreise gegen Nichtveröffentlichung der für die Verantwortlichen peinlichen Verhandlungen.

Jetzt lädt er zur Abschiedsfeier ein, und wir suchen nach einem Parkplatz in seiner Straße, in welcher ein Autokorso zum Stillstand gekommen zu sein scheint. Doppelposten der Volkspolizei haben mit Walkie-Talkies an strategisch wichtigen Punkten Stellung bezogen. Auffällig unauffällige junge Männer, meist ein Herrentäschchen schwenkend, bummeln umher.

In allen Krugschen Räumen ein enormes Gedränge. Krug hat die Urkunde »Entlassung aus der Staatsbürgerschaft«, ein DIN-A5-Blättchen, in eine Klarsichtfolie gesteckt und diese an einer Schnur um den Hals gehängt – wie ein zum Alleinflug vorbereitetes Kind. Stolz hält er das Papier jedem unter die Nase. Man wird neidisch. Der hat's geschafft! Der hat's hinter sich! So jedenfalls denken wohl die meisten der Gäste. Und:

Wer wird der nächste sein?

Krug wirkt wie ein Schleusenwärter, der zum Abfließen bringt, was sich aufgestaut hat. Von diesem Abend an verstärkt sich die Exodusbereitschaft. Was soll man noch im

Sumpf aus Dummheit, Ignoranz, Heimtücke, Untertanengeist und Machtgier herumsitzen? Was sagte doch einer bei Krugs »Schlußball«?

»Der letzte, der geht, knipst das Licht aus!«

Es sind ziemlich schwächliche Versuche im Gange, mit den potentiellen Ausreisewilligen einen Konsens herzustellen.

Unvermutet bietet mir die DEFA an, einen Film über Albert Einstein zu schreiben. Doch schon nach den Vorgesprächen zeigt sich, daß die gehorsamen Dramaturgen den Begründer der Relativitätstheorie nachträglich zum Ehrenbürger der DDR ernennen wollen. Ohne mich.

Und Dieter Wolf, einer von der IM-Garde und Bruder Gerhards, schickt mir einen Brief, mit dem er mir eine Absage erteilt, da ja nach meiner Auffassung »tatsächliche oder vermutete Widersprüche zwischen Einsteins Überzeugungen und der offiziellen DDR-Politik« bestünden. Im Gegenzug schlage ich vor, den bekanntesten Roman von H. G. Wells zu verfilmen: »Die Reise mit der Zeitmaschine«. Tue es bloß noch pflichtschuldig und halbherzig. Ich bin von der Geschichte gefesselt, und dem DEFA-Direktor ergeht es nicht anders. Nur zieht er daraus andere Schlußfolgerungen, indem er mir schreibt:

»Ich habe die Sache natürlich inzwischen gelesen und dies übrigens nicht ohne Beeindruckung. Für einen Film bei uns kann ich es bei allem Respekt nicht halten. Da haben Sie also die gewünschte Äußerung. (Das Buch lege ich Ihnen mit Dank wieder bei.) Also: Wie ist es mit dem nächsten Schritt?«

Nun, mein Lieber, ich würde bald eine Reise mit der Zeitmaschine unternehmen müssen, um dem Mittelalter zu entfliehen. Angebote sollten Sie von mir keine mehr erwarten.

Ringsum Unbehagen, Depression. Die bedrückende Stimmung läßt keinen einigermaßen vernunftbegabten Schriftsteller aus. Die Unterscheidung zwischen guten und schlechten Nachrichten ist aufgehoben, und jetzt heißt die Frage: Wollen Sie erst die schlechte Nachricht hören oder die schlechtere?

»Günter de Bruyn, 104 Berlin, Auguststr. 92.

Lieber Günter, ich möchte Dich nur wissen lassen, daß ich, als ich heute in der Zeitung die Kongreßdelegiertenliste sah, gleich an Görlich geschrieben habe, daß ich meine Delegierung nicht annehme, da ich es für sinnlos halte, einen Kongreß zu besuchen, der einem Meinungsstreit durch Ausschluß all derer, die anderer Meinung sind, aus dem Wege geht.

Sehen wir uns bald mal wieder? Allerliebste Grüße an M. Günter.«

Der nächste bitte!

»Lieber Günter, anläßlich des heutigen schönen Tages wollte ich dem Vapenik einen ›Gang‹ schicken, habe aber seine Adresse verschmissen. Hast Du sie?

Ach ja, die letzten Wochen waren turbulent. Erst nach einigen Etappen die Rückgabe aller Rechte und die Streichung der Nachauflagen, und nun bin ich für den 1. 9. zu Höpcke gebeten, und der Buschfunk will wissen, das Verbot des Buches sei aufgehoben. Es geht schon spannend zu dahier. Du wolltest ein Buch dazu – wenn das nicht für Vapenik gedacht gewesen sein sollte, und Du immer noch willst, dann schreib bitte.

Tja, da sind wir beide nun plötzlich bedeutende oder gar führende Persönlichkeiten, oder wie heißt das? Vielleicht sehen und reden wir in dieser Sache balde?

Also, wir müssen uns bald mal treffen. Grüße, auch von Annelies, an Marianne! Erich Loest.«

Der nächste bitte!

»Lieber Günter Kunert, haben Sie Dank für Ihren trostreichen Brief in dieser trostlosen Zeit! Ich habe mich auch sogleich auf die Reise nach Utopia gemacht – das alles entspricht ganz meiner unbeschreiblichen Stimmungslage: gefaßt, aber ohne Aussicht auf Besserung, ein Schwebezustand, wie er den schwunglosen Engeln eigen ist ... Ich freue mich, daß Sie den Text akzeptieren, den Hinweis auf Tadeusz Borowski werde ich beherzigen. Von Krüger habe ich noch nichts gehört, obwohl ich das Ms. nicht der Post anvertraute, sondern einer

Hamburger Freundin im Auto mitgab. Aber ich bin ganz sicher, daß alle meine Post irgendwo mitgelesen wird: Ein Brief, den ich als Text an mich selber abschickte, brauchte von der Stadtmitte bis hierher 3 Tage und war geöffnet worden. Es ist skandalös. Gerne würde ich Sie bald einmal besuchen. Aber ich sitze über Brotarbeit und möchte möglichst auch noch Eigenes unter Dach und Fach bringen. Trotzdem: Es wird schon noch vor Weihnachten werden, einmal nach Buch zu kommen.

Ich grüße Sie und Ihre Frau ganz herzlich und bin mit aller gebotenen Solidarität von Haus zu Haus Ihr Heinz Czechowski.«

Lieber Czecho, so was nennt man eine Selbstanzeige: In Kenntnis der heimlichen Postkontrolle liefert man sich selber ans Messer, wenn man seinen amtlich befugten Lesern mitteilt, auf welche Weise man Manuskripte in den Westen schafft. Hätte ich Ihnen das damals mitteilen sollen? Sie noch mehr verängstigen? Sind wir angesichts der rabiaten Staatsmacht schon voller Resignation gegenüber dem eigenen Geschick? Daß wir in einer trübseligen Verfassung unsere Tage dahinschleifen lassen, wer wollte uns das heute verübeln?!

Das Gedächtnis reproduziert Szenen, keine Daten.

In einer Szene, ähnlich einem Traumausschnitt, kommen wir von einem Besuch nach Haus. Mitternacht vorbei. Unsere Gegend schläft im Schummerlicht vereinzelter Laternen. Wir biegen in unsere Straße ein, und schon wird eine Gruppe vor unserem Grundstück sichtbar. Vor der Einfahrt parkt ein Funkwagen, zwei Polizisten verhandeln irgend etwas mit einem Mann, der sich auf sein Moped stützt. Ich halte an und kurbele das Fenster herunter:

»Sie parken vor meiner Einfahrt! Was machen Sie denn eigentlich hier ...?«

»Wir nehmen eine Personenkontrolle vor!« behauptet der eine und glaubt wohl, daß wir es glauben. Als gäbe es in der Verlassenheit unseres Vorortes nachts um zwei Uhr irgend etwas zu kontrollieren. Der Mopedfahrer schwingt sich auch hastig auf sein Gefährt und verschwindet im Dunkel. Die Polizisten schieben sich in ihren Lada und fahren an, während ich die Doppelflügel der Einfahrt öffne, um den Wagen in Sicherheit zu bringen. Trau keinem Volkspolizisten!

Beim Zubettgehen besprechen wir den eigentümlichen Vorfall. Die Szene war gestellt – nur zu welchem Zweck? Um uns die Überwachung des Ehepaares K. zu demonstrieren? Habe ich nicht vor einigen Wochen einen weißen Lada-Kombi aus dem Schlafzimmerfenster mit dem Teleobjektiv fotografiert?

Der Wagen stand im absoluten Halteverbot auf dem Bürgersteig an der Fernheizungsleitung, an die ein Fahrrad zu lehnen bereits verdächtig gewesen wäre. Denn das dicke, grüngestrichene Rohr auf Betonsockeln führte direkt ins Regierungskrankenhaus. Wer sich an der Leitung zu schaffen gemacht hätte, wäre sofort festgenommen worden. Schließlich haben unsere führenden Genossen ein Anrecht auf ein stets warmes Krankenhauszimmer.

Stefan Heym lädt uns zum Abendessen ein, damit uns nützliche und literarisch verwertbare Erfahrungen zuteil werden. Wir fahren ab, Hörstenweg, dann um die Ecke in den Pöllnitzweg, wo, wie mir Marianne gesteht, auf dem Bürgersteig ein Pkw, beladen mit vier Figuren, rechtswidrig parke. Den habe ich übersehen. Es läßt sich rechtens sagen, der Wagen parke im Vorfeld von Heyms Plan für eine Anthologie deutscher demokratischer Autoren.

Eine lange Strecke von Berlin-Buch nach Berlin-Grünau, wo Heym in jener für Künstler gebauten und darum leicht zu überwachenden Siedlung wohnt.

Kaum habe ich am Bordstein gehalten, rennt uns der »kleine Stefan«, Heyms Sohn, entgegen und ruft:

»Sie sind schon da!« Wir vermuten weitere Gäste. Gemeint jedoch ist das mit Stasi-Leuten vollgestopfte Auto vor Heyms Gartenzaun. Ja, sie sind immer schon da, die Swingel, während wir wie die armen Hasen hin und her hecheln.

Worüber haben wir an diesem Abend geredet, Stefan? Über deine Anthologie? Über die Herrschaften da draußen? Über die Umzingelung? Über die undurchschaubaren, aber wohl kaum erfreulichen Absichten der Zentrale für Menschenverachtung?

Deine Lust an der Überwachung habe ich nie verstanden. Du sollst ja sogar einmal mit einer Kanne Tee und Tassen hinausgegangen sein, um den Swinegeln was zu trinken anzubieten. Sie lehnten natürlich ab. Es hätte ja Arsen in der Kanne sein können. Wer freche Bücher schreibt, mordet gewöhnlich auch. Vermutlich ein Lehrsatz aus der Einführungslektion für Stasi-Lehrlinge. Mit deiner Anthologie, Stefan, hat du die nimmer schlafenden Hunde erst so richtig scharf gemacht. Da haben auch deine Proteste nichts mehr genützt. Die Amokläufer sind an den Start gegangen.

»Herrn stellv. Minister Kurt Nier, Ministerium für Auswärtige Angelegenheiten; Berlin, 21. August 1978.

Sehr geehrter Herr Nier, in der unter der Überschrift ›Warnung vor gesetzwidrigen Handlungen‹ im Neuen Deutschland vom 19./20. August veröffentlichten ADN Meldung über eine Erklärung von Ihnen ist von ›Aufnahmen mit einem bestimmten Personenkreis zur Herstellung eines von der ARD geplanten Fernsehfilms über die Situation der DDR-Schriftsteller‹ die Rede, die der ARD-Korrespondent Lehmann drehen sollte und die nicht genehmigt werden könnten.

Daraus geht hervor, daß Sie falsch informiert wurden oder einem Mißverständnis zum Opfer gefallen sind. Der ›bestimmte Personenkreis‹ besteht aus dem Herausgeber der im Verlag Autoren-Edition in München soeben erschienenen Anthologie ›Auskunft 2, Neueste Prosa aus der DDR‹, dem Schriftsteller Stefan Heym, und fünf in der Anthologie mit Beiträgen vertretenen Autoren, nämlich Karl-Heinz Jakobs, Günter Kunert, Erich Loest, Klaus Poche und Helga Schütz; und das Thema der geplanten Sendung war nicht etwa ›die Situation der DDR-Schriftsteller‹, sondern eben diese Anthologie und ihre Beiträge. Da die Anthologie, an der übrigens insgesamt 43 DDR-Autoren teilgenommen haben, ausschließlich zum Vertrieb in der Bundesrepublik und anderen westlichen Staaten bestimmt ist, ist es durchaus legitim, wenn einige der darin vertretenen Autoren und der Herausgeber über sie in einem West-Medium, nämlich der ARD, sprechen.

Es ist bedauerlich, daß die Sendung verhindert wurde, und noch dazu auf so massive Art. Es wäre besser gewesen, man hätte sich zunächst an die Teilnehmer des geplanten Fernsehgesprächs, die ja bekannt waren und sämtlich DDR-Bürger sind, um Aufklärung gewandt, statt das Ganze zu einer Haupt- und Staatsaktion machen, die gar die laufenden Verhandlungen zwischen der DDR und der BRD gefährden sollte.

Mit vorzüglicher Hochachtung: Stefan Heym, Karl-Heinz Jakobs, Erich Loest, Klaus Poche, Helga Schütz.

P.S. Wegen der Dringlichkeit der Sache mußten die Unterschriften der Kollegen telephonisch eingeholt werden; der Kollege Kunert war nicht erreichbar. Stefan Heym.

Kopien an den Vorsitzenden des Staatsrats, Gen. Erich Honecker, den stellv. Kulturminister Klaus Höpcke.«

»Stefan Heym, Rabindranath Tagore Straße 9, 118 Berlin-Grünau, DDR.

Günter Kunert, Hörstenweg 3, 1155 Berlin. 22. August 1978.

Lieber Günter, beiliegend Kopie des Briefes an Nier. Den anderen Kollegen werde ich mitteilen, daß Du Dich angeschlossen hast.

Pleitgen und Lehmann hatten beide mir gestern zugesagt, nun endlich eine deutliche Meldung zu bringen, daß es sich bei dem ganzen Klamauk um eine Sendung über diese Anthologie handelt und nichts anderes. Daß das noch nicht geschehen ist, finde ich wenig schön; ich werde da noch einmal urgieren.

Bei mir ist die Besatzung heute früh abgerückt, vielleicht nur zeitweilig.

Gruß, auch an Marianne, und auch von Inge.«

»Die Besatzung« – bei dir ist sie abgerückt. Bei uns rückt sie an.

Wir erwachen wie immer ziemlich früh. Die Fenster stehen offen. Zwitschert draußen ein Vogel? Nein, da klappt ein Wagenschlag.

»Kriegen wir etwa Besuch, Marianne?«

Hinausschauen. Unsere ungebetenen Besucher haben es sich drunten gemütlich gemacht. In drei Autos lümmeln sich acht oder zehn junge Männer, der Hitze halber haben sie die Jacketts abgelegt, alle tragen weiße Nylon-Oberhemden und dezente Krawatten. Ich glaube nicht, daß mein Großvater denen welche verkauft hätte.

Nun steigt einer aus und knallt die Tür zu: Aufwachen! soll das wohl heißen. Er lehnt sich an die Karosserie und ruht sich vom Klassenkampf aus. Beim zweiten Wagen läßt ein Insasse den Motor an und gibt probeweise Gas und stellt die Maschine wieder ab. Der Wagen kommt mir vertraut vor. Den kenne ich doch. Rasch in unsortierten Fotos im Schuhkarton gekramt: Da ist er! Der weiße Lada-Kombi im Halteverbot.

Türenklappen, Motorengeheul.

Wir sind da! Wir sind bei dir! signalisiert das akustische Treiben. Marianne wird übel. Der Aufmarsch ist sowohl lächerlich als auch zum Kotzen.

Die Aktion ist ausgeklügelt: Heute ist Samstag, und der belagerte Dichter kann per Telefon niemanden erreichen. Außer Stephan Hermlin. Der verspricht, am Abend vorbeizukommen.

Wir verbarrikadieren uns im Haus. Zeigen uns nicht an den Fenstern. Lassen die da draußen ihre Spielchen treiben. Stunde um Stunde.

Und erst am folgenden Montag ruft Marianne im Büro Hager an und verlangt, Erika Hinkel zu sprechen, Hagers Mitarbeiterin, deren Verstand noch nicht völlig abhanden gekommen ist.

Marianne »erstattet Bericht« über den Belagerungszustand und gibt eine unmißverständliche Erklärung ab:

»Wenn die Truppe nicht sofort abgezogen wird, kann ich für den unwiderruflichen Entschluß meines Mannes garantieren!«

Trotz der Hitze halten wir die Fenster geschlossen. Marianne ist überzeugt, sonst dringe von draußen etwas Widerliches ins Haus, ein körperlich zu spürendes ekelhaftes Elixier.

Um nicht müßig herumzusitzen, entschließe ich mich, im Garten das Auto zu waschen. Durch die Hintertür hinaus, den Wagen gestartet und aus der selbstgezimmerten Garage aufs Gelände. Auf der Straße springen die Jäger in ihre Autos, in der Meinung, nun beginne die Treibjagd. Ich rolle den Schlauch auf und drehe den Wasserhahn an. Die Enttäuschten krabbeln wieder aus ihren Fahrzeugen heraus.

Als ich mich umsehe, erkenne ich eine veränderte Welt.

Das Sonnenlicht ist matter geworden, die Luft stickig.

Zwei Gärten weiter haben Leute eine zum Obstpflücken geeignete Stehleiter aufgerichtet und balancieren auf den obersten Tritten und winken mir über die Botanik hinweg zu.

Schräg gegenüber von unserem Grundstück, der dort wohnende Arzt putzt schon seit Stunden die Windschutzscheibe seines Wagens, als wolle er das Glas zu einer dünnen Folie abschleifen. Er kann nicht aufhören, den Lappen wie ein Automat sinnlos hin und her zu bewegen. Und immer aufs neue ein Auge riskierend. Auch wenn Volker Braun in einem Anfall von Kühnheit meint, die DDR sei der langweiligste Staat der Erde – manchmal geht es doch ganz unterhaltsam zu. Falls man selber nicht betroffen ist.

Das Telefon läutet, das Büro Hager meldet sich. Uns wird eine erstaunliche Botschaft übermittelt: Der Genosse Hager habe beim Genossen Mielke wegen unserer Beschwerde Erkundigungen eingezogen. Und der Genosse Mielke hätte geäußert, gegen Kunert läge nichts vor. Kunert müsse sich irren!

Aber die da draußen sind doch eine unübersehbare Realität!

Antwort:

»Kunert ist sowohl einer Täuschung wie einem Irrtum erlegen!«

Ich bin nicht erlegen. Und möchte auch nicht erlegt werden.

Dabei häuft sich in der Normannenstraße der Aktenberg über den »Operativen Vorgang ›Zyniker‹«, zu dem sie mich gemacht haben. Der mir diesen Decknamen verpaßt hat, weiß nichts von mir. Er hat mich im Visier und hofft auf die Beute. Unter dem summarischen Titel »Paragraph 106 – Verdacht auf staatsfeindliche Tätigkeit« sammelt er mit einem für sonstige DDR-Bereiche ungewöhnlichen Fleiß Indizien.

Die frühen Ängste, nie abgestorben, nie überwunden, treten als Verbündete der Befehlsempfänger vorm Tor auf. Wie soll man damit fertig werden? Will man mit uns fertig werden? Uns loswerden?

Türenklappen, Motorenlärm, der diesmal anhält und sich entfernt.

Die Kolonne zieht ab. Ein Spuk ist verflogen.

War da was?

Kunert hat sich getäuscht. Da war nichts. Und ist nie was gewesen.

Aber du hast doch Zeugen?

Die werden notfalls nichts gesehen und nichts gehört haben.

Als Hermlins am Spätnachmittag vorfahren, gleicht die Straße allen anderen im Bezirk. Für mich aber ist sie verdorben, besudelt, geschändet. Ich habe in einem Anfall von Romantik über diese Straße geschrieben, ich mochte ihre Ruhe, die Gaslaternen zwischen den reglosen Blättern hoher Bäume. Aus. Vorbei. Heimat – was ist das?

Und was soll ich jetzt eigentlich noch schreiben?

Im Zustand des Ausgeliefertseins kreisen alle Überlegungen um nichts anderes als ebendiesen Zustand. Ich habe über diesen Zustand geschrieben, ich schreibe über diesen Zustand und begehe »Staatsverleumdung« und die »Herabwürdigung führender Repräsentanten«. Täglich neue Verordnungen, Gummiparagraphen, denen zufolge ein politischer Witz ins Zuchthaus führt.

9

Das Faß ist voll. Den letzten Tropfen, damit es überlaufe, liefern ein Hans Koch und eine Frau Renate Drenkow, zwei qualifizierte Denunzianten. Beide stimmen im *Sonntag* ein Duett an, das darin kulminiert, Kunert sei ein Antikommunist. Eine derartige Bezichtigung hört die Staatsanwaltschaft gern. Mit diesem Brandmal versehen, kann man schon mal einen Karton mit Unterwäsche, Zahnbürste und Seife packen. Ein als »Antikommunist« bezeichneter Mensch gilt als lebender Toter.

Also setze ich mich an die Schreibmaschine, um mich verbal zu wehren. Trotz meiner negativen Erfahrungen, ich muß den Halsabschneidern ihre Tücke heimzahlen. Es wird ein langer Brief, und er endet:

»Jetzt ist es endgültig genug! Zu viele ›Literaturtheoretiker‹ haben sich im Verlaufe der letzten Jahrzehnte ihre Stiefel an mir abgewischt, als daß ich auch nur noch eine einzige derartige Erniedrigung hinnehmen würde. Diese Köche, denen wir den ungenießbaren Brei ihrer unfrommen ideologischen Denkungsart verdanken, ihnen verdanken wir damit zugleich die bedrückenden Verluste, die die DDR-Literatur getroffen hat, weil einer unabgeschlossenen Anzahl von Dichtern und Schriftstellern das Leben unerträglich gemacht wurde, so daß, wie sie meinten, ihnen kein anderer Ausweg blieb, als fortzugehen. Ich weigere mich anzuerkennen, daß dies die einzige Alternative sein soll. Günter Kunert, 22.05.1979«

Das Nachtpostamt gleicht einem Mausoleum. Hinter der Schalterscheibe der Postler erweckt den Eindruck eines Verstorbenen. Bitte drei Briefe per Einschreiben: an Hans Jakobus, Redaktion des *Sonntag*, an Kurt Hager, Zentralkomitee, an Klaus Höpcke, Ministerium für Kultur. Ich wüßte gerne, was der Beamte denkt, obwohl er nicht so aussieht, als könne er sich dazu aufraffen.

Wir warten.

Keine Reaktion. Der Chefredakteur stellt sich tot. Hager hat mir noch nie geantwortet und wird es auch jetzt nicht tun. Aber er soll vorgewarnt sein.

Bloß Höpcke kommt eiligst und in leicht konfuser Verfassung.

»Bitte keine voreiligen Schritte, keine unbedachten Entschlüsse ...«

Er wolle dafür sorgen, daß meine Epistel gedruckt würde – vorausgesetzt, ich mildere einige zu krasse Formulierungen. Dazu bin ich bereit, solange die Substanz meiner Argumentation unangetastet bleibt. Höpcke beteuert, er werde alles daransetzen, den Brief an die Öffentlichkeit zu bringen. Es ist ihm völlig klar, daß wir es ernst meinen. Und daß die Veröffentlichung für ihn die allerletzte Möglichkeit darstellt, Kunert im Lande zu halten. Und er fordert von mir die Zusage, den Text nicht der Westpresse zu übergeben. Ein derartiges Versprechen abzugeben – undenkbar!

Statt dessen schicke ich ihm eine gedämpftere Version, und er bittet mich mehrfach um Geduld, die ich zu verlieren beginne. Mächtigere als er verhindern das Erscheinen. Höpcke muß eingestehen, daß er sich nicht durchsetzen konnte. Damit erledigte sich jede weitere Rücksichtnahme. Schicksal, nimm deinen Lauf, und das tat es ja dann auch.

Als Jurek Becker – als »Konterrevolutionär« denunziert – seinen Umzug vorbereitete, was per Mundfunk und in Windeseile bekannt wurde, druckte die *Frankfurter Rundschau* einen offenen Brief Joachim Seyppels, in welchem er Jurek aufforderte, im Lande auszuharren. Seyppel selber, ein aus dem Westen in die DDR übergesiedelter Schriftsteller, befürchtet wohl, demnächst nur noch von Gehirnamputierten umgeben zu sein. Hat doch während einer Sitzung des Schriftstellerverbandes, als einer der Anwesenden zu bedauern wagte, daß gerade die besten Dichter den Staat verließen, das Mitglied Mundstock mit einem Zwischenruf brilliert: »Dann sind wir jetzt eben die Besten!«

Es hagelt offene Briefe. Ich beteilige mich an dem letzten Wortgefecht, wobei ich weniger auf Seyppel eingehe, als auf den von der Partei angestifteten »Kulturkampf«.

Und in der Bundesrepublik liest sich der Kommentar dazu so:

»›Auf keiner Plattform und in keiner Organisation und auch nicht in der Partei, der ich so lange angehörte‹, schreibt Kunert weiter, sei die ›verzwickte Geschichte‹ der Beziehung von sozialistischem Schriftsteller und Staat je ›zur Sprache gekommen, weil diese, wie ich fürchte, zur Terminologie reduziert, die Fähigkeit eingebüßt hat, komplizierte Sachverhalte adäquat zu behandeln. Diese Sprache ist sowohl verkrüppelt wie verknüppelt.‹ Das gegen Jurek Becker verwendete Adjektiv, er habe sich ›konterrevolutionär‹ verhalten, sei ›nur ein Mittel der Verteufelung‹, in der Absicht, ›den solcherart Bezeichneten in seinem Menschentum herabzusetzen und ihm damit den Gleichheitsstatus als Mensch zu entziehen, weil mit der Bezeichnung ein nahezu physischer Akt von Dehumanisierung verbunden ist, der die weitere Behandlung des Falles erleichtert.‹

Deshalb werde der Weggang von Künstlern aus der DDR als ›schmerzlose Amputation erkrankter Glieder (der Gesellschaft) angesehen. Man reißt sich auf gut biblisch das Auge aus, das einen schmerzt. Die Marxsche Bemerkung, daß die Entwicklung nur durch Widersprüche vorangehe, ist ganz wörtlich zu nehmen. Ein Denken, dem sich keine Hürde mehr in den Weg stellt, muß verflachen. Doch noch etwas geht verloren: Mit dem Weggang integrer Künstler schwindet mehr und mehr die moralische Legitimation. Wie oft denke ich an den großen deutschen Dichter Peter Huchel und was ihm geschah, ehe er davonging. So etwas ist nicht zu vergessen. Die Entwürdigung von Menschen, und davon gibt es keine Absolution, schließt alle Beteiligten gleichermaßen ein‹ (Kunert).

Seyppels offener Brief habe ihn sehr berührt, ›da er wichtig auch für meine Entscheidungen ist‹, erklärt Kunert.

Ein Zitat aus dem Tagebuch ›Auf andere Art so große Hoffnung‹ des ersten Kultusministers der DDR, Johannes R. Becher, stellt Kunert an das Ende seines Briefs. Becher notierte: ›Wer es nicht versteht, aus Feinden Freunde zu machen, der wird aus Freunden Feinde machen.‹ Kunert kommentiert: ›Solange solches Tun voranschreitet, gibt es auf keine Art irgendwelche Hoffnung.‹ *fr*«

Deutlicher konnte man die eigene Haltung kaum formulieren.

Die mehr oder minder Gleichgesinnten suchen einander auf, telefonieren miteinander ohne Rücksicht auf fremde Ohren, beraten sich und spekulieren, wer wohl der nächste »Ausreiser« sein wird. Es werden Namen genannt und Wetten abgeschlossen.

Als wir uns vor einem Jahr von Sarah Kirsch verabschiedeten, inmitten der kyrillisch beschrifteten Maschinenkisten, randvoll mit der gesamten Habe, ist unser eigenes Fortgehen noch nicht spruchreif. Die Dichterin hockte fidel auf dem umfangreichen Gepäck, Sohn Moritz fuchtelte mit seinem Pappschwert, kommender Abenteuer gewiß. Mit einer altertümlichen Wendung hätte ich mein Befinden »wehmutsvoll« nennen müssen. Und später, als sich die gleichartigen Kisten auch in unserem Hause stapeln, wird Marianne zu mir sagen:

»Bei Sarah habe ich gewußt, daß wir gehen werden …«

Die Ereignisse beschleunigen sich.

Soeben treten Kurtchen Bartsch und Klaus Schlesinger in unser Zimmertheater, zwei ansonsten lustige Burschen, diesmal trübselig. Stefan Heym sei zu einem Verhör geführt worden und soll wegen Devisenvergehens bestraft werden. Wir müssen eine Protestaktion starten!

Leider, liebe Freunde, kamt ihr just in dem Moment, da wir uns entschlossen hatten, zu Klaus Höpcke zu gehen und vor ihm ein Bekenntnis abzulegen. Daß nämlich er wie die restliche DDR nicht mehr auf uns zählen könne. Wir wollen hinfort, weg, davon, hinaus aus dem »Land des Röchelns«, wie ein mittelmäßiger Witzbold die DDR genannt hat.

Darum, Freunde, müssen wir euch enttäuschen. Eine Aktion reicht uns.

Höpcke, nahezu tränenden Auges, appelliert an die Treue zum Vaterland. Wirkungslos, wie er merkt. So ein »Vaterland« wie die DDR kriege ich zum herabgesetzten Preis im nächsten Supermarkt.

Wenig später betrit eine weitere Persona dramatis das Feld: Der Präsident aller Bleistifthalter. War Höpcke betroffen und voller Bedauern, so gibt sich Kant ungerührt und funktionärshaft:

»Wie kann ich euch helfen? Ich werde mit Erich reden …« und entfleucht, um am 17. Juni, dem Jahrestag, aus dem er nichts gelernt hat, in der Hauptabteilung XX des MfS Bericht zu erstatten:

»Vom Genossen Kant nach der Begründung für seinen geplanten Schritt, die DDR zu verlassen, befragt, gab Kunert keine klare und konkrete Stellungnahme ab. Er führte nur immer eine seiner Meinung nach ständig schlechter werdende kulturpolitische Atmosphäre in der DDR an, die ihm keine Möglichkeiten und keine dafür notwendige Ruhe zum Schreiben mehr biete.«

Nun – unter Repressalien die Kraft zur Kreativität einzubüßen, scheint so unkonkret nicht.

Als hätte Schreibtischtäter Kant nicht genau gewußt, an welcher Suppe er mitgekocht hat. Vor der kleinen Ewigkeit von drei Jahren hat er verlauten lassen, er selber hätte den Liedermacher ganz gut ertragen können. Meine Verlautbarung, würde ich sie artikuliert haben, klänge anders. Daß ich nämlich Kant und Konsorten nicht länger ertragen könne und mich daher selber ausbürgern müsse.

Das schier endlose Warten hebt an.

Nach außen hin verläuft unser Leben normal. Einzig Mariannes Angehörige werden eingeweiht. Das Ergebnis: Verständnis und Trauer. Vor allem unsere beiden Nichten, unsere einstigen Leihkinder, wollen es nicht glauben. Wir sind zu verbunden gewesen. Weil wir, Marianne und ich, durch keine Elternschaft und keine pädagogischen Bemühungen behindert, mit den Kindern ausschließlich heiter und gelöst umgehen konnten. Ein spielerisches Miteinander, bei dem ich herzerfrischend kindisch sein konnte. Wir werden sie vermissen. Und Schwager Klaus nebst seiner Frau Karin?

Sonntagsmorgens die Spaziergänge durch ihren oder durch unseren Garten, durch den unerweckten Vorort – das wird mir fehlen. Die Gespräche eine seltsame Mischung aus politischem Räsonieren und Ratschlägen für die Pflanzenaufzucht. Ich werde viele Leute nicht wiedersehen.

Aber ich bin ja von früh an geübt im Abschiednehmen.

Vor meiner Mutter jedoch halten wir bis fast zuletzt unseren beabsichtigten »Ortswechsel« geheim. Unsere Besuche ändern sich nicht. Wir sitzen zu dritt im Eßzimmer, trinken Kaffee, und ich zähle die Minuten bis zum ersten Streit. Aus nichtigen Anlässen zanken wir uns mit wachsender Lautstärke und Intensität. Von dem Temperament und der übersteigerten Rechthaberei meiner Mutter lasse ich mich immer wieder hinreißen, gegen ihre Unvernunft zu argumentieren. Ein sinnloses Unterfangen. Sie will recht behalten. Ob es um ihre Behauptung geht, vor dem Kriege sei der Flugverkehr in Berlin weitaus umfangreicher gewesen oder um einen ähnlichen Nonsens – es wird gehadert, als stünde der Beweis für die Existenz Gottes in Frage.

Als wir ihr bei unserem letzten Besuch eröffnen, wir müßten ihr leider eine wichtige Mitteilung machen, erwidert sie, als habe sie alles schon vernommen:

»Ihr wollt in den Westen ausreisen …« Daran schließt sich eine Freudsche Fehlleistung, mit der sie ihre Zustimmung ausdrückt:

»Dann kann dich die Gestapo nicht mehr verhaften …«

Mein langes Hinauszögern des Abschieds resultiert aus

dem Zusammenleben mit Menschen, die etwas wie eine Art Ersatzfamilie für mich bildeten.

Wir warten und warten. Mal ist »Erich« außer Landes, mal dräut der dreißigste DDR-Jahrestag, so daß keine Entscheidung in diesem Zeitraum zu erhoffen ist. Ausreisen sind kaum dazu angetan, den Jahrestag zu schmücken.

Also: Malimo!

Wer ist Malimo?

Korrekt hat die Frage zu lauten: Was ist Malimo?

Malimo ist ein DDR-spezifisches Gewebe, dessen welterschütternde Qualität zu loben die DDR-Presse nicht müde werden darf. Malimo-Schlafdecken garantieren, dank ihrer grellen Buntheit und wegen ihres hautunverträglichen Materials, permanente Schlaflosigkeit. Ihre Häßlichkeit sticht einem in beide Augen und verursacht Sehstörungen. Aber sie kosten pro Exemplar nur zehn Ostmark. Mehr sind sie auch nicht wert.

Und was hat es mit Malimo auf sich?

Dr. Rudi Strauch ist unser Zahnarzt, eher: gewesen. Denn er hat sich nach Westen abgesetzt, und seine daheimgebliebene Gattin übt sich im Warten auf die Familienzusammenführung. Und kauft Malimo-Schlafdecken als Packmaterial. Und Zellstoff zum Einwickeln des Geschirrs.

In Vorbereitung unserer Expedition ins Ungewisse klappere ich sämtliche Textilläden Ostberlins ab. Haben sie Malimodecken? Ja? Geben sie mir zehn Stück! Allgemeines Kopfschütteln. Was will der Kunde mit den zehn Decken?

Meist haben sie derartige Mengen nicht am Lager, und ich muß mich mit zwei, drei Stück begnügen. Zwischen der Lüge, Geschenke für Altenheiminsassen zu besorgen, und der anderen, unser Sportclub benötige für die Mannschaft eben eine größere Anzahl, hin und her wechselnd, gelingt es mir, einen Malimo-Hügel herzustellen.

Mit dem Zellstoff, weil Mangelware, maximieren sich die

Schwierigkeiten. Man will mir in der jeweiligen Apotheke nur eine einzige Packung verkaufen, und ich kurve täglich durch die Ostberliner Bezirke, ja, über den Stadtrand hinaus, die Apothekenadressen aus dem Telefonbuch am Armaturenbrett. So entziehe ich der Bevölkerung die benötigte Ware, um sie für unsern Tag X zu horten.

Und Koffer? Und Körbe?

Ich gebe eine Annonce in der *Berliner Zeitung* auf: »Kaufe alte Reisekörbe und Koffer.« Das klingt unverfänglich. Als suche ein Liebhaber antiker Behältnisse Objekte für seine Sammlung. Kaum ist die Anzeige im Blatt gewesen, treffen Briefe und Postkarten stapelweise ein.

Sobald Josephine, die jetzt elfjährige, aus der Schule heimgekommen ist, hole ich sie ab. Gemeinsam suchen wir die angegebenen Adressen auf. Um uns das sommerlich verstaubte Ostberlin. Hinaus zu abgelegenen Vororten, wo die meist greisen Leute mit mir noch das Geschäft ihres Lebens zu machen gedenken. Als wolle mich die vergegenständlichte Vergangenheit auf immer an sich fesseln, gerate ich in die Klausen meiner Kindheitstage, in trödelmarktartige Wohnküchen, und ich bin nach dem Eintreten betäubt und gefangen vom Anblick der Daseinsreste. Für das Kind an meiner Seite ist alles nur Kram und Abfall, während ich wie hypnotisiert auf die Dinge starre. Ich erkenne alles wieder: die Möbel von vorgestern, die ausgeblichenen Farbdrucke hinter beschlagenem Glas, die Vertikos mit den gedrechselten Aufsätzen, die Sodabehälter an Küchenwänden, die angeschlagenen Ausgüsse, die eisernen Bettgestelle mit den Messingringen, die Uhren mit Perpendikel oder Westminstergong, die Lampen mit den verblichenen, zerschlissenen Stoffschirmen, die Anrichten mit den angeschlagenen Sammeltassen, den Porzellandackeln, den Glastieren. Und der unbeschreibliche Geruch des Verwohnten, der die Tapeten und die Gegenstände imprägniert hat.

Die Körbe aus den Jugendtagen ihrer Besitzer sind billig, die Koffer nicht teuer. Nur bei den klassischen Rohrplattenkoffern muß ich etwas zuzahlen. Und ich verschweige den Zweck der erworbenen Stücke. Und habe doch manches Mal das Empfinden, die Verkäufer ahnten, wohin die Antiquitäten reisen würden. Bekannte und Freunde lassen uns ebenfalls Entsprechendes zukommen. Walter Janka schenkt uns seinen chinesischen Lederkoffer, der, revolutionär und antieuropäisch, statt an der Längsseite an der Schmalseite aufzuklappen ist.

Rückkehr der Kindheit auf numinose Weise.

Als ich mit acht oder neun Jahren Wolf Durians Kinderbuch »Kai aus der Kiste« las, wäre mir in keinem meiner überwältigenden Träume eingefallen, daß ich jetzt von seiner Tochter seinen Überseekoffer erhalte, beklebt mit den Hotelmarken aus den Vereinigten Staaten. Ein Riesenmonstrum, in dem man sich verstecken kann.

Nun sind wir gerüstet und abfahrbereit.

Und werden aufs neue mit den alten Ausreden vertröstet.

Erich weile sonstwo. Vor dem dreißigsten Jahrestag fällt keine Entscheidung. Wir seien gebeten, die ganze Angelegenheit vor der Westpresse geheimzuhalten.

Zu spät! Sämtliche in Ostberlin akkreditierten Journalisten wissen bereits Bescheid. Aber es geschieht, was man bei der bekannten Sensationslust von Journalisten kaum vermuten würde: Auf unsere Bitte hin halten sie dicht. Keine Zeile, keine Andeutung über den bevorstehenden Auszug des Dichters.

Warten, warten.

Keine Nachricht, kein entscheidender Anruf – zermürbend.

Zwar hat man uns die Ausreise zugesichert, doch – so die primäre unverlernbare Lektion – Zusagen und Versprechen unterliegen taktischen Zügen. Und diese Züge wiederum richten sich nach internationalen politischen Konstellationen – so wie sie ein Dachdecker zu deuten vermag

Dank meiner Mitgliedschaft in der Akademie der Künste (West) kann ich, auch unabhängig von den Tagungen, in den

Hanseatenweg kutschieren, was ich weidlich ausnutze. Bis eines Tages …

Bis ich eines Tages, vom Parkplatz hinter dem Gebäudekomplex auf die Straße rollend, unter der S-Bahn-Unterführung einen weißen Lada mit Ostberliner Nummer passiere. Der Wagen steht, als sei es eine Angewohnheit jener Schleicher, natürlich im Halteverbot.

Ehe ich des Fahrers ansichtig werden kann, bin ich schon vorbei und auf dem Heimweg. Man ist mir gefolgt. Mit der Absicht, bemerkt zu werden. »Offene Observation« nennt sich die auffällige Beschattung.

Am nächsten Vormittag erneut zur Akademie.

Dasselbe Spiel. Vom Parkplatz abbiegend zur S-Bahn-Unterführung. Da steht der Wagen, drinnen Genosse Argus – gesichtslos. Als ich im ersten Gang an ihm vorbeikrieche, hebt er seine Zeitung hoch und versteckt sein Gesicht.

Vorbei.

Ein junger Dichter aus Lettland meldet sich an: Er habe meine Gedichte studiert mit heißem Bemühn und würde gern einiges davon in Riga übersetzen. Wann er kommen dürfe?

Wenig später betritt ein äußerst höflicher junger Mann unser Haus, stellt sich vor, erweist sich als literarisch versiert und – um sich als Poet auszuweisen – zieht eine Fotografie aus der Brieftasche. Auf dem Foto ein einsamer Grabstein und auf diesem die Beurkundung: »Hier ruhen die Eltern des Dichters Sowieso.«

Du willst die Schule des Mißtrauens erfolgreich absolviert haben? Deine Verblendung und Verblödung, mein lieber Kunert, entzieht sich sowohl jeder Beschreibung wie jeder Therapie.

Aber ich habe doch auch in Rom auf dem protestantischen Friedhof bei der Cestius-Pyramide auf einem Grabstein gelesen: »Hier liegt Goethes Sohn«! Abgesehen von der üblen Nichtachtung Goethes für sein eigen Fleisch und Blut, das er noch nach dem Tode zur Eigenwerbung mißbrauchte – der

Litauer ist doch lange kein Olympier, daß er sich solche Friedhofsscherze leisten darf.

Aber, aber: Marianne und ich betrachten das Foto und nicken zustimmend und überzeugt und guten Irrglaubens. Dabei ist der Bursche nichts anderes als ein Spitzel:

»Hauptabteilung XX/7, Berlin, 30.05.1979

Treffbericht. Treff mit: IM ›Imans‹, am: 30.05.1979, 15 bis 18.30 Uhr, Ort: KW ›Rudi‹.

Der IM erschien pünktlich zum vereinbarten Treff. Sein Verhalten war freundlich, sachlich und ließ die Bereitschaft zur Lösung des ihm übertragenen Auftrages erkennen.

Der Treff wurde durch Oberst Djemidow und Oberstleutnant Brosche zur Realisierung der operativen Kombination zu den operativen Vorgängen ›Leder‹ und ›Zyniker‹ auf der Grundlage der Realisierung der operativen Arbeitsvereinbarung zwischen der HA XX des MfS und der V. Verwaltung des KfS der UdSSR vom 31.07.1978 mit dem IM durchgeführt.

Aus dem Verhalten und der operativen Sachkenntnis des IM war eine gute Instruierung und Vorbereitung des IM für die im Rahmen der operativen Gesamtkombination zu lösenden Aufgaben erkennbar. Die Auftragserteilung erfolgte beim Treff am 21.05.1979 nach dem Eintreffen des IM in Berlin.

Entsprechend seines Auftrages hatte der IM am 28.05.1979 unter Anwendung der ausgearbeiteten Legende den Schriftsteller Günter Kunert aufgesucht, um einen weiter ausbaufähigen Kontakt herzustellen, der als Voraussetzung für das Eindringen in das Verbindungssystem Kunerts und die Aufdeckung seiner Pläne, Absichten, Ziele, Hintergründe und Motive seiner Handlungen dienen soll.

Der IM berichtete darüber folgendes:

Kunert war auf das avisierte Zusammentreffen mit dem IM vorbereitet, verhielt sich freundlich und zeigte Interesse für das Anliegen des IM. Anfangs verhielt er sich etwas reserviert, gewann jedoch im Verlaufe des mehrstündigen Gespräches immer mehr Vertrauen, was sich in einer größeren Offenheit zeigte. Die Gespräche drehten sich um Prosa und Lyrik, in dessen Verlauf Kunert dem IM eines seiner letzten Bücher schenkte, um amerikanische Verhältnisse und Reiseerinnerungen und um persönliche Meinungen und Vorhaben.

Insgesamt kam der IM zu der Überzeugung, daß es sich bei Kunert um einen ausgesprochenen Melancholiker handelt, der alle Wahrnehmungen und Erscheinungen grundsätzlich von einem pessimistischen Standpunkt beurteilt, dabei sehr sensibel ist und sich bewußt in dieser Rolle gefällt. Kunert äußerte dazu selbst, daß er gar nicht anders sein möchte. Er sei das Resultat seiner Lebenserziehung, die ihn so geformt hat. Kunert sei zutiefst davon überzeugt, daß das Leben auf unserem Planeten bereits jetzt in der Gegenwart beginnt, zu Ende zu gehen.

Der Sozialismus könnte der Menschheit auf die Dauer auch keine gesicherte Perspektive liefern. Zu viel Destruktives sei in unser Leben getreten, es gebe zu viele Dinge, die er als Schriftsteller nicht schreiben könnte, zu viele Barrieren würden aufgetürmt. Er wisse deshalb gar nicht, was er noch schreiben könnte. Es gebe nicht mehr den großen Stoff, dem er sich als Schriftsteller literarisch widmen könnte. Dies alles würde ihn stark bedrängen und unmutig machen. Er sei einer tiefen Resignation erlegen. Kunert betonte, daß er froh und glücklich ist, keine Kinder in die Welt gesetzt zu haben, weil er sonst wegen der vielen Sorgen, die er sich dann hätte machen müssen um die überaus ungewisse Zukunft, nicht leben könnte.

Da Kunert nicht weiß, wie es weitergehen wird, was die Zukunft bringt und er diesbezüglich äußerst skeptisch und depressiv ist, könne er nicht mehr weiter in der DDR leben. Kunert äußerte seine Absicht, nach Möglichkeiten zu suchen, um unauffällig aus der DDR zu verschwinden und sich in einem westlichen Land, möglichst nicht in der BRD, anzusiedeln. Er erhofft, dort neue Impulse für eine schöpferische literarische Arbeit zu finden, die er angeblich in der DDR vermissen muß.

Gegenwärtig könnte Kunert von seiner Lyrik in der DDR nicht leben. Die Auflagen seien zu gering, etwas Neues kommt von ihm kaum heraus, so daß er sich mit Übersetzungen und anderen Publikationen ›über Wasser‹ halten würde.

Kunert informierte die Quelle darüber, daß es unter einer Anzahl von DDR-Schriftstellern unterschwellig politische Unzufriedenheit gibt. So sei der Schriftsteller Czechowski aus Halle aus der Partei ausgetreten oder gestrichen worden, was nach Meinung Kunerts das gleiche sei.

Zu seinen persönlichen Plänen äußerte Kunert, daß er auch für einige Zeit in die USA fahren will. Dort beabsichtigt er, in Hochschuleinrichtungen vor deutschsprachigen Dozenten Vorlesungen zu halten. Die Reisen unternimmt er grundsätzlich mit seiner Ehefrau.

Kunerts haben eine Einladung nach Riga angenommen. Der IM wird Möglichkeiten nutzen, um die Verbindung zu Kunert weiter auszubauen. Brosche (Oberstleutnant)«

Bei dem OV »Leder« handelt es sich um Stephan Hermlin. Mir ist noch heute rätselhaft, was die Russen mit ihren Beutedeutschen da auskungelten. Woher das russische Interesse an Hermlin? Oder an mir? Sollte ein »entscheidender Schlag« gegen eine »zionistische Verschwörung« vorbereitet werden?

Übrigens hatten wir nie das Verlangen, Riga und den obskuren Grabstein, wahrscheinlich das Pappmachéprodukt eines KGB-Spezialisten, zu bewundern. Wir sitzen wie auf Kohlen, für die man keine Zuteilungskarte braucht.

Dann ein Anruf aus dem Büro Hager: Er wünsche uns zu sprechen.

Treffpunkt: Gästehaus des Zentralkomitees in der Wallstraße, nahe dem Märkischen Museum.

Wir parken auf einem Ruinengrundstück an der Spree. In Sichtweite der Jannowitzbrücke und des gleichnamigen S-Bahnhofes sowie einer Dampferanlegestelle der »Weißen Flotte«.

25. Juli, Ferienzeit, wenig Verkehr, wenige Passanten. Trok-

kene Hitze. Ein letzter Blick auf die Umgebung, der aller-letzte.

In der Empfangshalle einige jüngere Männer, das Jackett, wo sonst das Herz sitzt, ziemlich ausgebeult. Hagers Mitarbeiterin Erika Hinkel erwartet uns. Wir steigen hinter ihr die breiten Treppen aufwärts. Auf jedem Treppenabsatz die Duplikate der so auffällig ausgepolsterten Kollegen in der Halle.

Ein kleiner Saal, weiß gedeckte Tische, im Hintergrund ein Büfett.

Hager kommt uns entgegen, begrüßt uns, und wir nehmen zu viert Platz. Marianne erhält auf Wunsch Gin and Tonic. Ich bitte um Kaffee. Und Hager erkundigt sich nach den Gründen, die unseren Weggang veranlassen.

Was soll ich dem Mann denn sagen?

Ich wiederhole, was Hermann Kant als »unkonkrete Erklärungen« bezeichnet hat. Ich versuche, Hager klarzumachen, daß bei einem Schriftsteller Leben und Schreiben eine Einheit bilden. Man habe keine Wahl, weil man in einem schmerzlichen Abhängigkeitsverhältnis zu sich selber stehe. Man könne nicht freischweifend zwischen Stoffen und Themen pendeln. Das durchaus Zwangsneurotische, von dem alle literarische Selbstbekundung angestachelt werde, ließe sich nicht wegtherapieren. Oder doch nur mit dem Ergebnis des seelischen Absterbens. Darum wollen wir uns eine Weile absentieren.

Hager, meiner sterblichen Werke erstaunlich kundig, er kann daraus zitieren, spricht von der sich ständig verschärfenden politischen Lage, dem pseudologischen Alibi für die zunehmend härtere Gangart. Und es fällt ein skurriler und dennoch erschreckender Satz:

»Im Westen warten sie nur darauf, uns aufzuhängen!«

Das meint er ernst. Hier spricht das Trauma von 1933. Jude, Kommunist und Emigrant – das ergibt ein Syndrom, das kein Psychiater aufzulösen imstande wäre. Mal abgesehen davon, daß hierorts Sigmund Freud ohnehin als böser Hexenmeister gilt. Die Psychologie wird als Psychologismus abgelehnt. Die

Psychoanalyse impliziert die Gefahr, daß die wahren Motive der »führenden Persönlichkeiten« aufgedeckt würden. Auch Hager ist ein lebenslänglich Gefangener seiner Biographie. Diese anders als ideologisch zu interpretieren würde den sofortigen Zerfall seines Ego bedeuten.

»Wovon wollen Sie im Westen überhaupt leben?« fragt er, und ich verweise auf meine Hörspiele, von denen ich sicher bin, die westdeutschen Sender würden sie ausstrahlen. Ob er das glaubt?

Ich bin in vielen literarischen Sätteln gerecht. Und muß nicht befürchten, mit dem Hut in der Hand vor einer Verlagstür um Almosen zu betteln. Alle meine Bücher sind seit 1963 beim Hanser Verlag in München erschienen, und an dieser Praxis wird sich auch nichts ändern.

Nachdem er offenkundig eingesehen hat, daß wir nicht zum Bleiben zu überreden sind, verspricht er seine Unterstützung. Vielleicht regt sich bei ihm eine Spur von Verständnis, vielleicht erinnert er sich an seine Exiljahre in London, vielleicht will er auch nur den Unruhestifter loswerden.

Erst viel, viel später, als er schon entmachtet und als Mitverantwortlicher für die Mauertoten angeklagt, aber nicht aufgehängt worden ist, erfahre ich, wie er die von den »unteren Organen« gegen mich geforderten Maßnahmen ablehnte. Die Stasi hatte von Anfang an eine Ausreisesperre über mich verhängt, die Hager, wenn eine Auslandsreise für mich anstand, immer wieder aufheben ließ.

Der erste Sekretär des Schriftstellerverbandes, Gerd Henniger, ein besonders übler Finsterling, bombardierte Hager mit Denunziationen: Kunert sei uneinsichtig, parteifeindlich, disziplinlos; man hätte ihn längst aus der Partei entfernen sollen. Und schließlich der Stoßseufzer Hennigers vor seinem Stasi-Offizier:

»Wir verweigern Kunert die Reisen, und dann schreibt er an Hager, und Hager wiederum ordnet an, daß wir die Reisen zu befürworten haben!«

In den sechziger Jahren hatte mich Hager noch als negatives Beispiel an die Wand gemalt, später seine Haltung korrigiert.

Da sitzen wir uns also gegenüber, durch Lichtjahre getrennt, doch immerhin noch kommunikationsfähig.

»Wo wollen Sie sich denn im Westen aufhalten?« Und wir, der deutschen Verwirrnis und des Kalten Krieges überdrüssig:

»Wir dachten an Holland ...« Schon sehe ich mich, fernab vom Hauen und Stechen dogmatischer Kulturkombattanten, an den Grachten entlangschlendern, über Deiche spazieren und Tulpen pflücken.

Großzügig schlägt er vor:

»Fahren Sie erst einmal dort hin und erkunden Sie die Möglichkeiten ...«, wofür wir ihm danken. Er läßt es sich nicht nehmen, uns die Treppen hinunter und bis in die Vorhalle zu geleiten, die vielen Stufen abwärts, vorbei an den Leibwächtern, und schon beim Shakehands und bei der Verabschiedung fällt ihm noch etwas Wichtiges ein. Er, der England-Emigrant, hat mein »Englisches Tagebuch« mit großer Aufmerksamkeit gelesen, und etwas darin beunruhigt ihn.

»Sie haben da«, sagt er zögernd, »geschrieben, Sie hätten auf Trödelmärkten allerhand zusammengekauft ... Wie haben Sie die Sachen in die DDR bekommen?!« Ich bin ein bißchen sprachlos.

»Herr Hager, es gibt eine allseits bekannte Einrichtung, und die heißt ›Post‹. Wir haben alles mit der Post geschickt ...« Er hatte wohl vermutet, wir hätten über diplomatische Kanäle das kleine Blechkarussell und die Kristallvase mit dem Sprung nach Ostberlin illegal eingeführt.

Während unserer Heimfahrt bewegt mich am meisten diese seine letzte Frage. Wandlitz hätte ebensogut in »Wolkenkuckucksheim« umbenannt werden können. Was wissen die Wandlitzianer schon von ihrer Umwelt, von der sie nur gefilterte, manipulierte, verfälschte Informationen erhalten? Sind doch sogar unsere eigenen Kenntnisse fragwürdig. Ohne meine fast täglichen Ausflüge zum Schlachter, zur Kaufhalle, zur

Reparaturwerkstatt, zum Friseur, zu Klempnern und Tischlern wäre mein Wissensstand mittelmäßig gewesen.

Auf nach Holland!

Und während wir unterwegs sind, schmieden andere schon Pläne, wie man mich am besten handhaben könne. Die Mehrzahl der Spitzel und Zuträger liefert kaum mehr als die verlangte Berichterstattung – einige von ihnen jedoch beteiligen sich einfallsreich an Aktivitäten gegen die ihnen blind Ausgelieferten. Mein Leipziger Reclam-Verleger ist so ein erfindungsreicher Primus in der hohen Schule des Verrats gewesen:

»Hauptabteilung XX, Berlin, 30. 08. 1979.

Information. In Realisierung seines Auftrages hat der IM ›Hans‹ erreicht, daß es zu einem Gespräch zwischen den Schriftstellern Stephan Hermlin und Günter Kunert gekommen ist. Wie beide Schriftsteller unabhängig voneinander dem IM in einem internen Gespräch mitteilten, hat Stephan Hermlin dem Kunert nahegelegt, seine beabsichtigte Reise nach Holland nicht zu lange auszudehnen. Hermlin habe erklärt, daß Reisen von 4 bis 8 Wochen genügen würden, um Eindrücke und Material für die weitere Arbeit zu sammeln. Längere Reisen würden die Gefahr in sich bergen, daß man die Verbindung zur Heimat, die Bindung an das Vaterland verliert und dies sei nicht nur für den Betreffenden, sondern auch für die Freunde und Kollegen in der Heimat schmerzlich. Außerdem laufe man bei längerer Abwesenheit von der Heimat Gefahr, seinen politischen Standpunkt zu verlieren, sich vernebeln zu lassen und dann erst recht in Konflikte mit seinem Vaterland zu kommen.

Um das Vertrauensverhältnis zu Kunert weiter zu festigen, den Einfluß auf ihn zu verstärken und auch während seines geplanten Auslandsaufenthaltes den Kontakt nicht abreißen zu lassen, hat der IM angeregt, eine Mappe mit Holzschnitten von Kunert produzieren zu lassen. Kunert, der daran interessiert ist, wäre dann gezwungen, öfter zu Absprachen mit dem zuständigen Verlag in die DDR zu kommen.«

Heimat? Vaterland? Sich vernebeln lassen?

Als wäre ich nicht schon genug vernebelt gewesen, als hätte ich nicht bis zur klaren Sicht auf dieses anachronistische Staatsgebilde unwiederbringliche Lebenszeit verbraucht. Heimat, selbst das pathetisch beschworene Vaterland, verlieren ihren Anspruch auf Konformität, meinetwegen sogar auf Zuneigung und Treue, wenn sie selber nicht zur gleichen Gegenleistung fähig sind.

Acht Wochen?

Da könnte ich ja gleich in meinem Garten sitzen bleiben und den lieben Gott einen guten Mann sein lassen. Daß es ein Abschied für längere, für sehr lange Zeit sein würde, ist doch für alle Beteiligten selbstverständlich. Man bestellt keinen Möbelwagen für einen Ausflug von acht Wochen. Mochten doch meine Metierkollegen sich mit Heimat und Vaterland herumquälen und sich einreden, sie wären Ärzte, die ihre Patienten keinesfalls sich selber überlassen dürften. Ein Schriftsteller ist kein Arzt, ein Leser kein Patient, dem das gebrochene Rückgrat mittels eines Romans geheilt wird. Alibihafte Beruhigungen des eigenen schlechten Gewissens. Und mangelnder Mut vor den Konsequenzen, vor die man sich unabweislich gestellt sah. Verleugnung jeder Alternative.

»Hallo, Martin! Guten Tag, Conny! Wir sind da und sicherlich demnächst für immer im Lande von Genever und ›Oude Kaas‹. Könnt Ihr uns helfen?« In Capelle an der Ijssel wohnt der geniale Organisator des »Poetry International«, eine liebenswürdige, fleißige Spinne, die keiner Fliege was zuleide zu tun kann, in einem ausgedehnten Netz von Beziehungen. Auf allen fünf Kontinenten kennt man Martin Mooij, und er selber kennt ebenfalls jeden, der auch nur das geringste mit Literatur zu tun hat. Martin lauscht unserer Geschichte vom beabsichtigten Auszug zweier Kinder aus dem trostlosen Klein-Ägypten und weiß sofort Rat. Er hat in wenigen Minuten einen Parlamentsabgeordneten parat, von einer Partei, die, weil die Holländer sich einst gegen den Genitiv gesträubt haben, »Partei von der Arbeit« betitelt ist. Eine der SPD verwandte Organisation. Dieser Abgeordnete wird euren Fall regeln. Und zwar in Den Haag im Außenministerium.

Mit Conny und dem Abgeordneten erscheinen wir also vor dem ernsten Angesicht eines Beamten, der uns erwartet und dem mit vielen Rachenlauten unser Wunsch und Wille, für drei Jahre in Groningen Quartier zu nehmen, dargelegt wird.

Der Beamte verzieht keine Miene. Unleugbar begreift er nicht das mindeste von dem, was ihm angetragen wird. Ich mische mich ein, meine Bitten werden übersetzt, der Angesprochene betrachtet mich wie einen, der ihn auf den Arm nehmen will. Als treuer Diener Ihrer Majestät schreibt er jedoch all das Unbegreifliche sorgsam auf.

Und ich bekomme eine Ahnung von meinen ernstlich gefährdeten Vorgängern in einem solchen Büro. Unsichtbar sitzen Flüchtlinge aus Hitlers Deutschland neben mir, von Beamten mißverstanden, abgewiesen, zurückgeschickt – in den Tod. Nun, auf mich wartet in Ostberlin zwar nicht gerade der Tod, aber immerhin das mentale und geistige Koma. Ich bin kein Opfer und werde mich niemals als eines bezeichnen. Aber dem Beamten fehlt, wie allen Beamten, die Fantasie.

Dann hat er einen Geistesblitz!

Wir mögen doch statt um eine Aufenthaltsgenehmigung um Asyl bitten. Sofort wäre der Fall geregelt.

Mit Asylanten hat er zu tun gehabt, da hat er seine Richtlinien.

Politisches Asyl?

Unmöglich. Wir würden sofort unsere Staatsbürgerschaft verlieren, und die DDR verschlösse uns ihre Tore für Jahre.

Er unterbricht sein Protokoll, erhebt sich, entschuldigt sich und verschwindet.

Und nun geschieht, was in Deutschland ein strafwürdiges Sakrileg wäre. Unser Abgeordneter setzt sich auf den Sessel des Beamten, liest dessen Notizen, greift zum Kugelschreiber und korrigiert und kritzelt in den Aufzeichnungen herum.

Nach des Beamten Wiedereintritt stutzt der sekundenlang bei der Inaugenscheinnahme des Geschreibsels, behält jedoch die Contenance und wendet sich, worüber ich staune, mit Verbindlichkeit an den Abgeordneten:

»Dank, Mijnheer!« Er akzeptiert den schriftlichen Eingriff ohne Wimpernzucken, reicht uns allen freundlich die Hand und verspricht eine baldige Lösung des Problems. Wir würden demnächst eine hoffentlich frohe Kunde erhalten.

Welch dürftiger Trost für ein Ehepaar, dessen Nerven bei Gelegenheit zu reißen drohen.

Leb wohl, liebliches Den Haag, lebt wohl, Ihr Mooijs an der Ijssel. Wir müssen zurück. Nach dieser Panne muß jetzt endgültig etwas anderes unternommen werden! Ohne Wenn und Aber. Schlußstrich.

Abfahrt!

»Hauptabteilung XX, Berlin, 16. 08. 1979.

Information. Eine inoffizielle Quelle führte mit dem Schriftsteller Günter Kunert, unmittelbar nach dessen Bemühungen, eine Möglichkeit um einen langfristigen Aufenthalt in Holland zu erhalten, ein längeres Gespräch.

Kunert ließ erkennen, daß er keine Möglichkeiten mehr sieht, weiterhin in der DDR leben zu können. Als hauptsächlichen Grund führt er an, daß er unter den geistig beengten Bedingungen, wie sie in der DDR bestehen, nicht mehr schreiben kann. Die ›Mächtigen‹ haben in der DDR solche Verhältnisse geschaffen, daß sich der Geist nicht entwickeln kann. Es gibt nur eine schmale vorgegebene Linie, die kaum noch Phantasie und Schöpferisches in der Literatur zuläßt. Ihm fällt unter diesen Bedingungen nichts mehr ein, was er schreiben könnte. Letzten Endes muß er aber von Büchern leben, die er schreiben und veröffentlichen kann. Da dies nicht mehr in dem nötigen Umfang gegeben sei, wird es für Kunert nun langsam auch zu einem ökonomischen Problem.

Die ganze für Kunert unbefriedigende Situation betrachtet er als ein Ergebnis eines Gesamtverfalls der Gesellschaft. Darin würden seiner Meinung nach die hauptsächlichen Ursachen liegen. Er sieht einen allseitigen Rückgang aller humanistischen Werte, eine allgemeine, alle Lebensgebiete umfassende Rückentwicklung, die letzten Endes zur Vernichtung des Lebens führen wird.

Kunert befürchtet sehr stark, daß ›das Leben zu Ende gehen würde‹. Daraus ergibt sich eine große Ungewißheit für die Zukunft und Unsicherheit für die Menschen.

In seinem gesteigerten Pessimismus äußerte Kunert die Genugtuung, daß er keine Kinder habe und somit wenigstens familiär ungebunden sei und nach dem Westen gehen könnte, ohne Verantwortung für Kinder tragen zu müssen. Er wisse ja nicht, wie es einmal mit der DDR weitergehen wird. Das geistige Leben sei völlig erstarrt.

Die ständigen täglichen Probleme und Konflikte zwischen den beiden deutschen Staaten würden Kunert auch belasten.

Im Hinblick auf die Politik der DDR gegenüber Israel könne sich Kunert nicht rückhaltlos einverstanden erklären. Israel müsse um seine Existenz kämpfen. Das sei historisch notwendig und begründbar, weil das jüdische Volk, zu dem er sich hingezogen fühlt, eine Heimat brauche.«

Wer mit fünfzig seine gewohnte Umgebung verläßt, »wurzelt« nirgendwo mehr an.

Auf unser Drängen hin wird uns aufgetragen, einen formlosen Antrag für einen längeren Auslandsaufenthalt zu stellen – in dreifacher Ausfertigung. Und an Klaus Höpcke zu schicken, damit er unsere Angelegenheit befördere.

Diesmal erübrigt sich das Nachtpostamt. Ich gebe den Brief eingeschrieben in Berlin-Buch auf.

»Günter Kunert, 20. 09. 1979.

Lieber Klaus Höpcke, da ich gegenwärtig unter den gegebenen Umständen nicht in der Lage bin, schöpferisch tätig sein zu können, halte ich es für besser und richtiger, mich einige Zeit im Ausland aufzuhalten, um einerseits Abstand zu Problemen zu gewinnen, andererseits durch eine neue Umwelterfahrung einen neuen Schreibansatz zu finden. Wir wollen also einige Jahre nach Holland ziehen, zu eben diesem Zwecke; doch da die Aufenthaltsgenehmigung für Holland nicht so rasch zu erhalten ist – unser Antrag in den Niederlanden läuft –, halten wir es in Hinsicht auf unsere persönliche Situation, auch auf jahreszeitliche Schwierigkeiten, für leichter, vorerst den Winter hindurch in der BRD (Schleswig-Holstein) Zwischenstation zu machen, wo Freunde uns ein Haus zur Verfügung stellen, um von dort aus, nach Genehmigung unseres Antrages, in der Provinz Groningen eine Unterkunft zu finden.

Ich meine, daß eine Ausreise für einen Zeitraum zwischen drei und fünf Jahren ausreichend sein dürfte, und bitte Dich, die entsprechenden Schritte zu unternehmen. Mit Gruß.«

Wir gehen durch unseren Garten, bald nur noch eine verschwommene Erinnerung. Wir sagen den Bäumen adieu und setzen uns in die knarrenden Korbsessel, durch Zeitungsanzeige erworben, von Marianne restauriert und weiß lackiert: Die nehmen wir natürlich mit, wohin auch immer der Wind uns weht.

Klaus Höpcke hat es nicht besonders eilig, meinen Brief weiterzureichen. Kurt Hager erhält ihn mit Verspätung:

»Kurt Hager.

Minister für Kultur, Genossen Joachim Hoffmann; Berlin 03.10.1979.

Werter Genosse Hoffmann! Ich erhielt am 02.10. den Brief, den Günter Kunert an Genossen Klaus Höpcke wegen seiner Ausreise gerichtet hat.

Vor Beendigung der Feierlichkeiten zum 30. Jahrestag der DDR ist es völlig unmöglich, diese Angelegenheit zu erledigen und eine Entscheidung über den Antrag herbeizuführen. Nach dem 7. Oktober wird den entsprechenden staatlichen Organen der Antrag von Kunert vorgelegt.

Was die Vorschläge zur Erledigung der anderen Fragen angeht (Einweisung seiner Freunde in sein Haus, Umzug usw.), so kann das ebenfalls erst im Zusammenhang mit der Genehmigung der Ausreise selbst geregelt werden.

Genosse Höpcke soll mit Kunert sprechen, damit er Verständnis dafür hat, daß erst nach dem 7. Oktober entschieden werden kann.

Mit sozialistischem Gruß Kurt Hager.«

Erich H., den ich fernerhin aus meinen Träumen ausweise, hat sich in seinem Amtssitz wieder eingefunden. Auf seinem Schreibtisch ein Brief, kein Billet d'amour, sondern die Kürzestfassung eines Dichterschicksals. Man kann Existenzen im Telegrammstil abhaken. Ob der kleine saarländische Trompeter von der Nachricht berührt worden ist, ob er den Vorgang rein geschäftsmäßig erledigt hat, ist mir ziemlich egal.

»Zentralkomitee.

An Genossen Erich Honecker, 08. 10. 1979.

Lieber Erich! Der Schriftsteller Günter Kunert stellt für sich und seine Frau den Antrag, ihm einen Paß für einen 3 bis 5jährigen Aufenthalt im Ausland (vorwiegend in Holland) zu genehmigen sowie die Erlaubnis, seine Einrichtung und Bibliothek mitzunehmen (siehe Anlagen).

Ich habe mit dem Ehepaar Kunert eine lange Aussprache gehabt, um beide zu bewegen, von ihrem Antrag Abstand zu nehmen. Es zeigte sich jedoch, daß Kunert in einem Zustand völliger Depression ist. Er erklärte, daß er gegenwärtig außerstande sei, in der DDR auch nur noch eine Zeile zu schreiben und daß er dringend eine Luftveränderung brauche, um wieder zu sich selbst zu kommen. Seine Frau, die sehr besorgt um ihn ist, bat eindringlich, dem Antrag zuzustimmen, damit Kunert nicht zugrunde gehe.

Beide erklärten, daß sie sich höchstwahrscheinlich in den Niederlanden niederlassen (nach einem Zwischenaufenthalt in Schleswig-Holstein), daß sie ganz für sich leben wollen.

Sie wollen unbedingt DDR-Bürger bleiben und versicherten, daß sie nichts gegen die DDR unternehmen, sich auf nichts einlassen würden. (Das ist natürlich keineswegs sicher, denn die westlichen Medien werden sich sofort der Sache bemächtigen.)

Auch Genosse Höpcke, den ich bat, mit Kunert zu sprechen, hat keinen Stimmungswandel erzielen können, und ich glaube, daß das auch in absehbarer Zeit nicht möglich sein wird. Deshalb schlage ich vor, Kunert einen Auslandspaß mit einer 2 bis 3jährigen Gültigkeit zu geben und ihm die Genehmigung zu erteilen, seine Einrichtung und Bibliothek mitzunehmen. Bleibt er im Westen nach Ablauf der gesetzten Frist, so ist nichts zu machen. Kommt er wieder, so ist zu hoffen, daß er vielleicht doch einiges gelernt hat.

Mit sozialistischem Gruß Kurt Hager.

PS. Die Anträge von Kunert sind vom 20.09. datiert, bei mir aber erst am 02.10. eingegangen und ich wollte sie Dir nicht vor dem Festtag vorlegen. Deshalb habe ich über Genossen Klaus Höpcke Kunert mitteilen lassen, daß er sich gedulden muß.«

Schräg über den Briefkopf vermerkt der Staatsratsvorsitzende in wuchtig ausufernden Schriftzügen:

»Genosse Höpcke soll die Familie Kunert und die entsprechenden staatlichen Organe verständigen. Paß für 3 Jahre. Einverstanden. E. Honecker, 8.10.79.«

Ob er sich nach den Hintergründen der Angelegenheit erkundigt hat? Was weiß er überhaupt von mir? Vermutlich nur, was ihm Mielke vorlegt. Also gar nichts. Wir sind nicht die einzigen, denen der Paß für einen mehrjährigen Aufenthalt in der Fremde zugestanden wird. Steckt dahinter eine wohlerwogene Strategie? Hat man schon lange nach einem Anlaß gesucht, die Störenfriede loszuwerden, die »kaputten Typen«, wie der Autor Dieter Noll im *Neuen Deutschland* die Renitenten anschwärzte?

Die Katzen jedenfalls sind von unserer Unruhe und Ungeduld gänzlich unbeeindruckt. Für unsere Siebenergruppe benötigen wir ein amtstierärztliches Gesundheitszeugnis, weil nur springlebendige Tiere die DDR verlassen dürfen. Ein für unsere Tierärztin leicht zu beschaffendes Dokument. Es darf nicht älter als zwei Monate sein, und als ich es in der Hand halte, sorge ich mich um das Verfallsdatum. Werden wir bis zu diesem Termin die Grenze mit unserem Anhang passiert haben, mit Charly und Micky, Anton und Puschel, mit Bonzo und Bimbo? Und die siebente?

Clarence, die frei umherschweifende Mutter, wird wie allabendlich durchs Fenster der Waschküche ins Souterrain gelockt, das Fenster und die Läden dauerhaft verriegelt: Zur Eingewöhnung in veränderte Umstände.

Valium – nicht für uns. Für die Katzen. Marlies Menge beliefert uns mit dem Sedativum, und wir probieren es an den Katzen aus. Zwei von ihnen reagieren, wie es die Firma Roche kaum beabsichtigt hat. Sie rasen wie aufgeputscht durch die Zimmer. Und wir beschaffen den beiden Schlaftabletten für Kleinkinder.

Freund Wolfgang macht Karriere als Transportunternehmer. Seine Studenten an der Freien Universität sind sicherlich heilfroh, daß sie tagelang nicht mit Mittellatein geplagt werden, weil wegen Kunerts Katzen die Seminare ausfallen. Tag für Tag liefert sich Wolfgang im »Palast der Tränen«, dem gläsernen Kontrollgebäude am Bahnhof Friedrichstraße, der Befragung aus, was er schon wieder mit einem solchen igluartigen Korb in der Hauptstadt wolle. Für die sieben Körbe für die sieben Katzen braucht er nach Adam Riese eine Woche.

Zur Regelung der Umzugsformalitäten werden wir ins Kulturministerium bestellt. Klaus Höpcke präsidiert, ein Mitarbeiter Hagers macht sich Notizen, Ministeriumsbeamte bilden die Statisterie. Plötzlich ergibt sich eine unerwartete Komplikation.

Leider, heißt es, sei Deutrans, die grenzüberschreitende Umzugsgesellschaft, darauf angewiesen, die Verpackung für das Umzugsgut in Westberlin zu beschaffen. Kartons. Für Devisen. Bezahlen müßten natürlich wir. So versuchen die Mehrwertverächter uns zu guter Letzt zu schröpfen.

Marianne protestiert:

»Wir haben kein Westgeld! Tut uns leid! Wir wollen die russischen Maschinenkisten! Vielleicht müssen wir uns daraus Regale bauen, Behelfsmöbel, eine Hütte ...«

Die Anwesenden geben sich den Anschein, als glaubten sie uns. Doch der Gedanke, die ganze bürokratische Aktion, von Erich H. abgesegnet, könnte an der Verpackung unseres Hausrates scheitern, veranlaßt die sofortige Regelung:

»Ihr bekommt die Kisten!« Beiderseits Aufatmen.

Der Termin wird genannt, an dem die Packer anrücken. Und der Zoll.

Der Zoll?

Ja, die Genossen Zöllner müssen überwachen und verplomben und natürlich auflisten, was wir mit uns nehmen. Unsterblicher deutscher Wahn: Jede Sache um ihrer selbst willen aktenkundig machen.

Ehe wir verschwinden, meldet sich Marianne noch einmal mit einer Bitte zu Wort. Erneute Unruhe bei unseren Gesprächspartnern: Was ist denn jetzt noch?!

Wenn die Zöllner kommen, so möge man ihnen doch gestatten, Kaffee und Zigaretten anzunehmen – falls sie Raucher wären.

Auch das wird zugestanden.

Und als sie dann im Wohnzimmer Platz nehmen, eine Schreibmaschine auspacken, scheint mir, sie hätten einen die Genußmittel betreffenden Befehl bekommen. Denn sie paffen pausenlos unsere Zigaretten und trinken eimerweise Kaffee.

Die letzten Wege.

Zum Finanzamt, den Beleg für Schuldenfreiheit einholen.

Zum Ehepaar Wasser. Wir haben uns telefonisch angemeldet und sagen nun den alten, integren Genossen unseren Spruch auf: Ade, gedenket unser mit Nachsicht ...

Tränenreiche Einwände, fast flehend:

»Ihr dürft doch nicht gehen ... Ihr müßt bleiben ...« Urplötzlich versiegen die Tränen, abrupter Mienenwechsel, dem der verblüffende Satz folgt:

»Das Beste, was ihr tun könnt! Die bereiten schon Lager für euresgleichen vor ...«

Leichter hätte man uns den Abschied kaum machen können. Wir werden bis zur Haustür und auf die Straße geleitet und setzen uns ins Auto, und der weiße Lada vor meiner Kühlerhaube schaltet seine Scheinwerfer an. Auch im Innern leuchtet das Deckenlämpchen auf und zeigt mir die zwei Abgesandten des herrschenden Obskurantismus. Jetzt nehmen wir auch auf dem Bürgersteig die Jünglinge mit den häßlichen Regenjacken und den Herrentäschchen wahr, dazwischen Charlotte, entsetzt über das Aufgebot, uns nachwinkend, verwischter Eindruck, während die Begleitmannschaft vor uns herfährt.

Lager für »Dissidenten«? Das bezweifle ich. Marianne ebenfalls. Das ist doch bloß wieder so ein übertriebenes Gerücht. Ach, Charlotte, ich leiste dir Abbitte: Du hast mehr gewußt als wir Kindsköpfe!

Abschiednehmen.

Mein Leib geht umher, mein Ich ist schon andernorts, auch wenn ich dieses Andernorts nicht kenne. Eine Kleinstadt in Schleswig-Holstein. Warum ausgerechnet eine Kleinstadt für uns Großstädter? Wieso Schleswig-Holstein und nicht Bayern oder Hessen? Über uns regiert, wie stets, der Zufall.

Ein alter Freund, wir kennen einander seit 1946, hat schon 1958 seine Praxis aus Ostberlin in den Westen verlegt und durchleuchtet nun seine Patienten in Hamburg. Und telefoniert mit Gottes Stellvertretern auf Erden, auf daß uns ein irdisches Jerusalem zuteil werde. Dasselbe heißt Itzehoe, wo durch Zufall ein Pfarrhaus leersteht. Freund Ben mietet es sogleich für uns, und die Adresse ist auf metaphysische Weise verheißungsvoll. Meine Mutter, selbst die mindeste Analogie noch für ein positives delphisches Orakel haltend, hätte diese Adresse beglückt interpretiert: *Eden*dorf, *Goldberg*weg 1 A. Bei so viel »Symbolik« kann nichts schiefgehen.

Ich würde lügen, wären die Abschiede beschreibbar.

Man behandelt mich, als sei ich noch derselbe von gestern, und niemand merkt, daß er es mit einer mir täuschend ähnlichen Hülle zu tun hat, in der ich gar nicht mehr stecke.

Wie verliefen eigentlich die letzten Tage, ehe die Zöllner und Möbelpacker kamen? Nichts, kein Erinnern, kein Bild.

Die Grauuniformierten schlagen ihr Büro in unserem Wohnzimmer auf und beginnen zu amtieren. Die Packer, jeder ein Berliner Goliath, machen sich über die Bücher her. Das Geschirr, das Spielzeug, den fragilen Kram hat Marianne vorher mit dem ergatterten Zellstoff umhüllt und in den zu-sammengekauften Körben und Koffern verstaut.

Dröhnend stampfen die Packer im Hause aufwärts, leere russische Kisten auf dem Buckel. Im Handumdrehen füllen sie die zusammengenagelten Kuben mit den »Druckerzeug-nissen«.

»Eine Kiste Bücher!« schreit einer, und der Zöllner über-setzt den Ruf in Maschinenschrift: » 1. K. Bücher.«

Zöllner zwo zerrt aus seiner Aktentasche meterlange schwarz-rot-goldene Schnüre, Einigkeit und Recht und Frei-heit für das deutsche Vaterland, sowie Bleiplomben und eine Prägezange. Mit Assistenz der Packer wird die Kiste mit den Landesfarben umwunden, das Staatswappen über den Kno-ten geschoben, geknipst, fertig. Die Prozedur erfolgt derart nachlässig, daß ich den Kistendeckel um zehn Zentimeter an-heben kann: Geheime Unterlagen, hätte ich sie denn, ließen sich unbemerkbar nachreichen.

»Eine Kiste Bücher!« grölt es durchs Haus. Der eine tippt, der andere lädt die Zange mit einer neuen Plombe nach. Mari-anne serviert Kaffee und Zigaretten. Und mein Schwager Klaus tritt ein, um seine Hilfe anzubieten.

»Wer sind Sie?!« Und streng fordernd:

»Zeigen Sie Ihren Personalausweis!!« Auch Klaus wird in eine Liste eingetragen, obwohl nicht in die des Umzugsgutes. Wer uns jetzt besucht, wird notiert. Und wer wird diese Liste studieren, um daraus bösartige Schlüsse zu ziehen?

»Eine Kiste Bücher!«

Jetzt erst vermag ich die Büchermenge einzuschätzen. Die Menge ist eine Unmenge. Gezählt werden die Bücher nicht, sonst säßen die Kontrolleure noch nach Wochen hier herum.

»Zwei Bettgestelle!« Wir werden heute nacht mit unseren Pelztieren auf den nackten Dielen schlafen.

Im ausgeräumten Schlafzimmer sind die sieben Katzen-körbe postiert. Dazwischen das Ehepaar Kunert, umringt von seinen nichtsahnenden Lieblingen. Ab morgen, meine Guten, serviere ich euch das Futter, das ihr vom Bildschirm kennt.

Und ich erwarte von euch die gleiche Begeisterung, wie sie die Fernsehkatze vorführt. Vorerst jedoch wird jedes Tier mit einem Fleischhäppchen, schlafmittelgefüllt, gefüttert.

In der Frühe hebt erneut Getön an:

»Eine Kiste Bettwäsche! Eine Kiste Bekleidung! Eine Kiste Schuhe!«

Das Kopiergerät habe ich in einem unbeobachteten Moment in einer Kiste unter Büchern versteckt.

»Eine Kiste verdächtiger Korrespondenz!« Oder:

»Eine Kiste krimineller Manuskripte!« Wie hätten denn auch die Zöllner derlei qualifizieren und archivieren sollen.

Wir schütteln den besagten Staub von unseren Füßen.

Die Katzen, dank der Pharmaindustrie in schlaffe Fellbeutel verwandelt, lassen sich widerstandslos in jeweils einen Korb schieben. Gitter zugehakt, transportabler Knast für eine lange Fahrt.

»Eine Kiste Handwerkszeug!« schallt es durchs Haus. Knips die Plombe. Zum Schluß, vor dem wir entschwinden, werden es zweihundert Kisten sein.

Die Rückbank aus dem Renault 16 wird entfernt und kommt ebenfalls in eine Kiste. Die freie Fläche hinter unseren Sitzen ist den Siebenschläfern zugedacht. Die Muskelmänner jonglieren weiterhin mit Kommoden und Sesseln, Stühlen und Tischen, Lampen und Bänken, während wir uns auf den Vordersitzen anschnallen. Heute ist der 10. Oktober 1979.

Tränen und Schluchzen. Klaus schneuzt sich die dicke rote Nase. Karin und Josephine öffnen das Doppeltor der Einfahrt zur endgültigen Ausfahrt.

Josephine hebt weinend die Hand, ich fahre an, die Rechte am Lenkrad, mit der Linken aus dem Fenster fuchtelnd, und schon sind wir um die nächste Ecke, im Pöllnitzweg, als Marianne mich zum Anhalten zwingt. Eben entdeckt sie in ihrer Handtasche fünfhundert Ostmark. Wenn man uns an der Grenze kontrolliert, dann …

Wenden und zurückfahren und die Abschiedstragödie wiederholen, wieder Tränen und Schneuzen, Umarmungen und

Küsse wie gehabt, als sei der Regisseur mit dem ersten »Take« unzufrieden gewesen.

Die Schwägerin Karin nimmt die Geldscheine. Noch immer tragen Männer Möbel aus unserem Haus. Es sieht wie ein räuberisches Vergehen aus, wie Einbruch und Missetat. Ade, tschüs, und auf bald. Was man auch immer sich unter diesem »bald« vorstellen mag.

Wir fahren, Helmstedt ist unsere Zwischenstation.

Wir haben versprochen, über einen Kontrollpunkt abzureisen, den kein Journalist vermuten würde. Bitte keine Presse! Der weinende Manfred Krug an der innerstädtischen Grenze in seinem Mercedes hat uns abgeschreckt: Keine Reprise dieser Nummer!

Wir fahren.

Aber der Motor! Hast du das auch gehört, Marianne? Da ist doch so ein verdächtiges Geräusch im Motorraum?! Meine Ohren mutieren zu Riesenlauschern: Ist da was mit dem Getriebe nicht in Ordnung?

Bloß jetzt keine Panne mit unseren sieben selig vor sich hin schlummernden Katzen! Delius ist weit und Nicolas Born fern! Und Werner Heuer, unser Reparateur, vermutlich bei FIAT in Turin, wo man ihm neue Schrauben vorführt.

Fahren nach Gehör, mit reduzierter Geschwindigkeit. Das flapsige Klischee »Zitterpartie« gewinnt beängstigende Realität. Habe ich ausreichend Öl aufgefüllt? Wasser? Auch die Batterie? Die Mechanik versucht, in dem ihr eigenen Vokabular mir etwas Wichtiges mitzuteilen, wofür mir die Übersetzung fehlt.

Ach – erst einmal »drüben« sein, wo die Gelben Engel schon auf uns warten.

Die Sperrwerke in Sicht. Scheinwerfertürme. Beobachtungsfestungen. Beton, so weit das Auge reicht. Baracken. Uniformierte Bewaffnete. Hier geht es zu wie im Krieg, aber es ist nicht Krieg. Hier wird Krieg gespielt, um die eigene Existenz zu bewahren und abzusichern. Militärisches Protzentum, Drohgebärde.

Vor einem armschwenkenden Zöllner halte ich an, Renault, verlaß mich nicht, und trete vor ihn hin, in jener Haltung, welche man aus mittelalterlichen Illuminationen heiliger Schriften kennt. Ich grüße und entrolle, als sei es eine Papstbulle, ein Dokument: Es ist das zusammengerollte Gesundheitsattest unserer Katzen samt ihren Namen und erfundenen Geburtsdaten, als sei das der Ukas unserer Freilassung. Man hat uns erwartet. Dem Mann ist das unerhört Groteske der Situation nicht bewußt, als er ums Auto geht und die Katzenkörbe mit ihrem Inhalt zählt. Und das letzte Wort, das mir die DDR ins Ohr sächselt, klingt gemietlich:

»Da broochen se wohl fier de Dierchen een eechenes Zimmer …?«

Ein Wink, und wir fahren, was der Zöllner, ohne mir das Buch »Taoteking« abzuverlangen, kaum wissen konnte, in ein neues Leben. Und zwar nordwärts.

Langsam durchs Niemandsland dem Westzoll entgegen.

Keine enthusiastische Begrüßung, »Willkommen in der Freiheit«, kein Winken und Jubeln – da sitzt ein Grenzbeamter in einem Kabäuschen, halb verborgen durch eine ausgebreitete Zeitung (»Dahinter steckt immer ein kluger Kopf«), und macht, als ich anhalte, nur eine unwillige, abweisende, achtlose Handbewegung.

Eine der dösenden Katzen seufzt auf. Eigentümlicherweise hat sich der Motor besonnen, mir keine Sorgen mehr zu bereiten. Er ist daheim. Und läuft brav. Außer ihm würde nichts mehr so wie immer laufen. Dessen bin ich sicher. »Das neue Leben muß anders werden …« Das klingt unvermittelt vielversprechend. Nicht so, wie es ursprünglich gemeint gewesen ist.

Eine Sammlu

verschmitzter Liebesbrie

RAOUL SCHROTT
ARNOLD MARIO DALL'O

DAS GESCHLECHT
DER ENGEL,

DER HIMMEL
DER HEILIGEN

HANSER

336 Seiten mit zahlreichen farbigen Bildern
Blockbindung, Fadenheftung

Eine Sammlung poetischer
Liebesbriefe und eine Gesch
te ewig ungestillten Begehre
Zusammen mit den Porträts
des Malers Arnold Mario Dal
ist ein einzigartiger Dialog
zwischen Engeln und Heilige
Literatur und Kunst entstand
»Es macht Raoul Schrotts hol
Kunst aus, das blaue Licht de
Romantik als Irrlicht neu,
ebenso raffiniert wie erotisch
zum Leuchten zu bringen.«
*Andreas Breitenstein, Neue
Zürcher Zeitung*